U0085466

Seadove

海鷗成立四分之一世紀‧紀念
探偵事務所
Detective
Office

歐陸最佳推理小說
十大最佳推理小說作家

盧布朗的 亞森‧羅蘋

最佳法文原著翻譯
與《福爾摩斯探案》齊名的推理經典

網路票選十大必讀推理小說
亞馬遜網路書店5顆星推薦
《紐約時報》評選為「最值得注意」的圖書
全球知名圖書評論網站「好讀」（Goodreads）5顆星推薦

作者/莫里斯‧盧布朗　譯者/吳文華

目 錄

前 言

　　如同福爾摩斯的名氣比柯南・道爾更響一樣，亞森・羅蘋的名氣也比莫里斯・盧布朗大得多。

　　作為一個作家，盧布朗十分低調，即使在其塑造的主角亞森・羅蘋風靡世界之後依然如故。不過，他對偵探文學界的影響是深遠的。對於小說家來說，福爾摩斯的形象過於單純清澈，因此不便挖掘和仿效；而亞森・羅蘋的形象則豐富得多，更值得玩味。

　　亞森・羅蘋是個探案高手，抓住了很多壞蛋，就像福爾摩斯一樣，但亞森・羅蘋的魅力並不局限於此。他不但探案，而且作案，他喜歡劫富濟貧，偶爾會自己下手偷點兒東西，作案手段匪夷所思，讓警方一籌莫展；他生性幽默，作案之後喜歡跟警方開玩笑，甚至會利用報紙宣傳自己的義舉，讓被害者哭笑不得；他英俊瀟灑，經常隱藏自己的身分出入於上流社會，紳士風度十足，頗受女性歡迎；他具有強烈的愛國心，關心民生，有時候會插足國家大事，甚至影響政治走向；他足智多謀，知識廣博，精於易容術，懂政治，通經濟，上知天文，下知地理，連考古也要搞一搞。

　　作為公認的「法國國賊」、「俠盜界鼻祖」，亞森・羅蘋無疑是極富魅力的。按照作者盧布朗的說法，亞森・羅蘋是一個「誘惑者、無政府主

義者、藝術愛好者、愛國者」。也有人說，亞森・羅蘋是「最後的浪漫英雄」。

莫里斯・盧布朗（1864～1941），因為以上成就而獲得法國政府小說寫作勳章。他留下了七十餘部偵探小說，代表作有《三十口棺材島》、《虎牙》、《金髮女人》、《奇巖城》。與大部分暢銷書作家不同，盧布朗的創作是從純文學開始的，領路人則是法國文學史上鼎鼎大名的福樓拜和莫泊桑。福樓拜是盧布朗的舅父，透過這個大師級的舅父，盧布朗結識了許多著名作家，如龔固爾、左拉、莫泊桑。盧布朗的早期創作，被評論家認為「有莫泊桑的風格」，或者「繼承了福樓拜的家風」。

盧布朗的偵探小說創作源於一個偶然的機會。1903年，有朋友要求盧布朗給通俗雜誌《我什麼都知道》寫幾篇偵探小說，但鍾情純文學的盧布朗並不願接受這樣的邀稿。最後，迫於無奈，盧布朗勉強動筆，寫了一篇作品，名字叫做《亞森・羅蘋被捕》。之所以一開始就寫主角的被捕，是因為盧布朗懶得讓這個故事發展下去。沒想到，小說一發表，立即引起轟動。於是盧布朗寫了下去，使亞森・羅蘋的形象越來越清晰地展現在世人面前。

正因為亞森・羅蘋是個具有濃厚浪漫色彩的人物，他才會受到法國人的狂熱追捧。而亞森・羅蘋戰勝福爾摩斯的故事，更是滿足了法蘭西民族的自尊心。「越是民族的，就越是世界的」，時至今日，亞森・羅蘋歷險小說在全世界流行，僅袖珍本就賣了近千萬冊。

我們從亞森・羅蘋故事裡選取了最有代表性的三部。在翻譯上，立足於法文原文，同時參照了英譯本，力求給讀者一個最準確、最通俗的版本。

怪盜與名偵探

怪盜與名偵探

一、古董桌的彩券

　　勒爾布瓦先生，一個數學老師，任教於凡爾賽中學。去年12月18日，在一個舊貨攤上，他看上了一個小書桌。桃花心木的做工，還有好幾個抽屜，他喜歡極了。

　　「太漂亮了，蘇珊娜一定會喜歡的，我得買下它。」經過一番討價還價，沒有多少收入的勒爾布瓦先生，買下了它，花了65法郎。但為了讓女兒高興，他很滿意自己的決定。

　　他正把送貨地址寫給店員，這時，一個看起來高雅的男青年，路過了舊貨店，進來看了看，也喜歡上了這張桌子，探身問道：「這張桌子多少錢？」

「有人買了。」

「這位先生買的？」

勒爾布瓦先生朝年輕人確定地點了點頭。別人也喜歡這件家具，他感到非常愉快，轉身出了店門。

但是，就在他剛走了幾步的時候，那個年輕人又出現在他眼前。年輕人脫帽致意，很有禮貌地說：「對不起，先生，容我冒昧地問下，你是專程來買這張桌子的嗎？」

「不是啊，我是準備來買架物理實驗用的舊天平的。」

「那麼，這張書桌你不是非要不可了？」

「我就是要它。」

「是因為這是件古董嗎？」

「它看起來很好用。」

「你願不願我用一張更好用更堅固的書桌跟你換？」

「這張就夠好了，不必麻煩了。」

「你再考慮一下……」

「沒有什麼好談的了！」對於性格陰沉、易於發怒的勒爾布瓦先生來說，他急於想擺脫這件麻煩事。但是，那個男青年依然沒有要走的打算。

「不管你為它付了多少錢，先生，我願意出兩倍的價錢。」

「沒得商量。」

「再加一倍？」年輕人糾纏不休。

「天吶！不要再煩我了。」勒爾布瓦先生不耐煩的吼道，「這就是我的東西，我不會把它賣給任何人！」

年輕人無奈地看了一眼後，轉身走了。那模樣讓勒爾布瓦先生印象深刻。

一個鐘頭後，維羅弗萊路勒爾布瓦先生家收到了舊貨攤送來的書桌。他高興地把女兒叫到書桌邊，「看看這漂亮的桌子，蘇珊娜！喜歡嗎？它現在是你的了。」美麗的姑娘撲向父親，不停地吻著他，那活潑快樂的表情，就如同是得到了一件王室的寶物。

當天晚上，蘇珊娜就迫不及待地與保姆奧爾唐瑟把書桌搬進了臥室。她把抽屜整理乾淨，把菲利普表哥送的幾件小禮物和她的信紙、信盒、信件，還有珍藏的明信片一起小心地放了進去。

次日清晨7點30分，勒爾布瓦先生照常去學校上課。到了十點，蘇珊娜像平常一樣，在校門口等父親。在學校門口對面的人行道上看到女兒快樂的模樣，作為父親的他就感到很滿足了。父女倆一起回了家。

「那張書桌不錯吧？」

「好極了！奧爾唐瑟和我把桌上的銅件擦得像新的一樣！」

「你還喜歡吧？」

「非常喜歡！我在想，以前沒有它的日子是多麼黯淡無光啊！」

他們路過房前的花園時，勒爾布瓦先生說道：「還沒到午飯時間，我們再去看看那張書桌好嗎？」

「太好了，我也是這樣想的！」她迫不及待地跑上樓，可是，她剛上去不久，就傳來了一聲尖叫。「發生了什麼？」勒爾布瓦先生焦急地問道。隨後他走進房間，發現書桌沒了。

這件作案手法極其簡單的案件讓法官覺得很奇怪。蘇珊娜出了門，保姆又去了市場。鄰居們看見一個搬運工把馬車停在了門口，由於不知道家裡沒人，所以看著搬運工人不疾不徐地搬著書桌，也沒感到有什麼奇怪的地方。

其中需要特別說明的一點：家裡的櫃子都沒有動過的痕跡，座鐘掛鐘都在原位，大理石桌面上的小錢包只是被放到了旁邊桌子上，錢一分都沒少。這樁案件明顯就是衝著桌子來的，但卻有點讓人摸不著頭腦，冒著這麼大風險偷一件便宜貨，值得嗎？

勒爾布瓦先生能想到的線索也就是昨天與那個年輕人的碰面。

「我一不答應，那個年輕人就換了一副面孔。他是一副不會輕易甘休的神情離開的，這一點我不會記錯的！」

這個線索沒有多少利用價值。警察找舊貨商詢問了一些情況：他對兩個人都不瞭解。那個桌子，是他在一個拍賣會上買的，是謝佛列茲的遺物，花了四十法郎，價錢很公道。調查陷入了僵局。

可是，在勒爾布瓦先生看來，自己遭受了很大損失。那個年輕人一定知道桌子裡藏有秘密，肯定還是一筆不小的財富，要不然，他不會為了那張桌子鋌而走險。

「我可憐的父親，那筆錢對我們又有什麼用呢？」蘇珊娜不斷問著父親。

「有什麼用？這將會是一筆不小的嫁妝，你能憑它找個體面的丈夫！」

蘇珊娜心裡只有她的菲利普表哥，可惜他只是個普通百姓。父親的話更加讓她難受，只能愈加哀嘆自己的不幸。

這所凡爾賽的小房子裡，人們依舊過著平凡的日子，不同的是少了輕鬆的歡笑，多了沉重的困擾，整天為財富的丟失而難過。

兩個月後，毫無預兆地，許多大事件接連發生，好事和災禍都不斷地湧了過來。

2月1日的下午5點30分，剛剛回家的勒爾布瓦先生，坐在凳子上，把眼鏡戴好，看起了晚報。他翻過第一版無聊的政治新聞，馬上被一條報導吸引住了——報上醒目的寫著「第三次新聞協會抽獎」「23組514號中獎，獎金一百萬法郎。」他的手激動地抓不住報紙，周圍的牆壁好像都在他眼前搖晃起來，他的心都感覺不到跳動了：他的彩券號碼就是23組514號！他是碰巧幫朋友買的。他從來沒奢望會中，但這次，他中了頭獎！

他急忙打開記事本，上面清楚地寫著23組514號。可是，彩券在哪裡呢？

他跑進書房去找信盒。那張珍貴的彩券就藏在信件裡。但是，剛邁進屋裡，他就呆住了，身子都站不穩了，心臟砰砰直跳：信盒沒有在桌上！他才想起，信盒都有幾週沒見了。幾週以來，他批改學生作業時，就沒見過信盒。花園的小道上有人路過……他喊道：

「蘇珊娜！蘇珊娜！」

她飛快的跑上樓。

他難過地，一字一頓地說道：「蘇珊娜……盒子……信盒……」

「哪個信盒？」

「上面畫著羅浮宮的……對了，是一個週四拿回來的……一直放在這張桌上的！」

「爸爸，你好好想一下……我們把它放在……」

「什麼時候？」

「就是那天晚上……你知道的……買回書桌那天晚上……」

「放到哪裡去了？」父親急切的問道，「快說啊……你要急死我啊……」

「哪兒？就在桌子抽屜裡啊！」

「那張不見的書桌？」

「是啊……」

「被偷走的那張桌子！」父親絕望地自言自語道。接著，他抓緊女兒的手，用更小的聲音說：

「信盒裡可是有一百萬啊，蘇珊娜……」

「天吶！爸爸，你怎麼不早說？」她抱怨道。

「一百萬！」他說，「我中了大獎！那張新聞協會的彩券。」

這個打擊讓他們徹底跌入了谷底。他們互相看著對方許久，誰也沒心情再為此說點什麼。

最終，還是蘇珊娜打破了平靜，「爸爸，他們會把獎金給你的。」

「憑什麼這樣說，有能證明我中獎的東西嗎？」

「還要憑據嗎？」

「肯定需要啊！」

「你手上沒有嗎？」

「我有的。」

「在哪裡？」

「信盒裡啊！」

「那個丟失的信盒裡？」

「那好吧，這筆錢只能送給別人了。」

「這太不公平了，爸爸，你還有辦法嗎？」

「我能有什麼辦法！我能有什麼辦法！」

「那個人不尋常，很有能力……你還記得……書桌的事……」他突然站起來，跺了下腳，叫道：「絕對不行，這一百萬不能給他，他憑什麼拿那筆錢？他如果去了，就讓警察逮捕他。」

「你有辦法了，爸爸？」

「不管怎麼樣，我得爭取我的權利，這一百萬一定會是我們的，沒錯！」

他幾分鐘後發了這樣一份電報：

巴黎嘉布遣會修院街地產信貸銀行總裁：我是23組514號彩券持有者，請用一切合法手段阻止所有冒領行為。

勒爾布瓦

就在同一時刻，地產信貸銀行也收到了另一份電報：

23組514號彩券在我手上。

亞森‧羅蘋

對此事，地產信貸銀行進行了調查，得到了買主的身分是炮兵少校貝西。可是，少校已死於騎馬事故。從少校朋友那得知，在死前，少校把彩券給了一個友人。勒爾布瓦先生堅持說：「我就是他的那位友人。」

「拿出點證明來。」地產信貸銀行總裁說，

「讓我拿出證據？簡單極了，二十多個人可以為我作證，我和少校經常見面，一般都在閱兵場的咖啡館。有一天，我們還是在那，他有點周轉不開，我好心花20法郎買了他的彩券。」

「有人看見你買了嗎？」

「沒有。」

「既然如此，你憑什麼說彩券是你的？」

「我有一封他寫給我的信，上面提到了這件事。」

「那封信呢？」

「和彩券夾在一起的。」

「拿出來看看。」

「和書桌一起被偷了。」

「那就等找到再說。」

亞森・羅蘋也為此事發表了聲明。《法蘭西回聲報》，這份傳言亞森・羅蘋也是其股東的報紙，儼然成為他與公眾聯繫的話筒。報紙聲稱，亞森・羅蘋已經把貝西少校寫給他本人的信交給了他的法律顧問德迪納先生。

這條消息如此奪人眼球，亞森・羅蘋竟然找了個律師！亞森・羅蘋還會遵紀守法，指定一個律師作為自己的辯護人！

德迪納先生家門口聚集了許多記者。律師為人耿直、博學多才、性格怪異，是個激進的議員，在社會上很有影響力。德迪納先生雖然接到了亞森・羅蘋的委託，但還從沒見過羅蘋本人，對此，他深表遺憾。對於羅蘋的委託，他以此為榮，表示會盡最大努力為當事人辯護。他翻開新建檔的卷宗，拿出了少校的信件。這封信只提及了轉讓彩券的事宜，但隻字未提接收人的名字。

「親愛的朋友……」信上就只有這句簡單的稱呼。

在少校的信上，亞森・羅蘋加了個標註：「『親愛的朋友』就是指我。信在我手裡就是最有力的證明。

勒爾布瓦先生家馬上也招來了大批記者，勒爾布瓦面對記者，只重複著一句話：

「『親愛的朋友』只會是我。彩券和少校的信是一塊被亞森・羅蘋偷走的。」

「他能拿出證據嗎？」亞森・羅蘋回應記者。

勒爾布瓦先生在同一群記者面前喊道：「他把書桌偷走了，信和彩券當然會在他手上！」

「空口無憑。」亞森・羅蘋發起反擊。

這場彩券所有權爭奪戰真是異常激烈，成為了人們熱烈討論的話題。

記者們兩邊來回奔波。一邊是亞森・羅蘋冷靜自如，另一邊，勒爾布瓦先生脾氣火爆異常。

報紙上滿是對勒爾布瓦先生不幸遭遇表示關注的文章，他用樸實的語言講述著自己的遭遇：

「善良的先生們，你們可知道這壞蛋有多可惡，他偷走了我寶貝女兒的嫁妝啊！這筆錢我自己也沒多大用，可是我的女兒怎麼辦啊？你們想想，一百萬！多大一筆財富啊！我早就知道他是衝著這筆錢來的。」

不管別人說桌子被偷時，小偷還不知道中了獎，但這些他都聽不進去。

他仍舊不停地嘮叨：「他知道……他一定清楚，不然，那件破家具何必費神去偷？」

「這我們不清楚。但他肯定不知道裡面有張彩券。」

「那可是一百萬，他一定知道，他就是為此而來的，……啊！你們太小看了那個賊……被搶走一百萬的又不是你們！」

這場爭論看起來遙遙無期，可是，就在第十二天，勒爾布瓦先生收到了亞森・羅蘋寫的一封信，信封的醒目位置上，赫然寫著「機密」兩字。這封信，他越往後讀，不安的情緒越強烈。

「先生，我們要是繼續爭論下去，人們只會把我們當成笑柄。你不認為我們該談談如何解決問題嗎？我是認真的。事情很明朗，我有彩券，但拿不到錢，你有權去拿錢，但缺少這張作為憑證的彩券。你我單獨都拿不到錢，但我們又不願意放棄自己的財富。

怎麼解決？

一個公平的方法，平分，你我各一半。這對我們雙方都有利，沒有誰占了便宜。這件事沒有商量的餘地，你只能同意。

三天後，你必須答覆我。週五清晨，在《法蘭西回聲報》小廣告欄裡，我期待看到，『致亞森・羅蘋先生的通知』，你不需要署名，只要能讓我明白你答應了條件就好。那之後，你可以得到那張彩券。其中的五十萬我會告

訴你如何給我。

要是你不照做的話，我一樣會得到那筆錢，到那時，你不僅會為了你的冥頑不靈而後悔，還將失去額外的二萬五千法郎。

此致敬禮。」

這封來信真是氣壞了勒爾布瓦先生，這讓他做了許多蠢事，他不但把信給人看了，還讓別人寫了下來。他還對大批記者宣稱：

「想都別想，我一毛錢都不會給他。這可是我的東西，就是沒了也不會給他。」

「有總比沒有好吧！」

「我不會放棄我的權利，就等著法院的開庭吧！」

「你要起訴亞森·羅蘋？這聽起來非常可笑。」

「不，地產信貸銀行該付我一百萬。我要起訴他。」

「你沒有彩券作為證據啊！」

「我有亞森·羅蘋的信，他承認偷了我的桌子。」

「亞森·羅蘋的話是沒有法定效力的啊！」

「沒其他辦法了，我就打算這樣做。」

對此，人們互相打起了賭，有些人覺得亞森·羅蘋會用行動逼迫勒爾布瓦先生答應條件，有些人覺得亞森·羅蘋不過是虛張聲勢。然而，大家都擔心，雙方實力差距太大，一方來勢洶洶，而一方毫無招架之力。

週五，《法蘭西回聲報》成為搶手報紙，人們都是為了找第五版廣告欄的通知，但是上面沒有給亞森·羅蘋的消息。勒爾布瓦先生用他的沉默，向亞森·羅蘋發起了挑戰。

當天晚上，人們就從報上知道，勒爾布瓦先生的女兒，被亞森·羅蘋綁架了。人們普遍認為，警察在亞森·羅蘋的行動中總是一個可笑的角色。亞森·羅蘋的行動，不會因為警察而失敗。在亞森·羅蘋眼中，一切都是暢通無阻，那些警務人員絲毫不會影響到他的行動。

不過，警察還是在毫無頭緒的調查著。只要涉及到亞森·羅蘋，警察局

就熱鬧了起來，他是個厲害的對手，會牽著你的鼻子走，耍的你團團轉，你還拿他一點辦法也沒有。

保姆說，9點40分，蘇珊娜離開了家。10點5分，勒爾布瓦先生下班，他沒看到女兒在老地方出現。由此可以推測，在家門口到學校路上，或者學校附近，凶手用了不到20分鐘就完成了綁架。

兩個鄰居說在她家三百公尺處見過她，這件事他們記得很清楚。有位太太見過一個像蘇珊娜的姑娘在林蔭大道上出現過。可是後來如何，就沒人知道了。

人們到處尋找線索，即便從火車站和稅收處的職員處也沒得到什麼有用的消息。在維爾達弗萊，一個賣日常用品的商人說，他見過一輛來自巴黎的小轎車在他這加過油。車上面除司機以外，還有個金髮女子，這一點絕對沒錯。過了一小時，車從凡爾賽方向回來，那個金髮女子身邊又坐了一個女人，用絲巾遮著讓人看不清她的樣子。這一定是蘇珊娜·勒爾布瓦小姐。可是，大家必須想想：

綁架可是發生在大白天，還是在繁華路段。

是怎麼綁架的？

在哪裡綁架的？

沒有呼救聲，沒有一個讓人注意的行為。

賣日常用品的商人說出了汽車的特點：24馬力深藍色的寶獅車。

警察從車行經理夫人博伯·瓦爾圖爾夫人得知，週五上午，她把一輛寶獅車租給了個金髮女子，說好租一天，可後來就再沒看到那個女人。

「司機呢？」

「阿爾內斯特，前一天僱的，人好著了。」

「他在這嗎？」

「不在，車送回來就不見了。」

「就沒辦法找到他了？」

「有的，這是他介紹人的名字，你們可以去那打聽。」

警察隨後調查了介紹人，結果，他們對阿爾內斯特這個人一無所知。

這就好像剛出了迷宮，馬上又進入了一個新的迷宮。

勒爾布瓦先生戰鬥剛一開始，就讓他痛苦不堪。女兒丟失後，他痛恨自己的固執，哀傷不已，最後還是選擇了投降。一條小公告出現在了《法蘭西回聲報》上。人們對此討論激烈，覺得這是勒爾布瓦先生此刻最好的選擇。亞森·羅蘋贏了。只用了四天，爭鬥就結束了。

過了兩天，勒爾布瓦先生來到了地產信貸銀行的院子。有人帶他來到總裁面前。他遞上23組514號彩券。總裁吃了一驚：「天啊，你拿回來了？他還你的？」

「我一時健忘，不記得放哪裡了，現在終於找到了！」

「可是你不是說……這有點問題……」

「那都是胡說的。」

「但是我們還是需要證據！」

「少校的信夠了吧！」

「足夠了。」

「給你看看。」

「好的，這些文件我們先收著。半個月後，我們審查沒問題就通知你來領錢。先生，我覺得，領錢之前的這段時間，你保持沉默是最好的。」

「我也是這樣想的。」

勒爾布瓦先生對此避而不談，總裁也是不漏一點消息。可是，即便是沒人透露，有些秘密大家還是都能瞭解個大概。大家一下子都知道了亞森·羅蘋把23組514號彩券還給了勒爾布瓦先生，大家在驚訝的同時，也佩服亞森·羅蘋的手段。亞森·羅蘋真是個不錯的牌手，彩券這張王牌就這樣輕易地被他放到了桌上！毋庸置疑，他是為了讓交易進行下去才這樣出牌的。但他就不怕那姑娘逃走嗎？要是警察找回了被扣押的人質呢？

「警察找出了破綻，加強了攻勢」

「亞森·羅蘋是偷雞不成蝕把米。」

「他覬覦那一百萬，但他一分錢都得不到。」

那些看熱鬧的人一下換了立場，開始嘲笑起亞森·羅蘋了。

找到蘇珊娜才是問題的關鍵。可到現在也沒有她獲救或逃跑的消息。只能說亞森・羅蘋領先了一局。然而，最難辦的事情還在後面！勒爾布瓦小姐還被他囚禁著，拿50萬才能換回蘇珊娜的自由。

交易在哪裡進行？如何進行？

為此，必然會約定好地點時間，勒爾布瓦先生難道不會把消息透露給警察？如此一來，他不僅能拿到錢，還能救回女兒。

記者採訪了勒爾布瓦先生。他看起來很鬱悶，什麼也不想談，讓人揣摩不出他的想法：

「我沒有什麼好說的，我只是在等消息。」

「你女兒呢？」

「還在尋找中。」

「亞森・羅蘋還給你寫信了嗎？」

「沒有。」

「你確定沒有？」

「沒有。」

「他還是有寫，對吧，他要你做什麼？」

「無可奉告。」

記者又找到德迪納先生打探消息，他也一樣不透露一點消息。

「羅蘋先生是我的委託人，你們得理解，保密是我的義務。」他回答道。

公眾很不滿他這嚴守秘密的態度。亞森・羅蘋暗中一定已經想好了辦法。警察在勒爾布瓦先生身邊晝夜守候，亞森・羅蘋已經安全實施了計畫。大家會想到三種可能的結局：亞森・羅蘋被逮捕；亞森・羅蘋拿到錢全身而退；這件案子就這樣不明不白的結束了。可是，這遠遠沒滿足大家的好奇心。為此，本書首次公開了事情的真相。

3月12日，週二。勒爾布瓦先生收到了一封信。看上去很普通的一封信，裡面是來自地產信貸銀行的通知。

週四下午一點，他乘車去了巴黎。兩點，他拿到了一百萬法郎，都是面

額一千的鈔票。他激動地數著用來贖回寶貝女兒的鈔票。離大門不遠處的汽車裡，兩個人談著話。其中有一位頭髮都快白了，可那堅毅的表情，與他那身小職員的打扮極不相稱，他就是嘉尼瑪探長——亞森・羅蘋的死敵。

他對佛朗方隊長說：「還不遲，早到了五分鐘，馬上就能見到那傢伙了。都做好準備了嗎？」

「準備好了。」

「去幾個人？」

「八個。兩個騎自行車的。」

「我的想法是要三個。八個也不錯，也不算太多。無論如何，不能跟丟了勒爾布瓦。不然一切都完了，他會去找亞森・羅蘋，用五十萬法郎救回他女兒。」

「那傢伙為何不帶上我們一起了？那會好辦得多！帶我們一起去，那一百萬就都是他的。」

「是啊，他還是害怕。如果觸怒了那個人，他女兒就不能回到他身邊了。」

「哪個人？」

「他。」嘉尼瑪很認真地、有點害怕地說出了這個字，說的就像是某種神秘生物，它的威脅已經讓他感受到了不適。

「說來真是可笑，我們被迫保護這位先生，不讓他傷害自己。」

「亞森・羅蘋一出現，秩序都變了。」嘉尼瑪嘆道。一分鐘過去了。

「注意！」他說道。

勒爾布瓦走了出來，到了嘉布遣會修院街盡頭，拐入了左邊的大馬路，沿著旁邊的小店向遠處走去，一邊走還一邊看陳列在旁邊的商品。

「這人太沉得住氣了。」嘉尼瑪說道，「要是你口袋裡有一百萬，肯定不會這樣閒逛。」

「他想幹什麼？」

「我看，他什麼也幹不了。」

「還是小心點好，對手可是亞森・羅蘋啊！」

這時，勒爾布瓦走到一個報亭前，買了幾份報紙，邊走邊看了起來。猛然間，他一頭鑽進了路旁的小汽車。汽車可能一直開著引擎，人一上車，就開走了。隨後繞過馬德萊納教堂，不見了蹤影。

但汽車在馬勒澤爾布林蔭大道口上故障了，勒爾布瓦先生只好下了車。就在同時，他又跳上了旁邊經過的一輛馬車。出了羅亞爾宮廣場地鐵站後，又換乘了另一輛馬車，在交易所廣場轉乘地鐵。隨後，在維里埃大街他第三次叫了汽車，這都在嘉尼瑪探長和佛朗方隊長的監視之下。

他如約到了克拉佩隆路25號德迪納先生家。當勒爾布瓦先生踏進律師辦公室時，牆上的鐘正好顯示三點整。他問道：「他要我三點來，他自己還沒來嗎？」

「還沒到呢！」

勒爾布瓦先生坐了下來，一邊盯著自己的手錶看著，一邊擔心的問道：「他會來嗎？」

「先生，那也是我很想知道的事情，我也是初次這樣心緒不寧！不管怎樣，他來是有很大風險的。兩週以前，這裡一直被警察嚴密監視……他們一直懷疑我。」

「這可與我無關！」勒爾布瓦先生情緒激動地說道，「我沒出問題，我只是服從他的指示，我在他說的地方拿了錢，用他說的方法到了你家。為了我女兒的安全，我分毫不差的遵守了我的承諾，他卻失約了！」

勒爾布瓦先生拿出錢，把鈔票分成一樣的兩份，木然的坐在那裡，只是專心地注意有沒有人按門鈴。隨著時間的流逝，他等得越來越不耐煩。德迪納先生也坐不住了。

勒爾布瓦先生已經完全崩潰了，兩手放在錢上，顫抖地說：「上帝……他只要來，他只要出現……為了我的女兒，這筆錢他都可以拿走！」

門被打開了，一個聲音說道：「勒爾布瓦先生，我只要一半就滿足了。」

一個衣著光鮮的青年出現在門口。勒爾布瓦先生一下就認出了他，他就是那個在舊貨攤糾纏自己的人。

亞森・羅蘋關好門，不緊不慢的脫下手套。

「先生，我可沒聽到門鈴響啊⋯⋯」德迪納先生疑惑地問道。

「門口如果有動靜，那就沒趣了。我最後還是來了，這才是問題的關鍵。」

「你把我女兒怎麼樣了？」勒爾布瓦先生大聲嚷道。

「我的上帝，先生，你冷靜點！安心吧，你的女兒馬上就會回到你的身邊了！」羅蘋安慰道。他走了幾步，接著莊重說道：「勒爾布瓦先生，我對你的機智表現表示讚揚。要是那輛該死的汽車不出問題，在星型廣場見面就好了，德迪納先生也不會為這次會面憂心了。總而言之，這都是我們談好了的。」

他看到桌上的兩堆錢，喊道：「啊，太好了，一百萬都在這了，我們別浪費時間了。」

亞森・羅蘋先後從兩堆錢裡各拿出二十五張，一起交給了德迪納先生。

「親愛的先生，這份是勒爾布瓦先生給你的報酬，這份是我給的。這是我們應該給你的。」

他又把剩下的五萬法郎給了勒爾布瓦先生。

「你在書桌裡發現了什麼嗎？」德迪納先生還是忍不住問道：「我的意思是，你為何如此關注這件家具。」

「與歷史有關，親愛的先生。跟勒爾布瓦先生的說法不同，除了那張彩券——當時我也不知道彩券的事，書桌裡沒有其他財富。我很想買下它，而且從沒停下過尋找它，原因只是，這有花瓣的，還帶有葉柱頭的，用紫杉木和桃花芯木製作的小書桌，是在波蘭瑪麗・瓦萊夫斯基那所小小的秘密住所裡找到的。裡面有一個抽屜刻著：『獻給拿破崙一世，法國皇帝，陛下忠誠地僕人，曼尚』。這一排字上面，還刻著這樣幾個字：『送給你，瑪麗』。後來，拿破崙又讓人做了一張同樣的桌子送給了約瑟芬皇后。所以，大家在馬爾梅松宮參觀的辦公桌只是件仿製品，跟我收藏的那件一比，就差許多了。」

「天吶，如果我在那時知道是因為這，我會馬上把它讓給你的！」勒爾

布瓦先生說道。

亞森・羅蘋笑著說道：「這一百萬就是你一個人的了，23組514號彩券可中了許多錢啊！」

「那樣，你也不會去綁架我女兒了。」

「親愛的先生，你弄錯了，我沒有綁架你的女兒，是她自願當人質的，就像是她的主意一樣！你的女兒，非常聰明，再加上她還有著自己喜歡的人，絕不會放棄自己的嫁妝！」

德迪納先生好奇地問道：「不可思議的是，你居然跟她談成了。你能隨意的與那位小姐談話嗎？」

「當然我做不到，我沒有認識她的機會。我的一個女朋友很願意參與這次會談。」

「就是汽車裡的那位金髮女郎吧！」

「就是她。她們在學校附近見了次面，一切都商量好了。此後，勒爾布瓦小姐就和她這位新朋友，就一起旅行去了。她們去了比利時、荷蘭，當然，這次旅行，是會讓年輕的姑娘感到滿意的，她還能學到許多東西。」

這時，門鈴響了，三聲長音，兩聲短音。她們到了。

亞森・羅蘋跟金髮女郎講了幾句話，然後，向勒爾布瓦小姐行了個禮。

「小姐，對你受的所有痛苦，我衷心地請求你的原諒。」

「痛苦！不，我太快樂了！噢！如果我可憐的父親能陪在我身邊的話。」

「那就更好了。再擁抱他一次吧！抓緊這個機會——這是最好的時機，跟他說說你的表哥。」

「我的表哥？什麼意思？我……我不明白……」

「不，你懂的……你的菲利普表哥，就是你小心收藏著他信件的那個小伙子。」

蘇珊娜臉紅了，為了掩飾害羞的樣子，又撲到了父親懷裡。

羅蘋看著那對父女，很受感動：「好人總是會有好報的！多麼感人的場面啊！幸福的父親，幸福的女兒。羅蘋，這可是你創造的幸福！」

隨後，他走到窗戶旁邊，「嘉尼瑪還在路上守著嗎？不好，他不見了！」

勒爾布瓦先生心裡不禁一想，現在，女兒已經在身邊了。他開始考慮現實的問題，把他的對手交給警察，那50萬就還是他的！他本能地向前走了一步。

有人按了一下門鈴。

羅蘋猛地做了個手勢止住了勒爾布瓦先生的舉動，冷酷地說：「先生，你就待在那兒，想想你的寶貝女兒，放聰明點，否則……德迪納先生，你還有什麼要說的？」

勒爾布瓦先生就像被定住了一樣，站在那不動了，律師也在原地不敢動彈一下。

他掏出口袋裡的一隻金色外殼的大懷錶，

「勒爾布瓦先生，現在是3點42分。我允許你3點46分離開這裡，不能提早一秒，說好啦？」

「他們會把門砸開的！」德迪納插話道。

「親愛的先生，你忘了還有法律？嘉尼瑪沒膽量硬闖一個法國公民的住處。」

幾分鐘後，勒爾布瓦先生毫不猶豫地走向前廳，羅蘋和金髮女郎已經不見了。他打開門，嘉尼瑪衝了進來，「這位女士……她哪兒去了？羅蘋呢？」

他撩開一個門簾，看到了一道長長的樓梯，徑直通向廚房，嘉尼瑪沿著樓梯跑下去，看見傭人樓梯口的門上是鎖住的，便向窗外的一個警察喊道：

「沒人出來吧？」

「沒有！」

他又喊起來，「太好了！他們肯定困在大樓裡了……一定在某個房間裡！他們逃不掉了！我的羅蘋小弟，你想耍我，這回你可玩火自焚了！」

他讓手下搜查。晚上7點，保安局長迪杜伊先生親自來到了克拉佩隆路。他先向一直守候到現在的警察瞭解了情況，接著與德迪納先生進了臥

室。在那裡，他看見了一個人，也可以說，看見兩條在壁爐外亂蹬的腿。

迪杜伊先生笑著說：「好了！好了！嘉尼瑪，你那樣能找到什麼？跟個煙囪工人一樣。」

探長在壁爐裡找了一段時間了，臉上黑乎乎的，也把煙灰弄得制服上到處都是，兩眼像放著光一樣，根本都認不出他了。

他小聲抱怨道：「你認為他是藏在煙囪裡？」

嘉尼瑪在壁爐煙囪裡一無所獲，這才緩過神來，用滿是煙灰的手抓住上司的袖子，不滿地問：「局長，你認為他們跑哪裡去了？他們不會像煙一樣飄走了吧！」

「當然不會。可是，他們還是逃出去了。」

莫里斯・盧布朗

二、老探長的失算

奧特雷克男爵，一位老將軍，住在昂利・馬丹大街134號。他在第二帝國時期擔任過駐柏林大使。這幢小樓是他哥哥六個月前遺贈給他的。3月27日晚上，男爵在安樂椅上舒服地打著盹，安托瓦內特小姐在身邊為他讀著書，歐格斯特修女則幫他暖著被窩，而且給他打開了床前的小燈。

11點整，修女因為有事先走了。不一會兒，男僕夏爾就在旁邊等候著了。這時，男爵已經醒了，並給男僕下達指示，「夏爾，還是常說的那些話，檢查下你房間的電鈴好不好用，電鈴一響，馬上去醫生家。」

二十分鐘後，老人又睡著了。安托瓦內特小姐輕聲離開了。這時，夏爾如平日一樣，認真關好了一樓全部的百葉窗，鎖上了廚房連接花園的門，在前廳門鎖好防盜鎖。然後，回到了他位於四層頂樓的小房間，躺下休息了。

大約過了一個小時，他突然從床上爬起來，又是那該死的電鈴鬧的，鈴聲持續響了六、七秒鐘。鈴聲停了，夏爾這才回過神來，一邊穿衣服，一邊喃喃自語：「男爵不知又在耍啥把戲。」

他跑下樓，在門口停下來，習慣性地敲了敲門，沒有人回應，他推門進了房間，嘴上還嘟嚷著：「該死，為什麼把燈都給關了？」

他小聲地喊著安托瓦內特小姐，但是依舊沒人回答。

周圍是一片死寂，終於，他感覺到了不妙。他又向前走了兩步，不小心一腳踢到了一張倒在地上的椅子上。在扶椅子時，他的手又碰上了什麼東西，他緊張不安地開了燈。房子中間的桌子和衣櫃之間，他的主人，奧特雷克男爵，就躺在那裡，然而人已經死了。屋子裡亂七八糟，椅子都倒在了地

上，一個水晶燭台被打得粉碎，壁爐上的座鐘也倒了，離屍體不遠處，一把寒光閃閃，染著血跡的小鋼刀赫然可見，床墊上還有一塊凶手扔下的血手帕。

「他被人殺了！他被人殺了！」他大喊起來。

他突然想到，可能還有其他事情，他推開小姐的房門，裡面沒人。他想，小姐可能被歹徒抓去了，要不然就是出事前離開了。他又回到男爵的房間，往書桌上看了一圈，家具都沒被弄壞。在男爵每晚都會放在桌上的鑰匙串和皮夾邊上放著一大把金路易。夏爾打開皮夾，裡邊一共十三張一百法郎面值的鈔票。他不由自主地，著魔一樣抓住這些錢，塞進口袋裡，飛快地跑下樓去，打開門鎖，關上大門，逃進了花園。

夏爾是個誠實的人。剛關好花園的門，迎頭而來的雨水就使他回過神來。他停下了腳步，突然之間，為自己所做的事感到害怕。一輛出租馬車恰巧路過這兒，他叫車伕快去警察局報案，說這裡發生一起殺人案。

可是，夏爾剛才急著關門，把鑰匙丟在裡面了，現在他也進不了門，門鈴也成為擺設，小樓裡不會有人來開門了，裡面一個活人也沒有了。

過了大約一個小時，他終於等來了警察，他把那十三張鈔票交給了警察，告訴了凶案現場發生的情況。大家又叫來了鎖匠，花了許多力氣打開了花園和前廳的大門。再次進入房間，夏爾在門口呆住了，他被眼前的景象弄得疑惑不堪，所有家具都按原來的次序擺好了，他看得目瞪口呆，說不出話來。他走到床邊，把床罩揭開，將軍，法國前任駐柏林大使，奧特雷克男爵安詳地躺在床上，身上蓋著將軍禮服，禮服上別著榮譽勳章，他眼睛微微地合著，臉上的表情安然。

夏爾肯定地說道：「一定有人來過，一小時以前，那邊有把匕首，很細的刀鋒……鋼的……床墊上有塊血染的手帕……都不見了……有人把他們藏起來了……一切都整理好了。」

「你還記得最後一個在男爵身邊的人是誰嗎？」警察問道。

「安托瓦內特小姐，一個看護小姐。」

但夏爾卻認為，她可能在事發前有事離開了，與凶案沒有牽連。

大家把小樓裡面搜了一遍，哪裡都沒發現凶手的痕跡，凶手是如何跑掉的？何時跑掉的？

是他還是他的幫手重新打掃了犯罪現場，帶走了證據，這成為一個難解的謎題。

警方的偵查人員按照夏爾的回憶研究屍體原來的位置。歐格斯特修女一來，馬上被尋查人員打探起了情況，安托瓦內特小姐的失蹤讓她感到很吃驚。她剛僱用那姑娘，到今天也才十二天，她不相信她會丟下看護的病人，在深夜一個人走了。

「我們還是想想，她會不會出了事？」

「我覺得，可能被劫持了。」保安局長說道。

「這不可能，這與調查結果不相符。」這話很是肯定，作為嘉尼瑪一貫的風格，在場所有人都習慣了。

「嘉尼瑪，你來了呀！我一直都沒見到你啊！」

「我都來了兩個小時了。」

「除了23組514號彩券、克拉佩隆路事件、金髮女郎、亞森・羅蘋以外，你也對這種案子感興趣了？」

「哈哈，」探長冷笑一聲，「我沒說羅蘋與本案無關。在有新的發現之前，彩券事件可以先緩一緩。現在，讓我們看看，發生了些什麼事？」他有條不紊地開始了調查，「首先，我想讓夏爾先生弄清一個事實，他第一次看到的，被弄亂了，或是被打翻了的家具，在第二次進來時，是不是都回到原來的位置上了？」

「不錯。」

「顯而易見，想要做到這一點，必須對每件家具的位置都瞭若指掌。」

這個結論讓大家一下子都明白了。

嘉尼瑪又問道：「第二個問題，夏爾先生，你是被鈴聲弄醒的，你覺得，會是誰按的鈴？」

「當然是男爵按的。」

「如果是他，那麼，他是在哪個時候按的？」

「在與凶手抵抗之後……臨死前。」

「不可能，你描敘他倒地的地方，離電鈴按鈕有著四公尺遠的距離。」

「那就是在與歹徒打鬥的時候。」

「也不可能，因為你說電鈴是持續地響了七、八秒鐘，你認為對方會給他這樣呼救的機會嗎？」

「那就是打鬥之前了。」

「仍舊不可能。你告訴我們，你聽見鈴響，到你進入房間，總共才用了三分鐘，假如男爵先按的鈴，那在三分鐘內，凶手要與男爵搏鬥，並且殺死他，還得安全離開事發現場，這點時間根本不夠。」

「但確實是有人按了鈴，如果不是男爵，那會是誰呢？」法官不解的問道。

「是凶手自己按的。」

「為什麼要這樣做？」

「我還不知道。但是，可以知道歹徒瞭解這鈴是通向男僕房間的，那麼，除了樓裡的另一個人，還有誰知道這情況？」

調查的範圍小了，嘉尼瑪簡潔明瞭的幾個問題，都指向了案件的核心。老探長的思維還是很縝密。法官明白了他的意思：「你懷疑安托瓦內特小姐。」

「不是懷疑，是指控。」

「證據呢？」

「我在死者手裡找到了一縷頭髮，還有，死者身上有被指甲抓破的痕跡。」

他拿出那幾根金色的頭髮，就像金線一樣，閃閃發光。

夏爾小聲說道：「絕對錯不了，這就是安托瓦內特小姐的頭髮。」接著他又補充道，「……那麼……我想……我以前還見過那把刀子……對，那是她用來裁書頁的。」

屋裡人都靜下來的考慮起這個問題。

法官提出了不同意見，「我們必須找到更有效的證據，那才能證明殺死

男爵的凶手是安托瓦內特小姐。你對此還有其他意見嗎？」

「沒有。」

嘉尼瑪顯得很喪氣，過了一會，才咬著牙，略顯費勁地向大家公布，

「我所講的，就是我現在知道的情況，我在這裡發現了與23組514號彩券案件一樣的手法，也可以說是同樣的消失手段。安托瓦內特小姐在這樓裡出現和消失，採用了與羅蘋偕同金髮女郎從德迪納先生家逃跑同樣神秘的手法。」

「這又能說明什麼問題？」

「這兩件事情未免太巧合了，讓人看上去就覺得不可思議，十二天前，安托瓦內特小姐受僱來到了這裡，那剛好是金髮女郎消失後的第二天。讓人注意的還有一點，這幾根金髮，和金髮女郎的頭髮完全一樣。」

「你的意思是，安托瓦內特小姐……」

「就是金髮女郎。」

「那麼說來，這兩件事都是羅蘋一手策劃的？」

「一定是這樣。」

「可是，他總有來這兒的原因吧！現在，書桌是好好地，皮夾和金幣都好好地放在原地。」

「是啊！可是藍寶石到哪兒去了？」嘉尼瑪大聲說道。

「什麼寶石？」

「藍寶石，就是那塊鑲在法國國王皇冠上的寶石啊！這塊赫赫有名的寶石先是被A公爵賣給了萊奧尼德‧Ｌ，萊奧尼德‧Ｌ去世後，奧特雷克男爵又把它買下了，為了他以前熱戀過的，那位著名的喜劇女演員。」嘉尼瑪一邊走向屍體一邊說道，「我已經認真檢查過這隻手了，你們也可以好好看一下，手指上只有一個金指環。」

「請你看看手心那邊。」僕人提醒道。

嘉尼瑪用力掰開緊握的手指，戒指在手心那邊，一顆閃亮的藍寶石，鑲嵌在底盤正中。「我總認為事情越古怪，就一定越與羅蘋有關。」嘉尼瑪困惑地說道。

這就是司法部門在這件蹊蹺的案件發生的次日，初步瞭解的所有情況。

此外，大家對這樁案件的興趣，讓案件摻雜了更多的感情色彩，它的罪行觸怒了公眾。

唯一獲利的是男爵的繼承人。他們在昂利‧馬丹大街的小樓上舉行了家具展覽，為了將在德魯奧大廳進行的拍賣做著準備。展覽的都是新潮的、俗氣的家具，還有一些毫無藝術價值的小擺件。然而，屋子的正中央，卻放著一個被兩個警察嚴加看管的，光彩奪目的藍寶石戒指。

藍寶石在德魯奧大廳進行了拍賣，競價聲此起彼伏，非常熱鬧。就像一場盛大的節日，把巴黎上流社會的人都聚到了一起。價錢到了10萬法郎，一個義大利歌唱家抬到了15萬，又一個法國喜劇明星把價錢提到了17.5萬。然而，當價格到了20萬後，業餘的愛好者們都被淘汰出局。價格25萬時，就剩下了兩個人，著名金融家、金礦之王赫斯曼先生，美國女財主克羅森伯爵夫人，後者收藏了許多著名的珠寶。兩人你來我往地把價錢抬到了35萬，最終還是克羅森伯爵夫人得到了它。赫斯曼先生僅僅是反應慢了一秒鐘，出價40萬，依然沒趕上。他失望地說，這都是因為有一位女郎塞給他一封信，讓他分了下神。嘉尼瑪按著赫斯曼先生地描敘快速跑到大廳門口，女郎正在下樓。他馬上追了上去，但一股人流擋住了他的去路，等他擠出去後，女郎早就不見了蹤影。

他只能回到了大廳，向赫斯曼先生說明了自己的身分，就追問起那封信來。赫斯曼先生把信遞給他，信是用鉛筆草草寫的，只有短短一句話。

「藍寶石會帶來不幸，請你想想奧特雷克男爵。」

藍寶石的故事還沒有結束。男爵遇害，還有德魯奧大廳的激烈拍賣，使藍寶石成為了人們街頭巷尾議論的話題。六個月後，有人偷走了那塊被克羅森伯爵夫人高價買下的藍寶石。

八月十日，位於松姆河港的克羅森家，來了許多客人，伯爵夫人在鋼琴邊的小凳上把玩著她的首飾，這裡面就有奧特雷克男爵的戒指。一個鐘頭

後，伯爵起身離開了，他的兩個表哥安德爾兄弟和伯爵夫人的密友德·萊阿爾夫人也相繼走了，剩下的只有奧地利領事布萊尚先生和夫人。伯爵夫人關上了客廳桌上的大燈，同時，布萊尚先生也把鋼琴邊的兩盞小燈拉滅了，一時，屋子裡漆黑一片。這時，領事點起了蠟燭，三個人各自回了房間。

伯爵夫人剛進了臥室，想到首飾還放在客廳裡，便吩咐貼身女僕去取。女僕把首飾拿回來放在壁爐上，女主人看也沒看就睡下了。次日，克羅森夫人發現少了一個戒指，就是那個藍寶石戒指。她趕緊去找丈夫商量，他們馬上得出了結果，貼身女僕不可能拿，罪犯只會是布萊尚先生。

伯爵通知了亞眠省警察局局長，警察馬上開始了調查行動，並秘密地派人監視奧地利領事，讓他無法把戒指轉移出去。

兩週過去了，沒有發生任何可疑事件。布萊尚先生說要告辭了。當日，對他公開提起了起訴，局長也出面了，下令檢查領事夫婦的行李。在領事的一個小提包裡（小包的鑰匙領事一直沒離開過身邊），大家找到了一個用來裝牙粉的瓶子，瓶中就裝著那只戒指。布萊尚先生堅持認為，戒指在他這被發現，是克羅森伯爵的報復。因為他勸過伯爵夫人與伯爵離婚。可是，伯爵夫婦堅持不取消起訴。事件也沒有新的進展。巴黎保安局只好派嘉尼瑪來解決這個難題。

在這四天裡，老探長到處瞭解情況，與人聊天，與女僕、司機、花匠、附近的郵差閒聊，還仔細檢查了布萊尚夫婦、安德爾兄弟、德·萊阿爾夫人住的房間。

第五日的清晨，他沒有打招呼就離開了。

一週以後，伯爵夫婦收到了一份電報：

「請你們明天（星期五）晚五時到布瓦西·當格拉街的日本茶館來。」

嘉尼瑪

週五下午五點整，伯爵的汽車停在了布瓦西·當格拉街9號門前。在人行道上等候的老探長什麼也沒說，就把他們領到了二樓的日本茶館。房間

裡還有兩個人。嘉尼瑪介紹道：「勒爾布瓦先生，凡爾賽中學的數學老師。你們也許還有點印象，亞森・羅蘋從他手裡偷走了五十萬。萊翁斯・奧特雷克先生，奧特雷克男爵的侄子、他的全部財產的繼承人。」四個人都坐了下來。幾分鐘後，保安局長也來了。嘉尼瑪告訴局長說，這幾樁謎案就要在這破解了，然後，他鄭重其事地宣布：「布萊尚先生是無辜的！理由是，戒指丟失的第三天，伯爵家的3位客人，一時興起乘車出去遠遊，他們去了克雷西鎮，兩個人去觀看出名的戰場，還有一位急匆匆地到郵局寄了個包裹，一個用繩子捆得好好的小盒子。盒子按規定的那樣封嚴實了，申報欄裡說裡面東西值一百法郎。這個人用的名字是羅素，明顯是個假名。而收件人，是住在巴黎的一位叫索克斯的先生，他在收到包裹的當天就搬走了，這就說明，那包裹裡藏的就是戒指。當問及自己的表哥是否也參與其中時，嘉尼瑪用否定的回答打消了他們夫婦的顧慮。疑點無疑集中到了德・萊阿爾夫人身上。嘉尼瑪分析的理由是，德・萊阿爾夫人參加了拍賣會，並且慫恿伯爵夫人買下了這枚戒指，伯爵夫人也記起她是第一個向自己提到藍寶石的人。但她是自己的好朋友，肯定不會做這種事。伯爵夫人還是不明白，如果德・萊阿爾夫人真的偷走了戒指，那戒指又怎麼到了布萊尚先生的牙粉瓶裡？嘉尼瑪堅稱德・萊阿爾夫人其實並不存在，這個人其實就是金髮女郎。他說他每天都在關注報紙，在一份特魯維爾旅遊名單中，發現了「博里瓦日旅館……德・萊阿爾夫人」等資訊。他當晚去了特魯維爾，經過他的仔細查證，證實這位德・萊阿爾夫人就是自己要找的那位。不過遺憾的是，她已經離開了，留下的地址是巴黎科里茲路三號。前天，他又去了這個地方，四處一打聽，並沒有一個叫德・萊阿爾的夫人住在當地。只有一個德・萊阿爾女士，住在3樓，是個寶石首飾中間商，前幾天才從外地旅行回來。昨天他找到了她，用了個假名，說自己是也是個中間商，有人想買寶石，所以今天約在這裡見面，談第一樁買賣。他非常確定這個女人就是他要找的德・萊阿爾夫人，他剛講到這裡，外邊在這時傳來一聲口哨，提醒嘉尼瑪，金髮女郎已經出現了。

　　與此同時，一個女人出現在門口，高躯的個子，蒼白的臉龐，還有那一

頭惹人注目的金髮。她等在門口，越看周圍越覺得不安，她剛準備離開，嘉尼瑪上前將她攔了下來，「我向你介紹這位朋友，他想買一些首飾，尤其是寶石，你能像你當初答應我的那樣做嗎？」

「不……不……我不清楚……我不記得這回事了……」

「不，你記得……一個你認識的人給過你一個彩色的寶石……就是諸如藍寶石那類的。記起來了嗎？」

她沉默了，手裡的小提包掉到了地上，她慌張地撿起來，緊緊抱在胸前，手還微微地抖著。

「好了，德‧萊阿爾夫人。我看你不相信我們，我來做個提示，先給你看看我手裡有什麼。」他從錢包裡拿出一個小紙包，打開放在桌上，裡面是一縷頭髮。

「這是安托瓦內特‧布雷阿小姐被男爵先生在死前拔下來的頭髮，我也給勒爾布瓦小姐看過了，她馬上認出這是金髮女郎的頭髮，這與你頭髮的顏色也很相似啊！」

德‧萊阿爾夫人不明所以地看著他，他又接著說：「這裡還有兩個香水瓶，雖然上面都沒有標籤，瓶子也是空的，不過瓶裡還殘留有很濃的香味。今早，我把它帶給勒爾布瓦小姐去辨認，她一眼就看出這就是金髮女郎使用的香水瓶，而且香水的味道也符合她的印象，這一瓶是在德‧萊阿爾夫人住的克羅森城堡的房間裡發現的，另一瓶是博里瓦日旅館你住過的房間裡找到的。」

「不明白你在說些什麼？金髮女郎……城堡……」

探長沒理睬她，又在桌上放了四張紙，「最後，看這兒，這第一頁上面的筆跡是安托瓦內特‧布雷阿的，第二頁是那位給赫斯曼先生遞信的女士的筆跡，第三頁是德‧萊阿爾夫人在克羅森城堡留下的筆跡，第四頁嘛……夫人，是你自己在博里瓦日旅館給人留下的姓名住址，那麼，請你對照看看這四個筆跡吧！是不是很眼熟，它們完全一樣！」

「天吶，先生，你是不是瘋了？這些能證明什麼問題？」

「夫人，這表示金髮女郎、羅蘋的女友，不是別人，就是你！」嘉尼瑪

激動地說道。

接著，他衝進隔壁的屋子，將勒爾布瓦先生、奧特雷克先生、克羅森伯爵夫人一一叫出來辨認，結果他們都聲稱自己從沒見過這個女人。這真是讓嘉尼瑪沒有了一點辦法。迪杜伊先生也沒有話好說了。一切就以賠禮道歉收了場。局長起身要離開了。德・萊阿爾女士走到局長身旁說道：「我剛才聽你叫他嘉尼瑪先生……沒錯吧！那麼，我這裡有一封給他的信，是今早剛收到的，信封上寫著，勞德・萊阿爾女士轉交嘉尼瑪先生。毋庸置疑，這個人知道我們會見面的事情。」

信的全文是：以前，有一個金髮女郎，一個羅蘋和一個嘉尼瑪。不過，壞人嘉尼瑪想欺負可愛的金髮女郎，好人羅蘋可不讓他這樣做。好人羅蘋還想讓金髮女郎成為克羅森伯爵夫人的好朋友。他給了她德・萊阿爾夫人這個名字，這是個本分的女商人的名字，或者說，與她的名字很像。女商人也是一頭金髮，白白的臉蛋。好人羅蘋又說：「如果壞人嘉尼瑪老是追著金髮女郎不放，我就讓他跑錯方向，讓他去找女商人吧！聰明的計策有了回報。在壞人嘉尼瑪常看的報上發了個小提示。真正的金髮女郎有意在博里瓦日旅館房間裡留了個香水瓶，，還在登記簿上留下了德・萊阿爾夫人名字與地址。這回合就打完了。嘉尼瑪，你覺得如何？我真想認真地給你講下這個有趣的故事，我瞭解，以你的聰明，你一定會最先明白這個笑話的。這故事真是很精彩，我偷偷地告訴你，我真是太開心了。僅此致謝，親愛的朋友。向傑出的嘉尼瑪先生轉致我的問候。

亞森・羅蘋

嘉尼瑪感到很沮喪：羅蘋知道一切！連自己沒告訴別人的細枝末節都瞭解！局長，他知道自己要請局長過來，也知道自己找到了第一個香水瓶……他是怎麼知道的？嘉尼瑪又把信拿起來讀了讀，足足看了十分鐘。這上面找不到任何線索，只知道金髮女郎是羅蘋這個計畫中重要的女主角。

「我沒辦法了。」嘉尼瑪嘆息道。

伯爵遲疑了一下，伯爵夫人接在老偵探的話後，往下說道：「有一個人，在我看來是你之外唯一能看穿羅蘋計謀的人。先生，我們去請夏洛克·福爾摩斯幫忙，你不會反對吧？」

三、初次交鋒

一天晚上，亞森・羅蘋像往常那樣，給我打了個電話，邀我到一家小餐廳吃晚飯。我知道，羅蘋的邀約，一定不會少了那些驚心動魄的冒險故事，他總是讓我充滿期待。那天夜裡，我的心情比往常更激動。他一坐下來，就先給自己倒了一大杯涼水，一口氣喝光了，「你看了今天的《時代報》嗎？夏洛克・福爾摩斯，那個大偵探，他就要來法國了，六點鐘就會出現在巴黎的街頭。」

「他到巴黎來幹什麼？」

「由克羅森夫婦、奧特雷克、勒爾布瓦出錢做次小小的出國旅行。北方車站，他們約好在那見面，嘉尼瑪也會去參加，現在，六個人正討論如何對付我呢！」他接著說道，「《時代報》還發表了嘉尼瑪的專訪，據那個老探長說，我的女友，一個金髮女郎，謀殺了奧特雷克男爵。之後，還試圖從克羅森夫人手裡騙取那顆出名的藍寶石。請你注意，他還說我是這幕後的黑手。」

「那麼，這次你可碰上了讓你頭疼的對手了，還是兩個人！」

「其中一個沒必要擔心。」

「另一個人呢？」

「福爾摩斯？他可是不能小看。不過，這正是讓我感到刺激的地方，亞森・羅蘋大戰夏洛克・福爾摩斯……法國大戰英國……」

他突然止住了話，小聲說道，「快把大衣和帽子拿給我，看見剛才進來的兩位先生了吧……那個高個子……」

「他是誰啊？」

「福爾摩斯。」

「你怕什麼？你只要喬裝改扮，誰也認不出你，連我每次見你，都覺得像是碰上了另一個人一樣。」

「可是，他會發現我的。他僅僅見過我一次，我總覺得，不論我如何變裝，他一定能認出我……」

「我們出去吧？」

「不，最好主動出擊……我自己去他那……」

「你真要這樣做？」

他又想了想，嘴角浮現起孩子調皮的表情，突然站起來，來了個180度的大轉身，行了個禮，高興地說道，「太巧了，真是有緣……請允許我向你介紹我的朋友……」

那英國人愣了1、2秒鐘，然後，好像隨時準備抓捕羅蘋，羅蘋搖了搖頭：「這可是你的不對了……」

另一個英國人站起身來，冷冷地說道，「華生，我的同事和朋友……亞森・羅蘋先生。」

華生有點不解地問道，「你為什麼不抓住他？」

「你沒發現嗎？這位先生要想逃跑的話，早就能躲過我們，跑到外面去了。」

「這又有什麼關係！」羅蘋繞到桌子這邊，坐下來了，讓英國人待在他們之間，讓他掌握先機。福爾摩斯依舊是一臉深藏不露的神情。不過，過了一會，他吩咐服務生送來了蘇打水，威士忌、啤酒。然後，四人圍著桌子，安然地聊起來。

福爾摩斯年紀大約50多歲，看起來就像普通市民。橙紅色的鬢髯、刮得乾乾淨淨的下巴、看起來有點沉悶的表情，就如同一個老派的倫敦人。只有那一雙眼睛與眾不同，銳利、靈光，好像能看透一切。亞森・羅蘋問起福爾摩斯要在巴黎待多久。他馬上進入了主題：「我的去留取決於你，羅蘋先生。」

「那要我能做決定的話，我希望你今天晚上就打道回府。」

「今天還太急了。我希望八到十天之內⋯⋯」

「你還是這麼趕時間啊？」

「我要處理的事情還很多，中英銀行失盜案、綁架埃克萊斯頓夫人案，羅蘋先生，你覺得一週時間足夠了嗎？」

「完全夠了，如果只是藍寶石案件，一週時間都不要。另外，如果你認為這案子與我有關的話，我得小心點了。」

「在八到十天裡，我會考慮好好這一點的。」

「那就是說，可能會在第十一天逮捕我？」

「不，在第十天，最後一天。」

羅蘋想了想，搖了下頭。

福爾摩斯緩了緩，接著說道，「很明顯，現在我手裡沒有一張好牌，因為這是幾個月前的事情了，我沒有辦法去當時的案發現場調查。不過，除了嘉尼瑪先生的調查結果，我還必須好好利用所有的有關資料，所有調查結果，還有我個人的推論。

亞森・羅蘋以專為福爾摩斯準備的，尊敬的語氣說：「如果向你打聽你現階段的判斷，不算是洩露秘密吧？」

福爾摩斯慢慢地裝好菸斗，點上火，用他那獨到的話語說道，「我的觀點是，這件事不像看上去那麼複雜。我把事情說成『這件事』，這是因為，我認為這些現象都是一件事。奧特雷克男爵之死、戒指的故事，還有，那個23組514號彩券事件，這些都不過是人們說的金髮女郎之謎的幾個表面現象而已。換一種說法就是，我認為，只要找出這齣三幕劇之間的聯繫就好了，也就是找到三個方式的連接點。嘉尼瑪的結論太過膚淺。他在消失方法上，在去留無痕這一點上看出了聯繫，但是我覺得，神秘現象這種說法並不能讓人信服。」

「那麼⋯⋯？」

「照我看來，這三件事明顯都是你一手策劃的。你想讓事情按照你的設想進行，雖然現在還不知道你的計畫，但這些是你完成下一步必不可少的鋪

墊。」

「你能說具體點嗎？」

「很簡單。這樣說吧，你與勒爾布瓦先生發生衝突時，你是有意選擇在律師家作為見面地點，這個地方對你很安全，足以讓你能公開會見地點而不會受到威脅。」

「現在，再談談藍寶石。是不是奧特雷克男爵一買下它，你就想把它弄到手呢？我看不是。可是，男爵繼承了他哥哥的宅院。六個月後，安托瓦內特小姐混進了男爵家，嘗試奪取寶石，沒有成功。在德魯奧大廳組織了轟動一時的大拍賣，這次拍賣真是無人干涉嗎？一定是誰有錢，誰就能買到那個寶石嗎？完全不是，在赫斯曼就要買到寶石的時候，一位女士遞給他一封恐嚇信，這讓同受這位女士影響的，事先就準備好的克羅森夫人購得了寶石。它會馬上消失嗎？不，你還得等待時機。那麼，來個幕間的休息。後來，伯爵夫人回城堡住下了，這正是你所期望的，戒指消失了。」

「難道就是為了在布萊尚領事的牙粉瓶裡再次出現？」這太反常了，讓人無法理解。」羅蘋反駁道。

「好了！」福爾摩斯用力敲了下桌子，「這些無聊的解釋不該由我來說，笨蛋才會讓人為所欲為，我可是個老偵探了。」

「你的意思是……」

「那顆在牙粉瓶裡放著的是贗品，真的到了你手裡。」

羅蘋沉默了下來，然後，盯著英國人說：「先生，你真是太厲害了。只有你才瞭解事情的真相！這真是場思維縝密的推理！」

「現在，我只要發現案件為何發生在克拉佩隆路25號、昂利‧馬丹大街134號和克羅森城堡就行了，問題的關鍵就在這裡。我會在10天內得到結果，羅蘋先生，我的判斷錯了嗎？」

「10天以內，你會瞭解全部真相的。」

「你將會被逮捕。」

「不會，如果要抓我，必須是很特別的狀況，我得碰上一系列的倒楣事，不過我是不會讓這些情況發生的。」

「羅蘋先生，不需要特殊情況，也不用你碰到一堆倒楣事，一個人堅定的意志就足夠了。」

「福爾摩斯先生，如果另一個也用這樣頑強的意志來設置障礙阻止你呢？」

「羅蘋先生，沒有越不過的障礙。」

「那麼，福爾摩斯先生，我們約好了，十天吧？」

「十天。今天是週日，到再下一週的週三八點，事情將完全解決。」

大家客氣地相互告別。出門不一會兒，羅蘋就丟掉才點的菸，飛奔過馬路，和兩個剛從黑影裡鑽出的人會合在一起，三人在對面人行道上竊竊私語了幾分鐘，羅蘋又回到了我旁邊。

「請你見諒，這個討厭的福爾摩斯要為難我，不過我向你保證，他可糊弄不了羅蘋……他馬上就會知道我的厲害……再見，還是那個華生說的對，我不能再有片刻的耽擱了。」

他急匆匆地離開了。

這個特別的夜晚就這樣結束了，在以後的幾個小時裡，又發生了許多事情。

在羅蘋離開的同時，福爾摩斯拿出懷錶看了看時間，也站起了身，「八點四十分。九點我還約了伯爵夫婦在車站見面。」

他們相繼出了門。

出來後，福爾摩斯說道，「華生，別向後看……也許有人正跟蹤著我們呢……你講講看，羅蘋為何會到這個餐廳來？」

「來吃飯啊！」華生想都沒想地說道。

福爾摩斯又接著說：「還要不要去克羅森家？嘉尼瑪已經把這件事告訴記者了。為了讓他不覺得受了騙，我應該去，可是，為了從他那爭取到時間，我又不能去。」

「啊？」華生愣住了。

「老搭檔，你快沿著這條路一直向前走，搭一輛車，然後換一輛，再轉乘第三輛，接著再回到這裡，把我們放在寄存處的行李取走，迅速趕往『艾

麗舍宮』大旅館。」

「到『艾麗舍宮』大旅館？」

「你到那訂間房，好好地睡上一覺，等我的命令。」

華生接到任務離開了，福爾摩斯拿出火車票，上了開往亞眠的列車，克羅森夫婦早就在車上等候多時了。開出10分鐘後，他走到伯爵夫人身旁坐下，「夫人，你把戒指帶來了嗎？」

「帶來了。」

「能麻煩你借我看一下嗎？」

他拿過戒指，仔細的鑑定起來，「不出所料，這是塊人造的贗品。」

「人造的寶石？」

「這是現在最新的工藝，在高溫下，用寶石的粉末作原料，熔化成一個完整的寶石塊……這樣的方法才能製造出珍稀寶石的仿冒品。」

「不可能，我買的可是真貨！」

「你在拍賣會上買的確是真品，可惜這顆寶石不是原來那顆了。」

「我的寶石在哪裡？」

「一定到了亞森・羅蘋手裡。他拿這件贗品調了個包，你是在布萊尚先生的牙粉瓶裡找到這塊的吧？」

伯爵夫人吃了一驚，目瞪口呆。她的丈夫還是不敢相信，拿著戒指翻來覆去地看了好一會。一段時間後，伯爵夫人還是有點難受地說：「會是這樣嗎？拿走真寶石不就好了嗎？而且，他是如何偷走寶石的？」

「我正要弄清楚這件事。」

「是到克羅森城堡嗎？」

「不，我在克雷伊就下了，回巴黎去。那才是適合我和羅蘋較量的舞台，在那兒，我們得好好過過招。不過現在，最好讓羅蘋安心地認為，我還在旅途上。」

「那麼，你就安心等著吧，雖然不久前，我才做出了一個難辦的承諾，不過我以福爾摩斯的信譽擔保，他一定會將真寶石交到你手上的。」

火車開始減速了，他把假寶石裝進口袋，開啟了車門。

伯爵吃了一驚，「你怎麼在月台的背面下車！」

「如果我被羅蘋的手下跟蹤，這樣就能避開他們，再見！」

一個鐵路工人對福爾摩斯的危險行為大聲斥責，他卻毫不在意地走進了站長室。50分鐘後，他乘上了另一列開往巴黎方向的火車。在午夜前，他再次回到了巴黎。他飛奔著離開車站，穿過一個餐廳，攔下了一輛出租馬車，「車伕，去克拉佩隆路。」

在確信沒人跟蹤後，他在克拉佩隆路停了下來，仔細觀察起德迪納先生住的大樓和相鄰的兩幢房子，他還下車用步伐在房子之間測了距離，接著把這些資料和所見情況寫在了筆記本上。

「車伕，昂利‧馬丹大街。」

車停在了昂利‧馬丹大街和拉朋普路的交叉路口上，他給了車伕錢，接著下了車，走到134號樓前，在奧特雷克男爵公館和兩邊大樓前進行了之前同樣的檢查，測量了每個建築的寬度，計算了樓前小花園的深度。他看到樓前花園的欄杆上，掛著「此屋出租」的牌子。福爾摩斯自言自語道：「男爵一死，這裡就再也沒住過人了……我作為第一個客人也不錯啊！」

有了這個想法，他就不會放棄去做。可是，如何從外面進去呢？圍欄太高了，攀爬是不行的。他拿出自己從不離身的兩件東西，手電筒和萬能鑰匙。可是他剛一拉門，門就自己開了，這讓他非常吃驚。不過，他還是溜進了裡面，把門虛掩上。可是，才走了三步，他又停了下來。一線燈光在三樓的一個窗裡閃了一下。在接下來的第二個，第三個窗戶依次閃過，不久，又到了二樓的房間，在一間間屋子裡陸續出現。福爾摩斯在原地待了好長一段時間，在那些沒掛窗簾的窗戶外，唯一能看見的只有一個映照在房間牆上的人影。

誰會無聊地在凌晨一點，到男爵的命案現場閒逛？這讓福爾摩斯非常好奇。

只有一個方法能知道謎底，就是進去看看。可是，他剛要走到樓門口，燈光就在窗戶消失了，裡面的人肯定發現他過來了。福爾摩斯聽不到任何聲響。他轉身進了一個房間，悄悄地走到窗戶，看見剛才在屋裡的那個人已經

來到了院子裡。明顯他是由另一邊的樓梯下來出去的。現在，他正小心翼翼地順著灌木叢向前移動。福爾摩斯趕忙跑下樓梯，越過台階，從後面堵住了那個人的退路。可是，前面一團漆黑，他什麼也看不清楚。過了幾秒鐘後，他才發現在灌木之間，還有一團更加黑的東西，那東西穩穩地待在那裡。

福爾摩斯有點困惑了，那個人明顯有逃跑的機會，他為什麼待在那不動，這一定不是羅蘋本人，羅蘋的身手矯健得很，應該是他的同夥。就這樣過了好幾分鐘，對方仍舊沒有行動。大偵探把左輪手槍檢查好，手上握緊匕首，無所畏懼地，但又不失冷靜地，撲向那個黑影。兩人在黑暗中扭成一團。他把對手撲倒在地，死命地壓住他的身體，一隻手死死卡著那個人的脖子，另一隻手打開手電筒，照向那個人的臉孔。

「華生！」他吃驚的喊道。

突然，福爾摩斯怒氣沖沖地搖著他老友的肩膀，「你來這裡幹什麼？告訴我！我要你躲到灌木叢裡監視我嗎？」

「監視你？天吶，我哪裡知道是你啊？」

「你跑到這兒來幹嘛？你該好好地躺在旅館的床上休息！」

「我是躺到床上了！」

「應當安靜地睡覺。」

「我是睡著了。」

「那就不該起來！」

「是你寫信要我來……」

「我的信！」

「一個警察拿著你的信去了旅館。」

華生邊說邊將信遞了過去。福爾摩斯把信拿到手電筒下一照，吃驚地讀道：「華生，起來。快點去昂利・馬丹大街。那是個空樓，想辦法進去。去裡面，認真畫張地形圖，再回旅館休息。——夏洛克・福爾摩斯。」

他懊惱地說：「華生，下次在收到我的信，先弄清楚是不是有人模仿我筆跡寫的。」

華生這才模糊地看出了事情的真相，「那是誰寫的？」

「亞森‧羅蘋。」

「他為什麼要這麼做？」

「我也不知道，這正是我要思考的。」

　　他們來到鐵欄杆前，這才發現門給人從外面鎖起來了。福爾摩斯死命搖了搖鐵門，馬上認識到一點辦法也沒有，他無奈地垂下手來，慢慢地說道：「現在我懂了。這也是羅蘋的計畫，他早就料到我在克雷伊下了車，就在這設計困住我，好讓我當晚不能有所行動。他還把你騙過來與我為伴。這不僅是讓我浪費一天的時間，還在提醒我不要插手他的事情。」

　　就在這時，二樓一扇窗戶的燈亮了起來。他倆馬上跑上二樓，向亮燈的房間趕去。推門一看，房間中央的地板上點著半截蠟燭，邊上放著個籃子，裡面有兩隻油光發亮的雞腿，一個大麵包，還捎帶著一瓶酒。

　　福爾摩斯高興地笑起來，「太美妙了！有人專程送夜宵給我們吃。好了，華生，收起你的苦瓜臉！」吃完雞腿，喝完酒，他們就和衣在地板上湊合了一晚。早上，華生從睡夢中醒來，一陣輕微的響聲把他吸引了過去，福爾摩斯正弓著腰跪在地板上，拿著放大鏡看著殘留著的白色粉筆痕跡，那些像是一些記號和數字，大偵探把它們都寫到了筆記本上。福爾摩斯在另外的兩個房間發現了同樣的粉筆痕跡，在橡木壁板上還發現了兩個圈，一個牆板上還畫著一個箭頭，樓梯的四個台階上分別寫著四個數字。福爾摩斯考慮了大約有一小時，向華生問道：「你覺得，他們表示什麼？」

　　「意思很清楚，它們代表地板條的數目。那兩個畫上圈是為了說明，這兩塊牆板是後來換上去的，你可以去與邊上的牆板比較一下。箭頭是指向廚房連接餐廳的小型升降機。」

　　福爾摩斯露出敬佩的神情，稱讚道：「我的好夥伴，你是如何發現的？你的聰明真讓我自愧不如。」

　　華生笑著說道：「這太簡單了，這標記就是我昨天晚上畫上去的，是按照你的吩咐……不。應該說是羅蘋的安排，那封信是他冒你的名字寫的。」

　　沒有辦法，他們只有往外走，可是門還是鎖著的，他們依然打不開。最終，他們只好向門外的警察求助。這之後，他們就給帶到了附近的警察分

局。分局局長對他們兩人進行了嚴格的審問，而且用一種讓人難受的態度，禮節性地送他們離開。出門，就有輛車送他們去了「艾麗舍宮」旅館。到了服務台，華生向服務生要房間鑰匙。服務生找了一會，吃驚的說道：「先生，你不是寫信給你的朋友，讓他幫你把房間退掉了嗎？」

「哪個朋友？」

「就是把你寫的信交給我的那位先生，你看，你的名片還夾在信一起呢！」

華生拿到手上一看，還真是他的名片，信也是模仿他的筆跡寫的。行李也一起讓那個人拿走了。他們無奈地來到了圓形廣場，福爾摩斯停下說道：「華生，你的名片讓我明白了一些事。」

「怎麼了？」

「有一個人事先就猜到，不能避免地會碰上我們，他提前就弄了一張你的名片，還模仿了你我的筆跡。你想想，誰具備這麼縝密的思考能力，還有這極強的組織協調手段？」

「這就是說……？」

「這就說明，我們面對的是一個強敵，他有著完善的組織，精良的工具，而且為了迎接我們的到來做好了充分的準備，要戰勝他，我必須全力以赴。而且，就像你現在看到的情況，這第一局我很難贏。」

正如大偵探想的那樣，六點，一篇短文出現在《法蘭西回聲報》上面。

「今日上午，十六區警察分局局長泰納爾先生，釋放了夏洛克·福爾摩斯和華生先生。他們不知何種原因被關在了已故男爵奧特雷克的空宅裡。而且，還在那幢屋子裡待了難以言喻的一晚。」

「另外據悉，他們對行李失竊一事，對亞森·羅蘋提出指控。」

「亞森·羅蘋這次讓他們嘗了一點苦頭，提醒他們不要輕舉妄動。」

福爾摩斯把報紙胡亂地弄成一團，扔到了地上，聲音都因為憤怒變了調，「我才不會生氣呢！最後的勝利者一定是我！」

四、初露端倪

　　一個上午的時間，福爾摩斯除了抽菸和睡覺，其他什麼也沒做。直到第二天，他才有所行動。福爾摩斯會見了三個人，先去了德迪納先生家，談話後他還仔細檢查了他的房間。接著，他打電話請勒爾布瓦小姐去他住所，向她詳細瞭解了金髮女郎的事情。最後，他去了維西當第納修道院，在那與歐格斯特修女進行了長談。

　　他與華生去了很多地方，先去了昂利‧馬丹大街上挨著134號公館的兩幢大樓，接著又去了位於克拉佩隆路的25號樓。福爾摩斯說道：「明顯可以猜到，在這些樓房之間有秘密通道連接……不過，現在我還是有些地方不懂……」

　　突然一個黑影從他們頭上落了下來，打斷了他們的談話。湊上去一看，原來是個裝了半袋沙子的麻袋。福爾摩斯順著袋子落下來的方向望去，六樓陽台上搭著腳手架，上面有幾個工人正忙著幹活。他馬上結束了討論，飛奔進大樓，一口氣爬到了六樓，直朝陽台跑去。可惜的是，陽台上沒有一個人。

　　「剛才在這做事的工人呢？」他向僕人打聽道。

　　「剛剛才走。」

　　「從哪兒出去的？」

　　「從傭人樓梯走的。」

　　福爾摩斯從窗戶向下望去，有兩個人出了樓門，騎著自行車消失在了馬路的拐角。

「他們來這多久了？」

「這兩個人是新來的，今早才上的工。」

福爾摩斯又回到華生身旁。他們悶悶不樂地回到了旅店，就這樣一言不發地度過了剩下的一天。

第二天，一樣安排，他們在昂利‧馬丹大街同一條長椅上坐著。福爾摩斯說：「我希望發生點什麼，就算是一件很小的事件，我都能利用它做點事。」

「會發生嗎？」

後來，還真出了點事，上午平靜的氣氛就這樣消失了。

就在騎馬道上，也就是行車道的中間，一個先生騎著馬慢慢地走著。忽然，他的馬向福爾摩斯坐著的位置跑了過來，馬屁股剛好擦了下大偵探的肩膀。在那位先生在讓馬匹安靜的時候，福爾摩斯拔出了手槍，對準了那個人。華生趕忙上前制止了他。那位騎士也在這時拍馬跑走了。「笨蛋！你沒看出來，他就是羅蘋的手下！把他的馬射傷就行了。要不是你的阻攔，我就能逮住羅蘋的一個手下了。」福爾摩斯那可怕的表情，讓華生害怕極了。

五點鐘，在克拉佩隆路上，華生和大偵探正走著，迎面撞上來三個青年工人，他們三人手挽著手，哼著曲子在街上走著，撞上後，他們那挽著的手還是不肯鬆開。為此，他們之間進行了一場打鬥，福爾摩斯把兩人打倒在地，然而這兩人並沒有反擊的意思，爬起來，像剛才那樣挽著手離開了。

福爾摩斯回頭看了下華生，可憐的華生無力地靠在牆上，兩隻手就像斷了線的木偶，看上去一點力也使不上。當福爾摩斯懷著擔憂的心情，把華生送進藥店的時候，華生早已被疼痛折磨的昏了過去。醫生帶著助手趕忙過來診斷，兩隻手臂都被打到骨折了。華生剛醒來，就被一次劇烈的疼痛再次擊昏了。福爾摩斯這時卻在考慮著其他的事情，他突然像明白了什麼一樣，說道：「華生，我想到了，一切問題都解開了……答案就在眼前……當然……」他撇下華生，沿著馬路一路小跑，到了25號樓門前。就在門的右上方，有塊石頭刻著：建築師，戴斯唐拉，1875年。他在23號樓也發現一樣的銘文。「昂利‧馬丹大街的建築物上是不是也刻著相同人的名字呢？」他馬

上搭上一輛出租馬車趕到了昂利・馬丹大街134號。屋外的一塊牆上刻著：建築師，戴斯唐拉，1874年。旁邊的樓房上也刻著：建築師，戴斯唐拉，1874年。

福爾摩斯已經控制不了自己激動的心情了，在馬車裡躺下來，足足幾分鐘，全身都因為喜悅而發抖，他終於找到了一條追蹤的線索。他接著跑到附近的郵局，向亞眠打了個長途電話。伯爵夫人剛好在家，自己接了大偵探的電話。

「是福爾摩斯先生吧？一切都還進行得順利吧！」

「順利極了。可是現在，請妳快告訴我，克羅森城堡是誰修建的？在什麼時候修建好的？」

「按照門口上標註的說法，是盧西安・戴斯唐拉於1877年修建完成的。」

「夫人，非常感謝你！」

他一邊走著，一邊思考著，「盧西安・戴斯唐拉……這個名字我在哪本書上看過？」他到圖書館，找了一本現代名人傳記辭典，在裡面找到了盧西安・戴斯唐拉的資料，「盧西安・戴斯唐拉，生於1840年。羅馬建築大獎獲得者。榮譽軍團軍官。設計了許多有藝術價值的建築物……」他把這些都記在了自己的筆記本上。

接下來，他回到了華生的病房。「我找到線索了！」福爾摩斯控制不住激動的心情，大聲說道。

「什麼線索？」

「華生，我已經知道金髮女郎消失的線索了。還有，羅蘋為何會選擇在那三幢大樓裡行動？」

「是什麼原因？」

「因為那三幢建築是出自同一個設計師之手。這讓三幢建築擁有相同的設計結構。表面上看起來不可理解，其實問題的關鍵非常簡單！」

「現在都是第四天了，十天的期限已經快過了一半了。」

「是啊，我剛才突然注意到，那些惡徒完全可以像對付你一樣，把我也

打傷的。你說是不是？」

福爾摩斯接著說道：「這次的事件，讓我們明白了許多。華生，我們犯的最大錯誤就是，我們總是在等著對手攻過來，讓自己處於被動地位。」

「你可以去找嘉尼瑪先生幫你嗎？」

「這不可能。只有當我找到了羅蘋的老巢，有了取勝的辦法。那時，我才會用到嘉尼瑪給我的這兩個地址，位於佩爾戈萊茲路他的住宅，還有夏特萊廣場瑞士酒店。在那時機成熟前，我必須單獨行動。」

他來到病床前，關切地說道：「老夥伴，你現在能幫到我的就是，拖住羅蘋兩三個手下。他們肯定會監視你，想在我探病的時候盯上我。你一定能完成好這個任務的！」說完他就匆匆離開了。

沒過多久，在戴斯唐拉先生的住所前，一個穿著黑色禮服的人按響了門鈴，「戴斯唐拉先生在家嗎？」一個僕人打開門走了出來，看了來人兩眼，不屑地說道：「先生有名片嗎？」

這個人沒有名片，但帶來了一封介紹信。

他被僕人領到了一間圓形大房間裡，這房間位於樓房的一角，屋子裡四壁都是放書的架子，上面密密麻麻擺滿了書，建築家向來人問道：「你就是史蒂克曼先生？」

「是的，先生。」

「我的秘書最近生病了，現在，他的工作由你來做，其實很簡單，就是照我的吩咐把圖書分好類，最主要的是德文書的分類工作，你適應做這種工作嗎？」

「適應，先生。」

在瞭解了工作內容之後，他們馬上簽訂了合同。這位新秘書馬上就和建築師開始了工作。

這位神秘的先生其實就是我們的大偵探福爾摩斯。他打聽到，戴斯唐拉先生身體不好，已經退休在家，他除了每天看看書，也沒有了其他的愛好，關於他的女兒克洛蒂爾德，聽說她跟老建築師一樣怪異，從不出門，不過她是住在樓房的另外一角。福爾摩斯一邊把戴斯唐拉先生說的書名記錄到記事

簿上，一邊想著自己的案子，「這些推測都沒有證據證明，但是我現在已經有了不小進展，答案很快就能被我找到的，戴斯唐拉先生會不會是羅蘋的同謀？他們現在還有來往嗎？那三間公館的圖紙還在不在？圖紙上還有沒有其他建築的線索？與這類似的房子，羅蘋那一幫人肯定會用它來做老窩。這些問題太讓人感興趣了！」

大偵探一刻也沒有懈怠，從他進來工作起，他就覺得氣氛不太對勁，屋子裡正謀劃著些什麼。次日午後兩點，他初次見到了克洛蒂爾德小姐，她是個三十歲的女人，有著一頭棕色的頭髮，臉上的表情就像是對她性格的說明，內向、冷漠、不問世事。她與戴斯唐拉先生交談了幾句話，就像沒有感覺到福爾摩斯存在一樣，轉身離開了。

下午五點，戴斯唐拉先生說有事要出去，這就留下大偵探一人繼續在藏書架中工作。天逐漸變黑了，他也想著該走了，就在這時，一陣窸窸窣窣的響聲傳了過來，他感到房裡還有人在。又過了好一陣，忽然，他背上一涼，模模糊糊的，有一個人影出現在了他眼前，就在他前面的陽台上。這真是太讓人吃驚了。那個人躲在這多久了，難道一直在這守著他？他是從哪裡鑽出來的啊？

只見那個人輕巧地下了台階，走到一個大橡木櫃子前，把櫃前的布簾翻了起來，人跪在櫃子前，在堆得滿滿的文件裡翻找著些什麼。他要找的是什麼呢？

忽然，門被從外面打開了，戴斯唐拉小姐愉快地走進門來，向著還在門外的某個人說道：「你肯定不會再出去了，爸爸？」

那個正在找東西的人馬上關好櫃子，躲到了窗簾後面。

父女兩人就並肩坐在一起，戴斯唐拉小姐讀起了自己帶來的書，戴斯唐拉先生慢慢地靠在背墊上睡著了。

又過了一會兒，窗簾被那個人打開了，他沿著牆角向門邊移去。他如果要出門，雖然可以從戴斯唐拉先生後面通過，但必然會暴露在戴斯唐拉小姐眼前。就在那個人往門邊走的時候，福爾摩斯終於看清楚了那個人的樣子，沒錯，他就是羅蘋！這發現讓大偵探開心的不得了，他沒算錯，他已經到了

所有秘密的中心了，羅蘋在他預先推理的地方出現了。

戴斯唐拉小姐還是沒有什麼反應，即便是這個人已完全出現在她眼前。

羅蘋走到了門邊，手已經碰到了門把手，忽然這時，他的外衣把桌上的東西碰掉了，發出的聲響馬上吵醒了戴斯唐拉先生。

這時，亞森·羅蘋已經等在他面前，手裡拿著帽子，臉上充滿笑容。

「馬克西姆·貝爾蒙！」戴斯唐拉先生看上去很高興，「你怎麼有空過來了？」

「那還不是因為想念你，和你可愛的女兒了！」

「這樣說來，你那次旅行結束了？」

「昨天剛回來。」

「留下來與我們共進晚餐吧？」

「不了。我還和朋友有個飯局，早就約好了的。」

「這些天我正想見你呢！」

「是真的嗎？」

「當然是真的。最近，我一直在整理放在那個櫃子裡的舊資料，最後一個記錄本也找到了。」

「哪個記錄本？」

「昂利·馬丹大街的那個。」

「真的？你還保存著那些廢紙呢？這真是太好了！」

他們三人走過一段寬大的走廊，來到小客廳坐了下來。

「這真的是羅蘋嗎？」福爾摩斯開始懷疑起自己的判斷。沒錯，從他的體貌看，很像羅蘋，可是，說他是另外一個人也沒有錯，一個與羅蘋很像的人。不過，他身上還是帶有羅蘋獨特的個性，那有神的眼神，還有頭髮的顏色。

羅蘋向戴斯唐拉先生繪聲繪色地講著故事，老建築師笑得合不攏嘴，戴斯唐拉小姐也為故事著迷，卸掉了那掛在臉上的漠然表情。

他們互相都愛著對方，福爾摩斯這樣想著。戴斯唐拉小姐和馬克西姆·貝爾蒙有什麼相似之處嗎？她知不知道馬克西姆·貝爾蒙的真實身分，他那

個大盜羅蘋的身分？

　　他就這樣聽著斷斷續續傳過來的聲音，就算仔細地聽，還是聽不完全。一直到了七點，他才偷偷地下了書架，順著牆角溜了出去。

　　從建築師家出來後，福爾摩斯沿著馬勒塞爾布林蔭大道走到了下個路口。在那，他把拿在手裡的大衣披到了肩上，戴好帽子，腰也直了起來，完全變成了另一個樣子。在這裡，他密切地注視著戴斯唐拉先生家門前的狀況。

　　亞森・羅蘋不久也出來了。他沿著君士坦丁堡路走到了倫敦路上，順著倫敦路一直向中心城區走去。就在他身後，隔著一百步的地方，大偵探緊緊地跟著。

　　這次，變成羅蘋在明處，我們的大偵探在暗處監視了。不久後，他就發現，有個讓人奇怪的地方，在他與亞森・羅蘋之間，還有幾個人，也是沿著同一個方向走。兩個戴圓帽的高個小夥在左邊的人行道上，另外兩個帶鴨舌帽的小伙子在右邊的人行道上，這幾個人特別引人注意。

　　在羅蘋進入一個賣香菸的小店後，那四個人也都停了下來。羅蘋一出來，他們繼續跟著，只是四人各自散開了，但都是朝著昂利・馬丹大街走去，這讓福爾摩斯更加疑惑了。

　　「真倒楣！他還讓別人盯上了！還有人在對付羅蘋！」

　　福爾摩斯有了想法：「嘉尼瑪為何不告訴我這回事？他故意逗我玩嗎？」

　　他很想上去和那四個人談談，制定一下計畫。可是，在離林蔭大道越來越近的時候，人也更加多了起來，他擔心會跟丟了羅蘋，就快步跟了上去。

　　羅蘋走進了一家位於阿爾德爾路拐角處的匈牙利飯店。福爾摩斯坐在飯店對面的長凳上，透過敞開的店門，向裡面觀察著。羅蘋坐在了一張餐桌旁，桌上擺滿了鮮花，已經有五個人在那等候多時了，三位穿著禮服的先生，還有兩位氣質優雅的夫人，他們都熱情地起身迎接他。

　　福爾摩斯接著尋找起了那四個追蹤者，他們散開地坐在了隔壁的咖啡館裡，人群把他們隔得很開，裡面正演奏著吉普賽的管弦樂，讓人在意的是，

他們注意的不是羅蘋，好像對周圍的人群更加留意。

突然，四人中的一人拿出香菸，同旁邊的一位戴高帽的先生借了個火。還沒過一會，那先生就到飯店裡，找到羅蘋，談了幾句話，在旁邊那張桌子坐了下來。這位紳士就是在昂利‧馬丹大街上騎馬撞向他的人，福爾摩斯想了起來。

他這才明白過來，羅蘋不是被他們監視，這些人是在護送他，保護他周邊的安全。福爾摩斯不禁為這個發現感到可怕，這是個多麼強大的團體啊，有著這樣一個優秀的首領指揮，這會是一個難以戰勝的組織！

他從筆記本上撕了張紙，拿鉛筆在上面寫了幾個字，裝進信封裡，拿五法郎作為跑腿費，讓旁邊的小孩幫他把信送去瑞士小酒店。

過了三十分鐘，嘉尼瑪趕來了。「我在小酒店收到了你的信。發生什麼了？」

「看到那邊的羅蘋了吧，他正給旁邊的夫人倒酒呢！」

「那不是羅蘋。」

「就是他。他身旁的是克萊登夫人，另一個是克麗絲公爵夫人，對面就坐的是西班牙駐英國大使。」

嘉尼瑪想出去看看清楚，福爾摩斯急忙把他拉了回來。可是他還是執意要去。福爾摩斯一想，這也未嘗不可。利用這個特別的場合冒個險也不錯。他只是交待嘉尼瑪，「讓他們越晚發現你的身分對我們越有利。」

福爾摩斯仍舊躲回了報亭後面，不敢有片刻鬆懈地注視著羅蘋的一舉一動。

嘉尼瑪飛快的來到了飯店台階上。傳來一聲刺耳的警笛……嘉尼瑪迎頭撞到了飯店老闆身上。這位突然出現在這裡的老闆，對他的到來非常生氣，不停地把他向外推去，就如同認為嘉尼瑪是個沒教養的人，不該在這逗留。一身禮服裝扮的先生被這場騷亂吸引了過來，他為嘉尼瑪打抱不平，和老闆爭論起來，可嘉尼瑪還是被趕到了台階下。

店門前馬上擠滿了圍觀的人群。趕來維持秩序的兩個警察，想擠進去解決問題，可有一股力量把他們隔在了外面。忽然之間，道路暢通了……店老

闆也為他的錯誤行為賠禮，那個為嘉尼瑪說話的先生也離開了，嘉尼瑪趕忙跑到那坐了六個人的餐桌前，眼前卻只有五個人……他對著不知所措的五個人咆哮道：「還有一個人呢？你們剛才還是六個人……還有一個人跑到哪裡去了？」

「你是在找德斯特羅先生？」

「不是！那個人是亞森·羅蘋！」

一個服務生過來告訴嘉尼瑪，「那位先生去了中二樓。」

中二樓幾乎都是單間的雅座。上面還有一個專用通道，直接通向了林蔭大道。嘉尼瑪沒有了辦法。他離得並不遠，也就兩百多公尺的距離，不過他可是坐在馬德萊納到巴士底的公共馬車上。那輛由三匹馬牽引著的馬車，就這樣漸漸遠去了。馬車駛過歌劇院廣場，過了卡皮西納林蔭大道，旁邊的月台上，能看到兩個戴著圓帽的高個青年閒談。在樓梯上面，公共馬車的頂層，一個身材瘦小的老男人正打著瞌睡，那個人就是夏洛克·福爾摩斯。

馬車在終點站停了下來，福爾摩斯低下身子，看見羅蘋走到他的護衛隊裡，接著聽見他非常小聲地說道：「星型廣場。」

在星型廣場，在夏爾格蘭路40號門前，來了兩個護衛，他們按響了門鈴，這是一棟很小的樓房，在沒多少人來往的馬路拐角處的陰影裡，我們的大偵探藏身其中。

一樓的兩個窗戶打開了一扇，過來了一個頭戴圓禮帽的先生，把百葉窗關了，從百葉窗的縫裡透出了燈光。又過了十分鐘，來了一位先生。接著，又來了一位。最後，一輛計程車停在了門口，下來兩個人，一個是亞森·羅蘋，還有一位是個女郎，她用衣服和面紗把自己裹得嚴嚴實實，讓人認不清她的面孔。

「她一定就是金髮女郎。」福爾摩斯謹慎地多等了一會，然後走到房屋前，爬到窗台上，踮著腳，由氣窗口向裡面看著。

亞森·羅蘋背靠在壁爐上，非常投入地說著什麼，旁邊圍著一圈聚精會神的聽眾。這些人裡面，有些是福爾摩斯見過的面孔，那個打抱不平的，穿著身長禮服的先生，還有飯店的老闆。金髮女郎背對著羅蘋，安然地躺在扶

手椅上。一個人向門口走去，福爾摩斯馬上跳了下來，躲進了陰影裡。那個長禮服先生和店老闆離開了。過了一小會，二樓的燈又亮了起來，百葉窗也被人拉了下來，周圍又被黑暗籠罩了。

「羅蘋和他的女友在一樓，那兩個護衛住在二樓。」

福爾摩斯擔心羅蘋會離開住所，所以一直在那片刻不離地待到了半夜。第二天凌晨四點，路口走過來兩個警察。他向他們說明了情況，拜託他們在這裡繼續監視羅蘋。這之後，他趕去佩爾戈萊茲路嘉尼瑪的家，把他叫醒，說自己快抓到羅蘋了。他們又馬上去了位於梅斯尼爾路的警察分局局長家中，把局長從睡夢中喊了起來，接著帶上六個警員回到了位於夏爾格蘭路的小屋。他們詢問監視的警察有沒有任何異常，兩人回答一切正常。

局長親自按響了門鈴。門房是個老太太，她被警察突然的來訪嚇得渾身發抖。她向警長交待，一樓沒有人住，住在二樓的勒魯家在一樓擺放了家具，用來接待外省來的親戚。

「是不是一位先生和一位小姐？」福爾摩斯急忙問道。

「是的。」

分局長接過門房給的鑰匙，打開了位於大廳另一邊的房門。

一樓的兩個房間裡，看不到一個人的影子。

「這不可能！我看見他們進去的，羅蘋還有金髮女郎，他們兩人一起。」

大家又去了二樓。還是分局長按的門鈴，就在他按了第二下時，一個男人出來了，這人穿著件襯衫，可能因為被打擾，滿臉都寫著不滿。這男人就是勒魯，亞森·羅蘋的一個同伴。

五、棋差一招

　　福爾摩斯非常生氣，但為了不在嘉尼瑪面前表現出難堪，他努力控制自己的情緒。「那個老傢伙一定在等著看我的笑話。」他心裡這樣想著。

　　他再次來到一樓的大廳，走到拐角處一扇通向地下室的門前，地上一塊發著光的小石頭引起了他的注意，撿起一看，是塊石榴石。

　　他又出了門，圍著房子轉了一圈，在一塊牆面上，再次發現了這樣的文字：建築師，盧西安‧戴斯唐拉，1877年。

　　42號樓前也有著一樣的文字。

　　「都有互通的暗道，40號樓和42號樓是連在一起的，我怎麼會沒有考慮這一點？我該一直留在這裡守著。」

　　他找到那兩個負責監視的警察。「我離開的這段時間，42號樓裡是不是有兩個人出來？」

　　「是的，一位先生和一位小姐。」

　　福爾摩斯再去見了嘉尼瑪，「先生，這件事該了結了，這都到第七天了，三天後，我就該回倫敦了。請你在週二的晚上到週三凌晨間的那一段時間，做好準備，我們在那時行動。」

　　「會是哪種結果？」

　　「亞森‧羅蘋將會被逮捕。」

　　福爾摩斯與嘉尼瑪分開後，回到了旅店，躺下好好地睡了一覺。等到他恢復了精力後，他再次回到了昨天去過的40號樓前。

　　為了打聽屋裡的情況，他賄賂了門房，給了她兩個路易。現在他瞭解到

的情況有：勒魯兄弟已經外出、房主不是阿爾曼亞的人。這之後，他從發現石榴石的那扇門下去，走進了地下室。

在地下室的台階底下，他又找到了相同外形的石榴石。他推斷，羅蘋就是走的這個通道。他拿出萬能鑰匙，把一樓的小地窖的鎖打開，裡面放著酒架，上面都沒有灰塵覆蓋，地上殘留著腳印……他伏下身，像要在地上尋找些東西。有幾次，他在地上撿起了什麼東西，放進了自己隨身攜帶的紙盒裡。這之後，他清理掉自己的腳印，也把羅蘋和金髮女郎留下的腳印打掃了。他又走回到酒架邊，忽然，一個人闖了進來，揮拳朝他打來，福爾摩斯抬腿就是一腳，那個人立刻倒在了地上。福爾摩斯用力地撲上去，把來人捆了個結實。那個俘虜露出不屑的表情，福爾摩斯也明白這人是不會透漏羅蘋行蹤的。他從那個人身上找到一串鑰匙、一塊手帕和一個小紙盒，盒裡有十二顆石榴石，都與他撿到那兩塊一樣。

就在檢查紙盒的時候，他發現紙盒上寫著：「拉佩路，萊奧納爾，首飾商」，這讓他想到了個計畫。他把那個人關在了地窖裡。出了那間屋子，先去了一趟郵局，在那寄了封急信給戴斯唐拉先生，告訴他明天才能過去上班，接下來，他去了拉佩路首飾店，把石榴石交給老闆。

「這些寶石是夫人吩咐我帶過來的，這是從首飾上掉下來的，就是她在你店裡買的那件。」

「我知道這件事，那位女士打電話通知我們了，她馬上會過來，首飾就在她身上。」

福爾摩斯終於找到了目標。

一直等到五點鐘，羅蘋身邊的女人終於出現了，她還是遮掩得不露面容。透過首飾店的窗戶，可以看見她把一件首飾放在了櫃檯上。

她很快出了店門，往克佐西路方向走去，接著拐進了邊上的一條馬路。藉著夜色的掩護，大偵探尾隨女郎，悄悄地跟進了這棟五層高的樓房。這樓由兩部分組成，女郎上到三樓，進了一個房間。過了兩分鐘，我們的大偵探拿出串鑰匙，就是在地下室得到的戰利品，一把鑰匙接著一把鑰匙地試著，在用到第四把鑰匙時，門終於被他打開了。

房間裡面沒有燈，有點黑，而且不像是有人住，空蕩蕩的，房間裡的門都是打開著的。在走廊的盡頭，依稀透過來一絲燈光，正好照到他腳邊。在大玻璃窗外，他看見那位夫人脫下了大衣、帽子，把它們扔在椅子上，那張椅子看起來是屋子裡僅有的一張，接著換上一件天鵝絨睡衣。做好這一切後，她來到壁爐邊，按了電鈴的開關，半個壁爐的護板緩緩移向右邊，直到完全沒入到另一半護板後面。女郎拿著燈，鑽進了這個暗道，不見了……

福爾摩斯也依樣打開了機關。他在黑暗中摸索前進，臉上撞到了個軟軟的東西。點亮火柴一照，原來這是個儲藏室，裡面掛著各種各樣的衣裙。他把這些衣物移開，看到了個小門，走了過去，門是用掛毯擋著的。這時，火柴也燃盡了，透過毛毯縫隙，傳出一絲光亮。

他透過縫隙，向外看去，金髮女郎就在外面，就與他隔了扇門，他能馬上逮住她。女郎打開了電燈，屋裡亮堂起來，福爾摩斯終於能看到她的真面目了。他為自己的發現激動不已，經過千辛萬苦找到的金髮女郎，羅蘋的情人，殺害奧特雷克男爵的凶手，偷走寶石的竊賊，竟然是克洛蒂爾德・戴斯唐拉小姐。金髮女郎就是克洛蒂爾德・戴斯唐拉小姐！

「我真是太笨了！就因為頭髮顏色不同，我就把克洛蒂爾德・戴斯唐拉小姐從嫌疑名單排除了。我就沒考慮到，發生了那些惹人注意的大事件，她怎麼還會留著一頭引人注意的金髮呢？」

福爾摩斯再次透過縫隙觀察起了那間小房：雅致的貴婦人的客廳，牆邊有著淡雅的裝飾，還有著珍貴的小擺飾，在一個小凳前，放著個軟靠背的長椅，像是用桃花心木做的。

在那張椅子上，戴斯唐拉小姐用雙手扶著頭，安靜地坐著。福爾摩斯忽然注意到，有淚水從眼旁滴落，她哭了，從她身上能感覺到絕望和悲涼，任何人都會為這場景觸動。

她背後的門被人打開了，亞森・羅蘋走了進來。

他們就這樣靜靜地看著對方。過了許久，羅蘋慢慢地跪在她身前，把頭靠在她胸前，抱著她。在她耳邊輕聲說道：「我非常想讓你過得幸福！」

「我現在已經很幸福了。」

「不，你在哭⋯⋯克洛蒂爾德，我看到了你的眼淚，這讓我痛心極了。」

她伸出手來，那雙手看上去是如此白皙，如此高貴，「只要看到這雙手，我就會難過。」她聲音裡滿是愁苦。

「為什麼？」

「因為我用這雙手殺過人。」

他難過的說道：「天啊，克洛蒂爾德，我不該讓你參與我的冒險，我只該做馬克西姆・貝爾蒙。五年了，這都是我的錯，我不該讓你認識另一個我⋯⋯」

她細聲說道：「我不後悔這麼做，我也愛另一個你。你也會愛我嗎？」

「我也與你一樣，我的愛只給你。但是，我的生活沒有安定，沒有辦法把我的全部時間用來陪你。」

她感到不安，「發生什麼事情了？」

「我們被他盯上了。」

「福爾摩斯？」

「沒錯，就是他。他讓嘉尼瑪去了匈牙利飯店，昨晚也是他讓兩個警察監視那房子。我都知道了。今早，嘉尼瑪帶著警察去搜了那屋子，福爾摩斯就在他身旁。還有，我們一個叫讓・尼約的兄弟不見了。

「我讓他去夏爾格蘭路幫我找石榴石了，而且他已經把石榴石送去了首飾店。」

「不過，情況確實很糟糕。」

「你打算怎麼做？」

「我做好打算了，後天，週三，我們搬離這，到中午十二點，工作就能完成了。接著清理掉所有痕跡，兩點鐘，我就能離開了。這件事很要緊，現在開始，我們還是不見面為妙。你也不要去見別人，不要出門，我擔心他會去找你的麻煩。」

「那個福爾摩斯見不到我的。」

「他本事不小。我也得注意點。昨天，撞見你父親那時，我正忙著在舊

檔案櫃裡找東西。那兒有個東西讓我不放心。現在我老感覺到敵人就在我們身邊了，而且離我們越來越近，隨時監視著我們的一舉一動，還布好了陷阱給我們……這是我的直覺提醒我的，我的直覺從沒有不靈過。」

這次見面，只待了很短時間，他們就急忙分手了。

在暗處監視的大偵探再也按捺不住激動的心情。他追了上去，沒想到的是，前面是個前廳，在前廳的盡頭有個樓梯。福爾摩斯剛要下樓，突然聽見樓下有人說話，他就繞到走廊另一邊的樓梯，走下樓去。樓下的景象讓他吃了一驚，就像是在做夢一樣，房間的擺設都像在哪裡見過，他通過半開著的那扇門來到了裏間，是個圓形的大房間，沒錯，這是我工作過的地方，戴斯唐拉先生的書房！

「棒極了！我全懂了，戴斯唐拉小姐的房間，也就是金髮女郎的房間，那與旁邊樓的一件套房是連接在一起的。旁邊的大樓出口不是在馬勒塞爾布廣場，而是在旁邊的大街上。我還弄懂了，為何別人都認為戴斯唐拉小姐從不出門，而她自己卻能隨時和羅蘋約會的原因。昨晚，羅蘋為何會突然出現在書房？我想，那間套房應該有跟書房連接的秘密通道……」

福爾摩斯終於有了答案，這又是一棟暗藏機關的房子，應該也是戴斯唐拉設計的。既然碰巧到了這來，他決定找找櫃子裡羅蘋的心病……看還有沒有其他房子的圖紙，那些藏有機關的房子。

他爬到書架上藏在了布簾後，等著天黑。就這樣等到半夜，一個男僕進來把燈關上了。再等了一個小時，感覺周圍沒了動靜，大偵探這才打開手電筒，小心地從書架上下來，走到了那個大櫃子前。

果然如他所料，櫃子裡滿是建築師的舊資料——圖紙、文件、工程預算表，帳冊。在櫃子的第二層，有一套筆記本，按年代時間排列著。他找出最近幾年的幾本翻開看了看，仔細找了下H開頭的目錄，終於看到了阿爾曼亞的名字。按照目錄的指示，他翻到了63頁，「阿爾曼亞，夏爾格蘭路40號。」接著寫的就是大樓暖氣安裝的施工記錄。在旁邊還有一行小字寫著，「見M.B‧案卷。」

「我懂了，我要找的答案就在M.B‧案卷上。羅蘋的真正住所一定在裡

面能找到。這樣一刻不停地找到凌晨，他終於在一個筆記本的第二部分裡發現了那個關鍵的案卷。

案卷總共15頁，第一頁接著記錄了阿爾曼亞大樓施工狀況，第二頁詳盡地寫了克拉佩醫院25號樓的施工情況，戶主是瓦蒂納先生，第三頁是昂利·馬丹大街134號奧特雷克男爵公館的情況，其中也有克羅森城堡的資料。除了這些，還有巴黎其他十一位屋主的房間施工記錄。福爾摩斯把這些地址都記在了筆記本上，把櫃子裡的資料恢復原樣。從窗口悄悄地溜了出去。

早上八點，他寄了封加急信給嘉尼瑪：

「今早，我會去佩爾戈萊茲路。我會把一個人交給你，這個人要嚴加看管起來。不管發生什麼，今天到明天，也就是週三中午前，請你在家等待，並安排好三十個人隨時準備行動。」

這之後，他叫了一輛計程車，讓車停在了馬勒塞爾布廣場上離戴斯唐拉公館五十公尺遠的地方。他交待司機，一個半小時後準時把車子發動，他一回來，馬上開去佩爾戈萊茲路。

在走進戴斯唐拉先生家的時候，他想到，羅蘋如今正在搬家，我現在卻只忙著找金髮女郎，會不會是做錯了？先從十一個地址裡去找羅蘋的老巢會不會更好？但他轉念一想，還是先抓住金髮女郎，這樣我才能掌握主動權。於是他按響了電鈴。

戴斯唐拉先生已經先到了圖書室。他們工作了一會兒，大偵探剛想藉故出去到戴斯唐拉小姐的屋裡去看看，這時年輕的小姐卻走了進來，向父親問了聲好。之後，她就一直坐在小客廳裡寫信。

他拿起一本書，對戴斯唐拉先生說道：「小姐讓我留意下這本書，說找到就給她送過去。」

他以此為理由，去客廳見戴斯唐拉小姐。他坐在小姐的正前方，後背剛好遮住了戴斯唐拉先生的視線。

「我叫史蒂克曼，是你父親的新任秘書。我有些事要和你談一下。」他

聲音很小，盡可能的不讓戴斯唐拉先生聽到。小姐開始還很不情願，後來她給她的女裁縫打了個電話，這之後才同意了福爾摩斯的要求。

「那好，我們就直接進入主題。五年前，你父親偶然遇到了一位先生，他自稱馬克西姆‧貝爾蒙，是個實業家，也可以說是個建築師。這個年輕人很讓你父親喜歡。他自己因為年紀大了，不能全力參與工程建設，就把幾個老熟人的業務轉交給了貝爾蒙先生。那個年輕人辦起事來很有能力。」

小姐那白紙般的臉變得更加黯淡了，聲音也冷了下來，

「先生，我不知道這些與我有什麼關係？」

「小姐，因為你我都知道那個年輕人的另一個名字，他的真名——亞森‧羅蘋。」

她聽後大聲笑了起來：「絕對不可能！馬克西姆‧貝爾蒙不可能是亞森‧羅蘋！」

「小姐，請你讓我把話說完，亞森‧羅蘋為了他的陰謀，還找了個女友，不單是女友，還是對他言聽計從的女同夥。」

小姐的臉色沒有變化，至少是讓人看不出來，「先生，夠了，你不要再說了，請你離開！」

福爾摩斯依然平靜地說道：「我並不想冒犯你，不過我已經做好了打算，絕不獨自離開這棟房子。」

「那，你是要誰和你一起走呢？」

「尊敬的小姐，我們得一起走。你會安靜地跟我一起出去的。」

戴斯唐拉小姐微微聳了聳肩，又坐了回去。福爾摩斯掏出懷錶看了下時間，

「十點三十分了，再過五分鐘我們就一起出去。」

「要是我不答應呢？」

「我就去告訴戴斯唐拉先生事情的真相。告訴他，馬克西姆‧貝爾蒙只不過是羅蘋的一個假名字，羅蘋的女同夥是個什麼樣的人。」

「女同夥？」

「對，就是人們叫做『金髮女郎』的那位。一頭金髮的女同夥。」

「你憑什麼這麼說，你有證據嗎？」

「我會帶他去夏爾格蘭路，看看羅蘋利用工程之便，在40號樓和42樓間修的暗道，你們昨天還使用了那條暗道。」

「接著呢？」

「接著，我會帶戴斯唐拉先生去德迪納先生家，就是在那裡，你和羅蘋躲過了嘉尼瑪的追捕，從暗道逃到了隔壁的大樓。那棟樓的出口不在克拉佩隆路，而在巴蒂涅奧爾林蔭大道上。」

「然後呢？」

「然後我會跟令尊去克羅森城堡，那個地方他太瞭解了，那是他的工程，是他指揮了城堡的修復。他只要看一下，就能找到羅蘋借工作之便開的密道。正是這些密道讓金髮女郎輕而易舉地進入伯爵夫人的臥室，從壁爐上偷走了藍寶石。兩週後，又通過密道放了顆假寶石在布萊尚領事的牙粉瓶裡……這件事我有點弄不懂，也許是女人的小心眼，但這不是重點。」

「接下來你還會做什麼？」

福爾摩斯語氣變得更加地嚴厲，「接下來，我會帶戴斯唐拉先生去昂利·馬丹大街134號，我們可以瞭解到奧特雷克男爵是怎麼……」

「不要……不要再說了」戴斯唐拉小姐被一陣可怕的夢魘嚇壞了。

「小姐，是你殺了奧特雷克男爵。你用了安托瓦奈特·布雷阿這個假名，你去做他的陪護，是為了找機會偷走藍寶石，然而你卻殺了他。」

她用沙啞的嗓音請求著，「先生，你別說了，這些事你既然都知道，你也一定知道，男爵的死完全是個意外。」

「我並沒說你是故意殺了他，小姐。男爵患有精神病，經常會發作，他發病的時候，歐格斯特修女才有辦法制住他，這是我找她瞭解到的情況。那天晚上，修女離開了，就你一個人在屋裡，他一定向你撲了過去，你在慌亂之中，為了自保捅了他一刀。男爵被你無意間殺死了，你當時一定驚慌失措。你連寶石也顧不上拿，就慌張地離開了。不久後，你跟羅蘋的一個同夥，也就是在隔壁大樓接應你的門房，再次回到了事發現場。你們把現場清理乾淨，家具放回原位，把男爵抬到了床上……但是因為恐懼，你沒敢拿走

男爵手指上的戒指。以上就是事情的真相。我再重申一下，你不是故意殺死男爵的，只是在掙扎中刺了他一刀。」

她那雙白皙，高雅的手一直緊貼在前額上，她就這樣坐著，沉默了一段時間後，她把雙手移開，露出難過的表情，問道：「你打算把這些事情都告訴我父親？」

「是的，我會告訴他，我有證人，勒爾布瓦小姐，她見過金髮女郎，歐格斯特修女，她能認出安托瓦奈特·布雷阿，還有克羅森伯爵夫人，她知道德·萊阿爾夫人的模樣。我要說的都說完了。」

「你不敢。」在不利的境地下，她控制住了自己的情緒，「你就是福爾摩斯先生，對嗎？」

「是的。」

「你想讓我怎麼做？」

「怎麼做？我和羅蘋有個賭局，我必須贏。在結果沒出來前，我相信，有你這張好牌，我一定能多點把握。小姐，跟我一起離開吧，我會把你交給一個靠得住的朋友，等我贏了賭局，你就能回家了。」

她說她要好好考慮一下，然後，闔上眼睛，表現得很平靜。就像這威脅與她無關一樣。

「她沒有危機感嗎？沒有，她相信羅蘋。羅蘋是無所不能的，只要有他在，她是不會受到任何傷害的。」大偵探看著她的表情，這樣想著。

「小姐，我說過只給五分鐘，可是現在已經多過了半小時了。」

她已經有了決定。「先生，能讓我去房裡拿些私人物品好嗎？」

「你如果想從那離開，我就去蒙夏南路上等你。我與你的夥伴讓·尼約很熟。」

這可出乎她的意料，她顯得有些慌了，接著她叫僕人送來了出門的衣物，正如福爾摩斯劇本裡寫的那樣，兩人一起離開了戴斯唐拉先生家。

廣場上，汽車一直在那等著，等人一上車，馬上就開走了。福爾摩斯考慮著下一步該怎麼做。他覺得，只要再把那十一個地址好好看一下，就該知道去哪裡逮捕羅蘋了。今天晚上，最遲到明天清晨，我就能如約把羅蘋一夥

交到嘉尼瑪手裡了。

這時，車出了納伊門，已經離開城區了。可是，佩爾戈萊茲路是在城裡啊！福爾摩斯搖下車窗的玻璃，對司機說道：「我說，先生，你開錯地方了！是去佩爾戈萊茲路！」

那個人沒有反應。他再次加大音量說了一遍，司機還是不理會。

他看了一下旁邊坐著的克洛蒂爾德，她嘴角露出神秘的微笑。

猛然間，他突然明白了什麼。他朝駕駛室看去，那個司機的樣子他很熟悉，這感覺讓他跌倒了谷底，他在羅蘋的車上。

在這輛車後面，還緊跟著一輛有著尖尖車頭，通紅車身的大車。四個穿皮大衣的男人坐在車上。

汽車越過了塞納河，飛快地離開了絮倫、盧埃、沙杜。福爾摩斯控制著自己的情緒，安靜地在座位上考慮著，亞森‧羅蘋是如何辦到的？他回想起戴斯唐拉小姐打過個電話，她說是給女裁縫打的。她一定早就猜到了我的身分，利用那個電話，用事先瞭解的暗號，給羅蘋發出了信號。這個看起來很普通的女孩，居然會如此冷靜，臉上不露一點破綻，他可把我給坑苦了。

車再次過了塞納河，往聖熱爾曼山坡開去。開離小鎮大約五百公尺後，車慢了下來，尾隨的那輛車追上來，並行開著。隨後，兩輛車一起停了下來。四周很空曠，沒有人煙。羅蘋親自為大偵探打開了車門，讓他坐到另一輛車上去。那四人也下了車，其中一位摘下了墨鏡，福爾摩斯認了出那個人，他就是出現在匈牙利飯店的，那位為嘉尼瑪打抱不平的先生。

羅蘋對那個人說：「你把車給那位司機送回去，去德爾路右邊第一家小酒店，在那裡你能找到他。我答應給他一千法郎的酬勞，這是剩下的錢，你把車一起給他。哦，你的墨鏡先借給福爾摩斯先生用一下。」

他又過去與戴斯唐拉小姐說了幾句，然後，又當起了另一輛車的司機，開起了車。福爾摩斯就坐在羅蘋旁邊，後面有羅蘋的一個同夥注意著他的舉動。他們一路未停。車又開到了塞納河畔，這次停在了一個小碼頭的盡頭。碼頭上停泊著一艘小遊艇。一個工人朝他們走了過來，很有禮貌的打了個招呼，說已經按命令準備好了「燕子號」。

大偵探看了看周圍的情況，知道現在無法逃走，只能與羅蘋一夥上了船。他們進了船長室，裡面很寬敞，也很乾淨。羅蘋把門關好，看了看福爾摩斯，有點緊張地說道：「先生，你已經打亂了我的步驟，還有好幾次讓我差點被捕，這讓我很頭疼。第一次見面時，我就說過，我怎麼做，完全在於你。你應該知道這是什麼意思吧？」

「知道。」

「我想對你說，我已經知道你現在掌握的情況：藉著馬克西姆・貝爾蒙的身分，我在戴斯唐拉先生的工程裡加了些暗道。你瞭解其中的四間樓。而且，你還有餘下的十一棟樓房的地址。你肯定是昨晚在戴斯唐拉先生的書房裡發現的。你已經確定我們的大本營就在其中。因此，你通知嘉尼瑪去搜查了。」

「我還沒有這麼做。」

「為什麼？」

「我想自己來辦。」

「但你已經被我抓住了。你現在沒機會贏我了。好了，就讓一切都結束吧！你要用你的名字起誓，你在船到英國前，不設法逃走。」

「我以我的名字起誓，我會想盡方法離開這的。」福爾摩斯毫不屈服地說道。

羅蘋還是按計劃行動。福爾摩斯被捆在了船長的座位上。幾分鐘後，燕子號踏上了去英國的航程。

第二天早上，也就是賭局的最後一天。《法蘭西回聲報》刊登了一篇短小的文章：

「昨日，亞森・羅蘋對英國大偵探夏洛克・福爾摩斯下了逐客令。當天中午，福爾摩斯已經離開法國，被羅蘋安全送到了南安普敦。」

六、福爾摩斯的勝利

　　這一天，克雷沃路八號樓有兩位先生搬家，一位是迪布勒伊先生，另一位是住在五層的菲利克斯·達維先生。兩人同時搬家僅僅是個巧合，兩個人都互不認識。菲利克斯先生是個家具收藏家，他不僅在六樓租有一間套房，還把這幢樓的左右兩棟大樓的六層都給租了下來。

　　家具收藏家是個很有禮貌的年輕人。他一身標準的紳士打扮，悠然走到布羅列森林大街與佩爾戈萊茲路的交會處，在路邊隨意找了個長椅，安然地坐了下來。就在不遠處，一個婦人在看著報紙，那婦人一身中下階層的裝束。附近的在沙灘上，一個孩子正饒有興致地玩著沙土。

　　不久以後，收藏家不動聲色地對那個婦人說道：

　　「嘉尼瑪到哪裡去了？」

　　「今天，我看著他去了警察局。」

　　「他家裡還對你放心吧，沒有看出什麼破綻吧？」

　　「他們還不知道我的身分。我在幫他太太幹活時打聽到了他的所有行動。」

　　「在給你下達新任務前，你還是每天上午十一點到這來一下。」

　　話一說完，他便若無其事地起身離開了。他在不久以後又出現在克雷沃路，跟女門房打了個招呼，說自己要去樓上再看看。

　　他進到書房，在裡面來回走了走，房間裡有個煤氣管彎頭被加長了，並且一直延伸到了壁爐處。他走過去，取掉管口的銅蓋，對這管口吹起一個號角樣的東西。

一聲哨聲作為回應從管子裡傳了回來。

「我可以上去嗎？」

「可以。」

他把那根管子放回原處，推了下機關。這時壁爐的大理石護板移動開來，露出了一個洞口，在洞口裡，有著一排樓梯。這個樓梯是生鐵與白瓷修建的，並且顯得非常乾淨。

他由樓梯來到了六樓的壁爐出口，在外面等著他的是正是迪布勒伊。他兩人又先後由樓梯上到了僕人居住的頂樓。這個房間不大，已經有三人在裡面了，有一個人正向外張望著。菲利克斯・達維說：「現在開始一發現可疑情況就馬上通知我。」

做了一些安排後，菲利克斯・達維和迪布勒伊又回到了那間書房。

「他還會回來嗎？那個大偵探福爾摩斯。」

「他可不是個會知難而退的人，來是一定會來的，只是那時已經晚了，我們都遠走高飛了。」

「戴斯唐拉小姐呢？她該怎麼辦？」

「我會去找她，一小時後就去。」

「你確定我們沒被人監視嗎？」

「監視我們，誰會這麼做？」

「我還是放心不下福爾摩斯。」

迪布勒伊離開了。收藏家隨後又在屋裡轉了幾個來回，拿起一個粉筆在餐廳的壁紙上畫了個大框，在裡面大大的寫道：「這是大盜亞森・羅蘋在二十世紀居住了五年的屋子。」

一陣突然的鈴音把他的興致打斷了，這刺耳的鈴聲停了兩下又響了兩下，是警報的鈴聲。「發生了什麼事？難道真遇到了意外，是嘉尼瑪來了？不！這太糟了。」

就在他走進書房時，他聽到門廳的大門正被人用鑰匙打開。他推了壁板的機關，沒有啟動，他又更加用了下力，依然沒有反應。門廳那邊也在這時傳來一陣外人進來的腳步聲。他急切的嘗試打開機關，可那個剛才還好好的

機器現在卻壞了。他憤怒地打著那個機器，並不停地抱怨著。

「羅蘋先生，你可以停下來了。」

羅蘋被身後的人嚇呆了，來人就是福爾摩斯。

這回可是輪到福爾摩斯來嘲弄他的對手了，他諷刺羅蘋道：

「羅蘋先生，從這一刻起，我因為你而遇到的倒楣事都煙消雲散了。不管是那在男爵公館難忘的一夜，或是我朋友華生的不幸遭遇，還有那次不開心的短途旅行，這些不快都在這一刻得到了補償。」

對於他的話，羅蘋保持著沉默。

「這裡都被包圍了，羅蘋先生，你現在被捕了。」

「我們兩清了，那些警察為何不進來，嘉尼瑪他們呢？」羅蘋問道。

「我想與你單獨談談，所以要他們在外面等一下。」

「我認真聽聽了。」

「我直接告訴你吧，我來法國不是為了抓捕你，抓住你只是為了完成我的最終目的。」

「你此行的真正目的是什麼？」

「尋回藍寶石！」

「為了藍寶石？」

「沒錯，因為警察從布萊尚領事那找到的是個贗品。」

「事實上，是那樣，金髮女郎把真的拿走了。那顆贗品是我做的，乍看上去，簡直跟真的一模一樣。我還想用同樣手段換走伯爵夫人的其他藏品。這顆贗品是為了使金髮女郎避嫌而使用的。」

「真的在你手裡了，我必須拿到真品，這是我與伯爵夫人約定好的。」

「你要怎麼拿到？我現在是它的主人。」

「我可以與你做場交易。」

「你能給我什麼？」

「我可以保證你愛人的自由，戴斯唐拉小姐的自由。」

「她被捕了？我可沒聽說你們逮捕了她。」

「我可以把我的證據交到嘉尼瑪先生手裡，我想，你不在她身邊，抓她

會很容易。」

「你的承諾沒有價值，先生，我不擔心戴斯唐拉小姐的安全，我想要點其他東西，還能給我些考慮的時間嗎？」羅蘋很開心地說道。

「我可以等一下。」

「天吶，他給我帶來了個多好的消息啊，要是這機器能動就好了。」羅蘋一邊說，一邊推了壁板。事情就是這樣難以預料，這回他吃驚的發現，機器又能運轉了。

「你還不死心，出口都被警察看牢了。」

「可是我還有一個選擇。」

「憑什麼？」

「就憑現在我手裡有藍寶石。」

「還有十分鐘我就喊嘉尼瑪進屋。」福爾摩斯看了下懷錶說道。

「十分鐘時間，這可不能浪費了。你是如何知道這個地方和我用的假名的？我猜不到，你能說明下嗎？」

「我是從你女友那發現的線索。就在昨天，她給她女裁縫打了個電話，然後我就被你算計了。這後來讓我想通了，那個女裁縫就是你，那個電話號碼的後兩位我還記得，是73。在於我手上的名單一對照，一切就都明白了。今天上午，回到巴黎一查電話本我就知道了你化名為菲利克斯·達維先生在這裡藏著。接著我就喊來了嘉尼瑪先生。」

「太高明了。我敬佩你的智慧。你是如何從燕子號上脫身的？這一點我想不通。」

「我並沒有離開燕子號。」

「你是……？」

「你是要他們在凌晨一點以後送我去南安普敦，可是他們十二點就把我送到了岸邊。要趕上去利哈佛的船，時間還很充裕了。」

「我被船長出賣了？」

「那倒沒有，只是我趁他聽故事時把他的錶調快了一個小時，那時他正專心聽我講，沒有發覺有哪裡不對勁。」

「可是還有掛鐘啊？那個牆壁上的掛鐘，你可無法去調啊！」

「在船長離開時，看管我的水手很樂意為我效勞。」

「你憑什麼指揮他？」

「就憑那顆藍寶石，也就是伯爵夫人給我的那顆贗品。」

十分鐘很快就過去了。

「你的回答是什麼？羅蘋先生。」

「我的回答？天啊，你可真嚴格。好了，戲也到了最後一幕了，我用我的自由下注。到你了，先生。」

「我為了藍寶石。」

「好。你先出牌。」

福爾摩斯把槍拿了出來，「我出king！」

「我是點！」羅蘋冷不防地給了大偵探一拳。

福爾摩斯向天鳴槍尋求嘉尼瑪的援助。羅蘋那拳剛好打在了福爾摩斯的肚子上，讓他往後退了幾步。羅蘋趁此機會向壁爐跑去，可是一切都太遲了，嘉尼瑪帶著二十個人從門口進來把羅蘋圍了起來。

大家都愣在那裡一動不動。羅蘋那句「我投降。」讓大家還回不過神來。太簡單了，這麼快就抓到羅蘋了。他們還在想羅蘋會採取哪些意料之外的手段逃跑，可是他現在就在這束手就擒了。

「他投降了！」嘉尼瑪真是高興極了，他不失身分的慢慢走過去，向他的老對手宣布，「你被捕了，大盜羅蘋！」

「嘉尼瑪，你那副陰森的表情讓我感到難受。別人還以為你是對著朋友的墓地發言了！別用那葬禮上的表情看著我。」羅蘋打了個冷顫。

「我宣布，你被捕了！」

「忠實的法律維護者、總探長嘉尼瑪把壞人羅蘋繩之以法了。你們該驚訝啊，這是個偉大的時刻，你們要明白這個時刻是多麼的有意義！」羅蘋伸出雙手讓嘉尼瑪戴上了手銬。

羅蘋又轉過身去，看著福爾摩斯說道：「太完美了，大師，羅蘋要因為你這完美的表演在牢房裡受苦了。」

福爾摩斯聳了下肩膀。

「藍寶石！你想都別想，那是我千方百計弄到手的，我要珍藏起來。理由嗎？我會在下次去倫敦拜訪你的時候告訴你的。這也就是下個月的事情了。下個月你會在倫敦吧！你不會去其他地方吧？」羅蘋笑著說道。

這時，突然電話響了起來，羅蘋不禁一顫。嘉尼瑪拿起了話筒：「對，這是64873。」

福爾摩斯趕快上去搶過話筒，為了不讓對方聽出是誰的聲音，他又把手帕蓋在了話筒上。電話是金髮女郎打過來的，她要找菲利克斯・達維或是馬克西姆・貝爾蒙，可她卻不知道電話這頭是福爾摩斯。

福爾摩斯向著聽筒，說道：「喂！你聽得見嗎？我也是，信號太糟了。我知道了，好了，現在你先回去吧！我們已經安全了。他都回英國去了！我才收到他從南安普敦發來的電報。別擔心了，寶貝，我等一下就去你那兒。」

他一掛上電話就對嘉尼瑪說道：「給我三個人，嘉尼瑪先生。」

羅蘋一臉沮喪，金髮女郎也要被捕了。

「我想和你再談談，福爾摩斯先生。」羅蘋說道。

福爾摩斯用那種難以拒絕的權威示意嘉尼瑪，自己有權與羅蘋單獨談談。

「你的條件是？」

「金髮女郎的自由。」

「你願意做這筆交易了？」

「我答應你的要求。」

「可是你剛才拒絕了，羅蘋先生。」福爾摩斯驚訝地說道。

「剛才只是與我有關，現在我最愛的女人，她的自由受到了威脅。」

「藍寶石在哪裡？」

「把那根壁爐邊的手杖拿過來，打開把手上的那個機關就能找到了。」

福爾摩斯拿過手杖，按照羅蘋所說的打開機關，手杖的把手裡用泥團裹著一顆藍寶石。

福爾摩斯仔細檢查了一下，確實是真正的藍寶石。

「你的金髮女郎安全了，羅蘋先生。」

「這將是不會改變的約定了？」

「對，我將忘記有關她的一切。」

「那真是太感謝你了，我們下次再見。」

嘉尼瑪不同意福爾摩斯的做法，與他爭論不休。福爾摩斯蠻橫地打斷了話題：「我很抱歉，你的想法我不贊同，嘉尼瑪先生。我也沒時間去讓你信服。我將要在一個小時後回英國。」

「那麼，金髮女郎怎麼辦？」

「我不知道什麼金髮女郎，羅蘋現在交給你了，這顆藍寶石你也替我交給伯爵夫人吧！我想你立了這樣的大功，也該滿足了。」他戴上帽子，急匆匆地離開了。

看著他慢慢遠去的背影，羅蘋喊道：「一路保重，尊敬的先生，你我間的友誼我會牢記在心的。對了，別忘了把我的問候帶給華生先生。」

福爾摩斯沒有理他。他笑了笑：「我今天見識到了，這就是所謂的英國人的不告而別吧！這位島國上的友人沒在我們這學會禮儀啊！嘉尼瑪，我們法國人面對這種情況下會用精巧的禮貌來掩飾勝利。天吶！嘉尼瑪，你想從我身上找到些什麼？我的資料早就轉移出去了。」

「這可不好說。」

羅蘋任由警察在屋子裡搜索，他安分地待在兩個警察的看管下。已經三點了，他兩點有個約會，這約會讓他有點著急。

搜查沒有得到任何有用的線索。羅蘋大聲地笑道：「嘉尼瑪，我房間裡可都是些小機關，那個煤氣管是個話筒，看看那個壁爐，裡面可是有個暗道，還有這個，精巧的電鈴系統。嘉尼瑪你過去按下那個電鈴按鍵。」

嘉尼瑪走過去，按羅蘋說的去做了。

「聽到什麼了嗎？嘉尼瑪先生。」

「沒聽見，一點動靜也沒有。」

「我也一樣，是沒有聲音，不過剛才那個按鈕給我的氣球領航員下了指

示，要他過來把我接走。」

嘉尼瑪被觸怒了：「我對你可是夠好的了，可是你也不能得寸進尺！別磨蹭了，快點跟我走！」

一行人來到了樓梯口。羅蘋向嘉尼瑪乞求道：「我們坐電梯下去吧，總探長。」

嘉尼瑪同意了羅蘋的請求。門一關上，電梯就像氣球一樣向上飄了起來，伴隨而來的是一陣嘲笑。嘉尼瑪遍尋不到按鈕，就在這時電梯竟然穿過六樓的天花板到了上面的僕人間。屋裡的三個人打開了電梯，嘉尼瑪被其中的兩人扶了出來，羅蘋被接下來的那個人扶了出來。「我提醒過你了，嘉尼瑪，我會坐氣球離開，這次真是太謝謝你了！」嘉尼瑪又被從原路送了下去。一出電梯，他也顧不上與手下解釋，直接向傭人樓梯跑去。那是唯一的出口，羅蘋逃走必須經過那裡。

樓上是一個有著許多拐彎的走廊，許多寫有號碼的小間排列在兩旁。走到走廊的盡頭，可以看見一扇虛掩著的門，推開一看，就是對面的大樓了。通過那個門，他們又來到了對面相似構造的傭人間，他們走著相似的路線來到了屋外。在馬路上一看，嘉尼瑪這才明白了。兩個大樓是互通的，它們平行地建在兩條不同的大街上。兩個建築的前門相距六十公尺，羅蘋就是利用這一點逃走了。

「這次輸的真大意，原來這樓裡遍布了羅蘋的同夥。」嘉尼瑪有氣無力的在沙發上抱怨著。

福爾摩斯這時正在跑向開往加萊的列車，後邊還有個苦力拿著他的行李。火車馬上就要開了。苦力快步跑上去，把行李放到了行李架上。福爾摩斯把搬運費遞給苦力：「朋友，這是你的報酬。」

「福爾摩斯先生，謝謝了。」

大偵探看了看那個人，是亞森・羅蘋！

華生在旁邊吃驚的說道：「你不是被嘉尼瑪逮住了嗎？我的朋友福爾摩斯說，你可是被三十個人圍在了中心。」

「不來向你們告別，就太沒有法國人的風度了！」他沒有理會華生的問

題。

　火車馬上要開了，他跳到月台上向兩個英國人揮著手，「再會了！下次有需要我的時候，我會樂意效勞的。」

七、再次交手

大壁爐的兩邊分別坐著福爾摩斯與華生。華生盯著福爾摩斯，想聽他說些什麼，可是福爾摩斯一副沉默的表情拒人於千里之外。華生只好沒趣地向窗口走去。窗外一片讓人壓抑的景象，如墨的天空降下了傾盆大雨，華生就這樣看著街道記錄著來往的車輛。

「先生，郵差來了！」華生喊道。

郵差送了兩封信過來，都是掛號信，有一封是這樣寫的：

先生：

我遭遇了一次嚴重的盜竊。為此我尋求你的幫助。我至今做過的所有尋找行為都沒有收穫。隨信我附帶了有關報導的報紙。你可以借此瞭解事情的大概情況。要是你接受了我的委託，我可以把我的宅院作為你的辦公之處，旅途所需要的資金你可以寫在我隨信寄來的支票上。麻煩你電報回覆我。先生，我向你表達我無上的敬意。

維克多·德·安布列瓦勒男爵
於莫里諾街十八號

華生的手還沒完全好，對於上次的巴黎之行他還心懷芥蒂，他說道：「我在羅蘋事件之後就沒去過巴黎了。可是我想做的也只是一次安寧的巴黎之行，可不想再碰到什麼麻煩了！」華生反對福爾摩斯接受這個差事。這時，福爾摩斯拿起另一封信，可剛看一會他就生氣地把信丟在了地上。

「到底出了什麼事？信上說什麼惹惱了你？」華生慌張地問道，然後把丟在地上的信撿起來，讀道：

我敬愛的先生：

你明白，我欽佩你的才華並對你敬重有加。所以，請相信我善意的提醒，最好不要插手別人拜託你的事，否則只會讓那件事變得更加難辦，最後會有損你的聲譽。我不願你的名譽受損，所以在此奉勸你還是在家休息為好。在此一併問候一下華生先生。敬愛的先生，請你接受我真心的敬意。

你的好朋友亞森‧羅蘋

華生神色慌張地再次讀了一下落款：「亞森‧羅蘋。」

「我會失敗！他竟然如此嘲弄我！他也不想想，他不也是敗在我手上，把藍寶石交了出來嗎？」福爾摩斯生氣的捶了下桌子。

「他是因為害怕你才這樣說的。」華生說道。

「你在騙誰了？羅蘋可從來沒怕過誰！他這是在向我下挑戰書。」

華生還是不解，問道「可是他又是如何知道有人委託我們調查呢？」

福爾摩斯沒理他，直接要僕人準備起他出行的行李了。華生也不好再說什麼，只好請求與他同行。兩人下午就坐船到了多佛。福爾摩斯在加萊開往巴黎的快車上好好地睡了三個小時。好的休息讓他精神和心情都好了許多。福爾摩斯對於能再次與羅蘋交手充滿了期待。下車後，他們輕鬆地離開了車站。

「請問，你是福爾摩斯先生嗎？」

問著話的是一個漂亮的年輕小姐，她臉上透著一點擔心的表情。福爾摩斯被這突然的會面弄得有些窘迫。

「你是福爾摩斯先生，對不對？」小姐又問了一下。

「你找我有什麼事？」福爾摩斯先生粗聲回應道。

「先生，請靜下心來聽我說。我知道你要去哪裡，是莫里諾街十八號吧，你還是取消行程吧，那事情太糟糕了，你會懊悔你現在所做的決定

的。」

　　福爾摩斯想撇下那位小姐，可是她緊纏著大偵探不放並強調自己是好心的勸告。她想把福爾摩斯拖到回程的列車上，可是福爾摩斯不理睬她的糾纏並且飛快地離開了。

　　他們走了幾步，忽然發現前面出現了幾個黑體大字。在他們前面，一些人正掛著看板在街上悠閒地閒晃，這些人人手一根包了鐵頭的手杖在街上有規律地敲打著。人行道的地面被大片的布告覆蓋了。布告是這樣寫的：「福爾摩斯與羅蘋的競賽。來自英國的優勝者已經來到巴黎了。莫里諾街之神秘事件的謎題就是大偵探此行的目的。要瞭解具體情況，請看《法蘭西回聲報》。」

　　福爾摩斯怒氣沖沖地走上前去，向一個人問道：「你們是什麼時候來的？」

　　「今天早上來的。」

　　「這麼說，這些看板是早就準備好的？」

　　「對，沒錯！我們今天早上直接就從廣告社把牌子拿過來了。」

　　這樣看來，福爾摩斯的到來早在羅蘋的預料之中了，他還為此做了充分地準備。他是為了什麼想要再次與大偵探交手呢？

　　莫里諾街都是奢華的私人住宅。蒙梭公園正對著這些豪宅的後門。十八號樓就是這些漂亮樓房裡的一戶。裡面住著德・安布列瓦勒男爵和他的妻子、兒女，屋子被主人裝飾得很華麗。前面的大門進來，看到的是一個兩邊都是附屬建築的庭院，走到後門能看到一個小花園。花園裡的樹與蒙梭公園的樹纏繞在一起相映成趣。

　　在按過門鈴後，一個僕人把來訪的兩人帶到了旁邊的小客廳裡。兩人進來後先找了個地方坐下，然後打量了下周邊的陳設。華生心裡暗想：「這個收藏家肯定是個老人了，要不哪會把時間都花在這些小玩意上，可能有五十歲了。」就在這時，德・安布列瓦勒夫婦走了進來。這完全在華生的意料之外，兩人都是充滿活力的年輕人，都是有教養的人。他們對於福爾摩斯的到來表示出熱情的感謝。經過一些簡短的客套後，他們談話進入了正題，也就

是福爾摩斯此行的目的——那起盜竊案。

「那是上週的事情了，那是週六的晚上，我在快到十一點時熄了燈，然後和我夫人回了臥室。在第二天早上，我起的很早，我吃驚的發現我昨晚關好的落地窗竟然是打開的。是有人把玻璃劃破從外面把窗戶打開的。」

「那麼現在，我們來談談那個落地窗的事。」

「這窗戶就如你現在看到的那樣，面向一個石欄打造的小陽台。從我們在的二樓可以看到屋後的小花園，花園和盧梭公園被欄杆隔了開來。我們可以推斷，小偷是從公園潛入進來的。他藉助一把梯子越過欄杆爬上了陽台。」

福爾摩斯思考了一會，又接著說道：「我們還是談談重點吧，被偷了什麼，是這間屋子裡的東西嗎？」

「是的，是一盞小的猶太燈。它本來放在那裡，就是那幅十二世紀聖母像和鑲銀的神龕中間。」

「那麼，失竊的只是一個便宜貨了。」

「看起來是沒有多大價值。可是這個古燈有處暗格可以藏東西。我把一些珍貴的首飾放在了裡面。其實，裡面有一件價值連城的寶貝，一個鑲有翡翠與紅寶石的金製古代首飾。」

「你確定，沒有人瞭解其中的秘密嗎？」

「我沒有告訴給別人。」

「可是這個小偷卻是知道的，不然他不會特意去偷那個古燈。」福爾摩斯說出了自己的看法。

「可是那個竊賊如何知道的呢？我們也只是在偶然下發現的。」

「可能因為同樣的原因讓他知道了這個秘密。」福爾摩斯說完，起身到窗邊研究案發時弄壞的窗台。他拿著放大鏡仔細查看現場石頭欄杆上兩條磨損的印跡，接著又要求德·安布列瓦勒先生帶他去下面的花園看看。

福爾摩斯坐在屋外的一把柳條椅子上，有些不解地看著屋頂。接著他走到那兩個為了保護現場而蓋上的箱子前，他移開箱子，跪在地上緊貼著地面，看著這個放梯子時留下的窟窿，測量了一下距離。接下來他順著路走到

欄杆前，對欄杆下的印跡進行了同樣的測量。在做完這些工作後，福爾摩斯與男爵回到了小客廳。福爾摩斯坐下來，一言不發地思考了一下，說道：「從男爵你的描述來看，這件簡單的盜竊案讓我覺得很奇怪。這件事並不像看上去那樣簡單。這絕不是一個把玻璃劃破、隨手拿走東西的簡單案件。」

「可是，那些小偷留下的痕跡不是證明嗎？」

「那都是些掩人耳目的小伎倆，只是為了讓某個人不被懷疑。」

「欄杆上的磨損痕跡不能說明嗎？」

「那不過是用砂紙打磨出來的，一樣是個騙人的把戲。這些就是我在那收集到的砂紙碎屑，你可以拿過去看看。」

「梯子留下的印跡如何解釋？」

「那都是唬人的把戲！陽台下和欄杆前分別留下的兩個梯子的痕跡，你細心觀察就能發現它們是一樣大的，可是在這是平行，在那卻不是平行的。再看一下梯子的寬度，陽台下是二十三公分，欄杆那卻變成了二十八公分。難道盜賊帶了兩把不同的梯子來作案？」

「你的看法是？」

「我認為，既然留下的印跡大小一致，那就是由同一根切成適合大小的木棍壓製出來的。我手裡的這根木棍就剛好證明了我的判斷，這是我剛才在花園裡一棵桂樹旁的箱子下發現的。」福爾摩斯說道。

男爵被福爾摩斯的精彩推理所折服了。大偵探把那些明顯的證據都給打破了。根據對現場的分析，福爾摩斯推理出了與表面現象截然不同的真實情況。

「我家裡有內賊，這件事太嚴重了。先生，我的僕人都是跟隨我多年的，他們都對我忠心耿耿，不會出賣我的。」男爵說道。

「要是他們全都對你忠心不二，那這封信也就不會有了。這是和你的信一起被送到我手裡的。」

大偵探把羅蘋的信交到男爵夫人的手上。男爵夫人接過信一看，「亞森‧羅蘋！這件事他從哪裡知道的？」夫人滿臉慌張地說道。

「你們寫給我的信就你們兩人知道嗎？你確定沒有其他人知道嗎？」

「絕沒告訴過第三個人。」

這時，華生想到了什麼，說道：「給我朋友福爾摩斯的信，你們是送去郵局寄出去的吧？」

「是那樣啊！」

「是誰去送的？」

「多明尼克，是我的貼身男僕，他為我服務二十年了。」

進行完初步的調查後，福爾摩斯起身與男爵夫婦告別，開門離開了客廳。

晚餐在一小時後開始了。福爾摩斯在餐廳見到了男爵的兩個女兒。一個八歲，還有一個十歲了，都長得漂亮可愛。就在這時，一名僕人給福爾摩斯送來了一張字條。福爾摩斯打開讀道：「對你表達我最真誠的敬意。對於你能在這麼短的時間裡有如此大的突破，讓我感到非常驚訝。亞森・羅蘋」

「你們家果然在羅蘋的監視之下，我的所有言行都暴露在他的眼前。」福爾摩斯說完就離開了。

就在這天晚上，華生正做著美夢，福爾摩斯把他從床上叫了起來，讓他仔細看花園裡的情況。花園裡有兩個人影隱約在活動。福爾摩斯和華生小心翼翼地走下樓梯，進了一間面向花園台階的房間。透過門的玻璃，他們看到那兩個人影在同一個地方待著。

欄杆那突然在這時響起一聲細微的口哨聲，他們這時看到一陣亮光彷彿從男爵府裡閃現出來。

「可能是男爵夫婦把燈點亮了。他們的房間就在我們樓上。」福爾摩斯小聲說著。「我們聽到的準是他們發出的聲音，可能他們也在注意欄杆那的情況。」

接著響起了一聲更加小的哨音。

福爾摩斯生氣的小聲說著：「我沒弄懂，真是弄不懂。」

「我也是一頭霧水。」華生附和道。

福爾摩斯用鑰匙打開門鎖，悄悄地把門推開。就在這時，傳來了第三聲哨音。就在他們頭頂處發出的，聲音比較大，而且越來越響，調子也不同

了，還在不停地加快節奏。

「這聲音就好像是陽台上發出來的。」福爾摩斯低語著。

他把頭從門縫探出去，朝上面看了看，馬上又縮了進來。就在他們旁邊，有一把梯子靠著牆架在陽台上。

「沒錯了，小客廳裡有人，這就是我要的結果。我們快把這梯子拿走，斷了那個人的後路。」可就在他們行動前，一個人影就從梯子上滑了下來。那個人拿起梯子就朝欄杆處跑去。欄杆那有他的同夥在接應。福爾摩斯與華生飛快地追了過去，他們剛追上那個架梯子的男人，旁邊就響了兩槍。

「你沒被打中吧？」福爾摩斯對華生說道。

「我沒事。」華生答道。

華生把那個男人扯了下來，準備把那個人控制住。可是那個人回過神來一把刀刺向了華生的心口。華生發出一聲痛苦的聲音，倒了下去。福爾摩斯讓華生在地上躺好。那個人藉著這個機會爬過欄杆，讓那邊等候的同夥接走了。這時，男爵從屋裡趕了出來，後面僕人也拿著燈走了過來。大家到了現場，華生傷口還在不停地流血，臉色變得難看極了。

醫生在二十分鐘後趕到了。華生差點就沒救了，醫生說，刀離心臟就差了四公分。

福爾摩斯在醫生看過後也就安了心。他去小客廳見了男爵。他說，這次的竊賊就比前次囂張了許多。那個人拿走了鑲鑽的鼻菸盒和蛋白石項鍊，還有那些口袋能裝下的小飾物，真是一點都不客氣啊！落地窗還是開著的，玻璃如前次一樣被卸了下來。在簡單的調查後發現，梯子是在一個正在裝修的屋子裡拿的。那屋子的方向也剛好是竊賊逃跑的方向。

這讓福爾摩斯更加確定，自己第一次的結論是對的。他堅信那個盜賊就是男爵府內的人。他現在只看到了兩件案子表面上的關係，他要去瞭解深入的關係。

平靜的兩天時間過去了，福爾摩斯在男爵府的各個角落連續不斷地展開了搜索，可是他卻沒有獲得任何有用的線索。

他的直覺告訴他，他面對的敵人是男爵府裡的人而不是視線以外的羅

蘋。第三天的下午，福爾摩斯信步去了小客廳頂層的兒童學習間，一個年齡較小的女孩也在那裡，她正在找著剪刀。

「你瞧，你那天晚上收的紙片我也會剪。」她對福爾摩斯說道。福爾摩斯一邊沒在意的聽著，一邊繼續觀察著房間。可是他突然被女孩的話語所驚醒。他馬上追上女孩問道：「那這樣說來，你也會把紙片像那樣貼在紙上呢？」

「沒錯，我當然也能做出那樣的紙條。」小女孩得意的說道。

「你從誰那學會的啊？」

「我看見我的家庭女教師那樣做過，我從那學來的。她把字從報紙上剪下來，然後一個個貼到紙上。」

「她之後用這些紙做了什麼啊？」

「她做成了信件，還有電報，都寄了出去。」

福爾摩斯又走回了兒童學習間。對於剛才小女孩的話，他還是有點想不明白。現在，他極力地想在那些隱情裡找到有用的線索。壁爐的架子上放著許多報紙。福爾摩斯走到壁爐前，隨手拿起一張報紙，發現報紙上的確被人剪去了許多字。他粗略的看了看，發現許多是隨意剪掉的，這應該是那個小女孩做的。在這裡面應該會有家庭教師剪過的，可是怎麼找的出來？福爾摩斯拿起旁邊桌上的教科書翻了起來，這時他看了看旁邊的壁櫃，發現上面還放著些書。他一下子明白了什麼，發出歡快的呼喊。他在壁櫃角落的一堆舊本子裡找到了一本孩子們的紀念冊和一本看圖識字。他翻開紀念冊，發現有一頁被剪了個缺口。他查了下，這頁唯獨缺了星期六的日期目錄。猶太小油燈就是在週六失竊的。他急切地繼續翻著紀念冊，不過現在他心裡已經有了底。他在後面又發現讓他吃驚的地方，這一頁全都寫著大寫字母，在最後還有著一小行數字。在這些字母和數字裡面，福爾摩斯發現有九個字母和三個數字被剪了下來。福爾摩斯依照順序把它們記到了自己的記事本上。經過簡單的排序，他得到了這樣的一串字元：「CDEHNOPRZ——237」。這些組合一開始還真看不出什麼端倪。能否拼成幾個單字呢？福爾摩斯盡心地拆解著。到最後，大偵探終於找到了一個符合邏輯的結果。REPOND.Z-CH-237

第一個單字很容易明白。REPONDEZ（答覆），缺少字母E是因為沒有多餘的字母了。那個不完整的字母應該是與數字一起組成了某個地址。寄信人要收信人在CH237這個地址回覆，他定好了週六這一天。

要不CH237就是一種取件方法，代表自己去郵局領取。要不C和H就是兩個不完整的單字的某一小段。福爾摩斯最後也沒在紀念冊上找到新的線索。在發現新的排列方法前，他現在也就只有這個結論了。

「這是不是很有趣？」小姑娘回到屋子裡對福爾摩斯說。

「是啊，真讓我覺得有趣！還有沒有其他紙張？其他可以讓我貼著玩的字母也可以。」

「其他的紙，不，沒有了，家庭教師會生氣的，剛才她都罵過我了。」

「她罵你了，為什麼啊？」

「因為我把她剪紙的事告訴了你，她說，把私事告訴別人是不對的。」

「你真是個好孩子，說的對極了！」

聽到別人的表揚，小姑娘高興極了。她拿出裝著自己寶貝的小袋子。裡面有三粒鈕扣、兩塊糖、還有幾個布條，在最底下有一塊紙片。她把紙片交到了大偵探手裡。上面有個出租馬車的號碼：8279。「這是週日家庭老師做彌撒時掉的。」小姑娘告訴福爾摩斯。

在考慮了一下後，福爾摩斯徑直去了男爵的房間。他開門見山的向男爵打聽起了家庭教師的情況。男爵提供了如下情況：「她鍾愛黑色的衣裙。偶爾她也會出去走走，去哪裡？這我就不知道了。在馬路對面的公寓裡好像住著她的一個熟人，她有時會去那裡。對了，她週六出去過一趟。」與家庭教師一見面，福爾摩斯認出了這位小姐，她就是在巴黎車站外阻攔自己的那位小姐。福爾摩斯心裡明白了，這讓他有了下一步的打算。

八、不一樣的真相

福爾摩斯在瞭解了家庭教師情況後，就去了巴黎警察總局，那有他的老朋友——嘉尼瑪。他與嘉尼瑪見了面，可是嘉尼瑪現在很氣餒，他害怕接手涉及羅蘋的案件。最後，福爾摩斯還是把他說服了。

兩人乘坐出租馬車來到了那棟出租公寓前的大街上。他們在靠近房子的地方找了個不惹人注意的咖啡座坐了下來。他們就這樣坐著，一直等到天色暗了下來。福爾摩斯寫了封信，接著他讓服務生把信送到馬路對面公寓的門房手上。不一會兒，門房趕了過來。嘉尼瑪先向門房說明了自己的探長身分，然後福爾摩斯開始詢問起了門房。

「星期天，是不是有個一身黑色衣裙打扮的夫人去過你們那幢公寓？」

「是有過一位這樣打扮的夫人，她來過，是九點吧！她去了三樓。」

「她經常去那裡嗎？」

「以前倒沒怎麼見過她，可是最近這半個月她常來，可能每天都會來吧！這不，現在她就在樓上了。」

「是誰在三樓住著？」

「有兩位客人住在三樓。一位是朗勒小姐，她是個賣帽子的商人。還有一位是布雷森先生，他在一個月前租下了兩間有家具的房間。可是他經常不回來住，我有時三天都見不到他一面。」

「在週六晚上到週日凌晨這段時間，他回來過嗎？」

「我想想，週六晚上，對，他在那晚回來過。後來我就沒見他出去了。」

「他的外貌有沒有什麼特徵？」

「我也不好描敘。他經常改變樣貌。有時是個大個子，下次一見，又是個小個子，頭髮也是一會是黃色一會又變成了褐色。我也老是分辨不清楚。」

聽了門房的回答後，嘉尼瑪和福爾摩斯互相看了對方一眼。

「沒錯，一定是他！」探長嘀咕道。

「快看，那位小姐出來了！」門房對他們說道。

那位家庭教師從公寓大門走了出來，接著從廣場穿了過去。

「看，那個腋下夾著一個包的人，他就是布雷森先生。

嘉尼瑪和福爾摩斯馬上站起來向門房指的方向望去。雖然在燈下看起來有點朦朧，可是他們還是認出了那個慢慢走遠的側影，沒錯，那一定就是羅蘋。兩人混雜在來往的行人中，悄悄地跟在羅蘋身後。他們跟著羅蘋一直走到維克多‧雨果大道，兩人在這裡分開，一人走一邊人行道繼續跟蹤。二十分鐘後，他們跟著羅蘋走到了塞納河畔。羅蘋在河邊停了幾秒，接著又回到了大路上。在羅蘋從他們身旁走過時，他們發現羅蘋手裡的包沒了。

一個人在羅蘋走遠的時候從一棟房子的角落走了出來，接著又躲到了樹影下。貌似羅蘋也被那個人給盯上了。現在這場跟蹤變得更加複雜了，又加入了一個遊戲的玩伴。羅蘋按照原路回到了租住的公寓。

他們也跟著去了三樓。嘉尼瑪在門口按了下門鈴，沒有回應，他又按了一次。這時裡面傳來一陣腳步聲，兩人立刻把門推開闖進了屋子裡。隔壁房間也在這時響起了一聲槍響，接著又傳來人倒在地上的聲音。

他們一走進旁邊的房間就看到，一個男人臉朝向大理石壁爐倒在地上。他身子還顫動了一下。手邊有一把槍，應該是他手裡掉下來的。

嘉尼瑪俯身上前，那個人已經沒了呼吸，他把那個人的頭扭過來看了看。死者一臉的血跡，從太陽穴與臉頰上兩處大的傷口處，還在不停地流著鮮血。這人不是羅蘋。他們對在死者身上進行了徹底地搜查。他們只找到一個空錢包和幾個金路易，死者身上沒有證明他身分的任何東西。

屋裡還有一個行李箱和兩只手提箱，看上去應該是死者的。箱子裡只有

一些票據。壁爐上放著一些報紙，嘉尼瑪走過去看了看，都是一些關於猶太古燈的報導。

他們在屋裡調查了一個小時，仍舊不清楚死者的身分。也不知道為何要因為他們的闖入而自殺。他們也就這樣一無所獲的離開了。

這件事情讓他們有了更多的疑惑。死者的身分、他自殺的動機、他與猶太古燈的糾葛、那個跟蹤他的另一個的身分，這些謎題都顯得難以解答，讓他們迷惑不解。

當晚，福爾摩斯睡在床上也是滿腦子的挫敗感。第二天早上他收到了一份快信。信是這樣寫的：

福爾摩斯先生，

懷著悲痛的心情，通知你出席國家為布雷森先生舉辦的葬禮。請你在六月二十五日週四出席。

亞森‧羅蘋

福爾摩斯把信對華生揮了揮說道：「我就知道，那個羅蘋監視著我的一舉一動。現在他就盡情地得意好了。我總會抓到他的狐狸尾巴的。老搭檔，我們透過他的第一封信已經發現他與那個家庭教師有來往了。雖然現在我們對真相還不是太瞭解，可是也不是毫無頭緒的。我們先在布雷森那找線索，我們要弄清楚那位先生為何在河邊把包給丟了。這位先生起的作用是什麼？接下來就要去找家庭教師談談了。我會從那知道字母和數字的意思的。我是不會失敗的，華生，我找到了問題的關鍵。」

家庭教師也在這時走了進來。「你還是讓你的朋友好好休息吧，福爾摩斯先生，醫生囑咐了，他需要靜養。」

福爾摩斯沉默不語地看著她。他對她表現出的冷靜非常吃驚，這感覺與他第一次見到她時一樣。「布雷森先生自殺了，就在昨天晚上。」福爾摩斯走過去輕聲對家庭教師說道。

她看上去沒有任何反應，顯得很是自然，沒有給人任何假裝鎮定的感

覺。

「你何必要掩飾自己的情緒啊！」福爾摩斯接著把桌上的紀念冊拿在手上，翻開到被剪過字母數字的一頁。「這些字母和數字的意義，你介不介意告訴我呢？那張字條，你在古燈盜竊案事發四天前送去布雷森先生家的字條，上面到底說的是什麼？」

這時，她打破了冷靜，大笑起來。

「我懂了，先生，你是認為我是那個布雷森先生的同謀。我們合夥偷了猶太古油燈。現在，那個竊賊自殺了。我是那個竊賊同伴，這真是個有趣的故事啊！」

「你昨晚去了泰爾納大街的一幢公寓，你到三樓去找了誰？」

「我去找了誰？拜訪朗勒小姐啊，她只是個帽子商人。你不會認為她就是布雷森先生吧？」

「我還有一個問題，妳為何阻攔我來，在車站妳為何極力奉勸我不要調查這個案件？」

「先生，你的好奇心太重了。為了對你的無禮給予懲罰，尊敬的先生，你從我這得不到問題的答案。」家庭教師還是如故地露出微笑的表情。她話一說完就離開了。

福爾摩斯發現自己被騙了。自己現在不但沒得到任何線索，反而把自己的推想都告訴了對手。那個家庭教師冷靜的表現讓他想起了金髮女郎。她難道也是在羅蘋團夥的保護之下？羅蘋帶給他們信心，因為羅蘋的存在，他們無所畏懼。

福爾摩斯匆忙地出了門。他在走到梅西娜大街時，發現家庭教師進了一家藥店。她在十分鐘後拿著一個小瓶和一個細頸瓶走了出來。就在她往大街上走時，一個人走過去與她攀談起來，那個人拿著帽子好像在向她乞討。她停下來給了那個人一點錢，然後繼續朝前走去。大偵探想到：「她肯定交待了那個人些什麼。」福爾摩斯憑著直覺放棄繼續尾隨家庭教師，選擇跟蹤那個化妝成乞丐的人。

福爾摩斯尾隨那個人到了聖・費迪南廣場。那個人停在布雷森的公寓樓

前，他在附近轉悠了一陣，留心觀察著周圍的情況。就這樣過了一小時，那個假乞丐上了一輛電車，車是開往納伊的。福爾摩斯也上了同樣一輛車，他跟著那個人上了車頂，找了個離那個人稍遠的座位坐了下來。大偵探身旁的位子上還坐著一位先生，這位先生一直用報紙遮著臉。那位先生在車子開到城牆遺址時放下了報紙。福爾摩斯看了一下，那個人竟然是嘉尼瑪。嘉尼瑪湊到福爾摩斯身邊小聲說道：「前面那個人就是昨晚跟蹤布雷森的人。我一小時前在廣場看到他的。」

「還有沒有關於布雷森的消息？」福爾摩斯對嘉尼瑪說道。

「還真有，今天上午送來了一封給他的信。」

「在今天上午？寫這封信的人應該還不知道他自殺了。」

「正如你說的那樣。雖然信交給了預審法官，可是我把信的內容都記下了。信上說，他不會妥協，他全部都要，包括第一次和第二次所有的東西。要是不答應，他就會自己行動了。信沒有署名。」

「我對這封信的內容很感興趣，嘉尼瑪先生，你的資訊對我真有用。」

車停在了終點站——城堡街，那個假乞丐下了車。福爾摩斯跟著那個人走到街上。那個人向兩名正準備騎車離開的警察走去。他與警察說了些什麼，接著飛快的騎上身邊的自行車與他們一起離開了。嘉尼瑪離開尋求幫助去了。福爾摩斯繼續沿著自行車的車輪印跟了上去。福爾摩斯最後在車輪印的指引下來到了塞納河邊。這地方好像來過，對了，這就是昨天布雷森丟包的地方。福爾摩斯走到河邊的斜坡下，水已經退了，現在應該很好找到那個包裹。我要趕在那三個人之前找到它。旁邊船上坐著一個釣魚的人，福爾摩斯朝那走了過去，向那個人打聽道：「你一直坐在這吧，剛才是不是有三個人騎著自行車從這過去？」

釣魚的人用手勢告訴大偵探，他沒有看見。

「就在離你這兩步遠的地方，一定來過，那三個人一定在那待了一會。」福爾摩斯說道。

這時，釣魚的人拿出一個記事本，在上面寫了些什麼，接著撕下那頁紙，把它交給了福爾摩斯。

福爾摩斯看到那紙上寫著CDEHNOPRZEO——237，這就是他在練習冊裡發現的字母和數字。他身體不自覺地抖了一下。

那個男人再次釣起了魚。他一副認真的樣子釣著魚。他的外套與背心都疊好放在了旁邊。魚漂在水裡順流而下的漂在河面上。

福爾摩斯心裡很焦慮，他有點痛苦地想著：「會是他嗎？」突然之間，他好像看清了事情的本來面目。

「沒錯，就是他。他才會這樣處亂不驚，沒有誰能像他這樣淡定。還有也只有他才會從家庭教師那知道紀念冊的事。」

福爾摩斯的手緊緊握在了槍托上，隨時準備拔槍。他眼睛一刻也不離開這個男人，這時只要他把扳機一扣，一切也都完結了。這位大冒險家的故事也就畫上了句號。那個男人依舊專心釣著魚。福爾摩斯有股開槍的衝動。可這樣一來，隨著羅蘋一死所有事就都完結了。

就在他猶豫不決時，後面響起了一陣腳步聲。他一回頭，看見嘉尼瑪帶著幾個警察過來了。這時他有了新的決定。他跳上小船抱住那個男人，兩人在船上滾作一團。由於他太使勁了，綁住船的纜繩也斷了。

不出福爾摩斯所料，那個男人就是羅蘋。羅蘋一邊與福爾摩斯纏鬥，一邊說：「我們這是在幹什麼？我們把對方制服才算勝利吧！」

經過他們這一折騰，小船上的划槳也掉在了水裡。小船徹底失去了控制。岸上這時也傳來一陣陣呼喊。羅蘋接著說道：「你何必把事情變得這麼難辦！天呀，你是被沖昏了頭吧！年紀也不小了，還這麼莽撞！」他最後還是從福爾摩斯手上掙脫了出來。

福爾摩斯怒氣沖沖，伸進口袋掏槍，準備做最後一搏。可是他什麼也沒摸到，「該死的羅蘋」他罵道。槍在纏鬥時已經到了羅蘋手裡。這時他俯下身去，拿起槳划向岸邊。羅蘋也不甘示弱，在另一邊往河中央划去。

岸上已經有人舉槍瞄準了羅蘋。可羅蘋聰明地把自己藏在福爾摩斯身後。羅蘋找到機會拿出手槍，信手就對岸上開了一槍。

嘉尼瑪的帽子剛好被這顆子彈洞穿。隨後羅蘋把福爾摩斯的這把手槍扔上了岸。福爾摩斯笑了起來。羅蘋的率性行為讓他很欣賞。真是個有朝氣的

年輕人。

　　兩岸熙熙攘攘地圍上了許多人。嘉尼瑪帶著他的手下沿著岸邊追著順流而下的小船。羅蘋大聲對福爾摩斯說道：「先生，我有個問題不明白，想向你請教。你只要回答『是』或者『不』，以免產生歧義。希望你從此不再插手這件事。我能幫你善後，再拖下去就無法解決了。你同意這樣辦嗎？」

　　「不！」

　　羅蘋被福爾摩斯的固執弄得很不愉快：「我再重複一遍，你同意退出嗎？」

　　「不！」

　　羅蘋俯下身把船底的一塊木板拿了起來，接著坐到福爾摩斯身邊，說道：「敬愛的先生，我們都是為了拿布雷森扔掉的東西才到河邊來的。我約好了朋友，準備到塞納河底進行一次小小的探索。我朋友過來告訴我，說你也跟著過來了，所以我對於你的到來並不覺得意外。我每個小時都能從我朋友那得到你的消息。對我來說這很簡單。只要一個電話，莫里諾街任何我感興趣的小事我都能知道。」這時他打住了話頭。剛才他拆板子的地方向上湧起了一根水柱。

　　「你不擔心嗎？我尊敬的先生。」

　　福爾摩斯不置可否地聳聳肩。他知道羅蘋在船底打了個洞。水往上湧的越來越多，已經淹過了他們的腳跟。福爾摩斯不緊不慢地把菸點了起來，不顧河水淹過了他們的座椅，泰然地抽著菸。就好像這水漲到哪都與他無關一樣。警察也在這時開了艘軍艦向他們行駛過來。

　　小船在這時也被河水搖晃了起來，福爾摩斯只能抓住漿邊的鐵環保持平衡。羅蘋把衣服穿好，就如福爾摩斯那樣整齊。他對著福爾摩斯無奈地說道：「你還是這樣不肯服輸！可是這件事你會白費力氣，你的堅持只會浪費了你的才能。相信我，你的努力是沒有結果的。」

　　「羅蘋先生，你的話太多了。你經常過於自信了，你也因此露出許多破綻。」福爾摩斯終於按捺不住說道。

　　「直擊要害啊！」

「事實就是這樣，剛才你在無意間給我透露了一個線索，這正是我在找的。」

「你要瞭解的線索，你怎麼不直接問我呢？」

「我不要任何人的幫助！現在開始計時，我會在三個小時後讓德‧安布列瓦勒先生和夫人瞭解事情的真相。我能給你的就只有這個答覆⋯⋯」

福爾摩斯還準備說些什麼，船突然間全部沉了下去。兩人都被水流捲進了河中。兩岸的人發出驚慌的喊叫，接著就是一片可怕的沉默。突然人群中發出一片歡呼聲打破了沉默。有個人露出了水面，是我們的大偵探福爾摩斯。福爾摩斯擅長游泳，他可不會被這點事難住。他向警察的小船揮了下手，然後徑直游了過去。就在他接過船上的繩索往上爬的時候，羅蘋在身後喊道：「尊敬的先生，你當然會解開謎題，可是我覺得你現在就該知道了。就算你知道了結果又會如何？你已經輸了⋯⋯」羅蘋就躺在翻身朝天的船上。

「羅蘋，現在你無法逃了，快點投降吧！」一個警察拿槍瞄準他喊道。

「警官，你是不會打死我的，你最多打傷我防止我逃走。」

槍響了，羅蘋身子一晃沒抓穩，落入水裡不見了。

在事件發生的三個小時後，也就是六點整，福爾摩斯穿著從旅店借來的衣服走進了男爵家的小客廳。他提出要與男爵夫婦見個面。福爾摩斯正來回走動的時候，男爵夫婦走進了客廳。福爾摩斯向男爵問道：「你的家庭教師在家嗎？」男爵回答說：「在啊，現在她正陪著孩子們在花園玩著了。」福爾摩斯說道：「男爵先生，我希望那位小姐在場，我將對你們說我最後的結論。我會把事實告訴你們。你們也將瞭解事情本來的面目。」男爵夫人出去了，不一會兒，家庭教師就和她一起回來了。那位小姐進來也不問原因，就站在了桌子旁邊。她的臉色顯得比平時差了點。

福爾摩斯沒去管她，轉過身去對男爵說：「先生，我還是確定我最開始的判斷沒錯，經過幾天的調查，我認為失竊的猶太古燈還是你家裡的人所偷走的。」他的聲音擲地有聲、不容置疑。

「那是誰偷的呢？」

「我清楚竊賊是誰，我有證據讓他難以辯駁，這是他沒想到的。」

「你的猶太古燈，現在我拿到了。還有你在第二次案件中丟失的東西，我也都找到了。男爵夫婦大吃一驚。他們一言不發地看著大偵探，那渴求答案的表情就是對福爾摩斯最好的表揚。

三天以來福爾摩斯幹了些什麼，他全部告訴了男爵夫婦。他先談到如何找到那個被剪了字母和數字的練習冊，如何把那些字母組成了單字。然後談到了自殺的布雷森先生。還有最後他與羅蘋的衝突。羅蘋是如何消失的。

男爵在福爾摩斯說完這些話後問道：「你現在可以告訴我們竊賊是誰了吧？」

「我認為竊賊就是那個用拼接信與羅蘋聯絡的人。」

他拿出羅蘋在船上給他的紙條。字條被水打濕顯得滿是折皺。「大家注意，這不是我強行從羅蘋手上拿過來的，他完全是懷著遊戲的心情給我提供了線索。」福爾摩斯向男爵夫婦著重地說道。福爾摩斯把這些字母用鉛筆再次寫了一遍：「CDEHNOPREO－237」。

「你好好比較一下就會發現，就如我以前做的那樣，這與我以前所列的排序不一樣。」

「那是什麼原因了？」

福爾摩斯接著往下說：「羅蘋的字條上比我原來那張多了兩個字母，E和O。拿去C和H我們可以拼出『repondez』（回答），把E和O加上拿走的C和H就能組成一個新的單字——ECHO（回聲）。

這正好說明《法蘭西回聲報》是羅蘋的報紙，他透過這份報紙向外界傳送消息。這份報紙一直都有著他的聯繫專欄。請對237《法蘭西回聲報》的通信欄進行回覆，這就是字條的真正意思。一切的謎底也就在報紙上寫著，羅蘋給了我提示，真得感謝他的好意，我去拜訪了《法蘭西回聲報》的辦公室。」

「你在那裡得到了什麼線索？」

「我瞭解羅蘋和他女同夥的聯繫，我知道了所有的情況。」

福爾摩斯說完就把七份報紙打開，在第四版剪下了七行小字，排列如

下：

1. 亞‧羅，女人請求保護。540

2. 540，等待解答。亞‧羅。

3. 亞‧羅，在限制下，敵人，難逃。

4. 540，留地址。調查事宜。

5. 亞‧羅，莫里諾。

6. 540，公園，三點。紫羅蘭。

7. 237，週六，說好了。週日上午，公園。

我們瞭解到的首先是，代號540的一個女人向羅蘋尋求幫助。羅蘋要求女子說明原因，女子回覆說，她被敵人掌控了，那個敵人顯然說的是布雷森。要是羅蘋不救她就無法逃離苦海。羅蘋做事周密，他不願涉險，所以提出要地址，然後派人去調查。女子為此考慮了四天，這一點可以從報紙的日期上發現。她在布雷森步步緊逼下覺得刻不容緩了，所以把住所的街道，莫里諾街告訴了羅蘋。羅蘋在第二天約她三點鐘去蒙梭公園見面。接頭暗號是一束紫羅蘭。見面後他們制定了詳細的計畫，並採取了其他的聯絡方法。也就在那天，他們不用報紙來聯絡了。布雷森威脅那個女人，要她偷走猶太古燈。現在就差確定盜竊時間了。那個女人想讓事情更加保險，她用拼接信把時間告訴了羅蘋，她要在週六實行計畫。她還要羅蘋在237期《法蘭西回聲報》予以回應，羅蘋答應她週日上午去公園，所以週日上午便發生了那個所謂的外人侵入的盜竊案。

福爾摩斯繼續往下說著：「在失竊案後的週日上午，她去羅蘋那報告了情況並且把燈交給了布雷森。事情就如羅蘋計畫的那樣進行，警察們都被表面的偽裝給欺騙了。大開的窗戶，陽台上的磨損印跡，都是室外侵入盜竊的佐證，那個女人自然就被排除在嫌疑人之外。

第二次的偷盜源於報紙對第一次偷盜做了過於詳盡的描寫，有人按圖索驥，模仿了那個盜竊手法偷走男爵你的搜藏品。這次與第一次不同，是真正

的室外闖入盜竊。」

「案犯是誰？」

「顯而易見，是布雷森的惡行。那位女子對此卻並不知情。我和華生追的就是他，這個惡徒最後還弄傷了我的朋友。布雷森的同夥在昨天他自殺前給他寫了封信。這封信能看出羅蘋知道了是布雷森所為，他給布雷森施壓，要他把兩次的贓物都交給他。羅蘋也派人監視著布雷森的一舉一動，我們跟蹤布雷森去塞納河畔時，羅蘋的同夥也在附近盯著。」

「塞納河畔，布雷森去那做什麼？」

「我想，他是得知了我的調查進度……」

「他是如何知道的？」

「一定是他的那個女同夥說的。那個女人擔心這樣下去會把自己給查出來，因此她就提醒布雷森早做準備。布雷森得到消息後就把那些贓物都裝進一個包裡，扔到了一個他日後能再找回的地方。可是，在返回公寓的時候，他發現有人盯上他了。他由於做賊心虛，加上一時害怕，就飲彈身亡了。」

「那些贓物你都拿回來了？」

「羅蘋落水不見後，我馬上潛下河去，找到了布雷森扔包的地方。在那兒，我發現了一個用衣服與油布裹著的包袱。包袱裡面就是你失竊的物品，你看，就在這裡。」

男爵趕忙用刀割開繩子，打開包裹拿出了裡面的猶太古燈。他把古燈燈腳的螺母使勁擰開，把古燈從中間打開，一顆鑲滿紅寶石和翡翠的金首飾從中露了出來。

一切都顯得這樣合情合理。福爾摩斯的推理卻讓人覺得有點可悲。那些證據都顯示家庭教師就是那個內賊，是那個布雷森的女同夥。家庭教師還是在那站著一動不動，沒有為自己辯解的意圖。她還是那樣平靜，沒有流露出一點慌亂害怕的神情。

「先生，你確定你的判斷是正確的嗎？會不會有點誤會。」

「男爵，你府上還有其他人可能知道這個珍貴首飾藏在古燈裡嗎？」

男爵心裡無法否定這個讓他難過的結果。他不得不承認殘酷的事實。

他需要去面對這個結果。他走到家庭教師身旁問道：「小姐，是你幹的嗎？是你偷走了猶太古燈嗎？是你與亞森・羅蘋合謀裡應外合偷走了猶太古燈嗎？」

「先生，是我做的。」家庭教師面無表情地看著男爵說道。

「事情不會是這樣，我不相信。你是我最難懷疑到的對象。你是怎麼做的？可憐的小姐。」

「福爾摩斯先生全說對了，我就是按照他說的那樣做的。我在週六晚上，抑或是週日凌晨，我溜進客廳拿走了古燈。然後我就出門把燈交給了那個人。」

「不可能，早上我起來時還看見小客廳的門還是鎖著的。」

男爵的話讓家庭教師慌了神，臉變得通紅。她望著大偵探，好像要他來幫忙解圍。

對於家庭教師的慌亂，福爾摩斯有點吃驚，她說謊了？她剛才的話肯定是為了隱藏些什麼。

「我敢肯定，那扇門是關著的，就像我昨晚鎖好的那樣。要是你真的是從那門進來的，裡面就一定要有人給你開門。可是裡面除了我和我太太，沒有其他人了。」男爵接著說道。

福爾摩斯為了掩飾他那通紅的臉龐，急忙把腰彎了下去。一陣新的想法在他腦海中奔騰而過，這讓他一時有點不適應。他現在終於明白了事情的真相，所有的迷霧都從他眼前散去了。

家庭教師是無罪的，這一點是毫無疑問的。他開始的證據和推論是站不住腳的。現在，他瞭解了事情的真相。一切謎題破解了，他知道誰才是真正的內賊。

幾秒鐘後，他把頭抬起，儘量自然地看著男爵夫人。男爵夫人臉色顯得很難看，沒有一點血色。這副神情讓她把自己內心的害怕都暴露了出來。她盡力掩飾著自己的不安，把抖動的雙手藏在身後。

福爾摩斯心裡思量著：「再有一秒鐘時間她就會露出破綻。」

福爾摩斯坐在男爵夫婦之間。大偵探看了一眼男爵，那臉色好像說明男

爵也找到了答案。男爵也在考慮著同樣的問題，他得出了與大偵探一樣的結論。他全明白了，他終於知道事情的真相。

家庭教師還想極力掩飾那個無情的事實，「先生，是我記錯了。我那天不是走的這扇門。我是從花園架了個梯子……」雖然她竭盡所能，可是一點也無法改變現在的情況。

所有人都一言不發，空氣都安靜的讓人窒息。男爵夫人因為害怕和擔憂站在那一動也不動。男爵也在與內心的事實抗爭，他不忍毀了這段幸福時光。

「還是你自己說吧，這到底……是怎麼回事？」男爵激動地說道。

「親愛的先生，對此我沒有什麼解釋了。」男爵夫人痛苦的小聲答道。

「那家庭教師……」

「她出於對我的忠心幫我脫了身，承擔了我犯下的過錯，她為了我不被懷疑……說了謊。」

「她幫你從誰那脫了身？」

「那個男人。」

「是不是布雷森？」

「對，就是他，就是他在脅迫我。那是在我的一位女友家，我認識這個男人。我當時竟然聽信了他的花言巧語……我一定是瘋了。我的這種荒唐之舉你是一定不會原諒的。我給他寫過兩封信，現在我已經從他手裡贖了回來，你等下能夠看到的。你知道我是拿什麼贖回來的嗎？我已經為此非常傷心難過了，可憐一下我吧！」

男爵夫人繼續說著與布雷森間的偷情之舉。她最終發現布雷森是個惡棍，由此被困擾和恐懼包裹。她說到家庭教師是如何勇敢地幫助她，如何為她求助於羅蘋，讓她從那個惡魔的控制下脫身。

事情全都清楚了。福爾摩斯也沒有留下來的必要了。就在當天晚上，福爾摩斯坐上了由加萊開往多佛的「倫敦城號」。他走到睡在長椅上的家庭教師身邊問道：「你是在睡覺嗎？小姐。」

「沒有，先生，我睡不著。我心裡在想些事情。」

他們相視無語，沒有再說別的了。在甲板上來回走了幾圈後，福爾摩斯坐回了旅伴身旁。他把菸斗拿了出來，把菸絲裝好，可是身上沒帶火柴。他起身走到旁邊的一位先生那說道：「先生，打擾一下，你有火柴嗎？」

這位先生拿出盒火柴，劃燃了一根，在火光的映照下，福爾摩斯看清了那個人的面孔，那個人竟然是羅蘋。

如果福爾摩斯不是驚訝的往後退了一步，羅蘋還以為大偵探是故意來找他借火的了。福爾摩斯馬上恢復了冷靜，他很自然地向羅蘋伸出手。「這個世界上也就是你我兩個人不會為他們的事感到吃驚。」羅蘋在福爾摩斯的請求下說了自己是如何從河裡逃走的。

「這次逃跑很簡單啊！因為我和我的朋友早就約好在這把那些贓物打撈出來，所以他們一直等在附近準備接應我。我在翻了的船底等了三十分鐘，就在警察去岸邊找我屍體的空檔爬上翻了的船，搭上我朋友的遊艇離開了。」

「你真是太棒了，出色的表現。」福爾摩斯佩服地喊道。「你現在有什麼事要去英國處理嗎？」

羅蘋好像回想起了什麼，向福爾摩斯問道：「男爵先生那邊怎麼樣了？」

「他全都知道了。」

「敬愛的先生，你忘了我對你的忠告了嗎？現在一切都無法挽回了。照我的計畫來辦不是會做的更好嗎？那些贓物我會在一兩天後交給男爵，到時他們可以安心的相伴終生。現在，你看你都做了些什麼，他們夫妻……」

「我讓你的計畫泡湯了，給在你守護下的男爵夫婦美滿的婚姻帶來了裂痕？」福爾摩斯冷冷地笑了一下。

羅蘋沉默許久，然後說道：「敬愛的先生，你我都明白，我們在任何事情上都有不同的看法。我持這種觀點，你持另一種觀點。我們可以相互尊敬對方、暢快交談，可是我們之間還橫亙著一條無法渡過的海峽。你是個大偵探，你有著追捕竊賊的本能，你會用盡一切辦法把對手引進你的陷阱。我羅蘋是個大盜，我會用我的聰明才智從偵探手裡逃脫，並嘲笑他做的事情。」

說完，羅蘋放聲大笑起來。

可是這笑聲福爾摩斯一點也不喜歡，它顯得狡詐、冷酷、還讓人覺得可惡……

三十口棺材島

三十口棺材島

序幕

　　經過戰爭的動亂後，現在很少有人會記得幾年前發生的一件事——戴日蒙事件，但它當時曾經轟動一時。

　　戴日蒙事件的經過是這樣的：

　　安托萬‧戴日蒙先生在布列塔尼巨石建築研究方面頗有建樹，他也因此受到世人的稱讚。1902年6月的一天，他與自己的女兒維洛妮克‧戴日蒙一起在森林裡散步，突然遭到四個人的襲擊。

　　儘管他拼命反抗，也和歹徒進行了搏鬥，但最終因寡不敵眾，只能眼睜睜地看著自己漂亮的女兒被那幾個人強行拉走。然後，他看到那些人將她塞進一輛汽車裡。整個劫持的過程很快，當目擊者意識到這是綁架的時候，那

輛汽車已經朝聖克盧方向開去了。

很顯然，這是一次綁架事件。不過，出人意料的是，人們第二天就知道了這起綁架事件的原委。

當地有一個青年叫亞歷克西‧沃爾斯，這人雖然風度翩翩，不過名聲在當地卻並不好。他自稱是波蘭貴族，還說自己有著皇家血統。他喜歡上了維洛妮克，維洛妮克也很喜歡他。可是，這件事卻遭到維洛妮克父親的斷然拒絕，不僅如此，戴日蒙還多次侮辱沃爾斯。

沃爾斯很惱火，在多次受辱之後，終於心有不甘，策劃了這次劫持事件。不過，當時維洛妮克並不知情。

戴日蒙得知事情的真相後，發誓要對沃爾斯進行報復。但是，誰也沒想到，沒過多久戴日蒙竟然同意自己的女兒和沃爾斯結婚。兩個月後，沃爾斯和維洛妮克在尼斯舉行了婚禮。

就在大家都以為這件事就這樣收場的時候，第二年又傳出了令人吃驚的消息：戴日蒙先生把自己的女兒和亞歷克西婚後生的孩子，劫持到了威爾弗朗什。然後，他僱了幾名水手，讓他們駕駛自己新買的遊艇送自己和孩子出海。戴日蒙終究沒有忘了自己要復仇的諾言，難道他要對孩子下手嗎？

不過，因為海浪太大，遊艇出了意外，在義大利海岸某地沉沒了。那幾名水手被人救了起來，他們說，戴日蒙先生和孩子都已經葬身大海了。

父親和孩子身亡的消息傳到維洛妮克耳中，她非常悲傷，便進了加爾梅利特修道院。

整個事件的經過就是這樣。

戴日蒙事件距離現在已經14年了，在14年後的今天又出現一件讓人厭惡和驚奇的事件。這件事從某些方面來看，可能讓人覺得難以置信，但它的確是真的。

一、廢棄的小屋

　　五月的一天早上，一位婦人乘車來到位於布列塔尼中心區，風景優美的法烏埃村。她臉上蒙著厚厚的面紗，穿著寬鬆的灰白衣服，因為面紗遮住了她的臉，人們很難看到她的容貌。這位婦人在村子附近找了家旅店住下來。

　　在旅店裡用完午餐後，她請旅店老闆幫忙照看一下自己的行李，並向他打聽一些當地的情況。隨後，她便出了村子，向外面的田野走去。她面前很快就出現兩條路，分別通往坎佩爾雷和坎佩爾，她選了去坎佩爾的路。在經過一個小山谷，又走了一段上坡路之後，右邊出現一條林間小道，路口立著一塊指路牌——勒特雷武，三公里。

　　「到了，就是這裡了。」她自語道。可是當環顧四周的時候，卻沒有發現自己要找的地方就在這附近，她不禁有些吃驚，心想難道是自己弄錯了嗎？

　　從樹林邊的草地和起伏的山丘開始，順著布列塔尼鄉村的地平線看去，四周看不到一個人。不遠處的草地上，有一座小城堡，城堡的灰牆上有一些護窗板，它們都是關著的。附近的教堂響起了鐘聲，之後周圍又歸於沉寂。

　　她在斜坡的一塊淺草地上坐下來，從口袋裡拿出一封信。這封信很厚，信封上面寫著：杜特萊伊事務所——諮詢辦公室——內容機密。

　　下面是收信人地址、姓名：貝桑松時裝店——維洛妮克夫人

　　她打開這封信，讀了起來：

　　夫人：

1917年5月，你委託我幫你辦事，讓人高興的是，現在這件事終於有了眉目。

14年前的事，讓你傷透了心，也就是在那種情況下，你找我幫忙。這是我的職業生涯中的一次苦差事，但我的努力終於沒有白費，透過調查，我終於找到了你的父親安托萬·戴日蒙先生和你的兒子弗朗索瓦死亡的證據。不過，這還不算什麼，我今後應該會做的更出色。

在接受你的請求後，我覺得應該讓你擺脫你對你丈夫的仇恨或者愛情。於是，在我的安排下，你進入了加爾梅利特修道院。在你隱居修道院之後，越來越覺得修道院裡的宗教生活不適合自己，便想出去生活。為了繼續生活下去，你應當忘記過去，因此你需要工作。我只好再次幫你在貝桑松找到了一份女帽商的工作。貝桑松這座城市，遠離你童年生活過的和婚後生活過的城市。我想現在你應該能繼續生活下去了，想必你已經做到了這一點。

現在我們來談談你交給我的任務。

首先我要說說你的丈夫。你那位自稱為波蘭貴族、有著皇室血統的王子丈夫，在戰亂中到底怎樣了呢？戰爭開始的時候，沃爾斯先生被認為是嫌疑犯，被關進了加邦特拉附近的一個集中營裡。後來他逃到了瑞士，又從瑞士回到法國，在法國他再次被捕，因為他被指控為德國間諜。這次他被判了死刑，在劫難逃，誰知他再次逃了出來。他躲在楓丹白露森林裡，但這仍未能改變他的命運，不久後他被人刺殺了。

夫人，我之所以這樣很直接地和你談當時的情況，是因為我知道，你對這個無恥的、背叛你的人是極為蔑視的。可能你在報紙上已經看到關於他的一部分事實，但報紙上的內容未必完全是真的。不過，我看過證明資料，亞歷克西·沃爾斯確實已經死了，就被埋在楓丹白露。

夫人，關於他的死，還有一點比較奇怪。你對我說過，沃爾斯先生很迷信，經常測算自己的命運。沃爾斯這樣聰明的一個人卻沉迷於迷信，而且常常陷入對自己生命預測的恐懼中。有幾個算命先生對他的命運做的預測是這樣的：國王之子沃爾斯將死於朋友之手，他的妻子將被釘在十字架上。

夫人，我在寫這句話的時候都不禁笑了出來。「被釘在十字架上」，這

種以前的刑法早就過時了，所以我很放心。但誰能想得到，沃爾斯先生竟然真的挨了一刀，和算命先生所預測的竟然驚人的一致。

現在來談談……

看信的這位夫人正是維洛妮克，這封信是杜特萊伊先生寫給她的。她把信放在膝蓋上，沒有往下讀，因為杜特萊伊先生信中那自負的語氣和很隨便的玩笑讓她細膩而敏感的性格很受傷，而且她此刻想到了亞歷克西·沃爾斯死時的慘狀……每次想到這可惡的男人，她都會忍不住地一陣害怕。她平穩了一下自己的情緒，又接著往下讀：

夫人，你在不久前又讓我查一件事，我下面就談談這件事的調查情況。

幾個星期前，你在一個星期四的晚上帶著你的帽店女員工去看電影。電影的名字是《布列塔尼傳說》，其中有一個鏡頭讓你感到極為吃驚：一條公路對著一間廢棄的小茅屋。

在這部影片中，這間小屋根本沒有什麼意義，很顯然它是在無意中被拍進去的。但是，這個小屋卻讓你立刻驚在了當場，吸引你的還不是這個小屋，而是小屋那舊門板上的三個手寫字母：V. d' H。

這三個字母是你再熟悉不過了，因為它們是你未出嫁之前，在和閨中密友寫信時用的簽名。但是，這樣的簽名你已經14年沒有用過了，現在它竟然又出現了。這三個字母正是維洛妮克·戴日蒙的縮寫！而且絕對不會錯，甚至和你以前的筆跡都相差無幾！

因此，當你看到這三個字母的時候，是非常緊張的，這時候你決定找我幫忙。看來你很相信我的實力，你知道我不會讓你失望的。我已完成了這項工作，查到了那間小屋的所在地。

如果你想去那間出現字母的小屋，我會告訴你路線：

夫人，請在晚上乘巴黎快車，第二天早晨到坎佩爾雷。然後，從坎佩爾雷乘汽車到法烏埃。午餐前後，如果你有時間的話，可以去參觀一下附近的聖巴爾伯教堂，電影《布列塔尼傳說》就是以它為題材拍攝的。然後，你從

法烏埃村步行到坎佩爾雷公路，在上完第一道坡後，你會看到在通往勒特雷武的小道前面有一個樹木環繞的半圓形地帶，門上有那三個字母的小屋就在那裡。

小屋沒什麼吸引人的地方，裡面什麼都沒有，連地板都沒有。只有一塊朽木板，好像是當作凳子用的。屋頂年久失修，一下雨就往下漏水。它被電影鏡頭捕捉到，完全是個巧合。最後，我還得提醒你一點，電影《布列塔尼傳說》是去年九月拍攝的，這就說明門上的字母至少已經存在八個月了。

全部的事情就調查到這些，夫人，我的任務完成了。當然了，由於職業的關係，我不能告訴你我是怎麼調查到這些的。總之，我完成了，而且用的時間很短，你付給我的那五百法郎是非常值得的。

最後，祝你……

看完信後，維洛妮克把信疊了起來，但她依然在想著信的內容。這封信讓她感到痛苦，就像她婚後的短暫生活一樣讓她陷入到痛苦中。這時候，她的腦海中閃過了一個念頭，在她逃避現實而深入簡出地住在修道院的時候，這樣的念頭也經常出現過：她認為這一切的不幸——父親的去世，兒子的夭亡，都是因為自己愛上沃爾斯造成的，是上帝對她犯錯的懲罰。她曾經拒絕過這個人，最後還是勉強答應了和他結婚，因為她怕自己的父親被沃爾斯報復。不管怎麼說，她還是愛過他的。她現在還記得，他們剛認識不久的時候，她一發現他注視自己，就會臉色發白。每每想到自己以前的這種懦弱，她都會感到悔恨，而且這種悔恨的程度並沒有隨著時間的流逝而減輕。

「好啦，」她自言自語道，「想這麼多也沒用。」她立刻想到，自己離開隱居的城市貝桑松是為了找那個小屋瞭解情況。她打起精神，決定繼續尋找小屋。關於小屋的地址，杜特萊伊先生在信中是這樣寫的：「在通往勒特雷武的小路前面，有一個半圓形的地方，那周圍有一些樹木……」

這樣看來是自己走過了，她趕緊往回走。沒過多久，她就發現了那間小屋，它被右邊的一片樹叢遮住了。這種小屋是供牧羊人或養路工歇息的地方，因為無人看護，再加上惡劣天氣的影響，現在已經變得非常殘破了。

維洛妮克走過去，看到了小屋門上的字。經過八個月的風吹雨淋，這幾個字母已經沒有電影裡展現的清晰了，但她還是能輕易地認出這確實是那三個字母。同時，她還發現字母的下面有個箭頭標記和一個數字9。她不禁有些奇怪，杜特萊伊先生怎麼沒有提過這一點呢？

看著那三個字母，她開始激動起來。很少有人能模仿她的簽名，而且沒有誰會無聊到模仿一位陌生人簽名的地步，可那又的確是她少女時代的簽名。在布列塔尼的這間廢棄的小屋門上，是誰把她的簽名這樣寫上去的呢？肯定不是她自己，因為她也是第一次來這裡。

自從14年前那一連串的事情發生以後，維洛妮克的父親和孩子結束了各自的生命，而她也結束了自己的少女時代，開始走向成熟。在這個世界上，她現在已經沒有太熟悉或要好的朋友。那麼除了她自己和自己的父親，誰還會記得她的簽名呢？到底是什麼人呢？為什麼把她的名字寫在這裡？寫在這樣的地方？這麼做又有什麼目的？

維洛妮克一邊想，一邊繞著小屋走了一圈。她沒有看到任何特殊的記號，小屋周圍的樹上也沒有什麼標誌。杜特萊伊在信中說，他曾經進去看過，裡面什麼都沒有。

但是，她想親自進去看看，是不是真的什麼都沒有。

門僅僅用一根木閂閂著，只要撐動上面的一個螺絲就能把門打開。她要打開這扇門嗎？門裡面會出現什麼？

她猛地拉開門。突然，她發出一聲恐怖的尖叫。

她看到一具男人的屍體，而且在看到屍體的同時，她發現屍體少了一隻手，應該說死者屬於非正常死亡。

死去的是一位老人，有一頭長長的白髮，灰白的鬍鬚成扇形散開。維洛妮克注意到他的嘴唇呈黑色，皮膚腫脹，因此她懷疑這人是被毒死的。而且身體的表面上沒有任何致命傷口，斷手上的傷痕是刀砍的，但那已經是老傷口了。他身上穿的是布列塔尼農民常穿的衣服，雖舊卻很乾淨。屍體的頭部靠著木凳，坐在地上，蜷著腿。

在近乎麻木的狀態下，維洛妮克觀察到了這些情況，後來回憶的時候才

想起來。因為當時看到屍體後，她整個人就渾身發抖地待在那裡，眼睛直地盯著屍體，口中不停地呢喃著：「有死人……屍體……」

當她稍微從恐懼的情緒中回過神來的時候，她突然意識到也許是自己錯了，這個人未必就死了，也可能是自己先入為主吧！於是，她用手試了試他的額頭，發現他的皮膚是冰冷的。她抽回了手，那僵硬的屍體因為她撒回了手，竟然動了一下。

這個動作讓她徹底清醒過來。周圍一個人也沒有，她決定立刻返回法烏埃報警。但在這之前，她想看看能不能在屍體身上找到證明死者身分的東西。口袋裡沒有東西，外衣和襯衫也沒有什麼特別的地方。就在她尋找能證明死者身分的東西時，屍體在她的擺弄下移動了位置，後面的凳子露了出來。

凳子底下有一張很薄的繪畫紙，這張紙皺巴巴的，差點就破了。

她小心地把團在一起的紙攤開，但就在這張紙還沒有完全展平的時候，她就開始顫抖起來，並且喃喃地道：「啊！上帝啊……我的上帝啊……」

她盡力使自己鎮靜下來，然後把紙完全展開，用眼睛看著紙上的一幅紅色的畫：畫上畫的是四個女人，她們被釘死在十字架上，那十字架是由四棵樹幹做成的。

這幅畫的前部中心位置畫著第一個女人，她僵硬的身體被釘在十字架上，頭上戴著修女頭巾，面部露出難以忍受的痛苦表情。但是，當維洛妮克看清畫上女人的臉時，她渾身一陣顫抖，跌跌撞撞地跑出屋外。她摔倒在地上，然後暈了過去。

畫上的這個女人就是她自己——維洛妮克‧戴日蒙！

維洛妮克身體和精神狀態一直以來都很好，各種折磨都沒能損壞她那飽滿的精神狀態和健康的身體。今天之所以會暈倒，是因為她坐了兩晚的火車，再加上她確實遇到了讓她極為不安的事——先是看到屍體，後又發現一幅詛咒畫，而裡面詛咒的人竟然是自己。在這樣的打擊下，她終於因神經極度緊張而暈了過去。

過了幾分鐘，她恢復了過來。她起身回到小屋，撿起那張紙，又看了起

來。畫的左邊有十五行字，不過都是一些不成形的字母，看不出來寫的是什麼，可能是為了填補畫邊的空白而畫上去的。

不過，有幾個地方的字能認得出來。

維洛妮克讀道：「四個女人釘死在十字架上。」

另一個地方寫著：「三十口棺材……」

最後一行字是：天主寶石賜生或賜死。

最後一行字是被兩條平行的線夾在了中間，一條線是用黑墨水畫的，另一條是用紅墨水畫的。這行字的上面，是用紅墨水畫的兩把交叉的鐮刀，下面畫的很像是一口棺材。

右邊是畫的主要部分，幾個女人就畫在那裡，下面還有一行行的說明，看起來像是從書的某一頁上複製過來的。

除了畫上的維洛妮克，畫中的其他三個女人在畫上顯得很遠，而且越往後面越小。這幾個女人身上穿的衣服、頭上戴的頭巾，都是當地布列塔尼式的普通穿著，頭巾的紮法也是當地的風俗：一個大黑結，兩個張開的結翅就像阿爾薩斯領結。

維洛妮克的目光移到了畫的中間，那上面畫的是令人驚懼的東西：一個大十字架，一棵被砍掉枝條的樹幹，一個女人像被綁在十字架上一樣，被綁在樹幹上。從肩膀開始，一直綁到大腿，不過這女人的身上並沒有被釘上釘子。和其餘三個女人都是穿著布列塔尼服裝不同，這個被綁在十字架上的女人只是被裹了一塊裹屍布，那布一直拖到地上。因為是被裹著的，她的身體看起來更加瘦長了，而且她看起來應該受過許多折磨。

這個女人臉上的表情是悲慘的，除了悲慘以外，還能從她的臉上看出一種痛苦、傷感和無奈。這張熟悉的面容，維洛妮克當然清楚地知道，這就是自己的面容。在那些痛苦的日子裡，維洛妮克經常從鏡子裡看到這張臉。畫上的這個女人，甚至連濃密的、彎彎曲曲的、拖到腰間的捲髮都和維洛妮克一樣。

畫上面的簽名是：V.d'H。

仔細看完了整幅畫，維洛妮克站在那裡想了好久。她一直在回想過去，

想找到眼前的情景和以前的聯繫，但她什麼都沒能找到。她再次掃了幾眼那張紙，然後慢慢地把紙撕碎，扔到了空中。她沒有再理會隨風飛舞在半空中的紙屑，而是朝村子走去，她打算儘快了結此事。

一小時後，她帶著法烏埃村村長、鄉村警察以及一些好奇的人來到小屋，令她無比震驚的是：屍體不見了。

這太奇怪了，維洛妮克開始思想混亂了。再加上人們不斷向她提出問題，問她剛才說的是不是真的，周圍都亂糟糟的，不管她怎麼解釋，都不能令疑惑的人相信。眼見她驚慌失措，跟她一起來到小屋的人開始揣測她為什麼要撒謊，還有的人開始懷疑她的神智是否正常。最後，面對一個個的質問，她索性放棄了爭辯。

村人本要為難她，但見她不僅落落大方，而且又很善良，便不再刨根問底了。

當時她住宿的那家旅店老闆娘也在，她向老闆娘打聽了從附近的哪個村莊可以到達火車站，她打算先回巴黎。老闆娘說出了兩個村名：斯卡埃爾和羅斯波爾當。她僱了一輛車，讓車伕到旅館幫她拿回行李，打算離開這裡。她沒有等車伕，而是先漫無目的地走著。

她腳步不停地往前走，只想趕快擺脫這些不可思議的事，甚至沒想到自己已經僱了車，現在那輛車正在後面追她。

一路上，她什麼也不想，不想知道這一切是為什麼。過去的生活情景又浮現在她的眼前，她想到了沃爾斯劫持自己，想到了父親、兒子的死……這些事總是讓她害怕。她開始回想起在貝桑松的時候，自己在一片狹小的生活圈子裡，沒有痛苦，沒有幻想，也沒有回憶。她相信在貝桑松自己那間簡陋的房子裡，自己在做那些日常瑣事的時候，會忘掉剛剛看到的廢棄小屋、斷臂男屍以及那幅讓自己極度不安的畫。

快到斯卡埃爾的時候，她聽到了身後的馬鈴聲，那是她僱的馬車發出的聲音，不過她卻並沒有注意到。

在通往羅斯波爾當的岔路口上，她看到一座倒塌了一半的房子，這座房子現在已經不能稱為房子了，因為它只剩下一堵牆。在這堵牆上，有白粉筆

畫的一個箭頭和一個號碼10，讓她驚駭的是，箭頭和數字下還有那陰魂不散
的那個簽名——V.d'H。

二、一處海灘

維洛妮克決心要避開這些災難，她本以為，這些威脅是來自不幸的過去。但是，再次見到簽名讓她的心緒發生了變化，她決定沿著面前這條讓人害怕的路一直走下去。

她心緒的變化好像讓她感覺到了一絲光明，她也突然意識到，那個箭頭指明的方向和那個號碼「10」，一定意味著什麼，因為在法烏埃那間簡陋屋子的門上，數字是「9」，難道它們之間有什麼聯繫？是不是還會出現？這標記是一個人給另一個人的信號嗎？下一次會不會再出現「11」。不管是不是，維洛妮克都不在意了，因為沿著這些圖示的線索搜尋下去，也許能讓維洛妮克揭開謎底：她少女時代的簽名，為什麼會接連出現？

後面的車伕追上了她。她上了車，並告訴車伕，自己要前往羅斯波爾當。到那裡已是大家吃晚飯的時候了。而這一路上，她有兩次在交叉路口看見了自己的簽名，簽名附近的數字分別為11和12。果然又出現了，她的猜測沒有錯。

在羅斯波爾當過了一夜，維洛妮克第二天又開始尋找簽名，她要看看這簽名到什麼時候才會結束，她也想順著簽名的順序找出是誰在背後做的這一切。她來到昨天發現12號的地方，箭頭把她引上孔卡爾諾方向的路。她沿著這個方向走，卻一直沒有找到13號，她想也許是自己走錯了，便返回原地重新找，花了一天時間也沒找到。

第二天，她找到13號，但標記已經很模糊了，箭頭指著富埃南方向。接著，她按照標誌沿著鄉間小路走，但沒多久就迷路了，最後到了大西洋岸邊

的貝梅伊大海灘。在海灘附近的一個村子裡，她住了兩天。她非常小心地向當地的人提出一些問題，卻沒有得到任何有用的答案。

這天早晨，她漫無目的地走著，忽然發現前面海灘處有一所簡陋的小屋，可能是供海關人員休息用的。

小屋的門口有一塊小的糙石柱子擋著，這塊糙石柱子上有一個簽名和一個號碼17，下面只有一個句號，沒有箭頭。小屋裡面有三個打碎的瓶子，還有一些空罐頭盒。

「就是這裡嗎？」維洛妮克心想，「還有人曾在這裡吃過飯。」這時她發現不遠處有一個圓弧形的小海灣，不注意很難發現，因為它縮在了附近的岩石中間。海灣裡飄著一艘以油為燃料的小艇，之所以這樣說，是因為她看見了小艇有引擎。

這時從村子方向傳來一男一女的說話聲。順著聲音的方向，她看到有個年紀很大的男人，他兩手抱著半打裝滿食品的袋子，裡面有一些食物，他的對面是一位女人。

他把東西放在地上說：「艾諾麗娜太太，一路順利嗎？」

「還好。」

「這次外出，你到了哪裡？」

「巴黎。在那裡過了一個星期，給主人買了一些東西。」

「你回到這裡，感覺比在巴黎快樂嗎？」

「當然。」

「艾諾麗娜太太，你的船還在原來的地方，我每天都會來檢查一下。今天早晨，我才把它的帆卸了。你經常駕駛它，不知道它速度快不快？」

「速度很快。」

「你是個很棒的舵手。艾諾麗娜太太，誰能想到你還會開船呢？真了不起！」

「還不是因為戰爭。島上的年輕人都走了，剩下的人也都以捕魚為生了。但是，每兩週就有一次船上服務工作，這個還是和從前一樣，因此我不做誰做呢？」

「你用的油是哪裡來的呢？」

「這個我們有儲備的。」

「沒什麼事的話，我走了。艾諾麗娜太太，要我幫忙把你買的東西裝上船嗎？」

「不用，你去忙吧！」

「我這就走，」那個人又重複道，「艾諾麗娜太太，再見。」沒走幾步他又回頭喊道：「不過，你無論如何要注意島周圍的那些暗礁，它們是很危險的。這個島外人都叫它三十口棺材島，一提起它別人就害怕！」說完，他就慢慢走遠了。

三十口棺材！維洛妮克打了一個寒顫，她記得這個名字自己曾在那幅讓人害怕的畫上看到過。

那女人走到小艇邊，把食品放進了小艇，然後又返回來。

維洛妮克看見了她的正面，不禁「啊！」地一聲叫了出來。那女人穿的是布列塔尼當地的衣服樣式，頭巾上面是兩個黑絲絨的結翅，這和自己在那間死人的小屋裡，看到的畫上女人的裝束一模一樣。這位布列塔尼婦女大概四十來歲，前額有些寬，有著一張瘦而黝黑的臉，可能是因為經常在陽光下勞動的緣故吧！她的精神很好，從她那兩隻烏黑又亮晶晶的大眼睛裡，能看出她的機靈和友善。她身上裹著一件絲絨上衣，脖子上戴著一條很粗的金項鍊。

她一邊把她的行李裝上船，一邊小聲哼著什麼歌。很快船裝好了。她看了看天，天上有幾片烏雲，但這並沒有影響她的心情。她解開纜繩，大聲哼起了歌。她唱歌的時候，面帶微笑，一口美麗而白淨的牙齒不時顯露出來。維洛妮克聽清了她唱的是一首慢節奏的搖籃曲：

媽媽搖著搖籃
輕輕地對孩子說：
別哭了，孩子。
你哭聖母也哭，

你笑聖母才會高興。

讓我們握手祈禱，

仁慈的聖母瑪利亞……

維洛妮克沒等她唱完，就顫抖著走到了她面前。

她沒想到這裡還有人，愣了一下後問道：「怎麼啦？你有什麼事？」

維洛妮克用顫抖的聲音說：「這首歌你怎麼會唱的？有人教你嗎？我母親唱過這首歌，這是她家鄉——薩瓦地區的歌。她死後，我再也沒聽別人唱過。」

布列塔尼婦女沒有說話，只是驚訝地看著這個不速之客，似乎正在考慮怎麼回答她的問題。

維洛妮克重複道：「能問一下是誰教給你唱的嗎？」

「一個人教的。」艾諾麗娜太太說。

「誰教你的呢？」

「我們島上的一個人。」

維洛妮克顫聲問道：「島？是叫三十口棺材島嗎？」

「它叫薩萊克島，『三十口棺材島』是別人取的名字。」

兩人懷著一種疑惑互相對視著，她們都想和對方談談，而且兩人都感到對方不是壞人。

維洛妮克先說話了：「請原諒，不過最近發生在我身上的一些事確實就像謎一樣地困擾著我……」

布列塔尼婦女表示贊同。

維洛妮克接著說：「真的，一切都是那麼令人困惑和不安，你知道我為什麼到這個海灘來嗎？我想要把這個告訴你，也許你能幫助我。情況是這樣的……」維洛妮克把自己到布列塔尼，從遇到一座荒蕪的破屋子開始，一直到現在的經歷告訴了艾諾麗娜太太。最後，維洛妮克補充說：「在這個海灘上也有簽名，可能答案就在這裡……究竟是誰呢？我什麼都不知道。」

「你的簽名？在這裡？」艾諾麗娜急切地說，「你在哪兒發現了？」

「就在小屋門口的一塊石頭上。」

「我沒看見過啊！是什麼字？」

「V.d'H」

布列塔尼婦女瘦削的臉上流露出異常激動的表情，她控制了一下自己的情緒，但輕聲說：

「維洛妮克……維洛妮克‧戴日蒙。」

「啊！」維洛妮克喊道，「你知道我的名字！」

艾諾麗娜臉上露出了笑容，握住維洛妮克的雙手，流著淚說：「維洛妮克小姐……維洛妮克太太，原來是你！我的上帝！這是真的嗎？聖母保佑你！」

維洛妮克很驚訝，反覆地問道：「你知道我的名字！你知道我是誰！那麼這到底是怎麼回事？你是怎麼知道我的呢？」

艾諾麗娜沉默了好長時間，然後回答道：「我也無法解釋這一切，我什麼都不知道，不過我們可以一起來研究一下你的經歷。你開始是到布列塔尼的哪個村？」

「法烏埃。」

「法烏埃。那座荒蕪的小屋在哪兒？」

「離村子兩公里。」

「你進去了？」

「是的。屋裡有……」

「有什麼？」

「我看見一具男屍，看穿著應該是當地的老人。我想一定是被害死的。」

艾諾麗娜聽得很起勁，但是這樁罪案好像和她並沒有什麼關係，因此她只是簡單地問了一句：

「是誰幹的？調查了嗎？」

「我也不知道，當我領著村裡的人回到那裡的時候，屍體失蹤了。」

「不見了？是誰把屍體弄走的？」

「我不知道。」

「你什麼都不知道？」

「不知道。不過我在小屋裡發現一幅畫，這幅畫現在雖然已經毀了，但裡面的內容我卻永遠也不會忘掉。上面畫著四個女人，被釘在十字架上！其中一個是我，畫上還有我的名字，其他三個女人都戴著你這樣的頭巾。」

艾諾麗娜使勁抓住她的手問：「你說四個女人被釘在十字架上？」

「是的，畫上還有幾行字，有一行字是『三十口棺材……』所以我想這可能與你們這個島有關。」

布列塔尼婦女突然用手捂著她的嘴。「別說了！別再說了！不要說這些事了。不，不應該說。我們不應該談論地獄和死亡，不說了，以後再說吧！以後……」她看起來很害怕的樣子，彷彿那關係到什麼很恐怖的事一樣。突然，她跪在岩石上祈禱，頭埋在手中，持續了很長時間。見她這樣的虔誠和害怕，維洛妮克也不好再繼續問什麼了。

過了一會兒，她站了起來說：「這一切的確很可怕，然而我們還是得活著，而且我們的生活不會因為一幅畫就改變了。」接著她又說，「你應該和我到那裡去。」

「去你們的島上嗎？」維洛妮克有些害怕地問。

艾諾麗娜抓住她的手，用帶著一些神秘的語氣問：「你就叫維洛妮克·戴日蒙？」

「是的。」

「你父親是……？」

「安托萬·戴日蒙。」

「你是不是和一個叫沃爾斯的波蘭人結婚了？」

「對，他是亞歷克西·沃爾斯。」

「在一次劫持事件後，你和你的父親斷絕了關係，然後嫁給了他？」

「是的。」

「你和他婚後生了一個孩子？」

「是的，我兒子叫弗朗索瓦。」

「不過，你並不認識你的兒子，因為你父親把他搶走了。是嗎？」

「是的。」

「你的父親和你的兒子在一次沉船災難中失蹤了？」

「是的，他們都死了。」

「你怎麼知道的？」

「法庭進行了調查，我也私下請人做了調查。四個布列塔尼水手證明了這一切，他們說我的父親和兒子死了。」

「也許說謊呢？」

「他們為什麼要說謊呢？」維洛妮克吃驚地問。

「也許被人收買了。」

「收買？誰會這樣做呢？」

「你父親。」

「怎麼可能！他已經死了啊！」

「我再強調一遍──你也許什麼都不知道！」

維洛妮克驚呆了，過了一會兒，她輕聲地說：「你這是什麼意思？」

「你知道四個水手的名字嗎？」

「原來知道，不過已經過了這麼久了，現在已經不記得了。」

「你以前沒去過布列塔尼，可是你的父親因為寫書的原因，經常去那裡。你母親在世的時候，也經常來這裡。因此，你的父親與當地人有一定的關係。假如他早就認識這四個水手，而這四個人也願意幫忙，或者被他收買了。你父親就可能讓這個四個水手製造一起假的死亡事件：水手們先把你的父親和你的兒子送到義大利的某個小港口，然後這四個水手在眾目睽睽之下弄翻小艇，這樣就造成了你的父親和兒子死亡的假象。水手們因為水性好，再加上有人看到，岸上一定會有人組織營救，因而他們不用擔心自己有生命危險……」

「這些水手還活著！」維洛妮克激動地喊道，「我們去問問他們，不就知道你說的是真是假了嗎？」

「有兩個死了。第三位叫馬克諾格，現在是一個老頭，住在這個島上。

第四位就是剛才你看見的那個，也住在這兒附近。那件事過後，他得到了許多錢，就在這裡買下了一家小商店。」

「啊！是他，我們馬上找他瞭解情況。」維洛妮克激動地道，「我們現在就去找他！」

「不用去找他了，我知道的比他還多。」

「你知道！你……」

「你不知道的我全知道，我可以回答你，你儘管問。」

維洛妮克的腦海裡下意識地出現一個問題，可是她不敢問那個至關重大的問題。因此，她只是悲傷地支吾著道：「我不明白……如果你剛才說的是真的，我父親為什麼要這樣做，為什麼要讓人以為，他和我那可憐的兒子已經死了？」

「你的父親曾經發誓，說要報復。」

「是報復沃爾斯還是我呢？他會報復自己的女兒嗎？」

「沃爾斯劫持了你之後，你反而同意嫁給他，可見你還是愛他的。這讓你父親根本下不了台，你的父親性情暴躁，而且有仇必報，這一點你應該很清楚吧！而且據他自己說，他本人當時精神還有點失常。」

「後來呢？」

「事件慢慢地過去，你父親由於愛你的孩子，進而想到了你，他開始後悔自己做的一切。因此，他去找你，我也幫他找過你。他先是到查爾特勒的加爾梅利特修道院，可是那時你早就不在那兒了，後來就一直沒找到你。」

「在報紙登過啟事嗎？」

「登過，而且竟然有人冒充你和我們相見，你猜他是誰？是沃爾斯。他也在找你，他還愛著你，同時也很恨你。你父親怕你受到他的威脅，就不敢再公開找你了。」

維洛妮克無力地癱坐在石頭上，咕咕噥噥地說：「這麼說，我父親現在還活著？」

「他還活著。」

「你經常見到他？」

「每天都能見到。」

維洛妮克壓低聲音，小心翼翼地問：「還有……你一直沒有提我的兒子，他是不是沒能活下來？是不是因為他死了，你才避而不談？」

艾諾麗娜笑了。

「啊！我求求你了。」維洛妮克哀求道，「告訴我吧，我的孩子他怎麼樣了？他還活著嗎？」

艾諾麗娜一把摟住她的脖子說：「我可憐的夫人，如果我那漂亮的弗朗索瓦死了，我還有勇氣和你說這麼多話嗎？」

「他沒死？他還活著？」維洛妮克欣喜若狂地喊道。

「當然！你還不知道吧！弗朗索瓦就是我帶大的，他現在身體健壯！已經長成一個很結實的小伙子了！」

維洛妮克既痛苦又高興，正在極力控制著自己的感情，不然她真的可能失控，這兩天，她遇到的事起伏太大了。

艾諾麗娜安慰道：「哭吧，哭一下會好受點。哭吧，哭完就忘記過去吧！你還有行李在那邊吧？我去把它取來，然後我們回去。」

兩人把行李和食品袋放到船上後，艾諾麗娜突然問維洛妮克：「你能肯定那幅畫上釘在十字架上的女人就是你嗎？」

「我可以確定，不僅和我很像，而且下面有我名字的字母縮寫。」

「真奇怪。」布列塔尼婦女好像很不安。

「為什麼上面會畫我呢？難道是一個認識我的人和我開的玩笑嗎？又或者這只是個偶然的巧合，但它卻讓我想起了過去。」

「哎！過去早已經過去了，也無法改變，我擔心未來。」

「未來？」

「那個預言你還記得嗎？」

「我不知道。」

「就是算命先生給沃爾斯算命，說沃爾斯和你……」

「啊！你是怎麼知道的？」

「一想起那幅畫，和一些你不知道的、更為可怕的事情，我就會很不舒

服。」

維洛妮克笑出了來：「你就是因為這個才不高興的嗎？」

「嚴肅一點！人們看見地獄之火的時候，是不會發笑的。」布列塔尼婦女說這些話時閉著眼睛，在胸前劃著十字。接著她又道：「你一定在笑我是一個鄉村婦女，信鬼神。關於這一點，我不完全否認。可是，有些事確實……你可以和馬克諾格談談，如果他願意的話。」

「馬克諾格？」

「就是那四個水手之一，他也是你兒子的朋友。你的兒子就是他撫養的，他知道很多東西，甚至比你父親知道的還多。不過……」

「不過什麼？」

「不過馬克諾格一直試圖揭開一個秘密，那個秘密關係到島上的傳說。」

「他是怎麼做的……？」

「遺憾的是，在探索這個秘密的時候，他的手被火燒傷了。後來，他的手上就起了一個可怕的疤。那個疤我親眼看見了，有點像癌症患者的傷口。這個疤在身上讓他感到極為疼痛，他無法忍受，只好用左手拿起斧頭自己的右手砍掉了……」

維洛妮克想起了法烏埃小屋中的屍體，不禁喃喃地道：「右手？你肯定馬克諾格砍斷的是自己的右手嗎？」

「是啊，的確是右手。十天前，他用斧頭砍斷了自己的右手，還是我幫他包紮的，你為什麼這樣問呢？」

「因為……」維洛妮克聲音開始顫抖起來，「因為在那座荒蕪的小屋裡，我看見過一具老人的屍體，不過後來又失蹤了，那屍體的右手上有傷痕，那傷痕也是新的。」

艾諾麗娜吃了一驚，臉上立刻露出了驚慌的神色，她一字一字地說道：「你肯定嗎？是一個有著長長白髮的老人嗎？他的大鬍子是不是向兩邊張開的？如果和我說的一樣，那就真的是馬克諾格。啊！太可怕了！」她向四周望了望，好像害怕自己說話的聲音太大，被別人聽見一樣。

艾諾麗娜劃了個十字，然後慢慢地說：「有人曾同我說過，馬克諾格老頭有著一雙能預知過去和未來的眼睛，他能看到別人看不到的。在將要死去的人中，他是第一個。他說過『第一個受難者是艾諾麗娜太太，也就是我。之後將輪到他的主人。』」

　　「他的主人是誰？」維洛妮克問。

　　艾諾麗娜突然握緊拳頭：「就是你父親，我要保護他，不會讓你父親成為第二個受害者。我要趕快回去。」

　　「我們一起去。」維洛妮克堅定地說。

　　「我要先去辦一件事，不能帶你去。不過，你今天晚上就能見到你父親和兒子，我會把他們帶來。」

　　「為什麼我不能去他們哪裡？」

　　「那裡太危險了。你想想那四個十字架吧！十字架以後也許會豎在那裡。那是個該詛咒的島，你不該去那裡！」

　　「那麼，我的兒子呢？」

　　「你今天就能見到他，再等幾個小時，我會帶他來的。」

　　維洛妮克忽然笑了起來：「幾小時！那會讓我瘋了的！我已經十四年沒見他了，現在突然知道了他的消息，卻還不能見到他？還不能將他擁入懷抱？還要我等幾個小時？我一點也不能等了，就算死我也要立刻見到他。」

　　艾諾麗娜知道無法阻止維洛妮克，就沒有再繼續堅持，她在胸前畫了個十字，然後說：「順其自然吧！」

　　於是，兩人上了小艇。艾諾麗娜開動馬達，熟練地駕著小艇，穿行於與水面相平的岩石和暗礁中間。

三、弗朗索瓦

　　小艇裡有一把椅子，維洛妮克坐在了上面。她用帶著不安的笑容看著艾諾麗娜，因為她有很多事情不明白。這笑容雖然不安，但畢竟是幸福的，因為她知道自己的兒子還活著。現在，她那美麗的臉上就洋溢著幸福。在她的這張臉上，我們能看到高貴，也能看到她曾飽經風霜，也能看到成熟女人特有的風韻。

　　她身材高䠷而勻稱，有烏黑的頭髮，皮膚像南部婦女那樣，顯得有些灰暗。她有一對藍色大眼睛，那明亮的眼睛就像冬天的天空一樣，有著美麗的淡藍色。所以，她的整個人給人的感覺是既高貴又優雅。她的說話聲音很好聽，特別是在談到兒子的時候，她的聲音聽起來很有力。上了船之後，維洛妮克的話題一直沒有離開過自己的兒子。艾諾麗娜想要換個話題，她想說說這裡的恐怖傳說，但維洛妮克一直在談論自己的兒子，所以她根本插不上話。

　　在維洛妮克說話的間隙，布列塔尼婦女插話說：「我有兩件事不明白。我總在這裡上岸，誰會知道這個地方呢？而且還一步一步把你從法烏埃引到這裡。既然那個人知道這裡，他一定也從法烏埃來到這裡了。還有，馬克諾格的屍體怎麼會在那間破屋裡呢？是他自己去了那裡，後來被殺死在那裡？還是有人把屍體運到那兒的呢？如果是運過去的，那又是怎麼運的呢？」

　　「運一具屍體很難嗎？」維洛妮克疑惑地說。

　　「當然。我每兩週到貝梅伊或蓬拉貝採購食品，除了我用的小艇，那裡只有兩隻漁船。但我們的漁船是不會到歐迪埃納沿岸賣魚的，因為那裡很

遠。那馬克諾格怎樣渡海出去的呢？還有他是不是自殺的？他的屍體又去了哪裡？」

可是維洛妮克說：「好啦，我們現在不提這些了，我覺得現在這些都不重要，早晚會弄清楚的。我求求你還是談談我兒子弗朗索瓦吧，他在薩萊克島過得怎麼樣？」

艾諾麗娜只好把話題轉到弗朗索瓦身上。「他被你父親奪走之後，就來到了這個島上，馬克諾格暫時照顧著他。戴日蒙先生告訴馬克諾格，如果有人問起孩子的來歷，就說是一個陌生的婦女交給他的。馬克諾格把孩子交給他女兒，讓她來養育你的兒子。後來他女兒死了，你父親就把孩子接回自己家了，當時你父親已經在這個島上安了家。我就在這個時候來到了這裡，這之前一直在巴黎做傭人，從那時起開始在島上幫你父親做事。」

「你們叫他什麼？」

「叫孩子弗朗索瓦，戴日蒙先生讓人家叫他安托萬先生。孩子叫戴日蒙先生爺爺，沒人對此覺得有什麼不妥。」

「孩子的性格怎麼樣？」維洛妮克有點擔心地問。

「他是一個溫和又喜歡幫助別人的好孩子，這一點真要感謝上帝！他的性格一點也不像父親和爺爺，連戴日蒙先生都不否認這一點。他從不生氣發火，總是很乖，他也正因如此而贏得了爺爺的歡喜。由於喜愛孩子，戴日蒙先生在看到孩子的時候，也經常想起你。到後來，戴日蒙一看到這個孩子就會想起你。他感慨說弗朗索瓦『這孩子真是和他媽媽一樣，維洛妮克也是這樣可愛和親切。』那之後，我們就開始尋找你。」

維洛妮克又激動，又興奮，因為兒子像自己！過了一會兒，她有些擔心地說：「可是他知道我還活著嗎？他認得我嗎？」

「他知道！戴日蒙先生本想瞞著他，不過我把這一切告訴了他。」

「你怎麼和他說的？」

「我告訴他，你進了修道院之後不知道又去了什麼地方，沒有人能找到你。每當我外出回來的時候，他都纏著我問你的消息！他是多麼希望能找到媽媽啊！你剛才聽到的那首歌，他沒事的時候就唱，那是他爺爺教他唱

的。」

「弗朗索瓦，我可憐的兒子啊！」

「他愛你，」布列塔尼婦女繼續說，「他叫我艾諾麗娜奶奶，而稱你媽媽。為了想早日見到你，他就希望自己能快點長大，快點學好本事，然後就能去找你了。」

「他現在是在學習還是在工作？」

「開始的時候，他爺爺教他學知識。兩年前，我從巴黎帶回來一個叫斯特凡·馬魯的小伙子。他可是個了不起的人啊，他打仗勇敢，立過許多軍功，不過在戰爭中受了許多傷。自從他來到島上以後，弗朗索瓦就開始喜歡和他在一起了。弗朗索瓦跟著斯特凡學習，兩人也一起玩耍。」

天邊的烏雲漸漸消失，小艇在海上慢慢地行駛著，劃出一道道白浪。傍晚的天空顯得既安詳又寧靜。

「還有呢？接著說吧！」維洛妮克喊道，她還想聽關於兒子的事，「我兒子穿的是什麼衣服？」

「頭戴一頂貝雷帽，上身穿一件釘著金色鈕扣的寬大雙面絨襯衫，穿短褲，光著兩條腿。他的大夥伴斯特凡先生也戴貝雷帽，不過他的是紅色的。」

「除了斯特凡·馬魯先生，他還有什麼朋友嗎？」

「以前這裡有許多男孩，可以說都是他的朋友。可是後來這裡的孩子們漸漸走了，因為戰爭發生了，他們的父親去打仗了，他們的母親就帶著他們離開了小島，到孔卡爾諾、洛里昂等地方做工去了。後來，只剩下三四個小水手和一些老人在薩萊克島上，一共也就三十來人。」

「他和誰一起玩？有人陪他玩嗎？」

「他有一個最好的夥伴。」

「啊！太好了，他的夥伴是誰？」

「一隻小狗，馬克諾格給他的。」

「狗？」

「這條狗長得很醜，一半像捲毛狗，一半像狐狸，不過牠很招人喜歡，

很可愛！不愧叫做『杜瓦邊』（在法語中，這個詞是「一切順利」的意思，這裡是指小狗的名字）。」

「『一切順利』？」

「弗朗索瓦就這麼叫牠，後來這就成為狗的名字。牠對生活很滿意，總是一副很快樂的樣子。牠也有很強的自立性，一般都是自己獨自待在什麼地方，有時幾個小時甚至幾天都不見蹤影。不過當你傷心的時候，當你需要牠的時候，牠就會像你希望的那樣來到你身邊。『杜瓦邊』不喜歡看到別人傷心，也不喜歡看到別人吵架。假如牠看見誰在哭，或者誰很傷心的樣子，牠就會坐在誰的面前，做出一副讓人忍不住笑起來的動作，逼得你非笑不可。每當這個時候，弗朗索瓦都會說『行了，老朋友！你又贏了，一切順利。』等你的心情好一些的時候，『杜瓦邊』就會跑到其他地方去玩，就像牠勝利完成了任務一樣。」

維洛妮克一邊笑一邊流淚，她聽著關於兒子的一切，很長時間內都沒有說話。她想到了自己，這十四年來，她一點也不快樂，她是個母親，卻不能和自己的孩子一起生活，而且還一直活在喪子之痛中。想到這些她慢慢傷感起來，剛才的興奮和快樂也變得有些失望了。因為，她沒能養育自己的孩子，沒能給孩子母愛，沒能看著自己的孩子成長。在過去的十四年裡，沒有人讚美過她有一個聰明的兒子，這一切她都沒有經歷過。

「還有一半的路就到了。」艾諾麗娜說。小船在向著格勒南群島行駛。

維洛妮克又開始回憶起自己悲慘的過去了。她還小的時候母親就不在了，因此她很難想起母親的樣子。她想到了自己的童年，那時候她的父親很陰鬱，她和父親生活在一起，當然也沒什麼快樂可言。她想起她的婚姻，一想到她的婚姻她就生氣。她想起了第一次和沃爾斯相遇時只有十七歲，那之後，她對這個古怪的男人既感到害怕，又被他那種獨特的魅力所吸引。

沃爾斯把她搶走以後，把她關了幾週，然後就用惡毒手段來威脅她。在他威逼下，她只好同意和他結婚。婚後的生活讓她感到氣憤，沃爾斯酗酒、賭博、偷搶、敲詐勒索無所不幹。對於丈夫對她的背叛和婚後的可恥生活，讓她感到屈辱和失望，也對她的心靈造成極大的損害。直到現在，只要一想

到他那邪惡的天性和屢教不改的惡習，她都會感到不寒而慄。

「維洛妮克太太，別想那多了。」艾諾麗娜說。

「這不是幻想和回憶，而是悔恨。」

「悔恨？維洛妮克夫人，你以前一定受了許多苦。」

「也許是對我的一種懲罰。」

「夫人，那都過去了。想些高興的事吧，現在你馬上就能見到你的兒子和父親了。」

「我還高興得起來嗎？」

「會高興的！我們就要到了。瞧，薩萊克島到了。」

艾諾麗娜從凳子下的一個箱子裡，拿出一個大海螺放在嘴邊，按照從前水手的姿態鼓起腮幫吹起來。那聲音很響亮，像牛的吼叫一樣，響徹雲霄。

維洛妮克用疑問的目光看著她。

「我在招呼島上的人，有人會來迎接的。」艾諾麗娜說。

「弗朗索瓦！是弗朗索瓦嗎？」

「是的，我每次回來都是這樣。他一聽到號角聲就從我們住的那個懸崖上跑來，然後在碼頭上等著。」

「這麼說我們馬上就要見面啦？」維洛妮克臉色都白了。

「是的，馬上你就要見到他了。」

前面的小島能看得一清二楚了，不過要想上去，還得通過許多暗礁。

「暗礁！這裡的暗礁遍地都是。」艾諾麗娜大聲說道。她把小艇的引擎關了，改用兩葉短槳划著小艇。「剛才還風平浪靜，現在天色又變了。」

無數的浪花互相撞在一起，激起的浪花一齊執拗地對岸邊的岩石進行無情的衝擊。在這樣的激流漩渦上，只有小船才能通行。在浪花洶湧的地方，根本無法看清海是藍色的還是綠色的。

「周圍都是這樣。」艾諾麗娜接著說，「在這樣的情況下，只有坐船才能到這個島上。德國人想在我們這裡建立潛艇基地，得知這個消息後，洛里昂的軍官兩年前曾來這裡瞭解情況，想看看德國人是不是真的要這麼做。軍官們考察之後放心了，因為我們這周圍全是尖尖的岩石，什麼都建不成。那

些岩石就像心懷不軌的人一樣，躲在暗處伺機襲擊別人，這裡是很危險的。更可怕的是，這些真實存在著的石頭似乎在記錄著一些罪惡。哎！那些石頭啊！」

那些巨大礁石，有一部分時露出水面的，它們的形狀不一，但看起來都很威武。她用手指著那些石頭，聲音變得低了起來。「這些石頭在這裡已經好長時間了，它們一直守護著小島。不過，它們也像猛獸一樣，有時候會製造悲慘的事件，這讓人感到很痛心。這些石頭……這些石頭！最好能忘了它們，也不再談論它們。三十，有三十個，一共有三十頭野獸！維洛妮克夫人，你……」

她劃了一個十字，穩了一下自己的心神，接著說道：「你知道為什麼這裡叫三十口棺材島嗎？你父親說人家把薩萊克島叫三十口棺材島，是因為他們把暗礁和棺材兩個字弄混淆了（法語中『暗礁』與『棺材』兩個詞的寫法與讀音相似）。這就是這個島名的由來，但這些石頭有時候真的就像棺材一樣。戴日蒙先生還說，薩萊克這個詞來源於棺材這個詞，按照他的說法，薩萊克是棺材一詞的別名。我想，這些石頭裡一定會有很多很多的白骨，還有……」

說到這裡，艾諾麗娜好像想到了其他的事，突然停住了這個話題。她指著一塊暗礁說：「維洛妮克夫人，那塊石頭後面有一片開闊地，從那裡你可以看到島上的碼頭。弗朗索瓦要是出來迎接我的話，現在可能已經站在碼頭上了。你要是到了開闊地，一定能看到他戴的紅帽子。」

艾諾麗娜滔滔不絕地講著石頭和暗礁，維洛妮克心不在焉地聽著。聽到艾諾麗娜突然說到了自己的兒子，維洛妮克把身子探出船外，想盡快見到兒子。但艾諾麗娜又把話題轉到了石頭上，接著剛才的話題說了下去：「這還不算什麼，比這更可怕的事都有。薩萊克島有許多毫無特色的石桌墳，而且它們的形狀都差不多。你父親好像就是因為這個，才打算在這裡定居的。奇怪的是石桌墳有三十個！是三十個啊！竟然與大礁石的數目一樣多。這三十個石桌墳，分布在島周圍的岩石上，正好與三十個暗礁一一對應，就連它們的名字，也與暗礁相同！夫人，你猜猜看這是什麼緣故呢？」

她說這些名字時帶著恐懼的聲音，好像怕這些石頭察覺一樣，似乎這些石頭是有生命的。而且看得出來，她是很怕這些石頭的，在害怕中還帶著些許敬畏。

「維洛妮克夫人，你猜猜？噢！算了，對這些神秘的事，我們還是先不要談了！還是保持沉默吧，等馬上你和你的小弗朗索瓦回去，等我們離開了這裡，我再和你們說吧！」

維洛妮克只是靜靜地聽著，目光卻一直望向暗礁的後面，她要儘早看到弗朗索瓦，因為他隨時可能出現。

小艇已經劃到那塊岩石前，艾諾麗娜的一支槳已經碰到了岩壁。順著岩壁，她們到了另一頭。「啊！」維洛妮克吃驚地說，「碼頭沒有男孩。」

「不可能！弗朗索瓦不可能不在那裡！」艾諾麗娜大聲說。

艾諾麗娜看到了前面的情形：前面三四百公尺處有幾塊大石頭，那是沙灘上的堤壩。沒有一個男孩，沒有期待中的紅色帽子。那裡只有幾個婦女、一個小女孩和幾個老水手在等船。

「真奇怪，」艾諾麗娜小聲說，「以前他都會來接我的，怎麼這次沒來？」

「也許生病了吧？」維洛妮克插話說。

「不，他從不生病的。不會出什麼事了吧！」

維洛妮克驚慌地問：「你擔心他會出什麼事？」

「他倒不會出事，不過你父親正受到威脅，馬克諾格對我說過，不要離開你父親。」

「可是，弗朗索瓦和他的老師馬魯先生會保護我父親啊，應該不會出事的，你想想是不是啊？」

艾諾麗娜沉默了一會兒後，然後聳了聳肩。「我真是笨，老是胡思亂想。別怪我，我只是個布列塔尼婦女，一生中的大部分時間都老想這種傳說故事，現在不提它了。」

薩萊克島的地形參差不齊，起伏不斷，島上有許多古老的樹木。島的四周，圍繞著一些破碎的岩石，這些岩石圍在島的四周，就像給島圍上了一個

花邊。而從高處往下看，這個島就像一個由不同類型的花邊組成的花環。花環在陽光、雨雪、風、露水和霧的影響下，一直在發生著變化。

島東岸上面一片低窪的地方，是進島唯一的登陸點。那裡有幾間戰後留下的房子，漁民們就住在那裡，這些房子就組成了一個村莊。平靜的海面上有兩隻船停泊在那裡。

艾諾麗娜在靠岸的時候又強調一遍：「維洛妮克夫人，我們到了。你是否真要和我一起去呢？你還是留在這裡吧，兩小時後，我會把你父親和你兒子帶到這裡和你會面。然後，我們到貝梅伊或蓬拉貝一起吃晚飯怎麼樣？」

維洛妮克沒有回答，直接跳上了碼頭。

艾諾麗娜沒有再堅持要維洛妮克留下，而是趕到了她的身邊，然後對著岸上的孩子喊道：「孩子們，弗朗索瓦怎麼沒有來？」

「他中午的時候就來了，」一個女人回答，「那時候你還沒回來，他以為你一定得到明天才能回來，就先回去了。」

「也對，不過他應該聽到我吹的……算了，反正馬上就見到他了。」

幾個男人登上小艇，打算幫她卸貨。她對他們說：「這些東西暫時不要送到隱修院，行李也不要送去。哦，對了，如果我五點鐘沒來，讓一個孩子把它們送給我。」

「我親自送去，」一個水手說。

「也行，你看著辦吧，克萊諾，馬克諾格最近怎麼樣？」

「他走了，還是我把他送到蓬拉貝的。」

「什麼時候走的？」

「你走後的第二天，艾諾麗娜太太。」

「他去哪裡幹什麼？」

「他對我說是要去……我不知道他要去哪裡，更不知道他要幹什麼。我只是聽他說，關於他的斷手……朝聖……什麼的。」

「朝聖？去法烏埃？是去聖巴爾伯教堂嗎？」

「應該就是那裡，他提過聖巴爾伯教堂這個名字。」

艾諾麗娜沒再問下去，她現在對馬克諾格的死也有些相信了。

維洛妮克和艾諾麗娜一起走開了。

兩人走在一條石子路上，中間偶爾會有幾級台階，小路通過一片橡樹林，並延伸到島的北邊。

艾諾麗娜說：「我講的這些故事，戴日蒙先生一向是不屑一顧的，他不相信有什麼鬼神。不過，有些事情他也覺得奇怪。總之，我也不能肯定他是否願意離開這裡。」

「他住得離這裡遠嗎？」維洛妮克問。

「走四十分鐘就到了。過一會兒你就能看到，它差不多快挨著另一個島了，就住在以前修士們在那裡建的一個修道院裡。」

「只有弗朗索瓦和馬魯先生同他住那裡嗎？」

「戰前還有另外兩個男的住，戰後我和馬克諾格還有一個女廚師瑪麗‧莉格夫一起替你父親管理那裡。」

「你外出的時候，女廚師留在那裡嗎？」

「當然。」

經過一處高地後，她們沿著通向海岸的小路在陡峭的山坡上爬上爬下。四周有很多古老的橡樹，透過稀稀疏疏的樹葉可以看到枝頭上的橡子。放眼望去，呈灰綠色的大西洋像一條腰帶包圍著小島。

維洛妮克又問：「艾諾麗娜太太，等會怎麼辦？」

「我先一個人進去，和你父親說一下。然後，我帶你先見弗朗索瓦，你要裝成他母親的一個朋友，然後讓他慢慢猜你是誰。」

「我父親會歡迎我嗎？」

「維洛妮克夫人，他一定熱烈地歡迎你的，不僅是他，我們島上的人都為你的到來感到高興。」布列塔尼婦女大聲說，「不過，我怎麼感到事情有些奇怪呢？從島上的任何地方都能看到我們的小船，弗朗索瓦也能看到我的船，卻沒有跑出來接我！要是在以往，他早就跑出來了問這問那的了。」

艾諾麗娜又回到了自己經常無端猜疑的話題上了。之後，兩人一路無話，一直靜靜地向前走。

維洛妮克走路的時候，臉上露出焦急不安的神情。艾諾麗娜忽然在胸

前劃了個十字，然後對維洛妮克說：「像我這樣劃十字吧！修士們的到來，使這地方成為聖地，但古代留存下來的一些不好的東西，卻給這裡帶來了不幸，特別是在這片被稱為『大橡樹林』的樹林裡。」很明顯，她說的「古代」是指德魯伊教祭司和用人祭祀的時代。

這裡是一片稀稀落落的橡樹林，那些樹猶如古代眾神一般，矗立在長滿青苔的石丘上，看上去既神秘又威嚴。

維洛妮克學著艾諾麗娜的樣子劃了個十字，然後有些害怕地說：「這裡真淒涼！那塊高地上看起來太貧瘠了，連一朵花兒都沒有。」

「要花還是很容易的，只要肯下功夫就行了。馬克諾格在島上的一片地方種了花，就在仙女石桌墳的右邊，等會兒你就能看到了，那裡被稱為『鮮花盛開的地方』。」

「花好看嗎？」

「很好看。只不過這也費了他許多時間和精力，為了種好那些花，他要到其他地方去尋土，然後再翻土，還把一些只有他認識的樹葉摻了進去。」接著她又小聲地說，「你會看到那些鮮花的，它們是世界上最美的、最奇異的鮮花。」

前面的路在一座山丘的拐彎處突然低凹了下去，出現了一道很寬的壕溝，把島分成兩部分。對面的那一部分比這邊矮一點，面積也要小一些。

「那邊就是那座隱修院。」布列塔尼婦女說。

一些破碎的岩石，像一道陡牆圍著小島，這道陡峭的牆底下，凹進的地方就像一個花環。這道牆，透過一塊五十公尺長有城牆厚的岩石，與主島相連。岩石頂部細薄得就像一把鋒利的劍，根本無法通過，中間還有一道很寬的裂縫，因此岩石頂部沒有路。於是，人們在岩石兩頭搭了一個木橋。

她們一前一後走上了木橋，橋很窄，看起來也不是很結實，因此兩人上去後就有些搖晃。

「那兒是小島的頂端，」艾諾麗娜說，「那邊是隱修院。」

穿過一片草地，就是通向隱修院的一條小路。草地上，小松樹成梅花形排列著。右邊的一條路伸向一片密密的灌木叢中。維洛妮克的目光一直沒有

離開隱修院。她們越走越近，隱修院那很矮的門樓也漸漸露了出來。

布列塔尼婦女突然站住了，轉身朝右邊那片林子喊道：「斯特凡先生！」

「你喊誰？」維洛妮克問：「是斯特凡先生嗎？」

「是的，弗朗索瓦的老師。看，他從木橋那頭過來了，我從一道縫隙中看到的。斯特凡先生！可是，他怎麼不答應一聲呢？」接著，她轉向維洛妮克問道，「你沒看見一個人過來嗎？」

「沒有。」

「戴著帽子，一定是他，他也看見我們在橋上了。我們等著吧，等他過來。」

「為什麼要等呢？萬一出了什麼事呢？隱修院……」

「不錯，我們快走吧！」

她們突然產生了不好的預感，逐漸加快腳步，隨後竟然跑了起來。

隱修院的屋內突然傳來叫喊聲。

艾諾麗娜喊道：「你聽到了嗎？有人在呼救！是女人的聲音！是女廚師瑪麗·莉格夫！她怎麼了？出了什麼事？」

她又加快了腳步，跑到柵欄門邊就掏出了鑰匙開門，可門怎麼也打不開。「維洛妮克，我們從牆中的缺口進去！快，缺口在右邊！」

她們跨過圍牆，穿過一片寬闊的草坪後跑上了一段彎彎曲曲的小路。艾諾麗娜一邊喊一邊嚷嚷：「我們來了！我們到家啦！」然後又嘀咕著說：「不喊啦！可憐的瑪麗·莉格夫到底怎麼了？」

維洛妮克在跑的時候被樹根絆了一下，一個踉蹌倒在了地上。當她起來的時候，布列塔尼婦女已經朝房子的左側跑去了。維洛妮克無意識地直朝著房子走去，她認為像艾諾麗娜那樣繞一個圈是浪費時間，就沒有跟著她。維洛妮克登上台階，拼命地敲著房門。但是，不管她怎麼敲門，都沒人開門。就在她失望至極，準備離開的時候，門裡面又傳來叫喊聲。

維洛妮克聽出，這叫喊聲很像自己父親的聲音。

她大為焦急，但門卻無法打開，她只好先倒退了幾步。突然，二樓的一

個窗戶開了。她看見了父親的臉，那張臉上寫滿了恐懼和驚慌。

戴日蒙聲嘶力竭地喊：「救命！救命啊！你這個畜生……救命！」

「父親！」維洛妮克仰頭絕望地喊，「我是你女兒！」

戴日蒙好像沒看見女兒一樣，他低下頭，想從窗台跳下來。就在這時，他的身後響起了槍聲，他身邊的一塊玻璃被打得粉碎。

「畜生！你這個畜生！」他一邊喊著，一邊縮回身子。

維洛妮克大為驚恐，只能無助地四處打量著周圍。怎樣救父親？牆太高了，爬不上去。忽然，她發現離她二十公尺遠的地方，有一架梯子放在牆角下。她也不知道哪來的力氣，搬動了梯子，把它放了窗戶的下面一點。

在這危機的時刻，在自己的身體因為不安而發抖的時刻，在思想極度混亂和激動不已的時刻，維洛妮克還是保持了自己清醒的大腦。她在想，艾諾麗娜呢？她到底去了哪裡？為什麼遲遲不來救援？她又想到了弗朗索瓦。他在哪裡呢？難道和斯特凡‧馬魯先生一起逃走了嗎？他們是不是出去找人來救援？父親喊的『畜生』是誰呢？

維洛妮克向上爬去。裡面的人在搏鬥，他聽到了父親發出了沉悶的叫喊聲。她終於爬了上去，當她把頭探進窗戶裡的時候，看到了房間裡發生的慘劇：退到窗口的戴日蒙先生目光驚恐，兩手張開，不再動彈，似乎在等待著即將發生在自己身上的悲劇。

他結結巴巴地說：「弗朗索瓦！原來是你！該死的！」

難道他在喊弗朗索瓦幫忙嗎？弗朗索瓦也許也被襲擊了，也許受了傷，也許……維洛妮克不敢再想下去，她想喊：「我來了！」可是，她沒有說出這句話。因為，她看見離她父親不遠的地方站著一個人，那個人背靠牆，手裡拿著手槍，正瞄著戴日蒙先生。

那個拿槍的人！太可怕了！

那個人帶著一頂紅帽子，穿著釘有金色鈕扣的雙面絨襯衫——和艾諾麗娜描述的弗朗索瓦一模一樣。維洛妮克還看到，那張發怒而抽搐的年輕臉龐，他臉上的表情和沃爾斯那發怒時的殘暴表情幾乎一樣。

這孩子沒有看見維洛妮克，因為他的眼睛一直沒有離開他要襲擊的目

標——戴日蒙。此刻的弗朗索瓦，似乎在體驗著別人死亡前帶給自己的快樂。

看到這一切，維洛妮克驚呆了，她想跳到父親和兒子中間，來化解這場凶險的危機。她抓住窗戶，翻了過去。就在這時，槍聲響了，她聽到了一聲痛苦的呻吟。戴日蒙先生倒了下去。

這時孩子拿槍的手還在舉著，老人倒地的時候，艾諾麗娜打開裡面的門出現了。她看到了這樣的場面，不僅大為驚恐。過了一會兒，她喊道：「弗朗索瓦！你……」

孩子朝她衝過去，布列塔尼婦女想攔住他。孩子向後退了一步，突然舉起槍射向艾諾麗娜。她中槍了，跪倒在地上，然後慢慢倒在了門口。他從她身上跨過去，然後逃走了。

艾諾麗娜喃喃地道：「弗朗索瓦……不，這不是真的，這可能嗎？弗朗索瓦！」

門外，傳來一陣孩子的笑聲——是那孩子的笑。這笑聲同沃爾斯的笑聲一模一樣，是可怕的、凶殘的笑聲。維洛妮克聽到這樣的笑聲感到很痛苦，就像當年面對沃爾斯時一樣！

她沒有叫他停下，也沒有去追兒子。

戴日蒙先生躺在地上，已經奄奄一息了，他正用絕望的眼神看著她，此刻他用虛弱的聲音對她說：「維洛妮克……維洛妮克……」

她跪在他身邊，看到他的傷口在不斷地流著血，便想為他包紮傷口。但他推開她的手，因為他知道現在包紮也不能救回自己的性命了，他現在只想跟女兒說幾句話。

「維洛妮克……我的女兒！原諒我吧！」請求原諒是他現在最想對女兒說的一件事。

她吻了吻他的額頭，哭著對父親說：「父親，別說話了，你還是節省一些體力吧！你會沒事的。」

但是，他還是想說。他的嘴唇在不斷地張著，徒勞地發出幾個合不成話的音節。可以看得出來，他的生命即將離去。維洛妮克把耳朵貼在他的唇

邊，想聽清他在臨死前想說什麼：

「注意……注意……天主寶石。」

這個生命垂危之人，突然用盡生命中最後的力量坐了起來，眼裡充滿著光芒。這次他說的話竟然特別的清晰，但卻有些嘶啞和恐懼。「別留在這兒，你留下來只會死，快點逃離這個島……走……」維洛妮克覺得父親在望著她的時候，似乎明白了自己來的目的，也看到了自己周圍的危險。

說完上面的那句話後，他的腦袋垂了下去，嘴裡還說著什麼：「啊！十字架……薩萊克島的四個十字架。我的女兒將會被釘上十字架……」

之後，她的父親就再也不動了。此時一切都安靜了下來，維洛妮克感到了一種壓力，而且這壓力越來越重了。

就在她心亂如麻的時候，一個聲音響起：「逃離這個島！」艾諾麗娜說，然後她又重複道，「維洛妮克夫人，走吧，這是你父親的命令。」

艾諾麗娜面色蒼白，她走到維洛妮克身邊，兩隻手在胸前按住一條浸著血的毛巾。

「我來給你包紮一下！」維洛妮克喊道，「先讓我看看傷口。」

布列塔尼婦女吃力地說，「我應該早點來的，可是門卻擋住了我的去路，我沒能及時趕到。哎！那個畜牲啊！他怎麼能那麼做！」

維洛妮克懇求她：「要聽話，讓我為你包紮傷口。」

「剛才瑪麗・莉格夫廚娘在樓梯口受傷了，你先去看看她，她可能傷的比我還重。」

維洛妮克立刻趕到外邊，在一個很大的樓梯平台上面的幾級樓梯上，瑪麗・莉格夫已經奄奄一息了，沒多久她就死去了。在這場慘劇中，她是第三個受害者，可她根本不知道這是為什麼。

而根據馬克諾格的預言，戴日蒙是第二個受害者，可是他顯然也不知道自己為什麼會死，這一切又和預言有什麼樣的關係呢？

莫里斯・盧布朗

四、沉船

　　艾諾麗娜的傷口不是太深，看來她還不至於有生命危險。在把瑪麗·莉格夫的遺體搬進那間放滿書和家具的房間後，維洛妮克開始給艾諾麗娜包紮傷口。艾諾麗娜的傷口被處理好後，就昏睡了過去。

　　之後，維洛妮克把父親安頓在大房間裡，那是一間工作室。她先把他扶上了床，然後為他蓋上了被子，接著開始祈禱。雖然在祈禱，但她卻沒有一句祈禱的話，因為她的腦子很亂。

　　現在，維洛妮克的腦子裡全是這些接連發生的不幸。她把頭埋在雙手裡，坐在那裡足足待了一個小時。第一次和兒子見面，沒想到卻發生了這樣的事，她想忘掉剛才兒子留給自己的印象，就像當初她想極力忘記沃爾斯一樣。可是，這兩個形象總是混合在一起，不停地鑽進她的腦子裡，就算是閉上眼睛，也還是在想著它們。這兩張面孔不停地在她的腦海裡出現，然後不斷地成倍增長，最後又集中成為一張殘酷的、虛假而可憎的面容。

　　對於維洛妮克來說，如果這樣想也許會好受一些：自己的兒子在十四年前就已經死了。

　　但是，剛剛「復活」的這個兒子，卻讓她心靈深處遭受到很大的打擊！在得知自己的兒子沒死之後，她那潛藏多年的母愛，立刻占據著她現在的整個心靈。但就在見到兒子之後，他卻突然變成了陌生人，變得很可怕，幾乎和沃爾斯一樣！

　　這種變化對她是一種很大的打擊，讓她從天堂一下就掉到了地獄，這是多麼的瘋狂和可怕啊！正當她經歷了那麼多年的分離和悲哀，就要父女、母

子團聚的時候，她自己的兒子殺了她自己的父親！她的兒子是凶手！她的兒子是元凶！她的兒子拿著手槍，懷著興奮的喜悅之情，帶著享受的心情去殘害別人。

為什麼？她的兒子要這樣做？他的老師斯特凡・馬魯，現在看來一定是同謀，甚至是他策劃了這一切。自己現在該怎麼辦，逃走嗎？這麼多的問題她都沒有去尋求答案。她現在一直還在想著那場慘劇、那場殺戮和死亡。她想逃避這一切，甚至想去死。

「維洛妮克夫人，」布列塔尼婦女輕聲說。

「什麼事？」聽到說話聲，沉浸在驚恐中維洛妮克清醒過來。

「你沒聽見？」

「什麼？」

「門鈴響了。可能是島上的來給你送行李的。」

她急忙站起來。「我該怎麼解釋這一切呢？是否要揭發這個孩子的所作所為！」

「你先什麼也不要說，以後我會和鄰居們解釋的。」

「你現在身子好些了嗎？可憐的艾諾麗娜，看來這件事又得麻煩你了。」

「好多了。這只是小事罷了，沒什麼的。」

維洛妮克下了樓，打開了大門。門外站著一個水手。

「我剛剛敲了廚房的門，不過卻沒人開門，」水手說，「瑪麗・莉格夫不在嗎？還有艾諾麗娜太太呢？」

「艾諾麗娜太太在樓上，她想和你說話。」

看著這個年輕女人蒼白的臉色和憂鬱的神情，水手有些奇怪，跟著她一聲不響地上了樓。

艾諾麗娜正在二樓等著。

「啊！是克萊諾……你好好地聽著……我可不是在和你開玩笑，我說的都是真的！」

「艾諾麗娜太太？你受傷了？怎麼會這樣呢？出了什麼事？」

她指著兩具屍體說：「安托萬先生和瑪麗‧莉格夫都被殺死了！」

那個人的臉色立刻變了，他喃喃地道：「死了……怎麼可能？是誰幹的？」

「我們也是到了這裡後才看到的。」

「可是，小弗朗索瓦和斯特凡先生呢？」

「他們失蹤了，應該也是被害了。」

「可馬克諾格說……」

「馬克諾格？克萊諾，你為什麼會說到他？」

「馬克諾格看事情看得很遠，他一般只說自己能預測到的事。如果馬克諾格還活著……這一切也許就會不一樣，也許他能知道……他總是說自己可能是第一個受害者。」

艾諾麗娜想了想說：「馬克諾格也已經死了。」

聽到這句話，克萊諾一下失去了冷靜，臉上流露出維洛妮克曾多次在艾諾麗娜臉上看到的那種恐懼。他劃著十字低聲說：「艾諾麗娜太太，這麼說這件事還是發生了？馬克諾格早就說過——前些天他在船上他對我說，『現在還不晚，所有的人都得離開……』」

說到這裡，水手突然轉身跑了出去。

「克萊諾，等等。」艾諾麗娜命令道。

「馬克諾格說大家都得走。」

「等一下！」艾諾麗娜重複道。

水手遲疑著停下了。

她接著說：「我們也同意離開這裡，明天傍晚就走。不過在走之前應當料理一下安托萬先生和瑪麗‧莉格夫的後事。阿爾希納姊妹幾個都不是什麼好女人，不過她們很熟悉喪事該怎麼辦，你去幫我把她們找來。她們三個，最少要請來兩個，我會給她們雙倍的錢。」

「艾諾麗娜太太，然後該怎麼辦呢？」

「辦完這件事後，你就和所有的老人一起準備棺材。明早就把他們葬在教堂公墓。」

「然後呢？」

「之後就沒你的事了，其他人也沒事了。你們可以準備行李走了。」

「艾諾麗娜太太，你呢？」

「我有船，這一點你不用擔心。我們就這樣定了？」

「好吧！再躲過一夜也可以，我想從今天到明天，大概不會再發生什麼的。」

「不會的。克萊諾，去吧，要快。馬克諾格死的消息不要告訴大家，不然的話她們就亂了。」

「好的，艾諾麗娜太太。」說完，水手立刻離開了。

阿爾希納兩姐妹在一個小時後來了。她們兩個是一對骨瘦如柴、皮膚乾皺的老太太，看起來很像巫婆，她們帶著的帽子上有兩個黑絲絨結翅，上面布滿了油汙。

艾諾麗娜被抬回自己的房間裡。

之後，為死者守夜的活動開始了。

這一夜，維洛妮克先是為父親守靈，然後又到艾諾麗娜的病床前探視。維洛妮克不知何時睡著了，就在她昏睡的時候，布列塔尼婦女叫醒了她。此時，她才察覺到自己發燒了，但腦子還是很清楚。

布列塔尼婦女對她說：「弗朗索瓦一定是藏起來了，不用說，斯特凡也是一樣。馬克諾格說起過島上有一些隱秘的藏身之處。因此，別人找不到他們。」

「你能肯定嗎？」

「當然。明天在所有的人都離開這裡以後，我會吹響螺號，把他引來。」

維洛妮克露出了厭煩的表情。「我不願見他！我恨他！我親眼看見他殺死我父親！他殺了瑪麗・莉格夫，他還想殺死你！現在，我要像詛咒他父親一樣地詛咒他。我厭惡這個殘暴的傢伙！」

布列塔尼婦女用握住她的手，喃喃地道：「先別這樣說，也許他並不知道自己在幹什麼。」

「什麼！他不知道自己在幹什麼？可是我明明看見他的眼睛和沃爾斯的眼睛……」

「也許是因為他瘋了。」

「他瘋了？是真的嗎？」

「是的，維洛妮克夫人。沒有人能比我熟悉這孩子了，他很善良。他幹出這種事一定是精神錯亂了。斯特凡也一樣，我想他們現在也許已經回過神來了，說不定正躲在某個地方傷心地哭著。」

「這可能嗎？我不相信！」

「你不信是因為你不瞭解過去，也不瞭解即將發生的事。如果你知道這一切，那麼有些事情……」她的聲音變小了，以至於維洛妮克聽不到她在說什麼。但是，她的眼睛睜得很大，嘴裡雖然在說話，卻已經聽不到在說什麼了。

清晨的時候，維洛妮克聽見了釘棺材的聲音。就在她恍神的時候，阿爾希納兩姐妹突然闖進了她的房間，兩人驚慌失措地嚷嚷道：「馬克諾格已經死了！但你們卻不告訴我們，快點把錢給我們，我們要離開這裡！」

原來克萊諾為了給自己壯膽，喝了很多酒，無意間把馬克諾格死亡的消息洩露了出來。她們就是從克萊諾的口中得到這個消息的。

維洛妮克給她們兩個結了帳。拿到錢後，她們立刻跑了。

她們兩個走後不到一個小時，島上的女人幾乎全部知道了這個消息，她們紛紛找到自己的丈夫說：「趕快準備一下，我們得離開這裡！不然就來不及了，我們就坐那兩艘船走。」島上一時人心惶惶，艾諾麗娜平時在島上有一定的威信，此刻她正勸解著這些慌亂的人，而維洛妮克則忙著給大家發錢，總算稍微安定了一下大家的心。

葬禮就是在這樣的情況下匆忙地進行的。離她們房子不遠的地方，有一座老教堂，以前戴日蒙先生在的時候，每個月都會從蓬拉貝請來神父做彌撒。教堂旁邊，是薩萊克島修士們的公墓。兩位死者就被安葬在公墓裡。葬禮是由一個平時負責聖器室工作的老人主持的，不過鑑於當時人心惶惶的情況，他只是含糊不清地說了幾句祝福死者的話，就結束了整個葬禮。

所有的人都一心只想著離開，因此他們在葬禮上的舉止都是慌亂，就像都失神了一樣。每個人都在想著如何快點離開這裡，根本沒人理會維洛妮克的痛哭。八點的時候，葬禮結束了，聚集在公墓的島上居民沒有絲毫停留，立刻趕回了家中。

所有事情一件一件的接踵而來，它們之間沒有什麼聯繫，這讓維洛妮克感到自己彷彿生活在一個噩夢中。

艾諾麗娜因身體的原因，沒有參加主人的葬禮。

葬禮結束後，維洛妮克回到艾諾麗娜的身邊。

「我感覺好了一些，」布列塔尼婦女說，「我們今天或明天走，要帶上弗朗索瓦。」看到維洛妮克有些憤怒，她又說：「我之前就和你說過，要帶上弗朗索瓦和斯特凡先生，我們一起走。最好是越快越好。當然，我也和你們一起走。島上有死神，我們所有的人都得走，不然會送命的。」

維洛妮克不想使她不高興，就沒有再說什麼。

晚上九點左右，門外又傳來匆匆的腳步聲。是克萊諾來了，他一進門就喊：「船不見了！艾諾麗娜太太，不好了，你的船被偷走了！」

「這怎麼可能？」布列塔尼婦女吃驚地說。

水手氣喘吁吁地解釋道：「我今天早上一起床就預感到會有什麼事發生。我昨晚喝多了，並沒有想到有人偷船這樣的事。但，還是有其他人看見你的船被偷走了。盜船的人割斷了纜繩，然後駕著船走了。這是昨天晚上的事。」

兩個女人互相對視了一眼，立刻意識到這是弗朗索瓦和斯特凡·馬魯逃走了。

艾諾麗娜低聲嘟囔著：「不錯，他會駕船。」

維洛妮克知道弗朗索瓦逃走了，心裡反而感到一陣輕鬆。

然而，艾諾麗娜卻不這樣認為，她嘆道：「我們怎麼辦呢？」

「艾諾麗娜太太，必須馬上走。你的船雖然沒了，不過可以坐我們的船，放心吧太太，每個人都有位置。過了十一點，村子可能連一個人都沒有了。」

維洛妮克問道：「可是艾諾麗娜現在有傷，還不能走。」

「我好多了，現在應該可以離開這裡。」艾諾麗娜說道。

「那怎麼行呢？算了，我們還是再等一兩天再走。克萊諾，後天你再回來一次。」維洛妮克一邊說，一邊把水手推到門口。

他也正想趕快離開這裡，便說道：「好吧，就這樣。後天我會回來一次，畢竟一次不可能帶走所有的東西。艾諾麗娜太太，希望你的身體快點好起來。」說完，他便跑了出去。

「克萊諾！」艾諾麗娜從床上坐起來，絕望地叫喊著：「克萊諾，你別走，等等我，把我背到船上。」但是，水手並沒有回來。於是，她就想從床上站起來，並顫抖著說：「我怕！我不想一個人留在這裡。」

維洛妮克阻止了她想起床的衝動，把她按在床上，然後告訴她：「艾諾麗娜，還有我呢，你不是一個人。我不會離開你啊！」

艾諾麗娜被按到床上，她開始在屋裡反抗著，然後呻吟著說：「這個島是被詛咒的，我怕！留下來就是冒犯惡魔，馬克諾格的死就是在警告我們呢！我怕……」她雖然說的都是一些迷信的話，但她依然保持著清醒。她抓著維洛妮克的肩膀說：「這個島是被詛咒的，馬克諾格曾告訴我：『薩萊克島上有一座地獄，一旦打開了它的門，所有的災難都會降臨。』」

維洛妮克不斷勸著她。

最後，她終於平靜了一些，用一種越來越柔弱的聲音說：「馬克諾格和生活在這裡的人一樣，都非常熱愛這個島。有一次，他在我面前談起這個島的時候，用了一種我難以理解的語言來形容它：『艾諾麗娜，它具有兩面性，一方面它是地獄，但另一方面它也是通往天堂的路。』這很對，我們在這個島上住的都很好，大家也都很喜歡這裡。馬克諾格還在這裡種了很多花。那些花開得好大，比普通的花大多了，也比普通的花漂亮很多。」

之後，兩人又都沉默了。時間在兩人相視無語的時候，慢慢地過去了。

兩人所在的臥室在房子一側的盡頭，透過窗戶可以看到外面的海洋。維洛妮克目光對著窗外，外面強勁的海風越來越強烈了，在海面上吹起了陣陣白浪。在濃霧中，太陽慢慢從遠處的地平線上升起。

三十口棺材島

昏迷的布列塔尼婦女低聲說：「這座地獄之門是能主宰人生死的天主寶石，它來自一個很遠又陌生的地方。他們還說，這是一塊由金子和銀子混合而成的寶石。馬克諾格見到了它，他想開門進去看看，就把胳膊伸進了門裡，但他的手卻被燒著了。」

維洛妮克此時的心情也很沉重。她也和艾諾麗娜一樣，越來越感到害怕。這幾天來，一件又一件可怕的事情在她面前發生，而且好像一件比一件離奇。更加讓人感到恐懼的事，是不是還要發生？她在等待著。她現在相信，自己好像是命中註定的，要經受一些磨難和打擊。而那些打擊，正在被什麼巨大的力量推動著，向她咆哮著席捲而來。

「看見船隻了嗎？」艾諾麗娜問。

維洛妮克答道：「從這兒看不到。」

「不對，窗戶外面的路是船的必經之路，你怎麼會看不見船隻經過呢？再說了，島上的人搬家，船裡面肯定塞得滿滿的，不可能看不到的。」過了一會兒，維洛妮克果然看見一隻船出現在海面上。

婦女和孩子就坐在上頭，四個男人使勁搖著槳。這艘船吃水很深，很顯然裡面裝滿了箱子和包裹。

「這是克萊諾的船，」艾諾麗娜說，她衣服還沒穿呢，就從床上跳起來，「看，另一隻船也出來了。」

第二隻船和第一隻船一樣，也裝了很多東西。除了一些婦女，還有三個男人在划船。

艾諾麗娜兩人離船大概有七八百公尺，所以看不清船上人的面孔，也聽不見他們在說什麼。

「上帝啊！」艾諾麗娜呻吟著，「希望他們逃出這裡！」

「艾諾麗娜，你怕什麼？他們沒有什麼危險。」

「不，只要他們還沒有完全離開，危險就還在。」

「他們已經離開了。」

「島的周圍還是屬於島。那些棺材正在虎視眈眈地望著他們。」

「可大海應該是好的。」

莫里斯‧盧布朗

「大海不是敵人，還有其他的東西。」

「什麼東西？」

「我也不知道……」

兩條船向北駛去，前面出現兩條航道，也分別對應著島上的兩座暗礁。

布列塔尼婦女說：「這兩座暗礁分別是『魔鬼之石』和『薩萊克之牙』。克萊諾走的是『魔鬼之石』。再過一百公尺，他們才算脫離了危險。」接著，她帶著一些嘲弄的口吻說，「維洛妮克夫人，魔鬼這次可能失算了。我想我們也一定會得救，島上的人都會得救的。」

維洛妮克還是感到緊張，低著頭沒有回答，因為她這時忽然有一種模糊的感覺，總感覺事情不會這麼順利，可能會有什麼危險，這讓她很不舒服。

克萊諾的船正在最後一百公尺上向前行駛著，隨著船的前進，艾諾麗娜也越來越緊張，她渾身顫抖地嘀咕著：「我怕……我怕……」

「別怕，」維洛妮克有些不快地說，「船馬上就要離開了，還能有什麼危險？」

「啊！」布列塔尼婦女突然叫喊起來，「那是什麼？出了什麼事？」

「你在說什麼？」

兩人拼命朝那兒看，有個東西從「薩萊克之牙」中衝了出來，等它完全顯露的時候，她們立刻認出那正是艾諾麗娜丟失的那條船。

「弗朗索瓦！」艾諾麗娜驚慌地說，「船上是弗朗索瓦和斯特凡！」

維洛妮克也認出了弗朗索瓦，他正站在船頭和其他兩條船上的人打招呼。其他兩條船上的男人們繼續揮動著他們的槳，而女人們似乎在和他們說著什麼。但是，因為離得太遠，聽不見他們都說了些什麼。

布列塔尼婦女說：「為什麼弗朗索瓦和斯特凡不上岸呢？」

「也許，」維洛妮克解釋說，「他們害怕上岸引起人的注意，或者會受到眾人的責難。」

「不會是這樣的。大家都認識他們，特別是弗朗索瓦經常和我在一起，和島上的人也很熟的。可是，他們不是應該藏起來的嗎？」

「艾諾麗娜，他們為什麼現在又要露面呢？」

「啊！我也不知道，只是感到奇怪，不知道克萊諾他們會怎麼想？」

很快，弗朗索瓦的船就和另外兩隻船靠近了。在相距還有十幾公尺的時候，弗朗索瓦熄滅了小船的馬達。他忽然彎下身子，把胳膊舉起來向對面的一隻船上扔了一樣東西。斯特凡·馬魯也向另一隻船上扔了同樣的一個東西。

維洛妮克突然尖叫了一聲，隨即便用雙手捂住了臉。過了一會兒，她終於抬起頭，看到了那可怕的場面：

兩個東西被扔進船裡之後，先後響起了兩聲巨大的爆炸聲，隨後兩條船上立刻串起了兩條火舌。一陣濃煙升起，掩蓋了兩條船。煙霧漸漸被風吹散了，維洛妮克和布列塔尼婦女這時看見，兩隻船正在下沉，船上的人大部分都葬身大海了。

這個殘酷的場面沒有持續很長時間。她們看見，一個婦女懷裡抱著一個孩子，像傻了一樣動也不動地站在一塊船板上，顯然她還沒有完全意識到發生了什麼。她們還看到，一些已經在爆炸中喪失了生命和活力的屍體，正一動不動地躺在那兒。還有兩個男人沒有死，但是卻像瘋了一樣狂喊著什麼。但是，所有這一切隨著船的消失而一起消失了。最後只剩下幾個漩渦和黑點漂浮在海上。

艾諾麗娜和維洛妮克沒有說話，好像被這突如其來的一幕嚇得不會說話了一樣。她們本來就很著急，現在又發生了這樣的事，這是她們無論如何也想不到的。

不知過了多久，艾諾麗娜用手抱著頭，用低沉的聲音說道：「我想我要死了！可憐的人，我的朋友們啊！我一下失去了這麼多的親人，大海讓他們永遠也回不來了，他們永遠也不能返回薩萊克了。它早準備好了那些棺材……啊！我要瘋了！我快要像弗朗索瓦一樣瘋了！可憐的弗朗索瓦到底在幹什麼？」

維洛妮克沒有回答她的話，只是一個勁地朝外看，彷彿要把大海看穿一樣。她兒子會去救這些人嗎？沒死的人還在呼救，他會去搭救他們嗎？也許他剛才是真的失常了，可是在這種悲慘的景象面前，他難道還清醒不過來

嗎？

看來弗朗索瓦是不打算救人了，他的小船已退到了邊上。他和斯特凡分別站在船頭和船尾，他們的手裡不知何時多了一樣東西，不過因為離得太遠而看不清是什麼，看起來像是一根長棍子。

「是救人用的篙竿……他們要救人！」維洛妮克低聲說。

「你錯了，我看那是長槍，」艾諾麗娜說。

水面上浮動著幾個黑點，那是九個僥倖沒有死的人。他們把頭伸出水面，胳膊在水裡划動著，他們需要救援。

有幾個人向弗朗索瓦的小船游去，另外四個人則向反方向游去，其中兩人很快就能夠到船了。

弗朗索瓦和斯特凡同時做了一個槍手瞄準的動作。

她們聽到了兩聲槍響，海面上兩個浮動的人頭不見了。

「畜生！」維洛妮克一邊說著，一邊癱軟下來。

艾諾麗娜只是喊道：「弗朗索瓦！弗朗索瓦……」因為生病，她的聲音本來就不大，再加上風向不對，她的話根本傳不到弗朗索瓦那裡，不過布列塔尼婦女還是不斷地喊：「弗朗索瓦……斯特凡……」接著，她在房間四處尋找著什麼。最後，她在走廊裡終於找到了她要找的東西——她以前和弗朗索瓦聯絡用的螺號，可當她吹響螺號的時候，只吹出了幾個聲音很低的音符。

「哎！該死的東西！」她低聲說著，隨後把螺號扔掉了。「弗朗索瓦！我沒有力氣吹了，你到底想要幹什麼？」

維洛妮克看到此時的艾諾麗娜熱汗淋漓，頭髮蓬亂，臉上浮現著驚恐的表情。

維洛妮克懇求她：「艾諾麗娜，你就別再費力氣了！」

「可是你看看，他們都幹了什麼？」

小船正在追趕另外兩個倖存者，兩個拿槍的人站在那兒。很快，小船靠近了另外那兩個人，又是兩聲槍響，另外兩顆浮現在海面上的頭也不見了。

「看吧！」布列塔尼婦女咬牙切齒地說，「他們簡直是在打獵！他們向

追趕野獸一樣追趕可憐的薩萊克島人！」

又是一聲槍響，又是一個黑點消失了。

維洛妮克絕望了，她痛苦地搖動著窗框，就像監牢裡絕望的犯人搖動著監獄裡的鐵窗一樣。

「沃爾斯！」她的腦海中立刻出現了對丈夫的回憶，「他是沃爾斯的兒子。」

突然，她的喉嚨被人扼住，當她抬起頭來的時候卻發現扼住自己的竟然是布列塔尼婦女。

「他是你的兒子，」艾諾麗娜說，「你這個該死的，怎麼會生下這種殘暴的兒子，你一定是個惡魔，你會有報應……」然後，她開始大笑起來，然後使勁跺著腳，進入一種癲狂的狀態。「十字架！對，你將被釘在十字架上，你就得有這樣的懲罰才對，這種懲罰對你來說真是再好不過了！」

維洛妮克立刻意識到——她瘋了！

維洛妮克想掙脫她的雙手，然後再設法讓她冷靜下來。

但是，艾諾麗娜見到她掙扎，更加發起狂來，一把將她推倒。然後，艾諾麗娜迅速地跳上窗台，站在窗台上舉起雙臂高喊：「弗朗索瓦……弗朗索瓦……」還是沒人聽見，她從窗台上跳了下去。

房子的這邊由於地勢的原因並不是很高，所以布列塔尼女人從窗台上跳到了小路上並沒有什麼事。她穿過小路，朝著伸向大海的崖頂跑去。到了崖頂之後，她在那裡站著不動。過了一會兒，她接連呼喚了三聲「弗朗索瓦」——這個由自己帶大的孩子的名字。然後便縱身從崖頂跳下，沉入到茫茫大海中。

此時，海面上的獵殺也剛好結束，弗朗索瓦和斯特凡已經屠殺完所有的倖存者。之後，兩人駕船沿著布列塔尼海岸向貝梅伊和孔卡爾諾海灘駛去。

現在，這三十口棺材島上，就只有維洛妮克一個人了。

五、死亡預言再現

維洛妮克一個人留在三十口棺材島。

對於她來說，剛才發生的事情，就像做了一場噩夢一樣，夢中的可怕情景此刻又不斷閃現在她混亂的腦海中。她用兩隻胳膊撐著，趴在窗台上，一動也不動。她強迫自己不去想，但那些殘酷的畫面，卻無比清楚地一直出現在她的腦海裡。

她根本不想知道這場慘劇為什麼會發生，也不想去查這幕後的原因。她同意此前艾諾麗娜的看法——弗朗索瓦和斯特凡發瘋了，不然就無法解釋他們為什麼會做這種瘋狂又殘暴的舉動。既然兩個凶手是瘋子，那她自己也就不用再考慮他們還會幹什麼了。她親眼看見艾諾麗娜發瘋，這使她認為，這所有的一切，都是因為那兩個凶手的精神出了問題。而島上的這些無辜的居民，都因為這個而喪了命。

有一會兒，她的腦子因為想這些問題而反應緩慢，就像墮入了迷霧中一般。彷彿有一些看不見的東西，一直跟隨在她的身邊。她想睡一會兒，可是在她迷迷糊糊的時候，那些景象又顯現出來。她感到非常難過，於是起身哭了起來。

就在她哭泣的時候，她彷彿聽到了什麼聲音，不禁打了個寒噤，她認為又是什麼瘋狂的人來了。

她睜開了眼睛，看到在自己前面不遠的地方有一隻長相很怪的動物坐在那。仔細一看，原來是一隻狗，牠身上的長毛是咖啡色的，前腿像人的胳膊一樣交叉起來。很快她就想到，艾諾麗娜說過牠是弗朗索瓦的狗，牠是一隻

勇敢而忠誠，還會惹人發笑的動物。她還想起了牠的名字：「一切順利」。

一想到牠的名字——「一切順利」，她就感到極為惱火，立刻就想趕走牠。什麼「一切順利」？自從自己進入薩萊克島上以來，父親被殺害，艾諾麗娜自殺，島上的人也全部死去，自己的兒子弗朗索瓦瘋了。什麼「杜瓦邊」？什麼「一切順利」，這叫一切順利嗎？

不過狗卻沒有被嚇走，而是扮起了怪樣子，扮起了惹人發笑的怪樣子，這和艾諾麗娜所說的一模一樣。維洛妮克想，這也許是「杜瓦邊」對痛苦的人，所表達的一種同情方式吧！當「杜瓦邊」看到別人流淚時就會做各種搞怪的動作，直到你破涕為笑並且撫摸牠，牠才會停止這樣的搞怪。

維洛妮克沒有笑，因為她實在笑不出來，她把牠拉到身邊，然後對牠說：「可憐的小狗，你不是叫一切順利嗎？可是這一切都不順利。對於我來說，最重要的是不要像別人那樣發瘋，而是要好好的活下去，是嗎？」

一直渾渾噩噩的維洛妮克突然有了活下去的想法，因此她到樓下廚房找了一些食物，自己吃了一些，又分給了小狗一些。

晚上的時候，她上了二樓，找到一間平時沒人住的房間睡下了。這些天來她的體力消耗太大了，再加上又受了這麼多的刺激，使得她很疲勞，因此她剛剛躺下沒多久就睡著了。小狗「杜瓦邊」也睡了，就睡在她的床頭。

她第二天很晚的時候才醒來，剛醒的時候，她有一種很輕鬆的感覺，好像自己又回到了貝桑松一樣，她在那裡的日子是安穩而寧靜的。

她自己也沒有想到，一覺醒來自己會發生這麼大的變化：在這場災難中死去的人對於她如同陌生人的死去一樣，她不會再為此而悲哀了；前幾天讓人驚恐的日子，現在已經成為過去，她也不會為此而煩惱了；父親的喪事，她也辦了；她的心從此不再流血。

她都沒有想到自己竟然會有這樣的想法，對於她來說，有這樣的想法就意味著自己在這裡可以自由自在地休息。有了這樣的想法，對她來說反而是好事，這使她感到高興。她沉浸在愉快的想法中，甚至不知道有汽船來到並停泊在這裡。可能是昨天有人看見了爆炸的火光，便通知了當地政府，政府派人過來看看的。

莫里斯·盧布朗

維洛妮克還是一動也沒有動。

她看見從汽船上放下來一隻小艇，以為有人要上岸調查。可是，她不希望人們找到自己，進而使得自己的姓名、身分、經歷暴露出來，因為她害怕這牽涉到對她兒子的調查。她剛剛擺脫了噩夢般的環境，現在不想這麼快就回去。她打算等一兩個星期，如果那時能有船經過的話，她會請求船上的人帶走自己。

不過，看來她的擔心是多餘的了。沒有人到這裡來，汽艇沒過多久也開走了。再也沒有什麼人來打擾她了，她可以繼續在這裡過孤單而快樂的生活了。就這樣她在這裡又過了三天。

她現在一個人住在島上，自己就是自己的主人，命運似乎放過了她，不再打擊她了。在這期間，有「杜瓦邊」陪著，她的心情好了許多。不過現在她的心情剛剛有了點起色，「杜瓦邊」卻失蹤了，牠不知道跑到那裡了，好長時間沒回隱修院了。

現在的隱修院是在修道院的舊址上建的，它在小島的一邊。原修道院在15世紀時被遺棄了，後來就無人問津了，再後來就變成了廢墟。18世紀的時候，一個富有的船主使用原修道院的建築材料和教堂的石頭為材料，建起了這座隱修院。不管是從建築方面來看，還是從裝修方面來看，這所建築都沒有什麼奇特的地方。不過，維洛妮克也沒有去研究房屋有什麼特別的，因為她不敢每個房間都進去研究一番，那樣會勾起她對父親和兒子的回憶，因此她總是把自己關在房間裡。

這天天氣晴朗，碧空如洗，她終於從房間來到了花園。花園跟房前的草坪一樣，地上都是一些常春藤和崎嶇不平的廢墟。花園裡的路一直伸展到小島的比較窄的一端，她發現這裡所有的小路，都通往一個陡峭岬角，那裡被一些高大的橡樹圍繞著。她自己也不知道走到了哪裡，發現了一塊面對著大海的半圓形空地，周圍有一些橡樹圍著。這塊空地的中央有一座橢圓形的石桌墳，它很矮，支撐在兩條幾乎是正方體的岩石上，岩石看起來就像它的兩條腿。

「艾諾麗娜說的仙女石桌墳應該就是這裡了，」她想，「那麼馬克諾格

種鮮花的地方應該也在附近。」

　　她繞著空地走了一圈，發現兩條岩石腿的內側都刻有一些不好認的記號。石腿朝向大海的外側很平滑，作為雕刻之用是再合適不過了，上面確實刻著一些東西。當她看清那是什麼的時候，她又開始驚懼起來。

　　右邊深深地刻著一幅圖畫：四個女人被釘在十字架上，臉上流露出痛苦的表情。這幅圖所用的筆法看起來既簡單又笨拙。左邊，刻著一些字，也許是有人故意用手刮掉了，又或者是惡劣天氣的侵蝕，許多字跡已經模糊不清了。不過有些字還可以看清的，這些字和她在馬克諾格屍體旁發現的那張畫上的字，都是一樣的：「四個女人釘死在十字架上……三十口棺材……天主寶石主人賜生或賜死。」

　　維洛妮克懷著恐懼的心情離開了這裡。她決心逃離這個處處充滿神秘的島嶼，離開三十口棺材島。

　　她沿著空地的一條小路來到右邊橡樹林的最後一棵橡樹邊，看到這棵橡樹只剩一個樹幹和幾根枯枝了，好像是被雷電打過。在經過一片草地時，她看到那裡排列著四行糙石巨柱，當她停下來的時候，立刻被眼前美麗的景色吸引住了。

　　她驚嘆著說：「馬克諾格的花。」

　　這條路上的最後兩塊巨石，像一扇敞開之門的門框，門前是很壯觀的景色：

　　有幾級台階通到一片長方形的空地，空地五十多公尺長，兩邊是兩行平行的、同樣高的巨石，就像廟裡的柱子一樣。空地的中部和兩邊都鋪著大塊的花崗岩石板，大小不等，有的已經碎了。碎裂的石縫中長出了草。空地的中央，有一塊面積很小的正方形圍繞著古老的基督石像，裡面開滿了鮮花。那鮮花美麗的令人難以想像，那是世界上最神奇的花，是世界上最夢幻的花，它們是造物主最鍾愛的花。和普通的花相比，它們顯然要大出許多。

　　這些花的種類維洛妮克都認識，有維吉尼亞的曇花、萱草、耬鬥菜、血紅色的委陵菜，鳶尾花比主教的紅袍還要紅，還有許多種類的花。然而她卻從沒見過這麼大的，也沒見過這樣如此美麗的。裡面花的種類雖然繁多，但

每種都只有幾株。這裡的每一朵花，都彙集了所有的顏色，以及大自然的所有芳香和美麗。

在外面，花兒並不是同時開放的，不同的季節會開出不同的花兒，但在這裡，這些花卻是一齊開放的！這些生機盎然的花朵一起盛開，大概也就只能維持兩到三週就會凋零，但在開放時，它們那掛在強壯枝頭上的大而瑰麗的身影還是給人一種凜然不可侵犯的姿態。

有一條花帶繞著基督塑像的底座，彷彿為了親近救世主的身軀一樣向上生長著，上面開滿了藍色、白色、紫色的鮮花，這些花正是婆婆納花（法語稱為維洛妮克）。當她看到這種花的時候，她激動地走向前去，看見底座上插著的一個小牌上面寫著——媽媽的花。

維洛妮克是不迷信的。但是和外面的花相比，這些花確實大異於常。可她不相信這種反常現象是超自然的力量，也不相信這是馬克諾格的秘方，她認為這一定有其他某種原因。到底是什麼原因呢？她現在還不知道，不過早晚會知道的。

然而這種異樣的美麗，彷彿由於她的到來才發生奇蹟的。百花叢中，基督怡然而立，鮮花的色彩和芳香成為基督的祭品。

維洛妮克跪在了花叢中。

之後的兩天她又來到「鮮花盛開的地方」。在婆婆納花面前，她想起了兒子，心中不再像以前一樣，對兒子那麼絕望了，對他的仇恨也沒有以前那麼大了。

當她在島上過到第五天的時候，發現食品已經吃得差不多了。這天中午，她下山到村子裡去，打算找一些食物。她在山下看見大部分人家的門都是開著的，這些房子的主人，走的時候肯定還想回來取走沒有帶完的東西。但是，當她想到這些人都已經葬身海底的時候，她的心又開始悲傷了。

窗台上擺著天竺葵花，大掛鐘的銅擺，依然在亂糟糟的房間裡一如既往的搖擺著。她猶豫了一下，沒有進去，而是走開了。幸運的是，她在離碼頭不遠的貨棚裡發現了艾諾麗娜從船上運來的食品袋和箱子。

「這下好了！」她心裡想著，「有了這些食物，就不會挨餓了。這些夠

吃一段時間的了，至於以後……」

她立刻往籃子裡裝了一些食物和生活用品，然後她就要起身回隱修院。不過，這時她突然想到小島的另一邊去看看，就把籃子暫時先放在了這裡，向另一邊走去。

通向高地的小道上，有一片老橡樹林，因為有樹所以路上林蔭滿徑。但是，除了這些橡樹，這裡的景色就別無其他了，很單調。這裡沒有其他樹木，沒有青草。沿著這條小路越往前走，島就變得越狹窄，在這裡可以看到兩邊的大海和遠處的布列塔尼海岸。

這裡有一所簡陋的住宅，外面有一排岩石作圍牆。住宅是長方形的，雖然屋頂曾經翻修過，不過裡面看起來卻很破。院子裡又髒又亂，裡面堆滿了廢鐵和柴草。屋裡存放著一些雜物。

維洛妮克正在走的時候，彷彿聽見有人呻吟，她不禁吃驚地停了下來。她仔細聽了一下，沒錯！是有呻吟聲，而且比剛才聽得更清楚。除了呻吟聲，她還聽到了痛苦的喊叫聲，還有呼救聲，似乎是女人的聲音。

這裡所有的居民都逃走了，怎麼還會有人呢？在薩萊克島上，她現在知道可能還有別人，心裡雖然感到有些高興，但她同時也有些擔心，這會不會又會讓自己陷入新的恐怖事件中。

院子右邊有一個房間裡堆放著雜物，維洛妮克聽到聲音就是來自那裡。她推了一下院子的柵欄門，門應手而開。

叫聲聽起來更大了，可能是裡面的人聽到有人進來，忍不住提高了聲音。有人從裡面敲門，而且聲音很緊迫，維洛妮克加快了腳步。

「救命！救命啊！」

很快，屋裡響起了另一個聲音：「快閉嘴吧！克瑞蒙絲，也許是他們……」

第一個聲音喊道：「不，瑞爾特麗德，不是他們！他們來的時候，你是聽不到的聲音的！鑰匙就在門上，請外面的朋友把門打開吧！」

維洛妮克正在想怎麼進去，聽屋內的人這麼一說，便看見鎖孔裡真的插著一把大鑰匙。

門開了，房間裡是阿爾希納姐妹。她們半露著身體，擠在一間盥洗房裡。在房間角落裡的乾草上，還躺著一個女人，可能是她們姐妹中的第三個，此刻那女人正無力地呻吟著。

前面的兩姐妹中，一個無力地癱軟在地上。另一位則用期盼的眼神望著維洛妮克，然後抓住她的胳膊地說：

「你看見他們了嗎？他們還在這兒嗎？你怎麼沒被他們殺死？大家逃走以後，他們就掌控了這個島。我們被他們關在這裡，到現在已經六天了。那天，島上的人一大早就集合了起來，打算外出逃亡，我們也在收拾行李，我們姐妹三人到盥洗房取晾乾的衣服。就在這時，他們來了。但是，我們並不知道，因為他們是鬼鬼祟祟地進來的。後來，我只聽見喀嚓一聲，門突然被鎖上了。我們就這樣一直被關到現在，多虧了我們有蘋果、麵包等食物，不至於被餓死。可是，我們一直在擔心，他們會不會再回來殺我們？什麼時候輪到我們？我的好太太，你知道我們有多麼的害怕嗎！大姐因為害怕，現在已經瘋了，你看看她一直在說瘋話。克瑞蒙絲也快受不了，我……我是瑞爾特麗德……」

看得出來，她是最清醒的一個，也是狀態最好的一個，因為她還有力氣死死地抓住維洛妮克的胳膊。

她喘了口氣，接著又說道：「克萊諾呢？他走了之後回來過嗎？是不是回來又走了？為什麼？為什麼他不來找我們？他知道我們在這裡，只是一抬腳的事，為什麼不來看我們呢？而且只要有一點動靜，我們就會喊出聲的，他就知道我們被困在這裡了，我們就能得救了……」

維洛妮克沒有隱瞞事實的真相，她說了實話：「兩隻船都沉到海底了。」

「什麼？」

「在薩萊克島附近，兩隻船都沉了，船上的人都死了……」

維洛妮克沒有再往下說，因為她怕提到別人名字，更怕提到弗朗索瓦和他的老師在這場悲劇中所扮演的角色。

克雷蒙絲掙扎著站起來，又無力地靠在門上，一臉的困惑和害怕。

瑞爾特麗德輕聲地說：「艾諾麗娜呢？」

「她也死了。」

「死了？」兩姐妹同時震驚地喊了出來。然後，她們沒有說話，相互看了看。她們像是在想著什麼問題，瑞爾特麗德在掰著手指頭數著什麼。

數完之後，兩人好像很害怕的樣子。瑞爾特麗德兩眼盯著維洛妮克，聲音顫抖著說：「對了！就是這個數字。你知道那兩條船上，除了我和我的兩個姐妹之外一共是多少人嗎？20個人，再加第一個死去的馬克諾格，後來死的安托萬先生，還有失蹤的小弗朗索瓦和斯特凡。還有死去的艾諾麗娜和瑪麗・莉格夫，加在一起一共是26個人。26個人！正好是26個人，對不對？那麼30去掉26還有4⋯⋯你明白了嗎？這裡叫三十口棺材島，就是說這裡的棺材要被裝滿⋯⋯是不是這樣？」她因為太激動，一時說不下去了，只是咕噥著什麼。不過，維洛妮克還是從她那含混不清的語句裡聽出了一些東西。

「明白嗎！還剩四個。我們姐妹三個加上你，正好是四個人啊！四個十字架，你懂了嗎？四個被釘在十字架上的女人，而現在島上就剩下我們四個女人！這島上就只剩下我們四個女人啊！」

維洛妮克聳了聳肩：「那又怎麼樣？你們怕什麼呢？你們也知道，現在島上只有我們，還有什麼好怕的呢？」

「怕他們！是怕他們啊！」

維洛妮克不耐煩地說：「可是，所有的人都走了啊！」

瑞爾特麗德驚慌地說：「他們會聽見的！你說話小聲點。」

「誰？」

「他們！」

「他們又是誰？」

「那些祭祀的人，他們是上帝的人，會殺死島上的男人和女人。」

「你是說德魯伊教徒？可現在已沒有德魯伊教徒了，他們的歷史早就過去了。」

「小聲點！還有的，還有神靈呢！」

「神靈？」這些迷信的說法讓維洛妮克也有些害怕。

「是的，有神靈，不過他們和人是一樣的。我們就是被他們鎖起來的。兩條船也沉了，一定也是他們幹的。安托萬先生、瑪麗・莉格夫等人也是他們殺死的，而且這所有的人，應該都是他們殺的。」

維洛妮克不知如何回答才好，因為她知道是誰把船弄沉了，也知道是誰殺了戴日蒙先生等人。她只好轉換了話題，問道：「你們三人是幾點鐘被關在這裡的？」

「那天的十點半，我們和克萊諾約好了，十一點在村子裡會合的。」

維洛妮克想了想，如果弗朗索瓦和斯特凡十點半的時候出現在這裡，他們不可能在一個小時內趕到那幾個礁石附近，還弄沉了那兩隻船。那麼，是誰把她們關起來的呢？難道這島上還有弗朗索瓦和斯特凡的同夥嗎？

維洛妮克安慰她們說：「不管怎麼樣，你們都不能老是這樣了，吃飯和休息還是必須得照常，不然的話你們的身體早晚會垮掉。」

第二個姐妹這時說話了，用同樣低沉而激烈的語氣說：「我覺得我們現在最應該做的就是躲起來，不然的話，他們肯定能抓住我們。」

「那躲到哪裡呢？」維洛妮克問。她也覺得，為了應付潛在的敵人，是應該找一個地方躲起來。

「關於這件事，我們以前也談論過，馬克諾格曾經說，如果面臨著危險的話，那麼全島的人就躲進隱修院裡。」

「隱修院？為什麼？」

「那裡地勢險要，四處都可以做隱蔽的地方。」

「可是，那座橋還是能通到隱修院啊！」

「馬克諾格和艾諾麗娜都想好了。在橋的左邊不遠的地方，有一個小窩棚，是用來存放食品和汽油的。如果在橋上倒上一些汽油，再點上火，就能把橋炸掉。橋斷了，就沒有再通往隱修院的路了，我們也就安全了。」

「那為什麼當初大家選擇坐船逃走，而不是躲到隱修院裡去呢？」

「相對來說，坐船逃走更穩當，但是我們現在只能躲進隱修院了。」

「現在就去嗎？」

「馬上就走，現在天還亮著呢，到晚上路就不好走了。」

「可是你的姐妹躺在地上？好像不能走路了。」

「我們用兩輪車推著她，抄近路到隱修院。」

維洛妮克很不喜歡和阿爾希納姐妹生活在一起，但是現在由不得她了，而且她現在也開始害怕了。「好吧，」她說，「我先帶你們到隱修院，然後再回來把食物拿去。」

「噢！我們在隱修院用不了等多久的。」一個姐妹說，「橋燒斷之後，我們就在仙女石桌墳的小丘上點燃一堆火，那麼對岸的人就能看到了我們發出的信號，也許就會來救我們。今天起霧了，明天再說吧！」

維洛妮克同意了。現在，就算是要接受調查，就算是要對外公布自己的名字，她也會毫無顧忌，因為她現在同意離開薩萊克島，她再也無法忍受了。

簡單準備了一下，她們立刻就動身了。那個瘋了的姐妹蹲在兩輪車裡，輕輕地怪笑著，她向維洛妮克說著什麼，似乎想逗維洛妮克笑起來。「我們還沒有見到他們，他們已經做好準備，就要出發了。」

「快閉嘴吧！你這個瘋子。」瑞爾特麗德命令道，「你一定會拖累我們的，我們也會因你而倒楣。」

「對，我們去玩吧！玩才有趣呢！我想在脖子上戴一個十字架，手上也戴一個，看看吧！到處都是十字架。我們肯定會被釘上十字架的，也一定會睡著的。」

「閉嘴，你這個老瘋子。」瑞爾特麗德又惡狠狠地重複了一遍，並給了她一巴掌。

「對，對啊！他們會打你的。我看見他們了，他們就藏在那兒了。」

開始的時候路很難走，路上有許多溝壑。後來到了西部高地，這裡樹木也稀疏一些，橡樹被狂風吹彎了，雖然這仍然這有很高的岩石，但沒有那麼多溝壑了。

「前面被稱為『黑色荒原』，」克瑞蒙絲・阿爾希納說，「他們就住在下面。」

維洛妮克聳了聳肩。「你怎麼知道他們住在那裡？」

「別人叫我們巫婆，這稱號可不是白叫的，我們當然比別人知道得多。」瑞爾特麗德說，「馬克諾格也很瞭解這些。我們經常在一起討論一些關於聖藥、吉祥石以及聖草等方面的事。」

「什麼聖草，不就是一些野草嗎？」瘋子譏笑著插話說，「我們是在太陽落山以後採摘的。」

「關於這個島的傳說，我們也知道一些。」瑞爾特麗德又說，「古老相傳，這底下原是一座城市，他們在很久以前就住在那兒，現在還是住在那兒。有一次，我親眼看到了。」

維洛妮克沒有回答。

「我和我的姐妹都看見過。那一次給我的印象很深刻，我至今還記得那天是六月月圓之後的第六天晚上，那個人穿著一身白色的衣服出現了。他爬到大橡樹上用金色的砍刀採集槲寄生（植物名）。金色的槲寄生在月光下散發著光芒，我看見了這一切，可能還有其他人看見了。他並不只一個人，還有幾個同伴是和他一起的。他們一代一代地傳下來，就是為了守護這裡的寶藏。對！就是守護寶藏的。聽說那寶藏是一塊非常神奇的石頭，人只要碰了它，就會死去；但如果死人睡在那石頭上面，又可以復活過來。這都是真的，馬克諾格也這樣認為。他們一直守護著那塊神奇的石頭，它又被稱為天主寶石。今年，他們肯定是要把所有的人當作祭品，供奉給寶石。三十個死人裝滿三十口棺材⋯⋯」

「四個女人，被釘在十字架上！」瘋女人低聲嚷道。

「不能再等了！很快又要到了。在他們採槲寄生之前，我們應當逃出這裡。看！那大橡樹在這兒就看得見。過橋之前的那片樹林裡⋯⋯它掌握著別人的生死。」

「他們藏在後面，」瘋女人在兩輪車上轉來轉去，「他們在等著我們，等著我們去送死。」

「你說夠了沒有，別亂動好不好？你們看見大橡樹林嗎？那兒的最後一塊荒地上？有⋯⋯」

她話還沒說完就把車子弄翻了。

克瑞蒙絲說：「你怎麼啦？那裡有什麼？」

「我看見……」瑞爾特麗德結結巴巴地說，「我看見一團白色的東西在移動。」

「你說什麼？哪有什麼東西？難道他們白天也出來嗎？是你眼睛有問題吧？」

幾個人又看了一下，確實沒什麼東西。把瘋子放回在車上後，她們又出發了。

過了大橡樹林，來到一片陰暗又高低不平的荒地，地面上全是石頭，它們看起來像一個個的小墳堆一樣。

「這是他們的公墓，」瑞爾特麗德地說。

之後她們有一會兒沒有說話，只是往前走著。這期間，瑞爾特麗德和克瑞蒙絲因為推車的緣故，不得不停下來休息了幾次。

經過一片窪地之後，開始上坡，這條路維洛妮克第一次來這裡時與艾諾麗娜一起走過。上完這段坡，就能到橋前面的樹林了。

越往前走，阿爾希納姐妹們越緊張。維洛妮克知道，她們幾個是害怕那棵大橡樹。那顆大橡樹比其他樹要粗壯許多，它矗立在泥土和樹根築成的土台上。她忍不住這樣想，樹幹後面會不會藏著幾個人。

害怕歸害怕，她們還是努力向前走，而且比剛才還要快，而且她們還強迫自己不去看那棵要命的樹。

維洛妮克她們在走過大橡樹之後，才感覺舒了一口氣。她想同阿爾希納姐妹們開個玩笑，以緩解一下她們緊張的情緒，但就在這時克瑞蒙絲突然暈倒在地，不斷地呻吟著。

同時有樣東西掉了下來，砸中了她的背部，那是一把石斧。

「啊！是雷石！」瑞爾特麗德尖叫了起來。

維洛妮克抬頭望了一下，心想難道斧頭是從天上掉下來的，又或者是雷發射出來的，此時的她似乎也有些相信那些古老的民間傳說了。

這時，那個瘋了的女人突然從車子裡跳了出來，在地上蹦了一下，又一頭栽倒在地，痛苦地抽搐著。原來，是一樣東西在空中呼嘯而來，插進了她

的肩膀，那是一支箭。

瑞爾特麗德尖叫了一聲，迅速逃跑了。維洛妮克有些猶豫不定：跑還是不跑。克瑞蒙絲因為疼痛，倒在地上想跑也跑不了。瘋女人在地上打著滾，傻笑說：「他們藏在橡樹後面，我看見他們了。」

克瑞蒙絲喊到：「救我！把我帶走，別丟下我不管。」

這時又一支箭嗖地一聲落在了附近，維洛妮克跑開了。她跑過了最後幾棵橡樹後，向通往木橋的小山坡跑去。她跑得很快，因為她太害怕了。跑是為了一方面可以脫離危險，另一方面能找到武器進行自衛。她想起來父親的書房裡有一個玻璃櫃，裡面一些手槍。每支槍都寫著「上膛」兩個字，看來應該是怕弗朗索瓦不小心拿去玩而寫上去的。她往裡跑，正是想要拿一支槍出來，然後再伺機和敵人搏鬥。在跑的時候，她沒有回頭，只是拼命往前跑。因為她認為現在對於自己來說，最好的情況就是能有一支槍握在手中。

很快，她追上了跑在前面的瑞爾特麗德。

瑞爾特麗德氣喘吁吁地說：「把橋……燒了……汽油……就在那裡。」

維洛妮克沒有回答。現在最大的問題抵禦敵人，如果他們進來了，斷橋有什麼用，因此她要先找到武器，阻止敵人通過這座橋。

瑞爾特麗德剛到橋上的時候，一支箭射中了她的腰部，她差點了跌進橋下的懸崖。

「救我！救救我！」她大聲請求，「請不要扔下我。」

「我馬上就來，」維洛妮克說，她不知道瑞爾特麗德中了箭，認為瑞爾特麗德是沒走好跌倒了。「你等著我！我拿了槍就回來。」

維洛妮克想，自己先拿兩把槍出來，然後和瑞爾特麗德一起回到樹林裡，去救其他兩姐妹。因此，她跑得越來越快，跨過小橋後來到房子外面。到她父親的書房時，她已經累得上氣不接下氣了。她喘了一口氣，立刻用顫抖的手拿了兩支槍。

但是，當她拿著槍回來的時候，卻發現瑞爾特麗德不見了。她環視了一下周圍，還是沒有發現瑞爾特麗德。她喊了幾聲，也沒有人回應。這時候，她想到這個女人可能也受傷了，甚至……

她又跑起來，在通向大橡樹的陡坡對面，她看到了瑞爾特麗德：

瑞爾特麗德在橋的另一頭爬著。她用彎曲的指頭在地上或草裡抓住樹根，一點一點地往土坡上爬。

維洛妮克立刻明白了，她的胳膊和身子一定是被繩子捆住了。她們姐妹幾個受到襲擊，可以說武器都來自「天上」，那麼襲擊她們的人一定是從高處下手的。維洛妮克雖然拿著槍，可那又能怎麼樣？敵人在哪裡？她不知道。她不知道用槍打向誰？也不知道敵人躲在何處？

筋疲力盡的瑞爾特麗德在那些石頭中間爬著，她喊不出聲了，只能不斷呻吟著。也許，過一會兒她就會昏死過去。

維洛妮克明白自己現在要自信，自信才能有力量，如果不自信，就不能解救阿爾希納姐妹，自己還可能被殺死。她是這樣鼓勵自己的，但她的內心也很害怕，畢竟她不知道有多少敵人，也不知道他們在哪裡。

一切都按事情本身不可改變的邏輯規律進行著，她並不明白這一切按照預言或傳說發生的事到底有什麼意義，這些互相關聯的事為什麼會發生？難道真的有鬼魂——就像阿爾希納姐妹和艾諾麗娜說的那樣嗎？這時候她真的有些害怕了。但是，她不能就這樣妥協，不能就這樣把自己交給那些自己從沒見過的「鬼魂」。

她找了一片荊棘灌木叢來掩護自己。她認為，那些人一定躲在橡樹後面，並且可能正在觀察著自己。她彎著腰，慢慢走近阿爾希納姐妹說的那個小窩棚。窩棚像個小亭子，有很尖的屋頂和彩色的玻璃窗，裡面有很多汽油桶。

她一直在有利的位置上觀察著對面的動靜，不讓人靠近木橋，不過一直沒人走過木橋，也沒有人從對面的樹林裡出來。

天黑了，銀白色的月光灑下來，使得維洛妮克剛好能看清對岸。

過了一小時，還是沒有異常，她緊繃得神經稍微放鬆了一點。她從小窩棚裡提了兩桶汽油，倒在了橋樑上。之後，她又在橋上倒了20來桶汽油。整個過程中，她隨時戒備著，以防出現意外。她選擇倒汽油的地方，都是本身已經稍微有些鬆動的地方，這樣如果到時點燃汽油的話，就能一舉摧毀這座

莫里斯・盧布朗

橋。

房裡唯一一盒火柴現在就在她身上。她拿出一根火柴，不禁有些猶豫了，想到馬上就會發生大火，她不僅有些害怕。

「如果，」她想，「對岸看見了大火會來人嗎？但霧這麼大，也許他們看不到呢？」

她用火柴點著浸過汽油的紙團，紙團一下就燃燒起來。接著，她把紙團扔到了滿是汽油的橋上，並迅速回轉身往小窩棚裡跑去。

所有沾著汽油的地方剎那間燃起了一片火海，周圍的一切都變得透亮。

大火在橋上熊熊地燃燒著，此時她仍然沒有放鬆警惕，她想：「他們知道我在什麼地方了，也許正在觀察這裡，因此我也要隨時注意他們的行動。」維洛妮克眼睛一直盯著對面的大橡樹。但是，樹林裡還是沒有人出現，也沒有說話聲。

幾分鐘以後，橋的中間傳來一聲巨響，伴隨著沖天的火光，橋已經斷裂了。但是，燃燒還在繼續，不時有東西掉落到無邊的深淵裡。維洛妮克看著掉下去的東西，稍微有些安心：橋斷了，應該沒人能進來了。但她並沒有完全放心，她打算繼續待在小亭子裡監視，等到了明天再考慮其他辦法。

半夜的時候她聽到對岸傳來聲音——斧頭有節奏地砍在樹枝上的，應該是伐木工人砍伐樹木的聲音。

這聲音好像是從山丘上面發出的，維洛妮克突然有了這樣的想法：他們伐木幹什麼？不會是想再建一座橋吧，她情不自禁地握緊了槍。又過了一個小時，她好像聽見了呻吟聲。這聲音好像是被堵住了嘴的人發出的。再後來，就只能聽見樹葉被風吹動的聲音了。

不知什麼時候，一切令人不安的、活動著的、令人害怕的聲音都停止了，周圍又回到了寂靜中。

開始的時候因為緊張，維洛妮克還沒有覺得疲乏和饑餓，現在當一切安靜下來的時候，她立刻被這兩種感覺折磨著，而她的人也變得遲鈍了。她這時才想到，今天她到村子裡取的食物還沒帶回來，自己可能要面對沒有東西吃的局面了。關於即將要面臨的挨餓局面，她並沒有過於擔心，因為她決定

早上生火，讓對面的人看到，然後跟著他們離開這裡。生火的地點她都想好了，就在島的盡頭那座石桌墳上。

想到了生火，她就自然地想到了火柴，這時她才突然意識到，剛才自己在點火的時候，好像是把火柴忘在橋上了。她趕緊在身上找了一下，沒有，看來火柴真的丟了。但是，她並沒有過分不安，因為弄丟火柴這種事與擺脫了敵人的襲擊相比，只是一件小事罷了。

就這樣，忍受著饑餓和疲乏，她又在冷冷的濃霧和寒風中度過了幾個小時。天終於亮了，周圍的一切恢復了它們本來的樣子。昨天的汽油發揮了作用，這座橋整個塌了。從對面到隱修院大概有50公尺，現在沒有橋無論如何也過不來了，除非是飛過來。

維洛妮克安全了。

她又向對面的山坡看了看，當她看到對面的橡樹林時突然尖叫了一聲：山丘最前面的三棵都被砍去了下面的樹枝，只剩下樹幹，而阿爾希納三姐妹竟然都被綁在樹幹上！

那情形就和她在法烏埃村的那間破屋子裡，一幅畫上畫的是一樣的：三人被綁在光禿禿的樹幹上，頭巾中的黑結翅，青灰色的面孔，下面的脖子被繩索捆綁著，胳膊向後下方伸張著，大腿從破裙子下面露了出來。

她們真的上了十字架，很顯然她們都死了。

六、「杜瓦邊」

維洛妮克邁著沉重的步伐回到了隱修院，她不忍再看那殘忍而可怕的場面，現在她的腦子一片空白，也沒有考慮自己會不會被發現，會不會……

她現在心裡只有一個念頭——離開薩萊克島。這些天來，恐懼一直伴隨著她，而這一次是最讓她害怕的一次。假如她們是被勒死，被槍殺，又或是吊死的話，死了三個女人她是能接受的，也不至於這麼害怕和反感。但是，這樣的死法是她無論如何也接受不了的，這種刑罰在她看來是世間最無恥的刑罰。而操作這些刑罰的那些人，則都是該下地獄的。

畫上的一切以及三十口棺材島的傳說，似乎都一一應驗了，現在她想到那下一個是不是就該輪到自己了？命運似乎一直在引導她，引導她走向死亡。想到這裡，她開始害怕了，尤其是想到大橡樹林山坡上三姐妹被釘上十字架的情形。

害怕也沒用，她只好自我安慰：

「一定會真相大白的……這些一個接一個令人恐懼的神秘事件，表面看起來是神明所為，但實際上應該是一夥人為了某種可恥的目的而進行的人為安排。我總覺得這裡隱藏著什麼原因，而且這原因應該不複雜，但是現在是戰爭時期，他們的計畫之所以屢屢成功，戰爭也幫了他們許多忙。要不是由於戰爭，政府一定會徹查類似這樣的『靈異事件』。但是，不管怎麼說，我仍然認為這些事是人為的，因為世界上沒有什麼事情能夠超出人類的正常生活規律。」

這些自我慰藉的話，並不能完全解除她的疑慮和恐懼，想得久了，她忽

然忘記該如何分析問題了。最後,她甚至有些動搖了,一想到薩萊克人遭遇的災難和死亡,她就想到了他們相信人死後能復活,她也開始和薩萊克人產生了一樣的看法。沒有結果的思考折磨著她,讓她都快變瘋了。

是誰在迫害她?這些人在哪裡?是誰殺害了不幸的薩萊克島的所有居民呢?薩萊克島的三十口棺材,又由誰來裝滿屍體呢?什麼人住在島下面的洞穴裡?又是什麼人使用斧頭和弓箭來殘害她們姐妹三個人?他們到底還有什麼計畫,到底想要什麼?

「夠了!我要瘋了!」她大聲喊道,「離開這裡!我要離開這座地獄!」

她稍微冷靜了一下,立刻察覺到自己現在很餓,開始到處找吃的。她在父親書房的一個櫃子裡發現一張釘在牆上的畫,畫的內容與她上次看到的一樣:仍然是四個女人被釘在十字架上。櫃子的一個隔板上放著一個畫夾,畫夾裡面有好幾張這樣的草圖。每張畫上的第一個女人頭上都簽著V.d'H的名字,有一張上面的簽名是安托萬・戴日蒙。

這些畫是父親畫的嗎?那麼在馬克諾格的屍體旁發現的那張畫,是不是父親畫的呢?難道父親是要把那個女人畫得酷似自己的女兒嗎?

「夠了!」維洛妮克又說,「我不想了……我不再去想了,管它的!」

她找遍了屋子,沒有發現任何可以吃的東西,也沒有找到點火的東西。如果有點火的東西,她就可以給別人發出信號了。她試著用兩塊火石相互摩擦,但運氣不好,一直沒有生出火來。

在她挨餓的時候,時間沒有停止,仍然按部就班地轉動。在接下來的三天裡,她只能靠野草和水為生。她太累了,也太餓了,有時候她會忍不住哭起來。

每次哭的時候,「杜瓦邊」都會出現。那狗乖巧的樣子,使得她又開始埋怨起來——這可憐的小動物為什麼取了這個名字,一想到這她就想趕走牠。「杜瓦邊」被驅趕之後,就會離開,但不會走太遠,只是離她遠遠地坐著,依然朝著她做各種各樣的搞笑動作。但她並不領情,還想把牠趕得更遠,彷彿因為牠是弗朗索瓦的狗,就和他一樣是有罪的一樣。

在這幾天裡，她總是擔心：大橡樹後面有人嗎？他們會從什麼地方來襲擊我呢？她把胳膊抱在胸前，那怕聽到一丁點兒聲響就會嚇得渾身顫抖。一想到會落到這些不知名的人或「妖魔」手裡，她就忍不住有些害怕。有時候，她還想到自己很漂亮，他們可能會被自己的美貌所誘惑……

第四天，她在抽屜裡找到一個高倍放大鏡，這讓她逃出這裡有了巨大的希望。在太陽的照射下，她利用放大鏡把光聚在一張紙上。沒過多久，紙燃燒了！她拿出早已備好的蠟燭點上了。

終於有火了，她認為自己不久後就能被救出去。她找來所有的蠟燭，因為要一根接一根的點，不然的話火種就堅持不到晚上。

晚上十一點鐘的時候她提著燈到小亭子裡去，想點火給對岸的人發信號，不過當時天色不是太黑，對岸不一定能看到火光。同時，她還擔心潛伏在這裡的人搶先看到了這裡有光，進而來殺害自己，更擔心自己會有阿爾希納姐妹一樣的悲劇下場。

從隱修院出來，沿著一條靠左邊長滿灌木的路小心翼翼地走著。離小亭子不遠的地方，有一片開闊地，她走到這裡時感到有些疲倦，就坐下來打算休息一下。因為有些累，也有些疲倦，她沒有注意到這裡是行刑的地方。

這是樹林的中心，她走的這條路穿過灌木叢。她用眼睛掃視了一下周圍，好像看到有個白影子在動。沒錯，影子又動了一下。儘管那影子離她較遠，但她看清了——是一個穿著袍子的男人站在一棵樹的樹枝上，那棵樹比其他樹要高。

她想起了阿爾希納姐妹的話：「月圓之後的第六個晚上，那些人將會在大橡樹林裡採集聖果。」她又想起，自己年幼的時候曾參加過一次德魯伊教的祭禮。當時，那種祭禮給她留下了深刻的印象，同時她還想起了書中或她父親講述的故事。

她現在有些模糊了，不能確定她現在看到的這些是否是真的。在大橡樹下，有四個白色的影子，他們伸出雙手，好像是在接從樹上掉下來的樹葉。樹上的大祭司揮舞著閃光的金鐮刀，在砍一束槲寄生。然後，大祭司從橡樹上下來了。

隨後，大祭司和樹下的四個人一起繞過樹林，像鬼魅一樣地到了山丘頂上。

維洛妮克始終驚恐地注視著這些人。遠處，那三具被掛在樹上的女人屍體依然還在那裡，屍體的表情還像她們生前那麼痛苦。她們的頭巾上，那紮著黑色的結翅，看起來就像黑色的烏鴉。那些人走到了屍體面前，像是要舉行什麼儀式。最後，大祭司拿出剛剛砍下來的那束槲寄生，朝第一個拱橋走去。

維洛妮克感覺全身無力，神情有些恍惚，她緊盯著大祭司的鐮刀，還有他那白色鬍鬚下閃動著的亮光。他在幹什麼？橋已經毀了，難道他想飛過來嗎？

祭司在斷橋附近的深淵邊站了一會兒，然後拿著槲寄生向前跨了一步。在月光下，維洛妮克看到他把一片白光投進了深淵。維洛妮克不明白，她也沒有幻覺，但她不明白為什麼會出現白光。她始終想不明白，最後自己只好承認這是幻覺。

她索性不去想了，也不想反抗了。她知道，在這場力量懸殊的鬥爭中，自己是無論如何也鬥不過他們的。但是，她還是怕被他們抓住。可是，為什麼命運會這樣呢？讓自己不是被抓住，就是被餓死？為什麼不能讓自己享受一番快樂，或者過一段平靜的生活再去死呢？

她自言自語道：「不管是餓死還是被殺死，現在都無所謂了，但是自己一定得離開這裡。」這時，她聽到一陣樹葉響動的聲音，她驚恐地睜大了眼睛，向發出聲音的地方望去，原來是「杜瓦邊」，她不禁鬆了一口氣。再仔細一看，她驚奇地發現，「杜瓦邊」的脖子上繫著一包餅乾。

維洛妮克吃完餅乾之後，感覺更累了，她也沒去想食物怎麼會在狗脖子上的，而是直接選擇了去睡覺，她要好好地在隱修院休息一夜。

第二天早上，她對「杜瓦邊」說：「你在這一帶閒逛，聽到我哭你就跑來了。但是，我不相信你會為我尋找食物，而且就算你想為我找，你也不一定做得到。可餅乾又是繫在你脖子上的，這就說明薩萊克島上還有別人，難道這裡有一位朋友在關心著我？可這人又是誰呢？為什麼他不出來呢？『杜

瓦邊」，你說這是為什麼呢？」

她抱著這條狗，接著又說道：「這些餅乾是給誰的呢？弗朗索瓦還是艾諾麗娜？又或者是斯特凡先生？」

狗好像聽懂了一樣，搖搖尾巴向門口走去。維洛妮克跟著牠走到斯特凡‧馬魯的房間。「杜瓦邊」鑽到了斯特凡的床下。原來，床下有三盒餅乾、兩包巧克力和兩盒罐頭，更令維洛妮克驚訝的是，食物的盒子上都有一根繩子，而且這些繩子都打好了結。「杜瓦邊」只要把頭伸進去，就能帶出一盒食物來。

「這是怎麼回事呢？」維洛妮克驚訝地說，「難道這些食物是別人藏的嗎？可又是誰給你的食物呢？難道島上真的有一個我們的朋友在關心著我們嗎？又或者那個人認識斯特凡‧馬魯？你可以帶我找他嗎？連接島兩端的橋斷了，從那邊沒人能過來，因此我肯定那個人和我一定住在島的同一邊。」

維洛妮克看到存放食品的床下還有一個箱子。箱子？斯特凡‧馬魯為什麼把它藏在這。她想打開看看，看看這個弗朗索瓦的老師到底是幹什麼的。裡面都有些什麼，裡面的東西又能看出些什麼，與戴日蒙先生和弗朗索瓦都是什麼關係。

維洛妮克自言自語道：「現在島上就我一個人，我可以打開箱子。」

她不再猶豫，用一把大剪刀撬開了箱子，箱子裡有一個用橡膠封住的記事本。

記事本的第一頁上竟然是她少女時代的簽名照，上面還有自己親自寫的贈言：送給我的朋友斯特凡。

「這是怎麼回事？」她喃喃地說，「我記得很清楚，那時我十六歲，這張照片我根本沒有送他啊，因為我根本就不認識她啊！」

她帶著疑惑翻開了記事本的第二頁，上面出現了一段文字，就像一本書有一段前言一樣：

「維洛妮克，我多麼希望和你生活在一起啊！我本來應當憎恨你的兒子，因為他是另一個人的兒子，但因為他也是你的兒子，我也愛著他。這也是我一直以來的秘密。有一點我自始至終都是相信的，那就是他一直都相

信，你們會有再見面的時候。當弗朗索瓦再回到你的身邊時，你一定為他感到高興和驕傲的，因為我在教育他的時候，盡力講述你高貴而美好的品德，並避免讓他學自己的父親。為了這個目標，我願意付出我的一切。你的微笑是讓我這樣做的唯一原因，也是對我的最好的回報。」

看到這裡，維洛妮克心頭蕩漾著一種特別的感覺。突然之間，她的心裡又感到了光明和希望。對她來說，這個秘密就像馬克諾格的鮮花一樣讓她感到欣慰。

此後，她每天都會翻看記事本。在這個記事本裡，她瞭解到了斯特凡是如何教育她的兒子的，在他的字裡行間裡，她讀出了一位老師對學生的深情。也讀到了弗朗索瓦在學習的時候，是如何的聰明和用功。

記事本中對每一天的事都有記錄，全部寫的是師生之間的事，可以看得出來兩人的感情很深，其中有這麼一段：

「弗朗索瓦！我可以稱呼你為兒子嗎？弗朗索瓦，你的心靈，同她一樣正直淳樸；你純潔的眼睛，就像她的眼睛一樣清澈透明；在你的身上，我看到了你的母親。你不知道善與惡，因為善良就是你的天性……」

孩子的一些作業也被抄錄在記事本裡。在有一篇作業裡，孩子談到自己的母親，他表示自己很愛自己的母親，並希望自己立刻就能看到她。

斯特凡在點評這篇作業的時候這樣寫道：「弗朗索瓦，我們會找到她的。當你看到你的媽媽時，你就會知道世界上什麼是美麗，什麼是活著的魅力。」

記事本中的內容還有一些是斯特凡對維洛妮克的一些回憶，其中有些事連她自己都忘掉了，或者有些是只有她一個人知道的事：

「有一天，十六歲的維洛妮克在杜樂麗宮被人圍住，這不是因為她成為小偷，或者是一場交通事故的肇事者，而僅僅是因為她的美貌。人們驚嘆於她的美麗，故把她圍起來讚美她，她身邊的女夥伴們也都很興奮，因為畢竟自己的朋友受到了人們的讚美……

弗朗索瓦，當你和你的母親重逢時，可以看看她的右手，在她的右手掌心中，有一道長長的白色傷疤。那是她小時候不小心，被鐵柵欄尖子劃破

的……」

最後幾頁不是為孩子寫的，寫的是對維洛妮克的思念之情，是對她毫不掩飾的愛情表白。

維洛妮克闔上記事本，沒有再讀下去了。她對身邊的小狗說：「『杜瓦邊』，說真的，對於他在記事本上的表白，我承認我很感動。這太感人了，你現在看看我的眼睛，裡面一定滿是淚水。可是這個人這麼愛我，為什麼我對他一點記憶都沒有呢？算起來，他一定是我童年時期的朋友，或者是我周圍一直暗戀著我的人吧！但是，我卻一直沒有發現他，甚至不知道他的名字。」

她把狗拉到跟前，又接著說道：「他們兩個很善良，『杜瓦邊』，對嗎？那天，我看到的兩個人犯下了不可饒恕的罪過。也許，他們做了惡人的幫凶，但這一定是被逼的，或者是另有原因。我不相信咒語和迷魂藥之類的東西，但他們炸船的事，一定是別人指使的。這裡面一定有什麼原因，是嗎？我的弗朗索瓦是沒有罪的，是吧？艾諾麗娜在談到他的時候，是那麼的自豪，那一定是因為他是個好人，是吧？他會回來找我的，對嗎？他和斯特凡都會回來的，是不是？」

自這以後，維洛妮克的感覺好了許多，她開始對未來充滿了信心。她不再像以前那麼害怕，也不再像以前那麼孤獨。

第二天早上，她對「杜瓦邊」說：「小乖乖，你帶我到那個給斯特凡‧馬魯送食物的陌生朋友那裡去。」

「杜瓦邊」好像聽懂了她的意思，等她說完後，就直衝通往石桌墳下面的草坪跑去。每當維洛妮克跟不上的時候，牠都會停下來等一會兒，等她趕上自己了，再往前跑。不一會兒，牠帶著她來到懸崖旁，那裡有一條廢棄的小道。

「是這兒？」維洛妮克問道。

在兩塊排列的大石頭底下，有一片荊棘叢，上面爬滿常春藤。在荊棘叢的下面，有一條小通道，和兔子洞差不多大，小狗鑽了進去。過了一會兒，牠又回來了。在牠鑽進去的時候，維洛妮克回隱修院拿了一把砍刀，打算清

理那一片荊棘。

荊棘叢清理完後，第一級台階終於顯露出來，她跟著「杜瓦邊」走下台階，進入到一條長長的岩石地道。地道的右邊有一些小孔，小孔正好對著海面，裡面透著亮光。沿著地道走了十分鐘後，又下了幾級台階，再往前走地道開始變得越來越窄了。最後，又上了幾級台階，來到大橡樹林邊的山崗下。這時候，前面出現了一個岔路口。左邊有兩條是黑漆漆的小路，看不太清，右邊是通向大西洋岸的地道，「杜瓦邊」選擇了地道。真是想不到，這個島上竟然有這麼多看不見的通道。

維洛妮克這時忽然記起，阿爾希納姐妹說，這裡的下面住著「他們」，難道小狗要帶自己前往敵人的住處嗎？她不禁一陣心驚。

「杜瓦邊」正向前面跑著，回頭卻發現她在愣神，只好回頭等著她，似乎在說：「你怎麼了？跟我走啊！」

她小聲地對牠說：「是的，我的乖乖。我會往前走的，放心吧，我不怕。你領我去找的是一個朋友，我要去見一個朋友，有什麼好怕的呢？不過，他為什麼不出來呢？你又怎麼知道他在這裡呢？又為什麼甘願聽他的話呢？」

地道四壁都有細小的鑿痕，沒有任何記號和標記的花崗岩地面，上面是拱頂，有幾處地方露出黑色的火石頂尖，她剛剛走過的地道大體都是這樣。由於海風的不斷吹拂，裡面顯得很乾燥。

到了地道的盡頭，這裡有一間房子那麼寬，光線從一扇狹窄的窗戶射進來。因為光線不足，這裡看起來很昏暗。「杜瓦邊」在這裡停了下來，維洛妮克問道：「是這裡嗎？」

「杜瓦邊」站在那裡，有些猶豫的樣子，牠把前腿搭在地道的牆上，豎起耳朵聽。

維洛妮克這時才驚奇地發現，這裡的牆壁是用大小不同的石頭加上水泥砌成的，而不是和前面一樣是花崗岩。如果這麼看的話，這地道建的時間離現在應該不遠。地道的前面出現了一堵牆，那麼地道肯定連著另一邊。

她又問道：「是這兒嗎？」

隨後，她聽見了輕輕說話的聲音。她靠近牆壁，想聽聽是什麼人在說話。聽了一會兒，她忍不住打了個哆嗦。因為，有人在唱一首兒歌，這首歌的歌詞是這樣的：

　　媽媽搖著孩子說：
　　別哭，寶貝，
　　你要是哭了，
　　仁慈的聖母也會哭；

　　維洛妮克輕聲地說：「這首歌……這首歌是……」這正是艾諾麗娜在貝梅伊唱過的歌謠。真是想不到，現在竟然有人會唱？到底是誰在唱歌呢？

　　歌聲繼續唱道：
　　你唱，你笑，
　　聖母也笑。
　　讓我們祈禱，
　　仁慈的聖母瑪利亞
　　……

　　最後一句唱完後，裡面沒有聲音了。

　　在她靠著牆仔細傾聽的時候，「杜瓦邊」也在聽著，像是有什麼事情發生一樣。就在這時，「杜瓦邊」待著的地方傳來有人挪動石頭的聲音。

　　「杜瓦邊」好像很著急的樣子，拼命地搖著尾巴，好像遇到了什麼危險，又好像在提醒著她。這時，牠頭頂上的一塊石頭被人從上面搬開了，一個很寬的洞口立刻顯露出來。

　　「杜瓦邊」一下子就竄了上去。

　　「噢！是『杜瓦邊』。」一個孩子的聲音響起，「事情怎麼樣了？『杜瓦邊』，昨天你為什麼沒來看我，難道你忘你的主人了嗎？看到艾諾麗娜了

嗎？來這裡有什麼事？哦！差點忘了，你是不能說話的。哎！要是你能說話就好了，我的夥計，那樣你就能告訴我一切……」

維洛妮克跪在牆根邊，心猛烈地跳起來。剛才說話的難道是自己的兒子嗎？是弗朗索瓦嗎？他為什麼藏在這裡呢？她想看看他，但隔著一層厚牆，什麼也看不見，從小小的洞口往裡看也看不到。不過，裡面說的話她卻能聽得很清楚。

孩子說：「為什麼你不帶艾諾麗娜來這兒？為什麼她也不來救我呢？還有外祖父。你已經找到我了，他們也就應該知道我在這裡啊！現在，他一定擔心我！可是，出了什麼事呢？他們為什麼不來救我呢？不過我的老搭檔，『杜瓦邊』，我相信自己能逃出這裡。」

維洛妮克聽不懂小孩在說什麼，可是她毫不懷疑這就是自己的兒子弗朗索瓦。從他剛才說的話中可以看出，他好像根本不知道發生了什麼。是他忘了？還是他在炸船的時候，真的是瘋了，而他現在正常了，就記不起發瘋時幹的事了？

「那是一種瘋狂行為！」維洛妮克更加堅定的認為，「他當時一定是瘋了，所以才做了瘋狂的事。艾諾麗娜是對的，他那時是瘋了。現在，他已經恢復了。啊！弗朗索瓦……我的兒子啊！」她立刻很專注地傾聽兒子的話，生怕錯過一句，因為他說的每句話都能帶給她喜悅。自己已經苦苦掙扎了十五年，自己受了十五年的苦，難道馬上就能苦盡甘來了？自己馬上就能和兒子見面了？

那孩子繼續說道：「『杜瓦邊』，你告訴我一下外面的消息就好了。前段時間，我讓你為我帶了很多信給外祖父和艾諾麗娜，可是他們沒有人回信。還有，斯特凡也沒有任何消息，這讓我很擔心。有人把他關起來，那些人不會虐待他吧？『杜瓦邊』，你前天把餅乾送到哪裡了？你看起來好像有些不對勁？你往那兒看什麼呢？你現在要離開這裡嗎？」

孩子不說話了。過了一會兒，他用很低的聲音問：「有人在附近？你帶人來了？」

小狗低沉地叫了一聲。接著，牠和弗朗索瓦都相對沉默了。

維洛妮克很激動，她甚至擔心弗朗索瓦會聽到自己的心跳。

孩子輕輕地問：「是艾諾麗娜嗎？」又沒有聲音了，等了一下他又說：「我聽見你的呼吸，我知道是你……可是你為什麼不回答？」

維洛妮克又是一陣激動。當她聽到弗朗索瓦是被人害的，而斯特凡也被關起來，她的腦海中就有一種模糊的想法，但是這種想法卻沒有清晰起來。但是，她唯一清晰的是，弗朗索瓦不像前段時間那麼讓自己憎恨了。可是，現在她倒是有些慌張了，怎麼稱呼兒子呢？怎麼和他解釋這一切呢？」

她喃喃地說：「弗朗索瓦……弗朗索瓦……」

「啊！」他說，「有說話的聲音，是艾諾麗娜嗎？」

「我不是她，弗朗索瓦。」

「不是？」

「我是她的朋友。」

「我不認識你吧？」

「不……不過，我也是你的朋友。」

孩子好像有些猶豫，是不相信她嗎？

「艾諾麗娜怎麼不和你一起來呢？」

維洛妮克沒想到他會提這樣的問題，但她很快意識到，如果剛才自己腦海裡的想法是真的，現在就不能把外面發生的慘劇告訴他。於是她答道：「艾諾麗娜外出剛剛回來了，不過又出去了。」

「是出去找我嗎？」

「是的，」她急忙說，「她以為你和你的老師被人綁走了。」

「我外祖父呢？」

「在島上的人都走了以後，他也走了。」

「看來又是為棺材和十字架的事！」

「是的。他們以為你的失蹤就是災難的開始，所以他們離開了這個島，打算追查你們的下落。」

「夫人，你是怎麼來的呢？」

「我和艾諾麗娜是老朋友了，我跟著她從巴黎來的，我想來薩萊克島上

玩玩。雖然這裡有很多迷信的傳說，可是我不相信，所以我沒有離開。」

孩子不說話了。他認為這些回答看起來並不是完全可信，因為沒有充足的證據證明這一點，雖然他還是個孩子，但他還是有些疑心。他說：「夫人，我被關在這裡已經十天了。開始的時候，沒有一個人，也聽不到任何聲音。但是，從前天開始的每天早晨，我房門上的小窗戶就會自動打開，一個女人的手從那裡伸進來，手上是一些食物。女人的手……那麼是不是你……」

「你是不是認為，那個送食物給你的人是我？」

「我只能這樣認為。」

「那麼，你一定記得那個女人的手！」

「那是一雙乾瘦的手，胳膊上的皮膚是黃色的。」

「你看看我的手，」維洛妮克一邊說著，一邊挽起衣袖，把她的手臂送到了洞口。

「這不是我見過的那隻手。」接著，他又低聲說：「你的這隻手真漂亮啊！」

維洛妮克突然感覺到她的手被他使勁握住。就在她要抽出來的時候，只聽他大聲喊道：「啊！這怎麼可能！」

他掰開她的指頭，看到了她的手掌。他吃驚地說：「傷疤……這裡有白色的傷疤！」

維洛妮克有些心慌，因為她想起斯特凡・馬魯的記事本裡寫到自己的手掌裡有白色的傷疤。弗朗索瓦一定讀過，他也一定知道。

她感覺到孩子在吻她的手，先是輕輕地，然後是激烈地。她還感到手掌上有了他的眼淚，她聽到他在輕輕地叫：「噢！是媽媽！我親愛的媽媽，是你嗎？」

七、母子重逢

在牆的兩邊，母親和兒子就這樣長時間地跪著。他們離得很近，能看到對方狂喜的神色和激動的淚水。他們好像有說不完的話，一個在問，另一個在回答；或者一個在回答，另一個在問。

母子相逢，別提兩人有多高興了！母子兩人都想將自己生活中的事，向對方說說。在這個時候，世界上沒有任何力量，能夠再將他們分開。

不知過了多久，弗朗索瓦說：「噢！『杜瓦邊』，我們是在哭，你可以扮鬼臉逗我們笑了。別讓我和媽媽流淚了，不然我們哭起來是沒完沒了的。」

曾經令維洛妮克害怕的，那些恐懼的事情轉眼間就不見了，現在她絕不會再想兒子曾殺人，甚至不能承認她兒子殺人是因為發瘋。她相信，這一切一定有其他原因，但是她現在不想再去考慮這些。現在，她只想自己的兒子，想不到他還活著，更想不到兒子都長這麼大了，更加想不到他已經成為一個溫順又可愛的人。更讓她驚喜的是，她現在竟然能親眼看到這個孩子，這怎能不讓她激動呢？

「我的兒子……」她不停地說著，彷彿要把十四年沒對兒子說的這句話要一次說夠一樣，「你是我的兒子！我以為你死了，而且還有證據和證人，可是你還活著！你就在我的懷裡！你還好端端地在這兒！天哪！這是真的嗎？我的兒子還好好的活著……」

弗朗索瓦也激動地說：「媽媽！我等了你這麼長時間，終於見到你了！這些年來，雖然我知道你並沒有死，卻一直見不到你，就和一個沒有媽媽的

孩子一樣，真是傷心啊！」

在不知不覺中，兩人已經談了一個小時。談過去和現在，談了許多事。隨後，他們又轉移了話題。

最後，弗朗索瓦總結道：「媽媽，我們今天說的話太多了，現在停下來吧！以後假如是在這裡見面也不要再說話了，我們現在先來談談一些必須談的事。要快，時間不多了。」

「不！」維洛妮克不安地說，「我不會離開你了。」

「我也想和你在一起！但是，現在還有許多事要辦。你看到這堵牆了嗎，就是它將我們分開的。我被關在這裡，一直有人監視我，如果監視我的人來，你就得先趕緊離開這裡。」

「什麼人監視你？」

「前段時間，我和斯特凡發現了『黑色荒原』高地下的岩洞入口，自那之後，我們就被抓了起來。」

「看清都是些什麼人幹的了嗎？」

「沒有，他們一直沒光明正大地露過臉。」

「可是他們是誰呢？」

「我不知道。」

「你認為是不是……」

「你是說傳說中的先人——德魯伊教徒嗎？」他笑著說，「我想不是的，更不是神靈。他們就是人，是和我們一樣有血有肉的人。」

「他們就生活在那裡面嗎？」

「可能是。」

「你見到過他們嗎？」

「沒有。不過我覺得他們似乎是在等待我們，並且一直監視著我們。那天，我和斯特凡沿著一條石階走下去，發現一條很長的走道。走道的兩旁，大概有八十個岩洞，也可以說是八十個小房間。那些房間的木門總是開著的，而且都是朝向大海的。就在我們往回走的時候，突然從旁邊衝上來幾個人，把我們捉住了。他們塞住了我們的嘴，並矇上了我們的眼睛，還用繩

子把我們捆了起來。他們的速度很快，做完這一切也就只用了一分鐘的時間吧！後來，他們應該是把我們帶到了走道的盡頭。再後來，當我醒來的時候，發現自己被關在了這間小房間裡，身上的繩索和矇在眼睛上的布都不見了。到現在我已經被關了十天了。」

「可憐的孩子，你受苦了！」

「媽媽，我現在應該沒事，不然他們就不會給我送飯了。而且這屋子的角落裡有一堆草，可以在上面睡覺。我沒有放棄，我在等待。」

「等什麼呢？」

「我在等一個人，他想聽我談這個島的故事，他說會自己來這裡。」

「我的孩子，他是誰呢？」

孩子遲疑了一下說：「不，媽媽，我說出來你肯定笑我，我只是感覺他會來……還是以後再告訴你吧！我被關到這裡後，搬開了這牆上的兩塊石頭，堵上了牆上的這個洞，看守們居然不知道……有聲音！有什麼東西在抓牆……」

「是『杜瓦邊』吧？」

「是『杜瓦邊』，牠正從對面的一條路上過來。牠在這個島上是個大明星，可是牠為什麼一直沒有帶人來這裡找我呢？要知道，島上的人牠是都認識的。艾諾麗娜和外祖父，無論是誰，只要跟著牠就能找到我。」

「絕不會是他們不想找你，可能是因為大家都以為你離開了這個島，所以才外出去找你的。」

「我開始也這麼想，可是他們為什麼會認為我離開了島上呢？外祖父應該知道我們在什麼地方，因為我們來這裡的時候，他是知道的。可是我們來到這裡之後消失了，他怎麼會以為我們在外面呢？外祖父沒和你說起過這些嗎？」

聽著兒子的敘述，維洛妮克感到很欣慰。按照他剛才的說法，有人在10天前就將他和斯特凡綁架了，那天殺害戴日蒙先生、瑪麗·莉格夫、艾諾麗娜、克萊諾，還炸死了島上許多人的兇手，就不是他和斯特凡。

她已經模糊地看到了事實的真相：弗朗索瓦不是兇手，一定是有個人穿

上了他的衣服，扮成他的樣子，另一個人裝扮成斯特凡的樣子，他們一起做了這一切。雖然是這麼想的，但是她並不能十分確定，因為她並沒有親眼看見這一切。雖然還不知道是什麼人做了這一切，但維洛妮克已經很高興了，因為最起碼這不是自己的兒子做的。

她不想在第一次和兒子見面的時候，說起他外祖父已經離開人世的消息，不想讓見到兒子時的高興心情一下就消失了。於是，她肯定地說：「我還沒有看見你的外祖父，倒是艾諾麗娜和你外祖父說了我要來，可是因為你突然出事了，你外祖父就出去找你了。」

「那麼說，就你一個人待在島上了？媽媽，你太孤單了，你是為了我來這裡的嗎？」

「是的，」她猶豫了一下說道。

「只有你和『杜瓦邊』在島上？」

「是的。開始的時候我沒注意到牠，後來才知道牠也在島上。今天早上，我才想到跟牠來這裡。」

「從哪一條路來的？」

「是從距離馬克諾格花園不遠的一處洞口來的，那裡很隱蔽，在兩塊石頭之間的地道邊。」

「這麼說兩個島可以連起來？」

「是的，是由木橋下面的懸崖連在一起的。」

「真奇怪！想不到『杜瓦邊』找到了自己的主人，我和斯特凡都沒想到啊！」他停了一下，又接著說：「聽……」過了一會，他又說：「不，現在還不是時候，不過得快點了。」

「我要怎麼做才能幫你呢？」

「媽媽，我在挖這個洞的時候發現只要再把相鄰的三四塊石頭搬開，那麼這個洞就能挖得更寬。不過，這些石頭很硬，要是有什麼工具就好了。」

「我這就去找……」

「媽媽，你先回隱修院吧！隱修院左邊有地下室，地下室的工具房裡有馬克諾格存放在那裡的工具，裡面有一把短柄十字鎬。如果你能在天黑的

時候送來，我晚上就可以行動了，明天早上就能出來，就能投進媽媽的懷抱啦！」

「啊！太好了！但願你說的明天能實現！」

「一定可以的。之後，我們就可以去救斯特凡了。」

「你知道他被關在哪裡？」

「外祖父給我們講這地道分為上下兩層，每層的最後一間可以當作牢房用。我被關在這一間，斯特凡應該被關在我下面的一間。不過，我擔心斯特凡……」

「擔心什麼？」

「外祖父說這兩個牢房以前是專門刑訊犯人的……外祖父稱它們是『死囚房』。」

「多可怕啊！」

「別怕，媽媽！不用緊張！你也看到了，他們並沒有把我怎麼樣。只是，我不知道他們會不會對斯特凡下手。我想打發『杜瓦邊』送點吃的給他，先探探風。前幾次，我也交給了『杜瓦邊』一些東西，牠都送去了。」

「不，」她說，「『杜瓦邊』不懂這些，牠畢竟只是一條狗。」

「媽媽，你怎麼知道的？」

「你讓牠送的食物，牠以為是把它們送到斯特凡·馬魯的房間去，牠把東西都放到他的床底下。」

「哎！」孩子不安地說，「我現在也不知道他怎麼樣了？」他很快又補充道：「媽媽，如果想把我和斯特凡都救出去的話，我們就得趕時間了。」

「你擔心什麼？」

「我們要趕緊行動。」

「可是……」

「我向你保證，我們會沒事的。」

「假如還有別的——我是指我們沒有預想到的危險。」

「那時候，」弗朗索瓦笑笑說，「那個該來的人，就會來保護我們的。」

「親愛的，你自己也認為需要幫助，我們現在行動是不是太早了？」

「媽媽，不會有什麼事的，你不要過於擔心。我剛剛找到媽媽，怎能捨得再離開你呢？在現實生活中這樣的情況也許是可能的，但我們是生活在傳奇故事中的人，在我們的故事裡會是團圓結局的。『杜瓦邊』也認為我們將取得勝利，最後會皆大歡喜的。『杜瓦邊』，是不是？走吧，現在你帶著媽媽去吧！等一會可能會有人來查這裡，我得把這個洞口恢復成原樣。下次再來的時候，如果這個洞不是開著的，就意味著這裡有危險，這時候一定不能進來。『杜瓦邊』，知道嗎？媽媽，去吧，下次來注意別弄出聲。」

維洛妮克很快回到隱修院，找到工具後立刻帶著它趕到了兒子那裡，並把它從洞口裡塞給了兒子。

「你走之後，還沒有人來查過，」弗朗索瓦說，「不過並不等於說那些人不會來，他們也應該快來了。為了不被他們發現，你現在不能在這裡停留那麼長時間了，最好馬上離開，然後明天早上七點鐘再來。有了這個工具，我晚上就有活幹了，不過萬一有人過來，我就得立刻停下來。斯特凡可能就被關在我底下的房間裡了，因為我剛才聽到了他的聲音。這房間的窗戶太窄了，我鑽不出去，不過有辦法把窗戶擴大。回去之後，你到馬克諾格的工具房，找一個頂上有鐵鉤的竹梯。明天早上來的時候，你把這件工具帶來。對了，最好拿點吃的和被子放在洞口的樹叢中。」

「親愛的？為什麼要這麼做呢？」

「我已經計畫好了，你到時候會知道的。再見媽媽，回去後好好休息，明天可能會有很多事要做。」

維洛妮克第二天滿懷希望地又去了地道，不過這次「杜瓦邊」沒有和她一起來。

「媽媽，小聲點。」弗朗索瓦低聲說，「走道裡好像有人一直在走動，應該是來監視我的。我用工具基本上把石頭弄動了，再過兩個小時就能從這裡出去了。梯子帶來了嗎？」

「帶來了。」

「把窗子旁的石塊推開，注意別弄出動靜，我們要盡快，我怕斯特凡出

事。」

　　窗戶離地只有一公尺多高，周圍用一些碎石塊砌起了來，她正好能構到。她把那些石塊去掉以後，窗戶一下就變寬了許多。她把帶來的竹梯放在窗外，並把竹梯上的鐵鉤掛在窗戶上面。

　　從這裡正好可以俯視著大海，大海的周圍由薩萊克島上的無數岩石守護著。她把梯子擺好後，稍微鬆了一口氣。她想，弗朗索瓦很快就能出來了。

　　但是，她還是有些擔心，兒子這麼做會不會有什麼危險。如果弗朗索瓦判斷錯了，斯特凡不在這兒，或者他被關的地方無法進入，這麼做不僅危險，而且也是毫無用處的。

　　但是，兒子既然已經決定了，她就需要支援他，並義無反顧地用行動來表達自己對兒子的愛。她當即下定決心，要替兒子分擔一些危險。她必須行動，為兒子做些什麼。她在信心倍增的同時卻沒有發覺梯子的鐵鉤沒有完全張開，沒有完全掛住厚厚的窗台，也沒有注意到自己的腳下就是深淵。

　　她跨過窗戶，趴在窗台上，用腳在懸崖上探索著。全身顫抖的她，此刻心都提了上來。但是事已至此，她只好壯起膽子，抓著梯子的橫槓往下爬。

　　梯子一共才二十級，過完這些台階後，她朝左邊望了望，然後激動地喊道：「噢！弗朗索瓦，我的好兒子，你在嗎？」

　　她瞧見了離她至多一公尺遠的一個凹陷處，那裡像是懸崖上的一個洞口。

　　她叫道：「斯特凡……斯特凡……」不過，因為她不敢大聲，就算斯特凡‧馬魯在那裡也聽不見。

　　她就這樣懸在那裡。過了一會兒，她的兩腿開始發軟，渾身也沒有力了。如果再不下到地上，她就無法再堅持下去了，而現在她懸在那裡也無法再爬回去。她冒著把掛鉤弄出來的危險，藉助幾塊粗糙的石頭挪動了一下梯子的位置。在花崗石外邊，有一塊很尖的石頭，她抓住了它，把突出的腳伸進了洞口。然後，她用盡全力跳進了洞裡，有驚無險，她安然無恙！

　　她看到洞裡有個被捆著的人躺在稻草堆上。

　　這個洞不大，也不深，從遠處看就像一個坑。上面也沒什麼遮攔的東

西，陽光可以直照進來。那個人沒有沒有發現她，應該是睡著了。

維洛妮克走過去，看到了他。

他的前額有些寬，也有點蒼白，金色的頭髮向後梳著，身材勻稱。雖然她不認識他，但她總有似曾相識的感覺。他長得有點像女孩子，這使她想起了，在戰前死去的一個修道院裡的女修士的臉。

那個人還是沒醒。不過他卻保持著伸開胳膊的姿勢，這姿勢好像不影響他睡覺，而且他好像已經熟悉了這樣的姿勢。她輕巧地為他解去兩隻手腕上的繩子，這才明白為什麼是這個姿勢，因為那是別人幫他解開繩子，然後讓他吃飯的姿勢。

他似乎察覺到了有人解開了自己身上的繩子，就喃喃地說：「到吃飯的時間了嗎？我還不餓呢！」

他睜開了眼睛。當他看到自己的面前是一個女人時，他立刻坐了起來。而當他看清這個女人竟然是他朝思暮想的維洛妮克時，他感覺到自己似乎身在夢中，就像剛才沒有醒過來一樣。他輕輕地說：「維洛妮克……維洛妮克……」

斯特凡那熱烈的目光，讓她有些害羞。

這時，他才感覺到自己不是在夢裡，而是真的，他激動地說：「啊！是你！怎麼是你呢？這不可能吧？你說一句話吧，我要看看這是不是真的？」緊接著他又說，「是的，就是你。我做夢也想不到你會到這裡來！」很快他又不安地說，「對了，前幾天夜裡到這兒來的是你嗎？不是，應該是另外一個女人，或許還是敵人！不過，我不明白你是從哪兒來的？」

「從那兒。」她用手指著大海說。

「噢！你能到這裡真是讓人驚喜！」

他用癡情的目光看著她，彷彿在看天上的仙女。在這種場合下見到她，讓他很激動，因此他就絲毫沒有加以掩飾自己的熱情。

面對著他那激動的心情和滿腔的熱情，她有些慌亂地重複著說：「是的，從那兒來的。弗朗索瓦告訴我的。」

「你既然放心來這裡，他一定沒什麼事了。」

「他暫時還沒出來，不過很快就能出來了。」

接著，兩人又都無話可說了，一陣沉默之後，她為了掩飾自己的慌亂，先開口對他說道：「他很快就自由了。你也一定能看到他，不過我希望你不要讓他知道某些事，某些已經發生的悲慘的事。」

她發現他是在聽自己說話的聲音，而不是在聽她講的話，好像自己的聲音能讓他迷醉一樣。他只是笑著看她，沒有說話。

因此，她也笑了。「你知道我的名字。你之前認識我嗎？你使我記起以前一個死去的女生朋友……」

「是梅特琳娜‧布朗？」

「就是她。」

「她是你的朋友，她有一個性格靦腆的弟弟，她的弟弟那時還是一個中學生。他經常在遠遠的地方看著你。」

「哦，我想起來了。」她想起來了，肯定地說道，「我們還一起談過幾次話，我記得你那時候很害羞，經常會臉紅，我相信那個孩子就是你。你叫斯特凡，姓馬魯，是嗎？」

「是的。」

她向他伸出手去。「斯特凡，我們兩個老朋友現在又重新認識了。不過現在沒有功夫敘舊了，我們要離開這裡，這才是第一要務。你還有力氣嗎？」

「有，我並沒有受到什麼折磨。不過，我們怎麼從這兒出去呢？」

「我剛才來的路上有架梯子通到上面的走道。」

他站起身來，用仰慕的口氣說：「沒想到你這麼勇敢！這麼有膽量！」

「噢！這也許沒有你想的那麼難做。」她說，「弗朗索瓦很擔心你！他認為你們兩個都是關在以前的刑訊室裡。」她提到這裡的時候，兩人才猛然驚醒過來：這裡根本不是聊天的地方，要趕緊離開這裡才是。

「弗朗索瓦說得很對。如果我知道你冒著這麼大的危險來救我，我……我說什麼也不會讓你來……如果你要是有什麼，我……」他彷彿被可能到來的危險嚇壞了。

她只好安慰他，不會出事的。

他請求她：「你再也不能留在這危險的地方了，所以你應該現在就離開這裡。你看看我們待著的這個地面，我被判處死刑了，別再想著救我了，沒用了。求求你快走吧，不然我們都走不掉了。」

「不，我和你一起離開這裡。」

「我知道，可現在我要先保證你的安全。」

她想了一下，然後堅決地說：「斯特凡，我們先要保持冷靜，這樣才能使我們兩個都平安。現在，我們要沿著我來時的路上走，在經過窗戶的時候，我們還要做我來時做的那個艱難的動作，你有信心嗎？」

「好吧！」他說，他更加佩服她的勇氣了。

「跟著我。」

兩人一直走到懸崖邊。她俯下身去，對他說：「拉著我的手，我們要保持平衡。」她轉過身貼著岩壁用另一隻手摸索著，卻沒有摸到梯子！

梯子呢？她抬頭才看到梯子已經不在剛才的位置上了，估計是維洛妮克剛才使勁跳往洞口時，梯子右邊的掛鉤滑掉了。現在梯子只剩下一個掛鉤了，它像一個鐘擺一樣來回晃動著。

梯子下面本來有幾級台階，是用來搭腳的，現在已經搆不到了。

八、斯特凡

假如是維洛妮克獨自一人，那麼她性格中的軟弱，會在和命運的抗爭中或多或少地表現出來。但在解救斯特凡的這件事情上，維洛妮克表現得很勇敢，可能是因為，她覺得斯特凡在長期囚禁中受到損害，他比自己更軟弱。因此，在得知梯子搆不到之後，她還是面不改色地說：「梯子現在搆不著了，可能剛才移動了。」

斯特凡吃驚地看著她：「那麼……現在該怎麼辦呢？我們要完蛋了嗎？」

「為什麼這麼說呢？」她笑著說。

「不可能逃出去了。」

「不會的。你忘了還有弗朗索瓦嗎！」

「弗朗索瓦？」

「最多再過一個小時，弗朗索瓦就能逃出來。現在，我們只要等著他就行了。他出來後會來找我們的。」

「等著他！」他驚恐地說，「……要等一個小時！可是，這段時間裡他們要是來了怎麼辦？」

「我們就不說話了，以免他們發現了。」

他指著那個有著小窗的門說：「他們每次都要打開這個窗戶，透過鐵欄杆監視我。」

「我們用護窗板把窗子關上。」

「如果他們看到窗戶關上了，他們就會進來。」

「那就別關。斯特凡，我們就靜靜地等著弗朗索瓦吧！」

「可是我擔心你啊！」

「不用擔心。沒什麼的，就算我們從最壞的情況去想：他們進來了，我們還是可以自衛。」說完，她掏出了自己從父親武器櫃中拿來的手槍。

「我是怕我們根本無法自衛，他們總有辦法讓我們屈服的。」

「什麼辦法？」

他沒有回答，而是迅速地朝地上掃了一眼。維洛妮克有些奇怪，也跟著看了一下地板。粗糙而不規則的花崗岩圍在牆壁四周，花崗岩裡嵌著一大塊正方形的木板。木板的四面都有很深的裂痕。久經磨損的主樑已經裂了很多口子，但是還很結實。第四邊幾乎是緊挨著懸崖壁，兩者之間相距可能連二十公分都沒有。

「那個門洞是活動的嗎？」她忍不住哆嗦起來。

「它太重了。」他回答。

「它是什麼？」

「我也不知道。可能是古代的時候就有了，沒什麼用。不過……」

「不過什麼？」

「今天早晨那東西的下面，突然響起了聲音，劈劈啪啪的。聲音很快就停止了，也許有人在研究什麼。那東西存在的時間太長了，應該沒什麼用了，不然他們也不會不用。」

「他們是誰？」沒等他回答，她又說，「斯特凡，弗朗索瓦隨時可能獲得自由，他會來救我們的。在他來之前，我們先利用這點時間說說目前的情況。現在沒有危險威脅到我們，正好可以安心談談。這樣的話，我們就能做到讓每一分鐘時間都不至於浪費。」

維洛妮克裝著很放心的樣子，但是她心裡也很忐忑。她毫不懷疑弗朗索瓦能逃出來，可是他在出來的時候一定會走近窗前，看那張掛在那裡的竹梯。如果他沒看見梯子，可能會覺得媽媽沒來，他會不會沿著地道，直接跑回隱修院呢？

但是，她不敢讓自己的擔心流露出來。她在一塊花崗岩上坐了下來，從

她在一間荒廢的小屋發現馬克諾格的屍體開始講起，向斯特凡講述了關於自己的事。

她在講述這些事的時候，斯特凡的臉上表情也不斷地變化著，有時候憤怒、有時候喜悅、有時候憂傷，好像身臨其境一般。當他聽到，戴日蒙先生和艾諾麗娜相繼死去時，他大為惱火，因為他們兩個是他最愛的人。

在談到阿爾希納姐妹的離世時，維洛妮克感到很不安，因為她覺得當時自己應該回頭看一下的。她還說自己發現地道的事，以及和弗朗索瓦的會面的情景。最後，她說道：「我向弗朗索瓦隱瞞了這一切，但是我覺得你應該知道這些，因為只有你瞭解了這一切，才能和我們一起與看不見的敵人周旋下去。」

「到底是什麼人幹的呢？儘管你說了你的這麼多經歷，可是我還是想問，我知道可能你自己也不知道這個問題的答案，那就是我們的敵人是誰？我認為我們捲進一場大災難，它已經進行了許多年、許多個世紀的準備。最近，又經過了幾代人的努力，終於掀起了這場災難的開始，恰好被我們碰上了。當然，可能我剛才說的錯了。也許，這些毫無關聯的災難事件只是巧合，包括我們在中間被玩弄也是這樣的巧合。除了上述兩種解釋，不可能再有其他解釋了。事實上，我和你一樣，都是不知道到底是怎麼回事，也和你一樣感到痛苦和悲哀。這一切野蠻的罪行，看起來就像是瘋狂的遠古時代，這些人好像全都瘋了。」

維洛妮克贊同地說：「對，確實像野蠻的遠古時代。而我最不理解的是，那些陷害我們的人，與先前住在洞穴裡的人之間，到底有著什麼樣的聯繫。每一次，他們對我們的行動都是這麼的迅速，好像什麼都知道一樣，而且他們做的事也看不出到底有什麼目的。艾諾麗娜和阿爾希納姐妹說了一些事，我才對這些有了大致的瞭解，但到底是怎麼回事我還是一無所知。」

兩人說話的聲音很低，斯特凡在說話時仍然留神著走道，隨時注意走道有沒有聲音傳來。而維洛妮克則不時朝懸崖那邊看，隨時關注著弗朗索瓦的到來。

「傳說很複雜。」斯特凡說，「因為人們無法肯定傳說中的東西，到

底是真是假。不過，我們在這些傳說中卻能得到解決問題的兩種思路：一種是關於寶藏，或者更確切地說是關於石頭的傳說，另一種是三十口棺材的預言。」

「那是我在馬克諾格的那張畫上看到的，還有在仙女石桌墳上發現的那些話，這些算是一種預言嗎？」

「是的，這種預言在很早的時候就有了，而這幾百年來，這種傳說一直存在於薩萊克的歷史和生活中。開始的時候，人們相信在未來的某一年之中，會出現這樣的一天：圍繞著全島的三十個暗礁——三十口棺材會找到三十個死者，他們的屍體會被用來裝滿棺材。也就是說，會有三十個人暴斃，而在這三十個死者中，有四個是女人，她們是會被釘死在十字架上。這就是三十口棺材的傳說，而且它由來已久，只有這個版本，傳說的內容是無可爭議的。它之所以能流傳下來，是因為仙女石桌墳上刻著這樣的一些短句：

三十口棺材，要死三十個人……

四個女人被釘死在十字架上……」

「一直以來都相安無事，人們還是正常而平靜地生活著，可為什麼今年突然上演了符合傳說的悲劇呢？」

「這可能和馬克諾格有關。馬克諾格有著多重身分，是巫師，也是一個鄉村醫生……他是一個神秘的人，知道很多事。人們都願意向他請教一些過去的傳說和未來的預言。就在不久前，馬克諾格對大家說，一九一七年是不幸的一年。」

「為什麼？」

「可能是預感，或者是其他什麼原因。馬克諾格會用鳥的翅膀或雞的內臟來做一些巫術，然後回答你他測出的答案。在使用巫術這個方面，他一向是不反對的，即使是使用最古老的巫術。但是，他說直接的預言有某種可靠的依據。為此他還解釋道，他很小的時候，曾經聽薩萊克島的老人們說過一些情況：上世紀初，仙女石桌墳上刻的最後一行字，並沒有完全被大自然風蝕掉，還能依稀看到『女人……十字架』——『薩萊克島，十四加三年』等

詞句。『十四加三年』就是十七年。這種說法最近幾年來使島上的人們，更加相信馬格諾克的預言是正確的：一九一四年爆發了戰爭。此後馬克諾格也越來越相信自己的預見，但他並不高興，反而越來越擔心。他說，自己死後戴日蒙先生就會緊跟著離去，而之後島上的災難就會到來。一九一七年到來了，也就是今年來臨的時候，薩萊克島上的人都很害怕，他們都以為這個災難就要降臨了。」

「可是……可是……」維洛妮克說道，「可這些都是毫無根據的，不能當真的。」

「確實是這樣，不過在馬克諾格把刻在石桌墳上的預言和純粹的預言對比後，出現了讓人害怕的局面。」

「他又做了什麼？」

「在隱修院的廢墟下有一間隱蔽室，他在那周圍的亂石堆裡找到了一本破舊的彌撒經，裡面有幾頁是完好的，能清楚地看到裡面的內容，其中有一頁上面的內容，就和你在那個小屋中看見的畫一模一樣。」

「我看到的應該是複製品，可這些複製品又從哪裡來的呢？是我父親做的嗎？」

「是的。你知道的，戴日蒙先生喜愛畫畫。他複製了那頁彩色畫，而且和原來的那張紙一樣，他還在上面配有仙女石桌墳上的預言詩。現在你在他書房的壁櫃中，應該還能看到一些複製品。」

「那個被釘在十字架上的女人，為什麼那麼像我呢？你知道什麼原因嗎？」

「馬克諾格把畫給戴日蒙先生看了，之後他就把它藏在自己的房間裡，我還沒看到過。戴日蒙先生看過之後，也說很像你。他畫的一些複製品裡的畫像則更加像你，他說他在畫的時候，會想到由於自己的過錯而使你受了許多委屈，情不自禁地把畫上的人畫得更像你。」

「可能就是這樣，」維洛妮克小聲說，「他是否還記得，算命的給沃爾斯算過命，其結論是：『沃爾斯將死在一個朋友手中，而我，也就是他的妻子將上十字架。』他一定知道算命結果，也一定為此而難過……所以，他在

畫完之後，因為想念我竟然寫上了我少女時代的簽名——V.d'H」然後，她又輕輕地補充道：「預言所顯示的一切都應驗了……」

他們都不說話了。

他們沒想到的，這些預言幾個世紀以來就留在了彌撒經和石桌墳上了。如果說預言是對的話，那麼現在薩萊克島上只死了27個人，那麼還有3個人在哪裡？正好弗朗索瓦、斯特凡和她一共3個人。而且這3個人現在正好被監禁著，命運都掌握在別人的手裡。還有，大橡樹旁還只有三個十字架，第四個什麼時候出現呢？

過了一會兒，維洛妮克說：「弗朗索瓦怎麼還沒來呢？」她看看梯子，它還是沒有動，還是搆不到。

斯特凡說：「那些人馬上就要到門口了……可是他怎麼還沒來。」

兩人雖然都有些擔心，但他們都沒有流露出害怕的情緒。維洛妮克又鎮靜地說：「你剛才說到寶藏——天主寶石，那是怎麼回事？」

「它是刻在石桌墳上的最後一句話——天主寶石賜人生死。它也是一個至今無人解開的謎團，傳說中，天主寶石是一塊奇異的寶石。戴日蒙先生說，在很久以前的古代，就有這樣關於石頭能創造奇蹟的說法了，而薩萊克人歷來也相信有能創造奇蹟的石頭。早期的人們帶著瘦弱多病的孩子來到這裡，如果讓孩子在那塊石頭上躺上幾天，孩子起來之後就會變得身強力壯。還有一些不孕的婦女，在石頭上躺過之後，就能恢復了生育能力；老人、受傷的人和身體不好的人，在石頭上躺過之後，都能得到康復。但是，一段時間之後，有人說那塊石頭已經不在當初那個地方了，也有人說石頭不見了。18世紀之後，因為人們再也找不到那塊石頭，就只好膜拜石桌墳了，而且還有人把生病的孩子放在石桌墳上。」

「既然石頭能賜人生或讓人死，那麼它也許會帶來災難吧？」

「是的。如果未經守護它的人同意，就強行去接觸它，它就會降災給人類。這些神奇的東西很難解釋為什麼。還有一種神奇的首飾，它也是一種寶石製成的，據說接觸它的時候，它會發出火來燒觸摸它的人，使這個人遭受地獄之火般的懲罰。」

「艾諾麗娜說馬克諾格就是這樣……」維洛妮克說。

「我剛剛說的都是過去的神話傳說，兩個關於預言和寶石的傳說。」斯特凡答道，「不過，馬克諾格被燒是現代的事了，但他的遭遇我們同樣很難理解，就好像古代的傳說一樣難以理解。我們可能永遠也無法弄清楚，在馬克諾格身上到底發生了什麼。我記得，有一個星期他一直悶悶不樂，也不幹活。後來有一天早上，他突然跑進戴日蒙先生的書房叫了起來：『我完了！我摸它了！我想拿它，我想擁有它，可是它就像一團火，在燒著我。這幾天，我的骨頭都被燒爛了。難道我要下地獄了嗎？』」他讓我們看他的手掌，我們看到他的手掌有一塊全被燒壞了。我們提出為他治療，他像瘋了一樣遲疑著說：「『我是第一個受害者，是被聖火燒死的，在我之後還有別人……』當晚，他就拿起一把斧頭把自己的那隻帶傷的手砍斷了。一星期之後，島上開始四處傳播那些可怕的預言，他卻不聲不響地離開了。」

「他去哪裡了？」

「他去的地方就是你發現他屍體的地方——法烏埃教堂，他是去那裡朝聖的。」

「誰殺死他的呢？」

「肯定是那些用信號把你引到這裡來的人，他們隱藏在地道內的小房子裡，偷偷地做著一些不為人知的事。」

「就是襲擊你和弗朗索瓦的那些人？」

「抓到我們之後，他們穿了我們的衣服。」

「他們為什麼這麼做呢？」

「為了借我們的身分混進隱修院。」

「你被關在這裡以後見過他們嗎？」

「我隱約看見過一個女人，她是夜裡來給我送東西吃的。她來到這裡後，先解開我身上的繩子，同時把我腿上的繩子放鬆一些，讓我能自己吃飯。做完這一切之後，她就走了。兩小時後，她還會再來一次，再把我綁起來。」

「你們說過話嗎？」

「說過一次。我剛被囚禁在這裡的那天晚上,她來送飯時對我說,如果我喊叫或試圖逃跑,他們就會殺死弗朗索瓦……」

「可是在你們遇襲時,你沒能看出來他們是什麼樣子嗎?」

「關於這一點,我比弗朗索瓦知道的還少。」

「在這次襲擊發生之前,你們有沒有什麼預感,或者有些不同尋常的事發生?」

「那是很出人意料之外的一次襲擊,我們根本沒有意識到。那天早晨,戴日蒙先生收到了兩封重要的信,信的內容都是關於他私下對這些事情調查的情況。其中一封信,是布列塔尼的一個與保皇黨有交往的老貴族寫的。這封信還不怎麼樣,關鍵是信上還附有老貴族從其曾祖父遺留的資料中找到的東西。那是一張圖紙,上面標著朱安黨人(法國資產階級大革命時期發動叛亂的保皇黨)占據薩萊克島期間的地道,以及地道中的一些房間分布情況。圖紙顯示,傳說中的德魯伊教徒,就住在這些小岩洞裡。圖紙上還標明了,地道的入口在黑色荒原上,裡邊有兩層,每層的最後一間是刑訊室。我和弗朗索瓦來這裡是想看看地道的,沒想到在正打算回去的時候被他們逮個正著。」

「自那之後,你就再沒有發現什麼了?」

「沒有。」

「可是,弗朗索瓦曾經說,有人答應救你們?」

「弗朗索瓦畢竟還是個孩子,沒想到他真的相信了這個。說起這件事,就和戴日蒙先生那天收到的第二封信有關了。」

「信上怎麼說的?」

斯特凡似乎發覺了什麼,他沒有馬上回答,而是走到小窗戶向外面看,不過卻沒有發現什麼。「如果真的有人來救我們,那麼就得看他夠不夠快了,不然敵人會先下手解決了我們也說不定。」

「真的會有人來救我們?」

「有是有,不過也等於沒有,我們現在不應該抱什麼希望。事情是這樣的:政府派軍官和專員們到薩萊克島視察,他們對島嶼進行了勘查,看這裡

是不是有敵軍在這秘密修建的潛艇基地。他們來了不止一次，最後一次是從巴黎來的特派員、榮譽軍人帕泰瑞斯・貝爾瓦上尉，他與戴日蒙先生進行了交談。戴日蒙先生向他講述了薩萊克島的傳說，還有島上的人對於這些傳說的害怕之情。貝爾瓦上尉聽完關於島上的傳說後，對此很感興趣，答應會把這件事告訴巴黎的一位朋友。他還說，那位朋友叫唐路易・佩雷納，是一個西班牙或葡萄牙貴族。這個人很有本事，行事果斷，而他最拿手的好戲就是偵破一些疑難案件。貝爾瓦上尉走後，沒幾天戴日蒙先生就收到了這位唐路易・佩雷納的信，這就是我上面說的第二封信。不過，我並不知道信的全部內容，因為戴日蒙先生只為我們讀了信的開頭：

『馬克諾格事件很麻煩，我已經看出一些端倪。如果關於此事還有什麼新的情況，請你拍電報給帕泰瑞斯・貝爾瓦。從已有的情況來看，你正在陷入巨大的危機之中。但是，我請你不要驚慌，也不要害怕。從此時起不管發生什麼事，甚至是讓你感到絕望的事，你都不要放在心上。你只需這樣想：一切有我來做。

看了你提供給貝爾瓦的一些資料，你在資料中稱天主寶石之謎是第二個不解之謎，我感到十分驚訝，因為它非常的幼稚可笑。我只用下面幾句話，就可以解決這個使幾代人困惑的問題……』

「信的下面怎麼說的？」維洛妮克很想知道他是怎麼解決天主寶石之謎的。

「我剛才已經說了，戴日蒙先生沒有把信讀完，他只讀到了這裡。然後，他滿臉驚詫地說，『怎麼可能呢？太奇怪了！』當時我們也很想知道下面寫了什麼，也很想知道為什麼戴日蒙先生感到奇怪。於是，我們就問他怎麼了。他回答：『孩子們，你們不是要去黑色荒原嗎？去查查吧！等你們回來之後，我就告訴你們。現在只能告訴你們，這個人真的很厲害，他沒有多說廢話，直截了當地說出了天主寶石的秘密和它所在的確切位置。而且，他的話有一定的根據，讓人非常的信服。』」

「後來呢？」

「後來，我和弗朗索瓦就去黑色荒原，然後就被綁架了，而戴日蒙被殺害了，這是你說的。」

維洛妮克想了想說：「我認為，天主寶石就是我們遭受一切災難的原因，而這封信和天主寶石有關，也就意味著是不是有人想偷走這封重要的信呢？」

「我也這樣認為，可是戴日蒙先生當著我們的面把信撕了，他還說這是唐路易‧佩雷納的建議。」

「這麼說，唐路易‧佩雷納沒有猜出後來發生的事。」

「是的。」

「弗朗索瓦呢？」

「弗朗索瓦是這樣想的：他認為，戴日蒙先生發現他和我失蹤了以後，會把這個消息告訴唐路易‧佩雷納。唐路易‧佩雷納一定會來這裡救我們，這也是他認為有人來救他的原因，但他卻不知道戴日蒙先生已經死了，根本無法給佩雷納送消息。」

「他想的還是有一定道理的，只是他不知道他的外祖父已經死了！」

「弗朗索瓦相信那個人會來，是因為他還很年幼。貝爾瓦上尉來到島上後，同他講了許多有關唐路易‧佩雷納的故事。他本來就讀了很多偵探小說，此時聽了佩雷納的故事後，深信唐路易‧佩雷納正是亞森‧羅蘋。因此他非常堅定地相信，一旦自己陷入麻煩當中，亞森‧羅蘋一定會來的，因為他看的小說上就是這麼描述亞森‧羅蘋的。」

維洛妮克不禁笑了起來……

「所以我說他還是個孩子。但是，孩子這樣的直覺也不是什麼大不了的事，而且這樣還能讓孩子勇敢和樂觀。他還小，不能讓他這麼快就失去了希望！」

她不安地小聲道：「不管是誰來救我們都無所謂，關鍵是他能及時來到，不至於讓我的兒子……」

又是一陣沉默。

在這個島上，對手是看不見的，他們形成了一股無形的壓力，壓在兩人的胸口。敵人遍布島上，控制著島上的一切。他們把自己現在的殘忍，與過去的恐怖預言結合了起來，按照古代的宗教儀式把曾經數次預言過的災難變成了現實。

「到底為什麼？這些人有什麼目的？」維洛妮克無助地問道，「現代人與過去的這些預言傳說到底有什麼關係？為什麼現在的人要用以前的野蠻手段做這些事？」

斯特凡沒有回答，這些問題他也不知道，他只好沉默下來。過了一會兒，維洛妮克說：「弗朗索瓦要是在這兒就好了！我們三人就能一起進行戰鬥了！他那裡到底出了什麼事？會不會遇到了什麼麻煩？怎麼還不來呢？」

斯特凡安慰她道：「應該不會遇到麻煩的，幹那樣的活就是很費時間的！」

「是的，確實是這樣。不過，雖然很費時間，我想他也一定會盡力完成的！他是個開朗而自信的孩子，他對我說，『母子相聚之後，以後再也不分開了。就算遭到人們的迫害，我們也要在一起，我們最終能取得勝利。』他說得很對。斯特凡，你不這樣認為嗎？我剛找到兒子，怎麼能再次失去他？如果是這樣，那也太不公平了，那……」她說話很激動，都有些泣不成聲了。

她突然不說了。

「怎麼啦？」斯特凡問。

「你聽！有聲音……」

他也聽到了。「是的，好像真有……」

「好像是弗朗索瓦的聲音，可能是從上面……」說著她就要起身去迎接。

斯特凡卻按住了她。「不，這是走道裡的腳步聲。」

「那怎麼辦？」維洛妮克有些慌亂地說道。

他們有些害怕地互相對視著，卻都不知道該怎麼辦。

腳步聲越來越近了。不過腳步和平時一樣，應該是他們沒發現什麼意

外。

斯特凡說：「不能讓他們看見我站著，你大致把我綁一下，然後把我挪到原來的位置上。」

就在他們倆猶豫的時候，維洛妮克突然驚醒過來，十分堅定地說：「快！他們來了，先躺下！」

他立刻躺下了。

在他躺下的同時，她俐落地把繩子繞在他身上，只是沒來得及打結，但看起來還是和原來差不多的。

她又急切地說：「把手藏起來，臉轉到岩石那邊。」

「你怎麼辦？」

「不用擔心，我有辦法躲起來。」

做完這些之後，她立刻跑到門邊躺了下來。從門上的窺視小窗戶能看到屋裡的一切，卻恰好看不到門旁邊那一點地方。

那人這時在門外停了下來。

雖然門很厚，但還是傳來一陣裙子的窸窣聲。

維洛妮克想：「難道那人看到自己了嗎？為什麼她停在門外？是不是發現我在這裡了呢？」她又想：「是不是斯特凡身上的繩子捆得同原來不一樣，或者他躺的姿勢和以前不一樣，使那人懷疑了呢？」

外邊突然傳來一陣響聲，有人輕聲吹了兩下口哨。

從走廊的遠處又響起了一陣腳步聲，聲音在寂靜中更顯得響亮，這腳步聲和第一人一樣，來到門口後停了下來。兩人好像在商量什麼。

維洛妮克把手伸進口袋，輕輕地掏出了手槍，並對著門做了瞄準的動作。假如有人進來，她就會立刻開槍自衛。她不想死在這裡，她還想和弗朗索瓦重逢！

九、死囚牢

如果門是朝外面打開的，那麼維洛妮克就可以在裡面輕鬆地對外面開槍。因此，維洛妮克看了看門軸，想知道門是向裡開的，還是向外開的。此時她發現這個門不是普通的門，因為它下面有一個粗大又堅固的門閂。

維洛妮克靈光一閃：「能不能用這個東西呢？」她來不及考慮這種打算會有什麼後果，便已經聽到門外響起了鑰匙相互碰撞的聲音，接著又響起鑰匙開鎖的聲音。

這兩種聲音的響起，讓維洛妮克有些心慌。她擔心自己瞄不準，擔心自己打不中，擔心他們發現她有槍反抗的時候，會到另一個房間裡殺死弗朗索瓦。

這些想法讓她抓狂，隨後她幾乎是無意識地把下面的門閂閂上了，同時還關上了門上的小窗戶。這樣一來外邊看不見裡面，也進不來了。

但是，當她做完這兩個動作的時候，她立刻明白自己做錯了。因為，這根本無濟於事，除了能延緩一些時間以外，這樣做絲毫沒有作用。

斯特凡急得一下跳了起來，快步走到她跟前焦急地說：「你這是幹什麼？上帝啊！他們知道我是不能動的，因此我是無法插上門閂的，你這麼做就等於告訴他們，屋裡除了我之外還有別人。」

「我知道！」她想遮掩一下自己所犯的錯誤，因此這樣解釋道，「如果他們砸門的話，我們就有時間跑出去。」

「有時間幹什麼？」

「逃跑。」

「怎麼逃？」

「弗朗索瓦會來的，他會⋯⋯」

她話還沒說完，門外的腳步聲就迅速地遠去了。很顯然，他們認為斯特凡是逃不了的，應該到弗朗索瓦那裡去了。

他們現在認為弗朗索瓦在斯特凡這裡，所以把門堵住了！那兩個人是去確認這個結果嗎？

維洛妮克這麼做使得事情正朝著她最不希望看到的方向發展：弗朗索瓦也許此時正準備逃走，卻被剛剛來的人撞見，又被抓了個正著⋯⋯

想到這裡，她嚇得呆住了。過了好一會兒，她才埋怨自己說：「我在上面等著就好了，等弗朗索瓦出來，和他一起來救你，我為什麼獨自到這裡來呢？」

就在她埋怨自己的時候，腦海中忽然閃出一個念頭：自己好像是因為知道斯特凡愛自己，才急著來救他的。不過，她立刻阻止自己繼續往下想這個令自己害羞的念頭，把話題轉移到了別處：「我應當來這裡，我想這是命運安排的。」

「別亂想了，一切都會好起來的。」

「太晚了！」她搖搖頭說。

「怎麼這樣說呢？弗朗索瓦也許會來救我們呢？你剛才不是還說，他可能已經逃離了那個小屋了嗎？」

她沒有回答，看起來很痛苦的樣子。災難又要降臨了，危險無處不在，而且好像比從前更危險了。「我們好像被困住了！難道我們會死⋯⋯」

他笑了笑，很勉強。

「你同薩萊克人一樣，對這些事很害怕。」

「這的確很可怕，而你現在應該也感到恐懼了吧？」

她立刻拔掉了門閂，想把門打開，可是外面的鎖已經鎖上了，而且這是一扇厚重的大門，還是用鐵板加固的，她又怎麼能打得開。

斯特凡抓住她的胳膊。「等等！你聽！有人說話。」

「是真的，」她說，「有人在我們上面敲打著，我們上面是弗朗索瓦的

房子！」

「不，不對，你聽……」

這時聲音又消失了，過了一會兒，從厚厚的岩石裡傳出聲音。原來，聲音竟然是從他們下面傳上來的。

「早晨的時候，這種聲音我就聽到了，剛才我還和你說過它。」斯特凡驚慌地說，「啊！我知道了！」

「你知道什麼了？」

這聲音開始時響的很有節奏，然後就會停下了。接著，傳來一種不間斷的粗重聲音夾雜著刺耳的嘎嘎吱吱的聲音，中間還會突然響起劈啪聲。聽起來就像那種海上打撈船時，使用的絞盤發出的聲音。

維洛妮克驚慌地等待即將可能發生的事情，並不斷地看著斯特凡，想從他的眼神中猜測會發生什麼事。斯特凡也凝視著她，就像在危急時刻面對自己的愛人。

突然，岩洞和整個懸崖都在空中震盪了起來。巨大的晃動使得她站立不穩，她只好用一隻手扶著牆壁。「啊！」她喃喃地說，「我在發抖嗎？我是因為恐懼而全身發抖嗎？」她使勁地抓著斯特凡的雙手問：「是不是？我想知道？」

他沒有回答。但是，在他滿含淚水的目光中，有無限深情的愛，沒有絲毫的膽怯，似乎心裡只想著她。他覺得，現在不用解釋會發生什麼了！因為，要發生什麼已經用不著解釋了，馬上答案就會揭曉。

事情奇怪得有些不尋常，這樣的罪行，甚至不是人類能夠做出來的。到底會發生什麼？維洛妮克已察覺到了，但仍不敢相信這是真的。

這塊裝在岩洞中間的方形巨大地板像一個倒著轉動的方形木板，這個木板和懸崖邊的接合處有一個不動軸向上翻著，木板向上的時候就像揭開的一個大蓋子。但是，剛開始的時候人們可以很容易在上面保持平衡，因為它的坡度很小。

維洛妮克以為，凶殘的敵人是要把他們倆碾死在地板和拱形花崗岩頂中間。但是很快，她就明白事情不是這麼簡單，敵人要用這台像吊橋一樣的機

器，把他們推到下面的海裡，想讓他們倆葬身大海。毫無疑問，機器會很聽話的，它會將兩人送往下面的海裡。就算他們再怎麼努力，也是徒勞的，因為不管他們怎樣拼命抓住岩壁，當吊橋筆直地豎起來時，他們都會掉下去。

「太可怕了！太可怕了！」

斯特凡無聲地哭泣著。兩人的手緊握在了一起。

她呻吟著說：「一點辦法都沒了嗎？」

「沒辦法了！」他嘆息著說。

「但是地板邊上有空處，岩洞是圓的，我們站在……」

「我早就考慮過：空的地方太小，如果我們站在地板與岩壁之間，就可能被壓成肉餅。」

「看來只能等了。」

「等什麼？等誰？」

「弗朗索瓦。」

「弗朗索瓦，」他抽泣著說，「也許，也許他也……或許他在找我們時也落入敵手了。總之，我們可能再也見不到他了。可憐的孩子！他在死之前，都不能見他母親一面！」

維洛妮克緊緊地抓住他的手說：「斯特凡，如果我們中有人能僥倖不死的話，我希望是你！」

「真的有人可以活下來的話，我希望是你，」他堅定地說，「敵人不知道你在這兒。不然的話，我都有些懷疑，他們怎麼可能真有好心讓我和你一起受刑？」

「你這麼一說，我也覺得有些奇怪。」維洛妮克說，「就算他們給我預備其他的刑罰，我也無所謂了，反正都是見不到兒子，該怎麼樣就怎麼樣吧！斯特凡，假如你能活著，為我照顧弗朗索瓦，好嗎？我想把他託付給你。其實我知道，之前你已經為他做了許多……」

地板在慢慢地升高，坡度越來越陡，再過一會兒，他們就不能這樣平靜地談話了。

斯特凡回答道：「如果我能活下來，我發誓一定堅決按照你說的做：好

好照顧弗朗索瓦。我發誓會這麼做，也算是對你的思念吧！」

「思念？」她說，「為了思念你以前認識的、暗戀的維洛妮克。」

他滿懷激情地看著她：「你知道了？」

「我看過你的日記本，知道了這一切，現在我……」她微笑著說，不過那笑看起來卻有些憂傷。「我現在接受你的愛，你太可憐了！以前你都不知道我在哪裡，卻一直愛著我，現在我就要死了，你還打算愛我嗎？」

「別這麼說，」他充滿渴望地說，「我能感覺到，可能馬上就有人救我們了。我不相信，我的愛情過去是空白，我不相信未來還是這樣！」

他想吻她的手。

「抱著我！」她說。

他們都把一隻腳踏在懸崖邊上，擁抱在一起。

「抱緊點吧，」維洛妮克悲戚地說。

她盡可能地向後仰。

她用低沉的語調喊道：「弗朗索瓦！弗朗索瓦……」可是，上面洞口沒任何一個人。梯子還是一個鉤子掛在那裡來回搖擺著，他們根本搆不到。

維洛妮克朝大海看了看。看到暗礁中間有一個平靜的小湖，看起來好像很深的樣子，上面有突起的岩石和飛舞的浪花。她想與其撞在尖利的岩石上死去，還不如跳到小湖裡舒服一些。因此，她對斯特凡說：「為什麼還要等呢？與其這樣慢慢等待死亡的到來，還不如早些死掉……」

「不，」他不想失去維洛妮克。

「我們還能怎麼樣呢？」

「為了自己你也要堅持到最後。」

「我沒有什麼奢望了。」

他也不再抱什麼希望了，但是很想替維洛妮克來承受這一切。

地板在不斷升高，坡度也在不斷增加，現在已經升高到小窗子的下面了。這時突然有東西猛地撞擊了一下，一個機關啟動了，蓋住了整個小窗戶。

兩人已經無法站立了，只能順著傾斜坡度躺著，而腳只能抵住花崗岩的

窄邊。

地板又震動了，每震動一下，地板就會上升一些。它沿著洞頂慢慢向洞外翻轉，最後準確地扣在洞口上，像吊橋一樣把洞口封得嚴嚴實實。

他們手握在一起，一句話也沒說，現在只能聽天由命了。

這地道不知道建了多少年。很早的時候，人們就建造了這島上的一切，包括這裡的一切機關，中間可能還重修過。多少世紀以來，這裡的一切一直被一個看不見的死神掌握著。死神把死亡帶給罪犯和無辜者，帶給阿爾莫里克人（布列塔尼人在西元七世紀前的稱呼）。死神是個怪物，把戰俘、犯瀆聖罪的修士、受迫害的農民、朱安黨人、共和國士兵和大革命的戰士，接連不斷地扔進地獄。

現在輪到他們兩個了。

在無情的黑暗中，他們死得不明不白，連仇恨和憤怒都無法發洩。恨誰？他們連一張敵人的臉都看不見，那些人像鬼一樣神出鬼沒。他們的死，不過是為自己根本不知道的某個陰謀而死的，是為了實現那個荒唐的預言，湊足死亡的人數罷了。

身下的這塊地板馬上將會變成垂直的，他們離死不遠了。

維洛妮克越來越害怕，總是想跳下懸崖去，斯特凡只好一直拉著她。

她小聲說：「放開我，我不想再忍受了啦！我要跳下去！」

現在她的腦子很亂，總覺得弗朗索瓦和自己一樣被抓住了，可能已經被折磨的不成樣子，還可能已經……想到兒子可能會受到許多折磨，她的心更亂了。

「不，他會來的。」斯特凡肯定地說，「你會沒事的，相信我！」

她茫然地答道：「他就像我們一樣，也被關起來了！他們正在用火燒他、用箭射他、正在用酷刑折磨他。我可憐的孩子！」

「別亂想，他馬上就會來的。你不記得你們說過，誰也不能把你們分開嗎？」

「沒用了，看來我們只能在黃泉路上相逢了。只有死才能團聚，那就快點死吧！我不願讓我的兒子再受苦……」

實在是太痛苦了，她用力掙脫斯特凡的手，就要縱身跳下小湖。但是，她立刻又停住了，叫了一聲便倒在了吊橋上。

隨後，斯特凡也驚叫了一聲。

從左邊過來一個東西從他們眼前一晃而過，轉眼就消失了。

「梯子！那東西是梯子！」斯特凡喃喃地說。

「是弗朗索瓦！」維洛妮克心裡充滿喜悅，滿懷希望地說，「他逃出來了，來救我們了！」

這時翻板幾乎已經垂直了，岩洞在他們身後也即將消失。他們只好貼著崖壁緊緊抓住它的突出部分不放。

維洛妮克低頭看到梯子又擺了過來，然後穩穩地停到了他們面前。

上面洞口裡出現一張孩子的臉，那張臉上浮現著微笑，他向處在千鈞一髮中的兩人打招呼。

「媽媽，快上來！」熱烈的呼喚之後，他向他們伸出了手。

維洛妮克呻吟著說：「啊！是你！我親愛的弗朗索瓦。」

「媽媽，我扶住梯子。快，沒有危險的，你快上來！」

「親愛的，我來了！」

在斯特凡的幫助下，她很容易就登上了梯子。她對斯特凡說：「你也上來吧？」

「我來得及，你先上去！」

「不，你……」

「你快上去，我沒事的。」

她爬了幾級梯子，又停下來說：「斯特凡，你也上來！」

斯特凡轉身向著懸崖，右手抓住梯子，左手插在翻板與懸崖之間的一條細縫中，他把腳放到了梯子上。

兩人都得救了。

雖然維洛妮克腳下是深不見底的深淵，但她仍然覺得很輕鬆，一點也不害怕，因為她看到兒子了。她要立刻過去，把親愛的兒子抱在懷裡。

「弗朗索瓦！我來了！」她說，「親愛的兒子，媽媽來了。」

她很快就把身體伸進了窗戶，被孩子一把拉了出去。她終於來到了兒子身邊！趕緊抱起了兒子。

「啊！媽媽！我們又見面了，媽媽！」

但是，抱著孩子的她突然放開了孩子，向後退了兩步。她不知道為什麼這樣做，但有一種不安的感覺立刻襲上了她的心頭。

「孩子，過來，」她把他拉到窗前明亮的地方，「讓我看看你。」

孩子走了過去，她仔細看了一下，突然驚叫起來：「是你？你是那個凶手？不是我兒子！」太可怕了！那個那天當著她的面，殺害戴日蒙先生和艾諾麗娜的惡魔，就是這個孩子！

「你認出來啦？」他譏諷地說道。

聽到這個孩子的聲音，維洛妮克更加確信他不是弗朗索瓦，而是另一個孩子，只不過他穿的和弗朗索瓦平常穿的衣服一模一樣，而且兩個孩子長得也確實很像。

他又譏諷地說：「啊！夫人！你明白了！認出我了嗎？」

那張面孔開始變得凶惡而殘忍，讓人一看就噁心，她忽然覺得這個面孔……

「沃爾斯……」維洛妮克臉色蒼白地說，「我看到了沃爾斯的影子」

他大聲笑著：「本來就是！我是他的兒子。你以為人人都像你一樣，背棄自己的父親嗎？」

「沃爾斯的兒子？你是他的兒子！」維洛妮克喃喃地重複道。

「是的，我是他的兒子！你很奇怪是不是？他是一個英雄！為什麼不可以有兩個兒子呢？其實我比那個軟蛋弗朗索瓦出生的還要早。」

「沃爾斯的兒子！」維洛妮克又重複一次。

「我很厲害的，夫人。我對得起我爸爸的名聲，看看我做的這些吧！你不感到完美嗎？你不覺得我很厲害嗎？不過這僅僅是開始，事情還沒完。你要不要再試試我的手段？放心吧！你馬上就能看到好戲了，我會先讓這個傻瓜老師吃點苦頭，看好了！」

斯特凡的頭這時候剛從窗戶裡露出來。那孩子一下跳到窗台上，搬起一

塊石頭用力向他砸去。

維洛妮克明白他要做什麼的時候，立刻跑向前去，想要阻止他。但是，當她衝上去抓住那孩子的胳膊時，已經晚了，斯特凡不見了，竹梯的掛鉤鬆了。不一會兒，下面傳來什麼東西落水的聲音。

維洛妮克立即跑到窗口，根本看不到斯特凡是在哪裡落水的，因為水面上沒有浪花和波紋，只有竹梯在平靜的小湖上漂浮著。

她喊道：「斯特凡！斯特凡」

四周一片寂靜，沒有一點回音。這時海風也停了，大海像睡著了一樣。

「你這個畜生，為什麼要殺他？」維洛妮克含著淚咬牙切齒地說。

「別哭，夫人。這位斯特凡先生該死，他把你的兒子教成了一個傻蛋。這麼蠢的老師死了，你現在應當高興才對。啊！為了慶祝，我們是不是要擁抱一下？我爸爸的太太，你願意和我擁抱嗎？不過你怎麼看起來很不高興呢！這可不好啊！你恨我？」他走過來，伸開胳膊要擁抱她。

她急忙掏出槍，對準了他叫道：「滾開……滾遠一點，不然我打死你這個畜生。」

那孩子一步一步地往後退，臉上的表情很凶惡，他咬著牙說：「漂亮的太太！我完全是好意，只是想要擁抱你，而你要向我開槍？很快你就得償還給我，以鮮血來償還，血！血……」

他說「血」這個字的時候好像很開心，並重複說了幾次，緊接著又發出一陣惡毒的笑聲。然後朝隱修院的地道跑去。

他已經跑很遠了，可是維洛妮克還是聽到了他的叫聲：「維洛妮克，你兒子的血，你那可愛的兒子弗朗索瓦的血……」

十、逃離棺材島

聽著那孩子的腳步聲漸漸遠去，維洛妮克開始不知所措了，她很害怕，不知道該怎麼辦。斯特凡死了，她因為悲痛剛才竟忘了弗朗索瓦。現在，一想到弗朗索瓦，她就開始害怕了，怕他出事。兒子現在怎麼樣了？我該怎麼辦呢？該怎麼保護他呢？

她開始自言自語起來：「我剛剛大腦一片空白，現在得好好想想了。幾小時前，我還在牢房前和弗朗索瓦說話，我可以肯定那是弗朗索瓦。就在昨天，他還親吻了我的手。但是，從那天早晨我離開後，他到底沒有離開那間牢房呢？」

她又想了一陣，然後慢慢地說：

「我和斯特凡在下面一層被發現了，惡魔——沃爾斯的兒子，趕緊去查看弗朗索瓦到底是否還在。他們發現，牢房的牆上有個洞，弗朗索瓦已經逃出去了。一定是這樣！可是他從哪條路逃走的呢？惡魔到這裡以後，首先跑到窗戶看，發現了我們。他想到弗朗索瓦會選擇從這兒逃跑，因為窗子是朝海的。然後，他發現了竹梯。現在惡魔向隱修院去了，是不是弗朗索瓦也去了那裡，不然惡魔為什麼去呢？兩人會不會相遇……」

然而，維洛妮克並沒有立刻動身前往隱修院，因為她覺得危機還在這兩間牢房裡。她心想弗朗索瓦真的逃走了嗎？會不會在洞沒挖完的時候被抓住了，被抓之後會不會被……她不敢想了！

她看到那個洞口比以前寬了一些，這應該是弗朗索瓦做的。她想從那裡過去，可是很困難，因為寬度只容一個孩子通過。她的肩膀太寬，從這裡過

去不容易。但是，她堅持要過去，在衣服和皮肉被刮傷多處之後，她終於鑽了過去。

牢房裡沒人，門是朝外開著的。維洛妮克感到，可能有人從這扇門裡走出去了。而且她認為這個人是女人，因為她看見了一個模糊的身影，而這個身影很像是女人的。現在，這個女人躲在走廊裡，顯然她沒有想到有人回來這裡，臉上露出了吃驚的神色。

「這人一定是惡魔的同黨，」維洛妮克想，「她一定是和那個殺害斯特凡的孩子一起上來的。弗朗索瓦可能就是她帶走的，可能弗朗索瓦還在這裡……」

從昏暗的光線中，維洛妮克看到了那個女人的手，那隻手正在拉門。「為什麼她不立刻就把門關上呢？」維洛妮克心裡想，「很顯然，她好像現在故意要隔開我，但為什麼不把門關上呢？」

答案不用維洛妮克猜了，因為事情的發展馬上就告訴了她答案。門下面有一塊石頭被壓得咯咯響，如果去掉石頭，門就會關上。維洛妮克立刻走向前，抓住門上的鐵把手往裡拉。但是，剛剛那隻手不見了，肯定在門的另一邊拉另一個把手。

突然，她聽到那女人呼救的聲音，同時在走廊裡，離那女人很近的地方，響起了另一個聲音：「媽媽！媽媽！」

啊！是弗朗索瓦，是她的兒子！這喊聲讓維洛妮克很激動！她的真正的兒子在喊她，他還活著！還在牢房，對於她來說，再也沒有比這更好的事了！

「孩子，我在這兒。」

「媽媽，我被捆住了。剛才響起的哨聲是他們的聯絡信號，他們還有人要來。」

「我來救你！」

現在的她好像變得力大無窮了，她對救出兒子毫不懷疑，好像什麼困難都無法阻擋她救兒子的決心了。因此，當她和對面的女人都拉著門把手時，當然是她勝利了。

門開了，維洛妮克走過去。

逃到走廊裡的女人用繩子拖著孩子，拽著被繩子捆住的孩子往前走。這時，她發現維洛妮克已經來了，只好丟下孩子，迎向維洛妮克。

維洛妮克快到她跟前時舉起了槍。

從敞開的牢房裡射出的光，我們看到了那女人的樣子。從她的臉可以看出，她年紀並不是很大，不過臉不僅看起來很削瘦，而且也顯得很憔悴，兩隻眼裡射出兩道仇恨的光芒。她的胳膊半裸在外，身穿白色裙子，腰上繫著腰帶。她的頭髮是金黃色的，裡面還夾雜著許多白髮。

兩個女人一言不發地相互看著，就像兩個武林高手，在對決前互相估量對方的勢力一樣。維洛妮克嘴角微微上揚，用挑釁性的眼神看著她。

維洛妮克打破了僵局：「如果你傷了我的孩子，我馬上開槍打死你。不過看在我兒子現在沒事的份上，先放過你，滾吧！」

那女人好像並不怕。她好像在想著什麼，又像是在聽什麼動靜，等待著什麼人的救援一樣。但是，最起碼現在，是沒有人來的。她又低頭看著弗朗索瓦，想拉走他。

「別動！」維洛妮克厲聲喝道，「放下他，不然我開槍了！」

那女人聳了聳肩膀，說道：「用不著威脅我。殺死你的兒子還不是易如反掌，難道他在這牢裡這麼多天，我沒有機會殺他嗎？我想殺早就殺了，不過現在還不是時候，而且他也不應該死在我手上。」

維洛妮克不由自主地渾身發抖，說道：「那麼由誰來處死他呢？」

「我兒子。你見過的，剛才……」

「他是你兒子！不！應該叫他惡棍或魔鬼才對！」

「他是沃爾斯的……」

「閉嘴！」維洛妮克命令道。她知道這個女人是沃爾斯的情婦，一定會說出沃爾斯，她不想讓弗朗索瓦聽到那個畜生的名字。「不准提他的名字。」

「該提的時候當然要提，」那女人說，「維洛妮克，就是因為你，我以前受了很多罪，現在該輪到你啦。不過，這才剛剛開始！好戲還在後頭。」

「滾！」維洛妮克吼道，槍一直對著她。

「別威脅我，」她又說了一次。

「我以我兒子的腦袋發誓！如果你再不滾開，我就開槍了！」

那女人害怕了，不斷向後退去。雖然退了，但是她卻發怒了，舉起兩隻拳頭用沙啞的聲音喊道：「等著吧！我會報仇的，維洛妮克。十字架，你不會忘了吧？你的十字架已豎起來了！你將被釘在十字架上！我就是那樣復仇的！」

她晃著拳頭接著道：「十五年了！你知道我多恨你嗎？但是，十字架豎起來了，它將為我復仇。我會親手把你釘上去！等著吧！等著那已經豎起來的十字架吧！」

在手槍的威逼下，她離開了。

「媽媽別打死她，好嗎？」弗朗索瓦怕母親真的會開槍，因此這樣勸道。

維洛妮克此時才從剛才的憤怒中轉過神來，溫柔地對兒子道：「不，別害怕。不過，我們……」

「我求你了，媽媽，放了她，你不能殺人，不能被稱為一個凶手。我們先離開這裡。」

維洛妮克把他扶起來，靠在自己身上，然後把他抱進牢房，就像抱小孩一樣。

「媽媽！媽媽！」

「寶貝，媽媽在這兒，我發誓，沒有任何人能從這裡把你搶走。」

她不顧身上的傷，再次從牆洞鑽了出去，然後把孩子拉了出來，這才有機會給弗朗索瓦解開繩子。脫離了繩索的弗朗索瓦，立刻緊緊地和媽媽抱在了一起。維洛妮克深情地說：「孩子，他們要是來襲擊我們的話，只能從這間小屋進攻我們，我可以守住這個出口。因此現在這裡不再有危險了，至少現在沒有了。」

維洛妮克看著弗朗索瓦說：「啊！你長得真漂亮，我的孩子。」她不停地誇獎著兒子。

「媽媽，你說我怎麼能想像得到，自己突然有一個像你這麼漂亮的母親呢？以前我在夢裡經常夢到你，不過夢裡的你都沒有現在漂亮呢！可是斯特凡經常說……」

她打斷了他：「孩子，我們必須離開這兒，他們會追來的。」

「對，尤其是要離開這個島。關於如何離開這裡，我想到了一個方案，而且只要按照我的計畫逃走就能成功。不過，斯特凡怎樣了呢？我剛才聽見房子底下有動靜，他……」

她沒有回答，而是拉著他就走。「孩子，我有好多事要告訴你，它們都是一些令人難過的事。雖然我不想告訴你，可是我不能一直不讓你知道。但是，要等一會兒，現在還不能說。我們暫且到隱修院去，那個女人和她的援兵一定會來追我們。」

「媽媽，那個女人確實有幫凶。我正在挖牆洞的時候，她和一個人突然跑進來，然後我就被他們控制了。」

「是一個孩子嗎？和你差不多大的男孩，是嗎？」

「我沒看清。他們來到我面前，把我捆了起來，然後往走廊裡拖。然後，那女人離開了一會，而和女人一起的那個人又回來了。不過，他似乎很熟悉這條地道，還有通往隱修院的洞口。」

「我知道，我們把這個洞口堵住就萬事大吉了，他們想進也進不來了。」

「可是還有連接兩個島的橋，那也能通往隱修院。」

「我已把橋燒掉了，去隱修院沒有別的路了。」

維洛妮克和兒子走得很快。一路上，弗朗索瓦總是對母親嚴峻的樣子感到擔心。「媽媽，其實我知道有很多事我不知道。你怕嚇著我，是故意瞞我的。你燒這座橋一定是用事先預備好的汽油，而馬克諾格曾經說過，遇到危險的時候可以這麼做，你也一定遇到過危險了吧！他們威脅你了，矛頭開始指向你了嗎？還有那個女人，我能看得出來，她好像很恨你！還有，特別是斯特凡怎麼樣了呢？剛才他們在我的房裡還低聲談到他，我現在很不安，怕他出事。還有，我沒有看見你來時拿的梯子……」

「寶貝，別說了，我們快點走。那個女人和她的幫手們很快就會找過來的，可能現在正在我們後面。」

孩子突然站住了。「你聽到什麼聲音了嗎？」

「我聽到了有人行走的聲音。」

「確定嗎？」

「有人好像在我們前面，似乎是要截住我們。」

「啊！」他低沉地說，「凶手是從隱修院趕回這裡的！」

她立刻拿出了手槍，準備好隨時戰鬥。她剛才來的時候，發現附近右邊的一個角落可能是地道的另一個出口，不過現在應該被堵住了。突然，她把弗朗索瓦推向那個角落裡。

「那兒！」她說，「我們躲到那兒，來人就看不見我們了。」

腳步聲逼近了一些。

「縮在裡面，」她小聲對弗朗索瓦說，「不要動！」

孩子小聲說：「媽媽，你手裡拿著手槍！不要開槍好嗎？」

「好吧！不過也許來的是一個惡魔，孩子！我應當……」說完，維洛妮克又補充道，

「可能就是這個人殺死了你的外祖父。」

「啊！媽媽，媽媽！」

她扶著弗朗索瓦，怕他一時接受不了這個噩耗。寂靜中只聽見孩子在輕聲哭泣，嘴裡還斷斷續續地說：「但是，媽媽你無論如何不能開槍啊！不能殺人……」

「孩子，有人來了，先不要說了，看看他。」

那個人走得很慢，正專心地聽著什麼，不斷彎腰搜尋著什麼，肯定是在找弗朗索瓦。維洛妮克清楚地看到，他和弗朗索瓦一樣高大，怪不得艾諾麗娜和戴日蒙先生會認錯人！兩人長得的確很像，而且那惡魔還故意和弗朗索瓦裝束打扮的一樣。

不一會兒，他走遠了。

「你認識他嗎？」維洛妮克問弗朗索瓦。

「不認識。」

「你肯定從沒見過他？」

「肯定。」

「就是他和那個女人把你捆起來的，知道嗎？」

「這我相信。他經常莫名其妙地打我嘴巴，我知道他好像真的恨我。」

「啊！這一切是為什麼，什麼時候我們才能逃脫這一切？」

「媽媽，路上沒人了，我們快點走。」

她看見孩子臉色蒼白，但他還是快樂地笑著。

穿過連接兩島的懸崖後，他們走出了洞口，到了馬克諾格花園附近。此時。天色已經黑了。

「我們暫時撿回了一條命。」維洛妮克說。

「是的，不過現在還不能高興得太早，為了防止他們追到我們，要把這個洞口堵住。」

「寶貝，怎麼堵得住呢？」

「我到隱修院去找工具，媽媽你在這等一下。」

「不行，弗朗索瓦，我們現在不能分開。」

「媽媽，我們兩人一起去。」

「也不能兩個一起離開這裡，萬一我們離開後，他們來了呢？得有人守著這個出口。」

「媽媽你幫我一下，搬起這塊石頭。」

洞口上面的一塊石頭不很穩固，他們把這塊石頭搬掉了。石頭沿著階梯滾下去，撒下的碎石塊很快就填滿了洞口。這樣一來，想從這裡通過就很難了。

「我們就待在這裡吧！」弗朗索瓦說，「我會想盡一切辦法帶你離開這裡的，關於離開這裡的方法，我已經制定了一個計畫。媽媽，放心吧，我的計畫毫無破綻，相信我們很快就能離開這裡。」

做完這些，兩人都筋疲力盡了，最需要休息。「媽媽，你躺下來，先休息一下。這塊岩石下面有一塊青苔，看起來就像地毯，這是大自然賜給你的

美麗鋪蓋，你要是躺上去，就像王后一樣。」

維洛妮克高興地說：「啊！我的乖寶貝！你真會說話。」對於兒子的讚美，她覺得很幸福。

維洛妮克這時候開始把這一切都告訴了兒子。聽說自己所愛的人和熟悉的人死掉了，孩子很傷心。特別是斯特凡的死，對他的打擊很大。

她只能一邊說一邊安慰兒子，替他擦眼淚。看著兒子的面容，她覺得自己應該把他以前失去的愛，在以後的日子裡都補償給他。

「你能肯定嗎？」弗朗索瓦說，「畢竟你沒有看到他的屍體，也沒有人證實他被淹死了。斯特凡游泳技術很好的，跳到海裡應該沒什麼事，因此我們要相信他還沒有死。媽媽，你看，我們的一位『老朋友』來了。牠總是在人悲傷的時候出現，告訴你生活還有希望。」

「杜瓦邊」真的跑來了。兩人狼狽受傷的樣子，並沒有讓牠覺得奇怪。這個世界上，好像沒有什麼事情會使牠感到過分驚奇。事情總是會發生，而無論怎麼發生，都不會影響到牠的習慣和活動。牠唯一關心的就是眼淚，哪裡有眼淚，牠就會跑去那裡。不過，剛才維洛妮克和弗朗索瓦並沒有哭泣，但因為牠和弗朗索瓦太熟悉了，所以牠還是跑來了。

「媽媽，『杜瓦邊』都贊同我的意見了，我們要滿懷希望和信心。對了，『杜瓦邊』很機靈，我們應該帶牠一起離開小島。」

維洛妮克看看她的兒子。「離開這裡？」

「當然，越快越好。你覺得怎麼樣？」

「怎麼離開呢？」

「坐船。」

「哪來的船？」

「我有。」

「在哪？」

「就在薩萊克島的岬角上。」

「那裡都是懸崖峭壁，怎麼把船弄下來呢？」

「那裡有個最陡峭的地方，我們稱那裡叫暗道，我和斯特凡對這個名

稱產生了興趣，因為是暗道就意味著那裡肯定有出口和入口。後來，經過多方打探，我們知道了那是中世紀修士時期的建築，是隱修院一帶的圍牆。當時，那個暗道的地理位置很重要，它控制著出海和入海。馬克諾格帶著我們對那進行了考察，發現在一個懸崖上有一道裂縫，或者可以稱之為溝，兩邊用一堆堆的碎石築的圍牆擋著，裡面都是沙子。從一條小路向前走，到一個小海灣，那就是暗道的出入口了。當時，我們已經把暗道修好了，而我的船就掛在那附近的懸崖下。」

維洛妮克也高興起來：「這麼說，這次我們有救了！」

「沒錯。」

「他們會不會跟到那裡呢？」

「不會的！」

「別忘了，他們有一條汽艇。」

「那個出入口看不見，而且周圍有很多暗礁，不是很容易發現的。而且既然他們現在沒有來，那就說明他們還不知道有這麼一個地方存在，更不知道那裡有個出入口。」

「好吧！我們離開吧，沒有什麼能阻止我們了！」

「媽媽，別急，要過了今晚再說。雖然我熟悉離開薩萊克的所有航道，但是晚上行船還是有觸礁的可能，因此必須等到天明。」

「要等這麼長時間啊！」

「再等等吧，也快了，還幾個小時。我們一起等！天一亮我們上船離開這裡，沿著懸崖底下一直划船到牢房下面。我覺得斯特凡應該沒死，我們把他接上船，他肯定在某個海灘上等著我們。然後，我們四個一起離開這裡。『杜瓦邊』，你同意嗎？那樣的話我們中午就能在蓬拉貝上岸了。怎麼樣？我的計畫還不錯吧！」

維洛妮克對他的計畫很贊成，同時也很高興，不過同時她也感到驚訝——一個孩子居然能這樣冷靜，而且能想出這樣成熟的計畫！但是，她當然沒有把這份驚訝流露出來，只是高興地說：「親愛的，你說得對。我們的好運氣要來了。」

這個晚上還好沒有什麼事發生，只是出了一個小意外。

在堵著地道的碎石底下，發出了一些聲音。從縫隙中射出了一道光，他們被嚇了一跳，直到出發前，他們還一直保持著戒備。但是，這並沒有影響到他們即將離島的高昂情緒。

「媽媽，沒事的，」弗朗索瓦說，「從我見到你的時候起，我就感到我們將再也不會分開了。還有，別忘了我們還有一個素未謀面的英雄會幫我們呢！斯特凡和你說過這件事嗎？說出來也許你會笑我：我對這個從未謀面的人卻一直滿懷信心，我相信他能拯救我們。媽媽，就算是我被抓起來，就算是我就快被他們處死了，我仍然相信那個人會出面阻止這一切。」

「哎！雖然你很相信這個人，可是他沒能阻止那些災難的發生。」

「但是，他一定會阻止威脅我們的危險和災難！」

「怎麼阻止呢？他根本不知道這裡的一切，也沒有人告訴他。」

「他還是會來的，他一定會來。他不需要人給他報信，就能知道哪裡有危險發生。因此，媽媽，不管發生什麼事，你都不能失去生存下去的勇氣。」

「親愛的，我會的。」

「很好！」他笑著說，「啊！媽媽，我好像成為領導者了。你覺得我的領導能力怎麼樣呢？為了使我們的這次行動萬無一失，也為了使媽媽不致挨餓受凍，從昨天夜裡就開始尋找吃的和睡覺的地方了！因為，假如我們下午上不了船，我們也有吃的和休息的地方。我們現在還不能回隱修院去睡覺，以免發生什麼意外的情況。現在，我準備的這些東西正好派上用場。媽媽，你拿來的包裹放在哪兒啦？」

兩人打開包裹，取出了食物，開心地吃了起來。然後，兩人就睡下了。

清晨，鳥語花香，空氣清新。

維洛妮克醒來的時候，天色已經大亮了。弗朗索瓦彷彿像個一直受到保護的孩子一樣，安詳地睡在媽媽的身邊。她一直看著熟睡中的兒子，就那樣一直看著，安靜地看著。

「媽媽，我們行動吧！」他剛睜開眼睛就擁抱了她。然後說，「地道裡

沒有人吧？我們準備一下上船吧！」

兩人邁著輕快的腳步，帶著被褥和食物向島上岬角處的暗道走去。平靜的海面發出海浪撞擊海灘的聲音，岬角外面有許多堆積如山的岩石。

「希望你的船還在，」維洛妮克說。

「媽媽，你看，船還在，就掛在那塊凸起的岩石上。我們只要把它放下到水裡就行了，當然我們要先轉動滑輪放下它。啊！一切都在按照我的計畫進行。親愛的媽媽，不用擔心……不過……」說到這裡，他停了下來，好像在想什麼。

「弗朗索瓦，怎麼了？」

「沒事，我只是想到一個關鍵的問題！」

「是什麼？」

他開始笑了：「我居然忘記了一件事，划船需要用槳，可船槳卻在隱修院裡。昨晚我卻沒想到這一點，我這個領導當的真是可笑啊！」

「那怎麼辦呢？」維洛妮克喊道。

「別急，我回隱修院拿，很快就回來。」

維洛妮克有些擔心地問：「可是如果敵人出現在隱修院怎麼辦？」

「媽媽，」他笑著說，「要有信心。他們挖開地道起碼得一個小時，再說昨晚我們也沒有聽到他們挖地道的聲音。因此，現在回去一定來得及。親愛的媽媽，一會兒見，我去隱修院，很快就回來。」說完，他飛快地跑走了。

「弗朗索瓦！弗朗索瓦！」維洛妮克有些不安地喊道，但他並沒有回答。

她忽然有了不好的預感，繼而又想到「我曾經發誓不再離開他一秒鐘」這樣的話。

因此，她遠遠地跟著他，在石桌墳與「鮮花盛開的地方」之間停了下來。她在一個山坡上看見了地道的出口，也看到了正在跑向隱修院的兒子。

她沒有再跟下去了。她想：「在隱修院找到船槳，從他那進去到出來最多用一分鐘就可以。就算是放在樓下，那也只需要2分鐘。」

時間一點點的過去了，2分鐘已經過去了，還是不見兒子出來。又過了幾分鐘，還是不見人出來。

維洛妮克有些急了。她現在開始有些後悔了，後悔自己沒能和兒子一起，也後悔不該總是讓一個孩子拿主意。她立刻朝隱修院走去，在路上，一種可怕的感覺向她襲來，讓她的兩條腿一下不聽使喚了，她艱難地向前挪動著。

突然，她在石桌墳前看見了一件奇怪的事：右邊橡樹腳下的半圓形地上堆著一些樹枝，它們的樹葉還是鮮綠的，肯定是剛被砍下來的。她一時間還沒明白過來，但她馬上就明白了！

有一棵橡樹只剩下樹幹，樹枝全被砍掉了。四五公尺高的粗大樹幹上有一支箭釘著一塊牌子，上面寫著——V.d'H。

「第四個十字架……」維洛妮克喃喃地自語，「上面是我的名字！」

這一定是敵人幹的！是誰呢？發生了這一連串的事件之後，她認為那個女人和孩子很可疑。當然了，這只是她短暫的假設，她並沒有確切的證據。

這時，她突然有些心驚肉跳，因為她突然明白：既然十字架已經豎起來了，那麼那個孩子和那個女人的幫手們應該也到了這裡。他們一定也建了一座新橋，這樣他們就可以隨時進入隱修院，那麼弗朗索瓦……如此一想，她不禁倒吸了一口冷氣，弗朗索瓦已經進入隱修院了，現在會不會已經落入他們的手中？

於是，她立刻跑了出去，穿過布滿廢墟的草坪，飛奔向隱修院的大門。

「弗朗索瓦！弗朗索瓦！弗朗索瓦……」她一邊跑一邊使勁地喊著兒子的名字。就這樣，她一路喊著跑到了隱修院。

有一扇門是半開著的，她推開門之後，立刻對著門廳喊：「弗朗索瓦！弗朗索瓦！」喊聲傳到了整個房子的各個角落，但是沒有人回答她。

「弗朗索瓦！弗朗索瓦！」

她衝上樓去，打開了斯特凡和艾諾麗娜的房門，還是沒有找到兒子。

「弗朗索瓦！弗朗索瓦！你聽到了嗎？弗朗索瓦，你在哪裡？是不是被他們抓住了！我求求你說句話吧！」

樓梯口前面是戴日蒙先生的書房，她立刻推門進去了，但很快又退了出來。

一個男人正手臂交叉著站在那裡，好像早就在那等她了。

維洛妮克顫抖著說：「沃爾斯！你是沃爾斯！」

十一、惡魔重現

　　沃爾斯！這個卑鄙的傢伙，正是他讓她的記憶充滿了恐怖和羞恥。那封信中說，這個間諜被他的同夥殺死了，屍體就埋在楓丹白露公墓。但是，這個惡魔沃爾斯居然還沒有死！信裡的話全是假的！現在，她可以肯定面前的人就是沃爾斯——他還活著！

　　這個禽獸還活著！不錯，他現在兩手叉著，穩穩地站在那裡，腦袋還是完好無損地長在脖子上。維洛妮克有勇氣忍受一切，但就是不能接受他。這個惡徒只會不停地作惡，而且手段殘忍，她有力量、有勇氣對付任何敵人，但這個敵人卻不包括他在內。

　　而這個人曾經還愛著她，她突然臉紅了。

　　沃爾斯像盯著一個獵物一樣，毫無顧忌地看著她那破爛的上衣下裸露的雙臂和皮膚。維洛妮克一時找不到什麼東西來遮蓋一下，只好一動不動地站在那裡，用極為輕蔑的目光望著他。

　　他終於不再盯著她那裸露的皮膚了。

　　她立刻喊道：「弗朗索瓦在哪？我兒子呢！我要見他。」

　　他答道：「夫人，他也是我的兒子，難道兒子見父親，你也這麼緊張嗎？」

　　「我要見他。」

　　他舉起手起誓道：「會見到的，我保證。」

　　「他可能死了！」她低沉地說。

　　「他活著，像你我一樣活著。」

一陣沉默。沃爾斯很明顯在考慮如何措辭，以開始他們兩人之間的種種恩怨。

他身強體壯，脖子很粗，頭特別小，有點O型腿，兩邊的頭髮有兩縷是金髮。看著他的這副模樣，會讓人想到他年輕時一定是個孔武有力的人，而且還有些特立獨行。但是隨著年齡的增長，他現在看起來更像個下三濫的打手。現在他的臉上只能看到殘忍和粗暴，而往日那令女人癡迷的魅力現在在他的身上再也找不到了。

此時，他的臉上露出了一些冷酷的笑容。他把胳膊放了下來，拿了一把椅子遞給維洛妮克。「夫人，我們可能要長談一次，我覺得你還是坐下來好。」

她沒有回話，不過他並不在意，繼續說道：「這小圓桌上有吃的，你還是先吃些東西吧！我想吃點東西一定會對你有所幫助的！」

他想以這種日耳曼式的落後禮節來表示，自己並不是對文明和禮貌一竅不通，而是自己熟悉一切文明和禮貌。他裝作彬彬有禮的樣子，甚至在面對一個即將被征服的女人，他也想到了禮貌，而不是用強硬的手段去強迫她。但是，他的這點伎倆，維洛妮克當然是再清楚不過的了。

她依然保持沉默。

「好吧，」他說，「你是要讓我這麼站著像一個紳士一樣，顯示自己的教養嗎？對了，還要請你原諒，我在你面前穿著太隨便了。我以前是在集中營和地洞裡生活的，你知道，那些地方是不適合穿制服的。」

他穿了一條很破的褲子和一件撕破了的紅羊毛背心，看起來確實很邋遢。外面罩著一件半敞開的白亞麻布祭服，腰上繫著一條繩子。

實際上，這身裝束是特意為之的。這身衣服，再加上他那戲劇性的表演動作，和他趾高氣揚、頗為得意的神情，讓他看起來十分滑稽。

他對自己剛剛的幾句話很滿意，但他的表演遠沒有結束。接下來，他把手背在身後，慢慢踱起了步，彷彿遇到最危險的情況、而他卻很鎮定地思考著問題一般。然後，他停下來慢條斯理地說：「夫人，我覺得我們得利用這個時間來談一談，先說說我們過去的感情吧！你看怎麼樣？」

維洛妮克沒有回答。

他又用同樣的語氣說：「當年你愛我的時候……」

她做了一個反感又惱火的表情。

他仍堅持說：「維洛妮克，當時我們……」

「噢！」她厭惡地說，「別再提我的名字！我不許你提這個名字！」

他笑了笑，像是屈服了一樣說：「夫人，請不要埋怨我，不管怎麼說，我對你一直還是很尊敬的。我還是接著剛才的話題說吧！當年你愛我的時候，我還是一個浪子，我不僅無情，而且放蕩，還沒有什麼肚量，這一點我承認。那時候的我，做事愛走極端，當時的我是配不上你的。我愛你愛得發瘋，你身上的那種純潔，令我如醉如癡。我相信我在和你結婚後，能在你的影響下改變我的這一切壞性格。可以說，在我所見過的女人當中，你的魅力和天真是其他女人無法比的。如果你當時能再耐心和溫柔一點，也許就可以徹底改變我。但是，不幸的是從我們訂婚的那一刻起，你就只想著你父親的痛苦和怨恨。而你之所以接受我，只是因為你是被逼的。婚後我們之間就一直存在著衝突，而你對我，只有怨恨和厭惡。而我，最不能容忍的就是別人這樣對我。你是大小姐，看不起我，也不能包容我身上的壞習慣，婚後就一直抱怨我、數落我，可是你知道有多少高貴的女人讚美我的高尚嗎？因此，我沒有理由責備自己，只能怪你。你不喜歡我這種無拘無束、率性而為的性格，是嗎？夫人，那就隨你去吧！最後，我們只能分開，我又恢復了我的生活，我自由了。不過……」

他停頓了一下又接著道：「不過我一直愛著你。一年之後，有消息說你的父親和兒子都掉到海裡，再也沒有出來，傷心的你也因此進了修道院。可是你知道嗎，那時我獨自一人也很悲傷，因為我們分開了，而我又是愛你的。我就這樣生活著，到處闖蕩，試圖透過暴力和冒險的生活把你忘掉，但怎麼也忘不掉。後來，我聽到了一些消息，就在失望和孤獨中開始了新的目標。我又找到了你的父親和兒子。知道他們住在這裡後，我就監視他們。當然，我也一直沒有放棄找你，而且當時我把找到你作為生活的唯一目的和行動準則。但就在這時，戰爭爆發了。我由於沒有來得及逃走，被關進了集中

營……」

　　他停住了。他那張冷酷的臉，此刻變得更加冷酷了。接著他吼道：「集中營！在那裡我過的是地獄般的生活！沃爾斯！我是沃爾斯啊！堂堂國王的兒子，竟然和咖啡館的夥計以及那些日耳曼人下等人之中的罪犯們混在一起！而且，沃爾斯成為讓人辱罵和憎恨的俘虜！在監獄的沃爾斯，全身都是骯髒的，而且身上也因此而生滿了蝨子！我忍受了這一切，上帝！這些先不說了。但是，不管怎麼樣，我不會讓自己就這麼死了。我要逃亡，為此我做了這樣的安排：有一個人代替我挨了一刀，然後被冠以我的名字埋在了法蘭西，別人都以為我死了。我之所以這樣做，是因為當時我的生活出現了希望，一件喚起我對生活渴望的事，這件事讓我在黑暗的生活中看到了一絲光明。至於什麼事，現在還不能告訴你，它是我的秘密。如果你想知道，只能以後再告訴你了，現在還不到時候。」

　　他滿口的謊言和自我欣賞式的演說並沒能打動維洛妮克，她還是無動於衷，就好像根本沒聽他說話一樣。

　　他好像也發現了這一點，因此朝她走進了幾步，用一種挑釁性的語氣說：「你好像對我的話並不在意，不過這些話很重要，而且下面的話更加重要。現在，我們之間不存在和解的可能了，因此我說這些並不是想和你和解，而是喚醒你的理智，想讓你看清你現在所處的情況，還有弗朗索瓦的情況。在說那些可怕的事情以前，你要意識到這些。」

　　但她還是不理不睬的，好像什麼都沒有聽，她好像只關心弗朗索瓦。

　　他生氣了，也有些惱怒，話中開始有些不耐煩了：「聽好了！很簡單，你最好不要拒絕我。想像一下我剛才說的話，再和現實連結起來。不管怎麼說，我們始終沒有斷絕關係；而從法律方面來看，我們始終都是……」

　　他停了下來，看了維洛妮克一眼，然後用手使勁壓住她的肩膀喊道：「你這可惡的女人！我在說話，你聽著！」

　　維洛妮克被他壓的差點倒了下去，趕緊抓住了椅子，當她站穩的時候，對他露出了鄙夷的目光。

　　沃爾斯剛才的動作是一時衝動，這次他控制住了自己。不過，他的聲音

裡還是透著專橫和惡毒。「我再說一遍，不管你願意不願意，現在你還是我的妻子。有了這個前提，你就更應該好好地審視一下你自己了。我們來商量一下：你現在不喜歡我，我得不到你的愛情；可是我們還沒有離婚，我也不希望你像以前一樣管我。我要的，是一個溫順的、忠誠的、專一的、誠實的妻子。」

維洛妮克輕聲說：「你是要一個奴隸！」

「對！太對了！」他叫道，「奴隸，就是這樣。奴隸！奴隸手和腳捆在一起，盲目服從主人，而且要懂得自己的職責。這個角色你喜歡嗎？你願意身體和心靈都屬於我嗎？我並不在乎你的心靈。我要的是，我要的是我以前和你在一起時不曾得到的。我是你的丈夫！可是我現在只能記起我們之間無休止的鬥爭！那時候的我，看著你就和一個陌生人一樣。好啦，現在你跑不掉了，又回到我身邊了。以後別再像從前那樣，甚至從今夜起就不要那樣了。從現在起，我就是你維洛妮克的主人，你接受嗎？」

沒聽到回答，他又提高聲音說：「你接受嗎？你必須回答，而且不准違心地去回答。如果接受，那就跪下來劃個十字，然後宣誓：『我接受。我將聽從你的一切命令，犧牲我的生命也在所不惜，你是我的主人。我將做一個溫順的妻子。』」

她一句話也沒回答。

沃爾斯雖然惱火，但沒有動手。只是說道：「其實，我早就料到你可能不會同意。不過，你有沒有想過拒絕的後果是很嚴重的。現在，我打算再給你一個機會。我現在看起來像一個逃亡者或窮途末路的人，你一定這樣以為，並可能就是因為這個拒絕我。可是我要告訴你，事實可能和你想的不一樣。剛才我就和你說過，國王的兒子沃爾斯在黑暗中找到了光明，他的前途現在一片大好……」

沃爾斯總喜歡用第三人稱來談論自己，這是他虛榮心強的表現，維洛妮克知道這一點。她從他的眼睛裡，又看到了他興奮的時候特有的光芒，此外，她似乎還從這目光中看出了他短暫的精神錯亂。事實上他早就瘋了，時間過的越久，他瘋的越厲害！

他接著又說道：「戰爭發生後，我留了一個人在這裡，讓他監視你父親。有一次，我們發現了黑色荒原，還有它下面的山洞，以及山洞的一個出口。我從戰場上逃出來後，就隱居到了那裡。透過截獲來往的信件，我知道了你父親正對薩萊克島進行祕密探索，島上的人也有一些發現。在繼續見識你父親的同時，我發現了一些與我的生活有著奇怪的巧合和聯繫的事情。是命運的召喚，讓我單槍匹馬來完成一項必將成功的使命。這項使命，只有我才有權參與，只有我才能做，註定是沃爾斯來做。明白嗎？這是沃爾斯的命運和抉擇，也是老天要讓沃爾斯永垂青史。因為沃爾斯有成功所必需的品格，有成功的方式和成功所需要的身分。我會毫不猶豫地遵照命運的指示行動，並為此做好一切準備。現在，我已經向著這個目標前進了，我將沿著預先開闢的路走下去，輕而易舉就能達到路的終點。今天的沃爾斯，其實只需要摘取勞動的成果就可以了，沃爾斯只需要把手伸出來就行了。這件事的目標就是財富、榮譽和無限的權力。看吧！國王之子沃爾斯，在幾小時後就將成為世界之王。而你，維洛妮克，將會成為他的皇后。」

他越來越像個滑稽的小丑，此刻他彎下腰對維洛妮克說：「你想當王后嗎？沃爾斯當上國王以後，將會成為統治世界的男人；而你，不想高居於一切女人之上嗎？你願意成為一個手握金錢和權力的王后嗎？不過你雖然是王后，卻還是沃爾斯的奴隸，但是除了沃爾斯之外，你可以命令所有的人，難道你不願意嗎？你最好考慮清楚，拒絕是要付出代價的。對於你來說不是只做出一個決定就行了，而是一定要從下面的兩條道路裡選擇：要麼做我的皇后，要麼……」

他停頓了一下，接著陰森地說道：「要麼就上十字架。」

維洛妮克終於從別人的口中聽到了這個恐怖的詞，她立刻渾身顫抖了起來。現在，她終於明白那個陌生的殺手是誰了！

「十字架，」他臉上帶著得意的冷笑重複著說，「你自己選擇吧！是選擇在最野蠻的刑罰下死亡，還是選擇享盡人生歡樂和榮華富貴的皇后。選擇吧！只能二選其一，你沒有其他路可走了。請注意我這裡並不是顯示我殘忍和獨裁，我只是一個工具而已，高於我個人之上的是命令，它來自命運本

身，人不能違背命運。神的意志是很清楚的，祂要求維洛妮克・戴日蒙死，而且死於十字架上。除了沃爾斯，任何人都無能拯救你，因為沃爾斯那樣的果敢和足智多謀任何人都不具有。在楓丹白露的森林裡，沃爾斯用一個假沃爾斯替代真沃爾斯，逃脫了童年時代算命先生為他下的斷語：死於朋友刀下。他能做到這一點，他就有足夠的智謀去實現神的意志。當然，他也更能夠讓自己心愛的人繼續活下去，前提是她得服從。選擇吧！選擇皇后還是十字架，選擇成為我的妻子還是成為我的敵人。」

「十字架！」維洛妮克乾脆地回答。

他做了一個威脅性的動作。「你選擇死？不過死也有許多種死法，有不同的刑罰。你選擇什麼？」

「酷刑。」

他又惡意地說：「你要知道，你不是一個人！還有你兒子。你死了他還活著，他就成為孤兒了。在你的角度來說，更糟糕的是你死了之後，就會把他留給我。你願意讓你的兒子落入我的手中嗎？當然，我本來就是父親。再考慮一下，你怎麼選擇？」

「死！」她又說了一遍。

「你選擇死，很好。但是，如果是弗朗索瓦死呢？我把他帶到這裡來，在你面前把刀架在他的脖子上，那時候你還會選擇死嗎？」

維洛妮克痛苦地閉上了眼睛，過了一會兒，她用低沉的聲音堅定地說：「我願意死。」

沃爾斯大為惱火，用侮辱性的語言大罵維洛妮克：

「你這個臭女人，就這麼恨我嗎！竟然連兒子都不要，也要和我決裂。我真想不到，你居然連兒子被殺都無動於衷，你還真是狠心！你不想和我和好，我用你的兒子來要脅你，你竟然可以不顧兒子的性命，也要和我一刀兩斷！你就這麼恨我！難道我們之間真的有這麼大的仇恨嗎？不，我不相信你會這麼恨我。一個像你這樣的母親，一定不會這麼選擇的。那麼，這是什麼原因呢？是一種愛？不，維洛妮克不愛別人。是你認為我會軟弱、會憐憫你？噢！不，你並不瞭解我，沃爾斯從來沒有軟弱和憐憫！我在完成可怕的

使命時，從來沒手軟過。預言說，薩萊克島有一場浩劫，結果怎麼樣？船隻沉沒了，人都喪生了！阿爾希納姐妹，都被釘在了老橡樹幹上！我手軟了嗎？我還是個孩子時就用雙手捏死過狗，就用雙手活剝過山羊。憐憫它從沒有在我身上有過表現，我的母親稱呼我『阿提拉』（匈奴國王，以殘酷著稱）。你認為這樣的我會憐憫別人嗎？別指望我同情，別指望用感情打動我，你見過哭泣的劊子手嗎？害怕受到懲罰的人、軟弱的人、罪有應得的人才會哭。而我怎麼可能會哭！怎麼可能會憐憫！更不會軟弱。我們的祖宗就只怕天塌下來砸著，其他什麼也不怕，而作為他們後代的我怕什麼呢？我是上帝的朋友！上帝指點我，並選擇了我。我是日耳曼的皇帝、德國的皇帝，皇帝在處理自己兒子的事情時，總是不管好壞的。可是我更願意作惡，我喜歡惡，因為心懷惡念。維洛妮克，既然你執意如此選擇，你的結局只能是死路一條，我似乎看到你已經被釘在十字架上了，哈哈哈……」

他大笑起來。笑了一陣之後，他向上舉起手，來回在地上踱步。

維洛妮克有些不安，因為她從他那充血的眼睛裡看到了瘋狂。

他又向她走近了幾步，用威脅的語氣說：「維洛妮克，跪下！祈求我，祈求我給你愛，只有我的愛才能拯救你。沃爾斯既不憐憫，也不軟弱。但是，他愛你，他不想失去你，也不會放棄對你的愛。維洛妮克，珍惜它吧！告別過去，做一個溫順的孩子吧！假如你能改變，也許有一天，我會向你跪下來。維洛妮克，不要拋棄我，你不能使愛你的人失望，不能拋棄一個像我這樣愛你的男人。維洛妮克，我真的非常愛你啊！」

他越說越激動，用雙手抓著她裸露的胳膊。她差點叫出來，想掙脫他，可是他就是抓住不放。他氣喘吁吁地說：

「你不能拋棄我，難道你瘋了嗎？你知道我什麼事都幹的出來的。考慮一下怎麼樣，你不怕被釘在十字架上嗎？你不怕自己的兒子死在你面前嗎？接受這一切吧，這是無可避免的！沃爾斯能救你，沃爾斯能讓你幸福！難道你就真這麼恨我！好吧，就算你恨我，我也接受，我愛你對我的恨。看看吧！你那蔑視我的嘴唇多可愛，我簡直愛死了，比主動送上來的嘴唇都更讓我喜歡。」

維洛妮克一直沒有理睬他的胡言亂語，但是她的手卻被抓得越來越緊，無法掙脫。她怎麼能和這個惡魔比力氣呢？沃爾斯那雙充血的眼睛死盯著她，他的臉也離她越來越近，她甚至已經呼吸到了惡魔喘出的氣息。

　　她嚇了一跳，情急之下立刻狠命地咬了他一口，並趁機用力掙脫出來。她退後一步，立刻掏出手槍，接連打出幾顆子彈。

　　因為她當時有些驚慌，沒做瞄準就開槍了，因此兩顆子彈沒有擊中沃爾斯，而是從他的耳邊飛了過去，打穿了他身後的牆。

　　「你這個臭婆娘！」他喊道，「我差一點被你打中了。」

　　他把她攔腰抱住，強行把她按到在長沙發上。然後，他從口袋裡掏出一根繩子，把她捆了起來。

　　沃爾斯擦了擦額頭上的汗，然後倒了一大杯酒，一口喝乾了。

　　他把一隻腳踏在她身上：「現在不鬧了，這就對了！美人兒，還是安靜安靜吧！你看看，你現在像個獵物一樣被捆著。而我呢，正在俯視著你，我可以任意踐踏你。現在，我可不是開玩笑，我是認真的。壞女人，不過你也不用怕，沃爾斯不會欺騙女人的，那樣做對他也沒有什麼好處的。不過，以後他怎樣才能忘掉你呢？只有一個辦法，那就是現在殺了你。剛才我們已經說過了，而且你也做出了選擇，你願意死，對嗎？」

　　「是的，」她語氣堅決地說。

　　「你願意讓自己的兒子去死？」

　　「如果你以他來威逼我，那麼是的。」

　　他搓著手。「很好，我們就不再廢話了，就這樣定了。現在我們開始說正事，說一些可以付諸行動的事。你以為我前面說的那些是廢話？你還記得你在薩萊克島所經歷的一切嗎？你以為這些只是孩子的遊戲？好吧，那現在遊戲真的開始了，因為你從現在開始必須把自己投進去。我的美人，這是很可怕的。可憐的人，你美麗的眼睛曾經哭過，不過它不是為我在哭。我再說一遍，你現在後悔還來得及，沃爾斯不是那麼絕情的人。他只是服從上帝的旨意，不過你也真是不幸的。你只有眼淚還不夠，誰都會哭，而你必須哭得比別人多一千倍才行。你想死？那麼在死之前還得受罪！你會受到折磨，你

的心會流血。維洛妮克，這些你有沒有準備來接受？命運對你不公，我的美人兒，因為下面你即將聽到殘酷的話，而且一句比一句殘酷。」

他喝乾了第二杯酒，然後他背對她坐下，在她耳邊低聲說：「親愛的，有一件事我要向你挑明，算是對你的懺悔吧！在和你結婚以前，我曾結過婚。別生氣！對於一個父親來說，重複算不了什麼，世界上比這更大的罪過多了去了。在你之前的那次婚姻，是我第一次結婚，婚後有了個兒子。你在地道裡和他見過的，還和他說過話。他叫雷諾爾德，我認為他很出色，他是真正的無賴，也是個壞得不能再壞了的東西。但是，他的這一點我很喜歡，我從他身上又看到了我最優良的天性和品格。我很滿意，因為他是我兒子，這說明我後繼有人了！他就是第二個我。而且和我相比，他有比我更出色的一面，有時候我都有點害怕這孩子。這個該死的惡魔真壞！要知道他才十五歲啊！和他比起來，我像他這麼大的時候真是一個天使。我還有一個兒子，弗朗索瓦，他註定要和雷諾爾德鬥上一鬥。這是命運安排的，我在這中間，就充當一次裁判吧！當然這不是一場長時間的鬥爭，它可能是短暫的、激烈的、決定性的爭鬥，比如兩人來一場決鬥。一場決鬥，對，是一場嚴肅的決鬥。不過，這決鬥可不是小孩子打架，不痛不癢的。而是……可以說是一場生死的決鬥，肯定有一個要倒下去，而且永遠不會再起來。」

維洛妮克轉動了一下頭，看見他在陰笑。她知道他又在發瘋，竟然想讓自己的兩個兒子進行生死搏鬥，而且他還能笑得出來。維洛妮克惱怒之下反而不感到痛苦了，因為這已經超出了她的忍受限度，她已經麻木了。

「維洛妮克，還不止呢！還有更妙的。」他說，「這是命運安排的，其實我也不想這樣，但我依然決定遵從命運的安排。是這樣的，命運要讓你去觀看這場決鬥，作為弗朗索瓦的媽媽，你去看兒子的決鬥是非常必要的。你願意嗎？我非常願意將這個機會恩賜給你。相對來說，雷諾爾德比弗朗索瓦更強壯，而且雷諾爾德還是練過的。這樣一比較，弗朗索瓦一定會被打死。可是，如果讓他的母親去給他當面加油的話，他一定會增添許多勇氣和力量，去奮力搏鬥的！只要你去了，他就會像勇士一樣地去拼搏，以此來爭取勝利。他會想，『我要是勝利了，能不能救出母親呢？』他會這麼想的！

這樣一來，他還可能感激我！維洛妮克，去看這場決鬥吧，你一定會感到無比刺激。當然了，為了讓你更加感到刺激，我會把這個計畫進行到底。那時候，我可憐的夫人，你會……」

他一把抓住她，讓她面對著自己，滿臉憤怒地說：「怎麼樣，你想退縮了嗎？」

「不！」她喊道。

「你永遠不打算退縮嗎？」

「永遠！永遠不退縮！」她使勁地喊道。

「你就如此的恨我嗎？」

「是的，就算你拿我如此深愛的兒子來要脅我，我也不會妥協。」

「你說謊！」他咬牙切齒地說，「難道你不愛你的兒子了嗎？你不是把他看作高於一切的嗎？」

「是我對你的恨高於一切！」

維洛妮克一直忍受著這個瘋子的話，現在她忍不住了，不計後果地對著他喊道：

「我恨你！我無比的痛恨你！讓我看著我的兒子死掉吧！我寧願親眼看著他嚥氣，也不願向你妥協，也不願意做你的奴隸。我恨你！我的父親就死在你的手上！你這個無恥的凶手，一個愚蠢的瘋子，一個……我恨你！」

他一把提起她，拖到窗前的地上，惱火地說：「跪下！懲罰提前開始。你在嘲笑我嗎？臭婆娘。好吧！有你好受的！」

他強迫她跪下，然後把她推到牆邊。他打開了窗戶，用繩子把她捆在了窗框上，並用頭巾堵住了她的嘴。

「請看吧，」他喊道，「好戲就要上演了！小弗朗索瓦要出場了！你恨我！這可不能怪我啊！你剛剛是自己選擇死，而不願救弗朗索瓦的。好吧！親愛的，你馬上就能體會到什麼是地獄了。我現在必須告訴你，是你自己拒絕了好幾次機會，現在什麼辦法都沒有了，事情已經成為定局。現在，哀求我沒有用，請求寬恕更沒用，都太晚了！你現在只有這一條路——看兒子決鬥，然後被釘上十字架。維洛妮克，你現在祈求蒼天吧！就算祂對你不公，

你也應該這麼做，不然你還能怎麼做呢？我聽說你的孩子在等一個救星，一個勇於冒險的人。讓他來吧！沃爾斯會好好招待他的，人多了才更好玩，也更刺激。不管誰加進來，我都不在乎。薩萊克問題、財寶問題、大秘密的問題、以及天主寶石的所有秘密的事！現在都無關緊要了，現在最重要的是沃爾斯。他的事才是最重要的！你看不起沃爾斯，沃爾斯要報復。他要復仇！現在，復仇時刻已經到來，多麼令人愉快啊！我像別人行善一樣，去大大方方地作惡！作惡！拷打、槍殺、殺死、踩躪！啊！凶殘是快樂的，凶殘才是沃爾斯的本性！」

他很激動，像瘋了一樣，一邊說一邊在房間裡手舞足蹈。他突然掏出手槍，愚蠢地對著鏡子開了一槍。

看著壞了的畫框和窗玻璃，他手舞足蹈打開了門，然後一路喊著「沃爾斯要報仇！沃爾斯要報仇……」離去了。

十二、備受折磨

　　幾十分鐘過去了，維洛妮克還是被困在窗框上，沒有人來救她。窗框把她的額頭劃破了，繩索陷進了她的皮肉，她的嘴被堵著。這種姿勢讓她很難受，開始的時候她還覺得很疼，但時間久了，她反而沒有感覺了。是啊！相對於精神的痛苦，她肉體上的痛苦根本不算什麼。

　　現在的她幾乎沒什麼意識，只是偶爾會喃喃地道：「我快死了。」

　　過了一會兒，她安靜下來了，彷彿是在暴風雨到來之前總有片刻的寧靜一樣。從現在這一刻起，到她被釘上十字架之前，她肯定還會被嚴刑拷打。但是，她現在不去想了，什麼都不想了，就連她兒子弗朗索瓦現在她都似乎記不起來了。

　　現實中雖然她沒什麼意識了，但她的潛意識裡還是希望出現奇蹟。這種奇蹟要出就會出現在沃爾斯身上，當然了，指望這個惡魔饒恕她和兒子是不可能的了，但是他會不會猶豫，是否會繼續這種不值得犯的滔天罪惡呢？弗朗索瓦也是他的兒子，做父親的有什麼理由要殺自己的兒子呢？這種潛意識裡對奇蹟的渴望撫慰著她那麻木的心靈。

　　這時房子裡響起了一些聲音：爭論的聲音、急促的腳步聲。在她看來，這些聲音似乎是在為摧毀沃爾斯做準備，是決鬥的信號。

　　這時，她又想起了弗朗索瓦，他說過不再和自己分開，還讓自己一定要有信心。

　　「弗朗索瓦，」她反覆地說，「我的寶貝，你不會死的。我們會再見面的，一定會！」

外面的天空滾動著可怕的烏雲。她看著外面，突然發現草坪中間出現了一塊平整的新沙地，就像競技場一樣。她忽然顫抖起來，難道那就是兒子的決鬥場地嗎？她喃喃地道：「原諒我弗朗索瓦，原諒我！這一切都是在懲罰我，是對我以前過錯的懲罰，這是贖罪。不過，卻是兒子替母親贖罪。兒子，原諒我！」

樓下的一扇門開了，樓梯上傳來沃爾斯的說話聲：「就這麼定了。到時候你們兩個從左邊領著這個孩子，我從右邊領著另外一個孩子，我們在決鬥場上見。你們就算是第一個孩子的證人，我算第二個孩子的證人，一起見證兩個孩子的對決。」

維洛妮克閉上了眼睛，她不願看見兒子像奴隸一樣被帶上決鬥場，不願他受到虐待。她聽見惡魔沃爾斯正大笑著談論什麼，還有一些人正從兩邊走進草坪，來的人被分在了兩邊。

「雙方對手停在那兒。」沃爾斯命令道。「各就各位，不許說話。聽我的命令，誰要不聽我的命令，我就先打死誰。很好！準備好了嗎？向前走！」

可怕的決鬥就開始了。

維洛妮克想要不去看，但她怎麼能不看呢？自己兒子的決鬥就在母親的眼皮子底下進行的，她當然關心兒子，於是睜開了眼睛。

她看見兩個孩子在廝打，可是她立刻呆住了，因為她沒看出來兩個孩子誰是弗朗索瓦，誰又是雷諾爾德。因為他們長的太像了：一樣的衣服和絲絨短褲，一樣的白法蘭絨襯衫，一樣的皮腰帶，都蒙著像風帽一樣的紅絲巾，頭也蒙住了，只能看到他們的兩隻眼睛。

「啊！」她喃喃地說，「那個是弗朗索瓦，這個很凶，一定不是，也許是。不，難道我錯了，這不可能啊！」

她當然希望兒子在搏鬥中取勝。她觀看這場決鬥，就是為了要賦予兒子不屈不撓的毅力和進攻的意志，賦予他用不完的力量。她將使兒子躲過一切擊打，躲過一切致命的凶器，躲過死亡。

可現在兩人都蒙著臉，她該為誰祈禱？向誰賜予力量呢？又該反對誰

238

莫里斯・盧布朗

呢？不得不說，沃爾斯的這個計畫極為惡毒。

沒有任何標記，她不知道誰是誰。一個看起來矮胖一些，強壯一些，也不怎麼靈活，他是雷諾爾德嗎？另一個高瘦一些，也更敏捷一點，他是弗朗索瓦嗎？她還是不敢斷定，哪怕兩個孩子只要有一個露出一點臉，甚至看一下他的表情，她都能看出誰是弗朗索瓦。可是，他們都帶著面具。但是，決鬥可不管她能否認出，仍然繼續進行著。

這對她來說比看見兒子的面孔更為可怕。

「好！」沃爾斯在為一次攻擊叫好。

他故意裝出不偏不倚的樣子，像個業餘拳擊愛好者一樣為他們的每一次出擊叫好。但是，他也希望占優勢的人取勝，看不出來這個心狠手辣的人有為即將死去一個兒子而難過的半點跡象。

他對面站著兩個相貌粗野的同夥，這兩人都是禿頂，鼻子很大，而且都戴著眼鏡。兩人都很瘦，但肚子卻很大。這兩人可沒有沃爾斯那樣的興頭，只是用一種漠不關心的態度冷眼旁觀，根本沒有鼓掌叫好的意思，可能這差事是沃爾斯強迫他們做的。

「很好！」沃爾斯稱讚道：「就這樣刺，小子們，打得好，我該獎賞誰呢？」

沃爾斯用嘶啞的嗓子為他們加油，不停地圍著兩個孩子轉。

維洛妮克被綁著，那姿勢讓她很難受，再加上兒子正在搏鬥，而她卻不知道誰是兒子，她心中的焦急是顯而易見的。她動了動被綁的手，實在受不了這種折磨人的刑罰了，差點暈了過去。這時兩個孩子中的一個受了傷，在猛擊一下之後，他往後跳了一步，迅速包紮好自己帶血的右腕。他包紮傷口用的是藍條小手帕，維洛妮克記得這是弗朗索瓦用的。她立即確信這個又瘦又敏捷，比另一個更有風度的孩子應該就是弗朗索瓦。

「這是弗朗索瓦，」她喃喃地說，「是的，是他。孩子，是你嗎？我的乖寶貝！孩子啊！我認出你了，我的弗朗索瓦，我心愛的弗朗索瓦！」

兩個孩子現在看來打得難解難分，一時分不出勝負。但是，剛才那個瘦一些的孩子，也就是她認為是弗朗索瓦的孩子，與另一個是不一樣的。這個

孩子只是努力去刺傷對方，進攻的目的不是致命的，只是為了阻止對方殺死自己。這個孩子在竭力使自己不那麼野蠻和缺乏理智。而與此相反的是，另一個孩子的刀光卻一直不離他的頭部。

「我的寶貝！他是一個惡魔，不要手下留情啊！弗朗索瓦，你要小心。你要是再心慈手軟的話，就可能……」她想喊叫，可嘴卻被堵住了。

另一個孩子凶狠地向他砍了一道，他避開了這一擊。

她在心裡為他加油。「要看住他，注意他的動作。休息一下，喘口氣！他在準備了，他向你衝過來了！啊！寶貝，他差點就要刺到了你。我的寶貝，小心啊，那是個陰險的對手。」

慢慢地，她感覺到那個自己視為兒子的孩子開始撐不住了，腳步開始虛浮。另一個孩子則越殺越勇，弗朗索瓦只能連連後退，很快就退到了賽場邊上。

「小東西，」沃爾斯嘲笑地說，「你不是想逃走吧？使勁呀，站穩！你難道忘了，我和你說過，你贏了的話能得到什麼嗎？」

孩子立刻振作了起來，奮起神威衝了過去。這回，另一個孩子開始後退了。沃爾斯大聲叫好。

維洛妮克喃喃地說：「他這是為我拼命。一定是沃爾斯這個惡魔對他說，『你母親的命就靠你了，如果你勝了，我就放了她。』他這才如此拼命的，也許，他還知道我在看著他。我心愛的寶貝，放心吧，我會為你祈禱，賜你力量。」

她的兒子一次次失利，又一次次衝上去。維洛妮克很激動，她渾身顫抖著。弗朗索瓦在對打時，身體突然失去平衡，仰面跌倒在地，他的右臂被壓在了身下。

對手立刻撲了過去，用膝蓋抵住他的胸膛，舉起寒光閃閃的匕首。

維洛妮克大為驚慌：大叫道：「救命啊！救命啊！」但是，沒人聽得到。她不顧繩子勒著皮肉的疼痛，靠牆支撐著身子。窗框劃破了她的額頭。她立刻感到，自己將隨著兒子一起死！

沃爾斯面無表情地走到了兩位決鬥者身邊。

那一刀砍來的時候，弗朗索瓦用左手抓住了對方的手腕，讓刀不至於砍到自己的頭部。幾十秒過去了，在兩人不斷角力的時候，刀離他的脖子越來越近了。

沃爾斯彎下腰去，十分仔細地看著他們。他是站在兩人後面的，所以雷諾爾德和弗朗索瓦都看不見他。看起來他似乎不滿意比賽的結果，想幫助某個孩子，他會幫誰呢？是弗朗索瓦嗎？

維洛妮克兩眼睜得大大的，死死地緊盯著兩個孩子，也注意著沃爾斯的行動。

刀尖已經挨著弗朗索瓦的皮膚了，弗朗索瓦使勁頂住，但看樣子應該還是被傷到了，不過因為他一直頂著，傷口應該很淺。

沃爾斯腰彎得更低了，眼睛眨也不眨地看著兩人的角力。突然，他從口袋裡抽出一把小刀。

過了幾秒鐘，匕首還在向弗朗索瓦的脖子上壓去，此時沃爾斯朝雷諾爾德的肩膀上猛刺了一刀。

那孩子痛得叫了一聲，立刻鬆開了手。弗朗索瓦被救了，他獲得自由，立刻站起來重新發起了進攻。他懷著對敵人的仇恨，用盡全力朝雷諾爾德的臉猛刺了一下。雷諾爾德躲避不及，重重地倒了下去。

維洛妮克驚呆了，這一切只是眨眼之間的功夫，她的兒子就反敗為勝了，這個意外讓她不知所措，不知道是不是應該高興。但是，頃刻之間她就意識到了不對，沃爾斯為什麼會幫自己的兒子，那就只有一種可能，那就是剛才占上風的才是自己的兒子！想到這裡，她才醒悟剛才沃爾斯用刀刺的是自己的兒子。因此，她一下就暈了過去。

維洛妮克醒來的時候，聽到鐘聲響了四下。她說：「我暈過去兩個小時了！弗朗索瓦已經死了兩個小時了……」

她毫不懷疑決鬥的結果。因為，沃爾斯絕不會讓弗朗索瓦取勝，他用刀刺的就一定是自己的兒子。可憐的她，剛才還為那個小惡魔祈禱，那一定不利於自己可憐的兒子！

「我兒子死了，」她反覆唸叨著，「是沃爾斯殺死的！」

這時，門被沃爾斯推開了，他腳步踉蹌地走了進來。

「親愛的夫人，對不起啊！我想我一定睡著了，維洛妮克！這得怪你爸爸，他的酒窖裡藏著一瓶蘇密爾酒，孔勒和奧托兩人找到酒後灌醉了我。別哭了，時間不多了，我們要在半夜裡行動。那……」

他靠近了一些，大聲說：「啊！沃爾斯這個畜生竟然把你捆在這兒？這個沃爾斯啊！他多粗魯啊！啊！你的臉色為什麼這麼蒼白！一定是不舒服吧！上帝，你說話呀，不會是死了吧？我的天呢！」

他抓著維洛妮克的手，維洛妮克拼命掙扎著。

「好啊！你竟然還是這麼恨我，難道你真的是要和我對抗到底嗎？」

外面傳來聲音。他說：「誰叫我？是奧托？哦！上來吧！奧托，有什麼事嗎？剛剛我睡著了，真不該喝那麼多蘇密爾酒……」

奧托跑了進來，正是下午那兩個人中的一個。

「什麼事？」

「我在島上看見一個人。」

沃爾斯笑了起來：「奧托，你也醉了嗎，這該死的蘇密爾酒！島上怎麼會有其他人！」

「我沒有醉，我看見有人來了，而且不止我一個人看見，孔勒也看見了。」

「噢！」沃爾斯神情嚴肅地說，「你們看見什麼了呢？」

「一個白色人影，那東西看見我們之後，就躲起來了。」

「在哪兒？」

「在村子和荒原之間的一個小樹林子裡。」

「在島的那邊？」

「是的。」

「很好，我們以後要小心。」

「怎麼小心？他們的人好像很多……」

「就算有十個人，那又怎麼樣？最後一樣被我消滅了。孔勒在哪裡？」

「他在我們新修的天橋附近守著。」

「原來的橋被燒掉，把我們隔在島的那邊。如果這個新橋再被燒掉，我們也會遇到困難的。孔勒很機靈，知道防守重點在那裡。維洛妮克，你渴望的奇蹟就要出現了，我想一定是有人來救你了。不過，我的美人，可別高興得太早，因為他們現在才來救你已經晚了！」

他把她從窗框上解了下來，還把堵在她嘴裡的東西拿掉了。他把她放在沙發上，悠閒地說：「美人，你可以睡一會兒，盡情地休息吧！到各各他山的路還遠著吶，而且很難走。」說完，他笑著走開了。

維洛妮克聽見了他和他的兩個同伴在說話。

奧托問：「你虐待的這個壞女人到底是誰？」

「別多管閒事。」

「可是我和孔勒總該知道點情況吧！」

「為什麼？」

「為了瞭解情況。」

「你和孔勒只是兩個白癡，」沃爾斯說，「當初你們接受了我的條件，我才把你們帶來這裡的，而且當時我告訴你們的已經夠多的了。現在，你們就不該再多事了，必須跟著我幹，不然的話……」

「怎麼樣？」

「後果很嚴重，因為我不喜歡說話不算數的人！」

看來，孔勒和奧托只是沃爾斯的跟班，也不知道沃爾斯到底在幹什麼。現在維洛妮克反而不那麼希望自己被救出去了，因為當她知道兒子已經死了後，就只想早點到天堂和他相聚，哪怕真的被釘上十字架也行。兒子死後，她似乎一點也不怕這什麼上十字架的刑罰了，有什麼好怕的呢？

她開始祈禱。

腦海中又不斷閃現著對以前的回憶，她現在依然堅持認為，是自己過去的錯誤導致了今天悲劇的發生。

她就這樣祈禱著，直到精疲力竭，昏昏睡去為止。沃爾斯回來了，她還在睡著。

沃爾斯弄醒了她。「祈禱吧，孩子，時間到了。」

他好像害怕被其他人聽見一樣，說話的聲音很低。他貼著她的耳朵，用溫柔的話語講述了以前一些毫無意義的事。最後，他大聲說：「奧托，我餓了，你去找點吃的來。」

食物拿來之後，他們開始吃起來。

過了一會兒，沃爾斯又站起來對維洛妮克說：「別這麼看著我，你的眼神讓我很不自在。如果就我一個人在這的話，你怎麼看我都無所謂，可是在有別人在場的情況下，你那具有穿透力的、美麗的眼神看著我，我就會敏感起來。我的美人兒，先閉上眼睛吧！」說完，便用一塊手帕把維洛妮克的眼睛蒙住了。只是蒙住眼睛沃爾斯感覺還不夠，於是他從窗子上取下窗簾，把她整個頭和脖子都包了起來。

之後，幾個人又繼續吃喝。他們三個人只是默默地吃著，並沒有談到他們在島上的行動，也沒有談到下午決鬥最後到底怎麼樣了。管它呢！反正現在對於維洛妮克來說，什麼都不重要了，她只想著死。但是，他們三個人還是說話了。

天黑的時候，沃爾斯下令出發。

奧托語帶敵意地問：「你下定決心了？」

「早定了。你問這個幹什麼？」

「不為什麼，但是無論如何……」

「怎樣呢？」

「我們直說了吧，我們對這件事並不是很感興趣。」

「不想做了！怎麼現在才說呢！我的兩位先生，你們之前不是很輕易地就把阿爾希納姐妹吊起來了嗎？怎麼現在好像害怕了一樣。」

「那天情況不一樣，你把我們灌醉了，我們才……」

「你再醉一次不就行了。這兒有白蘭地，喝吧，灌醉你自己吧！孔勒，架子準備好了嗎？」

他又轉向維洛妮克。「親愛的，我會好好照顧你的，為此我要先把你捆起來，不過你放心，你會很舒服的。」

八點半鐘左右，他們就出發了。

沃爾斯走在前面，拿著燈照路，他的兩個同伴抬著架子跟在後面。

自下午開始，又濃又黑的烏雲就開始在小島的上空盤旋著。天黑下來以後，風又起來了，看來是要下大雨了。燭光在風中不斷地跳動著。

「呀，」沃爾斯輕聲說，「今天晚上的這種景象真是淒冷！不過卻正適合攀登各各他山。」

突然，一團黑影竄到了他身邊。他嚇了一跳，趕緊躲開了。「什麼東西？快……原來是一隻狗！」

「是那個孩子的狗，」奧托說。

「啊！是那個有名的『杜瓦邊』吧？這畜生來得正好。很好，畜生，看我怎麼收拾你。」

他一腳踢向「杜瓦邊」。「杜瓦邊」閃開了，叫了幾聲，又繼續跟著這隊伍往前走。

路很難走，三人一路上跌跌撞撞的，總有人不小心走偏了道，常常被荊棘和常春藤絆倒。「停！」沃爾斯命令道，「夥計們，歇會兒。奧托把酒壺遞給我，我現在有些興奮，想喝點兒酒。」

他拿過酒瓶，喝了幾大口。「奧托，來，你也喝點。怎麼？你不喝？為什麼？」

「島上來其他人了，他們可能在找我們。」

「讓他們去找好了！」

「他們要是坐船來的，就會走懸崖上的那條路。這女人和她的孩子，今天早晨就想從那裡逃跑，不過沒有得逞。」

「我不怕他們從海上來，而是怕他們在陸地上進攻。不過，也不用過於擔心，那座橋被燒掉之後就沒有通往這裡的通道了。」

「假如他們發現了黑色荒原地道下的洞口，然後沿著地道走到這裡來怎麼辦？」

「發現洞口？可能嗎？」

「我不知道。」

「就算他們發現了，我們可以從這邊把洞口堵住，然後把梯子毀了。

這樣他們就被困在裡面了，要打開我們封住的洞口，起碼得花費好半天的時間，在這麼長的時間裡，還不夠我們離開這個島嗎？」

「就這樣離開了？可……」

「你想說什麼？」

「寶藏呢？」

「啊！寶藏，原來你就是因為這個才一直心神不寧的？好吧，你放心就是了，不管怎樣，我最後都會給你一份的。」

「是真的嗎？」

「當然！我在這兒受苦，做了這麼多受苦受累的事，不就是為了這個嗎？」

他們又繼續趕路。

又走了一會兒，開始下雨了，還響起了雷聲。

在走一段崎嶇不平的路時，沃爾斯不得不幫同夥一下，因為他們兩個還抬著東西。

「我們終於到了，」沃爾斯說，「奧托，拿酒壺來！」

在一棵被砍掉樹枝的橡樹下，他們放下了維洛妮克，透過微弱的燭火，我們能看到樹上面的字：V.d'H。沃爾斯把梯子靠在樹幹上，手上拿著帶來的一根繩子。「我去把繩子纏在留下來的粗樹枝上，用它當滑輪。」他說，「和處理阿爾希納姐妹一樣。」

他突然向旁邊一閃，不再說話，因為他發現了一樣東西。他喃喃地說：「什麼東西？你們剛才聽到了什麼聲音沒有？」

「聽到了，」孔勒說，「好像扔過來的一個什麼東西，從我耳邊飛過去了。」

「你看錯了吧？」

「我也聽見了，」奧托說，「像是什麼東西打到了樹上。」

「哪棵樹？」

「就這棵橡樹！好像是在射我們。」

「可沒有槍聲啊！」

「不一定是用槍，也許是一塊石頭打到樹上了。」

「很簡單，看看樹上有什麼不就行了，」沃爾斯說。他用燈一照，立刻就驚叫起來：「見鬼！你們看樹上名字的下面……」

他們朝他手指的地方看去，發現一支箭射到了樹上，箭尾還在顫動，顯然是剛剛射上去的。

「一支箭！」孔勒喊道，「怎麼會有一支箭呢？」

奧托咕噥道：「完了，有人在暗處偷襲我們。」

「射箭的人離我們不遠，」沃爾斯小聲說，「都仔細點，到處找找看。」說完，他用燈在四周黑暗處照了一圈。

「等一下，」孔勒著急地說，「把燈往靠右的地方照照，看到了嗎？」

「是的，我看見了。」

在離他們四十步遠的地方，就是那顆被雷擊過的橡樹幹邊，他們發現一團發白的、像人影一樣的東西在晃動。他們立即躲進了灌木叢中。

「別說話，也別動，」沃爾斯小聲地命令道，「不要讓他知道，我們已經發現他了。奧托，你拿著槍留在這裡，看好了。孔勒，你跟我來。奧托，如果有人來搶這位夫人，你就以鳴槍作為信號，我們聽到槍聲會趕快跑回來的，懂嗎？」

「懂了。」

沃爾斯又看了看維洛妮克，然後把包著她的頭巾鬆了一下。

維洛妮克的眼睛和嘴仍然被蒙著，她現在呼吸困難，感覺很難受，似乎快要死了的樣子。

「還來得及，」他輕聲地說，「不過如果要讓她按原定方式死的話，我們的時間就不怎麼夠用了，因此要趕快。不過，看她的樣子好像感覺不到疼了，似乎失去知覺了一樣。」

放下燈籠後沃爾斯領著同夥走了，兩個人從最黑的地方，悄無聲息地朝著白影子移動。

但是，他很快就發現：這個白影子旁邊，還有一個小黑影在跟著跳動；白影子看起來和沒動一樣，但其實卻是一直在動，因為影子一直和他們保持

著固定的距離。

「那黑影是那隻討厭的狗！」沃爾斯罵道。

他加快了腳步，想追上影子，看看那東西到底是什麼。但是，他們始終追不上，他跑影子也跑，他走影子也走。影子始終和他們保持著固定的距離。更奇怪的是，這個神秘的影子，跑起來沒有任何聲音。

「見鬼！」沃爾斯咒罵著，「他在玩我們。孔勒，我們開槍試試怎麼樣？」

「太遠了，打不到的。」

「可該怎麼辦呢？不能老這樣……」

影子一樣的陌生人領著他們到了岬角，然後又不停地轉圈，跟在他身邊的狗還不時地發出歡快的叫聲。

不管沃爾斯怎麼樣拼命追，總是追不上，他不禁大為惱火。一刻鐘之後，他破口大罵起來：「朋友，你站住！你想幹什麼？把我們引入圈套？是好漢就停下來，不要當縮頭烏龜，我還真想不出，你來這裡是為什麼？救那個女人嗎？她就快死了，你就別動腦筋了。啊！混蛋，別跑了，你馬上就會落入我的手中！」

孔勒突然扯了一下沃爾斯的衣服。

「怎麼啦，孔勒？」

「快看，他好像真的不走了。」

隨著他們兩人的前行，那白影子在黑暗中變得越來越清晰，好像真的不走了。透過樹叢可以看見那影子現在好像趴在地上一樣。

「他可能摔倒了，」孔勒說。

沃爾斯走上前喊道：「無恥之徒，怎麼不跑了，想不想嘗嘗子彈的滋味，我的槍已經瞄準了。把手舉起來，不然我就開槍了。」

那影子沒有一點回應。

「我數三下，就開槍。如果你敢反抗，只有死路一條。」

他又往前走了一段，現在離影子只有二十公尺遠了。他一邊舉著槍，一邊數著：「一……二……孔勒！射擊！」

「砰，砰」兩聲，兩發子彈射了出去。

那兒傳出一聲痛苦的叫聲。

兩人大喜，以為那個人一定中彈了，立刻向那影子跑了過去。

沃爾斯大喊道：「無恥的傢伙，你完蛋了！我沃爾斯可不是好惹的！你這個該死的混蛋，剛才竟敢戲弄本大爺！害得本大爺我追得好苦啊！」

離那個人幾步遠的時候他放慢了腳步，擔心那個人不死反過來打自己，但那個人還是沒有動。沃爾斯又走近看了看，發現那個人已經沒一點生氣，似乎已經死了。

沃爾斯放下心來，立刻跳到那影子身上，打算再打幾拳出出氣！同時，他還對孔勒說：「孔勒，來看看我們的獵物吧！」

可是，當他用手去抓獵物時，根本沒有抓到人的身體，而是抓到了一件衣服。只是一件衣服，可這衣服裡並沒有人。人早就跑了，那個人把這件衣服掛在樹叢上，然後就溜之大吉了。連那隻狗也跑了。

「混蛋，真是活見鬼！」沃爾斯罵道，「他又在耍我們，這個混蛋！他到底想幹什麼？」他氣急敗壞用腳去亂踩那衣服。這時他忽然閃過一個念頭。「究竟為了什麼？他媽的，調虎離山，把我們引開，然後去襲擊奧托。啊！真是詭計多端呢！我怎麼現在才明白呢？」

他立刻趕回奧托那裡。回到那裡的時候，他立刻喊道：「奧托！奧托！」

「站住！是誰？」奧托驚訝地問道。

「別開槍！是我，你想幹什麼？真是見鬼了，你不認識我嗎？」

「你是誰？」

「是我，奧托，你這個蠢貨。」

「剛才我聽到兩聲槍響，怎麼回事？」

「待會兒再告訴你。」

他來到橡樹地下，立刻拿起燈籠去照維洛妮克。她還好好地躺在樹底下，頭上還是包著布。

「啊！」他說，「還好沒出事，嚇了我一跳！」

「出什麼事了？」

「我怕有人把她從這兒搶走！」

「我不是在這裡嗎？」

「你？你沒有你自己想像中那麼勇敢……萬一有人襲擊你……」

「我會開槍，然後你們就知道了，就會趕來幫我的。」

「也許吧！你這裡沒有什麼情況吧？」

「沒有。」

「那女人沒鬧過嗎？」

「開始的時候有點鬧，她老是呻吟，我都聽煩了。」

「後來呢？」

「噢！她沒鬧多久，後來我一拳把她打暈了，就沒事了。」

「畜生！」沃爾斯叫道，「如果你把她打死了，我馬上就讓你死。」

　　他蹲下去把耳朵貼在維洛妮克的胸口上。「沒死，」他聽了一會兒後說，「心臟還有跳動，不過有些弱，可能堅持不了多久。夥計，開始吧，爭取十分鐘內結束。」

十三、上十字架

　　準備的時候，沃爾斯也親自上陣了。在把梯子靠在樹幹上後，他用繩子的一頭搭在上面的樹枝上，用另一頭拴住維洛妮克的身體，然後爬上梯子頂端對奧托說：「你們先把她立起來，然後把她拉到樹上，拉的時候另一人扶著她，別讓她摔倒了。」他等了一下，但樹下的兩人並沒有按照他說的做。

　　奧托和孔勒正小聲交談著什麼。

　　他又喊道：「你們能不能快一點，現在我在樹上，萬一有人襲擊我，我就成活靶子了。好了，可以開始拉了嗎？」

　　兩人還是沒有回答。

　　「喂！奧托，孔勒，她已經僵了！她怎麼啦？」他跳到地上，訓斥他們。「你們兩個在幹什麼？像你們這樣的話我們到明天早晨也幹不完。奧托，說，你們到底想怎麼樣？」他拿燈照著奧托的臉。「怎麼回事？不想幹了？孔勒，你呢？有什麼事說出來，難道你們要罷工不成？」

　　奧托搖搖頭。「罷工倒不至於，不過我和孔勒想和你說點事。」

　　「什麼事？關於什麼的？是關於這個即將被處死的女人嗎？還是關於那兩個孩子？可是你們關心這些幹什麼呢？僱你們來的時候我就說過：『你們只管做事，雖然事情不容易做，而且還有一定的危險。但是，幹完以後，我會給你們一筆豐厚的酬金。』」

　　「問題就在這裡。」奧托說。

　　「蠢貨，你想說什麼？」

　　「你來說會更清楚，先想想我們當時是怎麼談合作協定的？」

「你們不是很熟悉嗎？還問我幹什麼？」

「我正是為了讓你記起它，才希望你重複一遍的。」

「好吧！協定的內容是——得到財寶後，寶藏是屬於我的，我從寶藏中分二十萬法郎分給你們。」

「我們再來說說這件事，關於寶藏的問題。這幾週以來，我們幹的都是種種罪惡的勾當，這讓我們兩個成天生活在血腥和噩夢之中，現在更是累得筋疲力盡。可是到頭來，連寶藏的影子也沒見到！」

沃爾斯聳聳肩膀。「奧托，你真是越來越笨。你知道要得到寶藏，首先得做很多事，現在除了一件事，其他基本都完成了。就等這最後一件事，財寶就是我們的了。」

「可是我們又怎麼知道你的計畫呢？也不知道你什麼時候才能得到你說的寶藏。」

「你在懷疑我能否拿到寶藏？我要是沒有把握能去幹這些事嗎？這一切事情按事先定下的次序進行的，都是不可改變的。最後一件事也不例外，完成那件事就等於打開了寶藏的大門。」

「大門，我看是地獄之門吧，」奧托嘲笑道，「馬克諾格這樣說過。」

「不管怎麼稱呼，但寶藏的大門是向我敞開的。」

「就算你信心十足，我當然也希望你是對的，你能得到寶藏。可是，誰能肯定我們能得到自己的那一份呢？」

「你們肯定會得到自己的那一份。這是很明顯的，如果我得到寶藏，我就富可敵國，我都這麼有錢了，會不給你們那區區的二十萬法郎嗎？」

「這麼說的話，我們可以放心了？」

「當然。」

「你的承諾同我們協議的條文一樣有效嗎？」

「當然。不過，你現在提起這件事是什麼意思呢？」

「你這段時間沒有遵守我們協議中的條款，而且還用卑鄙的手段欺騙我們。」

「胡說什麼？你知道你是在和誰說話嗎？」

「我知道，你是沃爾斯！」

沃爾斯一把抓住奧托。「你竟敢對我如此無禮！對我稱『你』，不稱『你』了！」

「我當然敢這樣稱呼你，你不是做了更無恥的事嗎？偷我們的東西？」

沃爾斯控制著自己，用氣得發抖的聲音說：「說話要小心點，你在玩火自焚，小心後果嚴重。不過，我仍願意聽你說下去，我偷了什麼？」

「你還記不記得，我們的協議中規定了我們兩個除了在事成之後擁有二十萬法郎之外，還規定我們三人無論誰在行動中找到了現金，都將分成兩份，一份歸我們倆，另一份歸你。當時，在訂協議的時候，我們還舉手發了誓。是這樣的嗎？」

「是的。」

「那給我吧！」奧托說著伸出手。

「給你什麼？我什麼也沒找到。」

「你撒謊。在阿爾希納姐妹死的時候，你從她們的襯衫裡找到了她們身上的錢。後來，我們去了她們家裡，卻什麼也沒找到。這就更加證明錢被你提前拿去了。」

「胡說！」沃爾斯有點尷尬地說。

「這是事實。」

「好吧，你拿出證據來。」

「你襯衫裡有個小包，你用別針別起來了，麻煩你拿出來。」奧托用手指著沃爾斯的胸口，補充道：「掏出來吧！你那個用細繩捆著的小包裡有五十張一千法郎的紙幣。」

沃爾斯吃了一驚，半天沒有說話。他不明白，奧托是怎麼知道這些的？

「你承認嗎？」奧托問道。

「不錯，確實有，」他答道，「我只是想得到寶藏後一塊兒給你們結算而已。」

「現在就算，這樣更好。」

「我要是拒絕呢？」

「你不會的。」

「我拒絕現在分錢！」

「沃爾斯，你注意點！」

「我怕什麼，你們只有兩個人。」

「也許有三個人。」

「第三個人？」

「我和孔勒剛才和你說過，有不速之客要來島上，剛才身穿白衣服射箭的就是他，他一來就把你玩弄了。」

「你要叫他來幫忙？」

「當然！」

沃爾斯想，如果三個人聯合起來，自己萬萬不是他們的對手，還是先忍了吧！於是，他掏出了那個包，拿出錢，數了起來。「你是小偷！是強盜！給你……」

奧托突然一把從他手裡把錢奪走。「不用數了。」

「可……」

「一半歸孔勒，一半歸我，就這樣吧！」

「畜生！這樣和強盜有什麼區別！最後要把我的那份還給我。不過說實話，這些錢我還不放在眼裡，可是你也不能在樹林裡明搶吧！」他罵了一會兒，然後笑了起來，笑的很陰險。「幹得不錯，奧托。不過你是怎麼知道這些的呢？這一點我很想知道，不過現在我們還是做事吧！再也不能耽擱了。好吧，我們就這樣講定了，沒有意見的話，現在開始幹活吧！」

「當然沒意見，錢都給了，還有什麼意見呢！」奧托說。

孔勒也奉承道：「沃爾斯，你真大氣，真有風度！」

「好吧！錢你們也拿了，快點幹活吧，事情很急。」

沃爾斯又爬上梯子，重新給孔勒和奧托下達命令，兩人這次很聽話。三個人一起行動起來，事情就做得很快了。他們一個人拉著繩子，另一個人把維洛妮克立起來，然後扶著她保持平衡。沃爾斯在樹上接住她。他把她那彎曲的雙腿強行弄直了，並把她緊貼在樹幹上。她的左右兩手向兩邊伸開，身

子和胳膊都用繩子捆著，裙子緊貼著兩腿。

可憐的女人現在好像還處在昏迷中，連呻吟聲都沒有，更別說反抗了。沃爾斯想對她說幾句話，但見她這樣，只好打住了。她的頭又垂到了胸前，垂得很低。他想把她的頭扶正，但最終沒有這樣做，面對這個即將死去的人，他好像反而沒有勇氣去碰了。

把維洛妮克捆在樹上之後，他立刻從樹上下來了，有些慌張地說：「奧托，酒呢！給我酒，我要喝一點！」

「一定得這麼做嗎？現在還來得及……」孔勒說。

沃爾斯嚥下幾口酒，大聲說：「來得及，來得及幹什麼？讓她倖免於難？孔勒，要是救她的話，你直接說讓我代替她去死好了。可是，我還要做我的事業，我還有宏大的目標，而且你不知道這個事業是多麼的偉大，而且……」

他又喝了一口酒。「好酒，不過要有萊姆酒就更好了，這樣能讓我的心安穩一下。孔勒，你有嗎？」

「還剩下一點。」

「給我。」

他們把燈蒙了起來，因為怕人看見。然後，他們靠著樹幹坐了下來，想安靜一下。可是沃爾斯剛喝了一口酒，一下又來了興致，於是他又開始侃侃而談：

「在處死她之前，我很有興致給你們講一件事情。至於這個女人叫什麼，是幹什麼的，你們就不要知道了。你們只要知道，命運特意的安排，讓她成為第四個死在十字架上的女人。不過沃爾斯在勝利即將到來的時候，要和你們說說，甚至是帶著幾分自豪告訴你們。到目前為止所有的一切事件，如果說都是全憑我和我的意志進行的話，那麼即將發生的這件事也要靠最堅強的意志，靠沃爾斯效勞的意志來完成它的！」

他又重複說了好幾次，彷彿這個名字有無窮的魅力：「沃爾斯！為沃爾斯……」他站起來，開始手舞足蹈了。

「國王的兒子，沃爾斯；命運的寵兒，沃爾斯；你的機會到了，準備好

去迎接吧！你！要麼是超人，要麼就是強盜；要麼只是一個罪大惡極的、雙手沾滿別人鮮血的、卑劣的冒險家，要麼就是諸神寵幸的預言家。這是命運註定的。這是一個崇高的時刻，我們獻給諸神的神聖祭品，是一顆跳動的心臟。你們倆在那兒好好聽著。」

他又爬上梯子，想聽一聽現在維洛妮克那已經微弱的心臟，是否還在跳動。不過，維洛妮克的頭向左邊垂著，使他無法挨到她的胸口，他也不敢去動她。不過，他只聽見了她的呼吸聲。

他低聲地說：「維洛妮克，你聽見我說話了嗎？」

他稍微停了一下，又道：「你應當知道，有時候連我自己也被自己幹的事嚇壞了，可這是命運，誰也躲避不了。算命先生的預言，還記得嗎？——『你的妻子將死在十字架上。』而你的名字——『維洛妮克』本身就使人想到這個預言！你想想『聖維洛妮克』這個詞指的是——用一塊布替耶穌揩面。而這塊布上，當然會留下了救世主的聖蹟。維洛妮克，能聽見嗎？」

他又急急忙忙爬下梯子，到下面又喝了一口萊姆酒。

於是他又興奮了，發狂般地講了一段他的同夥一點都聽不懂的胡話。然後，他又開始向看不見的敵人挑釁，並不時咒罵著老天。

「沃爾斯掌握著命運，我是最了不起的人，能掌握神秘事件和神秘力量，用最神秘的方式，知道人類最大的秘密，一切按照我的意志行事。沃爾斯正在期待著，正等待著神意的傳來，我們看不見，也不知道是誰將帶給沃爾斯榮譽和祝福。讓他準備好！讓他從地獄中走出來！讓他從黑暗中走出來！這就是沃爾斯！在鐘聲和頌歌聲中，他向宇宙發出了命運的信號，並將命運之火投向了裂開的大地。」

他停了下來，抬頭看著天空，似乎天上會出現什麼徵兆，而他似乎真的能感應某種召喚一樣。

看到他這些吹牛的言辭和他滑稽的表演，他的兩個同夥不禁面面相覷。

奧托輕聲地說：「嚇我一跳，他這是怎麼了？」

「可能是因為喝了萊姆酒，」孔勒說，「不過，他說的東西很嚇人！」

「我說的那些事情總在我周圍出現，」沃爾斯神秘地說，「它們都是多

少世紀流傳下來的。而我必將完成這些事，這就像分娩一樣，到我這裡的時候，正好瓜熟蒂落。今天，我和你們兩個人說起了這些事，你們兩個——奧托和孔勒就是見證人。你們兩個要注意了：在沃爾斯應當獲得寶石的地方，大地就要顫抖了，一道烈焰沖天而起。」

「他在說什麼。」孔勒嘀咕道。

「看，他又上梯子了，」奧托小聲說，「現在要是他被箭射中，死了也活該！」

維洛妮克現在已經奄奄一息了。

沃爾斯無法控制自己的激動情緒，爬上樹對著她說話，開始聲音很低，但之後聲音越來越大：「維洛妮克，你的使命完成了，你已經攀登到了頂峰，你的犧牲是光榮的！當然，你犧牲之後，我就勝利了，這裡面的功勞也有你的一份！聽！你已經聽見了嗎？隆隆雷聲越來越近了。你不必期望救援了！我已經打敗了你的援兵，現在這個時刻，就是你死亡的前夕，你也許會有這樣的怨恨——『主啊！你為什麼拋棄我？』『主啊！你為什麼拋棄我？』」

他大笑起來，像個瘋子一樣。隨後，他安靜了下來。雷聲這時候也停了，沃爾斯俯下身來，突然在梯子上吼起來：

「『主啊！你為什麼拋棄我？』諸神拋棄了她……死神即將完成自己的使命。現在四個女人中的最後一個——維洛妮克，即將死去！」

他停了一會兒，接著又叫了兩次：「維洛妮克死了！維洛妮克死了！」

接下來，又是死一般的寂靜。

這時，大地忽然震動了。但是，那不是雷聲引起的震動，而是大地深處的震動。這種震動還持續迴盪著，就像回聲一樣。在他們身旁附近的半圓形橡樹林的另一端，一道火光沖天而起，滾滾的濃煙中出現了紅色、黃色、紫色的烈焰。

沃爾斯的同夥們被驚呆了，其中一個有些害怕地說：「這是那棵腐爛了的橡樹，它已經被雷擊過一次，怎麼現在又發生了爆炸……」

大火現在差不多熄滅了，不過他們三個人仍然清楚地記得，剛才老橡樹

被火舌整個吞噬時，變成了淡淡的五顏六色的樣子。

沉默了一會兒的沃爾斯嚴肅地說：「這兒就是通向天主寶石的入口，命運正在像我剛才說的那樣行動了，燒毀這棵樹就是它的傑作，而它這麼做正是因為我的緣故。以前，我是命運的僕人；現在，我是它的主人。」說完，他拿著燈籠往前走。

這時，他的兩個同伴接著燈籠發出的火光，驚奇地發現那棵橡樹根本沒留下任何火燒的痕跡。他們還發現有一大堆枯葉被下面幾根樹枝隔開，就像我們升爐子之前，還沒有點火的時候一樣。

「這是奇蹟，」沃爾斯說，「這是一個讓人不可思議的奇蹟。」

「我們該怎麼做呢？」孔勒問。

「孔勒，帶上梯子，我們要進入這個命運指給我們的洞口裡去。先用手摸索一下這堆樹葉，樹是空的，我們試試……」

「樹雖然是空的，」奧托說，「但它也總該有根，有沒有通過樹根，然後進入洞裡的路呢？」

「再來試一次。孔勒，把這些廢棄的樹葉弄走……」

「不，」孔勒斷然回答。

「為什麼？怎麼突然你又變卦了？」

「你記得馬克諾格吧！他就是因為碰到寶石才被迫把手剁掉的！」

「我當然知道，不過天主寶石不在這兒！」沃爾斯冷笑著說。

「你難道不知道馬克諾格常說的地獄之門就是指這裡嗎？」

沃爾斯聳聳肩膀。「你呢？奧托，你也怕嗎？」

奧托沒有回答，顯然是有些猶豫不定。

沃爾斯此時也有些猶豫，他說：「不錯，我們不用著急。明天天亮之後，我們用斧頭把樹砍倒，那樣就能更清楚情況了。」這個意見得到了其他兩人的贊同，他們決定先過了這一夜再說。

不過，他們又想到，剛才的信號由於火光太強烈，一定還有別人看到，不能讓別人搶先進洞。於是，他們就在這棵樹對面的仙女石桌墳下面過夜，以防止有人搶先進入。

「奧托，」沃爾斯命令道，「到隱修院去找點吃的，再帶一把斧頭和繩子等工具來。」奧托去了沒多久，就帶回了吃的和一些工具。

這時候，瓢潑大雨下了起來，他們躲到了石桌墳下面睡覺，不過並沒有全睡，而是輪流睡覺，總留一個人守夜。這個晚上沒有出什麼意外。

第二天，風暴特別強烈。他們聽見海浪的呼嘯，然後一切漸漸平靜下來，天亮後他們開始砍那棵樹。

沒過多久，樹就倒了，他們看到樹裡面是一些破碎的岩石和一些腐爛物，樹的根部果然有一條通道，它在沙石堆中一直向前延伸著。

他們很快用工具清理了通道附近，那裡露出了幾級有點破損的台階。接著，他們看見沿著陡峭的牆壁，有一道階梯直通到黑暗處。藉著燈籠的光，他們看到下面是個岩洞。

沃爾斯率先走了下去，其他人小心地跟著。

他們進去的這個岩洞沒什麼特別的，看起來就像一個普通的屋子。階梯的前幾階是用泥土和石子做的，後面是直接從岩石上鑿出來的。再往前走，他們發現了一個拱形地下室，牆壁是用粗糙的石頭砌成的。地下室的四周，矗立著十二個未成型的糙石巨柱雕塑，每根柱石上有一個馬頭骨骼。

沃爾斯用手摸了一下其中的一個馬頭，馬頭立刻掉了下來，這東西已經很鬆軟了，好像很久都沒有被人碰過了。「已經過去二十個世紀了，」他說，「這期間還沒有人進過這個地下室。我們是第一批接近這些古蹟的人。」接著，他又補充道：「這是一個大首領的墓穴，一定是他死前決定，自己死後要用自己心愛的馬和武器陪葬。木炭和燒焦的骨頭都可以證實這一點。看，這是斧頭，那是一把火石刀，我們還會發現一些陪葬品……」

沒說幾句，他又開始激動了。「我是第一個走進這裡的人，我是世界的希望。一個沉睡的世界將會因為我的到來而甦醒。」

孔勒打斷他的話說：「那兒還有一個洞口，還有一條路，可以看到遠處的亮光。」

他們走了過去，經過第二個墓穴又進入第三個墓穴。這三個墓穴看起來是一樣的，有同樣粗糙的石柱和馬頭。

「這是三個首領的墓穴，」沃爾斯說，「前面還應該有一個國王的墓穴，很明顯這三人生前曾是國王的侍從，死後依然護衛著國王。那麼，這附近一定還有一個墓穴……」

他不敢去冒險了，這不是因為害怕，而是由於過度的興奮和虛榮心。現在，他就開始提前自我陶醉了：「我知道，沃爾斯的目標就要實現了。他現在可以輕易地獲得──那經過千辛萬苦、拼命奮鬥才能得到的天主寶石。它就在這兒。這些年來，不斷有人想揭開島上的秘密，但都無功而返。沃爾斯來了，他必將成功，天主寶石非他莫屬。那麼寶石請現身吧，伸出來給我無窮的力量！寶石，我要得到你！黑暗中，預言家從深處走了出來。在這個死亡的王國裡，如果有哪個幽靈將金冠戴在我的頭上，把我引向那神奇的寶石，就請這個幽靈出來吧！沃爾斯來了！」

發表完這篇慷慨激昂的演說，沃爾斯走進了第四個墓穴。

這個墓穴比前三間要大很多，帽狀的墓頂處有一處是凹陷的。在凹陷處的中央，有一個圓洞。圓洞像是一個很細的管口，有一道微光從那裡射進來，照到地上，形成一個明亮的圓形亮地。亮地的中心是由一些石頭組成的圖形，上面有一些好像是為了供人觀看一樣的放著一根金屬棍棒。除了這個，這間墓穴也和前面的三間一樣，也有同樣的糙石巨柱和馬頭。

經過了這麼多年，這根金屬棍棒依然很光亮，而且乾淨的像剛洗過一樣。沃爾斯眼睛盯著那根金屬棍子，慢慢地向它伸出手。

「等等！」孔勒急急地喊道。

「為什麼？」

「馬克諾格可能正是因為碰了它，才把手燒壞的。」

「你害怕了？」

「不是，可……」

「我不怕。」說完，沃爾斯抓起了那根棍子。

這是根用鉛做的權杖，粗糙的做工反映了當時的工藝，權杖柄上繞著一條時而凹進時而凸起的蛇形浮雕。蛇頭特別大，根本與蛇身不成比例，上面綴滿了銀釘與祖母綠一樣的透明石子。

「天主寶石？難道就是它嗎？」沃爾斯自言自語地說。

他懷著敬畏的心情仔細地看著權杖，很快就發現，權杖柄的蛇頭雕飾好像是可以活動的。他轉動著它，向左和右各轉了一下，聽到一聲什麼開關的響聲，蛇頭便脫落下來。

蛇頭裡面除了一塊細小的石頭什麼都沒有，這塊石頭是淡紅色的，像血管一樣，還帶有金黃色的條紋。

「噢！是它！就是它了！」沃爾斯欣喜若狂地說。

「別碰它！」孔勒驚恐地說。

「他只燒馬克諾格，不會燒沃爾斯的，」他不屑地說，然後無比欣喜地把這塊神奇的石頭放在手心裡，並緊緊地握住它。「讓它燒我吧，我願意！就算將它嵌入我的身體裡，我也不會害怕，相反還會感到榮幸。」

此時孔勒向他做了個手勢。

「怎麼啦？」他問，「你聽到了什麼？」

「是的，」孔勒說。

「我也聽到了，」奧托肯定地說。

他們安靜下來，聽到一個有節奏的聲音忽高忽低地響了起來，像走調的樂曲一樣。孔勒說，這聲音就像打鼾的聲音。孔勒為自己的這個想法笑了起來。

「聲音在附近！」沃爾斯說，「……好像就在這間屋子裡。」他們很快就確定，聲音的確在這間屋子裡。

沃爾斯卻說：「我認為你說得對，這聲音很像打鼾的聲音，難道這兒有人？」

奧托說：「聲音是從那個黑暗的角落裡傳來的。」

那邊是石柱後面，光線照不到那裡，後邊有很多昏暗的停屍間。沃爾斯用燈向那個地方照了一下，立刻嚇得驚叫起來。「有人！真的……有人！你們看……」

兩個同夥往前走去，看到牆角的一堆礫石上有一個人在睡覺。那是一個白鬍子老人，他不僅鬍子是白的，長長的頭髮也是白的，臉上和手上的皮膚

全是皺紋，他的眼睛是閉上的，眼皮周圍有一道藍圈。看上去這個人已經活了上百年。

他穿著亞麻布破長袍，一直拖到腳，上面綴滿了補丁。他的脖子上掛著一串高盧人稱為蛇卵，實際是海膽串起來的念珠。他的手邊，放著一把翡翠斧頭，斧頭上面畫著一些符號。地上排列著兩條藍色琺瑯項鍊、寬大的戒指、兩枚碧玉耳墜、尖尖的火石。

鼾聲確實是老人打的。

沃爾斯輕輕地說：「這真是奇蹟啊！他是古代祭司，好像是德魯伊教時代的祭司。」

「怎麼回事？」奧托問。

「他應該是在等我！」

孔勒說：「管他是誰，我看一斧頭把他砍死算了。」

沃爾斯和奧托大為吃驚。沃爾斯惱火地說：「你敢動他，我就先把你砍死。」

「可是……」

「你想說什麼？」

「昨天晚上追我們的那個人你還記得嗎？他就穿著白衣服，和這個老人看起來差不多，我想也許他是我們的敵人。」

「你真是個蠢貨！他這麼大年紀能用那麼快的速度追我們嗎？」說完，沃爾斯俯下身去，輕輕地抓起老人的胳膊說：「醒醒吧！沃爾斯來了。」

但是，老人沒有任何反應。

沃爾斯沒有放棄，不停地呼喚著。

那個人在石床上動了一下，簡單說了句什麼，又睡了起來。

沃爾斯有點忍不住了，大聲喊道：「喂！我們來了！我們不會在這兒停留太久，你還是醒過來吧！」他用力搖了一下老人。

老人很惱火，一下推開了沃爾斯，不過仍然保持睡覺的姿態。

最後，老人被他吵得實在不耐煩了，就翻了個身憤怒地罵道：「誰啊？這麼討厭！」

十四、老祭司

沃爾斯沒有立刻明白老人說話的意思，就問孔勒和奧托：「他說什麼？」

「是的，他在說我們怎麼來這裡，為什麼打擾……」奧托答道。

沃爾斯還是不死心，又在老人的肩膀上拍了一下。老人在床上翻了個身，伸了伸懶腰，像要起來的樣子，但很快又睡著了。

過了一會兒，老人突然坐了起來，大聲嚷嚷道：「怎麼啦？我就想在這個角落裡安穩地睡上一覺，難道不行嗎？」

這時，他藉著光線看到了幾位不速之客，立刻驚訝地說道：「怎麼回事？你們要幹什麼？」

沃爾斯把燈放在牆壁的凸起處，繼續看著那老人。

老人還在發脾氣，嘴裡斷斷續續地說著什麼，不過當他看清沃爾斯之後，他不再生氣了，而面帶微笑地伸出雙手，大聲說：「沃爾斯，是嗎？哈哈！老搭檔，你還好嗎？」

沃爾斯嚇了一跳。老人直呼自己的名字，難道他認識我？不過，對這一點沃爾斯並沒有感到特別驚訝，因為他有一種神秘的信念——自己就是預言家口中的那個被期待的人。不過，讓他覺得尷尬的是，自己作為這樣一個先知，一個享有盛譽的出色傳教士，卻被這個肩負聖職的陌生老人稱為老搭檔。

沃爾斯有些忐忑，不知道自己面對的老人到底是什麼人，只好硬著頭皮問道：「你是誰？怎麼在這兒？」

聽到他的問話，老人有些吃驚地看著他。

他大聲問：「請回答你究竟是誰？」

「問我是誰？」老人用嘶啞的聲音說：「我是什麼人？這麼說你不認識我？你是以什麼身分和我說話呢？是以高盧神多特戴斯的名義嗎？你記不記得維蕾特（西元一世紀時的日耳曼女祭司和女先知），她的父親就是那個塞諾納克，回憶起來了吧！」

「你在胡說些什麼啊？」沃爾斯聽不懂他的話，便大聲問道。

「我沒事怎會胡說！我是在說明，我為什麼來到這裡，還有當初我來這裡的原因，這些都是過去的事了。那年，我進了苦修院，因為我對維蕾特所做的一切已經厭倦了，她與那個該死的禹托爾有了私情。之後，我通過了德魯伊教的學位考試，進入這個教中。但是，後來我卻做了幾件不該做的事——在巴黎的馬比耶和紅磨坊（兩個地方都是巴黎夜生活豐富的地區）流連忘返——自那以後，我在教中的地位就一落千丈，不得不接受這個卑微的職務——長眠在這裡，守護天主寶石！」

沃爾斯聽著老人這些越來越稀奇古怪的話，開始不安起來，便把眼睛轉向自己的同伴，意思是問他們，現在該怎麼辦？

「直接砍死他算了，」孔勒說，「我還是這個主意。」

「奧托，你認為呢？」

「我們應當小心一些。」

「當然。」

德魯伊老人聽見他們說要「小心」，感到大為光火，於是撐著身旁的棍子站起來喊道：「什麼意思？把我當騙子！要小心我！既然你們這麼說，那就不怕這個棍子嗎？你們沒看見我的斧頭嗎？沒看到斧把上有個（Ｘ）符號嗎？知道（Ｘ）是什麼？它是最神秘的太陽符。再看看這是什麼？（指著自己的海膽念珠）兔子屎？『你們有膽量喊它是兔子屎、蛇卵嗎？那麼它們就會飛快地把體內的唾液泡沫射到空中。』布里納就是這樣說的！你最好不要認為布里納說的是謊話。要知道，我厲害著呢！我是正宗的德魯伊教徒，我有各種老德魯伊的證件、執照、公證書等證明我尊貴身分的證件，它們都是

由布里納和夏多布里昂親自簽字證明的。你們竟敢說我是個騙子！真是膽大包天。不過，你們的懷疑也並非全無道理，只有在我們那個年代才能很輕易地找到真正的老德魯伊人和一個年近百歲的白鬍子老頭。但我，絕不是一個騙子！我懂得些過去的習俗！我是各種傳說中的主角，聽說過以前老德魯伊的祭司舞嗎？我就跳過，而且我當年還給凱撒大帝跳過，想看嗎？」

不待三人回答，老人就一把扔掉了棍子，開始跳起舞來，那舞步既古怪又迅速。讓三人驚奇的是，這麼一位老人，跳舞跳得竟然極為靈活。但是不管怎麼說，一個鬚髮皆白的老人跳舞，那場面總會讓人感到有些滑稽。

他跳著，旋轉著，兩腿在長袍下左蹦右跳，手在不停地揮舞著，隨著身體的擺動，鬍子隨之飄舞。

他一邊跳著，一邊還說出了自己跳的舞是什麼名稱：「《老德魯伊祭司舞》，也被人稱為《于勒・凱撒的歡樂》。現在跳的是《神聖的槲寄生之舞》，或者叫《聖槲寄生舞》！下面這個是由布里納配樂的《蛇卵華爾滋》，還有這個——《沃爾斯卡舞》，或稱為《三十口棺材探戈舞》！這些都是紅色先知的頌歌！光榮屬於先知的！」

跳了一陣後他突然停在沃爾斯面前，鄭重地說：「現在，我們不說廢話！來認真地談一談。你現在總該相信了吧，我就是受託向你移交天主寶石的，你準備接收了嗎？」

三人立刻目瞪口呆。

沃爾斯也很是驚異，他不知道這個瘋瘋癲癲的老人究竟是誰，怎麼知道自己來這裡的目的。「喂！讓我想一想！」接著他又惱火地說，「你到底要幹什麼？有何居心？」

「我的居心？我剛才不是說了，向你移交天主寶石。」

「可是你有什麼權力？又是誰讓你這麼做的呢？」

德魯伊老人點了點頭。「你急忙趕到這裡，就是為了完成你的使命，而且你還深深地為這個使命感到快樂和驕傲。但當你來到這裡之後，卻發現有些事情並不是你想像得那樣。想一想……你製造了沉船，填滿了三十口棺材，把四個女人被釘在了十字架上。你雙手沾滿了鮮血，還有一身的罪惡。

現在，你來到了這裡，對你來說這當然不是小事，因此你渴望有一個正式的接收儀式，要有很大的場面——要搭起一個高台，擺上活人祭品，要有古代的唱詩班，要有高盧僧侶和古克爾特族人吟誦你的功績，總之一切都照著高盧人古代儀式的最大的排場來做。不過，當你看到只有一個蜷縮在角落裡睡覺的老德魯伊祭司，而且他還很直接地要你接收寶石時，你感到非常失望。因為，你覺得這有損自己的聲譽，沃爾斯是誰？他是個頂天立地的男子漢，怎麼能受如此侮辱呢？但是，這就是我要做的，這也是我根據自己的情況來做事。我不喜歡錢，有一點餘錢也只是買點孟加拉焰火，沒事放放焰火而已。當然了，在某些夜晚，我還會搞點小規模的地震。」

沃爾斯突然明白過來，十分惱火地質問道：「什麼？原來……」

「當然是我！你以為我是聖・奧古斯丁嗎？你是不是這樣想的，昨天晚上神靈給你派了一個穿白袍的天使，把你引到橡樹下面……你果真這樣想的話，那也太幼稚了。」原來昨晚追趕他們的那個白衣人，竟然就是這位老人！

沃爾斯握緊拳頭，極為惱怒地說：「我很討厭別人戲弄我！」

「戲弄你！」老人叫道，「你真會開玩笑，後來就是你們一直在後面追我，把我累得夠嗆！你們還把我的白長袍打穿了兩個洞，所以我才要戲弄一下你們！」

「夠了，」沃爾斯憤怒地說，「好吧！我最後再問一遍，你想要我怎麼做？」

「我都說無數遍了——受人之託，向你移交天主寶石。」

「受誰之托？」

「啊！這個我還真不知道。我只知道在這薩萊克島上，某一天會出現一個叫沃爾斯的日耳曼王子。他將殺死三十個人，當第三十個受害者死去的時候，我就向他發出信號。事實上，我就一直在為這個命令而活著。接到這個命令之後，我就做了一些準備，在布拉斯一家五金店裡買了孟加拉焰火和幾個爆竹。昨天晚上，就是約定時間到期的最後一夜，我拿著一根蠟燭爬上我的瞭望台。當你在樹上喊『她死了！她死了！』的時候，我就知道現在正好

時間到了，因為第三十個人死了。於是，我就引爆了爆竹，震動了大地，還燃放了孟加拉焰火。一切就是這樣，你明白了吧！

他說話時的那種鎮定自若的態度，再加上那滿不在乎地挖苦別人的語氣，讓沃爾斯氣得七竅生煙。

沃爾斯舉起拳頭，向他走去，並吼叫著說：「我聽夠了！你敢再說一個字，我就打死你。」

「你是沃爾斯嗎？」

「是又怎樣？」

「你是日耳曼王子嗎？」

「是的，那又怎麼樣？」

「你殺死了三十個人，是嗎？」

「對！都對！」

「那就對了！你就是我要找的人。我要交給你一顆天主寶石。不管怎麼樣，我都把寶石交給你。而且你必須把你即將擁有的寶石吞下去。」

「什麼天主寶石！」沃爾斯怒火未消地說，「我不在乎。你又是誰，我更不在乎！我不需要，也不需要任何人。因為我已經有天主寶石了！」

老人驚奇地說：「你有了！拿出來看看。」

「看看這個！」沃爾斯從口袋裡拿出權杖球形雕飾裡面的小圓粒。

「這？」老人吃驚地問，「你哪裡弄來的？」

「從這根權杖的球形雕飾裡面弄的，我想這就是天主寶石。」

「不是，這只是天主寶石的碎片。」

「胡說。你說這是什麼？」

「褲子上的鈕扣。」

「什麼？」

「褲子上的鈕扣。」

「鈕扣？」

「這種壞了扣眼的扣子是撒哈拉的黑人用的褲扣子，恰好我就有一副。」

「你又在說謊？不然就拿出來看看！」

「不用，那東西是我放在那裡的。」

「你為什麼這樣做？」

「馬克諾格想偷寶石，我就把那東西放了進去，換下了寶石。果然，馬克諾格來偷的時候燒了手，不得不把手砍掉。」

沃爾斯不說話了。他有些疑惑，這個老人的話到底是真是假呢？

老人走近了一步，溫和地對他說：「孩子，只有在我的幫助下你才能拿到寶石，因為只有我掌握著開鎖的鑰匙和密碼。那麼，你現在還在猶豫什麼？還在顧慮什麼？準備好接受寶石吧！」

「可是我不認識你。」

「孩子！我真不明白你猶豫什麼？我又不是讓你做一件有損於你名聲的事，或是讓你做一件不正當的事。而現在我要讓你做的絕不會傷害到你自己，你考慮一下，還是不行？我以高盧神多特戴斯的名義問你，你想怎麼樣？不信神的沃爾斯是否在期待奇蹟出現？你早點告訴我就行了，我可以炮製出無數個你能想像得出的許多奇蹟。每天早晨我在喝牛奶咖啡的時候都會玩一些奇蹟。你隨便想一下就能想到，我一個德魯伊祭司要製造一些奇蹟會是什麼困難的事嗎？可以說在我的身邊到處都是奇蹟。你想要什麼？是起死回生還是白髮變黑，抑或是想知道未來？總之，我這裡有很多奇蹟，多到讓你無法選擇。現在我們可以來測試一下，第三十個受難者是幾點死的？」

「我怎麼知道？」

「十一點五十二分。你當時因為太激動，你的錶都停了。不信的話，你現在可以看看。」

沃爾斯覺得他說的實在是不可置信，一個人感情的變化怎麼可能讓手錶停止轉動呢？於是，沃爾斯就抬手看了一下錶：十一點五十二分，這老人還真的說對了，而且錶針真的不走了，就停在了這個時間點上。他本打算給錶上弦，仔細看了一下卻發現它已經碎了。不過，他感到很奇怪，老人怎麼知道是這個時間的呢？

德魯伊老人又接著說：「你感到驚訝，但是這對一個稍微懂點法術的德

268
莫里斯・盧布朗

魯伊祭司來說，不過是雕蟲小技，我可以看見人家看不見的東西，甚至可以讓別人看到平時看不見的東西。沃爾斯，你想不想見識一下？你知道你本來姓什麼嗎？你爸爸姓什麼？」

「我當然知道，不過我不能讓這件事流傳出去，所以我不想讓你說出來。」

「你為什麼要把這個秘密寫出來呢？」

「我從來沒有寫過。」

「沃爾斯，你父親的姓，用紅筆寫在你隨身帶著的小本子上，在第14頁。你信不信，不信可以拿出本子看看。」

沃爾斯很聽話，從背心的口袋裡掏出一個白紙簿，當他翻到第14頁時，非常驚奇地咕噥著道：「怎麼可能！是誰寫上去的！你又是怎麼知道上面有這個？」

「需要我再次證實一下嗎？」

「不用了，我只希望這個秘密不要洩露出去，所以你……」

「好吧！我這樣做只是為了向你證實，我有製造奇蹟的本領。不過，這算不了什麼，當我想製造奇蹟的時候，奇蹟就會接二連三地湧現出來。這只是個玩笑，我打算再試一次。你帶著一條銀項鍊，上面有一個橢圓形的飾物，是不是？」

「是的，」沃爾斯答道，他開始相信這個老人了。

「那飾物原本是一個相框裡面嵌著的一張照片，是不是？」

「對，是一張……」

「那是你母親的照片，我還知道後來你把它弄丟了。」

「去年丟的。」

「那只不過是你自以為丟了，其實根本沒丟。」

「相框是空的，怎麼可能沒丟？要是沒丟的話，它又去了哪裡呢？」

「你以為是空的，但其實相框並沒有空，你再仔細看看。」

沃爾斯把項鍊摘下，睜大了兩眼，看到那相框裡果然嵌著一個女人的肖像，不禁大為驚奇。「是她……沒錯！」

「對嗎？」

「沒錯。」

「你有什麼感想，還在猶豫嗎？還不相信我嗎？你認為我剛才做的這些是假的嗎？是在吹牛嗎？德魯伊老人無所不能，你以後就跟著我吧！」

「好。」沃爾斯徹底的服了。老人剛才的表演確實是神乎其神，再加上他本就迷信，信仰神秘力量，這些都使他開始順從老祭司。雖然，他的腦海中也有懷疑的念頭，但那很快就被強大的順從心理所掩蓋了。他接著道：「既然你讓我接受寶石，那麼它在那裡呢？」

「就在旁邊那間大廳裡。」

奧托和孔勒聽著兩人的對話，越來越覺得不可思議。孔勒想去阻止沃爾斯，反被沃爾斯堵住了嘴。

沃爾斯說：「如果你害怕，就先走吧！」他又不屑地補充道：「而且，我們有什麼好怕的呢？我們有手槍，要是有什麼意外，我們就開槍。」

「向我開槍嗎？」德魯伊老人冷笑著說。

「向任何一個敢於威脅我的人開槍。」

「好吧，火沃爾斯（法語中在人名前加火表示死去的意思），你走前面。」

看到沃爾斯有些生氣，他大笑著說：「火沃爾斯，你沒有覺得這個稱呼有點好笑嗎？我也不認為它有多麼的好笑，只是和你開個玩笑，只是玩笑罷了。走吧！」

他把他們領到墓穴的盡頭，燈光照不到的地方一片黑暗，燈光照著牆根凹進去的一條縫，他們沿著這條縫向下走去。

在這條縫前，沃爾斯猶豫了一下，還是跟了進去，其他人也跟著他。這個縫是一條狹窄而曲折的走道，所以他不得不跪著用兩隻手爬著前進。好在只爬了一分鐘，他們就到了一間大廳的門口。

德魯伊老人嚴肅地說：「這就是天主寶石大廳。」

高大而莊嚴的大廳與上面的墓穴面積大小都一樣，裡面也有同樣數量的糙石巨柱。這些石柱的位置和排列形式也都和前面的一樣，像大廟裡的巨

柱。石柱上的雕飾，不講究對稱，看起來沒有什麼藝術性。地板是一些不規則的大石板，上面有一些被切割出來的溝槽，溝槽裡排列著圓形光圈，它們有很多，都是互不相挨的，光是從上面照下來的。

大廳中央，也就是馬克諾格花園下面，有一個四五公尺高的、巨石砌成的斷頭台。高台的上面，是一個石桌墳，它由兩條堅固的腿支撐著。石桌墳的上面，是一個花崗岩做的橢圓形桌面。

「就是它嗎？」沃爾斯激動地說。

德魯伊祭司沒有直接回答，而是談起了建築。「這多麼精巧啊！它是我們古代建築的代表作品！祖先在做它的時候，不得不慎之又慎，因為怕守不住秘密的人看見，也為了防止一些人胡亂闖進來。我們是在島下面的深處，上面是沒有窗戶的，可是你知道光是從哪兒來的嗎？是從巨石柱上面射進來的。這些石柱裡面都是空心的，下面大上面小，光就是從那兒射下來的。特別是在正午的時候，你會看到奇妙的一幕，如果你有藝術細胞，一定會對它們發出的光線表示讚美的。」

「可是寶石呢？」沃爾斯問。

「它是一塊神聖的石頭，」德魯伊老祭司心平氣和地說，「在神聖的地下祭壇裡。不過，下面還有一個被石桌墳擋著了，但從這兒是看不到它的。在這石頭上，人們曾宰殺過用來做祭品的動物。那時候，血會順著斷頭台流向溝槽，之後沿著崖壁流向大海。」

沃爾斯更加激動了，他問道：「它就在那兒？我們往前走吧，把它拿下來。」

「不用去拿，」老人鎮定地說，「這還不是。寶石還有第三塊，這第三塊寶石你只要抬頭就能看見。」

「在哪兒？」

「你看，就在那石桌上面天花板的拱頂裡，那兒有一塊鑲嵌畫的大石板，看到了嗎？你從這兒看得見一塊單獨的大石板了嗎？它和下面的一樣，都是長方形的，做工也差不多，就像一對雙胞胎一樣難以分辨。但是，這兩個之中只有一個是真的。」

沃爾斯原來希望天主寶石現身的時候，情況要複雜得多，而且也比現在更神秘。因此，他略顯失望地說：「天主寶石就在那兒嗎？不過看起來並沒有什麼特別之處。」

「那是因為你離得遠，要是從近處看就大不一樣了。上面有彩色條紋和光彩奪目的脈絡，而那一粒特殊的寶石才是天主寶石。更為重要的是，天主寶石的價值不在於它的本身，而在於它的神奇性。」

「神奇！它是如何神奇的呢？」沃爾斯興奮地問。

「它能主宰人的生死，這個你已經知道了，此外它還能給人東西。」

「什麼東西？」

「噢！你問得太多了。我不想說了，現在我也不知道了。」

「什麼！你……」

德魯伊老祭司俯下身去，詭謫且神秘地說：「沃爾斯，聽好了——剛才我有點誇誇其談了，但我的任務就是守護天主寶石，你當然知道這個任務的重要性，但是我同時也被一個高於我的力量控制著。」

「什麼力量？」沃爾斯不安地看著他。

「維蕾特！我是這麼稱呼她的。她是德魯伊教的最後一個女祭司，但是我不知道她現實中的真實姓名。」

「她在哪裡？」

「在這兒。」

「這兒？」

「是的，她在祭壇石桌上睡著了。」

「她在睡覺？」

「她一直這麼睡著，就像樹林中的睡美人一樣，已經睡了好幾個世紀了，睡得那麼端莊和安詳。我一直看見她睡在這兒，維蕾特在等待著一個人，這個人是神指派來喚醒她的……」

「這個人是誰？」

「就是你——沃爾斯。」

沃爾斯皺著眉頭，又開始疑惑了。老人是個神秘的人物，他的話到底是

否可信，他到底又想做什麼呢？

德魯伊老人接著說：「你有點擔憂了嗎？不會吧，你應該不會因為自己雙手沾滿鮮血，和身上有著三十條人命，就沒有當王子的勇氣了。如果這樣，你就太謙虛了。下面我要和你說件事，維蕾特很美麗，還不是一般的美麗。你動心了嗎？沒有？不會真的一點都沒有動心吧？」

沃爾斯更加猶豫了，他越來越感覺到身邊的危險正在不斷增加。

老人又開口了。「最後，我再提醒你一下，我小聲地告訴你，以防你的同伴聽見——你母親死的時候，你用裹屍布包裹她。當時，她要求你把那枚她從不離手的戒指戴在她的食指上。那枚戒指中間嵌著一顆綠松石，周圍是一圈嵌在金珠中的小綠松石，它是一枚有魔法的戒指。是不是這樣？」

「沒錯，」沃爾斯驚慌地說，「可當時只有我一人在場，沒有人知道這個秘密，沒有人知道，你……」

「沃爾斯，你信不信這枚戒指現在正戴在維蕾特的食指上？你會不會認為，你的母親復活過來了，而且她還委派維蕾特來見你，並讓她親自把這枚神奇的寶石交給你呢？」

沃爾斯快步登上階梯，還沒到石桌跟前，就已經先看到了石桌上伸出的一隻女人的手，那手上真的有老人說的戒指，也就是他媽媽的戒指。「啊！」他踉踉蹌蹌，有些不知所措地說，「戒指……那枚綠松石戒指在她食指上。」

女祭司穿著一件潔白的衣裙，那裙子一直蓋到腳。她躺在用兩根石柱支撐著的石桌祭台上，臉上的面紗遮住了頭髮，上半身和頭朝著另一邊。她胳膊很美麗，幾乎是裸露著伸展在石桌祭台上。

「是你母親的戒指嗎？」老祭司問。

「是的，我確定。」沃爾斯怕自己剛才看錯了，又走到石桌墳前彎下腰，再次仔細地察看戒指上的綠松石，看完之後這樣說道：「不錯，這枚戒指的一切特點都和我母親的戒指一模一樣。」

「你不用這麼細心，」老人說，「她聽不見你的聲音。你最好站起來用手輕輕撫摸她的額頭，只有在這種溫柔的撫摸下，才能把她從沉睡中喚

醒。」

　　沃爾斯站了起來，不過他卻不敢去碰這個女人，因為戒指的原因，他打心裡尊敬她，而且這種尊敬裡還帶著畏懼。

　　「你們兩個不要靠近，」老祭司對奧托和孔勒說，「維蕾特的眼睛睜開時最好只看見沃爾斯，這樣其他的東西就不會驚動她了。沃爾斯，你害怕了？」

　　「我不怕。」

　　「你是不舒服了。殺人可要比使人復活容易，是嗎？你就拿出你的勇氣！讓這個女人復活吧！先揭開她的面紗，再撫摸她的額頭，天主寶石就能到手了。你還等什麼，動手吧！在頃刻之間，你就能成為世界的主人。」

　　沃爾斯行動了。他站在祭台前俯視著這個女祭司，看著那隨風搖擺的潔白衣裙，他猶疑著用手揭去了她的面紗，然後打算用另一隻手去撫摸她的額頭。就在這時他突然停住了，似乎整個人都呆住了。他呆在那兒，一動都沒有動，好像在想什麼事，一件他怎麼也想不明白的事，不過看他那一臉被驚呆了的表情就知道，他沒有想明白。

　　「喂，你怎麼啦，怎麼發起呆來了？」德魯伊祭司喊道，「繼續下去啊！撫摸她的頭，難道這還需要我幫你嗎？」

　　沃爾斯還是一臉的疑惑和驚疑，因此沒有回答老人的話。但是，他臉上的表情已經從驚疑變成了驚懼，隨後漸漸地變成了恐懼，他的額頭上，也開始出現大滴的汗珠，彷彿看到了什麼恐怖的景象。

　　老人放聲大笑。「真是讓人意外啊！沃爾斯，你看你的臉色，真的是很難看啊！我想，如果女祭司睜開眼睛看到你這副模樣，一定會生氣的！維蕾特，還是睡吧，做一個美好的夢吧！」

　　沃爾斯從驚恐中回過神來，剛才他看到了什麼？為什麼會有那樣的表情？又為什麼連撫摸女祭司額頭的勇氣都沒有？因為就在他剛才解開女祭司面紗的時候，他看到了她的面容，那張面容他很熟悉，因為那是維洛妮克的面容，所以他才震驚了，一句話都說不出來。他不明白，一個已經死去了的女人怎麼可能復活過來。他明明記得剛才自己已經處死了她，她已經成為第

三十個受難者，可現在她又活了。

他最後還是說話了，不過他的話很不自然，也很不連貫：「維洛妮克……是維洛妮克……」

「你覺得像她嗎？她們真的很像。」老祭司譏笑著說，「不過你仍然不能相信這是真的。因為你親手把她綁在十字架上，親眼看到她死去，怎麼會相信她們是同一個人呢？但維洛妮克還活著，她就是一個人，甚至連一點傷都沒有。現在，她還是好好的，甚至你綁她留下的痕跡都不見了。沃爾斯，你看她現在是多麼的平靜和安詳啊！你怎麼能殺她呢？開始我以為你綁的是別人，但後來發現……啊！救命啊！偉大的多特戴斯，有人要殺我。」

沃爾斯站了起來，憤怒地看著老祭司，似乎要殺了他的樣子。老祭司要了他，而且還是當成孩子一樣地要弄了他，而且這個老人還真的製造了一個奇蹟，他讓死人復活了！沃爾斯立刻意識到，這個老人現在已經成為自己最危險的敵人，自己必須立刻擺脫他。

「我想你是不是要殺了我，我要完蛋了。」老人說，「你打算怎麼殺死我呢？看你那表情，一副要吃人的樣子！救命啊！歹徒要殺人了！啊！他那雙手會掐死我的！又或者用匕首？繩子？用手槍？對，一定是手槍，這樣更好也更痛快。來吧，亞歷克西，你的槍剛才已經打出去兩顆子彈了，現在應該還有五顆子彈，那就來吧！」

老祭司的話讓沃爾斯更加惱火，他立刻命令道：「奧托，孔勒，準備好了沒有？」他伸出胳膊，兩個同夥也都舉起了槍。

老人離他們很近，真開槍的話，後果不堪設想，因此他笑著說：「好心的先生們，我就是個窮光蛋，我再也不耍弄你們了，我會很乖的，還是放了我吧！」

沃爾斯毫不理會，重複道：「奧托、孔勒，準備！我數一二三，到三的時候一起開槍！」

沃爾斯開始數數了，到三的時候三人一起開了槍。

老祭司在原地旋轉了一圈，然後又穩穩地站住了。他用悲慘的聲音喊道：「你們打中我了！我肯定要死了！老祭司，你失敗了！可憐的老祭司

啊！」

「開槍！」沃爾斯吼道，「蠢貨！他還沒死，開槍！」

「開槍！開槍！」老祭司重複著，「砰！砰！砰！朝我的心臟來吧！使勁打！孔勒、奧托你們都來打，來啊！」

槍聲砰砰地在大廳裡迴響，三人一起對準老人開槍。老人在他們開槍的同時，開始跳著，蹦著，手舞足蹈的樣子，但身上就是沒有中槍，難道他刀槍不入？他們突然明白過來，不是老人刀槍不入，而是他們的槍出了問題，他們剛才打出的都是空槍，子彈不知道什麼時候被人卸掉了！

「沃爾斯，剛才我在這裡戲弄你也戲弄夠了！孟加拉焰火！爆竹，褲扣！還有你媽媽的戒指，還有我說的奇蹟，你真的都當真？你真是十足的笨蛋和傻瓜！蠢貨，那些都是假的。」

沃爾斯愣了，他不明白明明手槍都是自己一直裝著的，怎麼會被人卸掉了子彈了呢？難道真的有什麼神奇的仙法？這個老人到底是誰，他想幹什麼？

沃爾斯知道現在槍已經沒用了，就扔掉了手槍。他看著老人，心想要不要把他抓起來掐死呢？他又看了看那女人，打算先對付沉睡不醒的女人。可是，他馬上又覺得不對，因為這兩個人看起來都不屬於現代，而他作為現代的人怎麼能對付的了。

於是，他立刻叫上他的兩個同夥，從原路返回去了。

老祭司追在後面，不斷地出言挖苦：「看啊！沃爾斯嚇跑了！沃爾斯，你屁股後面著火了嗎？那留下的天主寶石該怎麼辦呢？去你的吧！膽小鬼，滾吧！」

十五、惡魔俯首

　　沃爾斯從來沒有怕過什麼，這次逃走也並不是因為害怕，主要是因為他不明白到底該如何解釋發生的事情。當時，他的腦海裡一片混亂，一些不可能的事接連不斷地發生，讓他一下子無法接受。而且最詭異的是，維洛妮克復活了，而自己的槍不知道在什麼時候被人卸下了子彈。這一切都讓他覺得是超自然的力量，而沃爾斯又自詡為命運之子，平素就相信那些神奇的事，因而他認為這些無法戰勝的超自然現象出現，一定是老祭司的神奇力量取代了自己這個命運之子的地位，不然的話不會出現這樣的場面：

　　維洛妮克的復活、老祭司的高論和玩笑、他的旋轉舞蹈和他的行為、以及他神乎其神的本領，都像是仙法和奇蹟。再加上當時沃爾斯深處遠古時代的墓穴中，那種特殊氣氛讓他感到精神錯亂和窒息。

　　與其說他是害怕了，不如說他是急於想回到地面上呼吸新鮮空氣。現在，他打算跑到外面證實一下，去看那棵砍光了樹枝的橡樹，維洛妮克就是被捆在那裡，並死在那裡的。他要看看，維洛妮克到底還在不在。

　　沃爾斯在出來的路上想：「她死了……她確實死了……我知道什麼是死亡，因為我經常殺人，難道不知道什麼是死了？可是，那個老傢伙是怎麼讓她復活的呢？」

　　他突然在他曾經拾起權杖的地方停下來。「難道我……」

　　孔勒跟在後面催促道：「快走，別那這麼多的廢話啊！逃命要緊。」

　　沃爾斯被推著往前走，但他並沒有住嘴：「孔勒，你想聽我是在想什麼嗎？我覺得，那個睡著的女人不是維洛妮克。她真的可能活過來嗎？那個老

東西好像無所不能，也許他只是做了一個和維洛妮克一樣的蠟人。」

「你在說什麼瘋話，快走！」

「我沒有瘋。這個女人一定沒有活過來，我們都看到她死在樹上了。等會我們去看看，那棵樹不是還在嗎？我知道世界上有奇蹟發生，但她活過來的奇蹟不會發生！」

燈籠也丟下了，三人一路在牆上、石頭上跌跌撞撞地往前走。在墓穴裡，能清楚地聽見他們的腳步聲。

孔勒不停地嘮叨著：「剛和那老頭見面的時候，我就說應當砍了他的腦袋，你們不聽。」

奧托沒有接話，只是喘著氣往前走。

他們摸黑來到了第一個墓穴的門廳，卻發現第一個大廳裡黑漆漆的，照理說這裡應該有光才對，因為他們剛才進來的時候，曾經在橡樹底下挖了通道，可為什麼沒有光照進來呢？

「這真是怪事，怎麼沒光呢？」孔勒說。

「沒關係，」奧托說，「我們只要找到那道牆上的樓梯就行。看，我找到了，一級，又一級，從這裡可以出去。」但他忽然又停下來了。「前面不能走了，好像塌了。」

「怎麼會這樣？」沃爾斯說，「等等……幸好我這還有個打火機。」他打了一下打火機，看到樓梯的上部以及前廳的一半，都被沙子和石頭埋起來了。三人立刻大怒，自知逃跑無望，不禁紛紛咒罵起來。

沃爾斯很是沮喪，一下癱軟在階梯上。「完了！這一定是那該死的老頭讓人幹的，老頭本人當時和我們在一起，無法分身，這就說明他還有同夥。」沃爾斯大為懊悔，更感到無法贏得這場力量懸殊的鬥爭，不禁大為悲觀。

孔勒惱火地說：「沃爾斯，你這是怎麼啦，變得這麼膽小怕事，我都懷疑這還是不是你。」

「我在想怎麼對付那個老傢伙，可是想來想去，都想不到一點辦法。」

「沒辦法？笑話，辦法我早就說了，那就是砍了他的頭。我剛看到他就

覺得不對，我當時就想……」

「你當時嚇得像隻貓一樣，你敢去碰他嗎？再說了，我們的子彈都打不中他，你還想砍下人家的腦袋嗎？」

「對，子彈……」孔勒喃喃地說，「這很可疑。把打火機拿到我這裡，我這支槍，我這還有一支從隱修院拿來的手槍。昨天早晨，我親自上的子彈。」

他很快就發現放在彈夾中的七顆子彈被換成了七顆空殼彈，那放空槍也就是一定的了。

「這很關鍵，」他說，「這件事證明了老祭司並沒有什麼魔法，不然就不會換掉子彈，他換掉子彈就證明他還是畏懼子彈的。也就是說，如果當時我們的槍裡有子彈的話，那麼殺死那老傢伙就像殺死一條狗一樣容易。」

沃爾斯問道：「子彈是如何卸掉的呢？要卸掉子彈，就得從我們口袋裡把槍拿走，卸掉子彈之後，再把槍放到我們的口袋裡。我的手槍一刻都沒有離開過我呀！」

「你說得很對，」孔勒承認。

「我敢保證要是有人碰我的槍，我絕對會發現。這不是反而證明了這個老傢伙有特異功能嗎？那麼……這樣說來，他是一個……他是神奇……」

孔勒聳了聳肩。「沃爾斯，看來這件事一下就把你給打倒了，你在就要成功的時候失敗了。看看你現在那害怕的樣子，我才知道原來你不過是個軟弱的膽小鬼。我才不會像你那樣呢，完了？笑話，有什麼好怕的，他敢追我們嗎？要知道，我們可是有三個人！」

「要是他不追來，只是把我們困死在這裡呢？」

「那要是他不來，我們就回去找他！一把刀子足夠對付他的了。」

「孔勒，不能這樣做。」

「為什麼？我難道對付不了一個老頭嗎？他沒有幫手，他旁邊只有一個睡著了的女人。」

「孔勒，但你要知道，那個老頭和女人都不是一般的人！」

「我會小心的，我去了。」

「你去吧，可是你打算怎麼做呢？」

「我沒有什麼打算，隨機應變吧，但是我只有一個目的，那就是殺掉這老頭。」

「好吧，不過你一定要小心，不要蠻幹，要智取。」

「當然！」孔勒一邊走一邊說，「放心吧，我當然不會和他硬拼，我一定要抓住這個可惡的老頭！」

勇敢的孔勒讓驚魂未定的沃爾斯稍微安了一下心，在孔勒走了之後，他說：「他是對的。這個老祭司沒有來追我們，是因為有其他的想法。如果現在殺回去，他一定料不到。因此，孔勒這一下出其不意，也許能收到奇效。奧托，你說呢？」

奧托回答道：「我也這樣認為，現在我們只要耐心等著他就行了。」

沃爾斯剛才表現得很軟弱，這是由於他在酒性發作後渾身乏力，再加上他本身對天主寶石的期望過高，但卻突遭失敗，讓他一時回不過神來。現在，沃爾斯終於鎮定了下來，他立刻又有了投入戰鬥的欲望。因此，他立刻又有了信心。「也不知道孔勒那邊怎麼樣了？有沒有把他幹掉？」沃爾斯恢復了自信，立刻就有勇氣。「奧托，我們也去。現在是最後的時刻了，把老頭幹掉就行了。哦，你的匕首沒了？沒事，我的雙手就能制服那老東西。」

「老祭司會不會有同夥或幫手？」

「我們去看看。」

他們打算再回到第三個墓穴，小心翼翼地向前走。一路上，他們沒有聽到什麼不對的地方。第三個墓穴裡面的燈依然還是亮的，他們朝那裡走去。

「孔勒成功了，」沃爾斯說，「不然他打不過的話，一定會回來找我們，現在他沒回來就說明他成功了。」

奧托贊同他的意見。「他不回來是個好兆頭，這說明他一定把那個老祭司給幹掉了，要知道我們的孔勒可是很勇猛的。」

第三間墓穴還和剛才一模一樣——沃爾斯撐開的球形雕飾在不遠處放著，權杖在石砧上。不過，那個老祭司不在那個昏暗的角落裡睡覺了，這次他睡在了黑影與走道的入口之間。

「他在幹什麼？」他小聲嘀咕道，「他是被孔勒殺死了，還是睡著了？」

看那老祭司的樣子，的確像睡著了。不過，他睡覺的姿勢為什麼是兩手在胸前交叉，趴在地上呢？

他的這種姿勢絕不是在戒備，可是他難道不知道危險已經臨近嗎？為什麼不戒備呢？這不符合常理？他身上還有紅色的東西，看起來是血！

奧托低聲說：「他這姿勢有點怪。」

沃爾斯鎮定地說：「像具屍體的樣子。」

「不錯，」奧托贊同地說，「難道他真的死了？」

沃爾斯向後退了一步。「啊！我真不敢相信！你看他兩個肩膀之間的地方。」

「什麼？」

「刀！」

「刀子？是孔勒的刀嗎？」

「是孔勒的刀，」沃爾斯鎮定地說，「孔勒的刀我認識，現在那老傢伙的背上就插著他的刀。」接著他又顫抖著說：「紅色的東西就是從那裡出來的，是刀插進去的地方。」

「這麼說，」奧托看了看說，「他死了？」

「他死了，老祭司死了！孔勒成功了，孔勒的奇襲成功了！老祭司死了！」

沃爾斯準備撲到這個一動不動的身軀上，再狠狠地揍這老東西一頓。但是，老祭司死了，他反而不敢動了。

猶豫了一下，他鼓起勇氣拔出了匕首，狠狠地刺了下去。「啊！你這個騙子，」他喊道，「你死了是活該，孔勒幹的好。孔勒這次功勞甚大，回去一定要好好賞賜一番。」

「孔勒在哪裡呢？」

「應該在天主寶石廳裡。對了，奧托，我們再去看看那個女人！讓她再死一次。」

「你認為那是個活女人嗎？」奧托譏笑道。

「當然是活的！跟這個老祭司一樣。這個巫師是一個騙子，很顯然那個女的也一定是和他一起騙人的，他們不過是江湖騙子罷了！」

「江湖騙子，好吧，」奧托反駁道，「可是不管怎麼樣，是老傢伙用信號把你引到這個洞穴來的！你有沒有想過——他為什麼這麼做？他又怎麼會在這兒？他是不是真知道天主寶石的秘密？並且有辦法拿到它？」

「不錯，這些謎題都還沒有解開，」沃爾斯說，「但是，我們現在不要去想太多的事情細節，這些謎最終會被揭開，而我們現在已經確認這個老傢伙並不是不可戰勝的。」

他們穿過狹窄的通道，再次來到天主寶石大廳，沃爾斯這次抬頭挺胸，不再像上次那樣膽小了。現在，阻礙他的老人已經死了，不管天主寶石是不是嵌在拱頂的石板之內，他都要得到它。如果不在這裡，他就到其他地方找。

他又想起了躺在那裡的神秘女人，她看起來像維洛妮克，但她又不可能是維洛妮克。如果她還在那裡的話，他想看看這個女人到底是誰。他又喃喃地說：「我想她已經不在了。是老祭司讓她扮演了一個神秘的角色，現在既然老人已死，她又怎麼可能還在呢？」

他上前登上幾級台階，出乎他的意料之外，那女人還在那裡。

她還和原來一樣，蒙著面紗睡在石桌墳下面的桌子上，手露在外面，只是胳膊不再向下垂。那顆綠松石戒指，還依然戴在她手上。

奧托說：「她沒有動，好像還在睡。」

「也許她真的睡著了，」沃爾斯說，「我看看。」

他走上前去，手裡拿著孔勒的刀，當他低頭看到手裡的武器時，才意識到自己有武器，才意識到可以主宰別人的生死，因此有了要殺死她的念頭。

在離那女人只有三步遠時，他看到了那露在外面的兩隻手，手腕上全是傷痕，那是繩子緊緊地勒在上面的原因。但是，剛才他看到的分明是一雙潔白而優美的手！他開始不安了，因為從這隻手的傷痕上來看，這女人很明顯就是被自己捆上十字架的女人，她怎麼會在這裡？還有，先前的女人那隻手

為什麼是好好的沒有一點傷痕？

他那握著刀的手開始顫抖了。他害怕了，緊緊地握著刀子，就像抓著一根救命稻草一樣。他混亂的腦海中閃過要殺了她的念頭，而事實上，他知道她已經死了，他要殺的是那個看不見的、總在他後面搗亂的人。

他舉起胳膊，臉上露出了凶狠的表情，對著她砍了下去，一下、兩下……他用盡全身力氣，瘋狂地砍著她。「我砍死你，砍死你！我要砍死你這個專和我作對的魔鬼，殺了你我就自由了！殺了你，我就能得到天主寶石了！砍死你，我就能成為世界的主人了！」

他自己都忘記了砍了多少刀，終於累到不行了，只好停下來喘幾口氣。當他再次看那具現在已經是遍體鱗傷的屍體時，感到有些不對，因為他在自己與上面照下來的太陽光之間，看到一個影子。就在他疑惑的時候，一個聲音響了起來：「你知道你讓我想起了什麼嗎？」

他立刻驚得目瞪口呆，因為這聲音不是奧托的聲音，這裡還有別人！而且這人看到了他剛才瘋狂的舉動，不然不會這樣說話。

那個聲音再次響起：「沃爾斯，你讓我想起了我們家鄉的鬥牛。西班牙人都喜歡鬥牛，而我就是西班牙人。我們那兒的牛在鬥死一頭無用的老牛後，還要不停地翻動著老牛的屍體，繼續用牛角刺屍體。沃爾斯，你剛才殺紅眼的樣子和牛沒什麼區別。你真是殘忍！為了保護自己不受活人的傷害，你就拼命刺已經死去的人，事實上你是在殺死死神。」

沃爾斯抬頭看到，一個男人靠著石桌墳的一根柱子，站在自己面前。這個人很瘦，不高不矮，看起來很健美。兩鬢已經花白，不過看起來還很年輕。頭戴一頂黑鴨舌海員帽，身穿一件深藍色帶著金色扣子的短上衣。

「不用想了，」他說，「你不認識我的。我叫唐路易·佩雷納，西班牙大貴族，身為薩萊克王子，我有很多領地。你一定很吃驚，為什麼我是薩萊克王子？這是我自封的，因為『薩萊克王子』的稱呼，我還是有權得到的。」

沃爾斯莫名其妙地看著這個陌生人，不知道此人是從哪裡冒出來的。

那個人接著說：「看起來你好像對我一點都不熟悉，不過我可以給你

一點提示，你兒子弗朗索瓦一直堅信有一位先生會在最危急的時候趕來救他們……明白了？你的同夥奧托好像想起來了，不過現在無所謂了，因為就算你不知道唐路易‧佩雷納也沒有關係。我可以告訴你我的另一個名字，也許你就認識我了，因為我這個名字還算有些名氣——亞森‧羅蘋。」

沃爾斯看著這個從天而降的對手，聽著他說的話，心裡的恐懼和疑惑越來越大。他從未見過這個人，但這個人還是給他一種無形的壓力，他開始有一種被壓制和恐懼的感覺。

「什麼都有可能，你剛才想的就有可能成真，」唐路易‧佩雷納說，「不過，我要再對你說一次，你很野蠻！你就像個大盜一樣，擺出孤注一擲的冒險態勢。你一直沉浸在罪惡中，而且從來沒有出來過。你在隨便殺人的時候，會有很大的勇氣和熱情，好像真的不可戰勝；但只要稍微遇到挫折，你就會悲觀沮喪，畏縮不前。對了，我還要告訴你，你雖然殺人，不過有時候卻不知道你殺的人有沒有死？你知道，現在維洛妮克‧戴日蒙到底死了沒有？躺在這祭台上的人是不是她？她和你捆在橡樹十字架上的人是不是同一個人？你在樹上有沒有殺死她，就是剛剛你瘋狂砍殺的人死了沒有？你知道嗎？這些對你來說都是謎。你在殺人之前，甚至一點都沒想過。對你來說重要的就是殺，你只不過陶醉在那血腥而野蠻的暴力中，除此之外我想不出你這個蠢貨還知道什麼。想知道嗎？很簡單，你剛才砍了那麼多刀，你現在解開她的面紗看看不就行了！」

唐路易掀開了蒙在屍體頭上的面紗。

沃爾斯看了一眼後，立刻閉上了眼睛，在屍體旁跪了下來。

「看見了嗎？」唐路易譏諷地說：「你又不敢看了，不過不用看仔細，憑猜都能猜得到。我來告訴你吧，你這個蠢貨！現在薩萊克島上有兩個女人，一個是維洛妮克，另一個叫艾爾弗麗德。那麼，如果死的不是維洛妮克，那就一定是艾爾弗麗德；反過來，如果死的不是艾爾弗麗德，那就是維洛妮克。她們恰好都是你的妻子，一個是弗朗索瓦的母親，另一個是雷諾爾德的母親。艾爾弗麗德是你的妻子，也是你的同夥，一直追隨在你的左右。好吧！你現在看看吧，看看這個女人到底是誰，你這個膽小鬼，為什麼不敢

看了！」

沃爾斯把頭埋在胳膊裡，始終不敢抬頭，但看得出來，他現在絕望了，可能他已經猜到了這個女人是誰。他就這樣待了很久。

「我倒是有點可憐你了，」唐路易又說，「你對艾爾弗麗德還是有感情的。這是一種習慣，還是一種依賴？又或者她是你的偶像？哎！你真是太蠢了！一切都還沒搞明白呢！你就絕望了！不過這也不奇怪，你本來就一直在罪惡裡掙扎，有一天失去希望也沒有什麼值得奇怪的。不過，孔勒用匕首刺進了德魯伊教老祭司的背脊，你不想知道他是死是活嗎？或者你有沒有想過，這個老祭司就是我扮演的呢？現在有一個老祭司和一個西班牙貴族，突然出來阻礙了你的大事，他們兩個人是不是就是一個人？所有這一切你都不知道，可憐的人，你想知道嗎？想讓我告訴你嗎？」

剛才唐路易說的話，沃爾斯當然想弄清楚，他就是因為這些謎團才失敗的。但是，對於這個突然到來的敵人，他更想殺死這個人。之所以想殺死他，是因為這個人正威脅著他，而且他可能已經做了一些會破壞自己行動的事。他緊盯著唐路易，握緊了手裡的刀子，目露凶光，站起身來朝唐路易走去。

「你想殺我？」唐路易說，「不過你最好先檢查一下你的刀，你還記不記得你的槍被人卸下了子彈，或許你的刀也被調了包，現在你拿的刀是用錫紙做的也說不定。」

但是，沃爾斯並沒有猶豫，繼續向他走去。此時，沃爾斯聽到他說「調包」，立刻明白自己的槍裡的子彈失蹤了一定和他有關係。他站到唐路易跟前。「原來就是你，這幾天來一直都是你在破壞我的計畫？」

「沒有幾天，我到薩萊克島才二十四小時，一天而已。」

「你想和我對抗到底？」

「那目標太小了，可能打敗你之後，我還會做些別的。」

「為了利益？」

「這只是我的業餘愛好，還有就是我討厭你。」

「你不能袖手旁觀？」

「不能。」

「和我一起行動吧！」

「不可能！」

「我給你一半的寶物。」

「我想要全部。」

「天主寶石？」

「天主寶石是我的。」

不用再多問了，話已至此，沃爾斯覺得再多說也無益，他必須幹掉這個人，不然就可能被這人給幹掉。

唐路易一直靠在石柱上，好像沒有防備地站在那裡。沃爾斯開始考慮如何打敗這個人：從身體條件來說，自己要比他高，而且身體也要比他強壯，在身體上自己有優勢。如此近距離的血拼，身體就是最重要的本錢，因此沃爾斯決定行動。而且，除了身體比他好之外，更關鍵的是，自己的手裡還有刀子。

沒有過多的猶豫，沃爾斯一刀刺了過去。但是，幾乎在他動刀的同時，就有人把他打倒了，因此他這一刀就沒有刺出去。他被打倒在地，刀子也掉到了地上，兩條腿和右手都不能動了，像斷了一樣。他在一回合內就丟盔卸甲，但自己卻不知道這到底怎麼回事，不知道自己是被誰打了。

唐路易用一隻腳踏在這個龐大的身軀上，彎下腰說：「現在我不想和你說什麼，但是你做的一切我都知道，不過我有一個問題要問你，那就是弗朗索瓦‧戴日蒙現在在哪裡？」

沃爾斯沒有回答。

唐路易又問：「說，他到底在哪？」

沃爾斯忽然高興起來，因為唐路易既然這麼問，就說明他還沒找到弗朗索瓦，那麼自己的手裡就多了一個保命的工具——弗朗索瓦。因此，他還是拒絕回答。

「你拒絕回答？」唐路易問道，「很好！一⋯⋯二⋯⋯三⋯⋯」他吹了一聲口哨。

大廳的一角，隨著這一聲口哨聲，出來四個男人。這四人面孔黝黑，長得像摩洛哥人，他們和唐路易一樣，戴著黑鴨舌海員帽，穿著短上衣。

隨後，第五個人也出來了，這個人的右腿是假腿，木製的，他是一位法國殘疾軍人。

「啊！帕泰瑞斯！」唐路易招呼說：「帕泰瑞斯·貝爾瓦上尉，我最要好的朋友。躺在地上的這個德國佬就是沃爾斯。」他接著說，「上尉，有弗朗索瓦的消息嗎？」

「沒有。」

「我們要儘快找到他，然後一起離開這裡。其他人都上船了嗎？」

「是的。」

「一切順利？」

「很順利。」

他命令那四個人：「把這個德國佬放到石桌墳上，他不能動了，不用捆。啊！等等。」

他附在沃爾斯耳邊說：「臨走之前，我給你一個機會，讓你看看拱頂石板中間的天主寶石。老祭司說它是多少世紀以來人們一直尋找的寶石，這一點的確是無疑的。我萬里迢迢地趕來，也是為了它。不過，你沒有機會再看到它了，沃爾斯！和它說再見吧！」

他做了個手勢。那四人立刻抓起沃爾斯走到大廳後面靠走道的一邊。

唐路易轉過身來，看著驚呆了的奧托，對他說：「奧托，你很聰明，應該看得清形勢。你想反抗嗎？」

「不。」

「你放心，你可以跟我們一起走。」

唐路易說完，就拉住上尉的手走了出去。

大家離開了天主寶石大廳，穿過三間墓穴後，來到了外面。

他們走在一條陡峭的小路上。小路上沿崖壁盤旋而上的石階，一直通到前一天早晨弗朗索瓦領著維洛妮克去的那個懸崖前。從這通往暗道的路上面望下去，可以看到兩個鐵鉤懸掛著一隻小船，當初弗朗索瓦在自己的逃跑計

畫中說的就是這艘船。不遠處的小海灣裡有一條潛艇的輪廓。

唐路易和帕泰瑞斯・貝爾瓦朝半圓形的橡樹林走去，在仙女石桌墳前停了下來。那四人把沃爾斯放在最後一個受害者死去的那棵樹下。在這棵樹上，還能看到留下的V.d'H幾個字母，似乎在向世人宣告著這裡曾有的罪惡。

「沃爾斯，不累吧？」唐路易問，「腿好了嗎？」

沃爾斯輕蔑地聳聳肩膀。

「我知道，」唐路易又說，「你對自己現在擁有弗朗索瓦很有信心，指望用他來威脅我們。不過，我也有幾張王牌。當你在一個個地殺人的時候，我在讓他們復活。你看看，正從隱修院走來的這個人，認識嗎？斯特凡・馬魯，他也是受害者之一。你很奇怪，他怎麼沒死？你那寶貝兒子雷諾爾德，當著維洛妮克的面，把他推到海裡的。你記得嗎？但他沒有死，我輕輕揮了一下魔棍就把他救活了。他來了，我正好要和他談談。」

他朝這個人走去，和那個人握手之後說：「斯特凡，我和你說正午時一切都將結束，現在是正午時分，正好應驗了我的話——我們將在這裡會面。」

斯特凡全身沒有一點傷，看起來很健康的。

沃爾斯吃驚地看著他，並結巴著說：「斯特凡・馬魯……」

「就是他，」唐路易說，「你的寶貝兒子雷諾爾德，把他扔到海裡，居然連看都不看一眼就走了。所以說，你和你那寶貝兒子都是蠢貨。當時，我在下面接住了他。你一定覺得奇怪，不過還有更奇怪的。斯特凡，你搜查的情況怎麼樣了？我們現在該幹什麼？」

「沒有消息。」

「弗朗索瓦？」

「找不到他。」

「『杜瓦邊』呢？牠有沒有按照我們計畫的那樣去尋找自己的主人？」

「是的，可是牠只領我從暗道到弗朗索瓦放船的地方。」

「有沒有什麼隱秘的地方？」

「沒有。」

唐路易在石桌墳前踱來踱去，顯然是在考慮著什麼，也有些焦急，因為他們馬上就要離開這裡了。他最後轉向沃爾斯，對他說：「我沒有時間和你耗下去。兩小時之內我必須離開這裡。說吧，你想用弗朗索瓦換什麼？」

　　沃爾斯答道：「弗朗索瓦和雷諾爾德進行決鬥，後來他失敗了。」

　　「你撒謊，是弗朗索瓦贏了。」

　　「你看見決鬥了？」

　　「沒有！如果我在的話，會讓你帶走弗朗索瓦嗎？不過，我知道誰是贏家。」

　　「除了我之外沒人知道，因為他們都戴著面具。」

　　「如果弗朗索瓦死了，你……」

　　沃爾斯想了想。「要是我告訴你他的下落，我能得到什麼？」

　　「放了你。」

　　「還有呢？」

　　「沒有了，你還想要什麼？」

　　「天主寶石。」

　　「你想得美！」唐路易惱火地說，「天主寶石，你就不要想了，放了你已經是法外施恩了。因為我知道，你現在已經一無所有、窮途末路了，就算放了你，你也會到其他地方去尋死。但是，天主寶石卻可以救你，給你財富、力量和繼續作惡的本錢……」

　　「所以我需要它，」沃爾斯說，「你已經說了它的價值，這讓我深信不疑，我只好在弗朗索瓦身上打主意。」

　　「找到弗朗索瓦很簡單，不過我們現在時間有限，來不及去找他。但是，如果你執意要天主寶石，我不介意在島上多留幾天，直到找到他為止。」

　　「你找不到他的，就算找到也沒用。」

　　「為什麼？」

　　「弗朗索瓦從昨天起就沒有東西吃了。」沃爾斯用惡毒的語氣說道。

　　唐路易沉默了一會，然後說道：「如果這樣的話，你最好說出他在

哪？」

「說不說有什麼關係？我什麼都可以不要，但不能半途而廢，不能放棄我的使命。我就要達到目的了，這個時候誰阻攔我，誰就得死。」

「你忍心讓你的兒子死掉！」

「我已經讓一個兒子死掉了。」

帕泰瑞斯和斯特凡打了個寒噤，都對沃爾斯的殘忍大為惱火。

唐路易卻笑了。「很好！最起碼你不虛偽。真是一個集虛榮、殘忍、陰險和信奉神秘主義為一體的德國佬！不過，這改變不了你是大惡棍的本質！對付大惡棍，我是不會一直用談話的方式的。我最後問你一次，弗朗索瓦在哪兒？」

「不知道。」

「很好！」

他轉向那四個人。「動手！」

那四人的動作很快，聽到唐路易的命令之後，立刻從地上拎起沃爾斯，用繩子把他捆在樹上，就像他當初綁維洛妮克一樣。沃爾斯很驚恐，大聲喊叫著，一會兒威脅、一會兒求饒、一會兒又謾罵。

「叫吧，」唐路易平靜地說，「你愛怎麼叫就怎麼叫！不過起不到任何作用的，那只會讓你更丟人，看看你現在那副德行吧！」

他往後退了幾步，滿意地看著這個場面。「很好！你臨死前的樣子很像個受難者，而你的名字也符合V.d'H這幾個字——沃爾斯‧德‧奧恩佐萊恩（這個姓名的縮寫字母）我想你作為國王的兒子一定到過高貴的房子。在你臨死前，沃爾斯，我會讓你死個明白，我會向你講講你為什麼會失敗，又是怎麼失敗的。」

沃爾斯在樹上掙扎著，想掙脫繩子，但是越掙扎反而繩子越緊。他害怕了，然後開始惱怒起來，並詛咒道：「混蛋！你要殺死我嗎？你們就會害了弗朗索瓦！弗朗索瓦被他的兄弟刺傷了，傷口現在可能感染了……」

斯特凡和帕泰瑞斯勸唐路易：「先放了他，萬一弗朗索瓦真如他所說，我們就算找到他，也來不及救了！」

「也許他說的是真的！」斯特凡也說，「同他打交道什麼事都有可能發生。要是孩子的病……」

「胡說！」唐路易說，「孩子身體很好。」

「你肯定？」

「我一個小時之內讓這個惡棍開口，他堅持不了多久的。只要一直把他吊在樹上，他就會開口。」

「要是他還不說呢？」

「那又怎樣？」

「如果在樹上出了意外，他死在了樹上呢？」

「然後會怎麼樣？」

「那樣我們就徹底失去尋找弗朗索瓦的線索了。」

唐路易還是堅持自己的方法。「他死不了！沃爾斯這樣的人，怎可能會突然就死了呢？我相信他一定會開口，而且我相信他忍受不了一小時。這段時間我也不會閒著，我正好利用這段時間作一篇演說！」

帕泰瑞斯笑著說：「你要發表演說？」

「是的，我要發表一篇這樣的演說——天主寶石探險記！它和歷史有關，我會講從史前時代到現在的三十椿血案！作這樣的報告可不是想做就能做的，所以我會珍惜這次機會，好好的演講一次！」

他站到沃爾斯跟前。「沃爾斯你的運氣不錯，坐在前排的觀眾席，你可以很好地聽到我說了什麼。關於這件事，一開始我也是一團霧水，因為這畢竟是許多年前的事了，而且還有你一直在搗亂！」

「無恥之徒！」沃爾斯咬牙切齒地說。

「看來你想要自由，那就說說弗朗索瓦吧，他在哪裡？」

「他死了！」

「不會的，你早晚要說的。如果你說出來，我立刻就派人去找。而且你還可以安心地待在這裡，等我們找到弗朗索瓦之後，你和奧托可以坐上弗朗索瓦的船離開這裡。你覺得怎麼樣？」

他轉身對斯特凡和帕貝爾瓦說：「朋友們，坐下來吧！下面我將開始我

的演講，不過這個演講有點長，大家還是坐下來聽吧！而且是應該讓許多人知道這件事了。」

「不過你的聽眾只有兩個人，」帕泰瑞斯說。

「錯，是三個人。」

「還有誰？」

「第三個來了，看！」

「杜瓦邊」跑了過來，而且好像很急的樣子。牠向自己的朋友斯特凡打了個「招呼」，又向唐路易搖搖尾巴。然後，牠和人一樣坐在了地上，似乎知道他們有事要說，甘願當個聽眾的樣子。

「『杜瓦邊』，很高興你能出現。」唐路易喊道，「看來你也想知道這個故事，好好聽故事吧，你一定會對我接下來講的故事滿意的。」

唐路易現在興致很高，有人高興，就有人失望，沃爾斯此刻正在樹上不安地扭動著。唐路易兩腳相互碰了一下，這個動作很像老祭司的那個旋轉舞動作。沃爾斯看到他這麼做，不知道內心作何感想。

唐路易直起身，對著他位數不多的幾個觀眾點了點頭，像真的在一個演講大廳演講一樣開口說道：「先生們，女士們，西元前732年7月25日……」

十六、預言與現實

　　講完第一句話之後，唐路易停了下來，似乎要看看大家的反應。貝爾瓦上尉很瞭解唐路易，對他很默契地笑了笑。斯特凡則不同，還是有點擔心弗朗索瓦。「杜瓦邊」則還是安靜地待在那裡做一個熱心觀眾。

　　唐路易又接著說：「你們一定覺得很奇怪，我為什麼把日期說得這麼仔細。實際上，現在離我要講的那件事已經過去了好多個世紀了，因此，我也不知道這件事的具體日期。但是，我可以肯定這件事發生在歐洲的一個國家，這個國家現在的位置在今天的波希米亞，詳細的地理位置大概就是今天的工業小城約阿希姆斯塔爾。說到這裡，大家一定知道故事的發生地了。」

　　「克爾特人部落，一直定居在多瑙河與易北河源頭之間的海西尼森林裡，而且已經一兩百年了。這天早晨，他們進行了一次大行動。士兵們在其妻子的幫助下，收拾起一些工具，放在牛馬背上，就準備出發了。」

　　「在行動之前，部落的酋長們仔細地檢查了士兵和他們帶的工具，明令他們要保持秩序，不能大聲喧嘩。檢查完畢之後，他們朝易北河的一條支流埃羅河方向前進，黃昏時到了那裡。他們在這次行動之前，已經提前往那裡派去了上百名優秀的士兵，讓他們看守那裡的船隻，並負責接應隨後而來的大隊人馬。在那些船隻中，有一隻大船裝飾得富麗堂皇，一塊石紅色的布簾遮住了船身，讓人看了很想讚美一番。酋長他也可以算是部落的國王，登上船後發表了演講。他的演說我就不一一道來了，只把內容簡單地說一下：『和我們相鄰的部落總是對我們進行搶掠，我們這次遷移就是為了躲避他們。不管什麼人，離開自己的故土，總是有些不捨和難過。但是，對整個部

落來說這算不了什麼，雖然我們離開了故土，不過我們並沒有拋棄祖先遺留下的珍貴財富——那就是一直保佑我們，並令我們逐漸強大的先王的蓋墓石板，這次我們在走的時候當然得帶著它。』」

「酋長恭敬地揭開了蓋墓石板上的布簾，一塊顏色很深，二公尺長、一公尺寬的粒狀花崗岩石板露了出來，裡面的閃光片在閃閃發著光。」

「部落所有的人都發出了讚嘆聲，他們趴在地上，伸出雙手，鼻子貼到地上。」

「在花崗岩的石板上，有一根球飾精美的金屬權杖，酋長拿起它，揮動著說：『這根威嚴的權杖，就來自於神奇的石板。從現在開始，我要一直掌握著這個權杖，直到這塊神奇的石板放到了安全的地方為止。這個權杖會生出天火，有讓人復生或讓人死去的能力。先王的墳墓被神奇的石板蓋住了，但是這根神威的權杖卻一直伴隨著我們的部落，見證了我們部落的興衰和榮辱。神啊！讓天火指引著我們前進吧！』酋長在說完這番慷慨激昂的話後，就命令整個部落出發了。」

唐路易停了一下，然後高興地重複了一遍：「酋長在說完這番慷慨激昂的話後，就命令整個部落出發了。」

這個故事的開頭很明顯吸引了為數不多的幾個觀眾，帕泰瑞斯很高興，斯特凡的臉上也出現了久違的笑容。

唐路易說：「你們笑了，不要以為這是故事，這些都是真的。你們會從我下面將要講到的故事細節中發現，這裡面有許多不合理的現象都可以用科學來解釋，的確是科學的解釋。沃爾斯也許很不想聽到這些話，因為那樣會讓他懷疑自己的樂觀態度。」

唐路易喝了一點水，接著又繼續道：「部落沿著易北河走，一直走了幾個月。他們在一天晚上的九點半鐘到了海邊一個叫弗里松的地方，在那裡休息了幾個月後，他們決定再次遷移，因為他們覺得這裡還不夠安全。」

「一共是30條船，請記住這個數字，也就代表著30個家庭。在這次遷移中，他們走的是海路。也就是說，他們一直在海上航行。在那遷移的歲月裡，他們總是從一個海岸到另一個海岸，他們在斯堪地那維亞半島上過岸，

後來在撒克遜人的聚集地住過，不過後來卻被撒克遜人趕走了，他們只好繼續在海上漂流。這些都是真的，那三十艘船一起在海上航行的場面，實在是蔚為壯觀！這個流浪的部落帶著先王的蓋墓石板四處尋找安全的棲身之所，希望部落能夠永久地生存下去。如果找了這樣一個地方，他們就把蓋墓石板藏起來，這樣可以躲避別人的搶掠。這之後，他們會按宗教儀式舉行慶典活動，祈求蓋墓石板能夠讓自己的部落不斷強大起來。」

「最後他們到了綠色島嶼——愛爾蘭島，並在這裡居住了好幾十年。在此期間，他們和當地一些比較開化的居民經常接觸，從中學到了一些不同於本族的文明，他們也變得更加開明了。」

「有一天，不知道是酋長的孫子，還是曾孫，接見了自己派往其他國家的一個使者。這個使者在出訪歐洲大陸各國時，發現了一個絕妙的棲身之地。那是一個島嶼，有30塊礁石守護著，幾乎無法靠岸，還有三十座花崗岩建築。」

「30！這個數字太巧了，正好這個部落有30條船，難道是上天註定？或者是神明在召喚？於是，這個部落又開始遠航了。」

「很快，他們來到了那個島嶼，消滅了當地的土著居民，開始在島上定居了。很顯然，部落的寶物——波希米亞的蓋墓石板也就放在了這島上，沃爾斯今天就看到過，我曾帶他看過那裡。在這裡，我要插一段題外話。」

唐路易用老師給學生講課的方式說：「幾千年來，薩萊克島和整個法國以及西歐一樣，一直居住著利古里亞人。這些人中的一部分，沒有忘記祖先的風俗和習慣，把它們很好地繼承了下來。因此，這些利古里亞人在建築方面都很出色，出現許多大建築師。細石器時代，他們在西方文明的影響下開始在島上建起了巨大的花崗岩建築，還建造了巨大的墓室。」

「這個部落在這裡找到了一些天然洞穴和山洞，經過人的耐心加工，把它們建成了巨大的建築群。這些建築的建成，強烈地衝擊著克爾特人的神秘思想和迷信思想。」

「天主寶石最終被安放在這個島上，部落的人也開始了對它拜祭，這個時期就是德魯伊教祭司時代，它延續了一千到一千五百年。後來，在布列塔

尼國王的管轄下，這個部落可能和一些相鄰的部落融合了。但是，在德魯伊教時代，酋長的權力沒有以前大了，他的許多權力被祭司分去了，這些德魯伊教祭司越到後來權力越大。」

「祭司的權力增大，很顯然是因為那塊神奇的石板。他們在薩萊克島的主要目的，就是為了守護和控制這顆寶石。因此，他們遵循當時的習慣，指揮採摘槲寄生、馬鞭草和各種神奇的植物，用活人祭祖。在地下祭室的上面，他們把寶石安放了起來，不過在地面上卻可以看到寶石。因此，我認為他們建「鮮花盛開的地方」的仙女石桌墳，就是為了遮擋天主寶石的。躺在這塊石板上，不育婦女恢復了生育能力，老人又煥發出活力，病人、殘疾人和智障兒童也恢復了健康。」

「在布列塔尼的傳說和神話中，我認為這塊石板占著很重要的地位。一切迷信和信仰，以及憂慮和希望，都是因它而起。德魯伊祭司揮舞著手中的權杖，就可以掌控人的生死，由此誕生了傳說——圓桌騎士的傳說，和魔法師梅林（《布列塔尼詩史》中的傳奇人物）的傳說。它是一切象徵的關鍵，是神秘的，總之它就是個謎。」

談到那幾個傳說時，唐路易頗為激動，接著他又笑著說：「沃爾斯，你在亂動什麼？安下心來，你的罪行我稍後會談到。我剛才講到了德魯伊教的鼎盛時期，而在此之後，德魯伊教就消失了。在這段時期裡，石板被巫師們和占卜者們利用。現在，我們講第三個時期——宗教時期。在這個時期裡，薩萊克變得富有，並受到朝拜，此後逐漸走向衰落。」

「實際上教會本不同意這種原始的拜物教。花崗岩石板吸引著眾多的信徒，因此，在教會逐漸掌權之後，開始想推翻這種宗教形勢，用另一種形式來代替。因為新勢力人多，很快就戰勝了舊勢力。我們現在這地方，原本沒有石桌墳，是兩種勢力鬥爭後，被移到這裡的。波希米亞王的蓋墓石板上，也被蓋上了一層土。勝利者們還在這裡豎起了一個耶穌受難像。」

「從那以後人們就遺忘了！」

「我說的是人們忘掉習俗——宗教儀式和一套祭典禮儀被人們遺忘了，但是至於天主寶石，卻並沒有那麼容易忘記。那之後的人們，不知道它是什

麼，也不知道它在什麼地方，但人們還是不停地談論著它，並一直堅信著，的確有一個叫做天主寶石的東西存在。就這樣，這個故事就被流傳了下來，在流傳的過程中，中間被加入了許多不存在的和虛假的東西。以至於後來這個故事，被傳誦為一種可怕的傳說。但是，不管怎麼說，人們始終沒有忘記天主寶石這個名字。」

「人們始終記著這個傳說，因此當地的地方史志也記載了這個傳說。後來的人看到這個傳說後，總想著瞭解事情的全部經過，其中有兩個人就企圖解開這傳說的秘密。」

「這兩個人就是十五世紀中期的本篤會修士湯瑪斯和現在的馬克諾格先生，他們兩個都想解開這個秘密。湯瑪斯修士其人，我們知道的並不多，只知道他是個詩人兼裝飾畫師。如果看過他的詩，很容易發現他的詩寫的不怎麼樣，不過在裝飾畫方面他確實有自己的獨到之處。這人死後，留下了一本彌撒經，裡面主要介紹他生前在薩萊克隱修院的生活。此外，彌撒經上還畫了島上的三十個石桌墳，每幅畫還配上了詩文，附有宗教引語，還記載著宮廷醫生和占卜家諾斯特拉達姆士的預言。馬克諾格先生後來得到了這本彌撒經，他發現書中有一頁的畫是釘在十字架上的女人，裡面的語言和薩萊克島有關。」

「昨天夜裡，我在馬克諾格的房間裡找到了這本書，隨後就很細緻地看了一遍。」

「馬克諾格這個怪人是巫師的後代，現在的巫師早就被時代拋棄了。因此，他很會裝神弄鬼，我懷疑他經常這麼做。每個月月圓後的第六天晚上，都有人看見穿白袍的德魯伊祭司在採摘槲寄生，其實那個人就是馬克諾格。他知道怎樣耕作土地，才能使花卉開得茂盛；也認識一些治病的草藥，並能利用它們配一些藥方。而且我認為，他曾去過地下墓室和祭室，並偷走了權杖球形雕飾裡的寶石。他是從哪裡進去的呢？就是從我們剛才出來的那個洞口進去的，每次進去出來後他都會重新在洞口填上一些礫石和土。他還把彌撒經上的那一頁給了戴日蒙先生，不過我不知道他有沒有把自己做的這件事告訴戴日蒙先生。戴日蒙先生到底知不知道，現在都不重要了，因為這時出

297

三十口棺材島

現了另一個人，他才是至關重要的人。這個人後來加入到這件事中，他就是自詡執行神秘力量下達的命令，命運派來解開這個謎，並打算占有天主寶石的人。他就是沃爾斯。」

唐路易假裝要喝水的樣子，同時對沃爾斯的同夥奧托說：「奧托，如果他想喝水的話，就給他喝點。沃爾斯，你渴嗎？」

沃爾斯在樹上此時毫無反抗之力，而自覺前途未卜的他此時身上再也沒有半分力氣了。斯特凡和帕泰瑞斯很擔心，怕他就這樣死了，因此勸唐路易暫時放下他。

「不放！」唐路易很堅決地拒絕了，「他現在狀態很好，至少堅持到我演講完是沒問題的，其實他也想知道故事的結局，沃爾斯，你一定對這些感興趣！是不是？」

「你這個騙子！」那個被綁在樹上的人說。

「很好！看來你是不打算說出弗朗索瓦的下落了？」

「騙子！你這個……」

「那麼，你就繼續享受捆綁吧，受點苦對你來說反而更好，這對你的健康有好處。話說回來，你折磨別人的時候，有沒有想到現在會被別人折磨呢？」」

唐路易帶著無比的憤怒說出了這幾句話，以前他見過許多歹徒，不過從沒見他發這麼大的火，可見他對沃爾斯的罪行深惡痛絕。

唐路易又說：「350年前，一個有著匈牙利血統的波希米亞女人出現了，她有著一顧傾城的面容。在巴伐利亞湖一帶的水域，她經常出現。她在當地進行算卦、紙牌算命、看手相、占卜等，很快有了名氣。」

「她的名氣越來越大，以至於國王路易二世也開始注意到了她。路易二世是國王，卻也是舉世公認的瘋子，以古怪的性情和反覆無常的性格而聞名於世。他是華格納的朋友，華格納就是那個締造了拜羅伊特節日劇院的德國著名作曲家。」

瘋子看上了那個女預言家，並和她在幾年內一直保持著私情。在這幾年中，兩人的感情也出現過危機，不過開始並沒有什麼。後來，終於因為國王

的性情很怪，兩人的感情宣告破裂。」

「路易二世在一天晚上從船上跳進了斯特恩貝湖，就這樣一命歸西了。關於他的死，政府方面說他是因為精神失常而跳水自殺的，還有人傳言國王是被人暗殺的，到底哪一種說法可信呢？如果是自殺，他為什麼自殺？如果是被暗殺，那麼什麼人要暗殺他？這些問題一直沒人知道。但是，當時有一個這樣的事實：路易二世在湖上遊玩，後來跳進了水裡，波希米亞女人都一直在陪著。」

「事發之後的第二天，她被強制要求留下隨身的貴重物品，並被驅逐出境。」

「這時的她已經身懷六甲，而她生下的就是小魔鬼亞歷克西‧沃爾斯。她被趕出來之後，就帶著這個小魔鬼生活在波希米亞，那裡離約阿希姆斯塔爾村不遠。不久，這個小魔鬼就從母親那裡學會了催眠暗示術、和詐騙等騙術。他才智平庸，卻生性粗暴。他整天沉浸在幻覺中，並深受噩夢的折磨。在這種情況下，他開始相信巫術、預言和一些秘術，總是分不清傳說和歷史，也分不清現實和謊言。」

「那裡的山村裡流傳著這樣一個傳說──一塊石頭具有神奇的能力，但是這塊石頭有天夜晚卻被惡神搶走了。在將來的某一天，一個國王的兒子將會找回那顆寶石。」

「他還親眼看到了，當地農民指給他看那塊寶石在山坡上留下的痕跡。」

「『你就是國王的兒子，』他母親對他說，『算命的說了，你一定會被朋友用刀子捅死，你的兒子和妻子將死於十字架，如果你能找到這塊寶石，或許能躲過這一劫，那時候你就能成為國王。』」

「沃爾斯，這個預言再加上波希米亞女人說的謊言，深深地影響著你。還有一些無關緊要的話，我就不提了，像你的兩次婚姻，先與艾爾弗麗德，後與維洛妮克‧戴日蒙。再比如自戴日蒙劫走弗朗索瓦後，你就開始找維洛妮克；還有，你在戰爭期間被關進集中營的經歷。我們現在不說這些，只說比這些更加重要的，前面說了天主寶石的歷史，現在我們就談談現代的故

事，說說天主寶石是怎麼被你沃爾斯攪和地一團糟的故事。」

「戰爭開始之後，沃爾斯被關在布列塔尼蓬蒂維附近的集中營裡。他那時叫洛特巴赫，不敢叫沃爾斯了。十五個月前軍事法庭經過審判，判定他有間諜罪，判處他死刑。他自知在劫難逃，就從集中營逃到了楓丹白露森林裡。在那裡，他遇見了自己從前的老僕洛特巴赫。老僕也是從集中營逃出來的，而且同樣也是個德國人。他把老僕殺了，並給屍體穿上了自己的衣服，還給屍體化了妝，讓屍體看起來很像沃爾斯。軍事法庭以為沃爾斯死了，就把老僕的屍體埋在了楓丹白露。真正的沃爾斯就這樣逃了出去，不過不久後他再次被捕，倒不是因為被人認出了他是沃爾斯，而是他以洛特巴赫的名字被再次認為是德國的間諜，並再次被送進了那個集中營。」

「沃爾斯的第一個妻子艾爾弗麗德也是個德國人，她也是很重要的角色。關於她的資料，我都知道，不過這和這個故事的關係不是很大，在這裡就不提它了。艾爾弗麗德是他的主要幫凶，她和兒子一起躲在薩萊克島的地下房間裡。她的任務是監視戴日蒙先生，並想透過戴日蒙，找到維洛妮克。這個女人為什麼這樣做，我也不知道。也許是天生就壞，又或者處於對沃爾斯盲目的忠誠吧，再或者就是畏懼沃爾斯的，當然了，也許可能是怪維洛妮克搶了自己的丈夫。不管怎麼樣，她總算遭到了應有的懲罰。」

「就這樣，她和兒子在暗無天日的地下室裡過了三年，一直監視著戴日蒙先生。這三年的生活是很艱苦的，她只在晚上出來，找一些東西吃。他們在島上具體做什麼，以及沃爾斯和艾爾弗麗德是怎麼聯絡的，我不知道。但是，我卻透過一種方式知道——沃爾斯的第二次逃跑，全是由他的這個妻子經過長期的精心安排，導演的一齣戲。」

「在這齣戲裡，她這個導演安排好了一切，考慮到了所有的細節，進行了周密的安排。去年9月14日，在她的籌畫下，沃爾斯和他的兩個同夥逃出了集中營。這兩個同夥就是就是奧托和孔勒，沃爾斯是在被關押的時候和他們兩個認識的。逃出集中營之後，沃爾斯便僱了他們，要他們幫助自己做事。」

「他們一路上在每個路口都留下一個箭頭，上面寫下數字作序號，並寫

上V.d'H以做聯絡之用。在廢棄的小屋裡，在一塊石頭下，或乾草堆旁都有他們留下的記號。經過法烏埃、羅斯波爾當之後，他們到了貝梅伊海灘。」

「當晚，艾爾弗麗德和雷諾爾德用艾諾麗娜的汽艇把他們三人接到了島上，並把他們安置在了黑色荒原下的德魯伊祭司的房子旁。他們在島上很舒服地蟄伏了一個冬天，沃爾斯整個冬天沒有閒著，而是在思考著一個計畫。」

「沃爾斯戰前曾來過這個島，那時他並沒有聽到關於小島的秘密。後來，他在集中營的時候，從艾爾弗麗德的來信中，知道了關於天主寶石的傳說。很顯然，這個消息對他的影響是巨大的。他想到，這個傳說中的天主寶石，難道就是自己聽到的那個在傳說中消失的寶石嗎？傳說這個寶石被人盜走，後來將會被一個國王的兒子找到。傳說中還提到，王子如果找到寶石，還會被賦予權力和王位。小時候聽到的傳說，再加上她母親的謊言，讓他對此深信不疑。」

「就在沃爾斯蝸居在薩萊克島的地下時，湯瑪斯的預言出現，再次對沃爾斯尚未成型的計畫產生了重大影響。當時，預言開始在薩萊克島人之間廣為流傳。因為他白天不方便出來，所以就晚上到別人家的窗戶下偷聽島上居民的閒談。」

「我們知道，薩萊克島人本身就很怕那些寶石有關的可怕傳說。於是，他就聽到了一些不太完整的語言——像沉船，女人釘在十字架上，四個女人受極刑，三十口棺材與三十個受害者，天主寶石賜生或賜死之類的事。」

「但是，沃爾斯偷聽到的這些傳說開始都很零碎，他也沒有想明白是怎麼回事，直到有一天他偷看到了戴日蒙先生畫畫，才恍然間明白過來。」

「剛才我們提到，馬克諾格找到了那本附有彩畫的彌撒經預言，他把經書撕掉了一頁。這一頁被戴日蒙先生得到了，於是他就臨摹了好幾次。而且他在畫畫的時候，因為思念女兒，總是自然而然地把畫上的女人畫得很像自己的女兒。」

「馬克諾格有天晚上在燈下將戴日蒙臨摹的畫與原畫進行對比，此時沃爾斯恰好躲在外面。躲在黑暗中的他，立刻拿出筆，把畫上的十五行詩記在

了本子上。當他記好這些詩的時候，他突然明白了一切，以前看似支離破碎的東西終於在這一刻拼湊成一個整體。他立刻認定，這個預言就是為自己準備的！而自己也一定要實現這個預言！」

「一切都是因為那個預言。從這時起，這個預言成為沃爾斯唯一目標，而且是不可動搖的目標，而他本人也堅定了自己的目標，決定要把它變成現實。但是，不論從哪方面來看，那十五行詩都沒有什麼閃閃發光的地方，這些分行詩是很蹩腳的，既不押韻，也沒有韻律。但就是如此愚蠢的幾行字和幾行莫名其妙的詩句，引起沃爾斯的巨大熱情！」

「那麼到底這個預言是什麼呢？斯特凡、帕泰瑞斯，我們來聽聽德國佬湯瑪斯修士的預言吧！他把這些預言分別寫在小本子的十頁紙上，為的是更好地記住它們。其中有一頁是這樣寫的，大家注意聽，沃爾斯你也不妨再聽一遍！」

在薩萊克島上，十四又三年，

將有沉船、殺害和死人，

毒藥、利箭、呻吟、恐懼和死囚牢，

四個女人將上十字架，

三十人被殺，屍體裝滿三十口棺材。

在母親面前，亞伯殺死自己的弟弟該隱，

他們的父親，是阿拉馬尼的後裔，

他是上天派來執行神秘任務的王子，

在六月的一個夜晚，

他將折磨自己的妻子，

並慢慢地殺死她。

在寶石藏匿的地方，

將會出現煙火和爆炸，

而他終將找到，

那塊被北方蠻族盜走的石頭，

天主寶石賜人生死。」

　　唐路易想表現這行詩是極為拙劣的，因此他故意以誇張的語氣背誦出來。最後，他用低沉的聲音結束了對這個預言詩的朗誦。幾個聽眾聽完之後都有些不安，周圍一片寂靜。

　　他接著說下去：「整個事情的經過就是這樣，帕泰瑞斯、斯特凡，你們現在一定明白了吧！而且在這個事件中，斯特凡是一個莫名其妙的受害者。十五世紀的時候，一個精神錯亂、滿腦子幻想的修士湯瑪斯，把自己經常做的噩夢變成了預言。這個荒謬的預言是毫無根據的，無論是天主寶石的歷史還是傳說，都不能為預言提供證據證明其真偽。為了把自己的噩夢書寫出來，也為了使詩歌變得有韻律，湯瑪斯杜撰了這則預言。在他自己的心中，可能都認為預言一點也沒有價值。湯瑪斯先是作了一些，後來又為這些畫配上了詩句，這些詩句就成為了預言。很顯然，湯瑪斯是個很自信的人，他認為自己的作品一定能夠流傳後世，就把某些詩句刻在了仙女石桌墳上。」

　　「但是，湯瑪斯萬萬想不到自己的塗鴉之作在四百年後落入一個自負而瘋狂的惡魔手中，並且還被這個惡魔當作聖經一樣來崇敬。」

　　「得到這個預言，沃爾斯如獲至寶，因為這可以讓他獲得財寶和權力，更為重要的是，他可以『名正言順』地帶著那種神秘而荒誕的使命，進行殺戮和搶劫。從湯瑪斯的預言中，沃爾斯認清了自己該去做些什麼。湯瑪斯修士在預言中提到，『國王的兒子』、『阿拉馬尼王子』的字樣，沃爾斯認為這正是指的自己，阿拉馬尼就是現在的德國，自己就是那個『天選之人』，而且他也是從被盜走寶石的部族而來。更巧的是，在別人給他算命的時候，說他的妻子將死在十字架上，這也和預言相吻合。預言還說，他的兩個兒子會自相殘殺，而他恰好有兩個兒子，而且這兩個兒子恰好一個像卡安一樣殘酷而凶惡，一個又像阿貝爾一樣溫順。我們知道『該隱和亞伯』是亞當和夏娃的兩個兒子，該隱出於嫉妒弟弟亞伯而殺死了他。而沃爾斯卻認為，這是在暗指自己的兩個兒子，因此他要安排兩個兒子決鬥。」

　　「這些足以讓他對預言信以為真。從此，他開始了自以為是的使命，走

向了不歸路。擋在他面前的，阻礙他實現目標的，有許多活著的人。為了實現自己的目標和使命，他把罪惡的屠刀伸向了這些人，不讓任何人和任何事來阻礙自己的計畫。他要消滅這些人，把預言中的慘劇一個個地變成翻版的現實！」

十七、沃爾斯的計畫

唐路易又轉向沃爾斯道：「怎麼樣？是不是我說的這樣？」

沃爾斯額上青筋暴起，閉上眼垂著頭不說話。唐路易怕斯特凡又要說放他下來，又大聲道：「你該說了吧！現在是不是很痛呢？想好了沒有？還沒有考慮好？你就只能在上面多待一會兒了。斯特凡，別擔心弗朗索瓦，我一定能救出他，不能因為弗朗索瓦而便宜了這個惡魔。當然！我們一定不能放過對他的懲罰，因為就是他準備和策劃了這一系列的慘案。要是有誰要輕言放過他，我可是會生氣的。」

唐路易打開沃爾斯的小本子，看著上面記著預言的那頁說：「其實到這裡大家基本都知道了事情的大體概況，不過一些具體的事情還是應該知道的更清楚一些。我下面就會談到沃爾斯是怎麼一步步做的，最後還要提到那位德魯伊老祭司，以及他在這個事件中扮演的角色。」

「六月份是定好的殺害30個人的時間。這也和湯瑪斯修士有關，他為了把『該隱』和『命運』兩個詞押韻，而選擇了『六月』這個詞。為了讓『恐懼』和『十字架』兩個詞押韻，湯瑪斯還用了『十四加三年』這個奇怪的片語。而使用『三十』這個數字是為了與島嶼周圍的暗礁數和石桌墳的數目保持一致。」

「但是，沃爾斯把這一切都當成是必須嚴格執行的。根據預言，他認為6月17日這天必須死三十個人。但是，當時的島上一共才29人，根本沒有30個人。等一會兒，我就會說到這第30個人。這時，沃爾斯聽說艾諾麗娜與馬克諾格離開了小島。他想，艾諾麗娜一定還會回這裡，可是馬克諾格這一走

還會回來嗎？萬一他不回來了，他一定會帶走那個寶石，並把它藏起來。之所以這樣認為，是因為沃爾斯在偷聽他們談話時，曾經聽到馬克諾格談到那塊寶石不能碰，只能放在鉛盒裡，因此他認為馬克諾格可能已經得到了那顆寶石。在做出了這樣的判斷之後，他果斷地讓艾爾弗麗德和孔勒跟蹤馬克諾格，並找機會殺掉馬克諾格。」

「馬克諾格來到法烏埃鎮之後，投宿在一家旅館。尾隨而至的艾爾弗麗德和孔勒也到了附近。馬克諾格在喝咖啡之前，艾爾弗麗德偷偷地把毒藥放了進去。之所以毒死馬克諾格，是因為預言裡有『毒死』這個字樣。」

「馬克諾格渾然不覺，喝完咖啡之後，他和旅店結了帳，又繼續上路了。沒過幾個小時，他感到腹痛難忍，很快便毒發而死。艾爾弗麗德和孔勒跟過去，在他的屍體上搜遍了，卻根本沒有搜到任何東西。沃爾斯本來希望能在他身上搜出寶石，不過很顯然他的希望落空了。艾爾弗麗德和孔勒把他的屍體扔到了一個廢棄的小屋裡。」

「這個小屋在幾個月前，沃爾斯逃獄出來的時候，他曾和奧托以及孔勒一起從這裡經過。後來，維洛妮克在那裡發現了馬克諾格的屍體。但是，當她領著鎮上的人趕來時，屍體卻不翼而飛了。這當然是艾爾弗麗德和孔勒在搞的鬼，他們當時並沒有走遠，發現維洛妮克碰到了屍體，待她離開之後，兩人又把屍體藏在了一個廢棄的地窖裡。」

「這裡還要解釋一下大家的另一個疑問，湯瑪斯預言中根本沒有關於三十個受害者的死亡順序，這完全是馬克諾格的假想，卻被沃爾斯誤打誤撞，竟然把他的「假想」成真。在艾爾弗麗德去跟蹤馬克諾格的同時，沃爾斯在薩萊克島上也開始了行動，他先是劫持了弗朗索瓦和斯特凡。然後，為了更容易進入隱修院，也為了避開島上居民的耳目，他和雷諾爾德分別穿上了斯特凡和弗朗索瓦的衣服。」

「兩人來到了隱修院，這裡現在只有戴日蒙先生和廚女瑪麗·莉格夫。可以想像，沃爾斯和雷諾爾德很輕易地就殺死了這個老人和一個沒什麼反抗能力的婦女。之後，兩人開始搜查隱修院，特別是馬克諾格的房間。因為艾爾弗麗德外出還沒回來，所以沃爾斯不知道她有沒有拿到寶石，那麼寶石被

馬克諾格留在隱修院的可能性還是有的，因此他不願意放棄一絲希望，開始搜查房間。」

「沃爾斯進入隱修院後，首先給了瑪麗一刀，瑪麗當場濺血。然後，他又讓雷諾爾德去殺戴日蒙。」

「雷諾爾德進去之後，和戴日蒙先生進行爭鬥，被此時從窗戶外進來的維洛妮克發現了。但她來晚了，戴日蒙先生在爭鬥中還是被害了。隨後，艾諾麗娜也趕來了，親眼目睹了這場慘劇，並受了重傷，差點成為第四個受害者。」

「這天晚上，薩萊克的居民在得知島上的人接二連三地遇害後，更加相信了馬克諾格的預言。因此，全島的人都陷入巨大的恐慌中，經過商量之後，島上的居民一致決定逃離這裡，避免傷亡在島上繼續出現。」

「這正中沃爾斯的下懷，他和兒子雷諾爾德守候在偷來的汽艇上，用槍掃射坐在船上的人。船上的人驚慌失措，很多人被射殺了，還有幾個跳到水裡，但也未能倖免。船上的人全部死去！」

「至此，湯瑪斯的預言——沉船、死人和毒殺全部被沃爾斯人為地驗證了。」

「艾諾麗娜在目睹了這一切後，受到了很大的刺激，崩潰的她從懸崖上跳了下去。」

「這之後，維洛妮克一個人在島上待了幾天，他們沒有對她做什麼。並不是他們不想對她下手，而是此時他們在島上只留下了奧托。沃爾斯父子在製造了沉船事件之後，立刻開著汽艇去找艾爾弗麗德和孔勒。兩班人馬會合之後，把馬克諾格的屍體拉了回來。所以當時獨自一人在島上的奧托每天只是喝酒解悶，這才使維洛妮克清淨地待了幾天。」

「幾天之後，沃爾斯他們幾個回到了薩萊克島。這時他們先後已經害了24個人，也就是說，現在島上加上馬克諾格的屍體已經有24具屍體了，還差6具才能填滿那三十口棺材。斯特凡和弗朗索瓦被軟禁，而阿爾希納三姐妹已被鎖在食物貯藏室裡，要他們的性命是很容易的。

沃爾斯決定首先殺死阿爾希納三姐妹。維洛妮克打算救她們，可是卻沒

能救得了。她們被雷諾爾德用箭射中，隨後被吊在了用三棵橡樹做成的十字架上。在把她們捆在樹上之前，沃爾斯從她們身上搜到了五萬法郎，順便就據為己有了。

這時，死去的人數已經有27人，在加上已經成為甕中之鱉的弗朗索瓦和斯特凡就有29人了，還差一位受害者才夠30個人，那誰是第三十個？而且被釘在十字架上的應該是四個女人，還少一個女人，這第四個女人是誰？」

唐路易停了一下，又說：「預言中提到了這個女人——

在母親面前，

亞伯殺死自己的弟弟該隱。

隔了幾行又說：

在六月的一個夜晚

……

他將殺死自己的妻子。」

「當時沃爾斯也曾找過維洛妮克，並沒有找到她，而且他想到這個妻子可能永遠也不聽自己的話。因此，他就按照自己的方式來理解寓言中的這兩句詩——第四個被釘上十字架的肯定將是自己的一個妻子。現在維洛妮克找不到，那麼只能是第一個妻子艾爾弗麗德了。

維洛妮克也是可以的，不管他的兩個妻子是誰，都是符合寓言的。他當時還沒有發現維洛妮克在島上，看來只有讓艾爾弗麗德上十字架了。」

「但是，將自己的妻子、自己的恩人、自己的左膀右臂送上十字架，他當然於心不忍。令沃爾斯難過的是，他又必須遵從惡魔的旨意，遵從預言所說的一切，一定得這麼做，沒有其他選擇了。迫不得已，沃爾斯打算把艾爾弗麗德送上十字架。」

「就在這時，他發現維洛妮克來到了島上。」

「維洛妮克的到來，讓沃爾斯大為高興，這樣他就不會為難了！他感到上帝對他的賞賜真是異於常人，就在他為難的時候，把維洛妮克送來了。這讓沃爾斯更加相信，自己就是『天選之人』，自己就是救世主，自己就是守護天主寶石的大祭司。」

「維洛妮克為了防止被人襲擊，燒毀了通往隱修院的橋。那晚是月圓後的第六天，沃爾斯因為此時正沉浸在『上蒼為何如此厚愛我』的感嘆中，興奮之下竟然學著大祭司的樣子，用金斧去採槲寄生。」

「這之後，維洛妮克在『杜瓦邊』的指引下，發現真正的斯特凡和弗朗索瓦被軟禁了。她當然很焦急，就想救你們。她在救你的時候，被雷諾爾德發現。斯特凡，你這次遭了殃，被拋進了大海。弗朗索瓦和他母親僥倖逃了出來，但很快就又被抓住。

接著，沃爾斯與維洛妮克見了面，並讓弗朗索瓦和雷諾爾德兩兄弟決鬥。沃爾斯之所以這麼安排，也是因為預言，因為它裡面有這麼一句：

在母親面前，

亞伯殺死自己的弟弟該隱。」

「預言中還提到，沃爾斯的妻子要遭受很大的痛苦，為了達到這個目的，沃爾斯用了許多折磨人的手段。例如，他讓弗朗索瓦和雷諾爾德蒙著面，當著維洛妮克的面進行決鬥。之後，又把她吊到樹上。

在六月的一個夜晚，

他將折磨自己的妻子，

並親手殺死她。」

「在她們母子兩個相繼死去之後，沃爾斯殺死三十個人的目標就能完成了，因此這個瘋狂的惡魔當晚喝了很多酒，以慶祝自己即將到來的勝利。」

「就在被萬般折磨的維洛妮克即將死去的時候，老祭司出場了！」

說到老祭司，唐路易不禁笑了起來。「這位老祭司一登場，立刻讓一直以來的悲劇變得笑料不斷。這是一位很奇怪的德魯伊老祭司！當然，斯特凡和帕泰瑞斯都預先知道了是怎麼回事，不過沃爾斯卻不知道。沃爾斯，你不想知道這到底是怎麼回事嗎？奧托，把梯子靠在樹幹上，讓他輕鬆一點。沃爾斯，之所以讓你輕鬆一點，是我不想讓你就這樣死了，以免你聽不到這離奇的故事。」

斯特凡和帕泰瑞斯不禁哄笑起來。

唐路易在他們笑過之後，又接著說道：「老祭司的到來，使得一切都有

了條理，讓雜亂無章的事情變得有跡可循。這位老祭司是誰？我想沃爾斯你應該猜到了吧，他就是我——唐路易·佩雷納，或者叫做亞森·羅蘋。」

「昨天中午時分，他抵達薩萊克海岸，透過潛艇裡的潛望鏡能看見島上，但卻對島上發生的事一無所知。」

「不知道？」斯特凡·馬魯疑惑地問道。

「一點也不知道！」唐路易肯定地說。

「不可能吧？你剛才還對沃爾斯的一切娓娓道來，怎麼現在又說不知道他在薩萊克的惡行呢？」

「這一切，都是我從昨天來到這裡之後才知道的。」

「那是透過誰？我們可沒離開過你。」

「確實是我昨天到了這裡之後才知道的。我昨天上岸後什麼都不知道，不過我自信上天待我不會比沃爾斯差。果然，我一上岸發現了斯特凡。他從懸崖上跳下之後，落在一個很深的湖中，然後飄到了一個小海灘上。他很幸運，沒有死，逃脫了沃爾斯和他的兒子讓他死去的結局。接下來，我向斯特凡瞭解了島上的情況。然後，我開始搜索全島，找到了沃爾斯住的地下小屋，在那找到一件白袍子，袍子裡的一張紙上抄錄著那個預言。這樣，我就基本清楚了沃爾斯的計畫。」

「斯特凡帶著我，沿著弗朗索瓦和他母親逃跑時的地道出去，不過那時洞口已經坍塌，過不去了。我們又折回來，從黑色荒原洞口出來。之後，我在對島嶼進行探察時，看到奧托和孔勒正在燒天橋。斯特凡想帶我去隱修院，當時是晚上六點鐘，可是天橋已壞，怎麼去呢？斯特凡提議『走暗道上去。』

我只好和斯特凡回到了我來時用的那個潛艇上，斯特凡引路，我操作潛艇繞過了小島。沃爾斯，有必要和你解釋一下，我的這艘潛艇是我自己設計製造的，可以行駛在任何地方。最後，我們在弗朗索瓦的那艘船旁邊上了岸，在船下面看到了正在那裡熟睡的『杜瓦邊』。」

「『杜瓦邊』看到斯特凡很高興，而且很快和我也熟悉起來，然後我們一起上路。『杜瓦邊』走到半路時忽然向一個岔道拐去，那個地方有個崖

壁，好像是被碎石均補過。在這些碎石的中間有一個洞，我猜想這一定是馬克諾格挖來用於進入地下墓穴和祭室的。因此，我到這時就基本知道了所有的情況，這時的時間是晚上八點半。」

「沃爾斯，你不用著急，馬上就說到你了。預言裡是說：『亞伯在母親面前殺死該隱，『自己的妻子在六月的一個夜晚遭受可怕的酷刑。』那這是不是意味著維洛妮克正在遭受酷刑，甚至已經遇害了呢？」

唐路易轉向斯特凡：「你還記得我和你很擔心維洛妮克的情形吧！但是，當我們看到那棵寫著V.d'H的大樹時，我們都鬆了一口氣。因為，這意味著即將吊上這棵樹的人，還沒有死。」

「這時從隱修院那邊傳來了有人說話的聲音。這是沃爾斯和奧托、孔勒的說話聲，他們抬著維洛妮克，在黑夜中走得很慢。我和斯特凡都沒想到，這麼快就見到了維洛妮克，因此打算馬上下手解救她。」

「這時發生一點意外，不過這對你沃爾斯來說卻是一件值得高興的事。我和斯特凡發現一個女人，她正在石桌墳附近轉來轉去，一看到我們就隱藏了起來。我和斯特凡毫不費力地就抓住了她，斯特凡認出了她。沃爾斯，你想不到她就是艾爾弗麗德吧！在維洛妮克沒出現之前，你還想過把她釘在十字架上！你不會這麼快就忘記她了吧！」

「你知道她為什麼出現嗎？還是因為你的暴行！在得知你要兩個兒子決鬥之後，她快瘋了，她怕自己的兒子在決鬥中失敗，因為失敗就意味著失去了兒子。她和我們說，她同意讓兩個孩子決鬥，但你沃爾斯得保證她的兒子能夠取勝。可是，決鬥的時候，你卻把她關進了屋裡，等她出來的時候，看到的卻是兒子雷諾爾德的屍首。她本打算去看看自己的情敵是怎麼被折磨死的，沒想到卻看到了兒子的屍體，惱羞成怒的她立刻對你充滿了憤恨，並說要殺了你。」

「哈哈！你們中間起了內訌，我當然希望看到這一點！就在這時，你說話的聲音傳到了她的耳朵中，她突然變了卦，拒絕再和我們合作，還打算反抗。她想對你說，我們來了，要你小心。她突然拿出刀向我刺來。她當然不是我的對手，我把她打暈之後，突然想到了一個絕妙的主意。」

「很快，我把這個女人捆了起來，打算把她交給你沃爾斯來懲罰。你開始的時候，不是就想讓她上十字架的嗎？還是讓她繼續接受這個安排吧！」

「我把白袍子給了斯特凡，讓他穿上。你來的時候，我朝你那邊射了一箭。你發現了穿白袍子的人，立刻就追了出去。就在你們追出去的時候，我玩了個調包計，把艾爾弗麗德和維洛妮克進行了互換。也就是說在你打算處死維洛妮克之前，我已經把你控制的維洛妮克換成了你的第一個妻子。至於怎麼樣換的你就沒必要知道了，這個和你也沒什麼關係。總之，這個調包計很成功！」

說到這裡，唐路易停了一下，剛才他講話的語氣就像是沃爾斯的老朋友一樣，在和沃爾斯開著玩笑。

「當然，後面還有更精彩的。」他繼續說道，「為了對付你，帕泰瑞斯和那四個摩洛哥人，再加上船上的十八個人，在地下墓室裡做著一項神秘的任務。知道他們在做什麼嗎？這也和那預言有關，預言說，當第四個女人被折磨死的時候：

在寶石藏匿之處，

將會有煙火和爆炸。」

「當然，湯瑪斯修士不可能知道寶石藏在什麼地方，也沒人知道。不過，我卻猜到了。因此，沃爾斯，我為你設下了一個陷阱，讓你自己鑽進來。能讓你自動鑽進來的地方，一定是寶石的藏匿之地，不然你也不會進來。因此，就必須找到一個通往寶石藏匿之地的出口。所幸的是，貝爾瓦上尉找到了，而實際上馬克諾格早就在這方面做過努力。」

「他們清理出一個以前通往地下祭室的通道。那麼煙火和巨響是怎麼來的呢？我們開來的潛艇裡有炸藥和放信號用的煙火，貝爾瓦上校帶著一些人把它們運到了地下室附近。你在樹上高喊：『維洛妮克死了！第四個女人也死在十字架上！』的時候，就等於給了我放煙火的信號，正好可以引你上鉤。於是，你接下來就聽到了『砰！砰！』的巨響，然後看到濃煙和烈火。」

「當你看到這真的和預言一樣的時候，你一定無比的興奮，你覺得你真

的就是上帝之子，你真的就是為了這個預言裡的使命而來的。於是，你開始向著煙火的方向，去尋找天主寶石，你想一下就成功。

他終將找到那塊，

北方蠻族被盜走的石頭，

天主寶石賜人生死。」

「我扮演了老祭司，把打開天主寶石的鑰匙交給你了，但你卻不敢去打開。不過，我在中間跳了一段舞，你一定不會忘記。然後你們就出去了，留下了我和睡美人守護的天主寶石」

唐路易又重複了一段他在地下祭室裡跳的舞蹈，跳了一會兒。看得出來，他好像很喜歡這種舞蹈。

接著，他對沃爾斯說：「你似乎不願意聽了，失望了吧，王子！你一定不想再聽下去了，那就告訴我弗朗索瓦在哪裡吧！對了，你一定還想知道睡美人和維洛妮克‧戴日蒙是怎麼回事。是不是？我就讓你一次全部明白。」

唐路易說：「你一定奇怪，我救出維洛妮克後為什麼把她抬到地下祭室呢？因為依據當時的情況來看，她在那裡是最安全的。抬到隱修院去嗎？那兒離我太遠，我不放心她的安全；抬到潛艇裡去嗎？那晚風大浪急，維洛妮克被你折磨後需要休息，而潛艇上是無法好好休息的。」

「因此，只有在地下祭室裡，才能避免上述兩種情況，所以我把她帶到了那裡。你見到她是一直昏睡著的，那是因為我給她用了麻醉劑，這樣一方面可以解除她身上的痛楚，另一方面也可以讓她安然入睡。還有一個目的，就是用她來嚇唬你，果然你被嚇著了。你現在一定能想起自己當時看到她的那副樣子吧！維洛妮克復活了！你怕了！你當時怕的要死，立刻就往回跑。」

「你被嚇跑了，想趕緊逃離那裡，出口卻被堵住了。這時，在孔勒的勸說下，你同意讓他來襲擊我。當時，我正忙著把維洛妮克轉移到潛艇上。孔勒被我的一個摩洛哥人手下發現，當場就被打死了。」

「我很快又布置了第二個陷阱。把孔勒的屍體放在一間墓室裡，給他穿上老祭司的白袍子。你見到孔勒之後，以為他是老祭司，二話不說上去就

打。接著，你又發現了睡美人，以為維洛妮克真的沒死，衝上去就一陣猛砍猛殺，你卻不知道你砍的是艾爾弗麗德的屍體。你現在承認自己很蠢嗎？因為你總幹蠢事！」

「你的結局是什麼？你現在被吊在樹上。而我這個演講，就是給你的最後致命一擊。你想奪取天主寶石，不過卻要用三十條人命為代價，而我卻輕易地獲得了它，為什麼？因為你是用邪惡的手段，而我施以德行得到了它。」

「沃爾斯，除了一些細微的東西，這就是故事的全部了。你在樹上一定很舒服，應該思考一下自己的前途了。弗朗索瓦的消息，你到底是說不說呢？不過我相信你一定會回答的。我們來唱一首歌吧，你經常唱的——『媽媽，水上飄著的小船有腿嗎？』怎麼樣？」

沃爾斯睜開眼睛，用充滿仇恨和恐懼的目光看著唐路易。他知道，在這個人的面前，自己無論怎麼反抗都是徒勞的，就算乞求也沒用。再說，他現在已經沒有一點力量了，只能忍受著，而被吊在樹上的懲罰正讓他感到越來越無法忍受。

唐路易走上梯子，離他近了一些，說道：「弗朗索瓦在哪？」

沃爾斯含糊地說：「能放了我嗎？」

「只要你說出來，我保證放了你，我們離開這裡以後，奧托會放了你。」

「我說了，就能放了我嗎？」

「是的。」

「好，那……」

「那什麼？」

「弗朗索瓦還活著。」

「別浪費時間，我知道他還活著。我是問你他在哪？」

「在船裡。」

「掛在懸崖腳下的那艘小船？」

「是的。」

唐路易突然醒悟過來：「哎呀！我真是笨蛋！早該想到弗朗索瓦在船上的。我剛上島，就看到『杜瓦邊』安靜地睡在船下，就像守著主人一樣，我怎麼就一直沒想到呢？還有，我們放『杜瓦邊』出去尋找弗朗索瓦的時候，牠也是帶著斯特凡來到船邊的！看來，有時候聰明人也有愚笨的時候。沃爾斯，你知道那裡有暗道和小船？」

　　「昨天發現的。」

　　「你一定是打算乘這艘船逃走！」

　　「不錯。」

　　「好吧，既然你說了，我就把那小船留給你，你和奧托用它離開這裡吧！」

　　斯特凡沒有等唐路易，立刻和「杜瓦邊」一起跑向小船。

　　「斯特凡，把弗朗索瓦放出來。」唐路易喊道。然後，他又對那幾個摩洛哥人說：「你們去幫他，然後發動潛艇。十分鐘後，我們就離開這裡。」

　　他轉過臉來朝沃爾斯說：「沃爾斯，再見吧！不過，臨走之前，我還有幾句話要和你說。在一般的故事中，都有一部分是展現愛情的，但是這個故事裡好像沒有。你和維洛妮克之間是愛情嗎？我可不這樣認為，那會侮辱了她。不過，你剛剛看到斯特凡跑去救弗朗索瓦了嗎？他剛才是多麼的焦急，這才是感情和愛。我在這裡，要向你指明世上還有這樣一種純潔而高尚的愛。因為斯特凡愛自己的學生，當然，他也愛學生的母親。這種愛是值得讓人稱道的，他的愛也打動了維洛妮克。今天早晨，當她發現斯特凡沒死的時候，她是那麼的高興。既然她高興，我們也應該為她高興，他們兩個最終會走到一起的。」

　　「你難道不希望他們兩個走到一起嗎？你當然願意，可是現在她在名義上還是你的妻子。也就是說，要等你死了之後，他們才能真正的在一起。所以，我的意思是，如果你是一個紳士的話，你就早點死去吧！再見，我就不和你握手了，但是你一定知道我的心思！奧托，十分鐘後如果你同意的話，就請放了沃爾斯，和他一起坐那條小船離開這裡吧！朋友，祝你一路順風。」

這件事就算了結了。唐路易和沃爾斯之間的這場戰鬥是早成定局了的。從交手開始，一個對手就壓倒了另一個對手，儘管這另一個對手渾身是膽，具有犯罪經驗，也不過像一個散了架的木偶一樣，變得滑稽可笑而荒唐。沃爾斯眼看完成了自己的計畫，就要達到甚至超越自己的目的了，成為勝利者和控制事件的主人了。可是一下子被吊在了樹上，待在那裡，活像一隻小蟲子被針釘在了木塞上，喘不過氣來。

唐路易說完之後，再也不看沃爾斯，和貝爾瓦一起走了。

貝爾瓦忍不住說：「這樣懲罰對這個惡魔來說是不是輕了點。」

「他們馬上還會被抓起來的！」唐路易笑著說，「你想想，他們接下來會幹什麼？」

「他們還會去拿天主寶石。」

「不會的！那東西很重，不用工具根本無法弄出來，我就因為無法弄走它，才決定暫時放棄的。過一點時間，我再回來弄走它。」

「不過，我一直想問，這塊神奇的石頭到底是怎麼回事？」

唐路易並沒有回答。

過了一會兒，唐路易搓著手說道：「這次來島上，行動很成功。從我們登上這個島開始，用了不到一天的時間就解開了已經存在了二十四個世紀的謎團，一個小時相當於一世紀。我得為自己的成績慶祝一下。」

「唐路易，我也祝賀你，」貝爾瓦說。

他們來到海邊的小沙灘上。右邊不遠的地方停著那艘潛艇，弗朗索瓦的船也在附近，裡面沒人，他已經被救了。

他正朝他們跑過來，在唐路易面前幾步遠的地方，他停下來打量著唐路易。

他小聲說：「我一直認為會有人在危機關頭來救我們，那就是你嗎？」

「是的，」唐路易笑著說，「我那時不知道有人在盼望著我的到來，不過我一定會救你們的。」

「你是唐路易‧佩雷納，也是……」

「啊！不要叫那個有名的名字，叫佩雷納就好。好了，別談我了，我只

是偶然路過，正好碰上你們出事了。沃爾斯把你怎麼了？孩子，在船裡熬了一夜？」

「他把我捆在底下，還堵住了我的嘴，用防雨布蓋著我全身。」

「被困在這裡，你有沒有心急和絕望呢？」

「沒有。我剛被困在這裡，『杜瓦邊』就來陪我了。」

「沃爾斯有沒有威脅你？」

「沒有。決鬥以後，他把我領到這裡，說帶我去見媽媽。到了船邊，他二話不說就把我綁了起來。」

「你知道他叫什麼嗎？知道他是誰嗎？」

「我什麼也不知道，只知道是他害了我和媽媽。」

「我會告訴你他為什麼害你們。不過，小弗朗索瓦現在你不用擔心了。」

「啊！你殺了他嗎？」

「沒有，但他已經沒有還手之力了，翻不起什麼大浪了。我會向你說明這中間的過程，不過你最好先去找你母親。」

「斯特凡說她在潛艇裡休息，是你救出她的吧！她在等我嗎？」

「是啊，昨天晚上我和她談過話，我答應她會找到你。斯特凡，你先去她那兒，告訴她弗朗索瓦已經找到了，讓她有點準備，不要太激動。」

潛艇正平靜地漂浮在水面上，潛艇上有十來個摩洛哥人，正在忙碌著。唐路易和弗朗索瓦走了過去。

維洛妮克在一間被當作客廳的船艙裡，她的臉色很蒼白，看起來還很虛弱和疲倦，此刻正躺在一條長椅上。看得出，她現在身上還有受到痛苦後被折磨的痕跡，但是她的眼裡卻閃耀著喜悅的光芒，因為剛才斯特凡已經告訴她，弗朗索瓦也得救了。

弗朗索瓦一下撲進了她的懷裡，她也激動地哭了起來。

「杜瓦邊」在他們對面趴著坐了下來，望著重逢的母子兩人。

「媽媽，」弗朗索瓦說，「唐路易來了。」

她迎上唐路易，拉起他的手親吻著，非常感謝他救了她們母子兩人。

「小弗朗索瓦，好了，不用謝了。你要謝的話，就謝謝『杜瓦邊』吧，雖然牠並沒有什麼大的用處，不過卻是一個謹慎而機靈的夥伴。」

「你也值得讚美！」

「噢！我還比不上『杜瓦邊』，所以我要讚美牠。『杜瓦邊』，跟著我吧！別打擾他們母子兩人了，你難道要在這裡陪著他們哭嗎？他們可是要哭上幾個小時的。」

十八、伏法

潛艇在水上行駛著。

斯特凡、帕泰瑞斯上尉和唐路易在坐著說話。

「沃爾斯是個惡魔！」唐路易說，「我還沒見過這麼惹人厭惡的人。」

「既然如此，不如……」貝爾瓦說。

「怎麼樣？」唐路易重複了一句。

「我還是堅持我早就對你說過的建議，我們不能放了他，如果他以後再做壞事怎麼辦？那個時候，甚至連你都會負上曾經放過他的罪責。」

「斯特凡，你怎麼看？」唐路易問道。

「具體該怎麼對付他，我現在還沒想清楚。」斯特凡說，「當初為了救弗朗索瓦，我們才放了他，不過只要他……」

「只要他在，你就會一直防備著他，甚至會想辦法除掉他，是嗎？」

「是的。只要他還活著，就會威脅到維洛妮克和弗朗索瓦的安全。」

「可是該怎麼辦呢？我剛才已經答應他，讓他離開這裡。總不能剛說放人，就又把他抓起來扭送到法庭上吧！」

「這倒是個主意，」帕泰瑞斯上尉說。

「就算這樣！那麼法庭將會進行審判，就會調查到沃爾斯的真實身分，這樣一來，維洛妮克和弗朗索瓦將會陷入難堪的境地，世人會對他們母子兩人指指點點。你們希望這樣嗎？」

「不！不能這樣！」斯特凡大聲說。

「這樣確實不行。」帕泰瑞斯為難地說，「這個辦法不好，可是我有些

奇怪，一向詭計多端的唐路易怎麼今天沒有主意了？」

唐路易果斷地說：「有一個辦法。」

「什麼辦法？」

「讓他死。」

一陣短暫的沉默。

唐路易接著說：「我把你們召集到一起，就是想討論一下，我們怎麼處置沃爾斯？現在事情還沒結束，我們就像是臨時組成的一個法庭。現在才剛剛開庭，我想知道你們兩位對此事的看法，要明確回答，是否贊同處死沃爾斯。」

「是的。」帕泰瑞斯答道。

斯特凡也贊同地說：「是的。」

「朋友們，」唐路易接著說，「我知道你們剛才的決定都很慎重，但是我還是要請你們根據法律和自己的良知，再來表決一次：沃爾斯該怎麼處置？」

他們兩個舉起手來，先後說道：「死！」

唐路易吹了一聲哨子，對聽見哨聲跑出來的一個摩洛哥人說：「哈奇，拿兩副望遠鏡。」

望遠鏡拿來了。唐路易讓斯特凡和貝爾瓦分別帶上了。

「我們現在剛剛離開薩萊克島，還能看到弗朗索瓦的船，你們看看它開動了沒有？」

「是的，」帕泰瑞斯看了一會兒說。

「斯特凡，你看見了嗎？」

「看見了，可是怎麼只有……」

「只有什麼？」

「只有一個人。」

「是只有一個人，」帕泰瑞斯也說。

他們放下望遠鏡，有些奇怪地說：「是一個人逃走的，難道沃爾斯殺死了奧托。」

唐路易笑道：「也可能是奧托殺了他！」

「你為什麼這樣說呢？」

「你還記得沃爾斯年輕時，有人給他算過命，說他的妻子會上十字架，而他本人會死於朋友之手。」

「你也相信那些算命的話？」

「我還有證據。」

「什麼證據？」

「朋友們，我們先來弄清一個問題，你們知道我是怎樣把維洛妮克換成艾爾弗麗德的嗎？」

斯特凡搖搖頭。「我不知道。」

「這很簡單！你們現在可以想像一下，假如你上台給別人變戲法，觀眾都知道是假的，他們一定會想，你一定做了什麼手腳，或者認為有一個人在暗中幫你，和你演雙簧。那樣的話，戲法才能完成。」

「嗯！不錯，難道你也有人幫忙？」

「是的。」

「誰？」

「奧托。」

「奧托！可是你是怎麼和他聯絡上的呢？」

「如果沒有人幫我，我是無法將她們兩人互換的。實際上有兩個人和我一起做，艾爾弗麗德和奧托。他們兩人都背叛了沃爾斯。艾爾弗麗德因為兒子的死，想報復他；而奧托是出於害怕，還因為他有些貪財。斯特凡，昨晚我讓你穿著白袍子引開沃爾斯，你離開仙女石桌墳後，我便走向了奧托。我給了他幾張鈔票，並答應可以讓他安全離開這裡，他很快就同意按照我說的做。沃爾斯從阿爾希納姐妹身上拿走了五萬法郎，我還告訴了他這個消息。」

「你怎麼知道？」斯特凡問。

「艾爾弗麗德說的，我和你曾經抓住了她，我一直在審問她，她在我審問的時候說的，那時你正在盯著沃爾斯。」

「你與奧托畢竟只是初次見面，他怎麼會這麼快就信任你呢？」

「艾爾弗麗德死後，我們在仙女石桌墳第二次碰面。當時，沃爾斯睡著了，奧托在守護著他。我趁這個機會找到了奧托，向他打聽到許多情況。原來，奧托這兩年來，一直在暗中搜集沃爾斯的犯罪證據。在我的勸說下，他卸掉了兩人槍裡的子彈，只留下空彈殼。最後，他還把沃爾斯的手錶和那個記東西的小本子給了我，還有一個相框上的飾物和一張沃爾斯母親的相片。這些都是奧托幾個月前搜集的。」

「奧托給我的這些東西，我在地下祭室都用到了，沃爾斯在地下祭室開始的時候被我唬得一愣一愣的，就是因為奧托。特別是，他們用子彈打我，卻沒見到我有任何反應，兩人嚇壞了，以為我刀槍不入呢！」

「好吧，」帕泰瑞斯說，「就算是這樣，你怎麼能斷定他會殺了沃爾斯呢？難道你這樣對他說了嗎？」

「沒有。」

「他為什麼會殺他呢？」

「由推斷而來的。我走了之後，沃爾斯一定會回想一下自己失敗的經過，總結一下自己失敗的原因。那時他會發現，原來是自己的人中出了內奸，他就一定會懷疑奧托。而奧托也會料到，沃爾斯會懷疑到自己的頭上。假如奧托把沃爾斯從樹上放下來，那麼沃爾斯立刻就會殺掉奧托，這樣做不但報了仇，還能奪回那五萬法郎。那麼，奧托一定會先下手，他不會放下沃爾斯的，而是會將他吊死在樹上。按說，奧托會殺了他，但他生性膽小，不會親自動手殺沃爾斯，所以他也許沒有親手殺死沃爾斯，而是讓沃爾斯一直吊在樹上。這樣，沃爾斯在樹上又動不了，只能等死。我可以確定，事情就是這樣。好了，朋友們，你們要殺死他的要求，現在得到滿足了吧！」

帕泰瑞斯和斯特凡一時無話，他們想到沃爾斯可能在樹上活活餓死，不禁有些於心不忍。

「好了吧，」唐路易笑著說，「剛才在橡樹底下對著一個活生生的人，我沒有讓你們說出是否殺死他，看來當初的決定沒錯，你們兩個還是有些心軟。就連『杜瓦邊』也這樣，都比較容易動感情。而事實上，我也和你們一

樣，對於這樣結束他的性命覺得有些殘忍。可是，我們要想到他是怎麼殺死那三十個人的，因此只要一想到這些，我就沒有絲毫的內疚了。」

在他們談話的時候，潛艇已經離薩萊克島越來越遠了，漸漸地駛向了遠處。

三個人一路無話，都在想著已經結束的這件慘案。一個人的瘋狂使薩萊克變成了空無一人的荒島。也許，後來到島上旅遊的人，會發現地道的出口、地下修士的小屋、死囚牢、天主寶石廳、地下墓室、孔勒的屍體……最後，在刻有三十口棺材和四個十字架預言的仙女石桌墳旁，還會發現沃爾斯那孤零零的屍體，也許已經腐爛了，也許早被一些動物分食了！

尾聲

　　卡爾卡松附近有一個風景秀麗的村子，叫穆洛村。那裡栽種著許多松樹，松林一直延伸到海灣邊上。

　　在這個村裡的一座別墅的花園裡，維洛妮克正坐在那。

　　一星期過去了，她那美麗的臉龐經過這幾天的恢復，又像以前一樣健康了。和兒子在一起的快樂，讓她忘掉了過去的痛苦。現在，她正微笑看著兒子。

　　弗朗索瓦正站在離她不遠的地方，聽唐路易講話，旁邊還有斯特凡。

　　維洛妮克看了看斯特凡，斯特凡也望向了她，兩人溫柔地互相望著。

　　她和斯特凡都愛著弗朗索瓦，這讓他們兩人之間出現一條聯繫彼此的紐帶。因此雖然兩人都沒有說出來，他們的感情卻越來越深。斯特凡自從回來之後，就沒有提過在黑色荒原下的小屋裡，自己曾向她表白的事。不過，維洛妮克卻一直沒忘，一方面是因為她很感謝他對她兒子的這些年來的教育，同時也因為她……

　　那天，他們從三十口棺材島回到這個村子之後，唐路易就回巴黎了。

　　今天唐路易和帕泰瑞斯突然來到了這裡。他們在花園裡坐著，弗朗索瓦不停地向他的救命恩人問東問西。

　　「你是怎麼到島上的？誰告訴你的路線呢？你怎麼知道這件事的呢？」

　　「孩子，」維洛妮克說，「慢點問，你不怕唐路易討厭這些問題嗎？」

　　「夫人，沒關係。」唐路易起身走向維洛妮克，低聲對她說，「不會的，我當然不會討厭他，恰恰相反，我甚至很喜歡回答他的問題。只是我在

回答他問題的時候，怕說錯話，因為我還不知道，他是否知道了所有的情況？」

「我知道的他也全知道，不過他還不知道自己是沃爾斯的孩子，也不知道我和沃爾斯的關係，我都瞞著他了。他只知道沃爾斯是個逃犯，想利用薩萊克的傳說得到天主寶石。」

「艾爾弗麗德呢？你是怎麼向他解釋，她為什麼這麼恨你的？」

「我只是和弗朗索瓦說，她是個瘋子！」

唐路易笑著說：「這樣說恐怕不大好。」

「我打算永遠不讓他知道他父親是誰。」

「他姓什麼呢？」

「你的意思是？」

「以後要是他問自己的父親是誰呢？到底怎麼和他說呢？弗朗索瓦在十四年前同他的外祖父在海難中喪生，沃爾斯也被人在一年前發現『死於』楓丹白露。從法律上講，其實兩人都『死』了，只是弗朗索瓦還活著，而沃爾斯就在前幾天卻是真正的死了。」

維洛妮克笑著搖搖頭。「我也不知道，不過我相信一切都會解決的。」

「為什麼？」

「因為你，你一定有辦法！」

他也笑了。「一切從一開始的時候就已經解決了！」

「我猜對了吧？」

「不錯，」他神情莊重地說，「你吃了很多苦，也受了很多的折磨，我怎麼會讓你為其他事再煩惱呢？今後，你一定會幸福地生活下去。你就說，自己沒聽父親的話，和一個遠房親戚結了婚。後來丈夫死了，留下了一個兒子弗朗索瓦。你的父親報復你，就搶走了孩子，從此住在了薩萊克島。因為你的父親已經離世，你也可以不用戴日蒙這個姓了，你也很快會忘掉那場婚姻。」

「可是我的姓還在，戶口名簿上我叫維洛妮克‧戴日蒙。」

「你結婚後就跟丈夫的姓了。」

「難道要我姓沃爾斯？」

「當然不。我剛才已經說了，你嫁給的是遠房親戚，而不是沃爾斯先生，所以你應該隨那個親戚的姓。」

「叫什麼？我那個不存在的丈夫，你一定想好了！」

「不錯，那個不存在的人叫讓·馬魯。給你這個，你看看，這是你和讓·馬魯的結婚證，上面有當地政府的蓋章。而且這次『婚姻』在你的身分登記中有記載，還有其他資料也可以證明這一點。」

維洛妮克有些驚訝地看著唐路易：「為什麼姓這個姓？」

「當然是為了你的兒子不再叫戴日蒙，也不姓沃爾斯，不然他會沿著這個線索盤根問底的，而沃爾斯這個姓很容易讓人想起一些不愉快的事和人。看看這份資料，弗朗索瓦·馬魯，連他的出生證我都辦好了。」

她紅著臉難為情地重複著說：「可是……為什麼你一定選這個姓呢？」

「我認為這個姓是最適合弗朗索瓦的。它是斯特凡的姓，今後，弗朗索瓦會和他長期生活在一起。你就說斯特凡是你丈夫的一個親戚，這樣別人也就不會懷疑你們兩個為什麼會這麼親密了。不要擔心，這絕對可行，也是事先就準備好的計畫。對你來說，這件事是一個不小的難題，不過我當然不會坐視不管。因此，我在解決你的這個難題時，用了一些特殊的方式，甚至是用了不合法的辦法。當然，這主意得益於我具有一般人所沒有的本領和管道。」

維洛妮克點點頭。「是的，謝謝你。」

他站起身來又說：「雖然這樣做有些不合適，但將來人們一定會慢慢忘記它。不過，我在這裡想冒昧地談一談這個話題：你和斯特凡之間的感情。你某一天是否會接受斯特凡呢？那時候，因為弗朗索瓦已經用了馬魯這個姓，事情就很容易了。這樣一來，你們就會忘了過去，開始新的生活，這也是對公眾和弗朗索瓦最好的交代。他們就不會再想起，更不會去探究那個秘密了。而之所以這麼做，也主要是因為這個。看來你不反對我的意見，我感到很高興。」

維洛妮克有些害羞，唐路易和她說了一聲「我先失陪一下」，就向弗朗

索瓦走去，對他喊道：「孩子，現在由你來選擇。既然你不想完全知道整個事情的經過，我們就來說說天主寶石，以及那些為了得到它而不擇手段的惡魔。對，就講那個惡魔的故事。這個強盜很可怕，差不多是我見過的，最屬害的強盜。他自命為是上天派來的，他……總之，他就是個瘋子！」

「你剛到島上的時候，那個惡魔和他的同夥正在仙女石桌墳下睡覺，可是你並沒有立刻去抓他。」弗朗索瓦說，「這一點我感到奇怪，你為什麼過了一夜才去抓他們呢？」

「孩子，」唐路易笑著說，「這當然是為了你，如果我那天晚上立刻就制服他，難保他會不會說出你的下落。為了使他開口，就得先讓他著急，讓他腦子不清醒，讓他處於瘋狂狀態。最後，我再用事實向他證明，他已經徹底的失敗了。如果不這樣，他就不會開口，我們也就不知道你的下落了……而且那天晚上，我還沒有具體想好怎麼對付他。直到很晚我才想到對付他的方法，那就是把他捆在那棵樹上，就像他當初想讓你母親死在那裡一樣，並不是單純的用酷刑，只用酷刑不一定對付的了他。當我決定怎麼做的時候，說實話當時我是比較猶豫的，因為我像孩子一樣天真的認為，我要把這個預言全部變成真的。我想看看，這個自封的上天使者在我這個德魯伊老祭司面前，會做出怎麼樣的反應。總之，我當時像個孩子一樣，想戲耍一下那個惡魔。因為，前面你們的故事太慘了，我不能讓這個故事的結局也這麼悲慘，所以要加入一些讓人感到有趣的情節。所以，我當時想到這裡就笑了。很對不起，這應該是我的錯。」

孩子也笑了。

唐路易把孩子拉到自己跟前站著，吻著他問道：「你原諒我的這個失誤嗎？」

「當然，不過我還想問你幾個問題。第一個問題是關於戒指的。」

「說吧！」

「那枚戒指，你開始戴在媽媽手上，後來又戴在艾爾弗麗德手上，那戒指是從哪裡來的？」

「我那晚只用幾分鐘的時間，就用一枚舊戒指和一些彩色石頭新打了一

枚戒指。」

「可是強盜為什麼一口咬定那戒指是他母親的呢？」

「因為戒指做得太像了，就騙過了他。」

「你又怎麼知道他的母親有這樣一枚戒指呢？」

「他自己說的。」

「怎麼可能呢？他怎麼會告訴你呢？」

「是真的！那晚他在仙女石桌墳下睡覺，我恰好聽到了他說的夢話，我就是這樣知道的。那晚他在睡覺時做了個噩夢，並且在說夢話的時候講出了自己母親的故事，再加上艾爾弗麗德也知道一些。就是這樣！我很幸運吧！聽到了他的秘密，找到了戲弄他的手段。」

「那麼天主寶石之謎呢？」弗朗索瓦大聲說，「人們一直找了它許多個世紀，可是你只要幾十個小時就解開了！」

「弗朗索瓦，不是幾十個小時，而是幾分鐘就找到了。你外祖父曾給貝爾瓦上尉寫過信，而那些信我也看過，就這樣透過信件我告訴了你外祖父，天主寶石藏匿的地方，以及它有什麼神奇的用處。」

「啊！唐路易，」孩子喊道，「我正要問你這個問題，這也是最後一個問題了。為什麼這麼多人認為天主寶石有巨大的威力呢？它到底是不是這樣呢？」

斯特凡和帕泰瑞斯也都圍攏過來，維洛妮克也專心聽著，他們也都想聽聽天主寶石的秘密。

唐路易笑著說：「你們也許會失望，因為這只是一個很平常的故事。我們之所以感到事情很神秘，是因為它被一些謎團包圍著，如果我們揭開這些謎團，它本來的面目就會展現在大家的面前。不過，這件事確實有些奇特的地方。」

「肯定是有些奇怪的，」貝爾瓦說，「因為這是一個神奇的傳說，它流傳在薩萊克島，整個布列塔尼這樣一個大的區域。」

「不錯，」唐路易說，「而且這個傳說竟然一直流傳了下來，為什麼它有這麼頑強的生命力呢？就算是現在，它還在影響著我們。真是個奇蹟，你

們中間的每個人，可能都無法擺脫它的影響。」

上尉反駁說：「我們可不相信什麼奇蹟。」

「不，你們是相信它的。正是因為你們相信奇蹟，才把傳說當成了可能的事，不然的話你們也能明白事情的真相。」

「為什麼？」

唐路易從自己旁邊的一株玫瑰枝條上摘下一朵花，然後問弗朗索瓦：「這是一朵稀有的大玫瑰花，我能不能把它再變大兩倍呢？而且還把它根莖一起跟著變大兩倍呢？」

「當然不能，」弗朗索瓦說。

「那為什麼你們都相信馬克諾格可以做到呢？在薩萊克島上，他竟然培育出了一片很大的花，那些花明顯要大於外面的。你們為什麼會一點也不猶豫地相信這是一個奇蹟呢？因為你們看到了馬克諾格刨土和施肥了。」

斯特凡說：「是的，那是我們親眼看見的。」

「可是，你們接受了它，把它當成了奇蹟。也就是說你們相信馬克諾格，是他使用了特殊的手段，製造一種超自然的現象。後來，在戴日蒙先生的信中，我讀到了這個細節。我當時立刻想到了什麼，差點跳了起來，因為我想到那些碩大無比的鮮花，同「鮮花盛開的地方」一定有什麼聯繫。我很快就推斷出，花朵那麼大根本不是因為馬克諾格的原因，因為他不是巫師，而是因為天主寶石的原因。馬克諾格只是在耶穌受難像附近，清理出了一塊荒地，並在上面鋪上一層土罷了。然後，他在上面種上了花。不久後，那裡就開出了異乎尋常的花朵。天主寶石就在那下面，所以花朵才變得異乎尋常的大，要知道它在中世紀的時候，就曾使鮮花開得和尋常不同。而且在德魯伊教時代，它還有使病人康復，使孩子變強壯的說法。」

「是啊，」帕泰瑞斯說，「可這也是奇蹟。」

「如果你認為這是超自然的力量，那麼這當然是奇蹟。如果是因為某種物理現象的存在，才使得這樣的奇蹟產生了，這就是自然現象了。」

「可是，沒有什麼物理原因啊！」

「有，能長出如此大的花就說明了這一點，因為只有在某種力量的作用

下，才能做到這一點。」

貝爾瓦有些不信地說：「依你說來，真的有一塊石頭能起死回生，而且還能給人治病？」

「並不只有一塊石頭，它是由許多的石頭一起組成的，形成了裡面含有各種金屬的礦層。這些礦石是鈾礦，具有放射性。在歐洲是沒有這種礦的，只有波希米亞北部的約阿希姆斯塔爾小城能開採得到。這些放射性物質就是：鈾、釷、氦等，而我們說的這塊石頭裡主要含有……」

「鐳。」弗朗索瓦打斷他的話。

「對，孩子，就是鐳。實際上，世界上有很多放射性的現象，比如溫泉的開發利用，其理論依據就是這個。但是，鐳這樣單純的放射體具有更確切的功用，因為鐳的光和射線，都具有類似電流通過一樣的能力。它的光和射線使植物所需的營養成分易於吸收，進而促進了植物的生長和繁殖，那花自然就很大了。」

「而鐳的射線同樣也可以影響人，它可以產生物理作用，在一定程度上改變人體組織，殺死一些壞死的細胞，並幫助人體製造一些有活力的細胞。在很多情況下，鐳療都可以治癒或減輕關節炎、神經錯亂、潰瘍、腫瘤、濕疹、傷口黏連等疾病的病痛。總之，對人體來說，鐳能產生一定的醫學效用。」

「這麼說，」斯特凡說，「天主寶石……」

「我認為天主寶石就是一塊來自約阿希姆斯塔爾礦層的瀝青鈾礦石，裡面含有鐳物質。波希米亞有個傳說，我很早的時候就聽說過。它講的是從一個山上取來石頭，這石頭是很神奇的石頭。在一次旅行中我看見了這塊石頭留下來的坑，它和天主寶石的大小差不多。」

「不過，就算是這樣，還是無法解釋這個問題。」斯特凡說，「在岩石中，鐳不過是很微小的粒狀物。在一千四百噸的大塊岩石中，最終只能提煉出一克左右的鐳。而天主寶石這塊石頭不過兩噸來重，它裡面含有的鐳就更少了，為什麼它能有這麼神奇的效果呢？」

「你說得對，但這塊寶石肯定含有大量的鐳，可能是大自然對這塊天主

寶石很慷慨，毫不吝嗇地給予它大量的鐳。正因如此，才使我們看到了一些十分奇特的現象。」

斯特凡深以為然，不禁越來越欽佩唐路易了。等了一下，他又問道：「我還有最後一個問題。馬克諾格在鉛做的權杖裡找到了一小塊石頭，這是除天主寶石外的另一塊石頭，他因摸了它而手被燒壞了。如果以你剛才的意思，這個小塊石頭應該是一粒鐳礦石，是這樣？」

「不錯，許多科學家都發現了這一點。物理學家亨利·貝克勒有一天突然發現自己的皮膚出現了化膿性潰瘍，原來是因為在他的背心口袋裡，他放了一個盛有一粒鐳的小試管。居里聽說了他的事以後，又重複了一次這樣的試驗，得到的結果是相同的。和上面兩位謹慎的科學家相比，馬克諾格的情況要嚴重得多，因為他是把那東西放在手裡的，而且是一塊。所以，他的手上出現了一個像癌症患者的創口一樣的疤。後來，他把自己的手砍掉了，那是因為他害怕。因為他知道，而且是他自己曾向別人說的——這塊神奇的石頭能像地獄之火一樣燒人，並能夠操控人的生死。」

「就算是這樣，」斯特凡問，「這粒純淨的鐳石粒又是哪裡來的呢？雖然礦層裡含鐳量很高，但它也不可能是天主寶石的碎片，因為提煉出一顆單純的鐳粒，可不是一件容易的事。因為它是含在其他物質中的，我們要得到它，就必須把它溶解，然後透過一系列工序才能提取到鐳。而這些程序要求有工廠、實驗室、專家和學者，還要有大規模高科技設施。總之，這個過程很複雜，需要很多道工序和科技，可當時擁有天主寶石的那些人，怎麼可能擁有這些技術和人才呢？要知道那時候是幾千年前啊！」

唐路易笑著拍了拍斯特凡的肩。「不錯，斯特凡，看到你問這樣的問題，我很高興。因為這足以證明弗朗索瓦的老師是一個頭腦聰敏、邏輯性很強的人，這個問題就是我接下來要講的。我想用一個假設來回答這個問題，當然這個假設是合理的。在一個花崗岩斷裂層的底下是一個含鐳的礦床，礦床裂開了，形成了一道溝。河水緩慢地從溝裡流過，流到別處，不過河水在經過這道溝的時候也一點一點地帶走了一些鐳。不知道流了多久，這些含鐳的水長時間地穿過一個狹窄的區域，並在那裡集中起來。再經過不知道多少

時間，水乾涸了，在河道出口的地方形成了含鐳量極高的小鐘乳石。有一天，一個經過這裡的士兵弄斷了鐘乳石尖，把那一小塊含鐳的東西帶了出來……這是天然分解鐳的方法，很顯然我們是可以這樣假設的，因為神奇的大自然是能做許多我們認為不可能的事，那麼它要製造出這麼一點點的鐳還不是易如反掌嗎？弗朗索瓦，你認為我的假設可信嗎？你同意嗎？」

「我總是和你一致的，」孩子答道。

「你現在知道了天主寶石不是奇蹟，有沒有感到遺憾？」

「不過，還是有奇蹟存在的！」

「是的，弗朗索瓦，美麗而光彩奪目的奇蹟是永遠存在的。科學非但不會扼殺掉奇蹟，而且如果用科學來解釋奇蹟，還會發現原來奇蹟是如此的簡單和高尚。只有科學才能解釋這一切，才能解釋為什麼這個小小的石塊會治癒人的病，為什麼會無緣無故地燒斷了別人的手……」

唐路易停了一下，然後笑著說：「我又激動了，又要讚美科學了。夫人，請原諒。」他起身走到維洛妮克跟前，「你有沒有對我的解釋覺得厭煩了呢？沒有，不太厭煩？不過我的話也快要結束了。在結束之前，我還需要明確一點，或者說需要作一個決定。」

他在她旁邊坐下來說：「現在，我們獲得了天主寶石，一筆真正的財寶，我們該怎麼花？」

維洛妮克說道：「這根本不能算是個問題。我們會自己養活自己的，我不要這來自薩萊克的東西，也不要來自隱修院的任何東西。」

「可是隱修院現在屬於你。」

「不，既然我爸爸已經不在了，那麼隱修院就不再屬於什麼人。反正我不再要那些東西，你可以把那些東西拍賣了！」

「你怎麼生活呢？」

「還和過去一樣，勞動。弗朗索瓦也會贊同我這麼做的，是不是，孩子？」接著她又轉向斯特凡，對他說道：「你也同意嗎？」

「完全同意，」斯特凡說。

她接著又道：「還有，就算我的父親很愛我，可是我也沒有聽到他說要

把遺產給我的遺願。」

「那可不一定，也許我能找到你父親的遺書，」唐路易說。

「什麼？」

「我和帕泰瑞斯曾回過薩萊克島，在馬克諾格的房間裡發現了一封沒有寫地址的信，裡面有一張兩萬法郎的債券。信是戴日蒙先生寫的，內容是這樣的：

我死後，馬克諾格把這張債券交給斯特凡·馬魯，讓他撫養我的外孫弗朗索瓦。在弗朗索瓦長到十八歲後，這張債券完全屬於斯特凡。我相信弗朗索瓦長大後，會盡力找到自己的母親，如能如此，讓她為我的亡魂祈禱吧！

祝：母子團聚。

「債券我拿來了，」唐路易說，「這是信，今年四月寫的。」

維洛妮克呆住了。她看著唐路易，腦子裡忽然有了這麼一個想法：該不會是他想用這個方法來間接地資助我們吧！而這信的事完全就是他編的。

但是，她也只是這樣想想而已，畢竟戴日蒙先生在信中所表現出來的感情是很正常的，因為他怕自己的外孫在自己死後無人照看。她輕聲說：「這麼說，我不能拒絕……」

「當然不能拒絕，」唐路易大聲說，「這是你父親直接給弗朗索瓦和斯特凡的，也是他的安排。好了，這兩萬法郎的事就這麼定了。現在，我們再來討論一下天主寶石的問題，我們怎麼處理它？究竟把它給誰呢？」

「給你，」維洛妮克明確地說。

「我？」

「是的，你發現的當然屬於你，而且又是你最先知道它的價值所在。」

唐路易說：「首先，你應當知道，這塊石頭具有很高的價值和研究意義。大自然能夠把這麼少的珍貴元素集中到這麼一個小的寶石裡，應該說是一個奇蹟。但是，這個奇蹟卻不知道已經經過了多少年，經過了多少巧合才形成的，因此應該說它是無價之寶。」

「太好了，」維洛妮克說，「這就更應該屬於你啊，你懂得它的價值，應該能更好地利用它。」

唐路易笑著說：「不錯，我也認為讓它發揮出自己最大價值才是最好的結果。我現在確實是天主寶石的擁有者，而且我也需要它。因為，這塊波希米亞王的蓋墓石板的神奇之處還有一些沒有被發現，我們可以研究一下它還有什麼其他神奇之處。更巧的是，我正在進行一項研究，它一定能幫我完成這項偉大的實驗。幾年之後，當我的這個實驗順利完成後，我將把它運回法國，捐給祖國，讓那些科學家們去研究它。也許只有科學才能為天主寶石恢復名聲，也能消除薩萊克島上那些悲慘的世界對人們的影響。你同意我這麼嗎，夫人？」

她向他伸出手說：「我同意你這麼做。」

過了一會兒，唐路易又說：「薩萊克島的經歷，就是一場悲劇，而且是我有生以來所見過最可怕的悲劇。現在回頭想想，我還會有一些不安和害怕。因為薩萊克的悲劇，讓曾經經歷過的人無法忍受，它是一個瘋子策劃和實施的。這個瘋子的計畫差點成功了，因為正好當時發生了戰爭，這才使惡魔設計和製造的罪惡，能在平靜和安全的環境中一步步成功。要是在和平時期，惡魔的瘋狂計畫就不可能實現。今天，在這個孤島上，這個惡魔卻找到了特殊的、非常的條件，惡魔最終還是在島上製造了悲劇。」

「我們不說這些了，好嗎？」維洛妮克哽咽著說。

唐路易吻了吻年輕女人的手，然後把「杜瓦邊」抱在懷裡。「好吧，我們不說它了，不然我們可能又會難過的。連『杜瓦邊』都會跟著難過，好了『杜瓦邊』，我們不說那件事了，那很可怕，我們再也不提它了。但是，那中間發生的一些美好和動人的故事，我們始終會記住的，『杜瓦邊』，是這樣吧？你會和我一樣，記得那些在馬克諾格的花園裡，盛開的大花朵。會記得克爾特部落，駝著他們先王的蓋墓石板四處流浪。會記得天主寶石的傳說，還有那塊有著神奇功效的含鐳的蓋墓石板。」

「但是，我可愛的『杜瓦邊』，假如有人讓我這個小說家去講述三十口棺材島的故事，我會讓你在其中扮演一個更重要的角色，而且不會迴避那

些發生過的一些可怕的事。我會使你成為一個沉默而勇敢的救星，取消唐路易這個人物，因為他總是誇誇其談的樣子很讓人討厭。我會讓你在故事裡和那個惡貫滿盈的魔鬼搏鬥，揭露他的陰謀和計畫，最後你以你美好的天性取得了勝利，向世人證明了真、善、美永存天地間。『杜瓦邊』，沒有什麼比你更好的了，如果這樣寫，那將是最好的結果。因為你的名字就是『一切順利』，除了你之外，還有誰向我們更好地證明生活中的一切都將順利，一切都會隨心呢？」

虎牙

虎牙

上部

一、神秘的人

　　德斯瑪里歐是巴黎的一個警察總監。那天，已經下午四點半了，他還沒有回辦公室。他的私人秘書來到辦公室，把一疊資料放在辦公桌上。那是已經批註過的報告和信件。秘書按了一下鈴，一個接待員推門進入。

　　「下午五點總監要見人，你按照名單將他們分別引到單獨的接待室裡，讓他們彼此交談，之後給我他們的名片。」秘書吩咐。

　　接待員應了一聲，轉身走了。秘書剛準備離開，一個人「砰」地推開大門，衝到屋裡，搖晃著倒在椅子上。

　　秘書一驚，問道：「維洛？你怎麼了？出了什麼事？」

　　是一個身材強壯的便衣警察，以往他總是面色紅潤，但現在顯然是被嚇

到了，臉色蒼白得很。

「沒事，不要緊的」他氣喘吁吁地應到。

「可是你臉色很難看啊，還滿頭大汗的……」

「總監的任務很棘手，把我累壞了，」維洛把汗擦掉，坐正了身子，「現在我發現事情有點奇怪……」

「別著急，要喝點什麼嗎？」秘書說著準備去拿杯子。

「不，不用」維洛趕忙揮手，不安地向四周張望，「我需要……需要馬上見總監！」

「總監現在不在，不過他五點多有個重要的會議，應該會回來的。」秘書疑惑地看著他，「你先別激動，怎麼這麼著急啊？」

「事情非常緊急！」維洛突地站起身，聲音微微顫抖，「今晚肯定會發生兩起謀殺案，這涉及到一個月之前的那件案子……那案子沒結。我們必須採取措施，否則一定會有人被殺掉的！」

「你先坐下，慢慢說，」秘書安撫道，「既然你已經瞭解了這件事，總監會交給你去辦的。」

「是啊，但我總是很不安，不知道還能不能見到總監……我做了點準備……」

他從懷裡掏出一個黃色的資料袋，遞給秘書說道：「這個是我寫的報告，所有情況都寫在裡面了。還有，盒子裡的東西也許會有點幫助。」說完，又將盒子放在面前的小桌上。

「別緊張，總監快回來了，你可以自己交給他的，」秘書看了看手裡的東西，勸道，「維洛，你應該喝點咖啡提提神。」

維洛猶豫了一下，說道：「我總覺得已經被監視了……總覺得有人要害我……這些情況只有總監知道了我才放心。」說完便起身出去了。

秘書把資料袋小心地放在厚厚的卷宗下面，從側門離開了總監辦公室。

他剛走，維洛就又推門進來了，嘴裡咕噥著：「我還是跟你也說說吧，這樣更好……」

但是辦公室沒人。他剛想轉身去秘書的辦公室，忽然感覺一陣眩暈，就

莫里斯・盧布朗

忙坐到椅子上。維洛牙齒打著顫,臉色更蒼白。過了幾分鐘,他仍沒有什麼力氣,低語道:「我中毒了嗎?這是怎麼回事⋯⋯不行,我要⋯⋯」

他抬手從辦公桌上拿過一隻筆和一張紙,飛快畫了幾個字,忽又停頓住,斷斷續續地說:「算了,不用這麼費勁⋯⋯有信在,總監會明白的⋯⋯我這是怎麼了?怎麼⋯⋯啊,不行⋯⋯」

他猛地站起身,靠意志支撐著身體,一步一步僵硬地挪向秘書的辦公室門口,嘴裡嘟囔著:「快⋯⋯今晚⋯⋯必須⋯⋯否則不行了,先生⋯⋯」

沒走幾步,維洛就開始搖晃,只能坐下來。他想去按鈴,就四下裡看著,卻什麼也沒看見,只感到眼前黑濛濛的。維洛很害怕,喉嚨裡像塞滿棉花,喊不出聲音。於是他跪在地上,雙手胡亂地在空中摸索,終於爬到了牆邊。

此時他已經開始迷糊,貼著板壁慢慢向右摸去,卻不記得秘書的辦公室其實在左邊。終於摸到屏風後面有扇門,他用力地按下把手,把門推開。

這是總監辦公室的洗手間,維洛卻以為在秘書的辦公室裡。他撲倒在地,抬起頭用盡全力地喊著:「來人啊⋯⋯救救我⋯⋯」又哼著,「謀殺!今天⋯⋯晚上⋯⋯可怕的⋯⋯齒痕⋯⋯看到⋯⋯救救我⋯⋯救命!」

喊完這幾聲,他安靜了幾秒鐘,又像遭到夢魘似的反覆地說:「闔上了⋯⋯牙齒⋯⋯白森森的⋯⋯闔上了!」

聲音越來越弱,他嘴唇慘白,不斷地開合著,像在呻吟,卻發不出聲音。漸漸的,嘴唇也不動了,他垂著頭,嘆了口氣,忽然顫抖了幾下就不動了。

接下來他開始輕微的喘息,緩慢地,像是臨死前的呼吸。有時他會突然顫一下,想努力地喘幾口大氣,再看清楚些東西,卻始終是白費力氣。

四點五十分,警察總監回來了。德斯瑪里歐大約五十歲,精神得很,而且身體強壯。他已經做了好幾年警察總監,這可是個讓人尊敬的工作。他身穿灰色西裝,綁著白色的腿套,領帶鬆鬆地飄蕩在胸前,一點兒也沒有警官的派頭。他是個坦率、善良和樸實的人,而且作風正派。

總監把秘書叫進來,問道:「人都來齊了嗎?」

「是的，在不同的會客室裡等你。」

「嗯，其實他們互相見面了也沒關係。只是這樣更好一些。對了，美國大使沒來吧？」

「沒有，先生。」

「嗯，把他們的名片給我看看。」

秘書遞過去，總監讀到：「阿齊伯德·布里特，美國駐法國大使館一級秘書；勒裴迪爾，公證人；胡安·卡塞雷斯，秘魯駐法國公使館專員；德·奧斯特利尼亞克伯爵，退役少校……」

最後一張名片，地址和工作單位、官銜等都沒有，只印著名字——唐路易·佩雷納。

「唐路易·佩雷納？我對他有興趣，」總監說，「看過外籍軍團的報告嗎？我很想見他。」

「看過，我也想瞭解下他呢，先生。」

「一個勇士啊！簡直就是個瘋子勇士！你覺得呢？他還有個綽號，叫『亞森·羅蘋』，是他的戰友起的，他們對他真是佩服極了……亞森·羅蘋死很久了吧？」

「是在戰爭前兩年死去的。他和克塞巴赫夫人一起，在離盧森堡邊界不遠的小木屋裡被燒成了灰燼。據說他先掐死那個女人，又點火著了房子，接著自己也上吊了。後來的調查證實那個女人是有罪的。」

「那種人就該得到那樣的後果。不過我也不想跟他有聯繫。」總監頓了下，「看我們都說遠了。你準備好穆寧敦遺產案的資料了嗎？」

「準備好了，都在你辦公桌上。」

「哦，是的。維洛在這嗎？」

「他剛來過，臉色不好，我叫他去診所看看。」

「病了？嚴重嗎？」

秘書詳細地說了一遍事情的經過。

聽完後，總監擔心地問：「他給我留了封信？」

「是，我壓在卷宗下面。」

「這可有些奇怪……連維洛都這麼害怕，肯定是嚴重的事。維洛可是一流的便衣，向來沉穩……我先看看資料，你去叫他來。」

不一會兒，秘書就慌慌張張地跑回來，「沒找到他……接待員說看見他剛出去又回來了，之後就沒再出去。這也太奇怪了。」

「是不是去你辦公室了？」

「怎麼會呢？」

「那是怎麼回事……」

「我看維洛既然不在我們的辦公室裡，那應該出去了。也許接待員沒注意到。」

「嗯，他可能要去呼吸點新鮮空氣，過會兒就回來了。不著急，開始的時候不用他在。」

「已經五點十分了，」德斯瑪里歐看了看錶，「讓接待員領那些人進來吧！等等……」

他想了想，從卷宗下面拿出維洛的信。信封的一角印著「新橋咖啡館」幾個字。

「先生，要不你先看看信？維洛反覆的叮囑要把信交給你，我想事情一定很緊急。」秘書提醒。

德斯瑪里歐把信拿出來打開，驚叫道：「怎麼會這樣？你看看，只有一張折了四折的白紙，一個字都沒有！」

「怎麼會呢？他說案子的情況都寫在裡面了啊！」

「你看看，真的一個字也沒有……我如果不瞭解他，肯定覺得他在開玩笑……」

「也許是他疏忽了，肯定是的。」

「也許……可是這關係到兩條人命，維洛不會的。他的確說過今晚有兩起謀殺吧？」

「是啊，他說今晚會很恐怖的。」

總監沉思著，在辦公室裡踱來踱去，忽然看到小桌上的盒子，拿起來問道：「這是給我的嗎？嗯……『務必交給總監……出事時打開』。」

「啊，我都忘了。這也是維洛留下來，說它是信的補充，要和信一併交給你。」

「還需要補充？」總監笑了笑，動手打開了盒子外面的包裝紙，「讓我們來看看吧！」

包裝紙裡面是一個又髒又舊的盒子，藥房裡用的那種。

他打開盒子。盒子裡面鋪著髒兮兮的棉花，半塊巧克力夾在中間。

「這是什麼意思？」總監拿起這有點發軟的巧克力，仔細地看著，才明白了這塊巧克力的特別之處和如此保存它的原因。這塊巧克力被咬過，留下了清晰的牙印。咬痕的寬度和形狀都不相同，上齒有四個，下齒有五個，大約兩三公釐深，互相間沒有重疊。總監在屋裡踱著步，想了一會兒，自言自語道：「這些齒痕……這張折成四折的白紙，究竟什麼意思呢？真是個謎……我一定要弄明白。」

可是他又覺得沒必要現在就浪費太多時間尋找謎底，維洛反正也在警署，或者總要回來的。想到這裡他對秘書說道：「別讓客人久等了，讓接待員請他們進來吧！看到維洛就馬上告訴我，我要立刻見他。其他事情就不要打擾我了。」

幾分鐘後，進來四個人。第一個是勒裴迪爾，一個留著大鬍子、戴著眼鏡的公證人。他有著一張大紅臉，身體肥胖。後面兩個是美國大使館一等秘書阿齊伯德・布里特和秘魯公使館專員卡塞雷斯。總監對這三位都很熟悉，寒暄了幾句，就走到退役少校德・奧斯特利尼亞克伯爵面前，歡迎他的到來。伯爵是因為在許伊阿戰役中負傷而不得不提前退役的。德斯瑪里歐稱讚了他在摩洛哥的所作所為。

又進來一個人。

總監微笑著，上前跟來人握手：「是唐路易・佩雷納吧？」

「是的，先生。」佩雷納敬了個禮，回答道。他有點瘦，身材中等，看上去只有四十歲的樣子，無論是面容、眼神還是神態都很顯年輕。但是眼角額頭上的皺紋卻說明他已經四十多歲了。他的胸前佩戴著一枚軍功章和榮譽團的勳章。

「你還活著！佩雷納！」伯爵驚喜地叫道。

「是的，少校。真高興見到你！」

「我從摩洛哥離開時都沒有你的消息，大家以為你死了呢！太好了，你還活著！」

「我當時被抓了。」

「那跟死了沒什麼區別，那群人啊……」

「還是不一樣的，先生。四處都有逃走的機會……事實證明……」

總監對他生出一絲好感，細細地看著他的臉。他兩眼透出了堅定和坦誠，面帶微笑。他的皮膚由於曬多了太陽，呈現出古銅色。

總監做了個請的手勢，客人們便圍坐在他的辦公桌周圍。總監也坐下，說道：「各位，你們或許會感到很奇怪，為什麼我請大家來，也可能對我們談話的方式感覺不習慣。但是請相信我，事情很簡單的。我會盡量說得簡單。」

他翻開桌上的卷宗，看著批註，繼續說：「1870年戰爭之前的幾年，有三個姐妹，她們是孤女，同表弟一起住在聖埃蒂安。大姐叫阿爾茉莉納，二十二歲；二姐叫伊莉莎白，二十歲；小妹叫阿爾芒德·羅素，十八歲。表弟叫威科多，比她們小一些。

大姐嫁給了一個姓穆寧敦的英國人，生了兒子，並跟他去了倫敦。兒子名叫柯思莫。大姐是姐妹中最先離開聖埃蒂安的。到了倫敦後，她們一家生活困窘，她給妹妹們寫了幾次求助信，但都沒有回音，之後就沒有再聯絡過。1875年前後，他們去了美國。過了五年，穆寧敦夫婦成為富翁。又過了三年，穆寧敦先生去世，阿爾茉莉納就接手管理她丈夫留下的資產。她真是會賺錢的人。她死後，給兒子留下四億的財產。」

聽到這個數字，佩雷納和伯爵互相看了一眼。總監看見了，問道：「柯思莫·穆寧敦，你們都認識的吧？」

「是的。我們一起參加了摩洛哥的戰役。」伯爵回答道。

「聽說柯思莫·穆寧敦學過醫，並且醫術不錯。早先他周遊世界的時候，有時還幫別人免費看病。他在埃及、阿爾及利亞和摩洛哥都住過。1914

年底回到美國，支持協約國。停戰後他就住在巴黎。大約一個月前，他死了，在一場極其意外的事故中。」

「是打針失誤那件事嗎？」阿齊伯德・布里特，大使秘書說道，「這件事還上了報，通知了使館。」

「柯思莫得了流感，病了一整個冬天。醫生說他可以自己注射甘油磷酸鹽。結果有一次他忘了消毒，傷口感染得很快，幾個小時後就死了。」

總監聽了下，看向公證人：「勒裴迪爾先生，我剛才講到的情況都屬實吧？」

「完全屬實，先生。」

總監繼續說道：「他死後的第二天上午，勒裴迪爾先生在這裡給我看了柯思莫的遺囑。大家可以讀下這份文件，就明白勒裴迪爾先生來這裡的原因了。」

「如果總監先生不反對，我來補充一點。」勒裴迪爾先生看了下正在找文件的總監，得到其示意後，繼續說道：「我只見過柯思莫一次，就是他交給我遺囑那次。那時他剛生病。他說正在尋找親戚，等病好後更要好好找。沒想到他就在事故中喪生了。」

總監找到一個大信封，信封裡裝著兩張紙。他拿出那張大的，說道：「請大家認真聽，這是遺囑。我叫柯思莫・穆寧敦，美國國籍，是休伯特・穆寧敦和阿爾茉莉納・羅素的合法兒子。我要把我一半的財產捐獻給美國，從事慈善事業。所寫的說明請勒裴迪爾先生交給美國大使館。

剩下的兩億元已經列出清單，存在勒裴迪爾的事務所，包括倫敦、巴黎各銀行的存款。這份財產將贈與姨媽伊莉莎白・羅素或她的親子孫們，以紀念我親愛的媽媽。如果沒有後人，將傳給堂舅威科多・羅素或者他的親子孫們。

如果我死前還沒找到上述親人，請唐路易・佩雷納儘量幫我。佩雷納將做我的代表和我在歐洲那部分財產的遺囑執行人。只要有助於我的名聲，能實現我的願望，佩雷納可以處理有關我去世的一切事務。為了感謝他兩次救我，並為我死後的服務，贈與其一百萬元。」

總監停下來，聽到唐路易輕聲咕噥：「柯思莫……我幫他，可是並不需要得到這樣的感激。」

　　「如果我去世三個月之後，佩雷納和勒裴迪爾還是沒找到親人，羅素家也沒有後人來繼承，那麼這兩億就全贈與佩雷納，我的朋友。並且之後任何人都無法繼承。我瞭解唐路易，知道他會把財產好好利用在偉大的計畫中。他在摩洛哥的帳篷裡曾那樣激昂地給我描述他高尚的目的。」

　　總監又停了下來，看向唐路易。唐路易很鎮定，眼裡卻閃著淚光。

　　「恭喜，佩雷納。」伯爵笑看著他。

　　「如果要我去做，我一定能找到羅素家的後人。我保證。而且伯爵先生，這筆遺產是有條件的。」

　　「以我的瞭解，你肯定能做到。」

　　總監問佩雷納：「你不會拒絕這筆有條件的遺產吧？」

　　「不會。」唐路易笑了笑，「有的事情不應該被拒絕。」

　　「我這麼問你，因為遺囑中的最後一條是——如果佩雷納在繼承日前去世，或者由於某種原因不願繼承，請美國大使和總監先生用這些錢在巴黎辦一所大學，該大學專門招收美國的學生和藝術家。不管怎樣，總監可預支三十萬，作為其手下的補助。」

　　總監小心地折好遺囑，抽出信封中的另一張紙，說：「這是柯思莫寫給公證人的信，是跟遺囑一起給我的。信中對遺囑的幾個地方做了更詳細的說明。」

　　懇請勒裴迪爾先生在我死後第二天，在總監面前宣讀遺囑，並請總監先生保密一個月。過了一個月，請總監把佩雷納、勒裴迪爾和美國大使館的一位要員召集到辦公室宣讀遺囑。之後請交給佩雷納先生一張一百萬的支票，而在此之前請務必查清證件，確認是佩雷納本人。驗明正身一事，希望由少校德‧奧斯特利尼亞克伯爵負責，因為伯爵曾在摩洛哥擔任其長官。由於佩雷納雖有西班牙國籍，卻是在秘魯出生，所以請秘魯公使館職員查驗其出生地。

另外，我要求找到羅素家後人的兩天之後，在公證人的事務所向其宣讀我的遺囑。

　　以上是我對財產的分配及其分配方式。在第一次召集的六十天以後，九十天之內，請總監先生再次召集同樣的人開會，按照遺囑指定繼承人。指定時必須繼承人本人到場，如果到時還沒有遺囑中所述的後人來繼承，那麼唐路易‧佩雷納就是繼承人。

　　總監將信放回信封，說道：「各位，請各位來這裡的原因就是這份柯思莫先生的遺囑。等會兒警署的一個偵探也會來，我讓他初步調查了羅素家族，他將向大家報告調查結果。現在，讓我們來處理遺囑的事情。兩週前佩雷納已經寄給我他的證件，我還親自驗證過，沒有問題。出生地方面，我也請秘魯公使收集資料了。」

　　「這件事情被委託我來辦理，並不難辦。」秘魯公使館專員卡塞雷斯說，「佩雷納出生在西班牙，是獨生子。三十年前遷到秘魯，但在歐洲仍有產業。我在美國見過他父親，他很喜歡這個兒子。五年前我們公使館通知了佩雷納他父親去世的消息。這裡是摩洛哥信件的原稿。」

　　「這是唐路易先生寄給我的，信的原件。」總監說，「少校，你還認識他嗎？佩雷納在摩洛哥外籍軍團打仗的時候，曾經受你指揮。」

　　「認識。」

　　「確定是他嗎？」

　　「我非常確定，不可能弄錯的。」

　　「那個戰功赫赫，號稱亞森‧羅蘋的佩雷納？」總監笑起來。

　　「是的，先生，就是他。戰友們稱他為亞森‧羅蘋，而我們的長官認為他是個勇士。他如波爾多斯一般強健，像達太安一樣勇猛。」

　　「更像基督山一樣有神秘色彩。」總監仍笑著，「外籍軍團第四團的報告裡這麼說的。這裡不必念出報告的全文，我就想說一點，唐路易在兩年中功勳卓卓，獲得七次通報嘉獎，榮譽團勳章和軍功章……」

　　「別說了，總監先生。這都是小事，不需要說出來……」佩雷納忙說。

「好吧！大家來這裡，不是光聽我讀，而是要監督執行遺囑的。支付一百萬那條是現在唯一能執行的。執行前大家都需要知道繼承人的來歷⋯⋯」

「噢，總監先生」唐路易站起身準備往外走了，「我先出去⋯⋯」

「向後轉⋯⋯立正！」少校笑著命令道。

「總監先生，你就饒了他吧！」他把唐路易拉回來坐下，「你這樣當眾說他的功績，他會不好意思的。報告就在這裡，大家可以看的。我們誇他是波爾多斯，是達太安。他完全配得起被稱為最有名的英雄。如果之前不瞭解他，我會同意誇讚他。我征戰多年，還沒見過能比得上他的戰士。我手下也有很多奮勇的好漢，為了點小樂子就冒險，為了令人驚嘆，甚至把命送掉。但他們都比不上佩雷納。我確實見過他的事蹟，但不願在這裡說，因為你們會覺得我吹牛。但是那些事情做得太妙了，即使我現在很鎮定，也開始不確定那些事是不是真的發生過。那時在塞塔，敵人追擊我們⋯⋯」

「少校！」佩雷納叫道，很不高興，「你這是在顧及我面子嗎？你再說我就真的出去了。」

「你呀，佩雷納，你優點很多，可就是有一點不好：你不是法國人。」

「少校，我一直都跟你說，我有法國人的血統。我的母親就是法國人。而且不論是情感上還是氣質上，我都是法國人。有的事，只有法國人能幹成。」

說著，兩人再次親熱地握手。

「報告就不念了，」總監說，「我不提功績就是了。不過還有件事要說。1915年夏天，你中了埋伏，成為四十個柏柏爾人的俘虜，上月才回到軍團？」

「是，先生。契約五年已滿，我就退伍了。」

「但是柯思莫立遺囑時你仍在失蹤，他怎麼會指定你來繼承？」

「我們有信件往來。」

「失蹤時？」

「對。我早有逃出來的準備，並且告訴他我要回巴黎。」

虎
牙

「你在那裡怎麼能通信？你們怎麼做到的？」

佩雷納笑著，沒有說話。

「你真是個神秘的基督山。」總監說道。

「如果你願意，就這麼叫我吧！總之，我在戰時被俘、逃走，整個秘密很不尋常。請相信我，也許哪天就跟大家說了。」

在座幾位沉默了一會兒，總監又一次看向這個神秘的男人，總感覺他還有很多不為人知的事情，於是問道：「我再問問……為什麼他們叫你亞森·羅蘋呢？只因為你精力旺盛和勇敢嗎？」

「這倒不是，先生。我曾破過一件離奇的盜竊案，只根據了一些看上去令人費解的細節。」

「那就是說，你還可以破案的。」

「在非洲我曾這樣做過，總監先生。當時亞森剛死，人們還在議論他，就給我取了這個名字。」

「是件大案子嗎？」

「非常大的。被盜的就是柯思莫·穆寧敦。我們的友誼也是從那時發展起來的。當時他住在奧蘭省。」

大家又沉默了一會兒。佩雷納繼續說道：「可憐的人！就是因為那件案子，他對我破案的能力十分信服。他總說如果他被謀殺了，要我發誓追出凶手……他總覺得自己會被殺死。」

「可是他最後不是被謀殺的啊？」

「你就錯了，總監先生。」

「什麼？」總監大驚，忙問，「怎麼可能！柯思莫他……」

「他並不是人們想的那樣，在意外中喪生。事實上，正如他擔心的，他被謀殺了。」

「謀殺？可是你沒有根據啊！」

「我是根據事實說的，先生。」

「你當時在場嗎？還是你知道什麼內幕？」

「我並沒有在場。由於不常看報紙，即使當時在巴黎，我也不知道他死

亡的消息。是你剛才告訴了我。」

「你瞭解的情況就是我剛才說的那些，醫生已經有了診斷啊！」

「我並不相信醫生的診斷，總監先生。」

「可是，你有什麼證據不相信呢？」

「有。你剛才說的話就是證據，先生。」

「我說的？」

「是的。你剛才說柯思莫醫術高明，自己注射時卻引發炎症而死亡。」

「我是這麼說的。」

「我就敢肯定了。柯思莫是如此醫術高明的人，他經常為人們看病，是不可能不認真消毒的。我見過柯思莫是如何給病人治療的。」

「那怎麼會？」

「一般而言，醫生在沒發現疑點時都會直接出具死亡證明。」

「你的意思呢？」

「勒裴迪爾先生，」唐路易轉向公證人，說道，「你在柯思莫床前時，有看到不尋常的現象嗎？」

「沒有。當時穆寧敦先生已經奄奄一息了。」

「不管怎樣，只是一針就引起快速的死亡，是十分奇怪的。他當時很痛苦嗎？」

「沒有……哦，對了，我第一次見他時沒發現的，他死的時候臉上有褐斑。」

「褐斑？我的假設就成立了。柯思莫先生是中毒身亡的。」

「如何下毒呢？」

「一定是在針管裡，或者甘油磷酸鹽安瓶裡，放了一點東西。」

總監補充說：「醫生怎麼檢查的？」

唐路易問公證人：「勒裴迪爾先生，你請醫生看過那些斑嗎？」

「我說過，可是醫生不重視。」

「他的家庭醫生？」

「不是，是街區的一個醫生。皮若才是他的家庭醫生，但皮若病了，就

虎牙

是他介紹我做柯思莫先生的公證人。」

總監找出死亡證，上面寫著：貝拉瓦納醫生，阿斯托路十四號。

「快去找他吧，不惜一切代價，把他帶到這裡來。」

又對佩雷納說道：「一小時前維洛來過這裡，十分驚慌，而且身體狀況很不好。他說已經被監視了，還說要告訴我關於穆寧敦案件的重大情況。不僅如此，他還肯定地說今晚會有兩起殺人案，與穆寧敦被殺案有牽連，讓我一定阻止。」

「他當時身體狀況不好？」

「是，而且好像被什麼刺激了。為防萬一，他給我留下了一份報告。喏，就是這個，竟然是一張白紙。還有個紙盒，裡面裝著被咬過的巧克力。」

「能讓我看一下嗎，先生？」

「當然，但它們說明不了什麼事情。」

「也許……」

信封上印著「新橋咖啡館」。佩雷納仔細地觀察了黃色的信封和紙盒，大家看著他，等他發現些什麼情況。

「信封上的字跡與紙盒上的不一樣，寫的時候有點發抖，而且字跡模糊，應該是模仿的。」佩雷納說道。

「信封應該不是維洛寫的，先生。據我推斷，真正的報告是偵探在新橋咖啡館裡封好後，被調換了。所以信封上裡面是一張白紙，但是相同的地址。」

「你只是假設！」總監說。

「你可以這麼說，先生。但是我肯定一點，就是偵探的感覺沒錯，他確實被監視了。犯罪活動被他對遺產的調查所妨礙，要除掉他，所以他現在面臨非常大的危險。」

「這……」

「從我到這裡來，就發現我們遇到了一起正在進行的犯罪活動。總監先生，我們必須救他，希望還不遲，他還沒出事。」

「怎麼可能？先生，」總監叫起來，「我佩服你的推理，但你的擔心並沒被證實。維洛回來才能說明問題。」

「他不會回來了。」

「為什麼？」

「接待員看見他已經回來了。」

「你要有證據……可能接待員看錯了……」

「證據在這裡，先生。維洛在這本子上寫了點東西，我也是剛剛看見的。你的秘書應該沒有看到他寫，可這就是他回來的有力證據啊！」

總監很疑惑，在座各位也都有些不安。秘書進來了，報告說沒找到維洛。氣氛更加凝重了。

「總監先生，你能叫接待員進來嗎？我想問問他。」佩雷納說。

總監按了鈴。佩雷納一見到接待員便開口問道：

「你的確看見維洛再次進來了，是嗎？」

「的確如此。」

「他沒再出去過？」

「沒有，先生。」

「你沒有走神？」

「完全沒有。」

佩雷納忽然想起什麼，問總監：「你有今年的醫生名單嗎？」

「名單上沒有貝拉瓦納醫生，阿斯托路十四號沒有醫生登記。」總監翻出一本名冊，找了一會兒。

這幾句話讓大家沉默了許久。伯爵點著頭，他認為佩雷納是不會錯的。使館秘書和秘魯專員也都很認真地在聽他們的對話。

「這個……」總監不得不承認，「情況有些亂……沒有頭緒……那個醫生，還有褐斑……都需要好好調查。」

他不經意地就開始諮詢佩雷納：「你認為謀殺案與遺囑有關嗎？」

「我也不知道，先生。是不是應該想到，有人知道遺囑裡說了什麼？」

「不可能吧！勒裴迪爾先生，你認為呢？穆寧敦先生做事應該很小心

的。」

「事務所會不會洩露了內容呢？」

「怎麼會？重要文件都是我親自鎖進保險櫃裡，每天晚上都是。鑰匙也只有我有。而且這份遺囑只有一個人經手過。」

「你的事務所有被盜過嗎？保險櫃被撬過嗎？」

「都沒有。」

「你見柯思莫是在上午吧？」

「週五的上午。」

「到晚上遺囑被鎖進保險櫃之前，它放在哪裡？」

「在辦公桌的抽屜裡。」

「抽屜被開過嗎？」

勒裴迪爾驚呆了，說不出話。

「怎麼？」佩雷納又問。

「啊……我想起來……是不對勁。那個星期五……」

「你確定？」

「確定！那天午飯後我回來，看見抽屜沒鎖，當時也沒多想，就鎖上了。你問我才明白過來……」

如此一來，唐路易的推測就都被證實了。他只憑幾個疑點做了假設，更重要的是他的直覺和洞察力。這些事情他也沒經歷過，可是他就能把它們緊密地聯繫起來，這種能力真讓人驚訝。

總監說：「你的推斷還是有偶然因素的，佩雷納先生。我之前派了一個偵探去調查，我們很快就能知道更客觀的事實……他應該已經來了。」

「是調查柯思莫的繼承人嗎？」勒裴迪爾問。

「先是調查繼承人。前兩天他給我打電話，說已經收集到很多資料，還瞭解到……我想起來了！他今天對我秘書說，一個月前有起暗殺發生。穆寧敦剛好死了一個月呀！」

他趕忙按了鈴。

秘書跑進來。

「維洛還沒回來？」

「沒有。」

「先生，如果維洛在這裡，我們肯定知道！」

「總監先生，他在這裡。」

「你說什麼？」

「請原諒，先生，我固執地認為他沒有出去，仍在這裡。」

總監更生氣：「難道他還藏起來了？」

「沒有。他可能暈過去了，病倒了……甚至死了！」

「你說他在哪裡？」

「在那邊。」佩雷納看向屏風後面。

「屏風後面只有一扇門而已。」

「哪裡的門？」

「洗手間。」

「就是那裡，先生。偵探頭腦不清，本想從這裡進秘書的辦公室，卻誤進了洗手間。」

總監馬上跑過去，剛要開門，又有些退縮。是想擺脫這個人？還是害怕？這個令人驚訝的人，發號施令時如此自信，就像自己操控了事情一樣。

「太令人難以置信了……」總監嘀咕道。

「先生，維洛的資訊可能會救兩個人。請不要耽誤。」

總監深呼吸了一下，佩雷納確實讓他信服了。他打開門。

「這不是真的吧……」他沒有叫，只低聲說道。

屋裡的各位藉著毛玻璃透過來的陽光，看到洗手間地上一個蜷縮的人。

「維洛偵探！」接待員跑了過去。

他和秘書把維洛扶到辦公室的一把扶手椅上。

維洛還在虛弱的呼吸，嘴角淌著絲口水，目光呆滯。他的心跳微弱得幾乎聽不到了，但是還可以看到臉上幾塊肌肉在抽搐，也許是強大的意志力的作用吧！

「總監你看，褐斑……」佩雷納低聲說。

大家都害怕起來，有的跑去按鈴，有的開門找人。

「快去找醫生！」總監叫道，「還有教士……一定要救他……」

「沒用的，」佩雷納示意大家安靜下來，「總監先生，請你允許我好好利用這幾分鐘……」

他俯下身，把維洛的頭輕輕靠在椅背上，俯下身溫柔地問：

「維洛，你能聽見嗎？總監在跟你說話，想知道今晚會發生什麼。維洛？你如果聽見了就閉上眼睛。」

維洛果然閉上了眼，不知道是不是個偶然。佩雷納繼續說道：「我們知道你已經找到羅素家的後人，他們中的兩個今晚可能被殺掉……可是他們並不姓羅素……你要告訴我們他們的名字。我看你在記事本上寫了三個字母，是Fau……是嗎？這是姓名的開頭嗎？那後面呢？是b還是c？」

可是維洛已經沒有任何反應了。他面色慘白，頭重重地垂下，全身一顫，伴著幾聲粗重的喘息，就靜止了。

維洛死了。

二、牢獄之災

慘劇就這麼發生了。屋裡的人恐慌起來，過了好久才慢慢平復了心情。勒裴迪爾公證人跪下來，在胸口劃了十字，開始禱告。總監怔忪地說：「維洛……可憐的人……他那麼地忠於職守，連病都不看就來這裡，就是要告訴我……可是……他如果及時去看病，就不會這樣了吧……唉……」

「他有家人嗎？」

「有一個妻子，三個孩子。」

「我會照顧他們的生活。」佩雷納表示。

一個醫生被帶進來，屍體被下令移到隔壁屋裡。唐路易‧佩雷納示意醫生站到一邊，低聲對他說：「這位偵探是被人下了毒。請你檢查他的手腕，會發現針眼，它四周有被燒過的跡象。」

「是刺的那裡嗎？」

「是的。但刺得不深，因為他幾個小時之後才死亡。也許是用筆尖或者別針刺的。」

屍體被工作人員移走了，辦公室裡只剩下幾位來客。

秘魯專員和美國使館秘書感覺自己幫不上忙，與佩雷納寒暄了幾句就告辭了。

少校與佩雷納又一次親切地握了手，也離開了。佩雷納與公證人談好遺產交付的時間，正準備走，總監快步走進來，說道：「太好了，佩雷納，你還沒走！我剛想到，你說在記事本上發現三個字母，是Fau嗎？」

「我想是的，先生。你再看看，F、a、u是吧？這F是大寫，那應該是名

字的第一個字母。」

「嗯……也是……這些字母……讓我們驗證一下。」

總監忙在桌上的信件中翻找。

「找到了！就是這封！」他拿出一封信，看了上面的名字，激動地叫道：「署名是Fauville……第一個音節就是Fau啊……你看看，只有這個姓，連名字也沒有……也沒有地址，沒有日期……肯定是趕時間寫出來的……字跡還很抖……」

總監高聲讀道：

總監先生：有人想殺死我們，我和兒子正陷入極度危險之中。請派人來保護我，幫助我。針對他們的威脅和陰謀，我最遲明早就可以拿到證據。到時我會馬上送給你。

致禮。

Fauville（伏威爾）

「沒有頭銜嗎？」唐路易問，「其他名字也沒有？」

「沒有。應該不會錯。這封信的內容和維洛說得十分一致。那麼伏威爾父子就是今晚要被殺死的人了。只是太多人叫伏威爾，想這麼短時間內找到恐怕很難。」

「無論如何我們也要找的，先生！」

「肯定要找。我馬上吩咐手下。只是我們一點線索也沒有。」

「太可怕了！」佩雷納喊道，「眼睜睜看著卻不能救他！總監先生，請你一定要親自辦這件案子。你的權威和經驗，可以使案件進度大大加快的。而且柯思莫的遺囑也已經將你捲進來了。」

「這是由檢察院……警察局說了算……」

「肯定要的。但你也知道，特殊情況下只有總監才可以決定行動。請原諒我的要求……」

話未說完，秘書就闖了進來，手裡拿著一張名片。

「總監，這個人非要見你⋯⋯我不知道⋯⋯」

總監一看名片，即刻驚喜地喊道：

「看，佩雷納！」

名片上印著：

伊波利特・伏威爾

工程師

絮榭大道十四號乙

「這就是線索！這是非要我管這個案子啊，先生。事情正向好的方面在發展。如果這個伏威爾就是羅素家族的後人，那麼就好辦多了。」

「可是，總監先生，」公證人開口道，「你不要忘記，遺囑只能四十八小時後宣讀。所以，還不能告訴伏威爾先生⋯⋯」

辦公室的門剛開一點，就被猛地推開，一個男人闖了進來，語無倫次地說：「真的死了？維洛偵探！有人剛告訴我⋯⋯」

「是的，先生。」

「啊！我來的太晚了！太晚了！」

他猛地跪在地上，手握在胸前哭了起來：

「那幫壞蛋！流氓！」

這個人五十歲左右，兩頰陷下去，面色蒼白，好像長年生病的樣子。他已經禿了頭，深深的皺紋刻在額頭上，下巴不斷抽搐，兩個耳垂也被牽扯著一動一動的，眼裡淌著淚水。

「先生，」總監說，「你指的是殺害維洛的人嗎？你能告訴我們他們是誰嗎？這有助於我們的調查。」

伏威爾搖了搖頭。

「現在還不能⋯⋯我的證據還不夠，調查也沒用⋯⋯先生，不能告訴你。」

他站起來，十分抱歉地說。

「總監大人，我平白來打擾你，只是想知道⋯⋯我希望維洛沒事的⋯⋯他調查的結果和我手頭的證據都很關鍵。他是不是已經通知你了⋯⋯」

「他只說在今晚……」

「怎麼會！」伏威爾跳起來，「今晚？不可能，他們現在還不能對我做什麼……時間到了嗎……他們不可能準備好！」

「可是偵探很確定，兩起謀殺將於今晚發生。」

「先生，他一定搞錯了……今晚不會……最早在明天晚上……我知道的。我們已經埋伏好，要抓他們……那幫混蛋！」

「你姨媽是阿爾茉莉納‧羅素嗎？」佩雷納問道。

「是。她已經去世了。」

「聖埃蒂安人？」

「對。你怎麼這麼問？」

「明天你就會知道的……還有一點事。」

他打開偵探送來的紙盒。

「你看看這塊巧克力，意味著什麼？還有牙印……」

伏威爾沉了聲，「哼！卑鄙的人……這是在哪兒找到的？」

他已經開始搖晃了，有些支撐不住，但又很快站好，跟跟蹌蹌地走向門口。

「總監大人，我走了。我要找到所有證據……保安局會保護我……明天早上我再跟你說……那幫壞蛋！我是病了，但我要活著……和我的兒子，我們要活著！」

他跌跌撞撞地奔了出去。

「我已經打電話，找人去保護他的住處，瞭解他周圍的情況。我現在等一個值得信任的人。」總監馬上站了起來，說道。

「總監先生，請你答應，」佩雷納說道，「讓我在你的領導下有權協助破案。而且不太客氣地說，柯思莫的遺囑我將全力執行，這也給了我這個權力。我特別要求今晚去他家守著，保護他。那些壞人太猖狂，而且很狡猾。」

總監猶豫起來。他自然明白佩雷納與遺產的關係。如果他與遺產間沒設置障礙，或者沒有一個繼承人，那麼這幾億元的財產就是他的了。現在他要

保護伏威爾，這真是由於他們偉大的友誼，真的是感激和道義嗎？

德斯瑪里歐望著這張堅定的面龐，這雙莊重、和善，卻有聰明、機靈的眼睛，眼裡還有點嘲弄。他看不出佩雷納到底怎麼想的，可是那雙眼睛是那樣坦蕩和真誠。許久之後，他叫秘書進來。

「保安局派人來了嗎？」

「已經來了，先生。是瑪澤魯隊長。」

「請他進來。」

「瑪澤魯隊長和維洛是我的得力助手，都精明能幹。他是我們最優秀的警察，你將得到他的大力協助。」

瑪澤魯隊長走進辦公室。這個小個子雖然乾瘦，但很壯實。他那又長又直的頭髮，厚重的眼皮、哭喪的眼睛和那垂著的小鬍子，讓人覺得他長著一副苦瓜臉。

總監說：「瑪澤魯，你知道維洛犧牲了吧？他死得很慘。現在不僅要為他報仇，還要防止其他人被害。這位先生對案情很瞭解，他會向你介紹你應該瞭解的所有情況。你全力協助他今晚的活動，明早向我彙報。」

這意味著總監完全信任佩雷納的洞察力和行動的精神，讓他自主決斷了。

佩雷納向總監鞠了一躬。

「謝謝你，先生。我一定盡力，不會辜負你，更不會讓你後悔的。」

他向總監和公證人告了別，就與瑪澤魯一同離開了。

在外面，他告訴了瑪澤魯所有自己知道的情況。他的專業素養給瑪澤魯留下了深刻的印象，並讓他願意服從。

他們決定從新橋咖啡館開始著手。

他們從咖啡館得知維洛是常客。店員清楚地記得，今天早上他在這裡寫過長信。當時維洛和鄰座差不多同時進來，都要了信紙，鄰座還要了兩個黃色信封。

「正如你想的那樣，信被換過了。」瑪澤魯說。

店員對鄰座的特徵也做了詳細的描述：身材較高，有點駝背；拄著烏木

手杖，把手是銀質的，上面雕著天鵝頭。他戴著一副由黑絲帶繫著的玳瑁夾鼻眼鏡，栗色的鬍子，鬍子的下部尖尖的。

瑪澤魯說：「透過這些資料，警察就可以開始找人了。」

他們剛要走出咖啡館，佩雷納忽地拉住瑪澤魯。

「等一下。」

「怎麼了？」

「有人跟著我們……」

「什麼！竟然敢！什麼人？」

「不知道。不過我很會對付這種人，讓他原形畢露。我一會兒就回來，你會看到是什麼樣的人。保證很有意思。」

果然不一會兒，佩雷納就帶著一個臉上蓄滿鬍子的、高瘦的人回來了。

「我來介紹一下。瑪澤魯先生，我的搭檔。卡塞雷斯，秘魯公使館專員，剛才我們一起參加了總監的會議。正是他接受秘魯公使委託，調查了我的背景資料。」

他很高興，又說：

「卡塞雷斯先生，原來是你呀……我還以為……我們一出警署就……」

專員指指瑪澤魯，使了個眼色。

「你放心，」佩雷納解釋道，「瑪澤魯先生很可靠……他是個謹慎的人……案子的整個過程他都知道……任何話你都可以當他的面說的。」

卡塞雷斯沒有說話，坐在唐路易對面。

「親愛的卡塞雷斯先生，你快說吧！對這種事哪怕說些粗話也要爽快些。要不太耽誤時間了……你是要錢吧？多少？」

專員猶豫了一下，瞄了瑪澤魯一眼，彷彿終於下定決心了，沉聲說道：

「五萬法郎！」

「這麼多！」佩雷納喊起來，「你太貪心了！這麼大一個數！瑪澤魯，你看呢？親愛的卡塞雷斯先生，我們來敘敘舊吧！幾年前，你路過阿爾及利亞時，我跟你認識了。我從別人那裡瞭解你做什麼之後，請你幫我弄一個祖籍西班牙的秘魯人身分證，時效三年，名叫佩雷納，證件要齊備，挑不出毛

病。我祖上也的確有這樣一個人，而且地位很高。你說可以，並說好兩萬法郎，一切都準備妥當。死去的佩雷納是祖籍在西班牙的貴族，你修改他的證件後，就成為我現在的身分，才讓我有現在的地位。上週總監先生讓我把證件給他檢查，我就去找你，才知道你也在調查我的身分。我們商量了要在總監面前說的話之後，我已經給你兩萬法郎。我們已經沒關係了，你怎麼還跟我要錢？」

專員沒有絲毫不好意思。他兩肘支著桌子，緩緩說道：「先生，以前我以為是個人原因讓你穿上軍服，掩藏自己真正的身分，過體面人的生活。現在不一樣了。你將繼承一大筆財產。明天你就能憑這個名字領到一百萬。說不定過幾個月就能繼承整個遺產。」

唐路易似乎被打動了。但他還是問道：

「要是我不同意呢？」

「你如果不同意，我就向總監告發你，說你身分有問題，是我之前的調查失誤了。這樣的話，你可是一分錢都拿不到，而且還要面臨牢獄之災。」

「那會和你這麼正直又誠實的人一樣的結果。」

「我？」

「是！你編造了我的假身分……你當然能想到，我會供出你來。」

卡塞雷斯沒說話。他的鼻子似乎被嘴邊的長鬍子拉得更大了。

「好啦，專員先生。」佩雷納笑起來，「別愁眉苦臉的。只要你不告發我，我也不會害你。有的人曾經也要這麼幹，用了更狡猾的手段，可還是大敗而歸。你這樣詐騙人，說真的，笨了一些，還不是高手。先生，我說的你都明白了吧？不會再打我的主意了吧？這樣最好，卡塞雷斯，我很寬容的。你會感到，人們想得到的，往往是兩者中最公平的。」

他簽了一張里昂信貸銀行的支票給卡塞雷斯。

「這個給你，兩萬法郎。這是柯思莫的繼承人給你的。拿了支票就趕緊走，別跟女人似的，還戀戀不捨的。快走吧！」

專員沒有討價還價，乖乖地收下支票。笑了笑，說了聲謝謝就走了。再沒回頭。

「混蛋！」唐路易罵了一聲，「隊長，你認為如何？」

瑪澤魯瞪圓了雙眼，驚訝地看著他。

「先生！你這……這……」

「怎麼了，隊長？」

「這……啊！你到底是誰？」

「你不知道？剛才他不是說了嗎，我是秘魯的，或者說西班牙的貴族……我也不清楚……總之，是唐路易·佩雷納。」

「怎麼可能？我明明聽見……」

「外籍軍團戰士，唐路易·佩雷納……」

「別說了，先生……」

「得過很多榮譽，立過戰功……」

「夠了！先生。你必須跟我去總監那裡說明白！」

「讓我說下去！見鬼……從前的英雄、戰士……從前安全部的長官……從前的俄羅斯王子……從前被拘禁的犯人……從前的……」

「你瘋了吧！」瑪澤魯罵道，「這些有什麼用！」

「這是地道的經歷！你問我是誰，我就告訴你，更久之前的事還沒說。我還有很多頭銜……王子、公爵、侯爵……太多了，保證跟轟炸一樣。如果有人說我是國王，我是傻子才會反對。」

瑪澤魯重重地扣住唐路易看上去纖弱的手腕，大喝：「閉嘴！我不知道你是什麼，可是我不會放過你的。你跟我去警局說清楚！」

「別這麼大聲嚷嚷行嗎？亞歷山大！」

那纖弱的手腕輕輕一動就擺脫了束縛，瑪澤魯那兩隻幹慣了重活兒的手卻被牢牢地控制住，動彈不得。佩雷納冷笑一聲：

「竟認不出我了？蠢東西。」

瑪澤魯兩隻眼睛瞪得更大了，被嚇住似的說不出話。他怎麼也沒想明白。這個聲音，這種放肆的行為，開玩笑的方式，這種嘲弄的眼神，甚至亞歷山大這個名字。這是從前別人給他起的，也只有那個人這麼叫他。可是，這怎麼可能？

他結結巴巴地說：「老闆……長官……」

「還有什麼值得懷疑的？」

「沒有……不是……因為……」

「什麼？」

「你不是死了……」

「死了就不能再活了嗎？」

瑪澤魯更糊塗了。唐路易搭著他的肩，問：

「誰讓你進警局的？」

「保安局局長雷若曼。」

「他又是誰？」

「是老闆。」

「也就是亞森・羅蘋嗎？」

「是的。」

「很好！你知道嗎，亞歷山大，亞森・羅蘋雖然是十分優秀的保安局長官，可是這比當佩雷納，獲得榮譽，當軍團戰士、英雄，當名不副實的人要難的多。」

瑪澤魯靜靜地看著眼前的人，忽然他眼裡迸發出光芒，臉上神采飛揚，沒了之前的黯然。他一拳打在桌子上，聲音沙啞：「好吧！老闆，即使如此，我也不會幫你的，絕不可能！我不能違背社會的利益，我現在是服務社會。所以不會幫你任何事情。我已經習慣了做老實人的生活，我不會再做其他什麼事了。我不會做蠢事了，不會的！」

唐路易不屑地聳了聳肩。

「我說要你幹舊行當了嗎？笨蛋！做了老實人智商也沒高多少。」

「你……」

「我怎麼了？」

「長官，你那些小花招……」

「我的小花招？你以為我是來幹什麼的？」

「老闆，我的意思是……」

「我可什麼都沒做，亞歷山大。我也是剛知道這個案子，在兩個小時之前。上帝發慈悲，送給我一大筆遺產。我可不能違背他，就……」

「就什麼？」

「就答應為柯思莫報仇，就請命幫他尋找後人，給他們財產，保護他們。我做的就這些，這難道不是正當的事嗎？」

「是。」

「但是，你想說，如果我不是以一個正派人的身分去做……是吧？」

「老闆……」

「好吧！我給你權力，如果你看到我的任何讓你反感的行為，或者你看到我做一點出賣良心的事情，你就只管把我抓進警署裡面吧！我命令你這麼做！滿意了嗎？」

「光我滿意還不行……」

「不行？什麼意思？」

「還有別人……要是你是被逼的呢？」

「誰逼我？」

「之前的那群同夥……他們如果背叛了你……」

「我早就打發他們離開法國了。」

「去哪兒了？」

「這是秘密。我讓你去警署，必要時再找你幫忙。現在你明白我的意思了吧！」

「你如果被發現怎麼辦？會逮捕你的。」

「怎麼會？不可能的。」

「為什麼不會？有什麼原因嗎？」

「你自己剛說過了，一個讓人絕對信服的，充分的理由。」

「究竟是什麼？」

「我死了。」

瑪澤魯愣在那裡，似乎被唐路易的原因刺激到了。他看出了老闆的興味和魄力，開始哈哈大笑。苦瓜臉上的肌肉不斷抽搐著，十分滑稽。

「老闆⋯⋯哈！你還是這個樣子⋯⋯太可笑了⋯⋯我這是在做夢嗎？不是吧？我太清醒了！你死了，哈哈！埋了！一切都結束了！太可笑了！太可笑了！」

工程師伊波利特・伏威爾住在絮樹大道的一所公館裡，左邊是花園，後面是城防工事。花園裡建了一所房屋，是他的工作室。如此一來，花園就只有柵欄邊的一條兒草地和幾棵樹，小了很多。柵欄上繞滿藤蔓植物，上面開了門，把花園和馬路隔開。

唐路易和瑪澤魯去了帕西警察分局。瑪澤魯按照唐路易的吩咐，向裡面的警察通報姓名，並要求其通宵看守伏威爾的房子，只要有可疑的人想侵入，馬上就可以逮捕他。

分局局長答應協助他們。

之後他們在那周圍吃了晚飯。九點鐘的時候，就來到公館門口。

「亞歷山大。」

「長官？」

「你害怕嗎？」

「不，老闆。怎麼這麼說？」

「我們保護伏威爾父子，就是跟壞人作對。他們為了得到巨大的財產，一個個都急切地想除掉那兩父子。咱們的命⋯⋯太微不足道了⋯⋯你真的不怕？」

瑪澤魯回答道：「先生，我也不知道什麼時候會害怕，但是有一種情況是絕對不會的。」

「什麼情況？」

「在你身邊的時候。」

他果斷地按下門鈴。

一個僕人走出來。瑪澤魯遞給他名片。

他們來到伏威爾的辦公室。桌子上堆滿了紙張、書本和小冊子。繪圖架上有些詳圖和草圖，被支撐起來。一些工程師製造機器用的，鋼鐵和象牙的模型被陳列在兩個玻璃櫥裡。對面是通向樓上的旋轉樓梯。一張寬沙發擺在

靠牆的位置上。電話機掛在牆壁上。天花板上吊著水晶燈。

　　瑪澤魯報上職務和姓名，告訴伏威爾，佩雷納也是來執行任務的。之後就直截了當地說出前來的目的——總監先生發現些不好的跡象，已經等不到明天了，就急忙先派手下來保護他，採取防衛措施。

　　伏威爾有些不高興。

　　「先生們，我已經有行動了。你們攪進來並沒有什麼益處。」

　　「為什麼這麼說？」

　　「你們妨礙我收集證據了，而且會讓他們提高警惕。我需要證據來打敗他們，粉碎他們的陰謀。」

　　「請你解釋一下。」

　　「不，不行……明天上午吧，這之前不行的……」

　　「那時就太晚了，先生。」佩雷納插嘴道。

　　「明天太晚了？」

　　「是的。偵探維洛向總監彙報說今晚有兩起謀殺，是無法改變和避免的。」

　　伏威爾十分生氣地說：「今晚？不會。告訴你們，不會的！我保證……我手頭有些資料，只是你們不知道……」

　　「我們是不知道，可是維洛知道的情況，你恐怕也不清楚。」佩雷納反駁道，「他對敵人的秘密也許知道得更多。什麼是證據？就是那些混蛋對他防備得緊，就是他一直被監視，就是他終於被殺害了！」

　　見伏威爾不再那麼自信，唐路易又趁機勸了他一會兒。最後，雖然他有所保留，但還是聽從了這個更固執、更堅定的人。

　　「你們要在這裡過夜？」

　　「對。」

　　「太荒唐了！這是沒用的！事情被你們搞砸了，你們……你們還想怎麼樣？」

　　「家裡還有誰呢？」

　　「什麼？第一個就是我的妻子，住在二樓。」

「我想伏威爾夫人不會有危險。」

「當然，她沒有。是我有危險，還有我兒子艾德蒙。這八天我都在這裡過夜，沒回臥室。我說我要熬夜寫東西，要幹活，還要兒子幫我。」

「他也睡在這裡？」

「是的。我讓人給他在樓上整理出一個小房間。只有從這個樓梯才能上去。」

「他在嗎？」

「在，睡著了。」

「他幾歲了？」

「十六。」

「你這麼安排，是擔心有人偷襲嗎？那個人是誰？在公館裡住？還是外面的人？外面的人又能怎麼進來？我就想問這些。」

伏威爾固執地搖頭：「明天……說了要等明天，我會說的。」

「為什麼今晚不行？」唐路易更堅持。

「我再說一次，我要證據……我說了，後果可能十分嚴重……我害怕，是的。我很怕……」

見他瑟瑟發抖，很恐懼，很可憐的樣子，唐路易就沒有再問了。

「那好吧，我只有一個要求，就是讓我們住在你能叫到我們的地方，可以嗎？」

「隨便，先生。這樣不管發生什麼事都更好一些。」

這時有僕人來報說太太要出門，想見下伏威爾。剛說完，太太就走了進來。

這個女士向佩雷納和瑪澤魯優雅地點頭致意。她三十五歲左右，大波浪的頭髮，有點俗氣的臉，但卻很迷人很漂亮，還有一雙藍色的眼睛。整個人看著都讓你喜歡，很有風韻。她外面披著鏤空的絲外套，裡面穿著跳舞的長裙，美麗的雙肩露在外面。

伏威爾先生吃驚地問：

「你現在要出門？」

「對呀，你不記得了？我要去歌劇院，歐維拉家在包廂裡給我留位置了。你不是還讓我晚些參加愛爾星格夫人的晚會嗎？」

「是⋯⋯是的⋯⋯我都忘了，光幹活去了。」

她戴好手套，問道：

「你不去愛爾星格夫人家嗎？」

「我？」

「他們會很高興的。」

「我不想去。而且我身體不舒服，去不了。」

「我會替你解釋的。」

「好，你幫我說一聲。」

她穿好衣服，站了好一會兒，好像要說點什麼。問道：

「艾德蒙呢？我以為他也在幹活。」

「他很累，睡著了。」

「我想親親他。」

「別了，會吵醒他的。你的車都在等了。去吧，親愛的，玩得開心點。」

「哪有，玩⋯⋯好像我出門就是為了玩一樣。」

「那也比在家裡好。」

氣氛尷尬起來。這個家庭貌似不太和諧，丈夫不喜交際，身體也不好，整天待在家裡。而年輕的夫人喜歡在外面玩樂消遣。

見丈夫不說話了，太太就彎下腰，在他額頭上親了親。

之後又向兩位客人打了招呼就出門了。

外面傳來馬達發動的聲音，汽車開走了。

伊波利特·伏威爾立刻站了起來，搖了鈴，說：

「家裡沒有人知道我面臨巨大的危險，我也誰都沒告訴。甚至是西爾威斯特，服侍我多年的貼身僕人，一個忠厚老實的人。」

僕人走進來。

「給我鋪床吧，我要睡了。」

西爾威斯特拉開長沙發，鋪上床單被罩，一張舒適的床就形成了。之後他按指示又拿來一盤糕點、一盤水果、一瓶酒和一個杯子。伏威爾先生吃了一塊蛋糕，又切開一個紅皮的蘋果。發現沒熟，就又摸了摸另外兩個。他覺得也不熟，就拿起一顆梨，削了皮開始吃。

「果盤就放在這裡吧，」他對西爾威斯特說，「免得我夜裡餓了……對了，這兩位先生留下。別告訴別人，明天我搖鈴後你再過來。」

僕人出去了。唐路易一直在密切的關注，所以能回憶起當天晚上所有微小的細節。他數了下，果盤裡是四顆紅皮小蘋果和三顆梨。

伏威爾走上樓梯，來到孩子的房間，轉身對跟上來的唐路易說：

「他睡得可真沉。」

這是個小房間，由於木質的百葉窗被釘死了，窗戶透不進風來，所以設置了專門的通風系統。

「這是我去年弄的。之前怕別人偷看我做的電氣試驗，連屋頂的出口都封死了。」

伏威爾又壓低聲音說道：

「一直都有不懷好意的人在這周圍遊蕩。」

他們下樓來，伏威爾看了錶，說：

「十一點十五……該睡覺了。我很累……對不起……」

他們商量了一下，由瑪澤魯和唐路易搬了兩張椅子坐在通往前廳的走道裡看守。

伏威爾一直都處於興奮之中，可就在離開他們上床之前，他忽然呻吟了一聲，似乎有點支持不住。佩雷納轉過身，見他渾身發抖，因為發燒和害怕而一直在出虛汗。

「你沒事吧？」

「我害怕……怕……」

「你不要這麼緊張！」佩雷納說道，「我們就在這裡，甚至可以一直守著你過夜，你沒什麼可害怕的！」

伏威爾扳著佩雷納的肩膀，大力地搖晃。他臉上肌肉一抽一抽的，斷斷

續續地說：

「你以為，你們守著我，他們就不敢殺我了嗎？你們⋯⋯就算有十個二十個⋯⋯他們也能！他們什麼都做得出⋯⋯啊！壞人們⋯⋯維洛已經死了⋯⋯我也會被殺掉⋯⋯還有我兒子⋯⋯太可怕了⋯⋯上帝，可憐可憐我吧！我好難受啊！」

他跪了下來，不停捶打胸口，叫喊著：

「上帝⋯⋯可憐可憐我⋯⋯我還不想死⋯⋯更不想讓我兒子死⋯⋯求求你了⋯⋯」

猛地，工程師又站了起來，帶唐路易來到一個玻璃櫥前。櫥櫃下安裝了銅輪，他把它推開，一個嵌在牆裡的保險櫃露了出來。

「裡面有我全部的經歷。我每天都寫一段，堅持了三年。如果我死了，根據這個就很容易找出凶手。」

他快速地撥動密碼鎖，又掏出鑰匙，打開了保險櫃。

櫃子裡一大半都是空的。只有一堆文件放在隔板上，裡面夾著一個灰色漆布的本子。外面套了一根紅色皮筋。

他抽出本子，說：「這個本子⋯⋯裡面記了所有事情。看完之後你們就明白了⋯⋯裡面先記載了我的猜測，之後是確切的證據⋯⋯都在裡面了⋯⋯靠著它，就可以設計抓住他們⋯⋯千萬別忘了。保險櫃裡⋯⋯這灰皮本子⋯⋯」

他慢慢平靜下來，把玻璃櫥拉回原位。又整理了一下文件，打開床頭燈，關掉吊燈。之後做手勢請二人出去。

佩雷納在屋裡巡查一圈，檢查了窗子的護欄，發現入口對面有個門，問道：「這個門？」

「哦，老客戶來經常走，有時我也會走走。」

「通向花園裡嗎？」

「是的。」

「關好了嗎？」

「你們可以去檢查一下⋯⋯鎖上了，還加了保險閥。這兩把鑰匙，還有

花園門上的，都在這裡。」

他把鑰匙串和錢包放在桌上，上緊手錶發條，也把它放在桌上。

佩雷納沒有絲毫猶豫，拿過鑰匙開了鎖，打開保險閥來到花園。他循著小花壇走了一圈，看到柵欄上的常春藤和兩個警察在馬路上巡邏，並聽到他們的聲音。之後他檢查了柵欄門，是鎖上的。

「一切正常，」他回到屋裡，對工程師說，「你放心吧！明天見。」

「再見。」工程師把二人送到走廊裡。

工作室與走廊之前有道雙層的門，其中一層蒙著仿皮漆布，裡面充滿軟料。走廊另一邊是厚重的帷幔，隔開了前廳。

「你先睡會兒，我來值班。」唐路易說。

「老闆，你不覺得我們在白白擔心嗎？」

「不。所以我們才在這裡守著。你瞭解維洛偵探，你認為他會憑空想像嗎？」

「不會。」

「是啊，他說的話一定有根據的。你也知道他說了什麼。所以我們要密切注意。」

「好的，老闆，我們輪流看守。到我的時候就叫我起來。」

他們並排坐著，動都不動，說了幾句話瑪澤魯就睡著了。佩雷納坐在椅子上，豎起耳朵聽四周的聲音，一動不動。公館裡十分寂靜。有時外面有出租的馬車或者汽車經過。他還聽見了奧特伊線上開過了最後幾班火車。

唐路易好幾次站起來，靠近門口。裡面沒有一點聲音。工程師應該也睡著了。

「這樣就好，」佩雷納暗想，「外面也有人把守，進屋就只有這個入口。不用擔心了。」

凌晨兩點，公館大門口停下一輛汽車。一個僕人跑過去開門，他大概一直守在廚房那邊。唐路易關掉走廊的燈，輕輕掀開點帷幔，看見工程師的太太回來了，後面跟著西爾威斯特。

她走上樓，關掉燈，樓梯間又黑暗了。樓上有說話的和挪動椅子的聲

音，過了半個鐘頭，就整個安靜下來。

可是這種安靜卻讓唐路易心裡十分不安，又說不上為什麼。這種不安越來越強烈，他有點受不了，咕噥著說：「門應該沒關緊，我去看看他睡著沒有。」

果然，門輕輕一推就開了。他照著手電筒，走近床邊。

工程師面對著牆睡著了。

唐路易長噓一口氣，放心地回到走廊，拍醒同伴。

「你來看會，亞歷山大。」

「長官，沒事吧？」

「沒事，沒事。他睡著了。」

「你怎麼知道？」

「我剛看過他。」

「我都沒聽見，我真是睡的太沉了。」

他跟著唐路易進到房間。唐路易說：「你坐下，別吵醒他。我來眯會兒。」

但他還是守了一會兒才睡著。不過即使在打盹，他也聽著周圍的聲音。

一架座鐘會定期報時，佩雷納每次都數著時間。不久，外面開始熱鬧起來。早班火車鳴響汽笛，開往郊區。送奶的車子也騎過去了。

公館裡的人陸續醒來。

太陽光從窗板的縫裡射進來，房間裡慢慢地變亮了。

瑪澤魯說：「我們出去吧，別讓他發現我們在這裡。」

「噓！」佩雷納急切地做了個手勢，命令道。

「怎麼了？」

「會吵醒他的。」

「可是你也看見了，他沒醒呢！」瑪澤魯仍沒降低聲調。

「也是……」唐路易嘟囔著，這麼大的說話聲都沒被驚醒，真有點奇怪。

半夜裡那種不安的感覺又回來了，他更加清楚地感受到。可是他並不敢

去弄明白為什麼會有這種恐慌感。

「你怎麼啦？老闆，你不舒服嗎？」

「沒有……我只是害怕了……」

瑪澤魯猛地顫了一下。

「你怎麼這麼說……這口氣，跟他昨晚一樣……怕什麼？」

「同樣的原因……是的……」

「什麼？」

「他死了嗎？」

「老闆！你在胡說什麼！」

「啊！我不知道……總覺得……我覺得……他死了。」

他拿著手電筒，呆呆的望著床鋪，像沒了魂。這個從未懼怕過的男人，現在卻連照一下伏威爾的勇氣都沒有。房間裡一片死寂。

「天哪！他都沒動……」

「我知道……我看出來了，他一晚上都沒動……這太讓我害怕了。」

他鼓足勇氣走上前，幾乎碰到床了。

伏威爾好像停止呼吸了。

他猛地抓住了工程師的手。

手完全是冰涼的。

唐路易瞬間冷靜了下來。

「快開窗戶！」他大叫。

陽光一下子撲進房間，他發現伏威爾面部浮腫，竟有幾塊褐斑。

「天！他死了！」他沉聲說。

「怎麼會……這……太想不到了！」瑪澤魯結巴起來。

他們對剛剛確認的事情充滿疑惑，無比震驚，呆站著足有兩三分鐘。這太不可思議，太神秘了！唐路易腦子裡忽然閃過一個念頭，他幾個大步奔上樓，衝到孩子的房間。

艾德蒙已經僵直地躺在床上，面如死灰。

「想不到……真是想不到……」瑪澤魯不停地重複這句話。

在他的歷險過程中，唐路易貌似從來沒有如此大的震驚。父子倆都死了！他覺得很累，已經沒有力氣再行動了，也不想說一個字。就在這幾個小時之前，半夜裡有人殺了他們。他們是被毒死的，就像柯思莫一樣，竟在這個所有出口都封死，而且有人把守的房間裡被毒死了。

「太不可思議了！」瑪澤魯喃喃道，「我們那麼費盡心思的挽救他們，保護他們，可是他們還是……我們真是白忙活一場！」

話裡有幾分責怪。唐路易抓住他，坦誠地說：「是我不好，瑪澤魯，是我太沒用，沒有盡到責任。」

「我也是。」

「不怪你……你昨晚才加入進來。」

「你也是的，老闆。」

「是，我知道。可是那些敵人，他們很久之前就開始謀劃這項陰謀了……唉，他們還是死了，在我眼前被殺害了，在我亞森‧羅蘋的眼前……可是我卻什麼都沒看見……沒看見……怎麼可能！」

他扒下孩子的衣服，指著胳膊上一個針眼，說：

「一樣的針眼……在伏威爾身上也一定能找到……孩子應該沒什麼痛苦。可憐的小傢伙！這麼瘦弱……可是有張漂亮的臉……天！他媽媽該多傷心啊！」

瑪澤魯又憤怒，又對孩子的母親十分同情，竟流出眼淚。

「怎麼會這樣……怎麼會……」

「亞歷山大，我們要報仇，為他們！」

「你在對我說嗎？老闆，那群壞人，我要一遍一遍整他們！」

「整就要徹底，一次就夠了，瑪澤魯！」

「我發誓我一定要做到！」

「對，瑪澤魯，我們發誓吧！發誓要為他們報仇，發誓一定要捉拿凶手歸案！」

「我以我的靈魂起誓，老闆。」

「好，我們開始行動吧！」佩雷納說，「你馬上去打電話給警署，報告

這件事。我相信總監先生會認為你這樣是對的。他非常關心這件案子。」

「可如果僕人要進來呢？或者伏威爾夫人……」

「我們開門之前，任何人都不會來的。而我們必須等總監來了才開門。總監會通知伏威爾太太她丈夫和孩子的死訊。快去打電話吧！」

「等下，老闆。差點忘了一件事。」

「什麼事？」

「保險櫃的小本子，伏威爾記下了所有經過。它肯定會幫我們破案的。」

「呀，是的！你說得太對了……」佩雷納大聲道，「而且他昨天沒有撥亂密碼鎖，鑰匙也在桌上。」

他們飛快地奔下樓。

瑪澤魯說：「我來。你還是別碰這些保險櫃比較好。」

他迅速的找到保險櫃，插進鑰匙。唐路易顯得很亢奮。他們馬上就能得知真相了！死者將告訴他們敵人的大秘密！

「快點，快點。」佩雷納催促著。

瑪澤魯伸手進去，在文件中翻找著。

「快給我，亞歷山大。」

「啊！」

「怎麼了？」

「本子不見了！」

「真見鬼！」唐路易罵道。伏威爾在他們眼皮底下放進保險櫃的本子居然丟了！

瑪澤魯懊惱地搖頭。

「怎麼會呢？難道壞人知道這個本子？」

「看樣子一定是的，還知道其他很多事情，我們要摸清他們的底細還差得遠。快，不能耽誤了，去打電話。」

瑪澤魯馬上照做了，總監回覆說等會兒打回來。

佩雷納走來走去，仔細地查看房間裡各種東西。不久，他坐回到瑪澤魯

旁邊，十分不安。他想了很久，眼睛盯著果盤，自言自語道：「昨晚是四個蘋果，可現在是三個。他難道吃了一個？」

「也許吃了吧！」瑪澤魯說道。

「不會呀，他昨晚發現蘋果沒熟，就沒有吃……」

佩雷納停住了，雙手托住頭，努力地思索。良久，他抬起頭，說：

「我們進來之前罪案就發生了。確切地說，在零點三十分的時候。」

「你怎麼知道的？」

「那個凶手動過桌上的東西，把手錶碰在地上，又撿起來。但是錶停了。瞧，時間是零點三十分。」

「這樣的話，兩點多我們進來的時候，他們就已經死了。」

「是的。」

「他們怎麼能進來呢？」

「翻越柵欄進了花園，之後又從側門進來的。」

「可是他們沒有鑰匙啊？」

「對，他們可以另外去配。」

「可警察在外面看著呢？」

「他們現在也在看守。他們的看守，從這邊走到那邊，再轉身走到別處。壞人就趁這個功夫偷偷進來，也是這樣出去的。」

瑪澤魯十分吃驚。這種犯罪太大膽了，而且動作迅速，行為準確，讓人意料不到。

「他們本事真大。」

「本事很大，瑪澤魯。估計我們的戰鬥會非常激烈。他們的進攻太猛了，真的！」

電話響了。佩雷納讓瑪澤魯單獨彙報情況，自己拿起鑰匙從側門進到花園，希望能找到點線索，方便破案。

一切都和昨晚看到的一樣，透過植被可以看到警察在巡邏。他們看不見他。他們對公館裡的事情也沒有一點興趣。

唐路易想：「是我估計錯誤。他們沒有意識到責任的重大，就不該讓他

們來幹這麼重要的事情。」

他四處看著，終於在鵝卵石的小路上發現些蹤跡，但是太模糊了，看不出來鞋印。這證實了他的想法：凶手從這裡進入房間。

忽然，他看到路邊杜鵑的枝葉裡，有點紅色的東西。這讓他高興地跳起來。

是個蘋果！果盤裡少的那個，第四個蘋果。他撿起來。

「這麼說來，伏威爾沒有吃。那就是凶手把它帶出來的……是餓了嗎？還是為了好玩……肯定從手上掉了，沒來得及去找。」

他仔細地看著。

「天！怎麼可能！」他有些震驚。

他太高興了，竟說不出話來。擺在眼前的事情，他卻一時接受不了。蘋果上有個牙印，在這個沒熟的酸蘋果上。

「怎麼可能……」佩雷納又問了一遍，「竟然有這麼粗心的人……應該是他沒注意把蘋果掉了，或者天太黑沒有找到……」

他總覺得不會這麼簡單，想出各種理由來解釋。可是事實就在眼前，清楚的齒痕。上面六顆，下面一排。這些牙齒啃出一個半圓，在蘋果上留下了清楚的痕跡。

「這個……虎牙！」唐路易緊盯著齒痕，輕叫出聲。虎牙！在維洛帶回來的巧克力上的，就是虎牙！怎麼有這樣的巧合！是意外嗎？還是偶然的？是不是應該認定，是同一個人咬了蘋果和巧克力？維洛定是將它當成確鑿的證據帶回警局的。

他猶豫著，這個證據是留在這裡，讓警察來發現？還是自己留著，以後慢慢調查？他看著蘋果，感覺那樣不舒服，那樣厭惡，於是把它又扔了，看它滾到杜鵑的枝葉下面。

「虎牙……虎牙！」他心裡反覆默念。

他關上花園的門，按上保險閥，把鑰匙放回桌上。問瑪澤魯：

「打完電話了？」

「嗯。」

「總監來嗎？」

「來。」

「他指示你打電話給分局了嗎？」

「沒有。」

「也好，他是想先親眼看看情況。那麼檢察院呢？保安局呢？通知了嗎？」

「通知了。」

「亞歷山大，你沒事吧？怎麼好像不想跟我說話。那後來呢？你怎麼這樣看著我？我怎麼了？」

「沒事。」

「嗯，案子把你弄糊塗了吧！其實……是不太合適……他把案子交給我也不甘願……有些草率了。他會被要求解釋我在場的原因……對啦，你最好把我們做的事情都說成你做的。這對你一點壞處都沒有。而且你要坦率的站在前面，把我擋住。特別要注意，別說錯話了，一定要堅持你昨晚一秒都沒睡著……否則，你要承擔責任的。我估計總監要找我，你就讓他給我家打電話吧，波旁宮廣場，我在家。我走了。我在這裡沒什麼好處。別人會有意見的。再見，親愛的朋友。」

唐路易轉身要走。

瑪澤魯喊道：「等會兒。」

「等會兒？可是……」

瑪澤魯衝過去，擋住他。

「再等會兒……我不認為你說的對。你還是等總監來了再說吧！」

「我可不想聽你的。」

「好吧，可是你不能出去。」

「不能？亞歷山大，你頭腦發熱了嗎？」

「求你了，別走。」瑪澤魯懇求道，「你走了有什麼好處呢？總監想跟你談論下，也很正常啊！」

「呵，總監要……？那好，年輕人，你告訴他，他不能指揮我，任何人

都不能。就算是拿破崙本人，是總統都不能擋住我……算了，不跟你囉嗦。讓開！」

瑪澤魯張開胳膊，堅決地說：「不行，你別想走！」

「你這樣子真可笑。」

「別走。」

「從一數到十，小伙子。」

「數到一百都行，只要你願意。可是請你別……」

「夠了，我被你弄煩了。走開！」

他兩手扳住瑪澤魯的肩膀，把他的身子扭過去，一推。瑪澤魯被推到遠處的沙發邊，猛地坐了下去。

他打開門。

「不許動！否則我要開槍了！」

瑪澤魯大喝一聲。他站了起來，雙手托槍，很堅定的樣子。

佩雷納吃了一大驚，頓住了。面對這種情況，他毫不擔心，也沒有絲毫的害怕、退縮，只是他這個狂熱的徒弟，衷心不二的僕人，從前的同伴，竟如此對他，真是個奇蹟！

他走過去，輕輕按著托槍的手臂，問：「總監命令你的？」

「是。」瑪澤魯咕噥著。

「要你留住我，直到他來？」

「是。」

「如果我要離開，就阻止我？」

「對。」

「用任何手段？」

「嗯。」

「哪怕開槍打我？」

「是的。」

唐路易認真想了一會兒，問：「你真的會開槍嗎，亞歷山大？」

「會，老闆。」他低下頭，喃喃地說。

唐路易並沒有生氣，而是憐愛地看著他。看到從前的同伴如今這麼有紀律性和責任感，他十分欣慰。即使瑪澤魯對老闆仍然尊敬與崇拜，也要受這種責任意識的控制。一切情感都比不過這種意識。

「我不怪你，瑪澤魯。你的做法讓我贊同。但是，希望你坦白跟我說，總監到底為什麼要留住我。」

瑪澤魯沒有回答，只是如此痛苦地望著他。佩雷納吃了一驚，旋即明白過來。

他叫道：「不……這不可能……太荒唐了！瑪澤魯，你……你難道也認為我是凶手嗎？」

「不……老闆，我相信你沒殺人，沒有……可是，太湊巧了……確實讓人……」

「湊巧……巧合……」佩雷納重複著。

「你說的也對……太巧了……這些事情，我怎麼沒想到呢？我跟柯思莫的友誼，我到這裡聽人宣讀遺囑，我可能因為他們父子的死而得到一大筆財富，我堅持留在這裡把守……還有很多……總監有太多的理由了……天啊……總之……我是個壞蛋！」

「老闆，你……」

「叫壞蛋。你應該記著，要這麼叫。但是，從前的俠盜、苦勞役，從前的那個亞森·羅蘋，他可是正派人……那時候，我是無可挑剔的。現在的唐路易·佩雷納，這個遺囑繼承人，確實是個混蛋。可是這樣就完蛋了。要是把我逮捕了，誰來找出殺害了三條人命的凶手呢？」

「老闆……」

「聽我說！」

外面傳來汽車停下的聲音，還有一輛。總監和檢察官來了。

唐路易再次抓住了瑪澤魯的雙肩，說：「一定別說你睡著了，瑪澤魯，只有這個辦法。」

「不，我不能。」

「你這個笨蛋！」唐路易低吼道，「這都什麼時候了！你老實得讓我抓

狂了……你這樣到底為了什麼？」

「你會查出凶手的，老闆……」

「什麼意思？」

瑪澤魯也伸手握住佩雷納的手臂，彷彿抓住了希望的稻草，雙眼霧濛濛的。

「你能把罪犯找出來，老闆。不是因為這個，你早就能走了……總監要我找到一名凶手，今天晚上就要……他得向法院交代……一定要有凶手……求求你，去查出來。」

「亞歷山大，你在開玩笑嗎？」

「老闆，這對你而言，只是個遊戲。你願意查就一定能查出來。」

「笨蛋，一點線索都沒有！」

「會有的……你能找出來……我希望你交出人……老闆，如果抓了你，我會很傷心。你還會被指控謀殺的！不能……求求你，找出凶手吧……你還有一天的時間……這麼長的時間，羅蘋能做好多事呢！」

他結巴地厲害，雙手絞在一起，眼裡充滿淚水。整個臉都扭曲了。在老闆面臨危險的時候，他如此不安，如此痛苦，真令人感動。

總監的聲音穿過厚厚的帷幔傳來，他走到前廳了。外面第三輛、第四輛車陸續停下。車上應該滿是警察。

公館被包圍了，封鎖了。

唐路易沒有再說話。

瑪澤魯急切地看著他，目光裡充滿哀求。

過了幾秒鐘，唐路易嚴肅而莊重說：「瑪澤魯，經過認真考慮，我同意你有充分理由擔心，因為你對目前的狀況很瞭解。如果我在幾小時內查不出殺害工程師父子的人，並將其繩之以法，那麼今天晚上，四月一日，我唐路易・佩雷納就要去牢裡睡那潮濕的稻草了。」

三、遺失的綠松石

　　九點鐘左右，德斯瑪里歐來到詭異的雙重殺人案的現場，也就是伏威爾先生的房間。他沒有跟佩雷納說話。檢察院的人見總監沒有詢問這個擅自進屋的人，都以為他是偵探的助手。總監快速地查看了兩具屍體，聽取了瑪澤魯對整件事的報告。之後，他去了二樓客廳。伏威爾太太聽說他來了，正在那裡等他。

　　唐路易之前一直在走廊裡坐著，趁這功夫悄悄來到前廳。公館的僕人們都在前廳忙碌，看樣子已經知道主人被殺了。他三步並作兩步，想要溜出去。

　　「站住，不准出去。」一個守門的警察說。唐路易這才發現門口有兩個人在把守。

　　「這是為什麼？」

　　「警察總監有令，任何人不准出去。」

　　唐路易笑了，說：「我在這裡守了一晚上，什麼都沒吃，現在能去吃點東西嗎？」兩個警察互看了一下，一個人把西爾威斯特叫過來說了幾句。西爾威斯特離開不久就拿回來一個羊角麵包。唐路易謝了他，心裡想著：「這下明白了，我就是想瞭解我現在的處境。看樣子我是被關起來了，但明顯德斯瑪里歐沒什麼腦子。如果他想把亞森・羅蘋留在這裡，這兩個警察怎麼能攔住他？更別說現在在這裡的是唐路易・佩雷納了。假唐路易現在已經從真唐路易那裡獲得了這麼好的繼承機會，可以繼承這麼一大筆財產，那又怎麼會在乎這些人呢？」不過，他想了想，又回到走廊裡坐下，等著事情繼續發

展。

工作室的門敞開著，唐路易可以看到屋裡的情況：檢察官在做調查；法醫進行初步檢查後發現他們是中毒身亡，褐斑的情況和之前維洛屍體上的完全一樣；警察把屍體搬到三樓父子倆的睡房裡。

總監從樓上下來，對檢察官說：「伏威爾太太聽我說完就驚呆了。她實在不敢相信這是真的，一下子就僵直地暈了過去。唉，這個可憐的女人，一下子丈夫和孩子都死了。」這些話說完，工作室的門就被關上了，唐路易就再沒看見，也沒聽見裡面發生的事。總監站在花園到大門的石子路上下了命令，兩個警察聽從吩咐後穿過前廳，左右分開站在走廊口，把守帷幔。

唐路易想著：「看來我還是被監視了，並沒有得到什麼尊重。亞歷山大該多麼擔心我呀！」

西爾威斯特中午的時候又給他送了點吃的來。接著仍然是令人難受的等待。警察們在公館裡和凶案發生的房間裡繼續調查。各種聲音混在一起撞擊著他，警察和檢察官不斷地在他身邊進出。漸漸地，他感覺很無聊，又有些睏倦，就在扶手椅上仰靠著睡了過去。

下午四點，瑪澤魯把他喊起來，要帶他去見總監先生。瑪澤魯低聲問：「你發現他了吧？」

「誰？」

「當然是凶手啊！」

「是的……當然！這不是太容易的事了嗎？就像你說『好』一樣容易。」

瑪澤魯十分高興，完全沒聽出這是在嘲諷自己。他說：「這就太好了！你之前說的很對，如果沒找到凶手，會把你抓起來的。」

唐路易走進凶案發生的房間。屋裡坐了很多人：檢察官、預審法官、保安局長官、警察分局局長、兩個便衣偵探和三個制服警察。

這時，外面的大街上發生了騷亂。總監派警察分局局長和制服警察去趕走那些人。大家聽見賣報人嘶啞著嗓子大喊：「維洛之死揭秘！絮樹大道又現雙重謀殺！警察不知所措！」

門被關上了，屋裡一片寂靜。

佩雷納觀察著事態，心想：「亞歷山大是對的，情況很清楚了，不是別人就是我。如果我在被訊問時不能從事實中用語言引導出什麼，讓他們對神秘的凶手有猜想，那麼今晚我就會被當成凶手給關起來。我可要小心一些了！」

以前每次要進行激烈的戰鬥時，佩雷納都會因為激動和快樂而全身顫慄。現在，他再次有了這種感覺，這是他所經歷過的最猛烈、最殘酷的戰鬥之一。他對總監十分瞭解，知道他很固執，也知道他富有經驗、聲名在外，更知道他喜歡親自審理案件，非得有了突破才交給法官。而且他還瞭解預審法官十分精明，有強烈的邏輯頭腦；瞭解保安局長官有什麼樣的職業素質。

警察總監負責訊問：「先生，你作為柯思莫的繼承人和遺囑執行人，之前曾強烈要求在這裡守夜。但是昨晚卻有兩個人在這裡被殺。希望你能詳細描述昨晚的情況。」他聲音稍微有點冷淡，一點也沒囉嗦，直奔主題。他對佩雷納已經沒有那麼友好的態度了，反而十分僵硬。佩雷納對他的友善印象也隨之消失了。

佩雷納回答：「總監先生，是你在特定的環境下允許我昨晚的行為。你肯定想問我的證詞是不是跟瑪澤魯先生的一樣吧？」

「對。」

「你在懷疑我？」

總監直視著佩雷納的眼睛，沒有馬上回答。很明顯，他跟佩雷納第一次見面時，對方坦誠的雙眼給他留下了深刻的印象。他聲調僵硬地回答：「先生，你不該問我問題。」

答案明確了。唐路易欠了欠身，說道：「我願意遵守你的命令，總監先生。」

「那請你把瞭解到的情況說一遍。」

唐路易照做了。聽後，總監思考了一會兒，又問：「我們要弄清楚，凌晨兩點半你坐在工程師床邊的時候，難道沒發現他已經死了嗎？」

「沒有。如果發現了，我會馬上跟瑪澤魯報警的。」

「通向花園的門關了？」

「關好了。因為早上我們要用鑰匙開門才能出去。」

「如果凶手從外面進來，怎麼可能開門呢？」

「他們可能會另配鑰匙。」

「你有證據嗎？」

「沒有。」

「我們就不應該認為門能從外面打開。除非有證據證明你說的情況，否則我們只能認為凶手就在室內。」

「可是先生，只有我和瑪澤魯隊長在房間裡！」

屋裡陷入了沉寂。

不久，總監問：「你晚上睡了嗎？」

「睡了，快天亮的時候。」

「之前呢？在走廊的時候？」

「沒有。」

「瑪澤魯隊長睡了嗎？」

聽到這話，唐路易猶豫了一下，他可是真不能確定瑪澤魯這個老實人會說出違背良心的話來。

「他睡了差不多兩個小時。」唐路易回答，「伏威爾太太回來之後才醒。」

屋裡又陷入了沉默。這種沉默預示著：在這兩個小時裡，唐路易完全有可能開門殺了他們兩父子。

訊問與佩雷納預料的完全一樣。對手步步緊逼，精力旺盛而且富有邏輯。他很佩服，暗想：「哼！太讓我難受了！明明我就沒有犯罪，還要被當成犯人審問。他們想左右夾擊我，好讓我崩潰嗎？」

德斯瑪里歐跟預審法官談論了幾聲，問道：「昨晚伏威爾先生打開保險櫃時，你們見到了什麼？」

「一疊文件，裡面夾著一個灰色漆皮的本子。這個本子今早我們就沒看見了。」

「你看過文件嗎？」

「沒有，保險櫃我都沒動過。我只是站在一邊看而已。這是瑪澤魯為了合法調查而給我的指示。他應該告訴你的，先生。」

「你一點都沒碰？」

「一點都沒。」

德斯瑪里歐看了看預審法官，搖了搖頭。

唐路易瞄了眼旁邊面色蒼白的瑪澤魯，心想：「他們不會給我設下圈套了吧？」

總監又問：「先生，你做了應該由警察來做的調查，並掌握相關證據。所以我要向你提出問題。一顆領帶夾上的鑽石被發現了，就在保險櫃裡。這顆鑽石確切的屬於我們都認識的人，可以肯定是他落下的。而那個人一晚上都在公館裡。你如何看待這種巧合呢？」

唐路易想：「他們肯定發現了什麼，認為是我的。這是給我設下了陷阱。我就應該假設東西被別人偷走，放在了保險櫃裡，目的是為了冤枉我。因為我從來沒碰過保險櫃……但不應該會發生這樣的事呀，我昨晚才知道這件事，昨天又沒遇到什麼人，怎麼會有空隙被設計？」

「你認為這是怎麼回事？」總監打斷他的思考。

「先生，我認為這個人肯定與昨晚的雙重謀殺案有關。」

「你認為這個人是否值得懷疑呢？」

「當然應該被懷疑。」

總監在手上攤開一塊絲帕，佩雷納看到裡面有一顆小小的藍寶石。總監把它拿起來，看著佩雷納：「這顆綠松石是我們在保險櫃發現的，它原來就鑲在你食指戴的那枚戒指上面。」

「不可能！我不信……」佩雷納大怒，痛恨地說，「這幫混蛋！太卑鄙了……」他抬手檢查戒指。戒指上有顆沒有光澤的綠松石，鑲嵌在一圈不整齊的小綠松石中間。小綠松石呈現暗藍色，確實少了一顆，剛好可以用總監手裡的補上。

「你還有什麼要說的嗎？」總監問。

「你手上那顆是我戒指上的。這是柯思莫為了報答我第一次救他而送給我的戒指。」唐路易思考著，在屋裡來回踱步。警察們趕忙守住各個出口，生怕他跑掉。他看著警察們的動作，明白自己肯定是要被抓起來了。而且只要總監下令，瑪澤魯就會第一個衝上來。佩雷納又看了一眼從前的夥伴。瑪澤魯飛快地做了個哀求的動作，迫切地希望唐路易趕快說出凶手，不要再猶豫了。佩雷納笑了笑。

總監問：「怎麼，還有什麼問題嗎？」他保持著之前訊問時的聲調，不帶任何情緒，卻裝著很有禮貌的樣子。

「問題是有的……」唐路易拖過一張椅子，坐下說，「我們談談。」他態度堅定，動作決然，總監有點相信他了，自言自語地說：「這是什麼意思？」

「事情很清楚，你會明白的，先生。」他緩慢而清楚地說，「你因為准許我進行調查而要承擔責任，所以你不得不盡一切努力來查出凶手。你認為我就是那名凶手。是的，你的確有很多理由，例如我在現場時，瑪澤魯睡著了，門是關的，保險櫃裡發現了我戒指上的石頭。這些原因很難反駁。更可怕的是，你們都認為殺死他們對我有極大的好處。因為他們死了，我就能拿到全部遺產……我可以被你抓起來，可是你也許希望我可以找到真正的凶手，交給你。」

總監戲謔地笑著，看了看時間：「我等著。」

「只要你讓我自由行動，先生，很快我就能查到罪犯。很快的。而且我認為查清楚案件也需要些時間。」

「好的，我就在這等你查。」

「瑪澤魯隊長，請你通知西爾威斯特，就說總監要見他。」

總監點了一下頭，瑪澤魯出去了。

佩雷納說道：「總監先生，你認為這顆綠松石是重要的物證，但你也許不知道，它給了我一個重要的提示。我之所以這麼說，是因為這顆綠松石是昨晚掉在毯子裡的。所以只有四個人可能會發現到它，把它撿起來，然後為了陷害我而放在保險櫃裡。第一個是瑪澤魯，我們不說了。第二個是伏威爾

先生，他死了，也沒什麼好說的。第三個是西爾威斯特。我只想簡要地問他點事。」

西爾威斯特進來了。他說他一直在廚房跟一個男傭人和一個貼身女僕玩牌，伏威爾太太回來的時候是他開的門，然後他就沒再玩了。

唐路易問：「你是不是已經知道偵探維洛死了，還看到了他的照片？」

「是的。」

「他白天可能來過公館，你認識他嗎？」

「不認識。很多人都是伏威爾先生親自開門迎進來的，在花園裡招待他們。」

「還有其他要說嗎？」

「沒有了。」僕人答道。

「那請你轉告伏威爾太太，總監想跟她聊兩句。」

僕人欠了欠身，離開了。檢察官和預審法官驚訝地耳語著。

「先生？你難道懷疑伏威爾夫人嗎？」總監叫道。

「她很有可能見到我的綠松石掉在地上。」

「那又怎麼樣？你有權推斷一位妻子會殺害自己的丈夫和兒子嗎？你有證據嗎？」

「我還沒發問呢，先生。」

「你要問什麼？」

佩雷納沒有回答。總監很氣惱，但他還是說：「可以叫她過來，但是要由我來問，你不准說話。你只要告訴我問她什麼就行了。」

「你只需要問她一句話：除了伏威爾先生，她還認識羅素家的其他後人嗎？」

「為什麼這麼問？」

「因為如果真有後人，那麼就不是由我來繼承這筆財產了。只有繼承遺產的人才會因為伏威爾父子的死而得到好處。」

「這……」總監咕噥著，「這也是條新線索，可以……」

話沒說完，伏威爾太太來了。她滿臉淚痕，哭得眼睛紅紅的，可看上去

卻依然很動人，很秀氣。她的眼裡充滿恐懼，腦中不斷浮現出的慘案情景使她整個人都散發著焦慮和動盪不安的氣息。

總監非常尊重地說：「請坐，夫人。我們必須要盡一切努力，在這寶貴的時間裡儘快為你的兩個親人報仇。所以，很抱歉我還要問你一些問題。」

眼淚從她美麗的眼睛裡又一次流出來。她哽咽地說：「好吧，你問吧！」

「只想瞭解一點情況。你的婆婆已經去世了嗎？」

「是的。」

「她娘家姓羅素，是聖埃蒂安人，名叫伊莉莎白・羅素？」

「對。」

「伏威爾先生有兄弟姐妹嗎？」

「沒有。」

「那就是說，伊莉莎白・羅素沒有後人了？」

「是的。」

「可是她有兩個姐妹……」

「對。」

「大姐叫阿爾茉莉納・羅素，現在在國外，沒有任何消息。而妹妹……」

「叫阿爾芒德・羅素，我的母親。」

「什麼？」

「我說我母親未婚時叫阿爾芒德・羅素。而我嫁給了伊莉莎白・羅素的兒子，我的表哥。」

真是太戲劇性了。如此一來，姐姐家的後人——伊波利特・伏威爾和兒子艾德蒙若是死了，阿爾芒德・羅素這個支系就會繼承柯思莫・穆寧敦的遺產。而到現在為止，伏威爾太太就是它的代表。總監和預審法官互相遞了眼色，然後他們都不自覺地看向唐路易・佩雷納。他沒有任何反應。

總監接著問：「夫人，你有兄弟姐妹嗎？」

「沒有，我是獨生女，先生。」

她是獨生女！如果丈夫和兒子都死了，那就只有她自己繼承穆寧敦的巨額遺產了，這是毫無疑問的。在座各位都不約而同地想到一件可怕而殘忍的事情，她怎麼忍心下手殺死自己的兒子！總監看著佩雷納，看見他在紙片上寫了點什麼，然後把紙片遞過來。這樣的情況下，總監對唐路易的態度又慢慢好起來。他讀完紙片，思考了一會兒，問道：「你兒子多大了？」

　　「十七歲。」

　　「你顯得真是年輕⋯⋯」

　　「我是他的繼母。艾德蒙是我丈夫的前妻生的，他的親生母親已經死了。」

　　「啊？這樣的話⋯⋯艾德蒙他就⋯⋯」總監喃喃自語。

　　事態因為這幾句話而發生了巨大轉變。雖然大家之前對她深表同情，認為她如此迷人，對她有好感，但現在不得不讓人懷疑，她是不是為了獨吞那筆財富，而起了殺心，最終殺死了丈夫和孩子。在長官們眼裡，伏威爾太太已經不是一個被同情的寡婦和母親，而是一個應該好好訊問的女人。無論如何，問題已經出來了，就必須弄明白。

　　「你見過這顆綠松石嗎？」總監問著，把寶石遞給她。

　　伏威爾太太仔細地看著，一點也沒表現出驚慌。「沒有。」她答道，「我有個綠松石項鍊，可從來沒帶過。那上面的寶石更大，而且都很有規則。」

　　「這顆是我們在保險櫃裡找到的，鑲在戒指上。我們都認識它的主人。」總監說。

　　聽到這話，伏威爾太太馬上說道：「那要趕快找到這個人呀。」

　　總監指指佩雷納，說「就是這個人。」剛才夫人進來時佩雷納就坐在那了，只是她沒看到而已。

　　她看見他，忽然很驚慌，哆嗦著叫道：「他⋯⋯他昨晚就，還和我丈夫說話呢⋯⋯對啦，和那個人一起來的⋯⋯」她指著瑪澤魯，「快問問他們，怎麼會把綠松石掉在這裡？他們是來幹什麼的？」

　　這是赤裸裸的暗示，可是太過明顯和故意。她的話讓唐路易的論據更

加有力——昨晚除了伏威爾和瑪澤魯，就只有兩個人見到我，而陷害我的人就是凶手。僕人的嫌疑已經被排除，只有伏威爾太太有可能把它放進保險櫃裡。

總監接著問：「能給我看看你的項鍊嗎？」

「好，它就放在化妝台裡，跟我其他的首飾放在一起。你等一會兒。」

「不用你親自去，夫人。你的女僕知道地方吧？」

「知道。」

「瑪澤魯，你跟她去拿。」瑪澤魯出去了。

屋裡陷入了沉默。伏威爾太太顯得很悲痛，而總監在不停觀察著她。

一個大盒子被拿進來，裡面有很多首飾和裝珠寶的小盒子。總監拿出那串項鍊，仔細地看著，上面的寶石確實跟綠松石一樣，而且都很完整。但是，在他取出一個鑲有藍寶石的頭飾時，表情有些異樣。

「這兩把鑰匙是哪裡的？」他問道。他發現那兩把鑰匙跟花園側門的鑰匙十分相像。

伏威爾太太一點都不驚慌，平靜地說：「早就在裡面了……我都沒注意……」

「瑪澤魯，」總監吩咐道，「拿去開這道門試試。」門被打開了。

「哦，我想起來了，是這個門的。有兩套，是我丈夫給我的。」伏威爾夫人依然很平靜，她好像還沒意識到可能背負的可怕的罪責。

這種淡定表現的是遇事不慌、異常狡猾的罪犯呢？還是清白無辜的人？太讓人迷惑了。難道她不明白，這些東西都跟她有著密切的關係？還是，她已經感覺到自己被可怕的指控包圍了，她被威脅了？可如果是這樣，她留下鑰匙的行為不是太荒誕、太笨蠢了嗎？屋裡的人都疑問重重。

總監問：「夫人，案發當時你在外面是嗎？」

「是。」

「你去歌劇院了？」

「對，還參加了愛爾星格夫人的晚會。」

「司機送你去的？」

393

虎牙

「他送我去了歌劇院，之後我就讓他回去了。晚會出來我又叫他去接我。」

「啊？那從歌劇院到愛爾星格夫人家，你怎麼去的？」

她好像直到這時才明白過來，她被懷疑了。她的眼神和表情顯得不安起來。「十一點半的時候我叫了汽車。」她回答。

「在街上？」

「在歌劇院廣場上。」

「之後你去了晚會嗎？」

「是的……或者說……」她忽然頓住了，嘴唇和下巴不停地發顫，臉因為激動而漲得通紅。她問：「你為什麼這麼問我？」

「我們不得不這麼問，夫人。這對我們破案有幫助。希望你能回答。你什麼時候到了朋友家？」

「不知道……我沒留意。」

「你出來就直接去了？」

「差不多吧！」

「什麼叫差不多？」

「是……我頭有點暈，就叫司機去了香榭麗舍大街……林蔭大道……開得很慢。後來，又回到香榭麗舍……」

她的話有些語無倫次了，聲音也漸漸低下去。最後，她低下頭不說話了。

我們的確不能認為這種不作聲就是承認謀殺，相反，人們會認為她因為悲痛而十分虛弱。她表現得如此疲憊，甚至別人還可以說她已經放棄掙扎，覺得自己沒有任何希望逃脫。她成為案件的關鍵和官員們注意的焦點。她是這麼不會辯解，讓人不忍心再逼她。大家都有些可憐她了。總監也十分猶豫。這麼快就找出了罪犯，反而讓他有些不敢再進一步追查。他不自覺地看了看唐路易。

唐路易寫了張紙條給他，說：「這是愛爾星格夫人的電話號碼。」

「也是……可以求證……」他喃喃自語。

之後，他打了電話，說：「你好……請接羅浮宮25—04。」

幾秒鐘後，他開始交談：「請問愛爾星格夫人在嗎？我是警察總監德斯瑪里歐……不在……那先生呢？也不在……請問你是哪位？好，你能回答我的問題嗎？我想問點事情。伏威爾夫人是昨晚幾點到你那的？哦？你確定嗎？是兩點之前？幾點走的呢？十分鐘？好的，你確定這個時間，是吧？確定是凌晨兩點？我很關心這個……好的，謝謝。」

總監轉過身，看到伏威爾太太急切地望著他，她臉上的表情絕對表示她就是個無辜的人。屋裡的人都在想：這個女人不是絕對清白的，就是個演戲的高手。

她有些惱怒了問道：「這是在幹什麼？你給我解釋一下。你想怎麼樣？」

總監問道：「昨晚十一點半到凌晨兩點，你在哪裡？做什麼？」這個問題問到了案件的關鍵，隱含的意思非常清楚：如果你不能詳細說明這段時間你在做什麼，我們就有理由認為你同這兩起謀殺案有關。

伏威爾太太很明白這一點，有些站不穩了。她低聲說道：「怎麼辦，怎麼辦……」

總監又問她一遍：「請你回答，那段時間你在幹什麼。這個問題很簡單。」

「唉！」她抱怨著，「你們不會相信的……怎麼可能？你們不可能相信的……不會的」

「你還沒說，怎麼知道……總之，你照實說就行。」

她動了動嘴唇，似乎猛地下定決定要說出口了，又忽然惶恐不安的停住，吞吞吐吐地說了幾個音，就倒在扶手椅上，大哭起來，還一邊絕望地叫喊著。這無疑就是供認，至少也解釋了她過去的某種行為。她太想結束這場追問了。

警察總監過去跟預審法官和檢察官低聲地商討案件。唐路易和瑪澤魯坐在一起。瑪澤魯悄聲問他：「嘿！你找出了關鍵！我就知道你一定有辦法的！天哪，我就說你是那麼了不起的人！」瑪澤魯很高興，這下老闆沒有嫌

疑了，也不用和長官不斷鬥爭了。因為他對長官也像對唐路易一樣的敬重，不想他們鬥爭。現在他們沒事了，彼此還很友好，瑪澤魯就十分地快樂和興奮。

「要把她抓起來吧？」

「不行，現在還沒有足夠的證據逮捕她。」

聽到這話，瑪澤魯很不高興地抱怨道：「什麼叫還沒有足夠的證據？你可千萬別放過她。否則她肯定會反過來陷害你的！老闆，你一定要了結了這個可怕的女人！」

佩雷納思考著，他想到四面圍攻伏威爾夫人的事實，想到太過詭異的巧合。佩雷納能拿出來一個證據證明她是否犯了罪，那是決定性的證據，能作為起訴基礎的證據，可以串聯其所有的事實。證據就是：杜鵑枝葉下的蘋果上的齒痕。對法院而言，齒痕跟指紋一樣有效。特別是還可以用巧克力上的齒痕來驗證。種種跡象顯示她殺害了丈夫和孩子，但是佩雷納內心十分猶豫。他憐憫而焦慮地望著這個女人，關心她，卻又厭惡她。他要不要放了她？如果他錯了怎麼辦呢？他有權這樣為正義鬥爭嗎？

總監走過來，假裝跟瑪澤魯說話，其實在問唐路易：「你認為呢？」瑪澤魯點點頭。唐路易說：「那女人如果真殺了人，那她有權進行辯護。可是她說的話太笨拙，我不相信她。」

「什麼意思？」

「我想她只是同謀手裡的工具而已。」

「同謀？」

「對。先生，你還記得昨天伏威爾先生在局裡說的吧：『那幫混蛋……那幫！』所以她至少還有一個同夥。我想，瑪澤魯先生應該向你報告了，昨天新橋咖啡館的店員說，與維洛同時在的還有個拿著手杖，長著栗色落腮鬍的男人。所以……」

「所以，如果我們抓住她，就很有可能根據她找到其他罪犯。是嗎？」

唐路易沒有回答。總監想了想說：「可是我們要還要一個證據才能逮捕她。你有什麼發現嗎？」

「沒有。我只是匆忙地進行調查，太粗略了。」

「可是我們很細緻，連房間都很徹底地搜過。」

「那花園也搜過嗎？可能沒有那麼仔細……但是……」

「總監先生，罪犯從花園進來，又從花園出去，也許會留下點痕跡，應該好好搜搜。」

「瑪澤魯，你再去仔細地搜一遍。」總監命令道。

瑪澤魯出去了。唐路易站到一旁，聽見總監對預審法官說：「面對柯思莫的大筆遺產……很明顯這女人就是罪犯。我們現在只要一個證據就行！她太可疑了……可是，你看到了，她漂亮的臉上寫滿無辜，充滿痛苦，多像個清白的人呀！」

她一直在低聲哭泣，手緊緊地攥成拳頭，肩膀一抖一抖，還不時猛烈地抽動。有時候，她像演戲一樣把濕透的手帕放在嘴裡狠命地撕扯。唐路易看著那絲帕後咬合著的，亮晶晶、濕漉漉的大白牙，想到蘋果上的印記。他太想知道，這些牙印是不是同一個人的了。

瑪澤魯走進來給總監看了從枝葉中找到的紅蘋果。唐路易立刻觀察到總監極為重視這個意外得來的證據。長官們湊在一起商量著。許久，做出了唐路易早已料到的決定。

要結束了。總監走到伏威爾太太面前，想了想說道：「夫人，你還是不能說出昨晚你到底幹了什麼嗎？」

她哽咽著低聲說：「我……我就是兜兜風……下車散步了……」

「夫人，這件事情很容易被證實的，找司機來問問就知道了。你這樣子給我們的印象可不好。你要抓住機會，讓我們相信……」

「我真的是……」

「我們剛找到一個蘋果，上面有齒痕，可能是凶手，或者那幫人中的某個人咬的。他把蘋果扔在花園裡了。你能不能也咬一口，來消除我們疑慮呢？」

「能！只要你們相信我。」她馬上表示。

這是個關鍵環節。如果兩個齒痕一樣，那就證據確鑿，不可抵賴了。

總監遞給她那個盛有三個蘋果的盤子。她拿起一顆就準備咬。但是，她在快咬上去的一瞬間又停了下來，似乎十分擔心……她是怕被設計嗎？是怕圈套已經設下，就等她去送死了？無論她有什麼擔心，這關鍵時候的停頓對她極為不利。如果她是清白的，又怎麼會猶豫？但如果她是凶手，就會有這樣的反應。

　　「你在擔心什麼，夫人？」總監問。

　　她顫抖著，囁嚅道：「我也不知道……不，我什麼也沒擔心……可是……可是，這些事太恐怖了。」

　　「夫人，這件事情沒什麼大不了的。相反，我認為，這樣做對你來說絕對是有益的。」

　　她一點一點抬起手，把蘋果往嘴邊送。動作是那樣緩慢，像是沒下定決心。事情的發展如此突兀，這場景確實十分沉重，讓人覺得悲壯。

　　「我能拒絕嗎？」她突然問道。

　　總監回答：「你有這個權利，夫人。可是為什麼要拒絕呢？就算是你的律師也一定會這樣……」

　　「天哪！你說律師？我的？」她結巴起來，忽然明白了總監的話。她做了決定，一副豁出去的樣子，臉都扭曲了。她張開嘴，猛地咬在了蘋果上。

　　「給，先生。」

　　總監向預審法官要過那顆花園裡撿到的蘋果，小心地比較著。大家都圍過來看，然後，同時發出了驚呼聲：「一樣的齒痕！」

　　表面看來的確是一樣的！兩個半圓形都是又窄又長的，有點橢圓，幾乎可以重合在一起。齒痕不大，弧度也幾乎一模一樣。這都是伏威爾太太嘴部的特徵。但是細小之處必須由專家鑑定後，才能知道每個牙齒的痕跡是否全都一樣。

　　屋裡的人都沒有說話。伏威爾太太面色慘白，完全嚇呆在那裡。即使她能靈活地表達驚訝、憤怒和恐懼，即使她的表演才華橫溢，極為逼真，也不能讓大家懷疑面前的事實。這可是大家親眼所見的。同一口牙齒在不同的蘋果上咬下了兩個相同的齒痕。

「不——」她瘋狂地叫喊，「天啊！我不相信——你難道要抓我嗎？我……我要坐牢？這只是惡夢，只是惡夢而已……我幹了什麼……啊！你肯定弄錯了，我向你保證……」她雙手抱住了頭，斷斷續續地說，「我沒有殺人……啊，我的頭要裂了……我什麼都不知道，是你告訴我這一切的，可是……你們什麼意思？我之前真的不知道……艾德蒙還小，我那麼愛他……他也愛我……還有可憐的伏威爾……你告訴我，我為什麼要害他們？你說呀！說呀！我總要有動機……」

她怒氣衝天地揮舞著拳頭，對著長官們大吼：「你們憑什麼這麼折磨我！可怕的人！你們這些殺人犯……都沒有根據的……還說我殺人了，要抓我……你們才是殺人犯！」

她又轉頭對著佩雷納喊道：「你才是……壞人……啊！你昨晚也在……為什麼不抓你！你昨晚在這裡……我又不在……為什麼要抓我？為什麼不是你？我不知道發生什麼了……一點也不知道……」她已經虛脫了，最後幾句話說得斷斷續續。她坐了下來，頭垂到膝蓋上，又開始哭喊。

唐路易走到她面前，抬起她的頭，看著她不斷流淚的雙眼說：「兩個蘋果上的牙印一樣，都是你留下的。」

「不是。」她說。

「肯定是。這是毫無疑問的。但是，也許是你昨晚之前已經咬過第一顆蘋果了，昨天也可能咬過……」

她結巴起來，驚訝地問：「……也許……是的……你相信？我想起來了……昨天早上……」

「不要說了，夫人。」總監打斷了她的話，「那是西爾威斯特昨晚八點去買的蘋果……我剛問了。伏威爾先生睡前，它們還都在果盤裡。早上八點的時候，有一顆沒有了。所以，花園裡的肯定就是丟失的那個。而消失的蘋果上面就是你的牙印。」

「不……不是我……不是我的牙印。」她慌亂地辯解，「這不是我的……我發誓……如果是我的，我就去死……我以我靈魂的永生起誓……我要自殺……我會去死……我不要坐牢，寧可自殺也不……」她眼神呆呆的，

努力地掙扎著想走，可剛站起身就晃了幾晃，暈倒在地。

趁大家都忙著去扶她，瑪澤魯趕緊瞄了眼佩雷納，暗示他：「快走，老闆。」

「放我自由嗎？我能走了？」

「快走。對啦，老闆，你認識那個人嗎？剛進來不久，總監正跟他說話。」

那是個臉色紅潤的大胖子。唐路易看了幾眼，罵道：「媽的！是他，副局長維貝。」

維貝也看見了他，直勾勾地盯著他。

「他認出你了，老闆！他眼神特別犀利，看見他，你就別想能混過去。他一下就認出了亞森‧羅蘋。你還記得對付他的那些伎倆吧？他被整的那麼慘，能不來報復你嗎？」

「他向總監報告了嗎？」

「那肯定的。所以總監下令看住你。一旦你要走，警察就會把你抓起來。」

「那就沒轍了。我總是要回家的，誰都知道我住在哪兒。」

「你也太……出了這樣的事情，你還敢回去嗎？你完全可以乾淨俐落地甩掉他們呀。你完全被牽連進去了。出了這樣的大案，肯定會引起關注。人們會轉過來攻擊你的，不是嗎？」

「我能怎麼辦？還沒找出殺人凶手呢？」

「你就別管了，那是警察的事。」

「亞歷山大，你這個笨蛋！」

「你就變回看不見抓不著的亞森‧羅蘋吧，跟從前那樣與他們作對。只是你可千萬別再冒充唐路易了，也別再那麼公然地管閒事了。這些都太危險！」

「你說得容易。現在由我執行遺囑，你竟然說這是閒事？我可是費了大勁才能正大光明地賺點錢，如果不好好看著，那錢就飛走了。我不生氣才怪呢！」

「可是他們如果抓你呢？」

「不可能，亞森・羅蘋已經死了。」

「可唐路易・佩雷納還活著。」

「放心吧，他們現在還不抓我，就說明我已經沒事了。」

「命令已經下了，這只是延遲而已。從現在開始，警察會包圍你的房子，日夜地監視你。」

「那很好啊，我晚上還害怕。」

「老闆！你到底在幹什麼？」

「亞歷山大，我心裡有數，放心吧！」

「維貝肯定很想抓你！」

「他算什麼。沒有命令，他一樣也不能。」

「可是別人會給他下命令的！」

「只會有看著我的命令，可不會有抓我的命令。警察總監只能幫我，因為他在我這方面牽扯太深。而且這個案子沒有頭緒，又這麼複雜，你和維貝都不能跟這麼強大的對手抗爭，也不可能查到什麼。只有我才能幫助你們，你們總會來找我的。所以，亞歷山大，你們會來請我的。」

法醫鑑定第二天就出來了。報告說兩個牙印屬於同一個人，巧克力上的牙印也是這同一個人的。這之後，一位計程車司機到警局報告說，昨夜在歌劇院廣場載的那位太太，是在亨利馬丁大街的盡頭下了車。司機見到伏威爾太太時，一下就認出她了。警察都知道，從亨利馬丁大街的盡頭走到伏威爾公館只需要五分鐘。她在那裡一個多小時，做了什麼呢？

瑪麗安娜・伏威爾被拘留了。當天晚上她就住進了聖拉扎爾監獄。記者們開始報導一些案件的細節，比如齒痕，但他們不知道是誰的。同時，兩大日報社發表的文章上，用的都是唐路易想的那個詞——虎牙。這個充滿獸性的詞讓人感到整起案件是多麼凶殘和狠毒。

四、可怕的鐵板

　　有時候費了大勁也講不完亞森‧羅蘋的經歷。公眾瞭解他的任何一次冒險，但都只是瞭解最出名的部分和在當時都曾引起轟動的部分。如果你要講述的是別人都不知道的事，你就只能把所有的事情都串起來從頭開始敘述。因為這樣，這裡需要再次提到那引發了法國、歐洲，甚至全世界人們義憤的一系列凶殺案。由於兩天後，柯思莫‧穆寧敦的遺產案就見報了，所以公眾很快就得知發生了四起謀殺。毋庸置疑，殺害柯思莫、維洛、伏威爾和艾德蒙的是同一個人；那個人彷彿受到了詛咒，極為不小心地在巧克力和兩隻蘋果上都咬了一口，留下鐵證——讓人印象深刻的，不寒而慄的，感到恐怖的，虎牙的齒痕！

　　在凶案連發、悲劇重重的時候，一個神秘的形象突然從這場殘酷的屠殺中顯現出來。他是位勇敢的冒險家，有著深刻的洞察力和過人的智慧。他預感到柯思莫是被殺的，預示了維洛的死；並且親自參加調查，把那個牙印完全相符的惡毒女人送上了法庭。他僅僅用了幾個小時就將複雜的案件理清頭緒。在破案的第二天，他就獲得了一百萬，並且還極有可能繼承那筆巨額財產。於是，亞森‧羅蘋再度出現在公眾的視野裡！

　　公眾是對的，他們的直覺很奇妙。在別人認為亞森‧羅蘋可能沒死，並認真研究案情之前，很多人都站出來說：唐路易‧佩雷納就是亞森‧羅蘋。

　　「亞森‧羅蘋死很久了！」質疑者反駁說。

　　「這是真的嗎？」公眾解釋說，「一間盧森堡邊境附近的小木屋被燒毀，多羅勒‧克賽巴赫的屍體和另一具男屍在灰燼中被發現。警方認為死者

是亞森・羅蘋。可是，警方相信他已經死亡並出具合法的證明，僅僅是因為想擺脫這個總是跟他們唱反調的人。想想吧，種種線索都指向了亞森・羅蘋是假死的，因為他希望大家這麼認為。具體的原因我們並不知道。你要證據，有當時行政法院院長瓦靈戈萊透露的秘密，還有神秘的卡布里島事件。那時德國國王遭遇泥石流被埋在土下，是一個修道士救了他。德國人描述了修道士的樣子，就是亞森・羅蘋嘛。」

「那又怎樣？」質疑者接著反駁，「你們讀下當時的報導就知道，沒過幾分鐘那個修道士就投海了。」

「這是真的。可是沒人發現他的屍體。大家都知道，一艘向阿爾及爾航行的船在沿海附近救了一個對它發信號的人。那艘船到達目的地沒幾天，唐路易・佩雷納就在西迪伊貝拉貝加入了外籍軍團。所以，你們比較兩者的時間，就會注意到他們是有聯繫的。」

報紙在「亞森・羅蘋的復活」這個問題上的報導是很小心的。他們都害怕這個人。記者們也都沒有明確的在文章中說什麼，以免過度肯定亞森・羅蘋的復活。但他們把他在摩洛哥居住和在軍團當兵的那段經歷狠狠地報導了一番。

佩雷納的戰友講述了他們親眼看到的他的事蹟，德・奧斯特利尼亞克伯爵也說了些事，他所受獎勵和懲罰的記錄都被報導出來。還有那本叫做《英雄業績》的書，每一頁都在讚美他那些傳奇的英雄事蹟，上面寫滿了名人的留言。

「三月二十四日，在梅迪烏納，由於『違反紀律，晚上點名之後打倒兩個哨兵，強行外出。次日中午才回來，將一次伏擊戰中陣亡的中士屍體帶了回來。』唐路易被副長官博萊科斯下令關四天禁閉。上校在公文旁邊批復：『上校指示對唐路易加倍處罰，但嘉獎其行為，對他能夠帶回中士的屍體表示感謝和祝賀。』

法爾代小分隊剛剛結束貝爾勒希戰鬥，就被一支四百人的摩爾人保安隊攻擊，不得不邊戰邊退。唐路易主動要求把守山口，讓部隊先行撤退。中尉問佩雷納要帶多少人。他說並不想跟別人一起死掉，那會很沒意思。最後，

中尉准許了他的要求，戰士們留給他十幾支步槍和一些剩下的子彈，一共六十五枚。

小分隊沒受到任何威脅地離開了。第二天大家帶著救援部隊回到山口時，發現摩洛哥保安隊並不敢接近，只在周圍埋伏著。陣地上躺著六十五具屍體。戰士們擊退了敵人，在山口發現了躺在地上的唐路易，以為他死了。可是他竟然是睡著了！他打光了所有的子彈，每一槍都消滅掉一個敵人。」

德・奧斯特利尼亞克伯爵講述了達爾德比巴戰鬥的經過。不過最超乎民眾想像的是。當這次戰役被認為輸了的時候，它令人難以想像地為費茨城解了圍。伯爵說，這樣的戰鬥完全是由唐路易一個人贏來的，屬於大家的不戰而勝。因此，這場戰鬥也轟動了法國。

「清晨，在敵人進攻之前，唐路易向一匹在草原上奔跑的阿拉伯馬拋出了套馬索。套住之後，他一躍而上，沒用任何馬具，甚至沒用韁繩。他只穿著一件白襯衫，沒帶軍帽，連武器也沒有，就朝敵人猛衝過去。唐路易叼著菸，兩手揣在褲兜裡衝進了敵營，表演了各種驚險的馬術動作，然後原路返回到軍隊。

這次不要命的衝鋒使摩洛哥的軍隊害怕起來，所以他們才毫不費力地擊退了敵人軟弱的進攻，取得勝利。」

唐路易・佩雷納的英雄事蹟就是這樣傳出去的，他有太多事蹟可以作為宣揚的資料。事蹟著重表現了他種種奇異的品格：驚人的想像力、富於冒險的精神、異於常人的精力、不可想像的魯莽以及敏捷的身手和緊急情況下的沉著冷靜。唐路易・佩雷納就是一個富有傳奇色彩的人物，是一個處處被談論，能激發公眾強烈好奇心的人物。他也是一個太讓人意外的人，人們很難不把他當作亞森・羅蘋。不錯，他就是亞森・羅蘋，但比以前的那個更加有抱負、有理想，有著更多軍功，更加偉大和高尚。

絮樹大道雙重謀殺案已經過去半個月了。一天早上，唐路易・佩雷納起來，在住所周圍散步。查看過馬廄和車庫，他經過前院來到樓上的工作間，推開一點窗戶，看向上面的鏡子。鏡子斜掛在他的頭頂上，剛好照見整個院子和一小點波旁宮廣場。

這所房子建於十八世紀，坐落在巴黎郊區聖日耳曼的入口處，旁邊是波旁宮小廣場。房屋寬大舒適。他從一個富裕的羅馬尼亞人——馬羅內思庫伯爵手裡買下了它，連同裡面所有的家具。而且他還留下了伯爵的八個僕人，女秘書勒瓦絲小姐，以及汽車、馬車、馬匹等。他請勒瓦絲小姐做管家，負責僕人的管理，並幫忙接待或打發記者、訪客，慕名而來的推銷商，和那些被公館的豪華所吸引的人。

「都兩週了這些無聊的警察還在這裡。」他嘀咕著，十分不高興。他關了窗，開始看信件。對於私人信件，他總是看過就毀掉；剩下的像希望會面的信，求救信之類的，他就在信上寫下回覆。不久，他搖鈴說：「請秘書馬上給我送報紙。」

勒瓦絲小姐以前是伯爵的秘書和讀報員。唐路易也讓她給自己讀報，每天早上彙報伏威爾太太預審的狀態和進度。勒瓦絲模樣端莊，體態沉穩，而且身材很好，經常穿一套黑色的連衣裙，氣質優雅。只是從她的面部完全反映不出內心的想法。多虧她那一頭有些雜亂而捲曲的金髮，增加了亮色和歡快的因素，要不她的表情就過於古板了。

佩雷納喜歡她給他的感覺，也很喜歡她溫婉親和，還很清亮的聲音。勒瓦絲小姐在他面前總是放不開，這讓他很不解，不明白她是如何看待他的為人、他的生活，又是如何評價他為公眾所知的傳奇經歷。

今天的文章是《德國的意圖》和《匈牙利的布爾什維克主義》，他看著報紙問道：「有新消息了嗎？」勒瓦絲小姐給他念了伏威爾夫人的相關報導：案情目前還沒有進展；伏威爾太太還是老樣子，不停地哭；對於別人的問話，她不是表現得一無所知，就是非常憤怒。

「從來沒見過這種人，這麼拙劣地辯護。太荒唐了！」他有些生氣。

「那……倘若她真的沒有犯罪呢？」這是勒瓦絲小姐第一次發表了對這個案子的意見。佩雷納看著她，驚訝地問：「你認為她是無辜的？」

似乎內心的情感十分澎湃，推動著她撕下平時沉穩、淡定的面具，顯出生氣來。她張了張嘴想解釋，可是很明顯她又盡力抑制住了自己的想法，低聲說：「我不知道……我沒怎麼想過……」

他看著她，充滿好奇：「你是很懷疑，認為她沒有犯罪，是嗎？如果她沒有留下齒痕，這種懷疑是正確的。可是相比罪犯的簽名和供認，齒痕是更好的證據。如果她對齒痕不能做出合理的解釋，那麼……」問題是，伏威爾太太對其他事情也沒有說明任何情況。

警察那邊沒有查到新橋咖啡館裡那個非常可疑的，戴著眼鏡，拄著烏木拐杖的人是誰；也沒有查到伏威爾太太有幾個同謀。整個案子還是沒有任何起色，仍在黑暗中摸索。他們也沒有找到羅素姐妹的表弟威科多。如果時間到了還是找不到任何直系的繼承人，那麼佩雷納就是唯一的財產繼承人了。

他問：「就這些內容嗎？」

「不是，《法蘭西回聲報》上還有篇文章，標題是：《為什麼不逮捕他？》……」

他笑：「果然是針對我。」拿過報紙，他自己讀起來：

為什麼要讓這種不正常的局面持續著？為什麼不把他抓起來？這是不合邏輯的，大多數正派的人對此都十分疑惑，也都在思考這些問題。不經意的一項調查，使本報做出了可能正確的解釋：

在亞森・羅蘋裝死一年以後，司法機關認為其發現了他的真實身分——一個出生在布盧瓦的，名叫佛羅利雅尼的人。他失蹤後，佛羅利雅尼的戶籍上被註明「死亡」，而且寫道：死亡時名為亞森・羅蘋。

所以，要想剝掉亞森・羅蘋的假面具，除了確切地掌握他還活著的證據（這是可以做到的），還要徵求行政法院下令——這個程序是相當複雜的。

可是，行政法院院長瓦靈戈萊先生似乎同意警察總監的意見，不願意我們進行任何更加深入的調查，怕引起醜聞——這也是高層人士所擔心的問題。他們不希望復活亞森・羅蘋，不希望重新跟他作鬥爭。這種鬥爭往往會丟人和面臨失敗。那些官員們對此可是絕對不願意的！

因此也就促成了目前的情況：這個從前的小偷，強盜的頭目，不思悔改的罪犯，如今竟可以在光天化日之下頂著別人的名字住在市內。這是多麼可怕的，令人沒有想到、不能接受和十分憤慨的事情。他為了不被人懷疑，派

人殺害那四個對他構成威脅的人；然後親自調查，收集虛假的證據，將清白的夫人送進牢獄。無論如何，他都要操控這場陰謀去繼承柯思莫‧穆寧敦的巨額財產。這可是違背上帝和良心的做法啊！

上面說的就是他的醜聞和事實的真相。希望它能影響到案件的發展，對公眾的評判有所幫助。

佩雷納冷笑著：「它至少會對那個瘋子——文章的作者產生一定影響。」他讓勒瓦絲小姐離開了，打電話給德‧奧斯特利尼亞克少校。

「請問是少校嗎？你有沒有看《法蘭西回聲報》的那篇文章？如果我要跟那個人動武，你是不是會反對？少校，我只能要求決鬥。他們整天胡亂地寫來寫去，我真是十分生氣。必須讓他們閉嘴。那幫記者的帳，他來償還吧……我十分堅持……」

兩方面的談判開始了。《法蘭西回聲報》的社長回應，那篇文章送來時就是列印的，沒有署名，發表時他也不知道。不過他還是會承擔所有的責任。

下午三點鐘，德‧奧斯特利尼亞克少校、另一名軍官和一位醫生陪著唐路易‧佩雷納坐車來到親王公園。他們身後還緊跟著一輛計程車，裡面坐滿警察，都是來監視他的。

對手還沒到，他們都在等。唐路易被德‧奧斯特利尼亞克少校拉到一旁：「我親愛的朋友，關於文章內容有多少是真實的，你到底叫什麼，我都不想再問，這些都不要緊。你從摩洛哥開始的，你是外籍軍團戰士佩雷納，知道這些對我而言就足夠了。將來不論有多大的誘惑，或者發生任何的事情，我都相信你會為柯思莫報仇，並保護他的繼承人。不過現在，我很不安。」

「伯爵先生，你直說吧！」

「你一定不能殺他。」

「那就讓他好好躺上兩個月。」

「時間太長了，半個月。」

「好。」

兩個人面對面站好。第二聲槍響，子彈擊中了《法蘭西回聲報》社長的胸口，他暈倒在地。

「佩雷納，你保證過……天哪！」少校埋怨道。

「放心吧，先生。」

醫生蹲下查驗傷痕，不久就彙報說：「最多臥床三週，沒太要緊。但如果再靠近一公分他就死定了。」

「只差這一公分，哼。」唐路易不服氣地說。

回到聖日耳曼郊區，他依然被警察的汽車監視。在公館的院子裡發生了一件小事，給《法蘭西回聲報》那篇文章罩上了詭異的光環，也讓他特別疑惑。他看見兩隻小狗在玩一個紅線球。這是馬車伕的狗，平時很少出來，一般都待在馬廄裡。牠們叼著球在院子裡歡快地跑著，四處都掛著線，花壇邊，台階上都有。最後，裡面的紙芯露出來。佩雷納見上面有字就撿了起來。

他一眼就看出這是《法蘭西回聲報》上那篇文章的原創稿，心裡一緊。文章寫在稿紙上，用蘸水筆寫的。一些字句被添加或者劃掉，有段落刪除的符號，還有很多重寫的地方。

他拿著紙芯問馬車伕：「知道這個嗎？什麼時候做的？」

「是問這個線團嗎？昨天晚上做的，先生……原來應該在鞍具庫的……是米爾札……」

「昨晚……從哪裡弄的紙？」

「不知道……我就想找點什麼把線纏上，就在車庫後面撿了張紙。公館的垃圾在白天都堆在那，晚上才扔到街上。」

佩雷納發現自己身邊被敵人安排了眼線，於是展開調查。他請勒瓦絲小姐幫助詢問僕人們，有時候也自己問些問題。但都沒有結果。不過有一點是肯定的：公館裡的某人，或者與公館裡有聯繫的某個人寫了那篇文章。證據就是那個草稿。

可是，誰是敵人呢？只是想把他抓起來嗎？還是有其他企圖？

整個傍晚佩雷納都滿腹心事。他被這個謎團和要把他抓起來的威脅弄得心煩意亂，加上他什麼都做不了，就更加窩火。他不是害怕被逮捕，只是因為如果被抓，他就沒辦法繼續調查下去。

　　快到晚上十點了，僕人報告說有個叫亞歷山大的人一定要見他。唐路易允許了。瑪澤魯穿著舊大衣，一改平日的裝扮，唐路易幾乎都沒認出來。他像捕獵一樣撲向瑪澤魯，扳住他的肩膀，猛烈地搖晃：「你怎麼才來！我就說，你們根本破不了案的。你說是不是，笨蛋！你總算來找我了……總算來了……這件事真可笑……媽的，我就知道你們不敢抓我。傻子才會把對自己有用的人抓起來！維貝懂什麼……哎呀，不說廢話了。你怎麼呆愣愣的！快說，你們怎麼啦？我數五個數……你快告訴我，大體上怎麼樣，我就能出個主意，幫你們抓住罪犯……都兩分鐘了，你怎麼還不說？」

　　「老闆……這……」瑪澤魯愣住了，結巴起來。

　　「快說呀！還要我套你的話？是那個拄著拐杖的人嗎？新橋咖啡館店員說的那個人，是吧？再不說我就動手了！」

　　「是……是……」

　　「你們找到他了？快告訴我怎麼了！」

　　「老闆，那天不是店員先注意的他，還有個也在喝咖啡的顧客也注意到他，並跟他一同走出咖啡館。那個顧客親耳聽見手杖男人跟別人打聽最近的地鐵站在哪兒，他想去納伊。」

　　「太好了！到納伊一打聽就能找到他了吧？」

　　「還知道了他的名字，虞培爾・羅迪耶，地址是魯爾大街。不過六個月前他帶著兩個箱子離開後就再也沒回去了。」

　　「去郵局問了嗎？」

　　「問了。根據我們的描述，郵局的一個職員確認是他。差不多每八天到十天他都會拿信。有一兩封吧……不過他很久沒去了。」

　　「信上有他的名字？」

　　「只有幾個字母和數字。職員記得是B・R・W和8。」

　　「就這四個？」

「是的。還有，兩個警察說，在伏威爾父子被殺的當晚，大約十一點四十五的時候，一個戴玳瑁眼鏡、挂著銀柄烏木手杖的人，從奧特伊火車站出來，去了拉納拉。你還記得吧，謀殺案子夜前，那時候伏威爾太太也在那……我認為……」

「好，你快去。」

「啊？」

「快去！半小時內你要跑到那個人的門口。」

「哪個人？你什麼意思？」

「當然是那個同謀！」

「可是沒有地址……」

「沒有？你剛告訴我了啊！理查─華萊士大道八號。Ｂ・Ｒ・Ｗ・8那幾個字母和數字就說的那裡。快去，別磨蹭了。」他把瑪澤魯推出去，讓僕人領著這個目瞪口呆的人出門。

幾分鐘後，他也出門了。警察們跟在他身後。他拐進一座有兩個出口的大樓，讓他們在外面空等著，自己從另一個門溜出去，坐上計程車直奔納伊。下了車，他經過馬德里大街走到理查─華萊士大道，走向布洛涅樹林。一個被高牆包圍的院子後面，有個三層小樓，他在樓門口看見了亞歷山大。

「這是八號？」

「對。你怎麼知道……」

「等下，我先喘點氣……」

他大口呼吸了幾下。「走兩步就喘不過來了！我都生鏽了。」他說，「追這群混蛋還挺有趣的……」他親熱地挽著亞歷山大，說：「老搭檔，聽好了：一個人如果僅用幾個字母來代表郵局地址，就肯定會選擇有意義的幾個，方便寫信的人記住。不會隨便選的。」

「那這次呢？」

「這次，你一說這幾個字母，我就被吸引住了，尤其是Ｗ。我太熟悉納伊和布洛涅樹林這塊地方。就跟幻象似的，我腦子裡和眼前馬上就浮現出這個位置。Ｂ代表大道，Ｒ和Ｗ代表了英國人的姓名：理查和華萊士。這就是你

要的解釋。」

瑪澤魯還是不敢肯定，問：「你就這麼確定？」

「我不確定，我只是先假設，一個很可能發生的假設……在這個房子裡，我總覺得存在著一些奇妙的東西……你聽……」他做了噓的動作，把瑪澤魯推到暗處。門「吱嘎」了一聲。他們聽見院子裡有人走過，停在大門那。柵欄的門被打開，一個人走了出來。旁邊的路燈剛好照到他的臉。

「就是他！媽的！」瑪澤魯低吼，「快看，老闆。他的烏黑的拐杖，閃亮的手柄……他的鬍子，還有那副眼鏡……你快看，老闆！」

「噓，快跟上。」

手杖男人走路很快，他輕快地擺著手杖，腰桿很直，頭抬得高高的，還點了支菸抽起來。他穿過理查─華萊士大道，拐了彎，走上馬約大街。他從馬約大街的盡頭經過入市稅徵收站，走到市區。附近就是環城鐵路站。佩雷納和瑪澤魯緊跟著他踏上一列去奧特伊的火車。

「奇怪，他在半個月前去過那裡。有人在那裡見過他。」瑪澤魯說。

下了火車，他沿著古牆壁一直走，不久就來到絮榭大道。接著他走到這個雙重謀殺案發生的地方，伏威爾公館。那個人登上公館對面的城牆，面對著公館枯站了幾分鐘，又繼續走，經過米埃特，走進了布洛涅樹林，裡面一片漆黑。

「快，抓住他！」佩雷納快步跟著。

「老闆，你說什麼？」瑪澤魯拉住他，問道。

「我說，勇敢點，撲過去。我們二對一，這是個很好的時機。」

「不行，這怎麼可以！」

「不行？你害怕嗎？我一個人去！」

「你不能這麼幹！我們不能沒理由地抓人。」

「沒理由？你還要什麼理由？這是在抓殺人犯！」

「他又不是正在殺人犯罪，必須有逮捕證我才能抓他。」

瑪澤魯說得如此認真，口氣如此聽話，讓唐路易覺得太可笑了。他哈哈大笑起來：「可憐的孩子，你要逮捕證？我讓你看看，我要不要逮捕證！」

「不行！」瑪澤魯叫起來，緊緊抓住唐路易的胳膊，「我不看！你不能抓他！」

「我的大偵探！我們如果放過他，再去哪兒找呀！」唐路易快氣死了，嚷道。

「他會回家的。我馬上跟警察分局長報告，讓他們告訴總署。等明天早上……」

「你不怕他跑了？」

「我沒有逮捕證。」

「啊！笨蛋！我給你寫，好吧？」佩雷納強忍著怒火。他很明白，瑪澤魯固執起來什麼都不管。鬧得急了，說不定他還會為了不違反紀律而綁住他。所以他只能教訓道：「你就是個糊塗蟲！那些只憑著一張破紙、簽名、逮捕證辦事的警察，都是糊塗蟲！你這個笨蛋，發現了敵人就要衝上去揍他，要不就什麼都抓不到。當警察也要學會用拳頭……那就這樣吧，我回去了，有消息了給我打電話。晚安。」

他回到家，心情十分不快。行動上沒有自由，還被別人牽制，尤其還被別人的軟弱所牽制，讓他十分生氣。

不過到了第二天早上，他醒來後忽然想到：「他們可打不贏這種仗。我要是不去幫忙，他們就又被耍了。」他一定要去看看警察抓住那個人沒有，特別是想看看有沒有他能幫忙的地方。剛好瑪澤魯給他打電話，他就趕緊跑到二樓的一個小房間裡接。小房間是之前的伯爵隔出來的，只連著他的工作室，裡面黑漆漆的。他打開燈。

「喂，亞歷山大？」

「老闆，我在離理查—華萊士大道八號不遠的一個酒鋪裡。」

「他呢？」

「他在家！」

「你怎麼知道？」

「他家女傭說的。她剛從外面回去，一會兒給我們開門。」

「他自己住？」

「是的。女傭只是白天為他做飯，晚上就走了。據她說，那個人是個學者，每天看書寫東西。他搬過來以後，只有一個蒙面的女人來過三次，沒有別人來了。女傭不記得那女人的模樣。」

「你拿到逮捕證了？」

「是，馬上準備動手。」

「我現在就去。」

「別！維貝在這。對啦，你不知道伏威爾太太的事吧？」

「怎麼了？」

「她昨晚要自殺。」

「什麼？她要自殺？」

佩雷納驚叫起來。同時他也聽到還有一聲驚叫從身後傳來，就像山谷的回音一樣。他驚訝地轉過身，看見勒瓦絲小姐在離他幾步遠的地方，臉色蒼白，極為緊張。佩雷納看著她，剛想說什麼，她就離開了。他暗忖：「她在害怕什麼？為什麼要聽我電話？」

「她早說過要自殺，」瑪澤魯接著說，「用盡一切辦法。不過她還不是很大膽。」

「哦？」

「以後再告訴你。我要走了，老闆。你可一定別來啊！」

「不管怎樣，我都要去。我去看著你們抓人，也不會壞了事。別忘了是我發現他的住處的。放心吧，我不會讓他們看見。」

「好吧，你快一點，我們要衝進去啦！」

他即刻掛斷電話，準備離開房間。就在即將跨過門檻時，他感到頭上有些聲響，忙往後一跳，一道鐵板從他面前劈過，猛地墜下。他搖晃著撞到最裡面的牆上。晚一步，他就鐵定被這厚重的鐵板給劈死了。他身上被鐵板墜落的冷風吹得涼颼颼的。佩雷納從來沒感到如此恐懼。

他被嚇得完全傻掉了，整個人麻木地站在那裡，腦子裡亂糟糟的。過了很久他才緩過神來，去推鐵板。只推了一下他就明白過來，這塊鐵板根本推不倒，它太堅硬了。由於經歷了太久的時間，它上面鏽跡斑斑，還泛著墨綠

色的油光。它不是拼接的，而是一塊完整的鐵板，沉重而堅固。鐵板的上下左右都緊緊契合在狹窄的凹槽裡，沒有一絲空隙。

他被關起來了。他發瘋一般地捶著鐵板，大聲叫道：「勒瓦絲！勒瓦絲——」

他知道鐵板劈下時她肯定沒走，她應該能聽到這巨大的響聲。或許她正在發警報救他？他凝神靜氣地傾聽著。沒有回應，也沒有任何聲音。他感到整座房子裡，沒人能聽到他的呼救。只有他自己的喊聲撞到牆上、天花板上，又反彈回來。

他已經不喊叫，也不撞鐵板了，只是在思考那個女人驚懼的眼神、恐慌的表情和對案件奇怪的態度。他想：「勒瓦絲呢？為什麼不救他？這是怎麼回事？」

他沒有看見機關，也不知道它在哪裡，是如何被打開的；更不知道那可怕的鐵板為什麼會毫無預兆地轟然砸下，向他砸下。

五、拄烏木手杖的男人

　　理查一華萊士大道上，八號房子的柵欄門口，聚集了保安局副局長維貝、探長昂斯尼、瑪澤魯隊長、三個偵探和納伊警察分局局長。

　　瑪澤魯不時看著馬德里大街，因為他的老闆會從這邊過來。可是從掛斷電話起已經有半個小時了，他還沒來。瑪澤魯十分詫異，可是他不能再拖延行動了。

　　維貝吩咐道：「準備進攻。女傭已經在窗戶那裡通知我們，那個人開始穿衣服了。」

　　「可以趁他出來時抓住他。這樣可以抓個正著。」瑪澤魯說。

　　「如果房子裡還有其他出口呢？我們並不知道……對待這種狡猾的罪犯還是小心點好。直接衝進家裡抓更有勝算。」

　　瑪澤魯還想反駁，維貝把他拉到一邊，問：「你怎麼啦，隊長？你看見沒，那個混蛋讓他們心急難安。大家早就忍耐不住了。我們必須趕緊行動，讓他們戰鬥起來。一會兒總監就來了，我們要先抓住他。」

　　「總監也要來？」

　　「是的。他要親自審問這混蛋。他也被這個案子煩透了。好了，準備行動！大家都準備好了嗎？我按鈴了！」

　　鈴響了。女傭跑過來，把門開了個縫。

　　雖然之前說好要安靜地行動，免得打草驚蛇，但大家心裡都十分緊張，呼啦一聲推開門，全衝進院子裡，隨時準備開槍。接著，三樓的一扇窗戶被推開，有人喊道：「出什麼事了？」

維貝直接帶著探長、兩個警察和分局局長衝到屋裡，沒有回話。為防止對手出逃，還有兩個警察在院子裡守著。

手杖男人戴著帽子，穿戴整齊地走下來，正好跟副局長在二樓碰了面。

「不許動！你是虞培爾・羅迪耶？」

五隻槍口對著他，那個人有些慌張，但是他臉上並沒有顯出害怕的表情，只是問道：「你們來這裡做什麼？出什麼事了？」

「我們要逮捕你。這是逮捕證。我們要逮捕居住在理查一華萊士大道八號的虞培爾・羅迪耶。」

「真是難以置信……你什麼意思？憑什麼？」

他還沒來得及反抗，就被衝上去的警察們抓住了胳膊。他們把他拖進一間大屋子，屋裡有一張鋪滿了書的桌子，一張扶手椅和三張籐椅。

兩個警察揪著他的領子。維貝大喝：「坐下！不許動！你敢動一下，就要你好看！」

手杖男人沒有掙扎，他好像一直在思考，試圖想清楚為什麼被逮捕了。他脖頸粗壯，寬肩膀，顯得很有力氣。他的眼睛是灰藍色，在眼鏡後面時不時地透出凶光；他看上去很精明，紅棕色的光澤在他栗色的大鬍子上閃爍。

瑪澤魯問道：「不給他戴手銬嗎？」

「等會兒……我聽見總監來了。他身上有武器嗎？」

「沒有。」

「有其他可疑物品嗎？藥片、藥瓶之類的？」

「沒，什麼都沒有。」

德斯瑪里歐一到，就與維貝悄聲談論，聽他描述事件的經過；還一邊打量著「罪犯」。只聽總監誇讚道：「好樣的！現在兩個罪犯都被抓獲，他們一招供，整個案件就真相大白了……你說，他沒反抗？」

「沒有，先生。」維貝回答。

「那也要嚴加看守。」

手杖男人沒說一句話，他好像一直都很困惑，沒弄明白事情的原因。不過，當他聽到來人就是警察總監時，直直地看過去。總監問：「沒必要宣布

你被逮捕的原因了吧？」

「正相反，先生，希望你告訴我。」他很尊重地說，「我不知道都發生了什麼，肯定是你們弄錯了。你應該解釋一下。我想知道這是怎麼回事，請你告訴我。」

總監很不屑地說：「你被懷疑殺害伏威爾工程師和他的兒子艾德蒙。」

「什麼？伊波利特死了？」他聲音發顫，不斷地低聲重複，「你在說什麼呀！怎麼可能？伊波利特死了？艾德蒙呢？他們怎麼死的？被謀殺？」

「你對伏威爾先生直呼其名，可見你們很親近。可是你竟然不知道他已經死了？這半個月的報紙天天都在報導。」總監聳了聳肩。

「總監大人，我從來不看報紙。」他見總監不相信，接著說道，「雖然很難讓人相信，可這是真的。我全部的時間和精力都用在工作上，我在研發一種產品，並不感興趣，也沒空考慮其他的事情。所以，我認為沒人可以證明我這麼多年來看過報紙。因為這個，我也認為我有權不知道伊波利特為什麼被殺。我的確跟他早就認識，但後來鬧僵了。」

「因為什麼？」

「這是我們的家事。」

「你們是親戚？」

「他是我表哥。」

「再說一遍？伏威爾先生是你表哥？你⋯⋯伏威爾夫婦本身就是羅素家姐妹的子女。她們從小跟表弟威科多生活在一起。」

「是的，羅素的外孫威科多・索伏靈在國外結婚生子，一個兒子十五年前死了，另一個就在這裡。就是我。」

總監十分驚訝，感到血液都沸騰了。伏威爾父子已經身亡，伏威爾太太又被證實犯罪，不再能繼承遺產。如果他說的是實話，而到時候警察又不能找到威科多的兒子，現在在他們眼前的就是柯思莫最後一個繼承人。他對此深感頭疼，儘管這個重擔雖然沒有非要他來承擔。

虞培爾・羅迪耶又說：「也許我說的讓你很驚訝，總監先生。不過你是不是哪裡弄錯了才會逮捕我？」他很有禮貌地說，聲音平靜、清爽，好像並

沒有發現這番話更加讓警察感到逮捕他是很有必要的。

總監沒說別的，接著問：「你的真名是什麼？」

「嘉斯冬・索伏靈。」

「為什麼要用假名？」問完這一句，總監犀利的雙眼立刻捕捉他身體輕微地顫動了一下。

只見他雙手撐住膝蓋，轉動著眼睛說：「這是我自己的事，與你們無關。」

「這是什麼理由？」總監笑了笑，「任何問題都可以這麼回答嗎？你為什麼躲起來，為什麼離開魯爾大街的公寓，為什麼郵件上都是用的字母？這就是我要問的。」

「這都是我的私事，先生。這都是我憑良心做的事，你沒理由問我這些。」

「你的同夥也這麼說。」

「同夥？」

「對，伏威爾太太。」

「啊——」嘉斯冬・索伏靈驚叫起來，「你說什麼……什麼？不是吧，不是的，瑪麗安娜她……怎麼會？」他的反應跟聽到死訊時一樣，但更為吃驚和恐慌，以致臉都扭曲了。

總監不想回答，看到他裝作不知道那起雙重謀殺案時的表情，總監認為他太笨拙，太愚蠢了。

嘉斯冬・索伏靈更加不安，不自覺地咕噥著：「怎麼會呢？她也這麼被誤會，被陷害了？難道你們也抓了她？啊！難道她關在監獄裡嗎？」他揮著攥緊的拳頭，彷彿想要威脅那些隱形的敵人，試圖嚇退那些謀殺了伏威爾父子，迫害了他，還陷害了瑪麗安娜的壞人們。

昂斯尼探長和瑪澤魯上前緊緊地鉗住他。他掙扎了一下，可瞬間就頹然地倒在椅子上，不動了。「太詭異了……」他用手捂住臉，喃喃自語，「我不明白……怎麼會……」他沒有說下去。

「他們的戲演得一模一樣呢，還是演同一個角色，用了同樣高超的演

技。真不愧是親戚。」總監對瑪澤魯說。

「總監先生，你要小心看著他。因為他才剛被捕，還沒時間反應才有些沮喪。一旦他反應過來……」

這時，幾分鐘前出去的維貝副局長又進來了。總監問：「都準備好了嗎？」

「準備好了。我叫了一輛計程車到柵門口，在你的汽車邊上等候。」

「一共來了多少個警察？」

「八個，外加兩個警察分局過來的人。」

「你們搜查過整個屋子了？」

「是。房子裡除了幾件必需的家具，其他什麼都沒有。臥室裡擺著很多紙卡片。」

「好的。帶他走，要小心防備。」

嘉斯冬・索伏靈毫無反抗地被維貝副局長和瑪澤魯押出去。快到門口時，他忽然轉頭說道：「總監先生，希望你們在搜查的時候不要隨便翻動我臥室裡的紙卡片。那上面有很多筆記、摘錄，是我花費了好多個夜晚才整理好的。另外……先生，我想請你……這個……」

他反覆掂量著怎麼說話，好像害怕用錯詞語就會引發不良的後果。最後他心一橫，說道：「總監大人，有一包信放在這裡的一個地方……對我而言它們十分珍貴。如果你把信裡面的意思反過來去想，可能會加深對我的誤會……現在重要的是把它收好……你知道，有些文件是極其重要的……求你了，總監先生……一定要放好。」

「信放在哪裡？」

「在臥室上面的閣樓裡，很容易找的。窗戶右邊有顆釘子，看上去沒什麼用，實際上是暗箱的開關。按一下就行。暗箱在牆外的瓦片下面。」

他們開始往外走，總監拉住瑪澤魯：「等等，瑪澤魯，你去把信拿過來。」

瑪澤魯上了閣樓。幾分鐘後，他走下來，說：「我沒打開機關。」

於是，總監讓昂斯尼與瑪澤魯帶嘉斯冬上樓，讓他打開暗箱。他和副局

長維貝則留在一樓，開始查看桌上那堆書的書名，一邊等待著搜查的結果。

這些書都是科技類的，偏向化學方面，例如《化學與電的關係》、《有機化學》等。書頁旁邊的空白處寫了筆記。總監正翻看的時候聽到屋外有叫聲，就向外跑去。可還沒等他出門口，一聲槍響從樓梯間傳來。有人在樓上大叫。又響起兩下槍聲。這時候，叫喊聲，打鬥聲，槍響聲接連發生了……

總監出人意料的迅捷，幾步就衝上樓梯。維貝緊跟著他。他們往三樓跑，發現這裡的樓梯比之前要窄，也更陡了。

剛轉過彎，一個人就跌跌撞撞地倒在總監懷裡。是瑪澤魯，他受傷了。樓梯上，昂斯尼探長一動不動地躺在那裡。已經發瘋的嘉斯冬·索伏靈在樓上的一個小門洞裡胡亂開了第五槍。然後，他看見了警察總監，就趕緊托槍瞄準。

看到那個黑洞洞的槍口對準自己，總監心想：「這次死定了。」下一秒鐘，只聽身後一聲槍響，嘉斯冬的槍就掉到了地上，還沒開火。總監像做夢一樣，看見那個救了自己的人把瑪澤魯推到牆邊，邁過探長的身體，帶著警察往上衝。

是他！唐路易·佩雷納！

他迅速地衝到樓上。嘉斯冬飛快地後退，轉眼就跳上窗口，從三樓一躍而下。

「他跳了？死了嗎？」總監跟著跑上來，問道。

「他爬起來了，總監先生，竟然只有點瘸。這傢伙是有點本事呢……他往柵門那邊跑了……」

「警察去哪兒了？」

「槍響後他們都衝進來了，在樓梯上照顧傷者呢……」

「這個魔鬼！哼！算他走運。」總監罵道，接著大叫起來，「快抓住他！抓住他！」

嘉斯冬這一路都沒遭到阻攔。

兩輛汽車沿著人行道停在那裡。一輛是總監的汽車，另一輛是維貝剛叫來，準備押送罪犯的計程車。兩個司機一直都在車上坐著，並不瞭解院裡的

情況。他們看見嘉斯冬‧索伏靈從樓上跳下。總監的司機順手抄起那根烏木手杖，勇猛地衝向逃犯。

「快抓住他！」總監仍在大叫。

逃犯在院門口遇到了司機，兩人進行了短暫的交手。逃犯衝向司機，一把搶過手杖向後一掄，正好打在司機臉上，手杖折成了兩截。逃犯狂奔而去，手裡還拿著剩下的那部分手杖。許久才從屋裡跑出來的三個警察和計程車司機拼命在他身後追著。離他三十公尺遠了，一個警察連開幾槍，但都沒有打中。

總監和副局長從樓上下來，看見探長頭上中彈，在二樓的床上躺著，臉色蒼白。他快要死了。他馬上就嚥了氣。瑪澤魯受了點輕傷。他坐在那裡讓別人包紮傷口，敘述著整個事件：

三樓的牆上掛著棄而不用的工作服和僕人的圍裙，中間有個舊挎包。他們到達三樓的時候索伏靈飛快地把手伸進背包掏出了手槍。他回身就對著探長的頭部開了一槍。探長倒下後，瑪澤魯抱住索伏靈，卻被他擺脫了，還對著瑪澤魯連開三槍。最後一槍打中了他的肩膀。

這原本是一場敵人被生擒，已經無力挽回敗局的戰鬥，警署出動的都是經過嚴格訓練的警察。但是罪犯膽大包天，設計將兩個警察引到陷阱，打死打傷；又以此把所有警察都引到屋裡，清理出一條逃跑的路，很輕易地逃脫了。

總監出奇地憤怒了，又很沮喪。他臉色發白，大聲吼道：「他把我們耍了！什麼暗箱，什麼信，都是騙人的！這個騙子！混蛋！」他下了樓，走到馬路上，正好遇到一個剛追過罪犯，正喘著粗氣往回走的警察。

「抓住了嗎？」他十分著急。

「他……他轉過鄰街……一輛汽車在那裡，還沒熄火……等著……那傢伙一坐上車就開跑了。」

「我也有車呀！」

「車子的發動還需要時間，先生……」

「那是租的車子嗎？」

「是一輛計程車。」

「登報吧，我們必須找到那輛車，司機看見會找我們的……」

「沒用，」副局長搖了搖頭，「如果司機不跟他一夥還有可能……即使找到了車也沒用，先生。嘉斯冬‧索伏靈肯定會把所有痕跡都消除的。」

佩雷納悄悄地參加了搜查，還陪了一會兒瑪澤魯。聽到他們的談話，他說：「瑪澤魯，要找到他很難了，而且還是抓住了之後讓他跑掉。我昨晚說的對吧？不過，這歹徒確實有兩下子。我肯定他還有些同夥。聽見沒？他可不是一個人犯罪，我家就有一個他的同夥，我家就有！」他仔細詢問了嘉斯冬被捕的細節和他的態度，之後就回到自己的公館裡。

他自然要對那些奇怪的事情進行調查，不僅要注意嘉斯冬‧索伏靈欲奪取柯思莫遺產所進行的陰謀策劃，還驚異於勒瓦絲小姐的反應。

勒瓦絲在他打電話時的那聲驚叫，她慌亂的表情給他留下了深刻的印象，讓他十分難忘。如果不是因為他說的話，那她又為什麼驚叫呢？他記得當時跟亞歷山大說：「什麼？她要自殺？」勒瓦絲小姐的驚叫明顯是因為得知了伏威爾太太想自殺的消息。唐路易不得不仔細思索箇中的原因。

他一走進工作間，就檢查電話室的門洞。門洞大約寬兩公尺，是低矮的拱形，用一塊絨布做簾子將它與工作間隔開。絨布長年是被掀起來的，可以在工作間直接看見裡面的一切。簾子下擺，是裝飾用的蔥狀電線，一個活動的按鈕就安裝在裡面。它控制著鐵板的升降。兩個小時之前，唐路易就是被這個鐵板擋住了。

他收放了幾次鐵板，來測試整套機關可以很好的控制，沒有人操作是不可能自由砸下的。那麼，勒瓦絲小姐是不是想害死唐路易呢？可她的原因又是什麼呢？佩雷納幾乎馬上就想叫她進來問個清楚，可是他猶豫了一番又放棄了。他從窗戶裡看她步調優雅地走過院子，纖腰款款，陽光灑在她金色的頭髮上。

從清早到現在，已經過了大半個上午。剩下的時間，他就坐在沙發上抽菸……對自己，對整個事件的進行，他心裡都很不爽。現在他腦子裡很混亂，沒有頭緒，各種想法混雜在一起；他想找個出路，卻發現事情越描越

黑，更加地複雜。他那麼的渴望戰鬥，可是每當戰鬥開始了，他就會遇到新的阻礙，阻擋著他的行動。更要命的是，他從這些阻礙上沒發現一點敵人的影子。

中午，他吩咐僕人送飯過來。廚房總管一邊端著盤子走進工作室，一邊激動地喊著：「警察總監來拜訪你啦，先生！」這個動作標明整個公館都瞭解唐路易的處境多麼被動。

「總監來了？在哪裡？」

「先生，他在下面。剛開始我不知道是他呢……」

「你確定？」

「當然，他給了我名片。」

廚房總管把名片遞給佩雷納，上面赫然印著：

居思達弗・德斯瑪里歐

他推開窗戶，看著鏡子裡廣場上的情況。那裡有五六個人，看似在散步，其實都是在監視他。昨晚他才甩掉他們，現在他們又都回來了。他發現總監沒有加派人手，暗想，「那就是說不用擔心了。我早就該想到，總監不會為難我的。嘿，我救了他，他又怎麼能讓我吃虧？」

總監走進來，輕輕點了下頭，算是打招呼。副局長跟在後面，沒有表現出任何唐路易應得的敬意。作為回應，唐路易直接忽略了他，搬過一把扶手椅。總監沒有坐，背著手在房間裡踱步，彷彿對即將進行的談話反覆斟酌，直到考慮周全才想開口。佩雷納也沒說話，安靜地等著。

德斯瑪里歐停下腳步，問道：「從那個人家裡出來之後，你就沒去其他地方吧？」

「當然，總監先生。」他接受了這種類似審問的談話口吻。

「回到工作室？」

「是的。」

「半個多小時以後我也離開那裡，直接回到警署。有人把一封快信寄給我，就在這裡。你會發現這是九點半的時候，在交易所投遞的。」

佩雷納接過信，看到下面有用大寫字母寫下的話：

特別通知你：嘉斯冬・索伏靈脫逃後會與唐路易見面。唐路易之前告訴你索伏靈住的地方，是因為他想一個人占有穆寧敦的遺產。你應該知道，唐路易就是亞森・羅蘋。今早羅蘋和索伏靈和好了，羅蘋還給索伏靈介紹了一個不容易被找到，而且很安全的住處。我告訴你，索伏靈手中的半截手杖已經在羅蘋那裡，他把它藏在工作室裡兩個窗子之間的沙發坐墊下面。這就是證明他們是同謀，並且剛剛見過的最好證據，你可以馬上去搜查。

　　信上的內容很荒唐，唐路易不以為然。他一刻也沒有出去，一直都在工作室裡。所以他一句話沒說，平靜地折好信，遞給總監。他願意讓總監來主導這次談話。

　　總監問：「你怎麼看待這封信？」

　　「我不做任何評論，先生。」

　　「可是它內容明確，而且要驗證也很簡單。」

　　「是的，先生。沙發就在那裡。」

　　總監想了想，走近沙發，掀開坐墊。半截手杖一下子顯露出來。

　　佩雷納憤怒了，更多的是驚訝。這手杖讓他十分困窘，來不及招架。他怎麼也沒想到會有這麼詭異的事情。但他還是忍住了，沒有辯駁。現在還沒有證據證明坐墊下的手杖就是嘉斯冬奪走的那截。

　　「這裡有另一半。」總監從大衣口袋裡取出另外半截，說道，「看，這是維貝副局長當時撿起來的。」他把兩個部分對在一起。完全契合。兩部分拼成一個完整的手杖。

　　沒有人說話。就像經常被他捉弄和折磨的人一樣，唐路易十分狼狽和尷尬。他不明白，嘉斯冬・索伏靈究竟憑什麼本事，能在這麼短的時間——才二十分鐘潛入他的公館，而且還來到了工作室。要讓事情有點發生的可能，就只有推斷他有同謀在公館裡。

　　他思考著：「這次我脫不了關係了。事情太過突然，已經超出了我的想像。那兩個罪犯，都想讓警察把我抓起來，讓我不能跟他們鬥爭……之前我

擺脫了伏威爾太太的指控，成功消除了雙重謀殺的嫌疑，可是總監先生怎麼會允許我再次嘗試呢？」

「嘿！你怎麼不回答，快說話啊！」總監等得很煩躁，喝斥道。

「沒什麼可說的，我不辯護。」

「你！你竟然⋯⋯」總監心急地跺腳，「你難道已經承認了嗎？」他走過去隨時準備推開窗。只要哨聲一響，警察就會衝進來抓住他，案子就結了。

佩雷納對他的行為感到很不解，問道：「要我叫警察進來嗎，總監大人？」

總監沒說話，在房間裡繼續踱著步。倏地，他站到佩雷納面前，說：「如果我認為你與這手杖並無關係，把這個證據當成是無效的，是你的叛徒僕人帶進來的；如果我重視的僅僅是你可以幫我們破案⋯⋯你，自由了。」

唐路易微笑起來。哪怕證據對他極為不利，他被陷害了，在關鍵時候警察也十分需要他。事情還在向好的方向發展——他早就告訴過瑪澤魯了。

「自由了？沒有人監視我、跟蹤我了？」

「完全的自由」

「如果有些人憑著小道消息，或者一點偶然就大肆渲染；如果記者們追著我不放；如果有人要求逮捕我，我難道不用擔心嗎？」

「不用擔心。」

「維貝先生呢？沒有意見了？」

「最起碼他看上去像沒有意見一樣。是吧，維貝？」維貝低頭嘟囔了幾句，根本聽不清。嚴格地說，這可不叫同意。

「哈！總監大人，我肯定能戰勝他們！」佩雷納高興地大喊，「我一定按照司法機關的想法和需要來辦。」

如此一來，事態巨變。可以說，他已經掌握了偵破案件的大權。發生了這些詭異的事件，警察也只能認可他的作為和將要完成的事，認為唐路易・佩雷納的本領強大。他們決定尋求他的幫助，並且支持他。

這種認可和尊敬的確讓人開心。可這只針對了唐路易・佩雷納嗎？他們

應該給予亞森‧羅蘋，那個放蕩不羈的人同樣的尊重和認可。還是說，德斯瑪里歐從心裡不想把他們當成同一個人。

總監神態嚴肅，不允許別人懷疑他的決定。他跟佩雷納簽訂一份合約。司法機關為了達成某種目的，經常簽訂這類合約。約定一旦成立，就無需多言。

總監問：「你不向我瞭解情況嗎？」

「正要問的，先生。聽說維洛的口袋裡有一個筆記本。裡面有什麼內容呢？」

「都一些私人的開銷和帳目。噢！還有張女人的照片，差點忘了。我認為她跟案子沒有關係，就沒跟報社說過。所以還沒有得到任何關於照片的情況。照片在這裡。」

唐路易接過照片，不禁手一抖。總監沒有忽略他的反應。

「你認識她？」

「不認識，先生。我想……可能只是有點像……說不定是親戚。希望你能留下這照片，讓晚上我再還給你，這樣我可以再查清楚些。」

「好。你就給瑪澤魯隊長吧！我會派他協助你破案的。」

總監要走了，佩雷納把他送出大門。上車前，德斯瑪里歐對他說：「今天早上若不是你，我就死了。是你救了我……」

「這是小事，總監先生。不足掛齒的。」佩雷納打斷他。

「我知道你做慣了這種事。但還是要向你表達我誠摯的謝意。」德斯瑪里歐鄭重地向他行禮，彷彿把他當作了真正的西班牙貴族，戰士們的英雄。而維貝，他把手揣在兜裡，灰溜溜地從旁邊走過，忿忿地瞪了唐路易一眼。

「這個混蛋肯定不會饒了我，只是現在還沒有機會。」佩雷納想。他從窗戶裡看到警察總監的車離開了。廣場上的警察也跟著副局長走了。他自由了。

「哈！現在我可要放開手，大膽地去幹了！再沒人擋著我了！」

他吩咐廚房總管上飯，並通知勒瓦絲小姐飯後就過來找他。他去餐廳吃飯時，把總監留下的照片放在一旁，側著身子仔細觀察。跟所有在錢包裡或

文件堆裡長年夾著的一樣，照片有些舊，顏色也暗淡了。不過還是能看清照片裡人的模樣。上面站著一個美麗動人的姑娘，她頭上插著花和葉子，身穿參加舞會的裙子，肩膀和手臂都露在外面，笑得很開心。

「真是她嗎，真的是嗎？是勒瓦絲小姐嗎？」他喃喃自語。

幾個字母寫在相片的角上，看不太清楚。他費勁地看著，「佛羅若絲」，也許是她的名字。佩雷納重複地咕嚕著：「佛羅若絲‧勒瓦絲……勒瓦絲……維洛的本子裡怎麼會有她的照片呢？這個給前主人當秘書和讀報員的女孩，跟整起案件有什麼聯絡呢？」

他想起報紙上攻擊他的文章，草稿是在公館裡被發現的；又想起沉厚的鐵板；特別是想到了那半截手杖。他始終不明白手杖是怎麼被送進了他的工作室。他認真地思考問題，想搞清楚這些謎團，還有勒瓦絲小姐真正的身分。他緊緊地盯著照片，女孩誘人的微笑，乖巧的嘴巴，滑順的脖頸和雪白的肩膀吸引了他。

唐路易正準備喝水，勒瓦絲小姐突然打開門走了進來。看見唐路易，她奔過去搶下他手中的杯子，摔在地毯上。玻璃杯摔得粉碎。

「你沒喝吧？沒喝吧？」她焦急地問。

「沒有。我沒喝。怎麼啦？」

「沒……沒……瓶裡的水……這個水……水被下了毒。」她結結巴巴地回答。

唐路易跳起來，猛地抓住姑娘的手，叫道：「你說什麼？再說一次，有毒？你肯定嗎？」雖然已經很好的控制自己，他還是被嚇到了。他親眼見到伏威爾父子的屍體，瞭解那幫罪犯用藥的毒性，深刻地明白一旦吃了藥就必死無疑。這種藥又不會分人，吃它的人都得死。

唐路易嚴厲地說：「你肯定有毒嗎？快說！」

她剛才似乎是說漏嘴了，現在在想辦法彌補。她說：「不是……只是感覺……我想，應該只是巧合……」

「巧合？」他喊道，「你難道肯定整瓶水都有毒嗎？」

「不……不肯定……可是……也許有……」

「那剛才……」

「當時，我真的這麼想……但是……不是的……」

「很容易弄清楚。」他說著話就要去拿水瓶。可勒瓦絲小姐搶在他前面，一把抓過水瓶砸碎了它。

唐路易憤怒了，吼道：「你在幹什麼！」

「是我的錯。這沒什麼的……」

這些水都是照他的吩咐從濾水器中倒出來的。濾水器在配膳室的後面。從廚房往裡走，在通向餐廳的走廊盡頭可以找到。

佩雷納衝出餐廳，他小跑到濾水器那裡，取下一個碗盛了點水，來到院裡。他把正在馬廄邊玩鬧的小狗米爾札叫過來，碗被放在小狗面前，牠喝起來。但馬上牠就停了下來，站在那裡一動不動，全身僵硬。牠抖了抖，沙啞地吠了幾聲就倒在地上。唐路易摸了摸牠的頭，小狗已經死了。

勒瓦絲小姐跟著他跑過來。他對著她大叫：「果然有毒……你怎麼知道的？」

她急速地喘著氣，慢慢平復下來，說：「我看見另一條狗在配膳室喝水後死了……我跟司機和馬伕都說了，他們當時在馬廄裡……之後我就來找你了。」

「你都看到了，為什麼剛才沒有明說呢？」

司機和馬伕走出馬廄。唐路易拉著勒瓦絲小姐一邊走一邊說：「去你那裡，我有話問你。」

在配膳室的旁邊還有一個走廊，盡頭是三級台階。台階上面有一扇門。唐路易推開門，裡面是勒瓦絲小姐的住處，是個套間。唐路易關上了房門和客廳門，嚴肅地對勒瓦絲說：「現在，我們來談談。」

六、死人的來信

公館裡有兩座古建築的亭閣，左右分開建造在波旁宮廣場與正院之間的院牆邊。其後分別是一排附屬房屋，將它們和院子內部的主體建築接在一起。一邊亭閣用作洗衣房、廚房、配膳室和勒瓦絲小姐的住處，另一排房屋順序排列著車庫、馬廄、馬具庫和用作看門室的亭閣。

這是佩雷納第一次來到勒瓦絲小姐的住處。他感到拘謹和不自然，卻也有些高興。屋內擺設著普通的家具——幾個書架，一張沒有任何雕飾的舊時代辦公桌，幾把用桃花心木做的靠背椅和扶手椅子，還有一個粗腳的單腿圓桌。窗簾用淺色的布幔做成，光射進來，屋子裡明亮而柔和。幾幅著名風景名聲的畫作複製品掛在牆上，有西西里的神廟，義大利的風景等。

勒瓦絲小姐站在那裡，臉上跟以前一樣，神情憂鬱，依然讓人感到疑惑。她又表現出讓人猜不透的一面，冷靜沉穩。她的目光沒有強勢得逼人，也沒有顯露畏懼，彷彿並不怕解釋什麼。唐路易總覺得可以透過平靜的臉看出她情緒的激動，心裡的緊張和感情的洶湧。即使她再注意，也不能將它們統統掩藏。

佩雷納心裡強烈地譴責面前的女人，看著她竟然說不出話來。真奇怪了，他發覺到這一點，心裡有點惱怒。他不想去責難她，也不願講清楚心裡想的，就問她：「你知道今天早上屋裡發生的事情嗎？在我掛電話的時候……」

「廚房的總管和僕人們告訴我了。」

「之前你知道嗎？」

「不知道。」她回答的語調是那麼平靜沉穩！但她肯定在撒謊。一定是的。

佩雷納說：「讓我告訴你都發生了什麼。我剛要走出門洞，牆裡的鐵板就在我面前劈下，轟地一聲。鐵板是那麼堅固，我根本出不去，就打電話給德‧奧斯特利尼亞克少校，請他幫忙。他馬上就趕到了，和廚房總管一起把我放了出來。有人這麼告訴你嗎？」

「是。我當時已經回房，不知道鐵板落下來，更不知道少校過來。」

「我後來才知道，除了我，公館裡所有人都知道鐵板的存在。」

「是的，都知道。」

「誰把它裝上去的？」

「馬羅內思庫先生。他說大革命時他的曾外祖父死了，曾外祖母就住在這裡，藏了足足有十三個月。當時在鐵幕的外層還鋪著和房間牆壁上一樣的細木壁板。」

「你知道嗎？差一點兒我就被砸死了……你們都沒跟我說鐵板的事。」

勒瓦絲小姐並沒被他的話影響，她平靜地說：「應該檢查一下，看機關是不是還能運轉。也許時間久了，機關壞掉了。」

「我檢查過，可以正常運轉。我知道肯定不是它忽然失靈了，是有些隱藏的壞人想殺我。」

「有人發現他嗎？」

「只有你可能看見他。因為在我打電話時，你就在我身後。當時你還驚叫了，在我說伏威爾太太自殺的時候。」

「是，我很震驚。無論她是不是無辜的，我都同情她。」

「你就站在門洞邊上，一伸手就能摸到開關，怎麼可能看不見加害我的人？」

她低下頭看著地面，似乎有些赧然。她說：「也許時間很合適，我應該看到他，可是我真沒遇見人。」

「好吧！但是鐵板砸下時發出巨大的聲音，而且我還大叫著讓你救我，你都沒聽見？我覺得很不可能……」

「我出來後就關上了門，所以沒聽見響聲。」

「我認為，那個時候雙重謀殺案的幫凶就在我的工作室。因為剛才在我的沙發墊下面，總監查到半截手杖。手杖是屬於其中一個歹徒的。」

勒瓦絲小姐十分驚愕，看上去對此事完全不知道。唐路易走到她面前，盯著她的眼睛說：「你是不是也感到很奇怪？」

「什麼？」

「這些怪事，都是衝著我來的！昨天我發現了草稿……報紙上攻擊我的文章的草稿，就在院子裡……今天早上，我要出去時差點被鐵板砸死，後來又憑空冒出了手杖……再後來，水裡有毒……」

「嗯嗯，是很多怪事……」她小聲說道，點了點頭。

佩雷納提高聲說：「不可否認，這些接連的活動就是那個陰狠手辣的歹徒幹的！他目的很明顯，想透過那篇文章和半截手杖讓我被抓起來。他想把我砸死，哪怕關上一段時間也行。這個卑鄙之徒，陰險的小人，剛才又要毒死我……你想想，明天他會不會往我的飯裡下毒？再往後，用繩子勒死我或者用刀、槍等任何方式把我弄死。因為我讓他們害怕了，他們就希望弄死我……總有一天我會把他們揪出來，我要做柯思莫遺產的保衛者，保護好這些財產……他們把我寫在了黑名單上，所以在那四個人死後，就輪到我了……他們在這個公館裡，在我身邊，安插了眼線和間諜。他們要跟蹤我，監視我，在黑暗裡活著。嘉斯冬‧索伏靈就這麼想的。是他或者另外的人製造的陰謀。他要找到最適當的時間，在最有利的地方攻擊我……我一定要弄清楚凶手是誰，我會弄清楚的！他們等著吧！哼！」

唐路易往前邁了一步，勒瓦絲退後了點，抵在圓桌上。他直直地看著她的眼睛，試圖在她平靜的臉上找出心慌。

「這個混蛋，究竟是誰？是誰非要害死我！」他對著勒瓦絲大吼。

「不知道……我也不知道……並沒有陰謀，只是一些巧合……你不要這樣想……」

他都會用「你」來稱呼敵人。他很想這麼說她：「你是個騙子，你在撒謊，你就是那個幫凶。聽到我和瑪澤魯說話的人是你，等在馬路上拐角的車

裡的人是你，去救嘉斯冬・索伏靈的人是你。然後你和他合謀，把手杖放進我屋裡。就是你，在背地裡偷襲我；就是你，為了某種原因想殺死我！」

可是他無法這麼對她說。他很憤怒，因為自己不敢大聲講出這些有根據的事實。他狠狠地盯著她，抓住她的手，狠狠地捏著。任何語言都難以描述他現在的樣子，只能說他全身的細胞都在指責這個女人。但片刻他就控制住自己，放開她。勒瓦絲一把縮回手，眼睛裡充滿憤怒和痛恨。

佩雷納說：「我要去問問那些僕人。有必要的話，就立刻趕走他們。」

「不，別這樣，我對他們很瞭解，不要……」她慌忙說。

佩雷納感覺她的眼神像在求情。她在為他們說情？她自己一直在撒謊，不承認，可是她知道他們是無辜的。看到僕人要被趕走時，她良心發現了？她是為僕人求情，還是為了她自己？

他們保持了幾步遠的距離，彼此都沒有說話。佩雷納想到照片上的姑娘。他驚奇地發現，面前這個女人也是那麼美麗。這是以前他沒有發現的。她優雅的脖頸、圓潤的肩膀，雙臂撐著膝蓋的動作，都是那麼溫婉賢良。她金色的頭髮閃耀著迷人的光暈，嘴巴的表情並不愉快，甚至有點憂鬱，卻依然有魅力。這副場景讓他有了深刻的印象，這樣吸引人的女人會對他下手？會殺人嗎？

佩雷納問她：「我不記得你的名字了，雖然你告訴過我。但我想那不是本名吧？」

「是……是真的，」她說，「叫瑪爾特……」

「不，是佛羅若絲，你叫佛羅若絲・勒瓦絲。」

她被嚇到了，問：「誰說的？佛羅若絲……你怎麼知道？」

「這是你的照片，上面的名字是你的吧？已經模糊了。」

「天哪！」她喊道，很慌張，「怎麼可能……你怎麼拿到的？告訴我，你怎麼能拿到？」

「是警察總監，」她又喊道，「我知道，我知道……肯定是他！他們給我……這被當作相貌特徵……是的……都是你……」

「只要稍微改動一下，就看不出是你了……讓我來弄吧，放心好

了……」

　　她只是沉浸在照片中，並沒聽見他說話。眼淚不停地從她臉上流下。

　　「那時在義大利，我二十歲的時候……我多麼快樂，多麼美麗……照相的時候，拿到照片的時候……可是後來……他們就像偷走我其他東西一樣，奪走了我的美麗……」她不住地喃喃自語，又開始重複叫著自己的名字，一次一次，像在跟別人傾訴，「佛羅若絲……佛羅若絲……」

　　佩雷納看著她，心想：「她不會殺人的……我不應該把她看作幫凶。可是……」

　　他開始在房間裡踱步。從門口走到窗邊，再走回去。他注意到牆上的義大利風景畫，又開始看架子上的書名。都是一些文學書，有法國的，也有外國的，包括小說、詩集、隨筆、劇本等。由此可見，書的主人有著各種各樣的文學愛好。他看著書架，發現拉辛的作品與但丁的作品擺在一起，愛倫·坡的作品擺在司湯達小說的旁邊，蒙田的隨筆集放在歌德和維吉爾的作品中間。忽然，他發現那套英文版《莎士比亞全集》中的第八卷看似與其他不一樣。這可是他一眼就能發現事物特別細節的本事。那一卷也是紅色的軋花革面精裝本，單書脊不太一樣，更堅硬些，而且沒有舊書的那種裂損與皺褶。

　　他一下子抽出書，生怕別人不允許一般。這的確是一卷假書，是一個用來藏東西的盒子。裡面裝著白色的信紙，幾個同色的信封和一些格子紙。格子紙像是從同一個記錄本上撕下的一樣，有著相同的大小。

　　他吃了一驚。他一看到這些紙就想起報紙上那篇文章的草稿紙。他快速翻著紙張，發現一樣的格子，差不多的大小。之後，在倒數第二張上，他看到有人草草地寫下幾行文字和日期：

　　絮榭大道公館
　　第一封信，四月十五日夜
　　第二封，四月二十五日夜
　　第三第四封，五月五日與十五日夜
　　第五封和爆炸，五月二十五日夜

唐路易發現，今天會收到第一封信，之後每十天就有一封。這些字跟草稿紙上的字相同。他一直都把草稿夾在隨身的記事本裡，他想找出來對照一下，看看是否真是同一個人寫的。可是他沒在記事本裡發現任何東西。

「太詭異了！見鬼！」他恨恨地罵道。他想起來，早上他通電話時本子還裝在大衣的口袋裡，大衣就放在電話間外的椅子上。而那個時候，勒瓦絲在他辦公室裡偷聽電話。她到底做了什麼？這次證據確鑿，不容她狡辯。

唐路易生氣地想：「她在說假話，連小動作和聲調的變化都是在演戲。她看著很老實，還假裝哭泣，說著動聽的往事，都是廢話！都是在演戲！她和瑪麗安娜·伏威爾，和嘉斯冬·索伏靈根本就是一夥的！」

他忽然想到，為什麼只懷疑她是製造慘案，想除掉佩雷納的同夥呢？她很有可能是歹徒的頭目——憑著膽量和智慧操控其他人，帶領他們完成犯罪。她如果怕他順著線索調查到這裡，就當然不會把文章草稿留在他身上。因為她的行動一點沒受到約束，她可以自由行動。不會有人發現她在深夜，從開向波旁宮廣場的窗子裡出去再回來。所以，雙重謀殺案的那天夜裡，她很可能參與犯罪，與凶手們一起作案，甚至是她親自下手，用那雙嬌嫩白皙的捧著金色頭髮的手對父子倆下了毒。

太可怕了！他小心地把那些紙夾進書裡，把書放回原位。他站在她身旁，細細地觀察她的臉龐，琢磨她腮部的形狀。他既不安又很想知道，究竟這嘴巴和彎彎的腮幫子裡的東西是什麼樣的。佩雷納盯著她的嘴巴一個勁的看著，迫切地想弄個明白，看看蘋果上的牙印是不是跟她的牙印一樣。看看那惡獸的吃人牙齒到底是另一個女人的，還是她的。警方已經確定是瑪麗安娜·伏威爾留下了牙印。可是他還在胡思亂想。他轉念又想：「說一個猜想很荒唐，就有排斥它的充足理由嗎？」

他開始心煩氣躁，又不願表露出內心真實的想法，這種感覺連他自己都覺得驚訝。他只好結束了談話。離開的時候，他強勢又專橫地吩咐勒瓦絲：「把公館裡的僕人全都解僱。如果要補償，就給他們。你負責結算他們的工資。總之，今天就讓他們走。安排另一批人，晚上就過來侍候。」

莫里斯·盧布朗

她沒說話，佩雷納走出來。這場談話氣氛沉悶，讓人覺得喘不過氣，表現出他與佛羅若絲的關係並不好。他們之間總是帶給他不自在的感覺。兩人都是面合心不合，都有自己的想法。現在如果立刻讓佛羅若絲‧勒瓦絲走人，就能改變這個狀況，可是佩雷納從來沒想過要這麼做。

他回到工作室，立刻撥通瑪澤魯的電話。為免被他人偷聽，他壓低了聲音說：「是瑪澤魯嗎？」

「是我。」

「總監跟你說了我們要一起行動嗎？」

「說了。」

「好。你告訴總監，我辭退了所有的僕人。現在你記下他們的名字，然後派人密切監視，一定要找出索伏靈的同夥。還有，我希望總監批准我們今晚在伏威爾公館過夜。因為我肯定今晚那裡有事發生。你要轉達一下。」

「今晚？在絮樹大道？什麼事？」

「現在還不知道，但肯定有事。我一定要去，希望他批准。聽明白了嗎？」

「只要總監批准，老闆。今晚九點，絮樹大道見。」

整整一天，唐路易沒見到佛羅若絲。中午他到職業介紹所挑選了司機、車伕、廚師等僕人。之後，又來到照相館，把佛羅若絲的照片翻拍了一張，請人家做了修改，還親手做了修飾。這樣別人就看不出這是被換過的照片。

在外面吃過晚飯後，等到九點鐘，唐路易來到伏威爾公館同瑪澤魯見面。

自慘案發生之後，就由門房看守著房子。除了工作室的內門，每間屋子，每把鎖都貼上了封條。門的鑰匙在警方手裡，方便隨時調查。房間裡還是老樣子，桌子上一本書或本子都沒留下。只是原來的文件被帶走了或者擺放整齊。藉著燈光，他們看到灰塵鋪滿了黑皮面和桃花心木的框飾。

他們坐下後，佩雷納問瑪澤魯：「小伙子，第二次來，你有什麼感覺？滋味不一樣吧？不過今晚就不用閂緊門窗了。如果真有什麼事情發生，就隨它來吧！嘿，來吧，先生們。你們是多麼自由啊！」

佩雷納嘴上這麼說，心裡卻沉甸甸的。他腦子裡一閃現那兩具屍體，一想起自己沒能阻止的雙重謀殺案，就十分難受。他還十分激動地回憶起與伏威爾夫人犀利地對質，眼前出現了她被抓時的情景和她絕望的神態。

　　「伏威爾太太真想死？」他問。

　　「是真的。她把衣服和被單撕成條狀，編織成繩子，用來上吊——她很害怕這種方式。我們又是人工呼吸，又是舌節律性牽引，好不容易才把她救活。現在，她已經安全了，不過因為她發誓還要自殺，所以仍然被監視著。」

　　「她還沒招供嗎？」

　　「沒有。她反覆堅持自己是無罪的。」

　　「警察總署什麼意思？還有檢察院呢？」

　　「老闆，難道你改變對她的看法了？預審不是已經完全證實了她的犯罪嗎？特別是還充分地證明只有她才能碰到蘋果，只有她才能在頭天晚上十一點，到次日早上七點的這段時間裡拿到蘋果。她已經咬了蘋果，這是不容抵賴的。你難道認為世界上能有兩個人長著一模一樣的牙齒嗎？」

　　「不能，肯定不能。」佩雷納嘴上這麼說，卻想到了佛羅若絲。「這種說法太脆弱了。毋庸置疑，當場被收集的那個牙印可以當作犯罪證據。事實就在這裡清楚地擺著。只是，蘋果上面會不會被人做了手腳？」

　　「誰會呢？」

　　「不知道……我就這麼想了一下，最近我總是這麼想……瑪澤魯，這件事太巧合了，也有很多矛盾和詭異的地方……我現在都不敢相信眼前發生的事，萬一只是表面的偽裝呢？」

　　他們悄聲說了好一會兒話，商討著案件。快子夜的時候他們關上燈，講好兩人輪流睡覺。幾個小時很快就過去了。和他們第一次來這裡一樣，馬路上跑過馬車和汽車，火車拉響汽笛，房子裡安靜下來。

　　沒發生任何事情，警報也沒響。夜晚就這麼過去了。快天亮的時候，外面照常熱鬧起來。佩雷納在值班，瑪澤魯的打呼聲在房間裡響著。

　　佩雷納想：「是不是我弄錯了，那卷莎士比亞裡的日期是去年的吧？或

者是其他事情？」他心裡有點隱隱的不安，半個月前同樣的夜晚，沒有任何異常；可是天亮時他卻看到了兩具屍體。

七點了，陽光從百葉窗裡照進來。

「亞歷山大！你還活著？」他叫。

「怎麼了，老闆？我當然活著。」

「你肯定嗎？」

「當然！你不也活著嗎？你在說什麼呢？」

「唉！那群混蛋，不會放過我的。我就要死了。」

他們又在屋裡等了一個小時。之後，唐路易打開百葉窗。

「嘿，亞歷山大，你雖然沒死，但臉色發青呢！」

瑪澤魯苦笑道：「老闆，說真的，我值班時你在睡覺，那時我才害怕呢！」

「害怕？」

「我嚇得渾身都顫抖了，總覺得有什麼事突然就發生了。老闆，你氣色也很不好呀，是不是你也……」他在唐路易的臉上看到了詫異，就住嘴了。

「看……那封信……在桌子上。」

瑪澤魯順著看去。果然，在辦公桌上，有一份已經撕開了封口的郵件。信封上蓋了郵戳還有地址和郵票。

「亞歷山大，是你放的？」

「怎麼會，老闆？你開什麼玩笑，只有你會這麼做。」

「可是，不是我，真不是……」

「那怎麼……」

佩雷納拿著信仔細地查看，發現收信人的姓名、地址和郵戳已經被刮花，都辨別不出來，但是能看清寄信時間和地址：一九一九年一月四日，巴黎。

「三個半月以前就寄出了。」他翻過信，看到上面寫著十幾行字。

「是伊波利特‧伏威爾！」他驚叫起來。

瑪澤魯看了看，說：「是他寫的，我認得他的筆跡。是伏威爾先生在死

之前三個月寫的，不會錯……可這是怎麼回事？」

　　唐路易放聲讀道：

　　親愛的朋友：

　　我今天進一步確定了幾天前寫信跟你說的事請。陰謀正在不斷展開。我並不知道他們有什麼想法，更不清楚他們會如何行動。但是所有跡象都顯示，她的眼睛也已經告訴了我，事情快要結束了。有時她非常奇怪地看著我！誰能想得到，她竟然能做出……多麼無恥的人！我真悲哀啊，真是可憐。

伊波利特・伏威爾

　　唐路易看著信：「我保證，就是他寫的……這是他在今年一月四號給朋友寫的信。他的朋友……不知道是誰，但我們肯定能查到。這個人會幫我們找到有用的證據。我發誓。」

　　「這封信本身就是一份證據呀。唉！等他提供證據的時候，案子早結了。」瑪澤魯說，「『她的眼睛也已經告訴了我，事情快要結束了。』裡面的她，不正是指瑪麗安娜・伏威爾？工程師的證詞更加證實了我們對她的所有指控。難道不是嗎？」

　　「這封信很重要。你說得有些道理……不過……」

　　「怎麼可能？我們昨夜一直守在這，沒見到人來呀！是誰給我們的？如果有人進來，我們肯定會知道的……這也太讓我驚訝了！」瑪澤魯看了看佩雷納，繼續說：「難道不是？半個月之前的謀殺，已經很詭異了。只是慘案在屋裡發生，我們是在外面守著的。可昨晚我們是在屋裡守著，就在這桌子旁邊。那時候桌上沒有任何東西，今天一早卻看到了信。」

　　他們徹底地檢查屋子，沒找到一點有用的東西。之後他們又查看了公館的所有地方，也沒有發現什麼。就算有人藏在公館裡，要進到工作室也不可能不被他們注意。這是怎麼回事？

　　唐路易說：「算了，不用找了，不會有結果的。哪天太陽從縫裡照進來

了，就全明白了——這種事總有空隙。你跟總監彙報下我們昨晚的情況，把信交給他，希望他能批准我們四月二十五號晚上再到這裡等著。你跟他說，那天信還會來的。第二封信真會是上帝送來的？我還不信了！」

他們走出來，關好門，然後向右轉彎，去米埃特大街的車站坐車。走到絮樹大道的路口時，佩雷納回了下頭，看了眼街道。一個男人正騎車從他們身邊經過。佩雷納正好看見他那放光的眼睛和那張沒有鬍子的臉。他一下子推開瑪澤魯，嘴裡喊著：「小心！」瑪澤魯差點就摔在了路邊。男人立刻抬手，開了一槍。佩雷納彎下腰，子彈呼嘯著飛過他耳邊。

「瑪澤魯，你沒事吧？快追！」

「沒事，老闆。」

他們大叫著：「抓壞人……」一邊在後面追。可是時間太早了，大街上都沒怎麼有人。歹徒拼命地往前騎，速度越來越快。到奧克塔夫—弗伊耶街時，他轉了個彎就沒影了。

「你等著，看我抓不著你！」佩雷納嘴裡罵著，停了下來。

「但你知道他是誰嗎？」

「就是他！那個拿手杖的混蛋！他把鬍子都剃光了。不過沒關係，還是被我認出來了。昨天早上在理查—華萊士大道，就是他殺死了昂斯尼探長，就是他從樓梯上向我們開槍。天哪，難道我被人跟蹤了？他是如何跟蹤我的？他怎麼會知道我的行動？為什麼這麼做？」

瑪澤魯回想了一下，說：「對啦，老闆，昨天中午你給我打電話，告訴我晚上要在伏威爾公館守著。是不是說話的時候被人偷聽了？」

佩雷納沒回答。他想到了勒瓦絲。

清晨他回到公館，勒瓦絲小姐沒送信來，佩雷納也沒叫她。他從窗上看見她給新來的僕人布置了工作，然後就沒影了，可能她已經回房間了。下午他要司機備車，和瑪澤魯去絮樹大道執行任務：在公館裡繼續搜查。但仍是一無所獲。

下午六點他回到公館，跟瑪澤魯一起吃了晚飯。他晚上想去那個手杖男人的家裡再搜查一下，就和瑪澤魯一起出發了。他讓司機開去理查—華萊士

大道。穿過塞納河，汽車在右岸行駛。

佩雷納雙手併成喇叭形，對新司機喊道：「加快速度！我一向都開快車。」

「當心出車禍的，老闆。」

「怎麼會呢？我們又不是倒楣蛋。」

汽車行駛到阿爾瑪廣場，朝右邊開去。

「走直線，從特洛卡帶羅街走。」佩雷納大吼。

汽車轉了彎。忽然，它左撞一下，右撞一下，加速衝上了人行道，撞上一棵大樹，翻了個身。幾分鐘後，十幾個路人奔過來，敲碎玻璃打開了車門。佩雷納先爬了出來，說：「我沒受傷，一點事都沒有。瑪澤魯你怎麼樣？」路人又幫忙把瑪澤魯拖出來。他身上的幾個地方被撞到了有些破皮，但都還不重。可憐的司機從座位上被撞出去，頭上鮮血直流。他在人行道上躺著，已經動不了。人們把他送到一家診所，可是十分鐘後他就死了。

瑪澤魯也隨著司機來到藥店，他感覺昏昏沉沉的，就服了點補藥，然後回到事故發生地。他看見兩個警察在向人群收集證詞，並進行事故鑑定。佩雷納已經走了。

唐路易·佩雷納跳進一輛計程車，讓司機飛一般地開到廣場。下車後，他飛奔著穿過院子，經過走廊，來到勒瓦絲小姐的房門口。他敲了敲門，還沒等裡面的人有所表示就徑直地闖了進去。客廳門開著，勒瓦絲姑娘走出來。

他十分生氣，推她進了客廳，說道：「出事了吧？你高興了？以前的僕人全都走了，可是無法搞鬼，況且我下午還開了車出去過。那就是說，從晚上六點到九點，有什麼人偷偷溜進車庫，給我的車動了手腳，把操縱桿鋸得只剩下四分之一。」

「什麼……什麼？我沒聽懂……」她十分驚恐。

「沒聽懂？我說，新來的僕人裡絕不會有歹徒的幫凶。你怎麼會不懂，這麼搞鬼肯定有用處。它確實有點作用，不過我還沒死，死的是別人！真讓你失望了！」

「你這樣讓我很怕。請別這樣，先生……到底怎麼了？出什麼事了？」

「汽車撞在樹上，司機死了。」

「天哪！太可怕了！」她叫喊道，「你難道認為是我？啊！死人，太可怕了！我不會做的……可憐的人……」

她漸漸地沒聲了，彷彿要暈倒似的臉色變得慘白，身子左右搖晃，最後眼睛也閉上了。佩雷納就站在她對面不遠的地方，看到她要倒下了，他上前抱住了她。她想掙脫，但沒了力氣。他把她攙到一把扶手椅上安頓好，聽到她反覆地說：「可憐的人……可憐的司機……可憐的……」

唐路易一手攬著她的肩膀，一手用手帕給她擦掉臉上的淚水和額頭的細汗。她任由唐路易照顧，沒有掙扎，大概是她已經沒有感覺了。唐路易擦完，就保持著剛才的姿勢，直勾勾地看著眼前這張蒼白的嘴巴。這張平日裡紅嘟嘟的小嘴，此時沒有一點血色。

他輕輕地用手掰開她的嘴唇，就像分開閉合的花瓣。他看見她的兩排牙齒。牙齒看上去比伏威爾太太的要小一點，但牙齦可能更寬。它們很漂亮，整齊潔白。可是他又能看出什麼？他又不能證明它們會在東西上留下與伏威爾太太相同的牙印。這太荒謬了，是不可能被接受的。不過，這一連串發生的事情都顯示這個女人是幫凶，都表現出她是凶手，最冷酷、最凶狠、最可怕和最殘忍的凶手！

她嘴裡開始有節奏地吐氣，緩慢而均勻地呼吸。那氣息輕輕掠過他的臉龐，彷彿一陣幽香飄過，令人沉醉。佩雷納禁不住又彎下身子貼近她，內心的情感開始激盪。這次，他掙扎了很久才把目光從那美麗的臉上收回來，把女孩安置好。

他走出房間，背挺得很直。

七、吊著乾屍的倉庫

　　發生了這麼多事，人們瞭解到：伏威爾夫人想要自殺，嘉斯冬‧索伏靈被抓的當日就逃脫出來，昂斯尼探長光榮犧牲，警察發現了伏威爾先生的親筆信。本來柯思莫的遺產案就吸引了公眾的眼球，現在又有人堅持說唐路易‧佩雷納就是亞森‧羅蘋，這樣一來大家濃厚的興趣都集中在這個謎一樣的人物的身上。他的任何一項行動都被關注。所以，僅上述幾件事，就足夠公眾好奇許久了。

　　同樣的，雖然手杖男人不久就逃掉了，但逮捕他的功績還是被記在佩雷納頭上。人們也知道他救了總監的性命，並堅持去伏威爾公館守夜，然後以極其詭異的形式拿到工程師三個月前寄出的親筆信。公眾被這些事情激發起來，消息滿天飛揚。

　　不過，佩雷納遇到的問題就複雜多了，也更讓人頭疼。兩天內，他遇到四次危險。除了報紙上那篇匿名文章對他的言論攻擊，他還被別人暗殺了四次：門洞裡劈下的鐵板、水裡的毒藥、大街上的子彈和汽車事故。毫無疑問，勒瓦絲在這一系列案件中扮演了某種角色。幸虧他發現了《莎士比亞全集》第八卷裡的稿紙，才證實她與殺害伏威爾父子的凶手有著密切的關係！現在，又增加了兩個受害者——昂斯尼探長和汽車司機。

　　這神秘的女人，在整個案件中她扮演的角色，究竟該如何定位和說明呢？真是太奇怪了。

　　唐路易‧佩雷納的公館裡好像從沒發生邪惡的事情，又重新熱鬧起來。每天早上，佛羅若絲都在佩雷納面前整理好信件，並給他朗讀報紙上提到與

穆寧敦遺產或與他有關的文章。

　　四十八小時內，唐路易沒有提到一次有關被人追殺、謀害，要置他於死地的殘酷鬥爭。他感到敵人現在還不想攻擊他，他們之間彷彿已經達成某種休戰協定。他覺得很太平，沒什麼危險了。所以他對佛羅若絲說話的神情很平淡，就好像面對的是一個普通人。可事實上，他非常細心地觀察著她。他從她翕動的鼻孔、哆嗦的嘴唇能看出來，在那平靜的面容下，顫慄著痛苦的、濃郁的、不可阻止的同情心。她的感情是那麼強烈，又那麼沉穩！

　　「你究竟是誰？究竟是誰？」他真想對她大吼，「你究竟是從哪兒來的？你希望死很多人嗎？你的最終目的是什麼？你非要殺了我才甘心嗎？」

　　他認真思考了一個經常困擾他的問題：他買下這所公館，留下了一個對他懷有明顯仇恨的、糾纏他不放的女人，這二者之間是一個什麼樣的關係。現在他對這個問題有了清晰的想法，認為這並不是偶然的巧合。他先接到一份列印的房產介紹，然後決定要買下公館。可是總有人給他寄了這份房產介紹吧，難道不是這個女人嗎？很明顯佛羅若絲就是要請君入甕，好監視他並找機會殺害他。

　　「是的，就是這樣。」他想，「我被捲進來，就因為我可能繼承柯思莫的巨額遺產，所以那些人把我當成絆腳石，千方百計地像除掉繼承人一樣要除掉我。勒瓦絲就是陷害我的人，是她在操縱。沒有證據說明她的無辜，所有事情都證實她在犯罪。我不是也遇到過很多眼神無辜的女人，沒有其他理由，僅因為痛快而殺人嗎？她的模樣高貴端莊，眼睛純潔，聲音沉穩……那又怎樣？又能說明什麼？」

　　他忽然想到多羅蕾・克塞巴赫，不自覺就顫了一下。他不自覺地就把兩個女人聯繫到一起，完全沒有理由。他曾經那麼愛慕妖精般的多羅蕾，卻親手掐死了她。現在，難道命運又要讓他產生愛情，然後再殺了佛羅若絲嗎？

　　勒瓦絲小姐走後，佩雷納感覺呼吸順暢了許多，彷彿卸下了重擔。這個幽香的呼吸曾拂過他的面頰的神秘女人啊！他跑到窗口看著她經過院子，並守在那裡看她在公館裡裡外外地忙碌。

　　一天早上，她說：「報紙上說，今晚有新情況。」

「今晚？」

「是。」她指著那段文章，「今天是四月二十五號，距上次收到信剛好十天。據報導，警方根據你的線索披露伏威爾工程師的公館每隔十天會收到一封信。而且還披露，收到第五封信，也就是最後一封信的時候，公館將發生爆炸，將被毀掉。」

她是不是想告訴他，無論有多大障礙，《莎士比亞全集》第八卷裡夾的那張紙上所寫的消息都會變成真的；那些無由來的信件都會準時出現在公館裡。任何人都阻止不了。這是向他發出了挑戰？他看著她的眼睛，依然平靜。

他說：「我今晚將到那裡。沒什麼能擋住我。」

她剛準備說話，又強壓下內心的湧動，終究沒有作聲。

一整天佩雷納都在高度警戒中度過，他讓瑪澤魯派人密切關注波旁宮廣場的動態。中午和晚上他都是在外面的餐館吃飯。佛羅若絲下午就沒有出過門。晚上，佩雷納給瑪澤魯的手下下達命令，不管誰走出公館，都要密切監視。十點鐘，瑪澤魯與佩雷納在工程師的房間會合，維貝副局長和兩名警察也來了。

佩雷納拉過瑪澤魯，低聲問道：「他們是不是都不相信我？」

「嗯，副局長還有其他幾個人都堅持說這些信是你一手策劃的。不過，只要總監還在，就沒人能違背你的想法。」

「他們說我的目的是什麼？」

「提供不利於伏威爾太太的證據，讓法院儘快給她定罪量刑。所以我才要求副局長和這兩名警察自己過來看著。我們幾個人是一起來為你作證的，證明你很有誠意。」

這一回，在仔細檢查了艾德蒙的小房間之後，他們鎖緊了門窗，守在各自的崗位上。兩名警察輪班。

十一點，熄燈。一整晚，佩雷納和維貝只閉了一會兒眼。夜晚很快過去了，沒有任何異常，很平靜。

第二天早上七點，他們打開窗戶，竟又在桌上發現了信！

和上次一樣！短暫的驚訝之後，維貝把信裝好。他接受了命令，不讓任何人讀它，包括自己。後來報紙登出了信的內容，還請專家做了鑑定，證明信就是伊波利特‧伏威爾親筆所寫。

　　信的內容如下：

　　我的好朋友，我看見他了！他在布洛涅樹林裡的小路上散步，領子被翻起，帽子蓋到耳朵邊上。你知道我在說誰，是吧？那時天都快黑了，雖然光不夠亮，但我還是很清楚地認出了他。我認出了他的銀頭烏木的手杖。不過我想他沒看見我。那個混蛋，絕對錯不了！

　　嘉斯冬‧索伏靈來了！那混蛋說了不會到巴黎……我的死對頭，他害得我好苦呀！他來了就說明他準備下手，他來了我就必死無疑。你知道這件事有多麼可怕！他不但搶走了我的幸福，還要殺死我！天哪！我害怕。

　　這麼說，伏威爾早就知道嘉斯冬‧索伏靈，那個拄烏木手杖的混蛋要謀殺他，他的信裡寫得清清楚楚，這就是證據。同時，嘉斯冬‧索伏靈被抓時說的話也在這封信得到了證明：兩人從前確實有交情，後來就翻臉了；嘉斯冬‧索伏靈答應絕不踏足巴黎。

　　事情發展到現在，總算有幾點光亮照進了柯思莫遺產案的黑暗中。可是這封信怎麼會這樣出現在伏威爾的桌子上？這也太令人驚訝了！五個人，還是最厲害最精明的五個人，整整守了一夜，竟然什麼都沒發現。真讓人難以想像！這次和之前的那晚一樣，沒發出半點聲音，沒留下一點開門撬窗的痕跡，一隻隱形的手把信放在了桌上。

　　有人猜測說房間裡有機關，於是他們仔細檢查了房間的牆壁，又叫來幾年前建房子的包工頭進行詢問——他是按照伏威爾勾畫的圖紙建造的房屋，還是一無所獲。

　　事情的發生簡直就像在變魔術，更不用說公眾對此事的驚訝程度了。對公眾而言，說這件事是普通人用不為人知的手段做的，倒不如說是個偉大的魔術師在變魔術。

但信的詭異到來也說明了唐路易提供的情報是有根據的。四月二十五號晚上，和四月十五號夜裡一樣，他猜測的事情都發生了。關於五月五日夜裡第三封信能否到來，沒人會懷疑。人們相信他說來就會來，他絕對是正確的。所以，五月五號的半夜，大批民眾聚集在絮樹大道上。那些喜歡半夜閒逛的人，樂於湊熱鬧的人結伴到來，看案件有沒有新的進展。

連警察總監都被前兩次的謎題給驚動了。他也來到伏威爾公館參加第三次守夜，想弄個明白。跟他來的還有幾個偵探，被派在閣樓、走廊和花園裡守著。他自己和副局長維貝、佩雷納、瑪澤魯隊長一起待在房間裡。雖然佩雷納說得很明確，完全沒有必要開燈，但總監先生還是固執己見，試試光亮能否阻止奇蹟的發生。就因為這樣，這次是白忙活了。只有在黑暗的遮蓋下，魔術師才能變出把戲，歹徒才能進行陰謀。這種情況下，自然不會有信件進來。這十天就被白白耽誤了。不知道那可怕的送信人還敢不敢繼續下去，送來神秘的第三封信。

五月十五日晚上，守夜又開始了。公館外面仍聚集了很多看熱鬧的人。他們專注地盯著伏威爾公館，也都在焦急地等待事情的發生。沒人出聲，大家都緩慢地呼吸，不放過一絲聲響。大街上寂靜得連根針掉在地上都能聽見。

熄燈了，但警察總監把開關抓在手裡。家具乾裂的聲響或是屋裡某個人動了一動，就會引起他的警惕，讓他幾十次猛地拉開電燈。桌上還是空的。

突然，他們齊聲叫了出來。不知哪裡傳來一種不同尋常的摩擦聲。總監即刻開了燈。信沒在桌上，而在桌子旁邊的地毯上。

他驚奇地叫了一聲。偵探們也很震驚，不可思議。瑪澤魯在胸口劃了個十字。有人去檢查鎖和門閂，沒有被開過的痕跡。總監看了看佩雷納，他沒說話，只點了點頭。

與第一次相同的夜晚。不過信的內容使人們理解了這種神秘的送信方式。第三封信的到來使絮樹大道雙重謀殺案見到了陽光。

伏威爾的簽名。二月八日。看不清地址。

全文如下：

莫里斯·盧布朗

親愛的朋友：

我要起來反抗，鬥爭到最後一刻。哼！我不會跟屠宰場的牛羊一樣，任人宰割。事情已經有了轉機，我已經掌握了一些無法辯駁的證據——他們互通的信件！瑪麗寫道：「親愛的嘉斯冬，再忍耐一下。我已經可以面對這些事情了。誰讓他夾在我們中間，就該他倒楣。早晚要把他處理掉。」我知道他們一直愛著對方，跟剛開始一樣，什麼都擋不住他們要結婚的目的。你也是知道的。

我如果就這麼死了，你可以在玻璃櫥後面的保險櫃裡發現這些信件（裡面還有指控那個惡毒女人的所有證據）。好朋友，請一定為我報仇。再見，或者說，永別了⋯⋯

第三封信就是這麼寫的。伏威爾從墳墓裡揭露出他夫人的罪行，並嚴厲地指控她。同時，信也說明了她犯罪的動機：瑪麗安娜和嘉斯冬‧索伏靈相愛。這就是案件的謎底。很明顯，他們知道柯思莫立下遺囑，因為他們就是從殺死柯思莫開始執行陰謀的。為了盡快得到那筆巨額財產，他們必須殺掉兩父子。但是犯罪的動機卻只為了一段感情——瑪麗安娜和嘉斯冬‧索伏靈相互愛著對方。

還有一個問題。這個收信的人到底是誰？工程師沒有直接把信給警方，而是費盡周折，繞了個大彎。他請收信的人為他報仇。難道收信人也不得不秘密行動？

八天後，法官就這些問題強迫伏威爾夫人說出丈夫的老朋友是誰。她拒絕回答，十分冷漠。經過了長時間的訊問，晚上在牢房裡，伏威爾夫人以最讓人難以預料的方式給出了答案——這也與她的威脅相一致。她用藏起來的玻璃割腕自盡。

第二天清晨沒到八點，瑪澤魯就提著一個旅行袋跑過來，把佩雷納從床上喊起來。

佩雷納被消息驚住了，叫道：「她死了？」

「沒有，好像說被救活了。不過也沒用。」

「怎麼會沒用呢？」

「她就想著去死。她還是會尋死啊！總會死的……」

「自殺前她有說過什麼嗎？」

「沒有。她就在紙上寫了幾句話，說她想了很久，我們可以從一個叫朗若拿的人那裡尋找信件的來歷。朗若拿是她丈夫無論何時都稱為『好朋友』的人，她也只認識他的這個朋友。她還說，朗若拿會證明她是被冤枉的，只是這場誤會的犧牲品；他只可能幫她洗脫罪名。」

佩雷納說：「如果有人能證明她的清白，她為什麼要自殺呢？」

「她自己說，她算是完了，有沒有罪對她而言都一樣。她現在最想要的，就是死。死了就能好好休息了。」

「死了……那樣才能休息。如果揭開真相對她而言是解脫，那真相早就被揭開了。」

「老闆，你說什麼？你是不是有點破案的感覺了？」

「哦，我也只是有一點感覺而已。不過這幾封信確實很詭異，因為來的時間十分精準，像要告訴我什麼。」他想了想，又說，「那三封信上看不清楚的地址有結果了嗎？」

「可以認清了，收信人就是朗若拿。伏威爾夫人說他在奧爾納的佛爾秘納村。」

「信上有『佛爾秘納』的字樣？」

「沒有。信上是鄰近的城市。阿朗松。」

「你要去那裡？」

「是，總監讓我馬上就去。我現在去榮軍院坐火車。」

「你應該坐我的汽車跟我一起走。」

「什麼？」

「我說，我們一起去。我要活動一下，公館的空氣真是太糟糕了。」

「太糟糕了？出什麼事了？」

「沒什麼，我明白就行。」

半小時後，唐路易開著他的敞篷汽車，跟瑪澤魯飛馳在去凡爾賽的公路上。飛一樣的速度嚇壞了瑪澤魯。他不停地說：「天哪！老闆，你怎麼開這麼快……噢，太快了……你小心點，不記得……啊……那天的事了……」

　　他們在阿朗松吃了午飯，之後去當地郵局瞭解情況。郵局的員工並不認識朗若拿，他們說佛爾秘納村有自己的郵政所。信上蓋著的是阿朗松的郵戳，他們猜測是朗若拿先生叫人把信寄到郵局的。佩雷納和瑪澤魯又趕去佛爾秘納村。雖說村裡只有千百個居民，但那裡的郵局員工也不知道朗若拿這個人。

　　「去跟村長打聽一下。」唐路易說。

　　在村公所，瑪澤魯出示了證件，向村長說明來意。村長點點頭，說：「朗若拿這老頭……他可是個老實正派的人，以前在巴黎做買賣。」

　　「他是不是都會去阿朗松拿信？」

　　「是的，每天都去。」

　　「他家在哪？」

　　「村尾，一直走就到了。」

　　「他在家嗎？從這能看見他家嗎？」

　　「他怎麼能在家呢？這個可憐的人，他都死了四年了，不會回來了。」

　　「發生了什麼？」

　　「唉！他四年前就死了。」

　　佩雷納和瑪澤魯對視一眼，說：「他竟然死了……」

　　「是啊，中槍死的。」

　　「中槍？他被人殺死了？」佩雷納叫道。

　　「不，沒有。剛開始大家把他從臥室裡抬起來時，也以為他被殺了。後來的調查發現這是個意外。他是擦槍走火，被子彈打中了肚子。但是朗若拿老頭很會打獵，怎麼會這麼粗心呢？村裡的人都覺得這件事很可疑。」

　　「他有錢嗎？」

　　「有，就是這一點讓人覺得奇怪。他死後屋子裡沒有一分錢。」

　　佩雷納思考許久，問道：「他有沒有孩子？兄弟子女？」

「沒有，他的堂兄弟也都沒有子女。他的財產就是幾棟破敗的老房子，我們都稱之為老城堡。公產處堵住了花園的門，而且在房門上貼了封條，所以再沒有人進去過。等時限一過，房子就充公了。這些都能證明他沒有繼承人。」

「就沒有感興趣的人進去看看？」

「有，可是……圍牆太高了，而且……那個……老城堡在這裡的名聲不好，經常有人說會在裡面遇到鬼……都是些讓人聽了毛骨悚然的事……可是……」

佩雷納和瑪澤魯一走出村公所，就大叫道：「伏威爾竟寫信給一個死人！這件事太神奇了！對了，我感覺那個人像是被謀殺的。」

「一定有人把那幾封信截住了。」

「很明顯呀。他只是對著死人講出自己的心裡話，描述了他妻子可怕的陰謀，可是……」

瑪澤魯沒再接話，他似乎也非常不解。

下午，他們希望能發現點什麼，就拿出一些時間向居民們打聽朗若拿老頭的消息。可從居民們的回答裡並沒有總結出有用的資料。快六點的時候，他們要出發了。佩雷納發現汽油沒了，就叫瑪澤魯坐馬車去阿朗松的城郊買油，他則想去探探朗若拿的老城堡。

佩雷納沿著兩列籬笆之間的小徑走到一個圓形花圃邊，裡面種著椴樹。高大的木門開在旁邊一堵圍牆的中間，已經被鎖上了。他繞圍牆一圈，發現牆又高又完整，沒有破壞的地方。可是他還是扳住了牆邊大樹的枝椏，翻到院裡。花園裡的草坪很久沒有修剪了，上面開放著大朵的野花；小路上遍布雜草，向左可以看到一座十分破敗的房子，上面的百葉窗都損壞了，露出大縫隙；向右通往一個小土坡，上面是舊房子舊亭子的廢墟。

他向左邊那個破房子走去，看到在路邊一個花壇裡，有著剛剛踩過的腳印。因為剛下過雨泥土還很濕潤。佩雷納十分驚訝。他看出來了，這腳印小巧秀氣，是女靴留下的。再往邊上一點，另一個花壇裡還有同樣被踩過的足跡。這人去往房子對面連成片的小樹林裡。在那裡，佩雷納還看到過兩次腳

印。之後就沒有了。

他想：「誰來過這裡？」他眼前是一座貼著高坡建造的倉庫。倉庫有一半已經塌下，門還在勉強支撐著，但已經被蟲蛀壞了。倉庫沒有窗，有人用草堵住了所有的洞。他湊到門上，從木板的縫隙中往裡看。正是傍晚時候，裡面十分昏暗，只能模糊地看到許多大桶堆在那裡，還有舊犁鏵、拆開的榨機及各種破銅爛鐵。

「再去別地兒找找。那女人肯定沒到這裡。」他尋思。但他沒有立刻走，因為倉庫裡好像發出了聲音。他側著耳朵仔細聽，卻什麼都沒聽到。他很想知道究竟是什麼東西發出了聲音，就撞破一截木板闖了進去。倉庫裡照進些光亮，使他能夠在木桶之間慢慢走。木桶一直摞到對面牆的一處空地上。他走著，把地上有些破窗框子上的玻璃踩碎了。他的眼睛慢慢適應了裡面的光線。忽然，他頭部撞到一塊很硬的東西。他沒看清，只感覺那東西晃起來還發出吱吱的怪聲。

裡面太暗了。佩雷納掏出手電筒，擰開。

一具乾屍吊在他頭上。

「呸！媽的！」他猛地倒退幾步，被嚇到了。隨即他又罵了一句。因為旁邊還有一具！

兩具乾屍被粗繩掛在橫梁的螺絲上，頭垂在繩套裡。佩雷納撞到的那具還在搖晃，骨頭摩擦著發出鬼一般刺耳的聲音。他想仔細地檢查乾屍，就環繞四周尋找工具。剛好附近有張瘸腿的桌子，他把它拖過來墊了墊，站到上面。

破舊的衣服和被風乾的肌肉把骨頭接連在一起，使他們沒有散架。只是一具乾屍上少了一條胳膊和一條腿，另一具上沒了一條胳膊。就算沒東西碰到，它們也被從縫隙裡漏進來的風吹得輕微擺動。兩具乾屍慢悠悠地搖晃，一會兒靠攏，一會兒又分開。

在這可怕的景象中，兩具乾屍手上各戴著的金戒指給他留下了深刻的印象。僵屍手指上的肉被風乾，戒指就大了好多，但被彎曲的指節勾住沒有滑落。

這是一對結婚戒指。他把戒指拿下來，噁心地抖了抖。透過細細地觀察，他看到兩個戒指內圈都刻著名字和相同的日期：鄂爾伏瑞德、威科多利娜，1892年8月12日。他想：「他們是一對夫妻。兩個人都被殺了？還是一起上吊死了？怎麼能沒被人發現，這太不可能了。那是不是可以認為，在朗若拿老頭死了，公產處封住這裡不讓人進來之後，他們被吊在了這裡？

他仔細想著：「不讓人進來……沒有人……可是我剛剛分明看到了腳印……一個女人就在剛才進來了。」他想到那個身分不明的姑娘，就從桌上下來了。他的確聽見了響聲，可是壓根沒想到她就在這裡。他又望了望四周，剛要出去就聽到左邊一乒乓聲，看見一邊有些桶滾到了地上。

桶箍是從上面的閣樓砸落的，閣樓上也有很多廢舊的物品。一架樓梯靠在上面。他尋思：「是不是那個女人看到他很害怕，就藏進閣樓裡，又不小心把桶都碰了下來？」

佩雷納把手電筒直立在一個大木桶上，閣樓一下就被照亮了。他只看到些舊鎬頭、舊犁耙和長年沒用的長柄鐮刀，沒有發現異常。他覺得聲響是老鼠弄出來的，但還是想上去看看，就快步走過去爬上樓梯。

快到上面的時候，他聽到什麼東西塌了下來。一個身影從雜物中猛衝出來。事情瞬間就發生了。佩雷納看見一把長柄鐮刀劈向自己，哪怕只有一秒鐘的遲疑，那塊閃著寒光的刀片就削掉了他的腦袋。他剛一側身鐮刀就呼地一下從衣服邊劃過。他迅速地滑到地面。

佩雷納看見了，他清楚地看見嘉斯冬・索伏靈那凶惡的臉和佛羅若絲・勒瓦絲驚恐到變形的臉。她躲在這個手杖男的身後，臉上完全沒有了血色！

八、憤怒的佩雷納

　　他一下子呆在那裡，動也不動地站了一會兒。閣樓上乒乒乓乓地響著，似乎他們在找東西準備對付他。忽然，一個洞眼在手電筒光束的右邊打開，暗淡的光從洞眼裡漏進來。他看見兩個人影緊接著彎腰從洞裡逃出去，鑽到房頂上。

　　他拔出手槍向他們射擊，可是都沒打中。因為他一想到勒瓦絲小姐，就沒辦法瞄準。他又連開三槍，都打在了閣樓的東西上。開到第五槍，他聽到了一聲低呼，急忙奔上樓梯。一些工具和雜物胡亂地堆在閣樓上，還有一捆捆曬乾的油菜。他很難快步追。終於，他跟跟蹌蹌地走到洞口鑽了出去。他愣在那裡。倉庫就是以土坡為後背蓋的，上面就是坡頂。

　　他快步走下土坡，沿著倉庫左邊走到房子正前方。那裡沒有一個人影。他怕歹徒趁天黑又偷偷溜回來，就從右邊繞上狹窄的坡頂，詳細搜查了一番。這時，他發現一個情況，是剛才沒注意到的：圍牆足足五公尺高，牆頂跟土坡連著。他們肯定從這裡逃走了。

　　牆頂很寬，唐路易沿著它往下走。在一節較低的地方，他直接跳上一塊翻耕過的土地。土地靠近一片小樹林，他猜他們就是從那邊跑的就在樹林裡搜查。這裡灌木叢生，荊棘遍地，他馬上想到這樣只是在浪費時間，不會有結果的。

　　佩雷納回到村裡，心裡分析著這次戰鬥的矛盾和案情的突破。佛羅若絲又一次出現在陰謀的中心，並且和她的幫凶再一次想殺了他。勒瓦絲這個惡毒的女人，出現在他猜想朗若拿先生也許是被人殺害的時候；出現在他闖進

倉庫，面對著兩具乾屍的時候。她真是個害人的妖精，哪裡會流血、哪裡會死人，哪裡就一定能看見她！

「狠毒的女人！」他咒罵著，內心十分恐懼，「她長相如此優雅，她的眼睛那麼純潔安靜，怎麼可能……那麼無辜而美麗的大眼睛，真讓人印象深刻……」

等他回來的時候，瑪澤魯已經在飯館前面的教堂廣場上等著了。他給油箱加滿汽油，打開車燈。佩雷納看見村長在廣場上散步，就走過去，問道：「村長先生，再向你問件事。可能有兩年了……你有沒有聽周圍村裡的人說不見了一對夫妻，男叫鄂爾伏瑞德……」

「女的叫威科多利娜，是吧？」村長接著他的話說，「聽說過。他們是阿朗松的居民，沒有工作，賣掉房子得了兩萬法郎之後，就靠一點利息生存。後來就沒見過他們，也不知道他們去了哪裡，那筆錢也沒消息了……當時，這件事傳得沸沸揚揚。如果我沒記錯的話，他們姓德戴旭納瑪。」

知道這些就足夠了。一切就緒。馬上，他們就要去阿朗松了。

「老闆，我們去哪裡？」

「去車站。現在，我確信兩件事：一是伏威爾太太說出朗若拿的事情已經被嘉斯冬·索伏靈知道。二是今天索伏靈也去了朗若拿的房子裡和周圍查探。至於他怎麼知道的，他有什麼目的，我們經過調查都會清楚。我猜他是坐火車到這，那也會坐火車回去。」

唐路易的推斷馬上就被證實了。在車站他們得到消息，下午兩點的時候，從巴黎來的一位先生和一位太太在附近的旅館租了一輛馬車。他們剛剛辦完事情，坐上七點四十的快車回去了。這兩個人的特徵剛好符合索伏靈和佛羅若絲。

唐路易看了看列車時刻表，說：「我們比他們晚一個小時。希望在芒斯能追上他們。快走。」

「會追上的，老闆。我要把他們統統抓起來，這對情人……我保證，把他和他的女人一起……」

「情人？是的，不過……」

「怎麼了？」

佩雷納看他坐好，就發動車子，邊說：「不過，你別嚇著她，亞歷山大。」

「嚇著她？」

「對。你知道她是誰嗎？有逮捕證嗎？」

「沒有。」

「我們就先不要抓她。」

「可是……」

「你再說一句，我就讓你下車了，瑪澤魯。你隨便怎樣都行。」

瑪澤魯閉上嘴。事實上車子開得太快了，他也沒心思說話。他專心看著路上的情況，隨時報告障礙，生怕出點事。樹葉在頭頂上沙沙地響。道旁的樹一晃就過去了。夜間活動的猛獸在光亮的車燈下奔跑。瑪澤魯壯著膽子說：「不用這麼快我們也能比他們先到。」

車子又加速了，他只好不再出聲。

汽車掠過一個個村莊，一道道山嶺，一片片平原。忽然，漫天的黑暗中出現了光的海洋。一座大城市到了，是芒斯。

「你知道車站在哪嗎，亞歷山大？」

「知道。向右轉，一直走。」

他們走反了。七拐八彎地走了七八分鐘，他們打聽到相反的方向才是火車站。汽車在車站剛停下，火車就轟隆隆進站了。佩雷納跳下車，闖進大廳，去開剛剛關上的大門。車站保安拉住他，他費力掙脫出來奔到月台上。火車馬上就要開了，乘務員剛關上最後一個車廂的門。最後的兩個車廂在遠處，他抓著把手，攀在火車上，一節一節車廂看去。

一個員工氣喘吁吁地追著他叫：「先生，還沒給我……你的票！」

佩雷納仍在冒險。他跳上踏板，擠開窗前擋住他的人，隔著玻璃看進車廂。只要一看見他們，他隨時會衝進去。火車開了。他沒有在最後的幾節車廂發現罪犯。忽然，他大吼出聲——他們在那裡，他看見了他們，兩個人都在！他們果然在裡面！那個車廂只有他們兩個人。佛羅若絲頭靠著嘉斯冬·

索伏靈的肩膀躺在長椅上；索伏靈兩手摟著她，低頭看著！

佩雷納憤怒了，抓住門把手，拉出銅栓。氣急敗壞的員工和瑪澤魯跑過來拉住他，把他拉了下來。

瑪澤魯扯著嗓子勸他：「別發瘋了，老闆。會死的。」

「蠢貨！」佩雷納怒不可遏，「就是他們！放開我！」

車廂接連著從他的眼前奔過。佩雷納還想往上跳，可是兩人緊緊拖住他。站長跑過來。一些送貨員也過來幫忙。火車離開了。

他大罵：「你們鬆手！啊！蠢貨！白癡！一群笨蛋！我以上帝的名義起誓……」

他右一揮拳打開瑪澤魯，左一揮拳打倒員工，從送貨人和站長的拉扯中掙脫出來，衝到行李間，跳過一件件箱子行李跑到站外。

他看到汽車已經被熄火了，不禁更加生氣地罵道：「天哪！大笨蛋！他就不能學聰明一點嗎？」

白天佩雷納就把車開得飛快，現在他開著車在大路上狂奔，簡直就像一股颶風從芒斯郊外旋過，讓人頭昏。他滿腦子都想著要在那兩個罪犯之前到達下一個沙特爾站。他要撲上去卡住索伏靈的脖子。他一直想著：要狠狠地掐住，讓她的情人在他手下窒息！

「媽的！她的情人……情人！這下什麼都明白了。」佩雷納恨恨地罵道，「他們才是一夥的，陷害另一個同夥瑪麗安娜，讓那個可憐的女人做這一連串凶案的還債人。瑪麗安娜是同夥嗎？還不肯定吧？誰能想到這個混蛋會不會在殺死伏威爾父子後，再設計除掉瑪麗安娜，這個能和他一起分財產的最後一個人。怎麼不會呢？難道因為沒有證據證明勒瓦絲送信了？那些日期都是在勒瓦絲的書裡發現的！一切的事情都與這推測完全相符……可是那些信是在指控嘉斯冬・索伏靈呀？那又怎麼樣，反正他不愛瑪麗安娜了。難道……難道勒瓦絲愛他？可她有時候同情瑪麗安娜，那都是在演戲！他們是同謀，她幫他殺人、想辦法，他們要共同享受這筆財產，一起生活……她愛索伏靈……她要冷酷地把鬥爭進行到底。所以她怕我看破他們就要殺了我，她恨我……把我當仇人……」

他在迎面撲來的呼呼聲中，在引擎運轉的聲音中不停地喃喃自語。他要報復。一想起那對狗男女如膠似漆地黏在一起，他就又嫉妒又忿恨。在他發熱的頭腦裡，第一次浮現出殺人的念頭。

「見鬼了！亞歷山大！」他突然吼道，「發動不起來了，亞歷山大！」

瑪澤魯一下從暗處鑽出來，大聲回應：「噢，老闆。你怎麼知道我在？」

「你以為隨便是誰在我車上我都不知道？笨蛋！你在那挺舒服啊？」

「我渾身都在抖，難受死了！」

「活該！給你一點教訓。你是在哪裡買的汽油？汽油裡加了其他東西，把火星塞堵住了。混蛋！」

「我在一個雜貨店買的。真的不好用了？」

「你白癡嗎？聽見我說的話沒有，打不著火啦！」

確實，在行駛過程中，汽車一會兒停頓一會兒正常，然後又停頓一會兒。下坡的時候，佩雷納加快速度。汽車好像一頭栽進深淵，兩盞前燈有一盞熄滅了，另一盞也發出暗光，但是佩雷納仍沒有減速。

車子又遲疑了一陣，開始打不上火，然後像是盡了全力隆隆地響著。「彭」地一下，馬達熄滅了，再也沒發動起來。

「混蛋！竟在這裡壞了！太倒楣了！」佩雷納不停地罵。汽車拋了錨，怏怏地定在路上。

「會修好的，老闆。別這麼沮喪。如果在沙特爾沒抓到他，在巴黎也會抓住他的。」

「修好車要一個小時呢！而且修好了又怎樣？還是會堵住。蠢貨！你也不看看他賣給你的是不是汽油！」

他們周圍沒有一絲光亮，是一望無垠的平原，只有天空幾顆星星在閃爍。佩雷納氣死了，不住地跺腳，恨不得砸了汽車，他氣死了！

瑪澤魯後來說，那時候他就是出氣筒。佩雷納扳過他的肩膀，一邊痛罵一邊拼命的搖晃。最後，把他推到斜坡上，自己也十分痛苦。

佩雷納一時滿腹仇恨，一時痛苦無比，斷斷續續地說：「我告訴你，

瑪澤魯……都因為她，那個索伏靈的幫凶……這一切……我要現在就告訴你這些，要不我就改主意了……你要記住她：佛羅若絲・勒瓦絲……就在我公館裡……你會逮捕她的，是嗎？可是……我做不到……我一看到她就失掉勇氣……是的，我很膽怯……她是那麼美麗，眼睛那麼純潔。可是，瑪澤魯，真的是她……我沒有愛過別人……沒有，連一絲的心潮澎湃都沒有……我記得以前……也沒有！瑪澤魯，你一定要抓住她……不要再讓我看見她了……那雙眼睛……是毒藥，讓我沸騰……啊！可是她……我會像殺死多羅蕾一樣，殺了她……否則我就會被她殺掉……那雙眼睛……瑪澤魯，你要不幫我……唉！她愛別人，愛索伏靈……我現在亂糟糟的……那幫罪犯！殺死了那麼多人……朗若拿，伏威爾，他的兒子……還有倉庫裡的乾屍……維洛，柯思莫……還有，還有……這幫魔鬼……佛羅若絲……」瑪澤魯勉強聽清楚了。

這個精力旺盛、控制力強的男人，他聲音越來越低，似乎把心裡的話統統說出來之後就沒了力氣，一下子被失望和悲觀打倒了。

瑪澤魯站起來，勸道：「老闆，別這樣。我知道女人慣用的伎倆……她們都是裝出來的，女人都會這麼幹。忘了跟你說，我在你出國的時候結婚了。唉，我太太讓我吃多了苦頭……根本不是那麼賢慧，但是她……老闆，你真應該聽聽她是怎樣補償我的。」他輕輕把佩雷納扶到汽車後座上，接著說，「夜裡不是很冷，這裡也有蓋的東西……你躺一會兒……明早一碰到人，我就讓他幫我們去找工具……我要餓死了都……還要找點吃的……你別這樣，對付女人很容易，直接趕走她們……事情會好起來的……可如果她們先動手了……就……唉，我太太……」

佩雷納也許永遠都不知道瑪澤魯夫人是什麼樣的。在猛烈的發洩之後，他幾乎立刻就睡著了，深沉地睡著了。

第二天早上七點的時候，瑪澤魯就請一個人幫忙辦了事，那個人剛好騎車去沙特爾。佩雷納醒來時已經是上午了。九點鐘，車子重新發動起來。

佩雷納恢復過來，很冷靜。他對瑪澤魯說：「昨晚我說了很多傻話，可是我並沒後悔。不過，我要一個人完成這項任務。我有義務救出伏威爾太

太，盡一切努力抓住真正的凶手。我向你保證，我一定會盡全力的。今晚，我就要讓那個女人被抓到警察局裡。」

「我會協助你的。」瑪澤魯回答，聲調有點不平穩。

「用不著。你要是敢碰她一絲一毫，我就要你好看。聽清楚了嗎？所以你老實待著就行。」

「清楚了。」

他車子開得飛快，因為他又開始生氣了。瑪澤魯認為他就是在跟自己較勁。汽車旋風似的穿過沙特爾、宏布耶、什弗勒茲、凡爾賽，又經過聖克盧、布洛涅樹林……

汽車從協和廣場直接開向皇家花園。瑪澤魯問他：「老闆，你不回家？」

「不。現在最迫切的是讓人告訴伏威爾太太，真正的罪犯找到了。讓她別再想著自殺……」

「怎麼做？」

「我現在去見總監。」

「他不在，下午才回得來。」

「那就去見預審法官。」

「現在才十一點，他要中午才去法院。」

「先到了再說。」

瑪澤魯是對的，法院裡一個人都沒有。佩雷納在周圍解決了午飯。瑪澤魯回了趟警署，又回來找他，帶他去法院。瑪澤魯注意到他有些激動，有些不安，這可是很少見的。於是他問：「老闆，你決定了？」

「決定了。吃飯的時候我讀過報紙，上面說伏威爾夫人第二次自殺未遂後，又想撞牆。醫院裡沒轍了，只能綁住她不讓她動。可是她又開始不吃東西。我必須救她。」

「救她？」

「是，我要向預審法官報告，抓住真正的凶手。今晚，無論佛羅若絲‧勒瓦絲是死是活，我都會把她交給警方。」

「不抓索伏靈了？」

「他……要晚一點……不過……我要親手殺了他，這個混蛋！」

「老闆……」

「別再說了！」

附近有些打聽案子的記者，看見了佩雷納。他大聲宣布：「各位，你們可以報導：從現在開始，我將為瑪麗安娜‧伏威爾辯護，我要全力維護她的權益，幫她洗脫罪名。」

記者們吃了一驚。是他把伏威爾太太送進了監獄，也是他收集了一大堆不可反駁的證據呀！

「我會慢慢地把那些罪證全都否定掉。凶手卑鄙地陷害了瑪麗安娜‧伏威爾，她只是凶手的犧牲品和替死鬼。我會抓住凶手，送交司法機關。」

「可是那些牙印呢？」

「那是偶然事件，是從未有過的巧合！現在，那些牙印成為證明伏威爾太太清白的最有力證據。如果伏威爾太太真的狡猾到可以殺死那麼多人，那她就不會讓自己留下這個不容質疑的鐵證——自己的牙印。我只想說明這一點。」

「這怎麼可能……」

「我要向預審法官彙報，她沒有犯罪。她是清白的！我要告訴她有人在盡力救她。要讓她有活下去的念頭，否則這個可憐的女人會死掉的。如果她真的死了，所有冤枉過她的人都會不安，都會難過。所以……」

佩雷納停住了，他盯住一個站在稍遠處，一邊聽一邊不停記錄的人。

「你能去問問那個人的名字嗎？我總覺得在哪裡見過他。」他對瑪澤魯低聲說道。

一個接待員打開門。預審法官接到唐路易的名片後，立刻派人請他進去。他正往裡走，剛要進辦公室，猛地想起了什麼，對著身後的瑪澤魯怒吼道：「索伏靈！他化了裝！就是他！快抓住他！快追！」

他衝了出去，瑪澤魯、幾個守衛還有一群記者都跟在後面追。他跑得飛快，沒幾分鐘就聽不到身後的腳步聲了，他把他們甩在了後面。他狂奔下

地道的樓梯，穿過地下通道。從兩個路人那裡他得知，一個走得很匆忙的人剛剛過去。可是他走錯了。等他反應過來回過頭再找，時間已經被耽誤了很多。從行人那裡，他打聽到索伏靈從法院大道逃了，與一名美麗的金髮女子在大鐘沿河的馬路上見面。他們一起上了公車，從聖蜜雪兒廣場去了聖拉扎爾火車站，那女人明顯就是佛羅若絲！

佩雷納趕回一條僻靜的街上，那裡停著他的汽車，一個孩子在幫忙看著。他把車加到最大馬力，不久就來到聖拉扎爾火車站。他在汽車的售票廳又打聽到新的線索，就繼續追，發現消息是假的。這一個來回花了他一個多小時。他又回到火車站，終於問到可靠的消息：金髮美女自己上了公車，去往波旁宮廣場。難道那女人出人意料地回公館了？

太可惡了，她竟然還敢回去！他十分生氣，一邊開著車，一邊嘟囔著威脅和侮辱她的話。他很想威脅她、懲罰她，罵她個狗血淋頭。那個可惡的女人，就應該被他傷害、折磨。他現在迫切地需要這麼做，以緩解心裡的痛苦和心酸。

波旁宮廣場上，五六個人在廣場上閒逛。他「吱」地一聲停下車，犀利的眼睛馬上就看出那是些偵探。瑪澤魯見到他回來，立即轉過身，藏到門後面。

他喊：「瑪澤魯！」

瑪澤魯聽見叫他，非常吃驚，只好走出來。

佩雷納更加認為自己的擔心被證實了，因為瑪澤魯顯得那樣不安和慌張。

「你帶這幫人圍著我的公館，是來抓我嗎？」

瑪澤魯有些尷尬地說：「老闆，你那麼受歡迎……」

佩雷納不禁一顫。天哪！他被瑪澤魯出賣了！這位警察隊長一定是不想尊敬的老闆被危險的情感所折磨，所以遵從自己的良心，說出了佛羅若絲‧勒瓦絲的事。多麼大的打擊！他深呼吸著強壓下心中的怒火。他認識到，昨晚他被嫉妒沖昏了頭腦，說了很多錯話。這些行為的後果就是，他將不再是偵破此案的主導，這是無法挽回的。

「你有逮捕證嗎？」

「額⋯⋯很湊巧⋯⋯我遇到他⋯⋯總監回來了⋯⋯」瑪澤魯不敢正視他，「我告訴他那個女人的事⋯⋯還有，有人發現那個照片，佛羅若絲‧勒瓦絲的那張⋯⋯總監給你的⋯⋯你做了改動，總監知道了。所以我一提到佛羅若絲，總監就有了印象。」

佩雷納冷漠地問：「你帶了逮捕證？」

「帶了⋯⋯當然⋯⋯是吧⋯⋯總監，還有法官⋯⋯這個不能少。」

如果不是廣場上人來人往，川流湧動，佩雷納肯定會用正宗的直拳揍扁瑪澤魯的下巴。他太生氣了。瑪澤魯也預見到他悲慘的情況，連連賠著不是，小心翼翼地站在遠處，想熄滅老闆的怒火。

「一定得這麼做⋯⋯這是為你好，老闆⋯⋯你記得吧，老闆，你吩咐我這麼做的：『你一定要抓住她⋯⋯不要再讓我看見她了⋯⋯那雙眼睛⋯⋯是毒藥，讓我沸騰⋯⋯』你說我能不聽從嗎？一定要聽的，是吧？而且副局長維貝他⋯⋯」

「什麼！維貝也知道了！」

「哦，當然⋯⋯維貝剛知道，索伏靈在理查－華萊士大道住的時候，有個金髮美女經常去他家，就叫佛羅若絲⋯⋯也許不用一個小時，維貝就帶著警察來了。因為那張照片被別人看出來之後，總監有點不相信你了⋯⋯對啦，我跟你說，她甚至有幾次都住在索伏靈家裡。」

佩雷納氣得牙癢癢。「你在撒謊！你這個騙子！」他大吼，心裡又燃起熊熊怒火。他曾經想抓住佛羅若絲，但動機不純。現在，他是很清醒的想把她抓起來送進監獄。他沒有明確的想法，因為無來由的愛情不斷折磨他，讓他被各種感情操控。事實上，他也不知道自己在幹什麼，那種愛情甚至會讓他殺死所愛的人，也能讓他為救她而不惜一切代價。

一個賣報人經過，他看到報上凸出了幾個粗體的大字：

唐路易‧佩雷納宣布，凶徒即將抓捕歸案，伏威爾夫人是無辜的。

佩雷納大喊：：「慘劇馬上就會結束了。是這樣的！活該佛羅若絲倒楣，我要讓她償債。」他重新發動汽車，開進院子。下車後他對迎過來的司機說：「把車掉頭，別熄火。我隨時都會走。」他又叫來廚房總管，問勒瓦絲小姐在不在。

「她在房間，先生。」

「她昨天是不是出去了？」

「是的。昨天她收到一份電報，信上說希望她能去看望一下一個生病的親戚。但她半夜就回來了。」

「你請她來，去樓上我臥室旁邊的小客廳，我有事問她。」

小客廳在三樓，是從前的太太用的，是一個小房間，又安靜又安全。自從歹徒幾番要殺害他之後，他就在這裡工作了。重要的文件都被他藏在這裡，鑰匙也被他隨身攜帶。那是把特別的鑰匙，上面有三道槽和一個內膽簧。

唐路易知道瑪澤魯一直跟著他進到院子，就把他拽上了台階，說道：「我還擔心佛羅若絲會發現什麼不回來了。現在一切正常，也許她沒想到我昨天已經看到她了。她來了就別想逃走。」

他們上了二樓，瑪澤魯籠著手問：「你想清楚了，老闆？」

「你明白，我不希望伏威爾太太自殺。可是我已經做出決定：如果只有一個辦法能阻止她自殺，那就只能把佛羅若絲抓起來。」

「你不後悔嗎？」

「不。」

「你能原諒我嗎？」

他一拳打在了瑪澤魯的下巴上，乾淨俐落。嘴裡說著：「太謝謝你了！」瑪澤魯悶聲不吭地倒在樓梯上，暈了過去。

樓梯中間有個暗室，是僕人放工具和髒衣服的地方，也放些雜物。佩雷納把瑪澤魯推進去，讓他背靠箱子坐在地上，又用手帕把嘴堵住，拿餐巾勒緊。他用桌布把瑪澤魯的手腳捆起來，綁到牆上牢固的釘子那裡。

瑪澤魯醒了。唐路易對他說：「你看，什麼都齊全了，桌布、餐巾，你

嘴裡還有只梨，可以充饑。吃完再睡一覺，多享受啊！你會跟蘋果一樣紅潤的。」他把瑪澤魯關在暗室，看了看錶：「很好，我還有一個小時。」

他想了一個小計畫：先叫佛羅若絲過來，歷數她的種種罪行和卑鄙嘴臉，狠狠罵她一頓，逼她招供簽名。拿到證明伏威爾太太清白的證詞之後，他可能開車把她帶到某個不容易找到的地方，拿她當人質，給法官和警察們施壓；也可能做點別的。這些可以以後再想。他現在最迫切需要的，就是立即把佛羅若絲大罵一頓。

他一路小跑，來到臥室。現在的佩雷納頭腦發熱，又興奮又盲目。他把頭埋在涼水裡，想到：「她來了！她已經開始上樓了。我聽見她的聲音了！就我們兩個人。我要好好罵她一頓！啊！我太期待了！」

他回到樓梯上，打開了小客廳的門。「啊！」他被嚇了一跳。嘉斯冬‧索伏靈站在那裡，握著雙手。他竟然會出現在這鎖上的小房間裡！

九、事實與真相

佩雷納看到嘉斯冬・索伏靈，本能地退後一步，拔出手槍大喝一聲：「不許動！舉起手來！不然就開槍了！」

嘉斯冬一點也不緊張。他抬起下巴，示意佩雷納看桌子上的兩把手槍。那是他放的，現在也搆不著它們。嘉斯冬說：「這是我的武器。我沒想跟你作戰，只想談談。」

「你怎麼能進來？偷偷配了鑰匙？可是你怎麼能拿到鑰匙……」佩雷納問，見他這麼冷靜有些惱怒。

嘉斯冬沒有回答。佩雷納氣得發狂：「快說，否則我就……」

正在這時，佛羅若絲來了，佩雷納伸手想拉住她，但姑娘從他身邊跑過，直接撲到了索伏靈身上。佛羅若絲並沒因為唐路易也在就有所顧忌，她說：「你怎麼來了？你答應過我……還發過誓……你快走……」

索伏靈擺脫了她，拉她在椅子上坐下，解釋道：「佛羅若絲，我之前只是為了讓你放心才會答應。讓我去做吧……讓我去做吧！」

「不！你瘋了！我不允許……求你了，別這麼傻。不行！」佛羅若絲激動地抓住他。

索伏靈撫摸著她的額頭，又撥開她臉上的金髮，動作十分輕柔。他微微彎下腰，說道：「讓我去做，佛羅若絲。」佛羅若絲似乎被這柔和的聲音打動了，沒有再說話。他又繼續說了些什麼，佛羅若絲慢慢平復下來，看樣子是同意了。

不過佩雷納沒聽清他的話。他在他們對面站著，端著槍瞄準索伏靈，手

指放在扳機上，一動不動。當他們如此親暱地說話時，當那個混蛋、魔鬼在他面前撫摸佛羅若絲的頭髮時，佩雷納的手指在抽筋，渾身顫慄。是怎樣的毅力迫使他壓住內心熊熊燃燒的嫉恨？又是哪種神奇的力量讓他沒有扣動扳機？他想，既然他有這個能力向他們報復，既然從今開始任何事情也不能阻止他的行動，那就以後再收拾他們。他覺得怎麼合適就怎麼收拾他們。於是他放下手臂。

佩雷納把索伏靈的手槍放到抽屜裡，走回門口。他正要關門，聽到有人往二樓走，就又回到樓梯口。來人是廚房總管，他舉著托盤。

「怎麼了？」

「有一封給瑪澤魯先生的急信，先生。」

「他在我這裡，給我就行。不要讓人打擾我們。」

他取出信。這是守在公館外的一個偵探寫的。信上說：

隊長，你要小心，索伏靈在公館裡。人們都知道那姑娘是房子的女管家。據附近居民稱，在我們過來之前，金髮姑娘進去有一個半小時了。後來有人看見她在小樓的窗戶出現。不久，亭閣下面的一個小門，可能是地下室的門開了，一個男人貼著圍牆急忙潛進了地下室。這時候根據附近居民的描述，是那個女人開的門，而男人就是嘉斯冬·索伏靈。所以，你一定要小心。只要你一吹口哨，我們就衝進去。

佩雷納這下明白那混蛋是怎麼進來的，是怎麼躲過懲罰，逃過追捕，藏在安全的地方了。大名鼎鼎的唐路易·佩雷納，竟和大仇人住在同一棟房子裡。

他暗忖：「這下好了，那混蛋的結局可以確定，佛羅若絲也是。要麼警察用鐐銬帶走他們，要麼就是我的子彈殺了他們，這就是他們的歸宿。」他竟沒想到汽車就在下面，隨時可以開走；也沒想到佛羅若絲會逃走。就算他不殺他們，警察也不會放過他們。也許把他們送到社會上，讓公眾來懲罰這兩個敗類會更好一些。

他關上門，插上門閂，搬了椅子坐在他們面前，說：「索伏靈，開始吧！」

房間很窄，他們的椅子相距還沒到一公尺，挨得很近。佩雷納幾乎都感到他能碰到那個噁心的人。他們和窗戶之間隔著一張堆滿書的桌子。窗戶在厚厚的牆上開著，跟所有的老房子一樣隱蔽。

佛羅若絲偏了下椅子。逆光了，佩雷納無法看清她的臉。可是他能很清楚地看到索伏靈的表情。他十分好奇地打量著索伏靈，越看越生氣。那是一張年輕的臉，雖然目光冷酷，但眼睛卻很漂亮靈巧，而且嘴巴上的表情十分豐富。

佩雷納喝令道：「我可以暫時跟你停戰，只有幾句話的時間。說啊，還等什麼？你後悔了？」

「我什麼也不怕，更不後悔。我們可以，也應該相互理解。這是我強烈的預感。」索伏靈沉穩地說。

「我們之間？我們成為同盟？要訂個條約嗎？」佩雷納吃了一驚。

「是的。我們可以成為同盟。下午在預審法庭的走廊裡，我忽然就想通了。在這之前我也好多次都有過這樣的想法。你對外的宣言更讓我堅定了這個念頭。報紙上說：

『唐路易·佩雷納發表聲明：伏威爾夫人是清白的……引起轟動』。」

嘉斯冬比劃著，從椅子上直起腰，一字一句地說：「你在公開的場合很嚴肅認真地說出這句話。伏威爾夫人沒有罪。整個案件都凝聚在這幾個字上。你真的認為瑪麗安娜·伏威爾是清白無辜的嗎？你真的這麼想嗎？」

佩雷納聳聳肩，說：「哼！伏威爾夫人是不是無辜的，跟你無關。我們現在要討論的是你們而不是她。有什麼就直接說出來吧，越快越好。這對你們更有利一些。」

「對我們更有利？」

「當然！」佩雷納叫起來，「你難道忘了還有第三個標題嗎？我不僅說她是清白的，還說了要『立即將罪犯抓捕歸案』。」

對面兩個人本能地站了起來。索伏靈問：「你認為罪犯是誰？」

「你居然問我！當然是拄烏木手杖的人。你忘了他殺害了昂斯尼探長嗎？另一個當然是他的幫凶。在絮樹大道朝我射擊，在我的車上做手腳，害死我的司機……你們還記得這些想暗殺我的事情嗎？還有，昨天在倉庫，你們差點就用鐮刀砍掉了我的腦袋！」

「那又說明什麼？」

「你們的陰謀沒有得手，還問我說明了什麼？現在你們竟白癡到自己跑過來。真是因果報應啊！」

「我還是不明白……」

「還不明白？這麼簡單的道理……警察知道你們在公館裡，已經包圍了你們，而且副局長維貝一會兒也來抓你們了。」

嘉斯冬聽到這番話，有點不敢相信，好像不知道該怎麼辦了。佛羅若絲在他旁邊驚懼不已，臉部肌肉扭曲，臉色慘白。她慌張地說：「不，不要……太可怕了！啊！」

猛地，她撲向佩雷納：「你出賣了我們。混蛋！卑鄙小人！你才是殺人犯……卑鄙的小人！陰險啊！你竟然背叛了我們！」她瘋了一般叫嚷，抓著佩雷納搖晃，直到沒力氣了才癱在椅子上。她摀住臉開始哭泣。

佩雷納轉過臉。姑娘的辱罵、咆哮、眼淚，都沒有讓他心動，他竟沒有生出半點同情，彷彿他從沒有愛過她似的。因為她讓他恐懼，澆滅了他心中濃烈的愛意，所以他從那惱人的感情中擺脫出來了。

他踱了幾步，回到兩人身旁，看見像兩個無路可走的朋友，相互扶持。他們的手緊握在一起。佩雷納忽然又滿腔怒火，十分仇恨他們。他一把掐住索伏靈的胳膊，問他：「憑什麼要我保護你們？因為她？是你的妻子，還是情人？憑什麼！」

他自己都感覺這樣做很怪異。他的聲音流露出了內心的感情，他沒來由的憤怒已經明確表達出他以為已經消失的愛意。索伏靈瞪大眼睛，驚訝的看著他。佩雷納覺得這個敵人發現了他心裡的小秘密，臉紅起來。之後很長一段時間都沒有人說話。他的目光與佛羅若絲的目光相遇，發現她的眼神充滿敵意和抗爭。她不會也發現了吧？他只能等著嘉斯冬的解釋，沒多說一句

話。

　　沉默中，他唯一關心的，迫切焦急地想要知道的只有一件事：他馬上就會知道佛羅若絲的經歷了，知道她的過去，她的愛情，她對索伏靈是什麼感覺。他沒有想過敵人要說什麼，沒有想過將要發生的悲劇，沒有想過他們將面臨的可怕困境。他滿腦子都是佛羅若絲。

　　「命中註定要發生的，就讓它發生吧！」索伏靈說，「讓我告訴你這些事情。不過先要說明，我現在想的只有讓他們把我抓進去。」

　　「嗯，說吧！我關了門。快說。」

　　嘉斯冬說：「我知道的事情並不重要，我不求你能相信，但希望你能暫時把它當真話，確定的真話來聽。我儘量簡要說明。」

　　你知道我跟伏威爾夫婦是親戚，但我以前只是用信件跟他們聯絡，並沒有見過他們。幾年前我們在巴勒莫遇到了。特別巧，當時他們請建築隊在絮榭大道蓋新房，準備在那裡過冬。那以後，我們在同一個地方生活了五個月，天天都能見面。他們夫婦感情不是很好。一次他們吵架後瑪麗很傷心，不斷地哭泣。我見到了那一幕，為她的眼淚所折服，就忍不住說出了心裡的想法：第一次見面我就愛上了她。從沒停止，而且更愛她。」

　　「你在撒謊！昨天我還看見你們在火車上，那樣……」佩雷納叫起來。

　　索伏靈沒有理會佩雷納的喊叫，看了看佛羅若絲。只見她雙肘抵著膝蓋，用拳頭托住臉，沒出聲，也沒什麼其他反應。

　　索伏靈繼續講：「瑪麗安娜向我傾訴心事，但要我起誓說我們之前只有純潔的友誼。她不讓我對她有其他想法。我發誓了，因為我知道她也愛我。幾週的美好快樂的時間我們都是一起度過的。那時候伊波利特・伏威爾戀上一個大眾音樂會的歌女，經常夜不歸宿。艾德蒙身體不好，我就經常陪他做做運動。在我們身邊有一個共同的好朋友，就是佛羅若絲。她善良體貼，認真給我們出主意，鼓勵我們，照顧我們，讓我們都很開心。她給我們的愛情澆灌了濃烈而高尚的泉水。」

　　佩雷納心跳得厲害。他可能在不知不覺中受到索伏靈的感染。他態度真誠，語氣爽直，讓佩雷納有點吃驚。他倒沒有不相信這些話，只是他需要趕

快透過這些事情抓住重點。

「十五年前，我哥哥納巫爾・索伏靈在布宜諾斯艾利斯收養一個女孩，是他的朋友留下的。孩子十四歲哥哥就去世了。他把她託付給一位老保姆來養育。她曾經也是我的保姆，後來隨哥哥去了美洲。再後來老保姆帶著孩子回到法國，把她託付給我。不久老保姆就在一場事故中喪生了。

我帶孩子去了義大利的朋友家。孩子就在那裡生活、學習。長大成人後她想自己養活自己，就出去應聘家庭教師。接著她被我介紹到伏威爾那做小艾德蒙的家教。孩子喜歡這個老師，瑪麗跟她也很要好，她們是非常好的朋友。我在巴勒莫遇見伏威爾夫婦時跟她重逢了。

我跟她也是好朋友。我們一起度過了美好快樂的時光。那時候每天晚上我都會在日記中記下我美麗的愛情，雖然那是沒有希望、沒有前途的生活，但我覺得它是那樣絢爛和熱烈！瑪麗安娜就是我的聖女，我愛慕著她。我跪著，不斷地在日記裡記錄她的美好，並編造出一些『她承諾給我那早已被拋棄的歡樂，對我說出愛慕的語言』之類的想像。

只可惜太短暫了！突然之間我們三個人的幸福就被陰雲籠罩。我不知道是被什麼惡魔驅使，也不知道遇到怎樣的偶然，這個日記被伊波利特發現了。他看了我的日記。他當然憤怒了。本來他要即刻趕走瑪麗安娜，可她拿出證據證明了自己的清白。看到她冷靜的態度和不同意離婚的決心，伊波利特就沒趕她走。為此瑪麗安娜向伊波利特保證再不見我。

我心如死灰，就從巴勒莫搬走了，在中部的一個城市住下。佛羅若絲也被辭退。之後，我再沒跟伏威爾太太說過話。但是，愛情的堅定仍使我們相連。不論時間有多久，還是我們已經分開，我們之間的甜蜜愛情都濃烈如初。」

他停下來，想知道佩雷納是如何看待他的話。佩雷納專注地聽著，沒有掩飾心中的急切，他太想知道後來的事。他驚訝於索伏靈淡然的目光，平靜無波的語調和超乎尋常的冷靜。他竟是這樣舒緩，這樣平常地講述這麼一段熱烈的情感糾葛，讓佩雷納認為他在做戲。

於是，佩雷納想起伏威爾太太也給他留下過這樣的印象。她們都那麼會

演戲。難道他應該跟之前一樣認為她是有罪的？還是他應該相信索伏靈？因為這個男人看上去還有些正直。

「然後呢？瑪麗安娜怎麼樣了？」

「她搬去巴黎的新家。他們夫婦都沒有再說起那段往事。」

「你怎麼知道？她給你寫信了？」

「沒有。她對家庭盡職盡責，有著傳統的觀念，是很守本分的女人。她從來不給我寫信。當時佛羅若絲應聘給馬羅內思庫伯爵——你前面的房主兼任讀報員和秘書，可以經常與瑪麗安娜在她房裡見面。可是，佛羅若絲，瑪麗安娜從未提到過我吧？她也不可能提到我。但我知道過去的回憶和愛情填滿了她的思想與靈魂。你可以問佛羅若絲。再後來，我實在熬不住這種不在一起而獨自居住的生活了，就又回到巴黎。悲劇就開始了。」

「一年以前，我在魯爾大街租了房子，靜靜地生活，儘量少出門。我只在傍晚快天黑的時候才去布洛涅樹林最沒有人的地方散步。我就怕伊波利特知道我回來，又去找瑪麗安娜吵架，打擾她的寧靜。只有佛羅若絲自己知道我回來了，還經常過來探望我。」

「可是，就算我下狠心了也會心軟。星期三晚上快十一點的時候，我不自覺走上了絮樹大道，從她的房子前面走過。那個溫暖的夜晚，天氣晴朗。真是太湊巧了，瑪麗安娜就站在窗邊。我感到無比的幸福，以至於雙腿發抖。她肯定看見我，並認出了我。從那以後，每個星期三的晚上我都從她房前走過。由於伊波利特的地位，瑪麗安娜也得經常出去應酬。她有自己的生活，也要娛樂。但幾乎每個週三她都站在窗前，讓我感受那永遠新鮮，又出人意料的幸福。」

「講快點吧！快說！快說事實是怎樣的……」佩雷納催促道，他太想知道後來的事了。他的理由，他的成見，無論他多麼不願意去相信，嘉斯冬・索伏靈說的那些事已經深入他心裡，就像真實地發生在他眼前一樣。不知道為什麼，他忽然擔心聽不到下文。事實上，在他心靈深處還糾結著愛意和嫉妒。一股強大的力量讓他不得不相信，這個到現在他還看作情敵的男人是在說真話，因為他可以當著佛羅若絲的面一直宣布他愛瑪麗安娜。

「快說吧，時間不多了。」他又一次催促。

「不能再快了，我的話，一句都不能少。」索伏靈搖著頭，「在說之前我就斟酌好了。你只能在串聯的事實中，在我儘量真實和完整的敘述裡發現答案。答案不可能只取決於單個的事。」

「什麼意思？我沒聽懂……」

「我說的就是事實。」

「你說你們是無罪的，是嗎？」

「不對，是瑪麗安娜是無罪的。」

「我沒有說她有罪呀！」

「可是你不能證明她是清白的……」

「證據在你那裡。」

「我哪會有證據？」

「什麼？」

「我說，我剛才說的話，希望你相信的事情，都沒有證據。」

「我怎麼能相信你？不，我不可能相信！」佩雷納生氣了，叫道，「如果你不能找出有力的證據，我不會相信你說的任何一個字！」

「可是，你已經相信了我的每一句話。」索伏靈乾脆地說。

佩雷納閉嘴了。他瞄了眼勒瓦絲小姐，感覺她也很希望他接受那番話。而且她的目光有了些許的柔和。佩雷納軟下來：「你接著說。」

兩個男人的態度都很奇怪。索伏靈字字斟酌，簡單明瞭；佩雷納則專注地聽，分析每句話的含義。兩個人都平心靜氣，暫時壓下內心的湧動。他們彷彿在冷靜地思考應該如何解決一個關乎良心的問題。他們完全沒有注意外面有什麼動作，全心地投入到這場講述裡。現在最需要的，就是無論會發生什麼，無論警察如何行動，一個人都要繼續說，一個人都要繼續聽。

「跟你講這些，為了表示我們的誠意。下面將說到最關鍵的事。」索伏靈很認真很莊重，「我會忠於事實地講述，你聽著可能會有點想不到。一次，很不巧，我去樹林裡散步時遇到了伊波利特。為了減少麻煩，我趕緊搬到理查—華萊士大道那座小房子裡安頓下來。佛羅若絲有幾次去看我，為了

避免麻煩。我讓她不要去，把信放在郵局。這樣我才能安心。我沒有指望任何事，沒有被任何面前的和潛在的危險威脅。我生活的環境非常安全，與世隔絕。我就是在警察帶人衝進我家時才聽說他們父子被殺，瑪麗安娜已經被抓起來的。用一句最庸俗但最準確的話來說，這對我無疑是五雷轟頂。」

「怎麼可能！」佩雷納又叫起來，十分憤怒，「事情都過去半個月了，你怎麼能不聽說！不可能！」

「誰來告訴我？」

「報紙上都有！她也會告訴你！」佩雷納指著佛羅若絲。

索伏靈堅定地說：「我從來不看報紙。每天用半個多小時去瀏覽那些政治謊言和社會醜聞，就是在浪費時間。難道不是嗎？你不相信？這難道是義務，不能拒絕嗎？只閱讀自然書籍和科學雜誌的人是存在的。不看報的人是很少見，但是少見不代表沒有。

而且，在謀殺案的那天早上我就告訴佛羅若絲，我要出門，三週之後回來。我是直到最後一刻才決定先不走。但她以為我走了，又不知道我要去哪裡，才沒有來告訴我這一切。同樣的，在你們發現拄手杖的人有罪時，她也沒辦法告訴我我已經被監視了。」

「你別想抵賴！」佩雷納生氣地說，「拄著烏木手杖的男人就是跟蹤偵探，在新橋咖啡館調換信件的人……」

「不是我。」索伏靈明確地說。

佩雷納對此表示了十分的不屑。

索伏靈又強調一次：「這裡面肯定有什麼誤會。我發誓，我從來沒去過新橋咖啡館。這是千真萬確的，絕對不是我，你必須相信。而且，我就是個不理世事的人，我喜歡過平靜的生活，也只能過這種生活。我真的對此一無所知。當時猛地聽到那個消息，我就像遭到了晴天霹靂。也正是因為這樣，我才流露出最野蠻、最原始的本性，有了出人意料的反應，那是本能的。我當時真要瘋了！你想想就該明白，你們把瑪麗安娜投入監獄，就是折磨了我最心愛，最神聖的東西！而且還指控她犯了雙重謀殺罪！

於是我先穩住自己，想辦法跟警察總監周旋，然後逃跑。我當時想的就

只有：逃跑。只要我是自由的，我就要救瑪麗安娜出來。我打倒探長，推開瑪澤魯隊長，跳下窗戶。誰要擋住我，我就讓誰倒楣。他們憑什麼，竟然去攻擊一個最聖潔的女人？那天我只殺了一個人……那些糊塗蟲、倒楣鬼，誰讓他們抓走了瑪麗安娜？誰讓他們擋著我，不讓我去救她？如果被我遇到他們，十個，二十個我都敢殺！」

嘉斯冬開始激動，臉上的肌肉一抽一抽的。他的身體哆哆嗦嗦，聲音也在發抖。他儘量克制自己，總算冷靜下來。可還是很激動。他繼續講：「我在理查一華萊士大道甩掉警察，拐了彎，以為自己肯定會被抓起來。這時候佛羅若絲出現並救了我。她知道半個月以來案情的進展，在雙重謀殺案發生的第二天就知道了。她給你讀報，就是從報上得知了這些消息。就是因為聽到你的評論，加上發生的這些事情，她才得出這個結論，認為你就是陷害瑪麗安娜的死敵。」

「為什麼是我？」

「因為我和瑪麗安娜是你得到柯思莫遺產的絆腳石。除掉我和她，你就可以繼承遺產。」索伏靈高聲說，「而且，……」嘉斯冬想了一下，明確地說，「而且她認為，亞森‧羅蘋什麼事都能做出來。她知道你就是亞森‧羅蘋。」

一片寂靜，沉重的寂靜！佩雷納望著佛羅若絲，她彷彿麻木了的臉上一點表情都沒有，沒有絲毫的波動。

「佛羅若絲——瑪麗安娜的好朋友嚇壞了，不得不參加了這場鬥爭，因為要反對亞森‧羅蘋，要撕開亞森‧羅蘋的面具。她請人寫了那篇文章，發表在《法蘭西回聲報》上。你在線團裡面發現了文章的草稿。那天早上，她聽見你們通電話要馬上逮捕我，就冒著殺人的罪名按下機關，把鐵板放下了。她只是想把亞森‧羅蘋關進去，然後趕快跑來給我報信，因為她要救我。她沒能成功地通知我，因為那時警察已經衝進我家了。但她正好救了我。

在逃跑的二十幾分鐘時間裡她急急地給我大概講了一下案情，並說你起了主導的作用。她告訴我她對你的害怕和痛恨。我找人給警察總監送信，讓

佛羅若絲回公館把那半截手杖放到沙發墊下面。我們當時就想要甩開你，讓警察認為你也是同夥。這個陷害太膚淺，我們沒有成功。但它使我們之間有了聯繫，有了鬥爭。所以我只能進不能退了。

這就是我對你做的一系列事情。我藏到佛羅若絲的房間，想要毒害你──我發誓，她並不知情。佛羅若絲狠狠地指責我，對我的行為非常生氣。我是應該改變思路的，可是我瘋了，徹底瘋了。我滿腦子想的，就是只有殺死你，才能救她出來……所以，那天早上我在絮樹大道想要用槍殺了你。晚上我又破壞了汽車，想讓你們撞死。

但你又從我的報復中逃脫了，什麼事都沒有。那個無辜的汽車司機反而成為犧牲品。佛羅若絲聽說後幾乎要死掉。她傷心欲絕，終於迫使我答應她再不殺人了。我自己也對這些行為開始害怕，一刻也沒有安寧，眼前總浮現出被我殺害的人。所以我改變了計畫，想著怎樣越獄才能把瑪麗安娜救出來。

我用錢買通獄卒，串通了供應商和醫務所的人，還弄到司法專欄編輯的名片，可以每天進出法院。我在預審庭的走廊裡待著，希望碰上瑪麗安娜。哪怕只給她一個手勢，一個眼色，甚至悄悄說上幾句話，都可以讓她有活下去的希望。

你翻出伊波利特那些詭異的信之後，她遭到了極可怕的打擊。她確實在一直被折磨。那些信是從哪裡來的？是真的嗎？因為你把信公開，引起了紛然的議論，所以我們認為是你在策劃陰謀。為了明白整個事情，佛羅若絲從早到晚地盯著你，希望能找到點線索。

佛羅若絲昨天早上見了瑪澤魯隊長。她只聽到『朗若拿』和『佛爾秘納村』這兩個名詞，沒聽清瑪澤魯具體跟你說了什麼。於是她想起伊波利特・伏威爾的這個老朋友。她認為信是寫給他的，你和瑪澤魯隊長要開車去找他了。

我們也想做些調查，半個鐘頭後，就來到阿朗松。我們從火車站坐車到佛爾秘納村附近，非常小心地找人打聽事情。朗若拿先生已經死了，這就是我們瞭解的情況。你們可能也得到了這個消息。於是，我們決定查看他的寓

所，就進了大院。佛羅若絲忽然看見你也在，就一定要我跟你避開。她拉著我穿過花壇，在矮樹林後面藏著。可是你跟了過來。我們看到一座倉庫，就把門勉強打開一條縫鑽了進去。在倉庫的雜物堆裡，我們摸索到樓梯，就爬上去藏在閣樓。

之後你就進來了，再後來發生的事我們都知道：你撞上乾屍，佛羅若絲無意間碰倒雜物，引起你的注意。你攻擊我們，我就隨手拿起鐮刀劈向你。後來你朝我們開槍，我們逃出天窗把你甩掉了。但坐火車的時候佛羅若絲暈倒了。我攙扶她，發現她肩膀有槍傷。沒有大礙，只是有點破皮。她害怕極了，又很累，就靠在我肩膀上睡了一會兒。你就是在芒斯車站看見我們的吧？」

索伏靈越來越激動，聲音也跟著顫抖起來。這段話說的是佩雷納不知道的事。他聚精會神地聽著，沒有插嘴。憑藉驚人的注意力，他記下了索伏靈的每一點微小的動作和每一個字。他聽著，感覺到另一個佛羅若絲出現在自己心裡，沒有仇恨沒有偏見，是很美好很真實的形象。

但是，他仍不相信佛羅若絲是無辜的，絕不相信。他明明親眼看到了事實，並做出詳細推理。這些證據都推翻了這種說辭。彷彿一瞬間，佛羅若絲就從原來他心裡那個殘忍、冷酷、陰險、邪惡的女人，徹底轉變了。怎麼可能！索伏靈真是個會說謊的人，把她說得那麼好，讓人無法辨別，看不清真偽。怎麼可能！

這不可能是真的，他一定在撒謊！可這個臆想出來的姑娘太美好了：她被良心啟發，做了很多自己痛恨的事情，但都與陰謀無關；她體貼、善良、正直而且富有同情心；她雙手乾淨、眼睛清澈有神。這樣的謊話是多麼讓人欣慰，聽起來是多麼的舒服。佩雷納真想相信這些話，真想舒服地沉醉在這個夢境裡。

嘉斯冬靠近佩雷納，悄悄地觀察著對手的臉色。他沒有抑制洶湧的情緒和強烈的情感，顯得既興奮又激動。他問：「你是相信的，不是嗎？」

「沒有……怎麼可能……」佩雷納有些結巴，不願去接受。

索伏靈堅定地說：「你一定要相信！這就是愛情的力量。你必須相信！

瑪麗安娜是我的全部。為了愛，我可以做任何事。今天早上，當我在報紙上看到可憐的她又企圖割腕自殺，我真是快要死了！天哪！我的愛人，她受了太多苦難！如果她死了，我也不會一個人活著！這都是你一手造成的，是你發現了那幾封詭異的信！

後來，我不再想殺了你，而是決定用最殘酷的方式慢慢毀滅你。你沒回來時，我和佛羅若絲一直都在外面打探她的消息。我們先跑到監獄附近，然後去了警察總署和法院。你在法院看到的就是我。那時你對記者們說你要為瑪麗安娜·伏威爾辯護，你說你已經發現對她有利的證據，並且要證明她的清白。

你很誠摯，很有勇氣，願意糾正原來的看法；而且還願意盡全力去救出我的瑪麗安娜！我的心跳得厲害。我是那樣高興，那樣充滿希望。就在那一刻，佩雷納先生，我對你的仇怨就都沒有了。短短幾句話，敵人成為我祈求幫助的神明，跟我成為夥伴。我馬上離開法院找到佛羅若絲，激動地告訴她，你說瑪麗安娜是無辜的，你要救瑪麗安娜。所以我讓她帶我見你，我要跟你談談。

佛羅若絲希望我等等再見你，等你做出幾件能證明你改變想法的事情再來，因為她沒有完全相信你。我答應了她，可那時我已經下定決心，尤其看到報紙上發表的文章之後。我一刻都不敢耽誤，要儘快請你拯救瑪麗安娜的生命。所以等你一回家，我就來找你了。」

嘉斯冬·索伏靈鬥爭了幾個星期，付出巨大努力，耗費大量精力，早已經疲憊不堪。他已經不再是剛開始那個沉著冷靜的男人。他不停地發抖，一隻膝蓋抵在佩雷納的扶手椅上，雙手握住他的手臂，斷斷續續地說：「你能救她的……求求你，救救她吧……我在之前的鬥爭中慢慢認識你……你有能力救她。你的守護神一直在身邊，使你幾次避開了我的攻擊。但保護你的，更是運氣。

你跟他們不一樣。對於開始時我對你的瘋狂舉動，你卻沒殺我，是的！是的！光憑這一點，就證明你是很偉大的！光憑你聽我說這些，願意聽我們三人都是清白的……這個讓人意外的事實……你只憑藉自己的智慧，判斷

出、宣布了瑪麗安娜是無罪的，並沒被別人誤導。在等待你回來，準備說出真相的時候，我就清楚地感受到了！我非常清楚，你有能力救她，而且只有你才能救出她。

我求你了，幫幫她吧……否則，不用多久，她就撐不住了……現在就去，救救她吧！神啊！她是不可能在牢房裡過活的。你知道，她用盡一切手段地想自殺…………她如果死了，那多可怕呀！一個人想死，別人的阻止有用嗎？你救救她……我真的不知道了……不知道該怎麼做……能救她出來，不讓她尋死……我求求你……救救她……你說！如果法官一定要抓誰，他們想讓我做什麼，我就做什麼。我願意承擔一切罪名，一切懲罰，只要他們放她出來！」

他那張因為焦急而扭曲的臉上，布滿熱淚。佛羅若絲也弓著身子哭起來。佩雷納一下子感覺自己也十分慌亂和急躁。

雖然隨著索伏靈的講述，他就漸漸有了新的看法；但直到這一刻他才明白，他完全相信了索伏靈的話。如今，佛羅若絲在他眼裡就是一個真正誠實、正直，外貌和心靈都十分美麗的女人。原先認為的邪惡女人早就不見了。眼前這兩個人，還有他們共同愛的那個人，盡一切努力營救的人——可是方式太過拙劣——伏威爾夫人，他們三人被同一個鐵圈套著，僅靠他們自己是無法擺脫的。而毫不留情套住他們的人就站在這裡，就是他，唐路易・佩雷納。

「好。希望還不遲。」佩雷納說。他思緒萬千，各種滋味湧上心頭，各種想法在腦子裡亂撞。他相信他們的清白，為他們高興；卻又感到失望，有些莫名的恐懼和憤怒。他也混沌起來，在奮力反抗，要從噩夢中掙脫出來。他好像已經看見警察要給佛羅若絲帶上鐐銬。

他驚懼地大叫：「傻子才留在這呢！我們一起走！一起走！」

「可是他們包圍了公館……」

「那也不怕！我們要並肩作戰！我們要一起救出伏威爾太太。我絕不會再讓他們……但是，我還是有疑問……你們會解答，會的。」

「怎麼辦？我們被包圍了……副局長維貝他……」

「他不在，一切就由我指揮。我們走就行了。跟著我，不要太近，走吧！看我手勢，你們就可以……」

　　他拔下門閂，正準備開門。傳來敲門聲。廚房總管來了。

　　「什麼事？不是說了不准打擾嗎？」

　　「先生，副局長維貝來了。」

十、困境

佩雷納已經預料到了。但他的表現還是有些不知所措，連連說：「維貝來了……啊！他來了！」他們現在的狀況就好像一支戰敗的部隊馬上就能逃脫了，卻被一座難以攀登的高山擋住去路。佩雷納有些洩氣。維貝是指揮警察進攻和狙擊的人，是敵人的首腦和操縱者。他編制的網是那麼緊密，逃出去是不可能的。既然維貝已經來了，就不能硬衝了。

佩雷納問總管：「你開門了？」

「開了。你沒說不能開……」

「他自己來的？」

「不是，還帶了十個人左右，都在院子裡。」

「他現在在哪？」

「他想去二樓，以為你在工作室。」

「他以為我跟瑪澤魯和勒瓦絲小姐在一起嗎？」

「對，先生。」

唐路易思考了幾秒鐘，說：「你跟他說沒看見我，要去勒瓦絲小姐的住處找我。如果他跟你一起去就好了。」

他關上門。佩雷納又表現出了在緊要關頭從未缺少的沉著冷靜，剛才的震驚並沒有在他臉上顯現一絲一毫。既然一定要做，他就豁出去，什麼都不管了。

佛羅若絲一臉慘白，在默默地抽泣。他靠近姑娘，說：「不要害怕。只要你一切聽我安排，就沒必要害怕。」她沒有說話。佩雷納知道她還沒相信

自己。他甚至有些開心地想著：他會令她信任自己的。

「不管怎樣，我很有可能失敗。索伏靈，聽我說，如果真失敗了，我必須弄清楚一些事情。」

「什麼事？」索伏靈也恢復了冷靜。

佩雷納整理了一下思路，不想說些沒用的話，又怕漏掉點什麼。他問：「謀殺案發生的那天上午，有個拄著烏木手杖的男人長得跟你很像。他跟蹤維洛走進新橋咖啡館。那時候，你在哪兒？」

「在家。」

「沒有出門？」

「肯定沒有。我連咖啡館的名字都沒聽說過，又怎麼會去呢？肯定不可能。」

「你對案子瞭解了之後，知道雙方力量相差得很大，為什麼不去自首呢？為什麼一定要鬥爭呢？告訴法官或者警察總監這些事，不是很容易嗎？」

「我想過這樣做，可又突然發現這場陰謀策劃得很周密，所有事情都在針對我。我又沒有證據，什麼都拿不出來……對那些證明我們犯罪的證據，我們也推翻不了……僅憑我說的他們並不會相信。那齒痕不就證明了瑪麗安娜是有罪的嗎？我不出聲，還殺死了探長，之後又一直逃跑，不都是犯罪嗎？為了救出瑪麗安娜，我不能自首，我必須保持自由，不能被抓進去。」

「那她可以為自己辯駁呀！」

「辯駁什麼？講出我們的愛情？她天生羞澀，對這種事無法往外講。可就算講出來了又怎樣？報紙上接二連三地報導伊波利特的信，公眾議論紛紛，那時講出來只是給別人的陷害提供理由而已。更向法院證明了我們殺害伏威爾父子是有動機的。人們會認為『我們相愛』就是殺人動機。」

「那些信是怎麼回事？」

「我不說什麼。因為伊波利特從來沒有表現出來他如此嫉恨，所以我們並不知道會是這樣。而且，他為什麼不相信我們？他從哪裡感到了噩夢和恐懼？是誰讓他感覺我們要殺他？我真是想不出來。他說掌握了我們的信件，

哪有什麼信？」

「那天晚上十二點到兩點之間，她從歌劇院出來，之後發生的事你知道嗎？」

「不知道。我也很奇怪。但很明顯她是被人設計了。可是誰會陷害她？怎麼陷害她？她為什麼不說呢？」

「謀殺案當晚，你為什麼去了奧特伊火車站？」

「你知道那是個星期三，我只是去絮榭大道……去看看瑪麗安娜。之後的那個週三我也去了，再後面的星期三，就是你發現我的地址並告訴瑪澤魯隊長那天，我又去了。我並不知道案子已經發生，瑪麗安娜也被抓起來。」

「那些齒痕真的是伏威爾夫人留下的嗎？有沒有其他可能？」

「不知道，這一切都太過詭異了。」

「你是第一次去佛爾秘納村的那個倉庫嗎？」

「是的。我們看到了乾屍，跟你一樣害怕。」

「你知道柯思莫・穆寧敦的遺產嗎？」

「不知道。佛羅若絲也不知道。我們相信伏威爾夫婦都不清楚。」

佩雷納停下來思考了一會兒。他又問：「我想知道的都問你了。你還有什麼要補充嗎？」

「沒有了。」

「你要給我寫個證明。因為目前情勢危急，我們恐怕不能再見面了。」

「對你來說，有事實就夠了。而我已經告訴你全部的事。我已經被你馴服了，不僅放棄戰鬥，而且聽從你的號令。我只希望你能把瑪麗安娜救出來。」

佩雷納回答：「我要救你們三個人。我們有必要花時間分析一下，商量個辦法。明晚將收到第四封詭異的信。我會去那裡。根據找到的新線索，我一定能找到證據證明你們的清白。另外，參加五月二十五日的聚會是非常重要的。」

「只救出瑪麗安娜就行了，我求求你。必要的話，可以犧牲我，甚至可以犧牲佛羅若絲。把我們都犧牲了都行！我以我們倆的名義乞求你，只要有

一絲希望也請你把瑪麗安娜救出來。」

佩雷納又重複一次：「我要救你們三個人。」

他打開門，露出個小縫，聽了聽外面的動靜。他回身對他們說：「在我回來之前你們就待在這，我很快就回來。誰敲門都別開。」以前的每次戰鬥他都覺得興奮。今天卻沒有。因為今天要保護的人是佛羅若絲。對他而言，如果失敗了，後果比死還嚴重。

他把門鎖上，來到二樓。從樓梯窗戶望去，他看見院子裡有六個警察把守。他還看見維貝從他工作室的窗望著院子，隨時指揮其他警察。

「他盯在這裡。那就難辦了。他確實不隨便相信別人。算了，先見見他再說。」

他來到工作室。維貝轉過身。兩個對手終於正面相遇了。短暫的沉默之後，兩人的較量開始了。較量十分尖銳，而且所用時間很短，三分鐘後勝負就見分曉。在這場戰役中，沒人有時間喘息，更不可能三心二意。

維貝第一次被授命跟佩雷納交手。因為他對佩雷納積怨已久，還沒找到整他的機會。現在，他馬上就可以痛快地發洩了。怎麼能不讓他又驚又喜？更讓他得意的是，他贏定了。佩雷納為了包庇佛羅若絲而改動照片，已經犯下大錯。但維貝並沒忘記，佩雷納就是亞森·羅蘋。所以他又很膽怯，隨時保持警惕。

維貝想：「出一點狀況，我就殺了他。」他用開玩笑的口氣說：「我覺得你可沒像傭人說的在勒瓦絲小姐的房間吧？」

「我讓他這麼告訴你的。我在三樓的臥室，只是想把事情辦好了再下來。」

「辦好了？」

「是的。嘉斯冬·索伏靈和佛羅若絲·勒瓦絲都在。你直接帶走就行。他們現在被堵住嘴巴，綁住了手腳。」

「嘉斯冬·索伏靈在這？」維貝喊道。

「是的，就住在佛羅若絲·勒瓦絲——他情人的房間裡。」

「哈哈！他的情人哦！」維貝嘲笑他。

「對。瑪澤魯隊長派人叫佛羅若絲・勒瓦絲過來，好單獨詢問她。可是索伏靈怕他們抓走她，就大膽地跑來，想把她救回去。」

「你們綁了他？」

「當然。」

維貝卻不相信。總監和瑪澤魯隊長告訴他，佩雷納愛著這個女人。而佩雷納這樣的人絕不會逮捕心愛的女人，哪怕因為嫉妒也不會。

「做得好。抓他很難吧？帶我去看看。」維貝警惕地說。

「還行。他們的武器被我卸下，可是瑪澤魯的手指被割破了。他去附近的藥房包紮了。」

維貝聽到後十分驚訝，他停下來問道：「瑪澤魯難道沒有跟那兩個罪犯一起？不會吧？」

「我說他去藥房了。」

「可是那僕人說……」

「瑪澤魯在你到的幾分鐘前就走了。估計我的僕人沒有看清。」

維貝打量著佩雷納，不相信他：「我手下都覺得他在裡面，他們沒看見他走。真是奇怪了。」

「沒看見？」佩雷納假裝十分著急地問，「他去哪兒了？他明明這麼跟我說的呀！」

維貝懷疑唐路易想讓他去找瑪澤魯。是的，他明顯想把自己打發走。

「藥房遠嗎？我馬上派人去找。」

「不遠，在旁邊的布高涅街。要不打電話去問問吧！」

「對，打電話就行。」維貝嘀咕著，他真沒看出這有什麼問題。維貝慢慢地，茫然地走向電話，還一邊做手勢擋著佩雷納，怕他逃走。

佩雷納好像被押著似的挪到電話旁，摘下電話說：「喂，喂……薩克斯24—09……」他的另一隻手摸索著，用剛才迅速藏起小鉗子擰斷了電話線。

「喂……24—09……喂……請問是藥房嗎？瑪澤魯隊長在你那裡嗎？啊！太恐怖了！你確定？你再說一次？怎麼會呢？傷口有毒！」

聽說傷口有毒，維貝一下驚慌起來。他衝了過來，搶過話筒，一把推

莫里斯・盧布朗

開佩雷納，對著話筒大叫：「喂，喂……」他一邊叫喊，一邊用眼睛盯著佩雷納，打手勢不准他離開。「怎麼回事！喂……喂！我是保安局副局長維貝……喂……說話呀！瑪澤魯……媽的！」他摔了話筒，往下一瞄，發現電話線斷了。維貝扭過頭，臉上的表情很明顯：「媽的，老子被騙了！」

佩雷納剛好被他推得碰到鐵板下的護壁。他正想這麼幹。他在維貝後面兩三公尺遠的地方站著，慵懶地靠在門洞的牆邊。他左手背在身後，放在機關上，隨時準備按下。

「噓！」他用右手示意維貝不要動。他在微笑，善意的微笑。維貝待在那裡，感覺這種微笑比言語的威脅還恐怖。

佩雷納又說一遍，聲音攝人心魂：「別怕……不疼。不要動。只是把不聽話的孩子關到小黑屋裡而已。準備好了？一、二、三，好！」

他往後一退，一邊按動機關。厚實的鐵板「轟」的一聲砸下來，把維貝關在裡面。

佩雷納冷笑著說：「這下幹得漂亮，就是貴了點，花費我兩億元。我只好說柯思莫的遺產拜拜了！唐路易・佩雷納拜拜了！站在這裡的是亞森・羅蘋勇士。我要趕緊跑了，免得維貝來報復我。哦，別忘了關好門窗。加油、加油……一個、兩個……」他嘴裡念著，將客廳通往二樓前廳的門從裡面鎖上，又回到工作室，把去往客廳的門也鎖了。

維貝在裡面拼命擂門，大聲叫嚷。打開的窗戶把聲音放出去，可能外面的人都會聽見。

「維貝，別喊了！」佩雷納連著射出三槍，用一槍打碎了一塊玻璃。然後，他走出一道實心小門，站在兩間房間外面一條通往前廳的走道上，回身仔細地上了鎖。走道通往前廳的門很寬很高，正適合躲藏。門敞開著。他就藏在門後面。

警察聽見有人叫喊，又聽見槍聲，都湧進樓裡，直奔二樓。他們穿過前廳，發現客廳門關著，只有走廊的門被打開了。維貝的叫聲從走廊的盡頭傳來。六個警察都衝進了走廊。等最後一個警察跑進工作室之後，佩雷納悄悄地關上門，上了鎖。六個警察跟維貝一樣，也被關進去了。

佩雷納小聲道：「這下人齊了。他們至少要花五分鐘才能瞭解狀況，才會去把門弄開跑出來。五分鐘，夠我們跑掉了。」

廚房總管和司機兩個人慌慌張張地跑來。他塞給他們兩張一千法郎的鈔票，對司機說：「別在這傻乎乎的。快發動車子，不能讓任何人擋著我的路。我要能坐車出去，你們還能賺兩千法郎呢！說定了！趕快去吧！」

他自己並不著急，跟平時一樣上到三樓。踏上最後一節台階的時候，他不禁興奮地大叫：「打通道路啦！我們解放啦！」他打開小客廳的門，補充說：「快跟我走，一點都別耽誤。我們解放啦！」

房間是空的，沒有人。

「媽的！怎麼會沒人？」他罵了一句，有點結巴，「佛羅若絲他們呢？什麼意思？怎麼走了呢？」

儘管沒可能，但他還是猜想他們有另一把鑰匙。可是，這麼多警察在公館裡，他們能逃出去？他環顧屋裡，一下就明白了。在牆壁最低的地方開了窗子。那截牆像只大箱子，木質的窗台就是箱蓋。這只箱子打開了，露出一段狹窄的消防梯，延伸到樓下。

佩雷納忽然記起房子的前主人，馬羅內思庫伯爵的祖先就是在這古老的房子裡逃過了追捕，躲過了大革命的暴風。一切都清楚了。厚厚的牆上有條通向遠處的暗道。靠著這條暗道，佛羅若絲可以隨意進出公館；靠著這條暗道，嘉斯冬・索伏靈能安全出入；也是靠著這條暗道，他們兩人才能摸進他的房間，盜取他的秘密。

「為什麼不告訴我？應該是沒有從根本上相信我……」他暗想。

隨後，他看到桌子上放了一張紙。上面有索伏靈留下的話：

「我們不能拖累你，所以要試試看能不能自己跑掉。如果我們被抓了，就算自己倒楣吧！你一定要跑出去，一定不能被抓起來。你是我們一切的希望，這才是最重要的事。」

這幾行字下面，是佛羅若絲的留言：

「請一定救救瑪麗安娜！」

他自言自語，有點手足無措：「怎麼不聽我說呢？這樣……這樣我們就

分開了……」

　　警察想出來就一個勁兒地在樓下撞走廊的門。佩雷納心想，他是不是還能在門被撞破之前，坐進汽車裡？但是為了有更大的可能找到他們，當他們陷入困境時出手援助，他更願意跟他們走一樣的路線。所以他跨過窗台，踏上階梯，也爬下去了。

　　下了二十多階，他來到二樓。就著手電筒的光，他看到一個低矮的拱形通道，鑽了進去。跟他想的一樣，這個通道是在牆壁裡挖的，所以十分狹窄。他只能側著身子行走。走了三十多公尺，遇到一個直角，轉彎又走了三十多公尺，他看見前面開著一道翻板的活門，裡面是一段樓梯。他沿著樓梯走下去，因為他們肯定也是從這裡走的。不久他看到一線亮光，原來是到了壁櫃裡。櫃門沒有鎖，床幃也拉開了——平時應該是闔上的。壁櫃下面有張床，差不多占滿了房間。佩雷納走出去，到了隔壁房間。

　　這是佛羅若絲的客廳！佩雷納驚訝極了。他一下明白過來：出口通向波旁宮廣場，雖然不隱秘，但是很安全。索伏靈就是從這裡被帶進了佛羅若絲的住處。

　　他穿過前廳，離配膳房不遠的地方就是地下室。昏暗的室內有一扇小門，這是出去的唯一管道。小門上有個小孔，透著亮光，是窺視孔。終於要出來了！他摸到把手，打開門。

　　「見鬼！」他往後一退，趕緊鎖上門，罵出聲來。兩個警察就在出口蹲守著，一見到他就想撲上去。

　　警察怎麼知道這個門？他們難道擋住了索伏靈和佛羅若絲的出逃？如果真是這樣，佩雷納應該能看見他倆呀，因為他們走的是一樣的路線。「噢！媽的！到我要逃了就這麼難！我知道了，警察是在他們逃走後才封鎖了出口。難道我要跟兔子一樣，讓他們在窩裡抓住嗎？」

　　他從地下室出來，想潛回正院，那裡還停著他的汽車呢！他想出其不意地跳上汽車衝出去。他走到車庫，剛要溜進大院的時候，原本被關起來的四個警察從樓裡衝了出來，手裡胡亂比劃著，邊跑邊大聲地喊叫。他還聽到大門和門房處亂作一團。各方聲音纏在一起，好像吵起來了。

他想：「這可是個好時機，我要趁亂逃出去。」

他探出頭，冒著被發現的危險四處張望。下一秒他就呆在那裡，眼前是帶著手銬的嘉斯冬・索伏靈，那可憐的傢伙正在被推著靠到牆邊，他四周是重重警察和保安，還有人在辱罵他。

索伏靈被抓了！佩雷納十分緊張，心一下子被揪住了。難道索伏靈和佛羅若絲跟那些警察產生了衝突？他伸長脖子想看看有沒有佛羅若絲的身影。可是他沒看到。難道說她已經逃了？

這時候維貝出來了，佩雷納希望的事情從他的話中得到了驗證。因為他看見帶著手銬的索伏靈時，大叫：「嘉斯冬・索伏靈！嘿！抓住一個了！還是個大的……在哪裡抓住的？」是的，維貝要氣死了。行動失敗，他被關進小黑屋，對這種恥辱自然是要憤怒。

一個警察回答：「在廣場上，他們從地下室鑽出來的時候被我們發現了。」

「那個女人呢？」

「沒抓到，她先逃走了。」

「佩雷納呢？我之前命令過絕不能放他出去，你們……」

「地下室門口的一個守衛說，大概在那兩人逃出來之後五分鐘，他也想從地下室的門逃走。」

「然後呢？」

「他瞬間就退回去了。」

維貝又開始高興了。他大笑著說：「我們會抓住他的！罪犯的幫凶！竟然給警察搗亂！這種反對派，活該他倒楣……來人，來人！哼！這下我要剝下他的假面具！兄弟們，你們兩個人看好索伏靈，四個人守在廣場上，兩個人去屋頂，其他人跟我來。快帶上槍行動吧！」

佩雷納沒等那些人行動，已經悄悄退到佛羅若絲的房間，他知道他們想幹什麼。維貝現在還不知道穿過迴廊就可以直接到達佛羅若絲的房間，所以佩雷納還有空在房裡檢查翻板活門的機關是否好用。他發現壁櫃非常隱蔽，是在臥室的床幔後面開的，一般人看不到。

他回到密道，爬上第一段樓梯，又順著牆內的隧道登上通向三樓小客廳的階梯。他伸著脖子仔細查看屋裡。他看到翻板活門緊貼壁板，宛如一體，完全看不出縫來。這樣他就放心了。他縮回去，關緊活門。

幾分鐘後，警察進屋來搜查了，他頭頂上一片喧鬧。

五月二十四日下午五點，局勢大變。瑪麗安娜・伏威爾開始絕食；佛羅若絲・勒瓦絲被通緝；嘉斯冬・索伏靈被逮捕。相信他們是清白的人，只有佩雷納。也只有他可能救出他們。但是他被二十名警察困在公館裡，受到圍捕。他肯定得不到柯思莫的巨額遺產了，因為連他這個受遺贈人也開始公然與社會為敵。

佩雷納在心裡冷笑：「我認識的生活就是這樣。很簡單的問題，答案可以多種多樣。嘿！一個死光了士兵、彈盡糧絕的將軍，能反敗為勝嗎？一個身無分文的窮鬼，只待在家裡，可能一夜暴富嗎？我亞森・羅蘋，陷在如今的困境中，又怎麼可能在明晚參加絮樹大道的調查？又怎麼能拿出證據爭辯，把瑪麗安娜・伏威爾、嘉斯冬・索伏靈、佛羅若絲・勒瓦絲救出來？我也想順便把我的摯友唐路易・佩雷納救出來呢！」

隆隆的腳步聲不知道從哪裡傳來。警察們可能上屋頂搜查了，也可能審問牆壁一頓。

佩雷納把臉埋在臂彎裡，蜷在地上，闔上眼睛咕噥道：「充分發揮你的智慧吧！」

下部

一、石棺

後來，亞森・羅蘋給我講述這段經歷時，非常得意。

他說：「我那時果斷地相信了索伏靈和瑪麗安娜是無罪的，真讓我無比驚訝。我跟打了個勝仗一樣自豪，現在為我的英明舉動而驕傲。無論從思想的層面，還是從職業素養的角度，我的決定比最厲害的偵探所做出的最出名的推論都理性而意義重大。我發誓，這可真是最偉大的決定。

我反覆分析推敲，卻始終沒有找到能重新檢驗這個案子的新線索。給那兩個可憐人定下罪名的還是跟以前一樣嚴重。這樣嚴重的罪名放在陪審團成員面前，將無人提出質疑；所有法官都會立即簽署裁定。且不說伏威爾夫人，光那相同的齒痕就讓她的罪名坐實了。威科多・索伏靈的兒子嘉斯冬・索伏靈呢？他也是遺囑的繼承人。但他殺死了昂斯尼探長，而且被認為是挂烏木手杖的人。難道會給他定下不一樣的罪名嗎？不會的。他們一樣都受到了伏威爾先生的指控呢！

可是，我為什麼要相信那麼難以置信的事實呢？為什麼不接受擺出來的事實，非要往相反的方向去想呢？是什麼忽然改變了想法，而且是徹底地改變了？是什麼讓我一定相信那些無證據的事實呢？這一切都是怎麼了？

我想，應該是因為耳邊響起的事實和真相的聲音，是尤為特別的吧！

在我左邊，僅僅有一段講述，三個罪犯之一的講述；在我右邊，充斥著堆積的證據，各種犯罪行為，全部毋庸置疑的看法。在我看來這構成了一個荒唐的，不可理喻的整體。可是，這份講述明明白白、確確實實，是一段透出了誠實的講述。在這份講述裡，我看不到一點編造和虛構，看不到半句謊言，也沒有絲毫讓人想不明白的地方。我相信他的話。這段講述雖然沒有任何證據，卻處處真實感人。所以我不得不重新思考現有的論斷。」

亞森・羅蘋還沒說完，我插嘴問他：「那佛羅若絲・勒瓦絲呢？」

「她？怎麼了？」

「你還沒說對她的看法是什麼呢？所有事實都顯示她有罪。當時你不是認為她是幫凶嗎？而且司法機關也是那樣認為的。因為在所有想殺害你的時候，她都參與了；他們知道維洛的本子裡有她的照片，還知道她經常去理查一華萊士大道，還有……總之各種事情她都參與了呀！無論怎樣，你認為佛羅若絲究竟有罪沒有？聽了索伏靈的話，你是不是改變了之前的看法？」

他正要給我個痛快的解釋，又猶豫了一下，縮回話去，只說：「就算我還是有疑問，就算案子還沒有完全弄明白，我還是充分相信她。我願意相信她。只有這樣，我才能行動。所以，我也依靠我的判斷來行動，我相信她是清白的。」

對唐路易・佩雷納來說，在他被困暗室不能行動時，所能做的就只有反覆琢磨分析嘉斯冬・索伏靈的講述和具體行為之間的關係。他慢慢地分析，一點點推敲；仔細回想聽到的每一點細節，斟酌他聽到的最不起眼的每一個詞句，試圖弄清楚整個案件的真面目。

佩雷納並不懷疑索伏靈的講述。事實就在那裡擺著，索伏靈講到了整個慘案，講到了圍繞遺產和絮樹大道的謀殺所發生的這種情況，講到了一切能夠揭穿陷害伏威爾太太的情況和能夠說明索伏靈與佛羅若絲行動失敗的情況。這些複雜的情況就好比將晦澀的圖案，看懂了，就會理解其中的深意；同樣的，把這些情況整理清楚，就能夠看見事情的真相了。

佩雷納好幾次都走到思維的岔路上。但是一對索伏靈的話有懷疑，他就立刻對自己說：「是我弄錯了，可能就是這樣。索伏靈的話裡我沒有看出任

何線索，是不是真相就不在這段話裡呢？目前我已經沒有其他管道來尋找線索了，所以我為什麼不去好好利用目前的所有情況呢？別忘了，還可以對比按時出現的神秘信件所提供的線索呀！」

他重新回想了索伏靈提到的事情經過，就像踩著別人的腳印往前走，然後拿它與原來自己腦中的痕跡相比較。結果是完全不一樣的。可是他堅信，在這種截然相反的撞擊中總會有火星冒出來的。

「他講述的和我想像的，並不一樣。」他想，「實際的情況和案件的表現為什麼會截然相反？這說明了什麼？真正的凶徒為什麼會這麼做？嗯……應該是怕被別人懷疑。可是他怎麼知道被懷疑的人就一定會被懲罰呢？」

問題接踵而至。他連續地說著話，好像在說出犯罪份子的名字一樣列舉人名；有時又自問自答，講述著真相。之後他又馬上回到索伏靈的講述，仔細分析每一個句子，將其提煉出主要成分；又斟酌每一個詞語，每一節字元。就好像學生寫作業時不僅有邏輯分析，還有語法分析。

一連幾個小時過去了。突然，他猛地跳起，在黑暗中摸出懷錶，用手電筒的光一照：十一點四十三分。他努力地控制情緒，可是他太激動了，彷彿遭受折磨一般眼淚大顆大顆地流出來。在十一點四十三分，佩雷納栽進了案件最黑暗之處。

是的，就像無邊黑暗中的一道閃電能讓人看出周圍的景象一般，就像人在黑暗中摸索著前行時忽然照進幾束強光，周圍被照得雪亮一樣，他一下窺見了案件恐怖的真相。這種感覺真是再強烈不過了。

他連著兩天東奔西跑，沒吃東西，早就又累又餓了。現在他受了這麼大的刺激，完成了重要的推論，就什麼都不願去想了。他就像鑽進能恢復狀態的池子一樣，即刻就進入了夢鄉。

他一直睡到第二天早上。這一覺睡得渾身難受，但總算恢復了些精神。一想到昨晚的結論，他第一反應就是懷疑。可是他還沒來得及懷疑，腦子裡就被證據填滿了。懷疑馬上轉變成讓人確信的判斷。事實的真相只能是這個，不會變了。這種真相讓他忍不住顫慄了一下，他瘋了才會想到推翻這種判斷。的確，真相就藏在索伏靈的講述裡。而幾封詭異信件的突然出現，給

了他發現真相的線索——之前他就對瑪澤魯講過了。

真相十分可怕。

面對這起滔天大罪，佩雷納震驚了，他覺得這種歹毒的陰謀就不是人腦能想出來的。看到這樣的事實，他和偵探維洛一樣感到恐懼。他記得當時維洛中毒後非常痛苦，曾萬分驚懼地喊出：「天哪！這場狠毒的陰謀……我怕……我怕！」確實，這場陰謀是極為狠毒的！

他又用了兩個鐘頭全神貫注地思考案件。他從各角度分析大局，沒有想過自己的結果會是什麼樣。他只知道，他要逃出去準時參加絮樹大道的碰頭。因為他現在已經洞悉了全部的陰謀，所以他就會當著所有人的面，解開整個案件的謎團。

他順著暗道爬到梯子頂端，想嘗試著逃出去。因為頂端就是小客廳。他貼著翻板活門，聽見說話聲。「媽的，我只有從這裡出去，才能甩掉這幫警察。」他嘟囔道，「這件事麻煩了。一共兩個出口，這個是走不通了，另一個呢？」

他又下到佛羅若絲的住處，打開機關。壁櫃門開了。他希望找到點吃的再堅持一陣，因為他真是餓壞了，不想因為饑餓而投降。他正準備從帷幔後面出來，忽然聽到腳步聲。「有人進來了。」他立刻縮回去。

「瑪澤魯，情況如何？你昨天在這裡過的，有什麼發現嗎？」是總監在說話。從總監的話中，佩雷納聽出瑪澤魯已經被救了出來，而且在隔壁的房間過了夜。多虧壁櫃門的開關靈敏，一點響聲都沒有，佩雷納才能夠安全地偷聽。

「總監先生，沒有發現新的狀況。」

「可是他總該待在哪裡，這也太奇怪了。難道是從房頂上逃了？」

「不可能，」副局長維貝插進來，「我們昨天已經檢查過，這是不可能的。他又沒有翅膀……」

「你認為……」

「我認為他還藏在公館，總監先生。這房子是老建築，絕對有可能設計了很難被人發現的藏身之所。」

總監沒說話。佩雷納從帷幔的縫裡看到他在臥室門口踱步。過了一會兒，總監說：「是的……是有可能……你說得有道理，我們能抓住他，就在這裡……只不過一定要抓住他嗎？」

「總監大人！」

「好吧……在這一點上，我和內閣總理都同意你的意見。把亞森・羅蘋再提出來是很愚蠢的，這不是給我們自己找麻煩嗎？他已經是過去式了。無論如何，他能幫我們又沒有害處，而且已經成為誠實的人……」

維貝很氣惱地問：「總監先生，你認為他沒有害處？」

總監大笑起來：「哈哈！我都忘了，昨天打電話那事，真是很可笑。我跟總理提到了，他也大笑不已……」

「我可沒覺得哪裡好笑。」

「哈哈，沒什麼能難得倒那傢伙，這可是真的。不過，他當著你的面把電話線剪斷，還把你關在裡面，也真是夠大膽。對啦，瑪澤魯，你上午就去接好電話，然後留在這裡隨時跟警署聯繫……那兩個屋子找過了吧？」

「是的。照你吩咐，一小時前我和維貝一起搜過了。」

「很好。」總監又說，「我老覺得那個佛羅若絲・勒瓦絲肯定有問題，真不讓人省心。可是她跟佩雷納和索伏靈的關係是什麼呢？這很重要，得弄明白。在她的信件裡有什麼線索嗎？」

「沒有，先生。只有些供應商的信和一堆發票。」瑪澤魯回答。

「我可發現了些有意思的東西，總監先生。」維貝很得意。沒等總監問，他就說起來：「是一些藏在盒子裡的紙。我發現《莎士比亞全集》中的第八卷跟其他不一樣，精裝外殼裡有只盒子，那些紙頁就在盒子裡。」

「哦，那紙呢？」

「在這……這裡有三張寫了字的白紙中……一張上面有時間表，就是那些神秘信件出現的時間。」

「這下佛羅若絲・勒瓦絲的罪名就更嚴重了。嗯！」總監說，「我們也可以知道，佩雷納就是從這裡知道時間的。」

佩雷納驚住了。因為嘉斯冬・索伏靈沒提過，他也完全忘記了這個細

節。佛羅若絲究竟從哪裡得到它的呢？這可是非常重要的問題。

德斯瑪里歐問：「還有兩張呢？」

佩雷納更注意地聽著。因為他們談話那天，他沒注意到另外兩張紙。

「這是一張。」維貝遞給總監。

總監讀到：「爆炸與信無關，將於凌晨三點發生。切記。」

他不屑地說：「這就是佩雷納之前的預言嘛。就像這時間表上寫的，它將在第五封信之後發生。今晚才有第四封信，我們還有很多時間。之後伏威爾公館才會被炸掉……好嘛，這可真夠狠毒的。」

維貝拿著最後那張紙，說道：「總監先生，你看這張圖。一個大正方形裡畫著不同大小的框框，仔細看你會發現，這就是房子的平面圖。」

「的確很像……」

「一定是的。你看，這是前院，過來這塊是主建築，一邊是門房小屋，這邊是勒瓦絲小姐的住處。」維貝十分肯定地說，「這裡有一個小叉，代表我們現在的位置，一條用紅色筆標的彎曲虛線把這裡和主樓連在一起。你看，小叉這裡有個東西，好像是個壁爐，或者壁櫃。對啦，是在床的後面被帷幔擋住的壁櫃！」

「這裡是標了一條從小屋到主樓的通道，是吧？那頭也有個小叉。」總監低聲說。

「是，總監先生。那小叉標出的是哪個位置，我們馬上就知道了。不過剛才我已經根據推測，派人守住了三樓的一間小屋。昨天他們三個人就是在那裡接頭的。現在，我們可知道佩雷納藏在哪裡了。」

屋裡的人都沒有再說話了。良久，維貝很嚴肅地說：「總監大人，我的手下都能作證，我昨天被那混蛋非常無禮地冒犯了。這裡的僕人也都知道了。過不了多久，外面的人都會知道的。你讓我，讓警局如何自處？那混蛋本來要放走最危險的歹徒索伏靈，但由於我們的把守，他只放走了佛羅若絲。我相信你不會拒絕我的，總監先生，你會允許我把他抓起來，狠狠打擊他的，是嗎？如果不能，我就只好辭職了。」

「去吧！你的理由足夠我同意了。」總監笑道，「你昨天被關起來，肯

定吞不下這口氣。佩雷納也該吃點苦了……瑪澤魯，接通電話後就給警署打過去，隨時報告案件進展。別忘了去伏威爾公館，今晚第四封信就到了。」

維貝說：「總監先生，沒有第四封信了。」

「為什麼？」

「那時候佩雷納已經被關起來了。」

「你認為……信是他送的？」

佩雷納輕輕地退回去，沒有繼續聽了。他關上壁櫃門，一點聲音都沒弄出來。

「他們知道我藏在哪裡了！這下麻煩了，我成被困住的人了！真倒楣！」他邊罵著邊向上走，想去另一個出口，可是走到一半停下了。「這個出口也有人看著……何必去……再想想，想想……難道我就等著被抓？」

敲壁板的聲音從下面臥室裡傳來。維貝可能注意到了聲音的空洞。他可不用跟佩雷納一樣顧忌什麼，還浪費時間找裝置的開關。他好像直接就要把壁板撬下來。

被抓的危險就在眼前。佩雷納又罵道：「媽的！難道要跟他們開戰？怎麼可能！我現在一點力氣都沒有呢！」他已經餓得有點體力透支了，兩腿不住顫抖，腦子也有點想不清事情。壁板被猛地一撞，他不得不往樓上跑。他一邊用手電筒照著四周，一邊向上爬。他甚至想撞開活門衝出去。可是警察還在上面巡邏。「轟」的一聲從下面傳來，接著一片叫嚷聲響起。

他心急如焚，可是渾身無力，只能等著被抓了。他想：「這下完了……幹了這件好事……真走運，警察來抓我了，然後被送到監獄、監獄……伏威爾太太就要死了……佛羅若絲……她……」

他最後照了下周圍，準備關掉手電筒。佩雷納忽然發現，離梯子兩公尺遠有個不到一公尺高的地方，一塊大石頭嵌進牆裡形成一個大凹洞。那裡可以容身。佩雷納已經沒有選擇了——這個洞雖然不是非常隱秘，但也可能被人忽略。他關掉手電筒，爬進凹洞，在裡面蜷成一團。

維貝、瑪澤魯帶著警察正往上爬。手電筒的光束隱隱照過來，佩雷納只好緊貼著牆壁，以免被光照到。忽然背後的石頭慢慢動起來，像在往後滾。

莫
里
斯
‧
盧
布
朗

他吃了一驚，接著就仰面跌進石頭退後露出的洞裡。佩雷納立刻把腿也收進來，石頭又自動地闔上了。不過一些碎石礫從牆上滾下，埋住他的小腿。他不禁冷笑：「哈哈！難道上帝又跟我站在一起了？」

「到頭了！沒人！難道他在我們來的時候逃了……可能從這裡的活門逃了……」他聽見瑪澤魯喊道。

維貝回應他：「圖上第二把小叉子指示的就是佩雷納的小客廳。爬了這麼久，出口應該就在三樓。這符合我的推斷，我已經派人守在上面了。如果他真從這裡出去，一定會被抓住。」

「那就敲門吧，聽到聲音他們自然會開門。否則就只能強行闖進去了。」瑪澤魯說。

敲門的聲音響起，片刻，門開了，人聲傳來。

佩雷納趁這個功夫觀察著洞穴。在裡面他只能坐著，因為洞穴就是一個長一百五十公分的大坑，又低矮又狹窄。牆壁用磚砌成，上面很多缺口。一些碎石覆蓋在牆面上，稍微一動就會掉下來，鋪在地上。頭上更窄小了，是磚砌的通風口。

「媽的！我得小心點，別被這些石頭給埋了。那就有點意思了。」佩雷納心想，他也怕弄出動靜。因為他所在的位置夾在兩個房間之間，而房間裡面都有警察。左邊是小客廳，小客廳下面是電話間，右邊是工作室。

想到這裡，他想起自己以前思考過一個問題：為什麼前房主的祖先能在大革命時期，很安全又長時間地躲在鐵板後面生活？經過反覆琢磨，佩雷納明白過來。那個時候的暗道通向現在的電話間。由於暗道很窄，一般人沒辦法行走，所以就用來通風。前主人用一塊大石擋住通道的上方，讓外人看不出來。如果哪天暗道被發現，通風口也會安全。至於現在為什麼成為密室，佩雷納猜想可能是伯爵在給工作室安裝壁板時堵住了下面的出口。所以，他就藏在牆裡面，計畫著逃跑的線路，一晃幾個小時又過去了。

他原本就體力不支，加上焦躁不安就迷糊起來，接連地做著惡夢。他太睏了，怎麼掙扎都醒不過來。晚上八點多，他終於有點清醒了。佩雷納還是疲憊不堪，卻忽然地意識到自己的處境很危險。他覺得出去之後無論被如何

處置，都好過在這裡受折磨，都好過隨時警惕石洞的坍塌。這種感覺清楚而透徹，讓他一下子轉過身對著牆壁，想從這裡出去自首。

他摸索著找到洞口，使勁去推那塊大石。可是石頭動都沒動。他接著摸索，發現洞裡沒有任何開關。佩雷納十分惱怒，更加猛烈地推動石頭。牆壁的碎石紛紛坍落下來，像要填滿整個洞穴。可是外面的大石還是紋絲不動。他白白給自己製造了危險。

「我可是亞森・羅蘋呢，現在被弄得這副模樣，竟要叫人來救了……算了，只能向警察投降啦……如果都是要死，為什麼不賭一把呢？我被活埋的危險可是越來越大了。」他對著自己打趣，想平息心中的焦躁。

忽然他又攥緊拳頭，恨恨地說：「不行！哼！我要自己想法子。求救？絕對不行！門兒都沒有！一定要想出逃跑的辦法！」可是他太過勞累，頭腦中混雜著各種亂七八糟的念頭，毫無邏輯可言。他眼前輪番出現了佛羅若絲和瑪麗安娜的模樣。

他想著：「今晚我要救她們出來！她們沒有犯罪，而我也找到了罪犯。所以我肯定能救她們……可是我現在這個樣子……要想想辦法。」接著他想到今晚絮樹大道的聚會，想到德斯瑪里歐先生，想到警察守住了公館，大家應該開始守夜了。

然後他記起維貝在《莎士比亞全集》第八卷中找到的那張紙。紙上的是：「爆炸和信沒有關係，將於凌晨三點發生。切記。」

佩雷納跟警察總監想得一樣，認為十天之後會發生爆炸。他琢磨著，因為今晚是第四封信，十天後才會收到第五封信，所以那時才會爆炸。他嘴裡不斷重複：「十天……第五封信……十天之後……無關……切記……無關！」他猛地一哆嗦，腦中一道亮光閃過，他忽然就很肯定：今晚就會發生爆炸！

佩雷納一下子清醒了，平常的分析能力又回到他腦中。他認為爆炸肯定會在今晚發生的。因為他已經洞悉了真相。確實，到目前為止，只有三封信準時到來了。應該有第四封的，可是由於總監的過失拖延了十天。但是問題的關鍵不是在這，日期和信並不能決定爆炸的時間，絕不能。因為它們太

過詭異，而且沒有任何確切的證據可以證明。全部注意力都應該放在那句話上：「爆炸和信無關。切記！」爆炸已經定在五月二十五號，就不會改變。所以爆炸肯定會在今晚發生！

「救命！救命！」他大叫。

一直到剛才，他都鼓足勇氣留在這個石洞裡，等待奇蹟把自己解脫出去。但這一次，他沒有猶豫。他寧可自己被抓住，被送進監獄，也要救出警察總監、維貝、瑪澤魯和一系列無辜的人。

「救命！救命！」他持續地喊。

佩雷納堅信，伏威爾公館將在三四個小時後發生爆炸！因為按照以往的經驗，無論有多大的阻礙，到了時間就會收到信，所以爆炸的時間既然已經設定就不會更改。因為這一切都是被那個陰謀家安排好的。凌晨三點，伏威爾公館將毀於一旦。

「救命！救命！」他拼盡全力地叫喊，竟有些絕望了。他停下來，仔細聽著，希望聲音能夠穿透石壁到達外面，可是外界對他的叫喊好像沒有反應。周圍一片寂靜，沒有絲毫響聲。他已經急得滿身是汗，也極為驚恐。難道警察都從樓上離開了？他們不會都到一樓的房間裡過夜了吧？

他瘋了一樣地掏出一塊磚，狠命地敲出口那塊大石，想著可能驚醒公館的某人。可是，牆上的石子隨著他猛烈的活動又紛紛落下，他不敢再亂動，只能躺在地上了。

「救救我！救命！」仍然沒有回應，因為聲音並不能傳到外面。

更要命的是，他已經沒有多少力氣了，聲音漸漸變小。他想像中的喊叫變成了賣力地呻吟，甚至還沒出口就消失在乾啞的喉嚨裡。他內心十分焦急，就沒有叫喊了，只是屏息凝聽著。他就像在一個石頭做的棺材裡一樣，聽不到一點聲音。只有死寂。這種情況，怎麼還會有人來救他呢？不可能的！

佩雷納眼前不斷浮現出佛羅若絲的名字和樣貌，也經常想到伏威爾夫人。伏威爾夫人就快餓死了，而他，那個決心救她出來的人現在也快要死了，他們都即將成為這起恐怖事件的祭品。

這時發生了一件小事，佩雷納更加焦慮起來。之前，為了黑暗帶來的恐懼，他一直開著手電筒，這時燈光暗了暗，忽的就滅了。

　　空間裡空氣不夠，又很渾濁，讓他呼吸有些困難，暈暈乎乎的。他難受極了，佛羅若絲的美麗面容和伏威爾夫人慘白的臉輪番在他眼前播放。他眼前浮現出一幕幕場景：瑪麗安娜快要死了；在爆炸聲中，伏威爾公館毀滅了；瑪澤魯和警察總監的殘肢散落在他眼前，他們死了。

　　晚上十一點。他已經毫無知覺，幾乎算是昏睡過去，但仍不停發出一串呼呼嚕嚕的呻吟：「瑪麗安娜……佛羅若絲……佛羅若絲……」

二、唐路易的預警

如一家報紙所說，第四封詭異的信與前三封一樣，將由惡魔投遞和郵寄給警方。人們至今還清晰地記得，五月二十五號的夜幕即將拉開時，公眾幾乎要沸騰了。

當時，一些傳來的新消息將公眾的好奇心推到頂點：索伏靈被抓住了；他的幫凶佛羅若絲·勒瓦絲，也就是了唐路易·佩雷納的秘書逃脫了；唐路易·佩雷納本人無緣無故地消失了……人們有足夠的理由認為唐路易·佩雷納就是亞森·羅蘋。

警察看到已經抓獲兩名嫌疑人，自認為馬上就能破案了，所以有些放鬆警惕。公眾從不同記者報導的細節裡知曉了佩雷納態度已經發生急遽轉變。人們紛紛猜測他為什麼會突然反叛，猜測他對勒瓦絲小姐是否真的愛戀。一想到這個了不起的人物將加入到新的鬥爭中，公眾就無比激動。

人們很想知道他會做些什麼。因為如果他真想為瑪麗安娜和索伏靈洗刷冤情，讓所愛之人免受追捕，就必須想盡辦法參加到今晚的守夜中。他應當帶來無懈可擊的證據或抓住投遞第四封信的魔鬼，來證明他們的清白。這可關係到三條人命！無論如何，他今晚肯定要來。

另外，伏威爾太太的情況並不樂觀。她一心求死，監獄只能對她人工輸液。聖拉扎爾醫務所裡的醫生們顯得十分焦慮，他們真希望唐路易·佩雷納能及時趕來。

最後一點，就是爆炸的威脅，伏威爾公館將於第四封信到達的十天之後被炸成廢墟。人們想到敵人預示的情況全都按時發生了，就深刻感到這個威

脅所帶來的極度恐怖。雖然公眾都認為還有十天才會發生爆炸，但一層濃厚的悲劇色彩早就鋪在這一系列慘案上了。

所以，第四封信到來的當天晚上，人群從米埃特、奧特伊兩端向絮榭大道湧來，馬路上人數眾多，比肩接踵。他們中有巴黎市區的，有來自郊區的，甚至還有從外省趕過來湊熱鬧的。演出太過精彩，人們都翹首以盼。

警察在距離公館一百公尺的左右兩邊設置了障礙，那些從公館對面的山坡上翻過來的人也被趕到城防工事壕裡。所以公眾只能離得很遠觀看。

天空烏雲密布，薄霧籠罩的月亮偶爾也會灑下幾縷光芒。夜空中幾道閃電劃過，隆隆的雷聲自遠處傳來。人們呼朋引伴，有的站在人行道上，有的坐在街邊長椅；有人在唱歌，有孩子在學狼叫；有人在喝飲料，有人在吃東西，但相同的是，人們都在議論這件案子。

幾個小時過去了，公館裡十分平靜。這完全沒有滿足公眾的好奇。索伏靈已經被抓，第四封信很可能就不會跟前三封一樣以詭異的方式出現。人們想到這一點有些失望。一部分人開始煩躁，想著是不是該走了。不過最終，大家還是沒散——唐路易・佩雷納還沒來。

十點鐘，工程師被害的房間裡聚集了警察總監、警察總署的秘書長、保安局長、保安局副局長維貝、瑪澤魯隊長和兩名警察。其他房間有十五名警察在看守，正門、花園和屋頂一共有二十名警察。

警察在下午已經把伏威爾公館重新徹底地又搜查了一番，還是沒發現任何線索。警察不相信奇蹟的存在。他們做出決定，今晚誰也不能睡。這樣無論第四封信放在哪裡，只要一送到，大家都會知道，也一定會看見是誰來送的信。

快十二點了，總監先生派人給值班警察都送去了咖啡。為了不睏，他自己還喝了兩杯，然後就持續地在房間裡踱步。他或者去前廳和接待室看看；或者上樓去閣樓轉轉。此外，他命人打開所有房間的門和所有的電燈，方便警察監視公館內外的情況。

可是瑪澤魯有些反對：「總監先生，你肯定沒忘，那次我們就是開燈守著，結果沒有信送來。只有在黑暗中，信才會送到。」

「再試一次。」總監說。事實上，他最怕的是佩雷納的介入。他做了這麼多事，就是要把佩雷納排除在外。

夜越來越深，大家都等得很煩躁。他們本來鼓足幹勁隨時準備戰鬥，希望能在今晚有所突破。他們仔細觀察周圍的情況，專注地聽著各種聲音。快一點的時候出了點小意外，二樓一聲槍響，又有人叫喊了幾聲。原來是兩個巡邏的警察，一圈轉回來竟沒有認出對方。一個警察朝天鳴槍，引得虛驚一場。這也反映出大家是多麼緊張啊！

兩點十分。警察總監從花園門打開的縫裡向外看，發覺到看熱鬧的人少了些，於是下令允許他們向人行道邊靠近點，但不能越過。

瑪澤魯說：「倘若爆炸在今晚發生，那這些可憐的人會跟我們一起倒楣的。你說是吧，總監先生？」

總監不屑地說：「你放心，就像今晚沒有信送到一樣，十天之後也不會有爆炸發生。而且真到那時候，我肯定不會讓人們靠近一點的。」

兩點二十五分。看到總監在抽雪茄，保安局長笑著說：「總監先生，抽菸太危險了，下次你可不能這樣了。」

「下次我還不來了。相信我，這件事到此為止。真是太浪費時間了。」總監回應道。

「這誰料到⋯⋯」瑪澤魯插嘴說。

幾分鐘過去了，誰也沒有說話。總監坐下來，其他人也都在位子上坐好。一陣鈴聲響起。屋裡的人滿臉驚愕，全都跳了起來。怎麼可能？鈴聲⋯⋯

總監低聲說：「電話。」他真是被驚到了，屋裡的人也都十分驚詫。伏威爾公館的電話竟然還能打通？

總監靠近電話，鈴聲又響了起來。他說：「可能有要緊的事，從警署打來的。」

第三聲鈴響。「喂，請問找誰？」他摘下聽筒，那邊傳來微弱的聲音，像從遠方飄過來的。他只隱隱約約地聽到些破碎的句子。總監大聲問：「⋯⋯喂⋯⋯你是哪位？大點聲！」似乎對方咕噥了些什麼，總監愣在那

裡。

「你是誰？」他又問，「喂……再說一遍……你是……」

「唐路易・佩雷納。」這次清楚了。

「什麼！你是佩雷納？」

「什麼時候了，還開玩笑！」他責備著，準備掛掉電話。但他想了想，還是忍住了，就惡聲惡氣地說：「你到底是誰？你說什麼？真是唐路易・佩雷納？」

「我是……我想問……幾點了？」

「幾點了！」總監氣憤地揮了揮手。不是因為問題的荒唐，而是他非常肯定地聽出對方就是唐路易・佩雷納。於是他厭惡地問：「你在哪兒？你又想幹什麼壞事？」

「我在家裡的鐵板上面……工作室的頂棚上。」

總監沒想明白，重複道：「頂棚？」

「對……我已經完全沒力氣了。」

聽到這話，警察總監快活起來：「等著吧，馬上會有人抓你啦！」

「先別說這個，總監先生……你快回答我，快……幾點了？我不知道能否熬到……求你了……」

「兩點四十。」

「兩點四十！」

這句話把佩雷納嚇了一跳，也讓他清醒起來。他那軟綿綿的聲音一下抬高了音調，自信、蠻橫、哀求、失望……各種態度混雜在一起，目的是想要讓對方相信他的話。他說：「總監先生，快走……離開那裡……大家都走……三點鐘，公館就爆炸了！我發誓……今天，就是第四封信後的十天，因為前面推遲了……是這樣……就在三點……你想想今早維貝搜出來的紙條，上面寫著：『爆炸與信無關，將與凌晨三點發生。切記。』……快離開，求求你了……總監先生，今天凌晨三點啊……必須相信我……我知道整個真相……所有人都走，誰也別留下……太可怕了……快走……沒有任何事情能阻止爆炸……我沒有力氣了……離開吧……你相信我……所有人，都

走，快……」

佩雷納還說了些什麼，但總監沒聽清電話就斷了。他只聽到幾聲叫喊，彷彿從遙遠的地方傳來。

總監掛上電話，笑著說：「各位，現在是兩點四十三。剛才我們的好朋友，唐路易·佩雷納確定地告訴我們，還有是十七分鐘我們就會被炸死。」

雖然他是用開玩笑的口吻來說，但還是有些不安。維貝問：「是唐路易·佩雷納嗎，總監先生？」

「是的。他好像不太正常，說自己躲在工作室頂棚的洞裡，已經奄奄一息了。如果他真在那裡沒玩什麼花樣的話，瑪澤魯，你去逮捕他。有逮捕證吧？」

瑪澤魯一臉蒼白地走到總監面前，問：「總監先生，你說會發生爆炸？」

「是佩雷納說的。他根據維貝早上找到的紙，認為今天會發生爆炸。」

「什麼時候？」

「凌晨三點……再過十五分鐘。」

「你不走嗎，先生？」

「你想什麼呢？難道我們要接受那傢伙的謬論嗎？瑪澤魯，你快去吧！」

瑪澤魯沒有聽話，他表現得十分猶豫。儘管他很尊敬總監，但仍對他喊道：「怎麼是謬論呢，先生？他一定有充分的理由才會這麼說。我跟他一起工作過，知道他是怎樣的人。」

「荒唐！」

瑪澤魯情緒開始激動，他著急地對總監說：「不是的！我發誓……總監先生，他說了凌晨三點公館會爆炸……你應該聽他的。快走吧，……快走，先生，還有幾分鐘……」

「你讓我逃走？」

「不是，不是的！總監先生，萬一呢？我們不能這樣冒險。誰都不能冒險……你也是！」

「好了，瑪澤魯……」

「不，先生，唐路易說了……」

「瑪澤魯！」警察總監大聲喝斥他，「你如果害怕，就快去他的公館！把他抓來！」

瑪澤魯站直身體，做出標準的戰士姿態敬了軍禮。「我要留下，先生。」他原地轉身，走回他的位置。大家都沉默了。警察總監背著手在屋裡踱步。片刻，他抬頭對秘書長和保安局長說：「你們會同意我的意見吧？」

「總監先生，一切由你做主。」

「他的說法沒有任何證據可以證明，而且我們早就派人搜查了公館，不應該有問題的。不會從頭頂掉個炸彈吧？肯定要人扔進來，可是從哪裡扔？怎麼扔？」

秘書長大膽回答：「和收信的方式一樣。」

「你的意思……」

秘書長和總監都沒有說話了。總監其實和大家一樣很驚恐。時間一點點過去，這種驚慌和恐懼的感覺直壓得人喘不過氣來。

總監心裡一直在重複：「凌晨三點……凌晨三點……」他又看了兩次錶。

還有十二分鐘。

十分鐘。

「難道真有人會為了實現強烈和可怕的目的，而炸掉公館嗎？」他想到這個，狠狠地罵：「愚蠢！太愚蠢了！」

看了看大家，他發現眾人的表情都很緊張。他的內心在一陣陣抽搐。

他不怕。一點也不。其他人也是。但在座各位，從普通警察到這裡的最高長官，都被佩雷納影響很深。人盡皆知，他做出了那麼多不同尋常的事情；在偵破這件詭異而沒有頭緒的案件時，他顯得那麼富有智慧和勇敢。無論是願不願意，無論是無意還是有意，只要想到他，人們就會想到一個有著卓越才華和敏銳洞察力的人。人們把他當作一個無所不能的人。這個人的神奇經歷也讓他們不得不想到那個令人稱奇的亞森·羅蘋。亞森·羅蘋正在被

追捕，卻自願被抓，只是為了給他們示警，讓他們離開。

巨大的危險即將到來，公館馬上就要爆炸。還有七分鐘、六分鐘……

瑪澤魯「咚」地跪了下來，在胸前劃起十字，小聲地禱告。這個行為感動了秘書長和保安局長，他們都不自覺地向總監跨出一步。

總監還在踱步。他耳邊一直迴響著電話裡的聲音，心中更擔心。他不是沒見過唐路易行動。他的聲望、他專橫的自信和熱烈的乞求都讓他煩躁難安。這種危機的情況下，可以忽視一個「神人」的示警嗎？

「撤！」總監下令。

話平靜地說出口，若在平時，人們一定會認為這只是個普通的結論。

屋裡的人一個接著一個，安靜有序地撤出，像為防萬一而暫避風險一般，讓人看不出是在逃跑。到了門口，大家給總監讓開路。

「你們先走，我最後。」總監說。他最後出了門，沒有關燈。來到前廳，他請保安局長集合所有警察撤離，然後命令警察去監視大街。總監說：「儘量把人群推到後方，通知所有人都站到遠處……快，十五分鐘後我們再回去。」

所有人都出來了，看門人最後走，關上了大門。

「總監先生，你……你不要留下。」瑪澤魯小聲說。

「當然不。放心吧，我會聽從唐路易的建議。」總監笑道。

「只剩兩分鐘了。」

「他說的是三點呢！」總監過了馬路，走上對面的山坡。秘書長、保安局長和瑪澤魯在後面跟著。

「趴下吧！」瑪澤魯堅持。

總監仍在笑，他說：「好，趴下吧！但要是爆炸沒有發生，我就斃了自己……我可沒臉活著了，這麼荒唐的事情……」

瑪澤魯堅定地說：「一定會爆炸。」

「你這麼信任他？」

「先生，我們一樣信任他。」

大家又不安又焦急地等待，都安靜下來。他們的手放在胸口，數著心跳

計時，都感覺時間過得太慢了。不知哪裡的鐘敲了三下。

「快聽，快聽，」總監冷笑著，激動地聲音都變了，「太好了！沒任何事發生！」說完又低聲抱怨：「我真是太傻了！怎麼能相信……好像這種事情說了就會發生……」

遠處的鐘也敲響了。接著，臨近的一家飯店樓頂也有鐘聲響起。

第二聲鐘剛響完，只聽「唪嚓」一聲，爆炸轟然響起，轉瞬即逝。一團烈焰直衝夜空，煙霧騰騰，斷壁殘垣激烈地躍向空中，又砰然落下。這一切，彷彿同時燃放了一大捆煙花，地動山搖。

警察總監大喊一聲，向前跑去：「快跑！快打電話讓消防隊來滅火！」

他扯住瑪澤魯的手臂。

「你快過去，讓司機送你去佩雷納那。我的車就在一百公尺遠的地方。如果你找到他，就快把他救出來，帶到這裡。」

「我要帶逮捕證嗎？」

「瘋了吧你！」

「那副局長維貝……」

「不會的，你快去吧！我會說服他。」

瑪澤魯立刻就出發了。他一向盡職盡責、秉公執法，就算讓他抓自己的老闆，他也會馬上照做。但現在，他很高興去執行這個命令，動作也十分迅速。以前在抓捕老闆的活動中，他只能被動參加，所以總會傷心流淚。但這次不同，他是要幫助老闆，也許還能作老闆的救命恩人呢，所以他十分高興。

下午的時候，總監吩咐他們停止搜查佩雷納公館，因為看上去他一定逃掉了。於是維貝只派了三個警察留守公館。瑪澤魯在一樓的一個房間找到正輪流守夜的警察，問了他們，都說沒聽見任何聲音。

他不希望別人看到他跟老闆見面的狀況，就一個人上樓來到工作室。打開燈，他沒看到任何人。瑪澤魯有些不安起來。「老闆！老闆！」他大聲叫著，「老闆，你在哪裡？」沒人應聲。

「他打了電話呀，說了在這裡不是？」瑪澤魯想。的確，他走向電話

間，遠遠地就看到了吊在那裡的話筒，還踩到地毯上散落的磚塊和石子。於是他把電話間的燈也打開，發現一隻胳膊從天花板上垂了下來。頂棚上有個大洞，可是頭和肩膀都看不見。

瑪澤魯扯過一把椅子踩上，握住那隻手。一點溫熱從手上傳來，頭頂一個很悠遠的聲音響起，：「瑪澤魯，是你嗎？」

「是是，是我。」瑪澤魯總算放了心，說道，「你受傷了嗎？嚴不嚴重？」

「沒有……就是頭暈乏力……聽著……」

「嗯。」

「我桌子左邊的抽屜……打開……你會找到……巧克力……」

「啊？」

「快去，我餓……亞歷山大。」

瑪澤魯把巧克力遞給佩雷納。不久，佩雷納確實有點精神了，他說：「好多了。你快去廚房拿些吃的給我。我在這等著。」

「老闆，馬上就好。」

「等等，你要從勒瓦絲小姐住處的暗道上來……」他給瑪澤魯講了爬到翻板活門下面的那段梯子後，怎樣轉動石頭才能打開石棺。他可是真以為自己會死在這裡。

十分鐘後，瑪澤魯就爬到老闆那裡，把洞口清理乾淨，拉著佩雷納的腿拖他出來。

「你怎麼能一直趴著，這麼不愛惜身體呢，老闆！」他心疼地說，「我看出來了，你就這樣，把眼前的磚塊都挖空了，……你都餓成這樣還挖了一公尺多！這要多大的勇氣！」

佩雷納回到臥室，狼吞虎嚥地吃下三個麵包，又喝了水，才說：「亞歷山大，確實要很有勇氣呢，尤其在腦子裡一團漿糊，想法都攪在一起的時候。我可沒編造，我當時就想著趕快死掉吧……憋死人了，裡面都沒有足夠的空氣。但就像你看見的那樣，我還是不停地挖，在意識不清的狀態下一直挖，就像做了個噩夢。看，我的手指上全是血。不過我必須通知你們，就堅

持著挖。多艱難哪……我一直惦記著爆炸，沒空想其他事。後來我總算挖出了洞，把手和胳膊都伸了出去……真是幸運，這石棺就在電話上面。一看到這個情況我馬上就清醒了。我的手在牆上摸著，碰到電話線。不過，要拿到話機就難了。我胳膊不夠長，就用一根細線打上活結，把話筒鉤起來，拉到嘴邊。我跟一隻馴鹿一樣，花了半個小時才拿到。實際上，話筒離嘴至少有三十公分。我得大叫著對方才能聽見。我大聲地叫喊，頭暈極了……後來，細線斷了……反正也通知了你們。你們自己會想辦法的……再後來，我就完全沒了力氣。」

「爆炸發生了，是嗎？」他仰頭問瑪澤魯，好像只等待肯定的回答。

「是，老闆。」

「三點整？」

「是。」

「總監應該都讓大家離開了吧？到最後一刻？」

「是的，在最後一刻大家都離開了。」

佩雷納笑了：「我就知道他不到最後是不會認輸的，開始肯定不願相信。而你，因為一聽到是我說的，肯定就認為是對的。可憐的傢伙，你在那等了十五分鐘，心裡肯定很煎熬吧？」他邊說邊吃，沒有停過，似乎吃下去就恢復了精力。

「餓的滋味真難受，我腦子都不清楚了。看來以後我得經常餓餓自己。」

「老闆，你現在可不像那種餓了快兩天的人。」

「嘿！那是我身體好，脂肪足。我半小時後就能恢復體力了。快，我要洗澡刮鬍子。」

……都整理好之後，他又坐回桌前吃了點冷肉和雞蛋，說：「我們走吧！」

「不用著急，老闆。總監會等你的。你先睡會兒吧！」

「沒時間了，伏威爾太太還在自殺呢！亞歷山大，我可不能扔下他們不管，快走吧！」

瑪澤魯心想：「老闆還沒徹底清醒，把自己想成魔術師了。真以為揮一揮魔術棒就能把伏威爾夫人和索伏靈放出來？差得遠呢！他想得也太超前了。」他把佩雷納帶到總監的汽車上。此時的唐路易就好像剛起床一樣，氣色很好，神采奕奕，邁著矯健的步伐。

　　「總監先生接到我的警報，先是不相信，直到最後關頭才聽話了，這真讓我的自尊心得到了滿足。」他對瑪澤魯說，「那些人看見我都想躲開，我還不願意拖住他們說話。『三點就要爆炸啦。——小心點，死神給你打電話了！不會。——會。——你憑什麼這麼說？——反正我知道。——有證據嗎？——我的話就是證據。——那好，如果是你說的……』然後，在差五分三點的時候，他們撤了。想想看，我如果是個驕傲的人……」

　　他們到達爆炸發生地。馬路上到處都是人，汽車根本過不去，他們只能下車步行。警察設置了繩子將人們隔在外面。瑪澤魯邁過繩子，把佩雷納帶到對面的山坡上，說道：「你等會，老闆，我去通知總監。」

　　凌晨深藍的天空上飄著團團烏雲。熹微的晨光中，佩雷納看見對面的慘景，不過比他想像得要好一些。花園裡和大街上有成堆的家具，士兵和警察在周圍把守。公館沒有完全毀掉，尤其是伏威爾先生的小屋幾乎沒有受到大的破壞。幾間房子的屋頂坍塌下來，從打開的窗戶裡還能看到裡面的連接。奇怪的是，總監先生臨走時亮的燈到現在也沒滅。

　　「老闆，這邊走。」瑪澤魯回來，帶唐路易進到伏威爾的工作室裡。

　　接待室左邊的外牆被炸裂，一部分地板被炸翻。兩個工人從附近的工地上拖來了樑柱，正在支撐頂棚。還好，爆炸的結果並不如陰謀者想要的那麼嚴重。

　　警察總監在裡面，昨晚屋裡的人除了維貝都在。維貝剛剛才走，他可不想跟對手見面。警察總署和檢察院有幾個人剛剛才來。大家見到佩雷納都很激動。德斯瑪里歐先生立刻迎了過來，說：「先生，我們都非常感激你。你拯救了我們。你的洞察力超越任何讚美，這裡的先生們都這麼認為，絕對是的。你這已經是第二次救我了。」

　　「總監先生，如果你允許我繼續完成這個任務，就是感謝我了。」

「完成任務？」

「是的。昨晚的行動剛開始。釋放伏威爾夫人和索伏靈才算任務完成了。」

「好，好！」總監笑著。

「我的要求是不是過分了？」

「只要是合理的要求就可以提。不過，我可不能隨便就給這兩個人定罪。」

「這是當然。可是如果我能證明他們無罪，你就可以決定是否保護他們。」

「只要你有不可反駁的證據，我就答應。」

「當然。」

與前幾次比，總監對佩雷納的自信有了更深刻的印象。他說：「炸彈在接待室門口爆炸了，很可能之前被埋在地下。這是我們進行的初步調查，希望對你有幫助。」

「這還不是最重要的，總監先生。我馬上要做的就是告訴你全部真相，而且還不是完全透過我的講述，還有其他證據可以佐證。」

總監靠近佩雷納，屋裡的人也都圍在他身邊。他們仔細地望著他做每一個動作，聽他說每一句話。他抓住了兩個人，雖然已經很厲害，但他們仍然無法看清真相。難道一下子就能破除迷霧，發現事實嗎？

大家都凝神靜氣地聽佩雷納解釋。這可是個莊嚴的時刻。爆炸前夕佩雷納的示警，讓人們對他十分信服。他們都是他救出來的，所以在這時候都十分相信他，就算他說出的話很假他們也會接受。

佩雷納說：「總監先生，第四封信還沒來吧！不過正因為這樣，我們可以看到信是怎麼來的。那時你就會明白，是同一個人既送信給我們又謀害了伏威爾父子。你也會知道，凶手到底是誰。」

「隊長，要保持屋內的黑暗。」他對瑪澤魯說，「沒有百葉窗就拉上窗簾，再擋上木板……總監先生，燈是你開的吧？」

「是，可以關掉。」

「好⋯⋯各位，誰有手電筒？」他環顧四周，「⋯⋯哦，不用了，這個也可以。」佩雷納點燃枝形大燭台上的一支蠟燭，把它拿到手裡，關掉了電燈。

燭焰被氣流吹得上下竄動，把房間映照的很昏暗。佩雷納用手擋著氣流，待燭焰平穩後走向桌子。他說：「我估計沒多久真相就會開口告訴你們了，而且肯定說得比我逼真。」

這段時間真讓人難忘，大家都安靜地等待真相的到來。警察總監在後來的採訪中自嘲說，當時他忙碌得十分疲憊，這個景象又把他刺激了一番，結果他就開始有了幻象。他一會兒看到有精靈和鬼魂在公館裡出現，一會兒看到有人拿著武器侵入公館。

總監觀察著佩雷納，對他的行為很不解。那個人坐在桌邊，吃著麵包和巧克力。他的頭微微仰著，眼睛隨意地張開。他看上去極餓的樣子，可卻有條不紊地吃著。

一個個人影被燭焰投射在牆上。總監看了看其他人，他們的臉部肌肉在抽搐，似乎用力克制自己。關鍵時刻馬上就要到了，他們反而回憶起爆炸的場景。屋裡的人感覺過了漫長的時間，其實只有三四十秒，比佩雷納之前說得要久一些。

慢慢地，佩雷納舉起蠟燭，悄聲說：「信來了。」他說的同時，大家也都看見了：一封信宛如無風時樹葉飄落一般，從天花板上悠然飄下。信擦過佩雷納身邊，落在地板上。佩雷納把信遞給德斯瑪里歐先生，說道：「第四封信，總監先生。」

三、伏威爾的供認

警察總監疑惑的眼神在佩雷納和天花板之前滑動。佩雷納解釋道：「總監先生，沒有洞在天花板上，信也不是人往下扔的，也不是你的幻覺。事情很簡單。」

「很簡單？」總監重複道。

「總監先生，這就像在感受一種氣氛——我們在看魔術時不明就裡，可是又很開心。我確定，信的到來是很簡單的事，但一般人也想不到。拉開窗簾吧，讓房間亮起來。」瑪澤魯去了。

總監看了第四封信，發現裡面並沒有新的消息，還是反覆說著前幾封信的事。這時佩雷納把工人放在角落的人字梯搬到吊燈下面，爬了上去。他跨在梯子頂點，夠到吊燈。

一個鍍金的大鋼圈充當了吊燈的支架，鋼圈下面掛有水晶吊墜，裡面是一塊三角狀銅。三個燈泡分別裝在銅的三個角上，三角銅的後面捲著電線。佩雷納把電線拉出來剪斷，然後想卸下吊燈。首先要做的就是用錘子把吊燈周圍的石膏敲掉，而且吊燈很沉重，比它看上去要重很多。

「來幫忙吧！」他對瑪澤魯說。瑪澤魯爬上梯子，兩人抓住吊燈，費了好大的力氣，才把它放到桌上。

粗略地檢查之後，佩雷納發現吊燈上架了一個正方形的金屬盒，盒子的邊長大約二十公分。佩雷納敲掉石膏的原因，就是要取下嵌在牆裡的這個盒子。

警察總監驚訝地問：「這是什麼東西？」

「你打開一看就知道了，總監先生。」佩雷納回答。

總監掀開盒蓋，看到裡面裝著齒輪、發條等像鐘錶機芯一樣的一整套精密裝置。

得到總監的同意，佩雷納卸下上面一層裝置，發現下面還有一套。兩套裝置被兩個齒輪連在一起，像是自動放映機。

有一道彎彎的齒槽開在盒底的金屬板上，齒槽如果安裝在天花板上，就對準了桌子，有一封信貼在齒槽的邊緣。

「看來這就是第五封信了，也是最後一封信。」佩雷納指給總監看，「你可以看到，吊燈中間，這裡也是要安裝燈泡的，但為了放信被拆掉了。總監先生，現在可以證明這個吊燈就是為了發信而安裝上去的……日期由鐘錶機芯的裝置來設定。時間到了，齒輪就把信定時地推進燈泡和水晶吊墜之間的齒槽。五封信都是裝在這裡。所以一到時間信就會飄下來。」

人們都沒想到這個裝置會做得如此巧妙。他們圍在佩雷納身邊，都沒有說話，似乎還意猶未盡。因為他們更想知道凶手是誰，而不只是裝置如何投遞信件。

「大家稍安勿躁，我會講清楚的，各位長官。你們一定不會失望，因為你們絕不會料到那件事有多可怕。」

總監說：「我可以同意信就是這麼出來的，可是還有很多事我沒弄清，特別是罪犯是如何安裝的這個吊燈呢？這裡有警察看守，而且無論白天和夜晚都有人值班。罪犯安裝這個的時候肯定會被看見或聽見的呀！」

「因為這個吊燈在警察到來之前就安裝好了。總監先生，就這麼簡單。」

「難道在雙重謀殺案之前嗎？」

「是。」

「你的證據是什麼？」

「總監先生，這是信到來的唯一辦法，你剛剛自己也這麼說。」

總監忍不住要知道結果了，急切地說：「你趕快說，真是浪費時間！還有那麼多重要情況要報告！」

「總監先生，要想知道真相，你應該跟著我的思路走。現在我們離真相已經很近，因為信的來源已經被弄清楚。看到這個裝置時，如果你們懷疑是誰幹的，那個人其實就是罪犯。」

警察總監聽了他的話，覺得很有道理，更加急切地想知道凶手是誰了。他渴望地看著佩雷納說：「你難道認為，罪犯是為了要陷害伏威爾夫人和索伏靈，才把指控他們的信放在上面嗎？」

「對。」

「如果裝置是在謀殺發生之前就安裝好的，是不是就意味著那時候陰謀也被策劃好了？」

「是的，總監先生。陰謀很早就策劃好，只等時機到了。我們已經知道伏威爾太太和嘉斯冬・索伏靈並沒有犯罪，所以要給他們的罪名下個結論。正是一連串別有用心的安排製造了這些罪名：首先，謀殺案當晚伏威爾太太的外出；其次，案發時她無法解釋自己的行為，無法解釋為什麼要在米埃特那邊散步；第三，索伏靈為什麼在公館附近徘徊；最後也是最重要的，就是伏威爾太太留在蘋果上的牙印。這些全都是陰謀！最無恥、卑鄙的陰謀！而這一切的發生又是那麼自然流暢，就好像有人在稱重量、做標記、排順序。每件事的發生都嚴格遵照陰謀家的意願，沒有一點異樣。這個裝置如此精細，完全遵照物理規律；而它的製造者也心思縝密，手藝精良。它一直在準確地運轉，從未出錯。因為信就在案發前被裝進去，全都在設定的時間準時落下。大家來看，那精密的機芯，不正象徵了整個案件，而且還對案件的過程做出清楚的說明嗎？」

「這……」警察總監思索了許久，問他：「讓我們知道她妻子有罪就是伏威爾先生寫信的目的，是嗎？」

「對。」

「這樣一來，如果信不是假的，那麼就是他真有理由這麼做。」

「專家已經鑑定了筆跡確實是伏威爾先生的。」

「這樣的話……」德斯瑪里歐先生有了很明顯的感覺，真相馬上就要被揭發了。所有人都跟他一樣渴望知道結果。沒有人說話，總監搖了搖頭：

「我還是不明白……」

「總監先生，你怎麼會不明白？你已經知道，這些信指控了伏威爾夫人和嘉斯冬・索伏靈犯罪，而信就是陰謀的一部分。這只能說明寫信的目的就是為了陷害他們呀！」

「啊！怎麼可能？」

「我已經解釋過了，那兩個人是無罪的，所以任何指控他們的活動都是陷害。」

大家都震驚得無法言語，總監先生更是這樣。他慌亂地望著佩雷納，一字一句地說道：「我真的從沒見過這樣恐怖的事，太可怕了！」

「你的確想不到，總監先生，沒有人會想到這樣去陷害一個人。」佩雷納顯得有些激動，「你還沒聽索伏靈講述整個事情，那樣你就會感覺到這份仇恨有多濃烈。我可是充分感受到了。正是這份仇恨啟發了我，讓我去想陷害他們的是誰，為什麼要陷害他們。然後我更進一步地去想究竟誰有這樣的本領鑄造出如此牢靠的裝置，讓兩個犧牲品無法翻身。

其實更早的時候我心裡就糾結了另一個想法，這個想法真讓我勞神。它也是我曾跟瑪澤魯說過的：為什麼信會如此準時地出現？我在想，除非原因非常重要，否則這些信怎麼會那麼準時的被送來呢？因為如果是人來投遞的話，當警察守在房裡等著的時候，他是不可能送到的呀！可是，信依然有規律地送到了，好像它們必須要來似的；而且在無論遇到什麼障礙的情況下它都來了。所以我慢慢想出肯定是一個隱藏的裝置把信送給我們的。因為只有機械裝置可以不被人的行為所左右，嚴格地按照物理方法運作。

一邊是要折磨那兩個無辜的人的仇恨，一邊是為陰謀服務的機械裝置。這兩個想法碰撞在一起就濺出了火花。火花就是：伊波利特・伏威爾是個工程師！」

隨著佩雷納一點點地揭露真相，大家不但沒有緩解緊張的心情，反而更感覺到痛苦和悲哀，彷彿心口壓了一塊大石，很不舒服。

總監質疑道：「可是信的落下時間不一樣呀？你怎麼解釋？」

「就是因為這個我才揭開了謎底。那是因為信的下落，跟燈的開關相

聯繫。由於不能被發現，伏威爾先生只能讓信在黑暗中出現。我們剛才看到，燈上面有一個裝置，可以禁止信在開燈的時候出現；而在內部有開關控制這個裝置。這是唯一的解釋。我們看見的是一個自動裝置，信只能在關燈的狀態下，被時鐘機芯推落下來……專家們肯定對裝置的精密讚不絕口；同樣，他們也會認可我的推斷。這個裝置裡只有伏威爾先生的信，而它又在案件發生前就安裝在天花板上，你難道不認為它是由電氣工程師伏威爾製造的嗎？」

整個過程中，伏威爾先生的名字一次又一次地被提到。從伏威爾先生，到工程師伏威爾，再到電氣工程師伏威爾。對他是陰謀家的肯定意味越來越重，凶手的真面目漸漸地清晰地展現在大家面前。長官們雖然也看過無數奇人異事，但還是都被嚇住了。現在，真相已經走到他們面前，強迫他們相信了。在人們心裡，相信與不相信的思想鬥爭就好像兩個面對面互揪脖子的人所進行的激烈鬥爭。

總監想了想，說道：「我把事情總結了一下，得出的結論就是：伏威爾先生只是為了除掉他太太和愛著他太太的男人，所以寫了這些信。」

「是。」

「這樣的話……是不是說他知道自己要死了，所以希望他太太和那個男人在自己死後被控謀殺？他這樣做只是為了報復他們相愛，為了復仇嗎？」

「對。」

「他製造這麼多證據，只是為了證明他們是凶手嗎？」

「是。」

「天哪！怎麼說呢？那麼……伏威爾先生不就是殺掉他的人的幫凶嗎？可是，他那麼不想死，那麼害怕……實際上是他自己策劃了一切，為報復做好了準備。是嗎？」

「總監先生，你已經基本洞悉了真相，我也是這麼想出來的。只是你跟我一樣，看到了真相卻不敢去相信它，因為整個案件太悲慘了，也太離奇了。」

「太愚蠢了！一派胡言！」總監猛地跳起來，用手捶著桌子，很不服

氣地喊，「伏威爾都要死了還費這麼多功夫設下圈套，想殺了妻子。不可能！你不是也看見了，那天他來我辦公室，最害怕的就是死，他就想著怎麼才能活下去。那時候他怎麼能按好裝置，展開陰謀？更可笑的是這些陷阱要在他死後才有用。這也太可怕了……照你想的，伏威爾先生應該設定好時間，偽裝成妻子犯罪，把他三個月前給朋友寄出去又截回來的信裝好，然後放心地說：『哈哈，警方一定會把瑪麗安娜當成殺人犯的。我死也能瞑目了。』……這不可能。他不可能這麼謹慎。如果真這樣，他就是與殺人犯串通好，願意讓自己被殺掉……他知道自己要被殺害，他願意被殺害，天哪……」

總監忽然停了下來，好像被自己的話嚇住了。他看了看其他人，他們也跟他一樣疑惑。其實大家都已經知道了結果，只是還沒接受自己的想法而已。

佩雷納盯著總監，等他繼續說，那些話是不可能被省略的。

果然，德斯瑪里歐先生慢慢地，小聲地說：「你難道真的認為他自願……」

「我沒有認為什麼，」佩雷納說，「剛才的話是你憑藉邏輯的自然推理。」

「是……是……我知道。我本來是準備告訴你這樣想太荒唐了……你不能為了證明自己的正確和瑪麗安娜的清白，就提出這樣的推理讓我們相信。伊波利特·伏威爾願意殺害自己，這簡直不可理喻！」他很虛假，很勉強地笑了下，接著說：「不管怎樣，你無法否認這個結論很荒謬。」

「我沒有否認。」

「你……」

佩雷納平靜地說：「伏威爾願意自己被殺死，這是陰謀的一部分。你剛才也這麼說的，總監先生。」他的神情是那樣確定，以至於沒有人想質疑。

大家不得不接受他的推理和結論，對伏威爾參與了犯罪已經確信無疑。他們現在被堵在思維的死胡同裡，想看清真相肯定要花很大力氣。他們現在很想知道，伏威爾先生在這場陰謀和悲劇中扮演了怎樣的角色，他是怎樣策

劃陷阱的。他們不敢相信他真同意，甚至願意去扮演一個失掉性命的角色。最後一個問題：究竟是誰殺了他，誰又是他的同謀？長官們想著這些問題，想從佩雷納那裡知道答案。

佩雷納相信，大家一開始就會認可他說出的答案。現在他要做的只是說出經過，因為沒有人會不相信。

他開始了簡單地敘述：「出事前三個月，伏威爾先生一連給他的好友朗若拿寫了幾封信。而那好友幾年前就死了。對此伏威爾肯定是知道的。這些信都留在了郵局，但後來被人取走了。怎麼取走的我就不說了。

現在看，伏威爾的計畫真是詳盡周密。他刮掉了地址和郵戳，把信裝在機械上，設定好時間：第一封信在他死後的半個月落下，之後每隔十天就落下一封信。這裡有一個事實非常重要，它就像一個物證令我如獲至寶。他監視索伏靈，知道那傢伙每週三都會來看他的妻子。而這時候他太太就會來到窗前。他知道他們相愛。所以，請注意：首先，每個星期三，索伏靈都會出現。其次，雙重謀殺案的時間，正好在星期三。第三，伏威爾太太是在先生的要求下才去歌劇院和舞會的。」

佩雷納頓了頓，繼續說：「所以，在星期三的早上伏威爾就準備好一切。他調好機芯的日期，確保指控罪行的機器正常運作，將來的證據會證明他已經準備好的信。而且，總監你還收到過他的另一封信。信裡他告訴你有一場陰謀，求你一定等到第二天早上才去救他，可那時他已經死了！這一切，都是按照他的設計進行。

但突然發生的一件事差點破壞他的陰謀：偵探維洛介入了。維洛奉命去暸解柯思莫遺產繼承人的資訊。我們不可能知道他們之間有什麼聯繫，因為他們都死了，這已成為秘密。但起碼我們可以確定：維洛來這把巧克力帶走了，於是我們第一次看見了齒痕。後來，維洛經過我們不暸解的調查，明確獲悉了伏威爾先生的陰謀。因為他親口說了出來，告訴我們要發生雙重謀殺。他當時那麼焦慮！他本來把知道的消息都寫在信裡，可是信被換了。伏威爾先生知道維洛的調查，為了防止陰謀被洩露，他把維洛毒死了。他知道毒藥的發作時間，就大膽地扮成索伏靈的模樣，跟蹤偵探到咖啡館，並在那

裡用白紙換下了信。出來後，他還向行人詢問去納伊的路。他知道索伏靈就在納伊！日後，這個行人就可以作為證人去指控索伏靈。這一系列事情就是犯罪！總監先生！」

佩雷納充滿了自信和活力，他邏輯清晰，言辭強勁有力，似乎講述的就是真相。

他重複了一遍：「這就是犯罪，總監先生！維洛先生當時就是要揭穿他的詭計，就是在擔心他害人。他跑到警局，就為了確認維洛是不是死了。當他發現沒有被揭穿時，才將陰謀展開。他就是凶徒！你還記得吧，總監先生，他十分驚恐，十分擔心：『總監先生，請保護我……我面臨死亡……明天，我會被殺的』。而且他要求你一定要等到第二天才救他。因為他知道，這一切當天晚上就能完成了，第二天只有一樁謀殺案在警察面前擺著。他也準備好證據去指控所謂的凶手了——瑪麗安娜就會首先被逮住。

當晚我和瑪澤魯去他的公館，就因為這個，他顯得十分不安。他思考著我們會不會打亂他的計畫，為什麼我們要來他這裡。後來，我們一定要守著他，他只能同意。不過這一切跟他有關嗎？沒有。他一切都準備好了，即使是守在外面也不可能阻攔得了，甚至都發現不了。他想死就肯定能死。事情一定會發生的，無論我們在不在。

接著悲劇就上演了。被要求去歌劇院的伏威爾太太來向他道別。之後僕人給他送吃的，裡面有蘋果。接著他面對死亡而害怕、擔心。最後，他讓我們看了保險櫃裡的本子，跟我們撒謊說記載了陰謀的證據。到這，前期的準備就都完成了。我和瑪澤魯出來之後，他關上門就可以一個人自由行動。沒有任何事情可以擋住他實現自己的想法了。

也許白天的時候，伏威爾先生模仿索伏靈的筆跡給妻子寫了信，要求晚上跟她見面。這種信誰會留著呢？所以沒有證據。晚上十一點，伏威爾太太從歌劇院出來到信裡約好的地方等待情人，然後去了愛爾星格夫人家。而在公館的另一頭，索伏靈正堅持每週的神聖探望活動。在這期間悲劇在公館發生了。這兩個人由於伏威爾先生的提示和新橋咖啡館事件，本來就已經被警察盯上；加上他們既沒有不在場證明，也不能說清楚為什麼要在公館周圍，

怎麼能不被警察懷疑？

即使很偶然兩人都沒被指控，伏威爾先生也留了一手關鍵的證據——帶有瑪麗安娜‧伏威爾牙印的蘋果和幾個星期後的那些信。那精確的裝置會將他們的罪行一封封地告訴警察。

一切就緒。那個可怕而精明的頭腦想到了任何一點微小的細節。總監先生，你一定還記得那顆綠松石吧，我戒指上掉落的，後來在保險櫃裡找到的那顆。當時我說最多有四個人看見並撿到，伏威爾先生就是其中之一。可是我很快排除了他。真沒想到就是他撿到的。他一定是感覺到我的到來會給他帶來威脅，所以就要把我除掉。這是個很好的陷害機會。他把綠松石放到保險櫃裡，讓你們懷疑我。

他的準備工作已經全都完成，事情要怎麼發展就只能看上帝的安排了。在陰謀家和被陷害的人之間只差一個活動——伏威爾先生死了。」佩雷納講完了。

屋裡一片寂靜。大家確信無疑地完全接受了他講述的離奇事件。天哪，這件事情真是太令人難以置信了！

「最後一個問題，」總監說，「當晚，警察包圍了公館，而你和瑪澤魯隊長就在門外守著，有誰能殺了他們？就算伏威爾先生知道將面臨死亡，房間裡也沒有人去殺他呀？」

「他可以自己動手。」

真相終於完全暴露出來。佩雷納口中的場景實在令人驚悚，話音剛落，就引來一片唏噓和反對，人們紛紛質疑他的說法。就好像物極必反，大家就是這樣的反應。

「這樣的猜測夠多了！不要說了！」德斯瑪里歐大聲說，「它們聽上去很符合邏輯，可是結論卻這樣荒謬！」

「總監先生，看上去也許不真實，我們都不相信一個人會僅僅為了報復而願意去死。但誰能用正常的原因來解釋伏威爾的行為？我注意到他面色蒼白，身體虛弱……大家可能也注意到了吧？說不定他得了絕症，本來就快死了呢？」

「太荒唐了！夠了！」總監大叫，「我要證據！我不聽你的猜測，你給我證據就行，哪怕就一個！我等著。」

「證據就在這裡。」

「什麼？」

「總監先生，這裡還有一個信封，是我在取吊燈時在盒子外面發現的。吊燈是裝在艾德蒙住宿的閣樓下，所以伏威爾肯定能掀起閣樓的木地板，從上面摸到這個機械。他在最後一晚把這個信封放了進去，而且還在上面寫下了日期：『三月三十一日，晚上十一點』。你看，下面有簽名：伊波利特‧伏威爾。」

總監拿過信，急切地打開來看。可是剛看了頭他就破口大罵道：「他真不是人！天哪！太恐怖了！怎麼有這樣的混蛋！」因為過於激動，他的嗓子一下沙啞起來，他開始讀信，聲音很驚恐：

艾德蒙已經睡下，他在睡眠中不知不覺地死了，毒藥的痛苦並沒讓他醒來。我也快死了。不過我達到了目的。好痛苦啊！可是我又深感幸福。現在，我強忍著死神的折磨，最後寫下這幾行字。

在此之前，我經歷著最可怕的煎熬，把對那個女人的怨恨埋在心裡，她討厭我卻愛著其他男人。我得了頑症，長年受到病痛的折磨，身體虛弱；小艾德蒙也是，他總是沒什麼精神。四個月前我和艾德蒙的倫敦旅行讓我開始有了幸福感。那天下午我去看了名醫，檢驗結果是癌症——我早就料到了。這時我也知道，艾德蒙患了結核，已經無藥可救。他跟我一樣也快死了。於是那天晚上，我就想到要報復。

我要指控那對狗男女殺人，我要他們接受審判、坐牢，要他們痛苦，要讓他們都死掉……殺人，可是最嚴重的罪名。我很高興，因為這麼報復讓我很痛快！因為他們不可能反抗，也不可能有人救他們。他們已經沒有任何希望了……就算是再清白的人看到這些成堆的鐵證，也會無法辯駁的。他們只會懷疑自己，然後承認有罪，乖乖地接受判決。因為事實告訴人們：你就是罪犯……哈哈！這種懲罰是多麼痛快！我馬上就要報仇了！

我愉快地開始準備這種工作，從心裡高興。我是多麼快樂！上帝啊，你以為癌症會讓我痛苦嗎？一點也不會。我的靈魂高興得發抖，肉體的痛苦算什麼？看看我，已經吃了毒藥，卻沒有任何痛苦的感覺呀！

我願意去死。我死了就表示他們要開始被折磨了。我很快樂。反正艾德蒙好不了，為什麼不消除他多餘的痛苦呢？為什麼不跟他一起死，這樣還能加重他們的罪行呀！如果我勉強存活到病死，他們就開心了！這是絕對不行的！

結局已經到來⋯⋯我太痛苦，要停下了，要緩一緩⋯⋯公館的裡外都有警察，他們怕我被害⋯⋯好安靜呀！瑪麗安娜被我的信騙去跟情人約會了，就在外面不遠處。可是她的情人卻在我窗下看著，他的愛人不可能露面了。哼！他們都是木偶，線在我手裡，讓他們怎樣都行。老天，他們多快活吶！你們玩樂吧！可是，你們馬上要被吊死啦！上午那個拄著烏木手杖的人給維洛下了毒，又跟他走到了咖啡館。哈哈，就是你呀！晚上，那個女人把我和繼子毒死了。有證據嗎？看看吧，你碰都沒碰那顆蘋果，卻有你的牙印在上面！真有意思啊！你們就快活吧！

還有信，給朗若拿的信！真讓我得意的設計！我也在構思和製造那個小機器的時候嘗到了樂趣。這個裝置精美巧妙吧？計畫不好嗎？哼，到了設定的日子，信就會接連而有規律地送出！我現在沒有要做的了。你們就快活吧！可憐的人哪，你們完了。

一想到人們什麼都不知道，我就高興——我正在笑。毫無疑問，瑪麗安娜和索伏靈肯定會被定罪。除了這個，都是秘密了。沒有人知道，永遠都不會有人知道。再過幾週，等那些信都到了警察手裡，等那對男女都完蛋以後，五月二十五日夜裡，準確地說，是五月二十六日凌晨三點，就會發生爆炸，會銷毀我所有的痕跡。一個與信完全無關的設定會定時引爆。炸彈都安好了。就在剛才，我把筆記本埋在炸彈旁邊。我跟他們說那是我的日記，其實是能救出那對男女的物證，是裝烏木手杖、毒藥瓶、毒針的夾子，還有從維洛那裡偷的兩封信。反正爆炸之後，沒人會知道真相，也不可能知道了！

要想拆穿這一切，除非炸彈炸不塌頂棚，炸不倒牆；除非奇蹟發生；除

非出現擁有超人的智慧和神奇的洞察力的天才，由他理清亂麻，撥開迷霧，而且還要經歷多年的搜查，才可能發現這信。

這封信，我就想寫給他，可是我知道他絕不會存在。隨便吧，反正我要死了！我要把這復仇的信交給命運，應該也沒事的。那對男女已經跌入了地獄，即使不死也要永遠分開！

好了，寫完了。我非常痛苦，頭上冒著冷汗，手更抖了。只需簽個名。但我是快樂的！你們就等我死，不是嗎？你們對未來充滿信心，竟還能保持貞潔！瑪麗安娜這個女人，你偷偷地看我，知道我病了就那麼開心……我馬上死了。你們靠鐵鏈子連在一起，站在我墳前結婚吧！預審法官會寫婚書，劊子手會給讀彌撒。哈哈！瑪麗安娜坐牢……索伏靈在死囚室痛哭……我太滿足了！我痛苦……我願意死……我滿足了，連死都變得美好……那些可怕的人打開牢門，抓住他……『勇敢點吧！嘉斯冬・索伏靈，法官駁回了你的上訴。』哈哈……他上了斷頭台……瑪麗安娜，該你了！索伏靈死了，你的情人死了，你還能活下去嗎？你也該死了！你要繩子？還是毒藥？快死吧，壞女人……我恨你……快死吧……

總監沒念下去。在座的人都驚呆了。後面的筆跡越來越亂，看不清楚，讀起來非常費勁。

總監盯著紙喃喃地說：「簽名還清楚點……伊波利特・伏威爾……看來他簽名時有了點力氣。他怕別人懷疑他……是啊，誰會想到呢？」

他又抬頭看著佩雷納，說道：「我太佩服你了！真的要非同尋常的洞察力和令人欽佩的智慧才能查到真相。你太令人吃驚了！這個魔鬼的解釋，跟你之前的猜測完全一樣。」

佩雷納鞠了一躬，沒有回應總監的讚美，只說：「你是對的，總監先生。他極度危險，是個頭腦清晰的魔鬼，還極度偏執。他堅持著惡念死不回頭。如果是別人，很可能直接殺人。可是他真是心思慎密，又受規律的支配，只按照自己想的去做。他就像一個探索家，又像一個科學家，想要用時間檢驗自己的成果。他成功了，因為他確實騙過了警察和大眾，而伏威爾太

太也有很多機會自殺。」

警察總監果斷地做了個手勢。案子已經結束，證據給它帶來了光明。現在最要緊的就是救出瑪麗安娜・伏威爾。

「是的，一分鐘都不能耽誤。」總監說，「馬上通知伏威爾太太。我去請預審法官，即刻做好不起訴的裁定。」他飛快地安排好警察的搜尋事宜，以驗證佩雷納的推理。之後他對佩雷納說：「快走，先生，你應該得到伏威爾太太的感謝。瑪澤魯，快跟上。」

一個驚心動魄的晚上就結束了。佩雷納在眾人的關注中表現卓絕。他像親眼所見一樣揭露出這個在黑暗中謀劃，到墳墓裡執行的復仇計畫；又像在與死神戰鬥，從死神身上找出證據。

警察總監表現出濃濃地敬佩，沒有說話，只是不斷點頭。這種變化真是太神奇了：半天前，佩雷納還在被追捕；現在他居然跟警察總監一起坐在車裡。人們都知道他有著非同一般的破案本領，都被他給出的結論所折服。大家不願再想起近兩天不好的事情，都對他產生了敬佩。現在就算副局長維貝再痛恨佩雷納也沒用了。

儘管如此，總監還是簡要回憶了新得到的資訊。他發現有的地方還有些問題，就問佩雷納：「我總結了一下，完全同意你的看法……是的……也只能是這樣……可是還有些問題值得討論。第一項就是那些牙印。雖然我們拿到了伏威爾先生的供認，可牙印對伏威爾夫人而言終究是不利的證據，我們還是要弄明白。」

「總監先生，你放心。我會給你解釋的，但要給我時間來收集必要的證據。我想這件事並不難辦。」

「好。還有就是，那張記錄爆炸的紙怎麼會出現在勒瓦絲小姐的住處呢？」

總監問完，佩雷納補充地問到：「你是不是還要問，我是怎麼發現了第五封信的時間表呢？」

「是的。這麼說你同意我的意見了？勒瓦絲小姐還是值得懷疑的。」

「先生，這件事會弄明白的。現在，伏威爾夫人和嘉斯冬・索伏靈的

回答可以解開全部的謎題，也能幫勒瓦絲小姐擺脫嫌疑。讓我們去問問他們吧！」

「這是一定的。但還有一點讓我不明白，」總監繼續問道，「伊波利特‧伏威爾在他的供認信裡一點都沒提到柯思莫的遺產。他不知道嗎？難道我們應該假定這起案件跟遺產一點關係都沒有？這不會只是巧合吧？」

「在這個問題上我跟你的意見非常一致，總監先生。我也不明白他為什麼沒有提到遺產。其實我也沒看重這個。因為整起案件，最重要的是證明伏威爾夫人和嘉斯冬‧索伏靈的清白，查出真正的罪犯。」

佩雷納非常高興。他認為找到伏威爾先生親筆寫的供認信，這個悲劇就結束了。伏威爾夫人、嘉斯冬‧索伏靈和佛羅若絲‧勒瓦絲會把案件的疑點全都說清楚的。他不用再管了，也對那些沒有興趣。

他們到了聖拉扎爾監獄。那是一座又舊又髒，還沒被改造重建的古老監獄。

「典獄長在嗎？我有急事。」總監下車對門衛說，「快去叫他。」說完，總監一刻也沒停地直接衝向通往醫務室的路。他剛奔向二樓就碰到典獄長。

「伏威爾夫人呢？我想見她。」他還沒說完就猛地停住了，因為他看到典獄長神色十分慌張。總監忙問：「怎麼啦！喂，你沒事吧？」

「沒……總監先生……」典獄長結結巴巴地說，「我剛給局裡打過電話……那個……你不知道嗎？」

「快說，出什麼事了？」

「今天早上伏威爾夫人死了，是她自己給自己注射的毒藥。」

「什麼？」

總監拉著典獄長就往病房跑。唐路易和瑪澤魯在後面跟著。在一間病房裡，他們看到這個年輕的女人在床上躺著，身體已經僵硬了。點點褐斑顯露在她白皙的臉上和露出的肩頭，跟維洛偵探、伏威爾先生和他兒子屍體上的斑點很像。

總監驚呆了，似乎不敢相信一般，說道：「怎麼會？她能從哪裡弄來毒

藥⋯⋯」

「我們在她枕頭下面搜出了這個針管和小瓶子。」

「什麼？怎麼會在那裡！枕頭下面？誰給她的？不可能呀！」

「總監先生，我們還沒查到⋯⋯」

事實顯示，這一連串的謀殺並沒有因為伏威爾先生的死亡而停下。伏威爾的做法不僅僅破壞了妻子的聲譽，還逼迫她注射毒藥自殺了！警察總監看著佩雷納，更感到不可思議。難道伏威爾的復仇在自動地進行？還是說⋯⋯工程師的惡毒陰謀被一種神秘力量控制了，那股力量要在黑暗中放肆地完成這些邪惡的事情！

四、隱藏的繼承人

　　距爆炸發生已經第四天了。那天晚上一個披著斗篷、駕駛馬車的車伕敲響了佩雷納公館的大門，讓人給佩雷納遞了封信。之後他被僕人帶到佩雷納二樓的工作室。車伕甩掉外衣，疾步走向佩雷納，嘴裡說著：「老闆，你快收拾東西走吧！形勢不妙，你快走吧！別以為我在開玩笑！」

　　佩雷納正坐在大椅子上自在地抽菸。他問瑪澤魯：「瑪澤魯，來點嗎？要捲菸還是雪茄？」

　　瑪澤魯不高興了，生氣地問：「老闆，你在幹什麼？你看報紙了沒！」

　　「當然看了。」

　　「如果看了，你就應該看清楚狀況！大家的眼睛都盯著你呢！的確，之前報紙上說過爆炸事件和伏威爾的罪行，大家對伏威爾這個魔鬼深為厭惡，也十分讚賞你的智慧和能力；可是從雙重自殺，也就是瑪麗安娜和索伏靈兩人被謀殺之後連著三天，所有報紙上都或多或少地提到了對你不利的報導。他們說：『現在伏威爾先生、他的兒子、妻子和表弟都已去世，唐路易‧佩雷納將毫無疑問地繼承巨額遺產。』你知道這話會產生多大的反應？人們把你的作為拋到腦後，所有的談話議論都圍繞著一點：羅素家的後人都死光了，只有唐路易‧佩雷納還活著，只有他還能去繼承遺產！」

　　「那是我走運！」

　　「可別人不這麼想呀。他們認為這一系列的謀殺不是巧合，而是被人在幕後操控的。這個人的陰謀從殺死柯思莫‧穆寧敦開始，目的是為了拿到那巨額遺產。人們認為這些罪行都是這個人一手策劃和犯下的。人們認為他

就是柯思莫的好友；是從一開始就操縱整個事件，設下圈套的人；是說不出別人有罪還是沒罪的人；是一會兒要抓人；一會兒要救人的人。總之，這個人翻手為雲覆手為雨，集毀譽於一身，有超能力，可以為所欲為。人們很堅定地說他就是你，唐路易·佩雷納，就是那個小偷亞森·羅蘋呀！人們都認為，只有亞森·羅蘋才能幹出這麼一件驚天動地的案子來！」

「哈哈。大家真抬舉我了。」

「老闆，我也只是重複給你聽聽大家都怎麼說的。如果伏威爾夫人和嘉斯冬·索伏靈有一個沒死，人們就不會關注你這個被遺贈人和潛在的繼承人。可是他們都死了。大家很驚訝為什麼命運總是眷顧你。你還記得司法界的一條「公理」吧？得利益者有嫌疑。現在的情況能得到利益的只有你，你說他們能不懷疑嗎？」

「這就是強盜呀！」

「你怎麼知道？在局裡維貝就是這麼罵你的，他還說同謀就是佛羅若絲·勒瓦絲。其他人都沒有敢說不的……至於警察總監，他確實記得你救了他兩次，是第一個誇讚你的人。他感謝你的幫助，說你對破案發揮了巨大作用……我們都知道總理很保護你，可是又怎麼樣？總監就算向總理彙報也沒用。不是只有總理和總監，還有預審法官、檢察院、保安局和媒體，特別是公眾輿論，他們都在控制著整件事情的發展。人們強烈要求將罪犯繩之以法，就算是政府出面也只能滿足他們。照目前的形勢，人們認為這個罪犯不是你就是勒瓦絲小姐；甚至還有人說就是你們兩個。」

佩雷納還是沒著急，臉上沒有任何表情。瑪澤魯觀察了一陣，發現他還沒反應，彷彿下了決心地說：「老闆，你在逼我違反紀律，知道嗎？我告訴你，明天一早法院的傳票就來了。逮捕證都已經準備好了。無論什麼結果，你都會被關進看守所裡。你難道要滿足維貝嗎？」

「他是個混蛋！」

「還有呢，為了防止你跟勒瓦絲小姐一樣出逃，維貝已經被批准立刻派人監視這裡。他要報復你呀！還有一小時他就帶人來了。老闆，你快決定呀！」

佩雷納不慌不忙地伸手指了指，認真地說：「瑪澤魯，看看那邊沙發底下是什麼。」

瑪澤魯很聽話，他看到那裡有一個皮箱。

「我十分鐘後會讓僕人都去睡覺，到時你把它帶到利沃利街一百四十三號。我在那兒租下一套小房子，名字叫勒克可。」

「啊？」

「笨蛋，我等你三天了。我沒有別人可以相信，只有你能保管這只皮箱。」

瑪澤魯卻忽然猶豫起來，支支吾吾地說：「原來你早就準備好了……你準備……」

「怎麼了？」

「你早就想走……」

「哈哈，我讓你進警署，就是要打聽對我不利的消息。不過真沒想到會這麼快！危險來了，我當然要走了。」

瑪澤魯十分驚訝地望著他。

「隊長，你很清楚永遠也不能違背職責。不過你也不用扮成車伕，不用違反紀律。因為你的良心會對此行為給出合理評價的。」佩雷納拍了拍他的肩膀，語重心長地說。

佩雷納就這麼想的。瑪麗安娜和索伏靈一死，他就看出形勢不妙，想躲一陣再說。因為想得到佛羅若絲的消息——無論是電話還是信都行，所以他沒有立刻就走。可是那姑娘堅持不回應，佩雷納就沒必要冒著被抓的危險繼續等。因為要逮捕他的情況很可能會發生。他果然猜對了。

第二天，瑪澤魯來到新住處告訴佩雷納：「你走得真是很妙呀，老闆。早上維貝發現你不在家，到現在還暴怒不止。現在局勢越來越混亂，那些警察不知道該做什麼，甚至不知道要不要抓捕勒瓦絲小姐。預審法官自己都煩透了！報紙上都登了，他對外宣稱說，既然伏威爾是自殺，兒子艾德蒙也是他殺的，佛羅若絲·勒瓦絲就沒有嫌疑。案子就這麼結了。可是他們還沒查明索伏靈究竟是怎麼死的。還有勒瓦絲小姐，她在這件事裡是個什麼角色？

我們可是在她房裡，在她的書裡發現了爆炸和信的線索。而且……」

佩雷納瞪著瑪澤魯，他不得不小心翼翼地閉上嘴。他知道無論她是否是罪犯，老闆更喜歡那姑娘了。

「好了，別說了。給我點時間，你會看到我是正確的。」

這段時間瑪澤魯一有空就來看他，要不就是在電話裡告訴他監獄進行調查的詳細消息。

佩雷納之前的證明，除了吊燈和金屬盒的部分被接受，其他的都被放在一邊。正如人們料到的，調查沒有任何進展，頂多證實了一點：索伏靈在被捕前曾試著跟伏威爾太太聯絡，途徑就是通過醫務所的一個供應商。針管和毒藥是不是就這麼來的呢？沒有證據去證明，也只能作罷。與此相同的是，警方也無法查出為什麼那張詳細報導了瑪麗安娜自殺的報紙會傳到嘉斯冬・索伏靈的單人牢房裡。

另外，公眾心裡仍保留著最開始的疑問：伏威爾的供認證明了瑪麗安娜的清白，可是蘋果上怎麼會有她的牙印？那牙印究竟是怎麼回事？那兩排清晰的，被稱為虎牙的牙印，怎麼不是她的？

總之就像瑪澤魯說的，面對這麼複雜的案子，沒人能想出辦法。這案子已經亂七八糟，毫無頭緒了。總監希望盡快結束這頭疼的案子，所以決定在六月九號再召集一次有關穆寧敦遺產的會議。因為遺囑中寫明，召集會議的時間最早等到柯思莫死亡後三個月，最晚不超過四個月。到時候他會根據具體情況商討相關的繼承事宜，結束預審。時間久了，人們就漸漸淡忘這起系列殺人案，也就不會再提起那詭異的齒痕了。

佩雷納在陽台的扶手椅上逍遙著度過了最後幾個動盪焦躁、如臨大敵的日子——人們都認為這次會議將是一場戰鬥。他在陽台上有時抽著菸，有時吹泡泡。七彩的肥皂泡隨風飄到了杜樂麗宮的花園裡。

瑪澤魯對此很有意見。他責怪道：「你真是……老闆，看看你的樣子，什麼也不想，跟沒事人一樣。」

「亞歷山大，你又不是不知道，這才是我的本性。」

「本性？別人都公然指控你了，你還有閒心吹泡泡！你難道沒事了？不

為他們報仇嗎？」

「哎呀，這才是我最感興趣的事。」

「老闆！你要我說什麼才好，我看著你這樣，還以為你已經解開了謎底呢！唉⋯⋯」

「沒事，小伙子」

時間一點點過去，佩雷納一直待在陽台上，好像對什麼事都不關心了。對他而言一切都很順利，案子也已經結束了。他現在又開始扔麵包屑餵麻雀了。

繼承人會議那天到了。瑪澤魯給佩雷納帶來一封信。他很吃驚地說：「老闆，你的信。怎麼會寄到我那裡呢⋯⋯你認為⋯⋯」

「很簡單，亞歷山大。敵人不知道我在哪裡，但知道我們有密切的關係。所以才⋯⋯」

「敵人？」

「晚上再說。」

佩雷納打開信。信是用紅墨水寫的：

趕快放棄戰鬥，亞森・羅蘋。你還來得及，否則就只有死路一條。你想要伸手抓我？當你以為已經達到目的，取得勝利的時候，你就要落入深淵了。

陷阱準備就緒，死亡地點已經選好。亞森・羅蘋，小心點吧！

佩雷納笑了笑：「信來得真是時候，案子有線索了。」

「是嗎？」

「當然。這是誰給你的？」

「嘿嘿！我們很走運呢，送信的人剛好跟警局的收發員住隔壁樓。收發員認得他，他們都在泰爾納。」

佩雷納高興得跳起來，問他：「你快說！你肯定已經打聽過消息了。」

「他在泰爾納大街的一家診所工作。」

「好。別耽誤，我們現在就去找他。」

「等會兒，老闆。現在會被發現的。」

「哎呀……我現在的確要養好精神，因為戰鬥可能會十分激烈的。如果沒什麼事，我會等到晚上，可是敵人蠢到給我們提供線索，那就沒必要等了。瑪澤魯，快去抓猛獸啦！我先走一步！」

下午一點，他們趕到泰爾納大街的診所，一個職員招呼了他們。瑪澤魯用肘子碰了下佩雷納，他立刻明白這就是那個送信人了。而且人家也很大方地承認上午去過了警署。

瑪澤魯問：「誰派你去的？」

「院長夫人。」

「她怎麼……」

「診所的附屬療養院是由修女來管理的。」

「能跟她見面嗎？」

「當然。不過她現在出去了。」

「什麼時候回來？」

「不知道。」

他們被帶進候診室，在裡面等了一個多小時。兩人都不明白：怎麼會連修女都介入了？這個院長夫人是個什麼樣的人呢？她起到了什麼作用？

一些人進來了，職員把他們帶到病人的身邊……一些人出去了……一些穿著白袍的護士走來走去，修女們也默默地來回忙碌。

瑪澤魯小聲說：「我們走吧，老闆。」

「有急事嗎？還是你家親愛的在叫你？」

「太浪費時間了！」

「總監的會定在五點，我才不會浪費時間。」

「什麼？你開什麼玩笑！你可沒想著要去開會……」

「你怎麼知道？」

「可是逮捕證……」

「那不過是一張廢紙。」

「如果你逼他們採取行動，那就不是廢紙了。你去開會，大家會認為你是去惹事的……」

「如果我不去，他們會認為我供認了。在發放獎勵的那天，一個繼承了巨額財產的人難道會藏起來嗎？所以我必須參加。我肯定要去，不然我就無法繼承了。」

「老闆……」

瑪澤魯的話還沒說完，就聽到面前忽然響起一聲低沉的叫喊，接著一個穿著護士服的女人掀起門簾跑了出去。

佩雷納疑惑地站起來，不知道發生了什麼。幾秒鐘後，他也猛地衝出門簾，沿著走廊來到一扇門前。門剛被關上，他的手顫抖著，愣愣地推了幾下門。門沒有開，幾秒鐘又過去了。

他終於推開門，發現自己到了一截樓梯中間。上還是下？他順著樓梯跑下去，拐進一間廚房抓住一個女人，憤怒地問：「是不是有個護士剛從這裡跑掉？」

「新來的若爾惹律德小姐嗎？」

「對對，她剛去過上面……快說，她去哪兒了？」

「從這個門……」

佩雷納撒腿就衝了出去。他穿過一個門廳，外面就是泰爾納大街。他環顧四周，一輛公車正在附近的小廣場上準備開走。

「嘿！簡直在賽跑！」瑪澤魯叫著追上來。

佩雷納說：「她在那裡！這次我一定要抓住她。」他上了計程車，叫道：「司機，快跟上那輛公車，保持五十公尺的距離。」

瑪澤魯問他是不是是佛羅若絲‧勒瓦絲，他回答了。瑪澤魯嘟囔道：「她真狠心呀。」猛地，他又激動地叫：「老闆，這次你應該看出來了……我們又不瞎！」佩雷納沒說話。

「老闆，佛羅若絲‧勒瓦絲就在診所。肯定是她派人給我們送的信，是她在威脅你。我強烈地感覺到這一點。老闆，別再懷疑了！就是她操縱了整個事件！老闆，你必須承認了……你跟我一樣清楚，這十多天，因為愛戀，

就算各種證據都指向她，你也一直認為她很清白。可現在事實就在眼前。我沒弄錯吧，老闆？你一定也看清了。」

佩雷納沒回答他，只是冷著臉盯著前面的公車。公車在奧斯曼大道的轉彎處停下了。

「快！」他大吼。

他一眼就看出穿著護士服的勒瓦絲。她下車後看了看四周，好像想知道是不是被跟蹤，然後上了一輛汽車。汽車從奧斯曼大街開上佩皮尼耶爾街，徑直開到聖拉扎爾火車站。她跑上去往羅馬候車室的樓梯，接著就站在售票大廳最裡面的窗戶前。

佩雷納叫：「瑪澤魯，拿出你的證件。快去問問售票員剛賣出的是哪裡的票。這會兒窗口沒人。你快點。然後你也買一張。」瑪澤魯立刻去了，他回來說：「去盧昂的，二等車廂。」他們從時刻表上發現有一列快車馬上要開，就趕緊跑到月台，正好看見勒瓦絲登上列車中部的一節車廂。

汽笛拉響。

「快上車。到了以後給我發電報，我晚上就去跟你會合。一定要好好看著，別讓她從眼皮子底下溜走。你知道她很狡猾的。」佩雷納對瑪澤魯說，往後藏了藏，怕被人發現。

「啊？老闆……可是……你怎麼不去？還是……」

「別囉嗦，很多事等你去辦。我五點還要參加警局的會，只能晚上趕去了。」

「真要開會？」

「肯定去。快上車吧！」佩雷納把他推上車廂。列車很快就駛入了黑暗的隧道中。

他在候車室的長椅上坐下來假裝看報。他心裡不停地問自己：「佛羅若絲真是罪犯嗎？」這個念頭已經糾纏了他很久，但現在非常清楚地再次出現在他腦中。

兩個鐘頭過去了。下午五點，警察總監督辦公室的門準時開了，少校德·奧斯特利尼亞克伯爵、公證人勒裴迪爾先生和美國大使館的秘書走了進

去。

一個人來到接待室，遞上名片。接待員瞄了眼名片，立刻回頭看後面聊天的人群，邊說：「總監沒有說過……」

「不用他說。你快去通報：唐路易‧佩雷納到了。」

那群人一下停止了交談，直直看過來。維貝就在裡面。他走過來跟佩雷納對視了一會兒。兩人都彷彿要看到對方心裡。佩雷納微笑了一下，而維貝十分激動。他虎著臉，儘量克制自己的情緒，但嘴唇還是不斷發抖。跟過來的還有兩個記者，四個偵探。

「哼，看他們驚訝的樣子就知道肯定以為我不敢來。」佩雷納心想，「這些人都是來跟我作對的。難道要抓我？」

過了一會兒，站在那裡的維貝顯示出得意的樣子，就好像說：「好呀，你終於來了，我肯定會抓你的！」

接待員回來了，默不作聲地給佩雷納指了路。佩雷納從副局長面前走過，十分禮貌，還友善地對他們點點頭。

他走進辦公室，德‧奧斯特利尼亞克少校一看見他就立刻伸出手來迎接。看得出來，任何不利的消息都沒有破壞他對這名戰士的尊重。但警察總監的態度十分明顯，他不想跟佩雷納說話。他翻著文件，又跟公證人和使館秘書交談了幾句，對佩雷納沒有任何表示。

「亞森‧羅蘋，好傢伙，如果沒銬上真正的敵人，他們就只有抓你了。可憐的傢伙，其他不用說了……」佩雷納暗想。

他想起在伏威爾的工作室裡，案子剛發生的時候，如果不能讓總監和法官找到罪犯，那自己就會馬上被抓起來。所以，他才不得不與那隱藏的敵人由始至終地鬥爭，還要與司法機關周旋。他一直在被攻擊，隨時都面臨危險，陸續地被捲入謀殺的激流中。只有勝利才能保護自己。瑪麗安娜和索伏靈就是殘酷鬥爭的犧牲品。他會與真正的敵人頑強地鬥爭，還是要在決戰前倒下？

他搓著雙手，看上去心情很好。這個動作令總監先生忍不住看了看他。佩雷納神采奕奕，一副高興地等待領取獎品的模樣。

總監好一陣沒有說話，繼續翻閱資料，但他很奇怪這人怎麼這麼開心。一會兒，他說道：「各位，兩個月過去了，我們再次在這裡探討有關柯思莫遺囑的安排。秘魯專員卡塞雷斯先生沒來。他發電報給我，告訴我他現在病得很重。沒關係，他不是非要出席。所以，人齊了……很遺憾缺了柯思莫・穆寧敦的繼承人，那些本該在這次會議上獲得權利的人。」

「總監先生，還有一個人沒來。」佩雷納開口了。

總監抬起頭，看著佩雷納。他猶豫著要不要問他，最後說：「哪個人？」

「這一系列案件的凶手。」

這句話讓佩雷納再度成為焦點。雖然屋裡的人對他都有負面情緒，但他還是強迫他們注意到他，並受到影響。既然他說了出來，就是有可能的。雖然不可思議，但他必須一點點引起大家與他討論的興趣。

「總監先生，絮榭大道爆炸案之後我們交談過，得出一些合理的結論。希望你允許我說出與目前情況不符的事實，因為這些事實將繼續那結論。」

總監沒有說話。佩雷納知道這就是默許，便接著說：「總監先生，我要說的很短。原因有兩個：第一，伏威爾先生已經招供，我們知道他在案件中的可怕角色；第二，剩下的情況雖然看著複雜，實際卻很簡單。總監先生，一句話就能說明剩下的問題。還記得你在走出被炸的公館時問我的話嗎？就是那句：『伊波利特的供認信中隻字未提柯思莫的遺產，這是為什麼？』

我告訴大家，伊波利特沒有提到遺產是因為他完全不知道。嘉斯冬・索伏靈向我敘述事件時，也沒有提過遺產，是因為他也毫不知情。在這一系列謀殺發生之前，他們都沒聽說還有遺產。

我們知道，只是報復迫使伏威爾先生那麼做。想想吧，如果他能光明正大地得到柯思莫・穆寧敦的巨額財產，他又怎麼會這樣做？而且，如果一開始他就想得到那筆錢，他就不會傻到去自殺。

所以，我可以肯定，沒有遺產的因素在工程師伏威爾的計畫中。

可是，五個人——柯思莫・穆寧敦、伊波利特・伏威爾、艾德蒙・伏威爾、瑪麗安娜・伏威爾和嘉斯冬・索伏靈接連死去，按照的是必然的次序。

這讓我注意到好像有人在循著規律殺掉他們，然後來繼承穆寧敦的遺產！先是財產的所有人，之後是他在遺囑中指定的繼承人。難道你們沒有發現，他們死亡的次序就是遺囑中規定的繼承遺產的次序嗎？

是不是感到奇怪了？的確，人們都認為整件事情是有一種操控一切的意識在搞鬼；人們都認為是遺產引發了可怕的殘殺；人們都認為有一個更了不起的人物利用了伏威爾的嫉妒和憤恨，控制著這場悲劇。那個人目標明確，給這些犧牲品編上號碼，再引導他們走向死亡。

我也這麼想，總監先生。公眾，還有以副局長維貝為代表的一些警察也是這麼想的。確實有一個了不起的人物存在於大家的想像中。大家都想找出這個操控了一切的意志、思想和魔力的人。然後，大家認為這個人就是我。因為我是柯思莫·穆寧敦的繼承人。只有這個條件就夠了，無利益無犯罪嘛。

我並不爭辯。因為你也會受到一些奇怪的狀況的影響而對我採取毫無依據的措施。但你肯定不會糊塗到認為我可能有如此惡行，我相信。因為兩個月來，你完全可以從我的所作所為看出我不是那種人。

當然，公眾對我的指控也是有理由的。大家本能地認為，除了工程師肯定還有一個幫凶，而這個幫凶一定會要求繼承遺產。現在，我沒有犯罪，這就意味著柯思莫還有一個繼承人。總監先生，這個繼承人就是我要控告的對象！

我們一直以為，死人的意願導致了這一連串的謀殺。其實我並不是僅僅在跟一個死人鬥爭，我也會感到活著的敵人在我周圍。我也會感到那神秘的虎牙向我撲來。很多事不是伏威爾做的，就算他做了，也有別人的幫忙。我不知道這個隱藏的人究竟是幫凶還是操縱一切的人。但有一點可以肯定，他還在繼續犯罪，甚至有可能工程師的陰謀就是他誘導的。總之，他把這場陰謀策劃得很完美，並要依靠這場陰謀來謀利。他會這麼想，這麼做，完全因為他知曉遺囑的內容。

總監先生，我就是要控告他！以下，我將指控他犯下工程師沒有做過的罪行：

我要控告他偷偷打開勒裴迪爾公證人的抽屜，抽屜裡曾經放著柯思莫的遺囑；我要控告他潛入柯思莫的房間，用毒藥換下穆寧敦先生自己注射的甘油磷酸鹽；我要控告他偽裝成醫生，來確認柯思莫的死亡，並出具假死亡證；我要控告他向伊波利特‧伏威爾提供毒藥，害死了維洛偵探、艾德蒙‧伏威爾和伊波利特‧伏威爾本人；我要控告他向嘉斯冬‧索伏靈提供槍支，並教唆他對我的三次暗殺，因此害死了我的司機；我要控告他利用為索伏靈和瑪麗安娜搭線的醫務所供應商，交給瑪麗安娜針管和毒藥，導致可憐的女人自殺身亡；我要控告他用我未知的方法，交給索伏靈那份報導瑪麗安娜自殺消息的報紙，他非常清楚這種行為會產生的後果。

現在，我要控告他所有的其他罪行：殺害了柯思莫‧穆寧敦、維洛偵探、艾德蒙‧伏威爾、伊波利特‧伏威爾、我的司機、瑪麗安娜‧伏威爾和嘉斯冬‧索伏靈，也就是殺害了所有可能妨礙他繼承巨額遺產的人。

總監先生，我已經清楚地說明我的想法：一個人之所以這麼做，是因為這樣他可以安全地獨占全部財產。換句話說，他按照這樣的順序殺人，是因為他自己就是順序中的第五個。你等著吧，他馬上就來了。」

「你說什麼！」警察總監驚叫道。他頭腦裡只充斥著唐路易剛剛宣布的消息，已經沒空去思考佩雷納富有邏輯、強大有力的推理了。

佩雷納又說：「你知道柯思莫的遺囑裡有明確的規定：只有出席了今天的會議才能繼承遺產。所以那個人的到來，就是我的指控的最好證據。」

「他如果不來呢？」總監問。看來佩雷納的推理已對他產生了影響。

「你放心，他一定會來。要不他做的一切不就白費了？如果只有伏威爾先生的陰謀，別人還會認為是一個瘋子在做蠢事。可是瑪麗安娜和索伏靈的接連被害，卻引出了凶手，也就是羅素家最後一位繼承人，他排在我前面。今天，他一定會來要求繼承他陰謀獲得的巨額遺產。」

總監又問一遍：「他如果不來呢？」

「你可以逮捕我，我就是罪犯……你會看到的，在這裡，下午五六點之間，那個一連串凶殺案的凶徒來要求繼承遺產。他不會不來的……如此一來，司法機關肯定能抓到罪犯。要麼是我，要麼是他。」

總監不再問了。他滿懷心事地撫著鬍子，在參加會議的人圍成的小圈子裡來回踱步。他對於這樣的推理十分懷疑。良久，他低聲說：「可是……為什麼這個人今天才來呢？」

　　「也許有什麼阻礙……或者是偶然……管他的。也許凶手十分變態也說不定。總監先生，你知道每一件事都在工程師的設定下按時發生。整個案件策劃得那麼細緻、精巧，我們完全有理由推定，這種方式影響了這個人，他就想等到最後一刻才出現。」

　　「怎麼可能？」總監生氣地說，「如果他真謀殺了這麼多人，怎麼還會愚蠢地自投羅網？這絕對不可能！」

　　「他來這裡有什麼危險？沒有人去想像他的存在，他怎麼會有危險？」

　　「因為他犯了這麼嚴重的罪行……」

　　「這與他親自動手不一樣，總監先生。他只是讓別人犯了罪。這股邪惡力量的來源就是，他沒有自己動手！我發現了真相之後，一直在思考這個問題。終於讓我想明白了他的陰謀。他的手段就是不自己去做。在這整個案子中，你會發現就是這樣的。表面上，柯思莫是失誤致死；伏威爾毒死了維洛，毒死了自己的兒子和他自己；瑪麗安娜和嘉斯冬‧索伏靈都自殺了。實際上，是那個人把藥劑換成毒藥；是那個人策劃陰謀、唆使伏威爾去幹，並逼死了他們；是那個人向瑪麗安娜和嘉斯冬‧索伏靈提供了自殺的條件。總監先生，這就是那個人的行為方式。就是這樣。」

　　他降低聲調，似乎有些恐懼，補充說：「我也算見識廣博了。可是像這麼頭腦機敏、行事果斷、殘忍的人，我還真是從沒遇見。」

　　他的話令屋裡的人都激動了。他們似乎真的看見這麼一個人，想像出他的樣子，都在等他到來。佩雷納兩次轉過身，看著門，凝神靜聽。這舉動彷彿那個人正走過來。

　　「只要抓住他，自然就明白……」

　　「總監先生，他是那麼機警，早就預料到了所有的事情，包括被捕，被審問。所以，沒有任何證據，你們不會問出結果的！最多就指控他沒有道德。」

「那怎麼……」

「那就相信他，總監先生，關鍵是要瞭解他。可以先把他的解釋當成真實的，然後你們就會發現他的真面目了。放心吧，很快的！」

德斯瑪里歐先生在屋裡踱步。使館秘書和公證人激動得竊竊私語。伯爵打量著唐路易，從心裡讚嘆他的邏輯和冷靜。此時此刻他們頭腦裡的想法太令人震撼了。真的會有這樣一個人出現嗎？

總監停下來，說道：「安靜！」

他們聽見有腳步穿過接待室。接著敲門聲響起來。

「請進！」

接待員走進來，手裡舉著托盤。一封信躺在托盤裡，信旁邊是來訪登記表，訪客的姓名和來訪目的都寫在上面。警察總監快步上前，正要拿登記表時卻猶豫了一下，但隨即又下了決心。他一臉蒼白。「啊！」他大叫一聲，身子晃了晃。

他拿過信，回頭看了眼佩雷納，又思考一番才問接待員：「人到了嗎？」

「在接待室，先生。」

「我搖鈴之後，你再帶進來。」

接待員走後，警察總監就一動不動地站在桌前。佩雷納再次跟他對視的時候感覺他十分不安。究竟怎麼了？總監果斷地拆出信，讀起來。

「唐路易的猜想真的準確嗎？真有第五個繼承人來主張權利嗎？」在座的人想著，都看向總監，仔細觀察他臉上的細微的表情和身體的小動作。

總監先生讀了幾行，低聲對佩雷納說：「先生，這個人就是來主張權利的。」

佩雷納急切地問：「他是誰？」

總監沒有回答，把信瀏覽了一遍。接著他又從頭開始，一句句分析信的內容。終於，他大聲念出來了：

總監先生：

我在很偶然的情況下收到一封信，信裡說羅素家族還有一個繼承人並不被你瞭解。我剛剛才收集到能證明其身分的必要資料。我克服種種難以想像的困難，終於能在最後一刻讓繼承人本人參加會議，並把證明交給你。事情跟我沒有關係，我只希望沒有阻擋到別人的行動。所以，我認為自己應該置身事外，你也不必知道我是誰，請總監先生諒解。

　　是的，唐路易·佩雷納沒有料錯，確實有人在預料的時間找上門來主張權利，事情的發展跟他的猜測一模一樣。如此精準的事件，令人奇蹟般記起製造陰謀的裝置。

　　大家都在想：「這個不被人知道的人究竟是誰？他有柯思莫遺產的繼承權，可也是犯下滔天大案的魔鬼呢！」現在他就在隔壁等著。只要總監下令，大家馬上就能知道他是誰了。

　　總監突然搖了鈴。很奇怪的是，這段時間警察總監的目光一直在佩雷納身上，讓他內心焦躁，很不舒服。但佩雷納表情依然平靜。

　　揪心的幾秒鐘過去了。門被打開，佛羅若絲·勒瓦絲走了進來。

五、維貝的報復

佛羅若絲怎麼會在這兒呢？佩雷納一下子呆住了，腦子裡混亂起來。他明明在剛才看見她登上火車，就算往回趕也不可能這個時間就回來了。瑪澤魯還在監視她呀！可是他又很快明白過來，心想：「佛羅若絲一定知道我們在跟蹤她，所以帶我們去了聖拉扎爾火車站。她從這側上車，又從那邊下去了。唉，可憐的瑪澤魯，現在在跟蹤空氣！」

可是忽然，他發現佛羅若絲來這裡要求權利，簡直就是在說自己是罪犯。而他之前提出的要求就是罪證。情況太不妙了。

佩雷納怒火中燒，惡狠狠地吼道：「你來幹什麼？你想怎麼樣？我怎麼不知道？」他大步奔到佛羅若絲面前，揢住她的胳膊。

總監先生想拉住他，可是佩雷納並未鬆手，繼續吼著：「總監先生，你知道一定是弄錯了吧？我們正等著的肯定不是她，佛羅若絲不可能……那混蛋一定還藏在哪裡沒出來。」

「我沒有認為什麼，」總監嚴肅地說，「我只是要詢問她來這裡的目的……」他揢開佩雷納的手，跟姑娘面對面坐著。的確，佛羅若絲的到來也給了他極大的震撼。她一出場就證明了佩雷納的話，就明確地表示罪犯來了，這個人本身就是犯罪的證據。佩雷納更是很明白這一點，所以他一直盯著總監先生。

佛羅若絲看了看總監，又看了看佩雷納，漂亮的眼睛是那麼平靜和沉穩，似乎他們才是難解之謎。她跟往常一樣優雅和文靜。現在的她已經脫掉了護士服，穿著一件灰色的連衣裙，簡單大方，顯出優美的曲線。

總監問她：「小姐，你有什麼要說的嗎？」

「沒有，總監先生。我只是遵照指示前來見你，並不知道來的目的。」

「你什麼意思……不知道為什麼來？」

「是的，先生。一個我最尊敬和信任的人讓我把這些資料帶給你，她說這些資料今天開會時會用到。」

「關於柯思莫遺產的？」

「是的，總監先生。」

「如果這個要求沒有在會議中提出，它就失效了。你知道嗎？」

「不知道，我一拿到資料就過來了。」

「為什麼他不早點給你？」

「我走得太匆忙了。」

唐路易想：「也許是我的行動令佛羅若絲逃跑，所以打亂了他的計畫。」

「你並不明白為什麼他把這些交給你嗎？」總監又問。

「不明白。」

「你知道這些資料跟你有關吧？」

「什麼？我不知道。我只是來送它而已。」

總監微笑著看著佛羅若絲，乾脆地說：「信裡說，你帶來的資料跟你有直接關係，因為它們證明了你就是羅素家的後人，所以你應當繼承柯思莫的遺產。」

「我？」她不可思議地叫道，很是懷疑，甚至有點不情願。之後她激動而率直說：「你說我嗎？不，總監先生，你一定是誤會了。我怎麼會繼承那筆遺產？我從不認識柯思莫・穆寧敦。不可能！」

看她的樣子是真的不知道，可是德斯瑪里歐先生清楚地記得佩雷納的推理，和對送上門要求繼承的人的指控。「把資料給我。」他說。

她從小包裡拿出一個沒有封口的藍色信封。信封裡的紙頁已經泛黃，邊上很多小口，折疊處有的起毛了。

大家都屏住呼吸仔細地看著。總監先生飛快地瀏覽了資料，然後翻來

覆去地仔細查看，最後還用放大鏡檢驗了上面的簽名和蓋章。鑑定之後，他說：「所有特徵都證明這是真的，是政府的蓋章。」

佛羅若絲顫聲問：「總監先生，這是什麼意思⋯⋯」

「小姐，我真的很難相信你不明白這些事。」

他轉身對公證人說：「整體而言，資料所說明和證明的情況是這樣的：如你們所知，柯思莫‧穆寧敦的第四順序繼承人嘉斯冬‧索伏靈有一個比他大許多的哥哥住在阿根廷共和國，叫納巫爾。他哥哥去世之前，曾拜託一位老保姆把一個五歲的小孩送回歐洲。這小孩是得到他哥哥承認的私生女。小孩的母親是布宜諾斯艾利斯的一個法語教師，叫勒瓦絲。

納巫爾親筆寫的並署名的聲明在這。出生證在這。老保姆寫的證明在這。他三個朋友，布宜諾斯艾利斯的三大商人的佐證在這。還有父親和母親的死亡證⋯⋯這些文件都得到認可，並蓋上法國領事館的公章。除非有新的證據，否則對於文件的真實性，我沒有任何理由懷疑。所以，納巫爾‧索伏靈的女兒和嘉斯冬‧索伏靈的侄女就是佛羅若絲‧勒瓦絲。」

「侄女⋯⋯索伏靈的侄女⋯⋯」佛羅若絲重複著。她不熟悉父親，對他也沒有感覺，但是她對嘉斯冬非常瞭解。想起他們竟有著如此親厚的血緣，佛羅若絲開始哭泣。

她真的沒想到這件事，還是裝出這副模樣？這眼淚是真誠的嗎？還是高明演員在做戲？

佩雷納專注地看著總監的神色，已經顧不上佛羅若絲了。他就想弄明白總監是怎麼想的。忽然，他確定總監會像抓住最惡毒的逃犯一樣把佛羅若絲抓起來。他走近佛羅若絲，叫了她的名字。佛羅若絲沒有答應，只是看了看他。

佩雷納輕輕地說：「佛羅若絲，聽我說，你不瞭解現在的情況，而我是十分清楚的。你現在必須要為自己辯護了。我告訴你，你已經因為這件事被推到懸崖邊上了。你必須清楚。佛羅若絲，事情本身很有邏輯。總監已經相信要求繼承遺產的人就是案件的凶手。而你是柯思莫先生的繼承人，你也來要求了遺產。」

佛羅若絲沒有辯駁，沒有做任何抗議的動作；她渾身都在發抖，臉色慘白，跟死人一樣。

佩雷納繼續問：「你怎麼不反駁？你還不明白嗎？」

她還是不作聲。過了好一會兒，她說：「我沒什麼要說的。我都理解不了……這些事情太複雜了……你要我反駁什麼？」

佩雷納看著她，急得直顫。他結結巴巴地問：「什麼意思？你就這麼認了？」

她想了想，低聲說：「你能給我解釋一下嗎？你說，我不辯解就是供認了，是這個意思嗎？那然後呢？」

「你就要坐牢！」

「什麼？」她十分恐懼，漂亮的臉蛋已經扭曲得變形。對她而言，坐牢就等於遭受和瑪麗安娜、嘉斯冬‧索伏靈一樣的折磨。他們都死了，而她也將經歷的侮辱、絕望，直至死亡。她一下暈倒在地，囁嚅著：「我如果能理解，能明白就好了……累……啊！不做任何事就舒服了……怎麼全都是黑暗……」

屋裡又陷入了沉寂。總監先生俯身細緻地看著佛羅若絲。因為她一直沒說話，總監第三次搖鈴把維貝叫進來。

佩雷納一動不動地盯著佛羅若絲，他的理智正在跟愛戀和善良寬容的本性激烈地抗爭。理智叫他防備，而他的愛戀和寬容讓他相信佛羅若絲。他不知道她到底有沒有犯罪，因為所有事實都對她不利。可是他依然愛她。

總監指著佛羅若絲對維貝說了些什麼。他走過去。

「佛羅若絲。」佩雷納叫道。

佛羅若絲看了看他，又望著維貝和警察們。忽然她明白了，嚇得連連後退。可她退了幾下就感覺眼前一片昏暗，有些支撐不住。佩雷納把她抱在懷裡。

「救救我，求你……」她的叫聲是那麼痛苦，讓人清楚地感到被冤枉後的震驚與恐懼，而她的舉動隱含了信任。佩雷納一下子拋棄了他的煩惱、保留、猶豫和懷疑，產生了洶湧而不可阻擋的信任的波濤。他叫喊著：「不

要！總監先生，先不要⋯⋯有些事情還沒證實⋯⋯」

他緊緊地抱著佛羅若絲，不讓任何人搶走她。他低下頭，跟她幾乎臉對臉了。他明顯地感到佛羅若絲柔弱的身軀在他的懷裡顫慄。他心疼死了，激動地小聲對她說了只讓她一個人聽見的話：「佛羅若絲，你要明白我的心意⋯⋯我愛你⋯⋯我愛你！我多麼痛苦，有多麼幸福！佛羅若絲⋯⋯我愛你⋯⋯多好啊⋯⋯」

總監做了個手勢，想親眼目睹這兩個神秘人物的偶遇是怎樣的。維貝站到一旁。

佩雷納鬆開佛羅若絲，把她扶到椅子上，然後面對著把雙手放在她的肩膀，說道：「我開始明白了。我發現自己都快掉進那令你恐懼的深淵了。而你還不清楚，佛羅若絲。佛羅若絲，聽著⋯⋯這不是你幹的，是吧？在你身後的人有人控制了你，是嗎？你連他把你帶到哪裡都不知道，是嗎？他站得更高⋯⋯」

「什麼？沒有人控制我⋯⋯解釋一下。」

「好。我說，很多事情都是他讓你幹的，而且你認為是對的⋯⋯你不是一個人生活，對那些事你不知道後果⋯⋯是不是，你告訴我⋯⋯你一點都沒有受到別人的影響嗎？你想想，你是完全由自己的意識支配的嗎？」

佛羅若絲好像有點清醒，但佩雷納的問話似乎讓她深有觸動。她臉上又表現出往日的冷靜，很固執地說：「沒有。我確定。我沒受任何人控制⋯⋯」

「不，你別這麼說。是有人在不知不覺中控制你。你不能確定。我保證。」佩雷納也很固執地說，「你想想，你是繼承人，要繼承那筆讓人不會沒有欲望的財產⋯⋯那告訴我，如果你不想得到它，誰又想呢？你有了錢，誰會從中牟利，或者得到些好處？這就是問題的關鍵。你不是一個人生活，你告訴我，他是你的朋友，還是情人？」

她哆嗦著說：「沒有！絕對沒有！他肯定不可能⋯⋯」

佩雷納嫉妒了，喊道：「你承認了！這個人果然存在！天啊！他這個混蛋⋯⋯我跟你說⋯⋯」他臉部肌肉因為憤怒而抽動。他甚至都沒想到要克

制一點就轉過身對著警察總監，激動地說：「我們的目的達到了，先生。今晚，最晚明天……我們一定能抓住那混蛋……我知道路……跟這些資料一起到的沒有簽名的信，是泰爾納大街一家診所的院長夫人寫的。請你馬上去調查，讓院長夫人跟佛羅若絲對質，這樣就能沿著線索抓到罪犯了……請馬上就去。我怕那混蛋逃了！」他的信心讓人無法抗拒，只能接受。

總監不同意：「勒瓦絲小姐會說的……」

「她不會說的。請你相信我，總監先生。她肯定會等那個男人揭下假面具才會說的……總監先生，我答應的事情全都做到了，所以請像之前一樣毫無保留地相信我……你想想那些罪名，那些最嚴重的罪名被強加給了瑪麗安娜和嘉斯冬‧索伏靈，他們是無辜的，但還是死了。難道你們願意再犧牲佛羅若絲嗎？我並沒有要求釋放她，只是想等一兩個小時再抓她。這是在保護她……你可以讓維貝盯著她，再派點人手跟我們一起去。因為那個魔鬼很厲害，要多點人手才行。」

警察總監並不同意佩雷納的要求。他想了一會兒，又把維貝拖到一旁議論了幾分鐘；並沒有回答他。後來只聽維貝說：「放心吧，不會有事的。」總監同意了。

幾分鐘後，佩雷納和佛羅若絲跟著維貝和兩名偵探一起坐到車裡，還有輛載滿警察的汽車跟著他們。維貝做了詳細部署，讓警察把療養院圍得密密匝匝。

總監被職員帶到候診室，院長夫人一接到通知就立即趕來。當著佛羅若絲、唐路易和維貝的面，總監直截了當地問：「夫人，有人向我報告一件遺產案的情況，交給我這封信。我想這封信是你寫的，但偽裝了筆跡，是嗎？」

「是的，先生。我很榮幸給你寫信，但不願意讓別人知道。我想你能理解其中的原因。在我看來送文件才是重要的。但是你們已經查訪到此，我也會回答你的問題。」院長夫人神色凜然，沒有絲毫猶豫地回答了問題。

警察總監看了看佛羅若絲，接著問她：「夫人，請問你認識這位姑娘嗎？」

「認識。幾年前，佛羅若絲在這裡做過護士。我很喜歡她。我從報上知道了她的情況，所以八天前我再次收留她，只是希望她改個名字。療養院的人都更換了，所以這對她是個安全的地方。」

「你應該知道她受到了指控。」

「知道，但我認為這是捏造出來的。她是我見過的最善良、最高尚的人之一，只要瞭解她的人都會這麼認為。」

「夫人，請說說那些資料是從哪裡得到的？」

「昨天在我的臥室有一個通知，上面寫的。」

「還有誰知道她在這裡？」總監插言道。

「不知道。通知只說資料將在今天上午寄到凡爾賽的郵局，是寫著我的名字。他請我不要跟任何人說，並要我在下午三點交給佛羅若絲。那個人說只能由她把資料送給你，同時還讓我轉交給了瑪澤魯隊長一封信……那封信似乎也是跟這件事有關。因為我很喜歡佛羅若絲，所以才送了信。為此我早上還專門去凡爾賽的郵局去拿了資料。那個人沒說謊……可是我一直等到四點多才看見她，就讓她趕快給你送資料了。」

「資料是從哪裡寄出的？」

「巴黎。郵戳是離這兒最近的郵政局的，叫尼耶大道郵政局。」

「你不覺得奇怪嗎？竟然在臥室見到了通知？」

「奇怪呀，但事情的插曲更讓我奇怪。」

總監望著佛羅若絲慘白的臉，說道：「這……你發現從這裡發出了一個跟這裡的人有關的通知，難道不懷疑……」

「懷疑佛羅若絲趁我不注意，偷偷把通知放到我房裡嗎？」院長夫人大叫，「總監先生，你在想什麼！佛羅若絲不可能做得出來！」

佛羅若絲的內心極度恐懼，臉已經抽搐得變形，但還是沒有說話。佩雷納靠近她：「佛羅若絲，你現在知道是誰給院長夫人傳信了，你也知道是誰策劃陰謀了，不是嗎？這讓你害怕了。」佛羅若絲還是不作聲。

總監對維貝說：「維貝，去查看一下她的住處。」院長夫人不同意。總監固執地要求：「我們必須弄明白為什麼佛羅若絲死活不開口。」佛羅若絲

指了指路。

維貝剛要離開，佩雷納忽然喊道：「副局長，小心點！」

「嗯？怎麼了？」

「不知道……一種感覺……」佩雷納也說不出，就是看到她的舉動感到很擔心。

維貝不屑地跟著院長夫人走了出去，在門廳又叫兩名偵探跟上。佛羅若絲在前面走，上了樓，經過長長的兩側都是房間的走道。轉過彎，一條很短的走廊盡頭有一扇門。她就住在這裡。

佛羅若絲往後退了幾步，向外拉門，維貝也被迫往後退，讓開一點距離。佛羅若絲借勢「嗖」的竄進門，又順手帶上。這些動作一氣呵成，讓維貝抓了個空。他大聲擂門，惱怒地說：「混蛋！她會把資料燒掉的！」接著，他轉身問院長夫人是否有其他出口，院長夫人搖搖頭。

門鎖上了，還上了門閂。維貝沒撞開，就讓一個大漢上前在門上砸出大洞。他急急地拔掉門閂，進到房間裡。佛羅若絲已經從對面開著的小窗裡逃走了。

「媽的！她跑了！」維貝大吼。然後他跑回樓梯口，大聲命令道：「守好所有出口！一定要抓到她！」

總監聽見他的叫聲，急忙趕過來。他聽維貝簡單說了點情況後就進到佛羅若絲的房間。小窗是朝向天井的，這個天井是大樓裡一些房間的通風口，上面有一些管道向下延伸。佛羅若絲應該就是攀著這些管道下去的。從她的逃跑方式可以看出她當時相當冷靜和機警了。

警察分頭守住佛羅若絲的可能逃跑的路徑。透過在一樓和地下室裡的搜索，他們很快就找到她的蹤跡，知道她順著管子爬到了樓下院長夫人的房間，而且她已經穿上了修女袍。這樣一來就算她夾在追捕者中間，由於身上的偽裝也沒人認得出來。警察們衝到街上找她。可是人來人往，又有夜色掩護，根本看不清人。

總監非常不滿。佩雷納也因為計畫被佛羅若絲的脫逃破壞了而感到失望，他埋怨維貝道：「副局長，我已經跟你說了要小心。你看她的表情難道

不知道她有所作為嗎？很明顯她跟罪犯認識，而且很想當面問個明白。你有沒有想過，如果那個人的理由讓她信服，她會不會去救他？如果歹徒感覺被警察發現了，他又會怎麼樣？那種惡魔什麼事都做得出的！」

警察總監透過盤問院長夫人得知，佛羅若絲在來療養院避難的前兩天，曾住在聖路易島的小公寓裡。總監先生對這條並不重要的線索很重視，因為他很懷疑佛羅若絲，知道她在案件中的角色很重要。他吩咐維貝和手下即刻去查。佩雷納也跟他們一起去了。總監是對的。他們查到佛羅若絲用別名在聖路易島訂了公寓。只不過有個孩子在她剛來的時候把她帶走了。

維貝他們在房間搜到一個紙包，裡面是一件修女袍。那就必然是她了。晚上，維貝查到，那個孩子是當地一個守門人的兒子。維貝問他把佛羅若絲帶到了哪裡，孩子不理，只說美麗的小姐請他幫忙，還哭著擁抱了他。為了讓孩子開口，他的父親打他，他的母親哭著求他。可是他堅絕不透露那女人究竟去了哪裡。

不管怎樣都可推斷出佛羅若絲並未離開聖路易島，或者就在這附近。維貝與警署也互通了消息，還在一家小酒店裡設了指揮中心，要求所有情報都在這裡匯總。警察整個晚上都在島上守著，也經常到指揮中心聽候命令。

十點半的時候，總監派來一小隊警察協助維貝行動。瑪澤魯帶著對佛羅若絲的憎恨從盧昂回來了，也跟著這隊警察來到島上。

佩雷納在調查中漸漸取得了指揮權，維貝甚至是在他的指示下去詢問這個人或者探訪某個住戶。

已經十一點了，調查仍然沒有結果。焦急萬分的佩雷納窩了一肚子火氣。十二點剛過，尖銳的哨聲把所有警察都召集到昂如碼頭。那裡站著兩個警察，一圈行人在他們周圍。他們發現小島的範圍之外的亨利四世碼頭，一棟房子前面停了一輛計程車。房子裡傳出爭吵的聲音，接著汽車就向萬塞納方向開走了。

警察們跑到亨利四世碼頭的那棟房子前。房子前面是人行道，幾分鐘前計程車就停在這裡。他們從守門女人那裡獲得了準確的情報。守門女人只在他用支票付房租的時候見過一樓的房客，叫夏爾。房客不常回來，所以一旦

回來了，她就很好奇。守門女人就住在夏爾隔壁，會仔細聽他房裡的聲音。當時他們在吵架，有一陣她聽到男人大喊：「佛羅若絲，跟我一起走吧，明天早上我就可以證明給你看我是清白的……我希望你跟我走。你如果不肯嫁給我，我就自己坐船離開……我已經安排好了。」後來有人描述，從門裡出來一男一女，男人把女人拖出來，塞進車裡。汽車開動時，還能聽見男人說：「去聖日耳曼大道。沿河走……再去凡爾賽。」

過了一會兒，他大笑著說：「你在怕什麼？是怕我殺了你嗎，佛羅若絲？放心吧，不會的……」

再往後，守門女人就沒聽見聲音了。但是，光這幾句就足以證明佩雷納的擔心並不是多餘的。他抓住維貝的手臂，焦急地說：「快追。我就知道他什麼事都能幹出來！他會殺了她！那個魔鬼……」他把維貝拖向幾百公尺外的兩輛警車。

瑪澤魯跟在後面說：「要搜查房間，收集證據……」

「哎呀！」佩雷納更快地跑著，喊道，「那些等回來弄也行……現在，他就在前面……那是個陷阱……他帶走佛羅若絲……我確定，他會殺了她……」他大喊大叫著，拼盡力氣拖著兩人向汽車走去。他一看見司機就吩咐道：「快發動，我來開！」

可是維貝更快，把他拉到後座說：「不用……司機開得更快。」

於是副局長、佩雷納和兩名警察坐在後面，瑪澤魯坐到司機旁邊。

「快去凡爾賽大街！」他喊道。

汽車跑起來，他仍喋喋不休地說著：「他肯定會讓司機開快些，但也不會逼得太緊……機不可失，你們清楚……我們要抓住他……他還不知道有人追他……快，司機……我們馬上就會追上你了，你這個混蛋……怎麼車上這麼多人？瑪澤魯，後面有車，你下去吧……我跟副局長就行了……這很荒謬是吧，副局長？」

他停下來，越過維貝探身往外面看去。因為他坐在維貝和偵探的中間。他說：「啊？走錯了，白癡……你看，這是哪兒？」

維貝很是快活，發出一陣陣歡樂的笑聲。他揪著佩雷納的衣領，偵探

也把佩雷納的手壓住了。佩雷納正要發作，又強忍下來，努力地想從車裡出去。可是他被六隻手抓住，加上後座的空間太小，掙扎不開，他根本就無法動彈。更何況他明顯地感到太陽穴上抵著一把冰冷的手槍。

維貝喝道：「哈哈！想不到吧，你也有這一天！不許動，否則我就開槍了！哈哈！」看到唐路易還要掙扎，他又凶狠地說：「哼！我數三下，一……二……」

「怎麼回事？到底怎麼了？」佩雷納問。

「總監剛剛下令要我抓你。」

「下什麼令？」

「如果不能抓住佛羅若絲，就抓你。」

「有逮捕證嗎？」

「當然！」

「你們想怎麼樣？」

「什麼怎麼樣？監獄……預審……」

「可是真凶就跑了……天哪！你們傻了嗎？啊！媽的！」當發現汽車開進看守所，他就咆哮著猛地直起腰，劈下維貝的槍，又兩拳打昏身邊的偵探。可是反抗根本沒用，因為汽車門口堵著十多個警察。他被警察包圍起來，推到辦公室門口搜身。

佩雷納更加憤怒了，大罵道：「你們這幫白癡！哪有這麼破案的？那混蛋就在前面你們不抓，卻把個好人抓了……沒出息的東西，凶手跑啦……啊，佛羅若絲……他會殺人的……凶手逃了……」雖然被包圍了，但他仍然很精神，只是明顯心有餘而力不足。

警察們要把他拖進看守所。他們緊緊地黏著他，就像一群瘋狗死死咬住快要死掉而仍然掙扎的野獸。佩雷納突然爆發了，用一股大力甩開他們，推開維貝，衝向瑪澤魯。他簡要地命令著，斷斷續續地說：「快去找總監，瑪澤魯……請他給總理打電話……一定要通報總理……就說我要見他……告訴他是我……我的名字他一聽就知道，騙了威廉二世的人……他要是不記得了，就把我的名字告訴他……」

緩了一口氣，他又說：「告訴他，亞森・羅蘋！就讓總監說這個名字……就說一句話：『亞森・羅蘋有要事求見總理。』讓總監馬上就辦……總理肯定會生氣的，如果你們沒告訴他我的要求……瑪澤魯，快去！先幹這個再去追罪犯！」

　　他被帶到登記處。

　　「所長先生，請寫亞森・羅蘋。我的名字：亞森・羅蘋。」佩雷納看著正準備登記的看守所所長說。

　　「確實只能寫這個名字。」所長笑了笑，「因為逮捕證上就這麼寫的：亞森・羅蘋，又名唐路易・佩雷納。」

　　「天哪！難道他們要……」佩雷納腦中警鈴大作，如果他們把他當成亞森・羅蘋抓起來，後果就很嚴重了。

　　「哈哈！」維貝相當得意了，「我們決定重創亞森・羅蘋，這是從牛角動手來殺牛。魄力！懂嗎？你還會看到很多好戲。等著吧！」

　　佩雷納轉過頭對瑪澤魯囑咐道：「瑪澤魯，一定記住我剛才說的。」可是沒有回應。他心中一顫，回頭仔細一看，大吃一驚——瑪澤魯被包圍了，警察把他抓起來，讓他無法動彈。瑪澤魯流著眼淚，什麼都沒說。

　　維貝開心地恨不得跳起來。「亞森・羅蘋，原諒他吧！他可是你的牢友呢！哪怕不能坐牢他也會在看守所待上一陣的。」他說。

　　「什麼！總監也要抓瑪澤魯？」佩雷納挺直身子。

　　「當然，逮捕證都簽好了。」

　　「他有什麼罪？」

　　「亞森・羅蘋的同謀呀。」

　　「什麼同謀？你們去死吧！他是最正直的人！」

　　「哈哈！還最正直的人？那別人怎麼知道把信給他？他為什麼幫你傳信？這都是因為他知道你在哪藏著。還有很多事呢，亞森・羅蘋，這都是證據。以後再慢慢跟你說。你就等著吧！」

　　「可憐的老搭檔！」佩雷納嘆了口氣，又忽然朗聲說道：「年輕人，沒什麼大不了的，別哭了！我們就是一夥的，要在幾個小時內打倒國王！放心

吧，你會得到比現在更尊貴、更賺錢而且更有前途的活兒……我的確沒有把所有的事情都想到，不過你應該知道我是什麼樣的人。你的事我包了……你放心，只要明天我一出去，他們就會放了你。別哭了，瑪澤魯。等著吧，你還會當上校，享受元帥的待遇。」

接著他面對維貝發號施令：「先生，希望你能辦好我剛才囑咐瑪澤魯的事。先通知總監先生，就說我有要事向總理彙報。之後去凡爾賽找凶手的足跡。我知道你的優勢——破案的激情和勤勉。先生，這件事情就拜託了。明天見。」他的口氣那麼霸道，沒人敢反駁他。說完，他仍向長官一樣讓人帶自己進牢房。

子夜十二點五十分。牢門關上，加鎖。五十分鐘，距離凶手拖著佛羅若絲逃竄已經五十分鐘了。佩雷納感到要把她奪回來是難的。佩雷納想：「總監最快也要等到早上才會打電話。真他媽的！也就是說那混蛋至少會領先我八個小時。八個小時啊！前提是我能被放出去……」他又思考一番，擺出一副沒有辦法只能等著的樣子撲到床上，自言自語地說：「亞森·羅蘋，好好睡一覺吧！」

六、有關自由的交易

　　佩雷納太焦慮，太煩躁，這次只睡了三個小時就怎麼也睡不著了，要知道他可是很能睡的。雖然他制定了詳細周密的計畫，但仍然忍不住想到種種阻撓的因素。是的，維貝會向總監報告，但是總監會給總理打電話嗎？

　　「他肯定會打。」佩雷納狠狠地對自己說，「打了不會有損失，而不打，萬一瓦靈戈萊詢問我為什麼會被抓起來，他會面臨大的風險。總監會明白的……到那時就好了……」

　　然後他開始想，總理得知他的要求後會有怎樣的決定。他也不敢確定，地位高高在上的總理大人會擱下公務跟他談判。

　　「他一定會來！他不是喜歡那些無聊應酬和連篇官話的人。他對我那麼好奇，所以一定會來的……和我見面總有些好處。他瞭解我，知道我不會沒帶禮物就去打擾別人。他會來聽聽我會跟他說什麼的。他一定會來！」但他接著又想下去，「總理就算來了，也不代表一定會接受我的要求。而且我也沒有充足的理由說服他，那麼多疑點很可能導致我行動的失敗。還有，維貝能找到線索嗎？他會英勇地追擊敵人嗎？找到的線索可千萬別再丟了呀！」他想了又想，不斷問自己：「他們如果能幸運地找到凶手，會不會太遲了？凶手會在臨死前殺掉佛羅若絲嗎？怎麼不會呢，反正已經輸了，那種惡魔怎麼還會顧忌呢？」

　　對佩雷納而言，最可怕的就是佛羅若絲被殺死。他的想像一直都很樂觀，認為自己能夠越過層層障礙，抓住凶徒。可是最後卻看到悲慘的結局。他真的無法接受：「多麼殘忍的折磨啊！只有我能做好，可是我卻被排除在

外。」

　　時間一點點過去，他整個頭腦都在擔心佛羅若絲的安全，幾乎沒想過為什麼總監會突然改變主意，把他逮捕；更別說去想為什麼要用那個至今都不願被司法機關提起的亞森・羅蘋的名字。他分分秒秒都想著佛羅若絲，很明白每過去一秒，佛羅若絲就多一分危險。

　　他想起幾年前也發生過相似的事情：囚室的門被打開，德國皇帝就站在門口。可是，這一刻更為重大。那次只關乎他的自由，而這次的賭注是佛羅若絲的生命。他一遍遍地喊：「佛羅若絲！佛羅若絲！」他相信她沒有犯罪，也相信還有別人愛她，要帶她走。那個人不但把她當作獲取利益的工具，而且把她當成愛情的寄託，不能得到就要毀掉。

　　他一下子沮喪起來，認為自己已經不可能回到佛羅若絲身邊，也無法抓住那個惡魔了。他感覺自己完全失敗了。他是以亞森・羅蘋的身分被關在監獄。他現在面對的問題是，他坐牢的時間是多久？

　　這時他發現他從前的戰鬥的激情，他的野心，權力的需要，以及對奢侈生活的渴望，完全都比不上愛情在他心裡的地位。他現在才明白自己對佛羅若絲的愛有多深。他參加這場戰鬥的目的，只是為了讓她馴服。如果佛羅若絲被劫走，或者被殺了，他的感覺就跟坐牢是一樣的，亞森・羅蘋將在牢裡死掉。他那麼愛佛羅若絲，卻不能得到回應，這種失敗的結局就應該是這樣。所以，他要查清事實，捉拿凶手，把佛羅若絲從危險中解救出來。

　　可是，沮喪並不是佩雷納的性格，它來得快去得也快。太陽升起，牢房裡亮堂起來。他又充滿自信，擔憂和焦慮全都不見了。佩雷納知道，每天早上八點，是瓦靈戈萊去博沃廣場的總理府上班的時間。

　　他已經完全冷靜下來，將要發生的事情以截然相反的面貌展現在他眼前，完全顛倒了。他認為戰爭是很簡單的，事實也一點都不複雜。他清楚地知道，他的意志已經行動起來，將所向披靡。維貝肯定會向總監彙報，總監肯定一早就會向總理彙報，而瓦靈戈萊肯定會願意與亞森・羅蘋見面，也肯定會同意亞森・羅蘋的意見。這些都是他確信的事情，所有問題都會得到解決。從A開始，到B，再經過C，無論是否願意，都只能到D。佩雷納笑起

來。

「亞森・羅蘋，你可是好樣的。記得吧，賀亨左來恩先生都為了你從蘭登堡邊境深處出來了，更何況總理就在眼前，怎麼能不見你一面呢？總理先生，向你致敬！我馬上就去拜訪你啦。」

他假裝門是開的，總理就在外面等他，於是興奮地走向門口。他深深地彎下腰，彷彿手裡拿著一頂羽毛裝飾的氈帽，長久地行了禮。他小聲念著：「芝麻開門。」這舉動實在有點孩子氣。他連著做了三次。當他做第四次的時候，門開了。看守走過來，很有禮貌地問道：「總理先生來了通知，問你能否現在去見他？」

他看見走廊裡站著四個警察，問道：「你們是隨從嗎？去通報吧，就說西班牙的最高貴族，國王陛下的親戚亞森・羅蘋馬上就到。看守，謝謝你的照顧，我要給你賞錢。」走了幾步，他又停下了。「上帝，我還沒修鬍子呢，手套也沒帶上。」

警察們把他圍在中間，動作粗魯。他掐住兩個人的手臂，說：「有命令要你們揍我嗎？也沒要給我戴手銬吧？年輕人，你們要識時務，老實點吧！」他們被掐得嗷嗷直叫。

佩雷納對站在門口的看守所所長說：「親愛的所長，你們『都靈俱樂部』的房間真值得宣傳。我在這過了美好的一夜。來，我給你寫個優秀證明？給你加個好評？所長大人，你難道還希望我回來嗎？想什麼呢……」

汽車在院子裡停著，坐好後，他說：「博沃廣場。」

「維納茲街。」一個警察糾正道。

「啊？哈！竟然是到總理別墅。真是個好兆頭，總理閣下希望私下裡跟我見面。對啦，現在幾點了？」沒人理他。警察拉上了窗簾，他什麼也看不見了。

到了總理別墅，他才在不寬敞的一樓看到一個掛鐘。「七點半！」他喊道，「太好了，還沒耽擱太久。一切會清楚的。」

總理的辦公室裡擺著很多書，牆上掛滿了油畫。對面是一道台階，台階下面的花園裡擺滿鳥籠。

鈴響了一聲，之前引路的保姆走進來把警察們請了出去。屋裡只剩下佩雷納自己。他面色沉穩，但心裡十分著急，迫切希望投入戰鬥。他總是不自覺地看向掛鐘，感覺大針在快速地跳著。

　　兩個人走進來，是瓦靈戈萊總理和警察總監。

　　「總理一定是支持我的。」他想。

　　年老的總理面容清冽瘦削，神色一點也不傲慢，看不出在堂堂總理和與他會見的可疑客人之間有任何的隔閡。佩雷納從他臉上看到了淡淡的同情，還有一種明顯的好奇，以及一絲詼諧。的確，瓦靈戈萊從未掩飾過對他的同情，甚至還在亞森・羅蘋假死後大膽地表露出這份同情。他讚賞佩雷納，並跟他有著奇妙的關係。

　　他久久地注視著佩雷納，說：「你沒怎麼變。就是皮膚有點黑了，兩鬢長出些白髮。說吧，你想要什麼？」

　　「總理先生，你能先告訴我，副局長昨天把我關起來之後，找沒找到佛羅若絲・勒瓦絲的蹤跡？」

　　「找到了。但是在凡爾賽，車上的人又租了其他車往南特走……你……就這樣？」

　　「我還要自由，最好在四五十分鐘內得到。」

　　「那是八點半，是嗎？」

　　「最晚八點半。」

　　「你想做什麼？」

　　「抓住那個殺害了一群人的罪犯。」

　　「警察已經準備好。發出電報，凶手就別想離開法國。他肯定逃不掉的。」

　　「但你們找不到他。」

　　「這個你放心。」

　　「即使找到了，他也會殺死勒瓦絲小姐。難道你想他再殺一個人嗎？」

　　總理愣了一下，說：「如你所說，所有表面的證據、總監先生合理的懷疑都是錯的。難道佛羅若絲・勒瓦絲是無辜的？而且你認為她會被殺掉？」

「是！她肯定沒犯罪！」

「你愛佛羅若絲・勒瓦絲？」

「我愛她。」

哈！亞森・羅蘋陷入了愛河！他承認了他的愛情！他竟在為愛情而行動！瓦靈戈萊開心地發抖。這真是有趣而奇妙的事！

他說：「案件的情況，甚至是每一個細節我都瞭解並且關注。先生，沒有你，這椿案子就見不到光芒，你的確付出了很多。但我必須說明，在這過程中存在很多疑點，尤其是有的疑點是你引起的。這讓我很驚訝。不過，當我得知你的行為都是因為愛她的時候，我就釋然了。但是，我們仍然懷疑勒瓦絲小姐究竟是不是凶徒的幫凶，因為她有繼承人身分，她做了很多令人懷疑的事情，而且她從療養院慌忙逃走了。」

佩雷納看著掛鐘，著急地說：「七點四十五了。」

總理笑起來：「真有意思！如果我是個全權的國王，我必然要請你，唐路易・佩雷納做間諜頭目。」

「前德國國王已經跟我提過，我謝絕了。」

聽完這話，總理更開心了，他坐下，準備進入正題，態度也嚴肅起來。他說：「雙重謀殺案發生的那天，你的表現讓我們注意到你。唐路易・佩雷納就是亞森・羅蘋。你應該明白我們給你提供了某種保護，是因為不想復活已經消失的亞森・羅蘋。你現在的工作是正義的，還能給社會帶來好處。我們很珍惜跟你的合作，所以我們盡量幫你開路。總監非常同意我的意見：唐路易・佩雷納現在幹得很好，我們沒必要追究他是不是亞森・羅蘋。可是……」總理頓了頓，又繼續說，「昨天晚上總監收到一封信，揭發了你的身分，還列舉了確切證據證明你就是亞森・羅蘋。」

「怎麼可能？不可能有人證明他沒死！他死了！」佩雷納叫道。

「那就怎樣？這難道能證明唐路易・佩雷納還活著嗎？」

「是的。他確實活著，身分完全合法。」

「可是有人質疑了。」

「質疑？也許……有一個人可以，他是秘魯專員卡塞雷斯……但他那樣

做是找死⋯⋯他不會這麼白癡的。」

「白癡？我倒認為他很狡猾。」

「可是他在國外旅遊！」

「錯了，他犯了貪汙罪，潛逃在外。但他在逃走前，寄給我們一份他簽署的文件，就在昨晚。這份文件裡，他寫明幫你製造了唐路易・佩雷納的身分，還附上你寫給他的信。只要看過這些文件就會確定兩件事：你是亞森・羅蘋，不是唐路易・佩雷納。」

佩雷納恨恨地說：「這個混蛋！他被利用了！他肯定被凶手收買了，才會這麼做的。我已經看穿了凶手的作案方式，他又想在決定性時刻甩掉我。」

總理回答：「這就不得而知了。他手裡還有一些照片。如果你沒有被抓，巴黎的一家大報社就會在今晚收到那些照片的原件，並將其公布出來。我們必須嚴肅對待這件事。」

「總理大人！」佩雷納嚷道，「卡塞雷斯在外國，凶手也在逃跑的路上，就算有證據也沒辦法實現他的威脅。所以，你根本不用擔心啊！」

「凶手那麼精明，肯定採取了我們不知道的手段。他也許有同謀呢？」

「他沒有。總理大人，你到底想說什麼？」佩雷納看著瓦靈戈萊的雙眼，問道。

總理想了想，說：「我們陷入了困境，總監為了查清佛羅若絲・勒瓦絲跟案子有什麼關係，默許你追查下去。昨晚抓捕你，是因為查不到有用的資訊，而你又在我們的控制之下。如果不抓住亞森・羅蘋，如果照片發表了，那麼在公眾面前，我們就成為荒唐的笑柄。釋放亞森・羅蘋的行為是濫用職權和非法的。所以，我不能同意。」他停了幾秒鐘，說道：「也不是不可能⋯⋯」

「你想怎樣？」佩雷納問。

「我可以不顧這些後果釋放亞森・羅蘋，但你要給我些合理的東西作為交換。」

「我可以保證把真凶給你抓到，先生。然後我會主動到監獄簽到。這樣

行嗎？」

瓦靈戈萊搖搖頭：「我們也能抓住凶手。」很明顯，瓦靈戈萊這種人絕不會被承諾吸引，他要的是擺在眼前的確實存在的利益。

兩人都沒作聲了，互相不讓。

佩雷納又說：「總理先生，我為國家的貢獻是合理的吧？」

「說來聽聽。」

佩雷納沉思一會兒，站到總理面前，說：「一九一五年五月的一個傍晚，三個男人來到帕西碼頭的山坡。他們一個叫瓦靈戈萊，一個叫德斯瑪里歐，第三個是邀請他們來的人。那裡有一堆沙子。那幾個月，警方一直在搜尋幾個裝著三億金法郎的口袋。那是敵人在法國精心策劃著買下的，準備運回國。第三個人請瓦靈戈萊部長用手杖戳了沙堆，裡面全是金子。幾天後，本來要與法國結盟的義大利得到了一筆四億金法郎的預付款。」

總理吃了一驚：「誰告訴你的？不可能有人知道。」

「第三個人。」

「誰？」

「唐路易‧佩雷納。」

「竟然是你！啊！原來是你發現了藏金地點！」瓦靈戈萊喊道，「你竟然在那裡！」

「是的，總理先生。你當時問我要什麼獎勵……」

「今天？戰爭結束的四年以後？」總理嘲笑地說，「太晚了，先生。那都是沒用的舊帳了。」

佩雷納似乎有些不解。但他繼續說：「總理先生，你知道在一九一七年，薩萊克島發生了幾起極其恐怖的事件。只是你一定不知道唐路易‧佩雷納也參與到裡面，還策劃了……」

「好啊！亞森‧羅蘋，你真行！」瓦靈戈萊捶著桌子，親密地大叫對方，轉變了剛才的態度。「你跟我說這些過去或將來的事，以為就能喚醒我的良知了？放屁！你也不想想，發生那麼多案子，你和佛羅若絲‧勒瓦絲早就被大家當作凶手了。特別是經歷了昨晚的一切以後，你們就是唯一的絕對

的凶手。現在佛羅若絲還在外潛逃，你竟然要我放了你！你要真想要我答應，就得付出代價！好吧，你想想吧！」

佩雷納在屋裡踱步。他在做最後的思想鬥爭。猶豫、決定、再猶豫……如果一定要有代價，我也不會吝嗇！他停下來，已經有了決定。

佩雷納表情神色都很誠懇、坦蕩，他堅定地說：「總理大人，我不討價還價。我向你獻出的是極其寶貴的、與眾不同的禮物，你絕對想像不到。佛羅若絲正處於極度的危險中，為了救她，就算這份禮物再珍貴我都沒有一絲不捨。本來我只是要達成一份減少損失的交易，可是你的話太讓我失望了，我決定把事情挑明了說。」

聽到他將獻上極其寶貴的、與眾不同的禮物，瓦靈戈萊非常高興，心想：「是什麼呢？什麼東西能被他這樣形容？」

「快說吧，先生。」他等不及了。

佩雷納與瓦靈戈萊面對面地坐著，就像兩個平等的談判者。

「很短，只用一句話就可以說明我給政府首腦的禮物。」

「一句話？」

佩雷納注視著瓦靈戈萊的雙眼，清晰地說：「我承諾：明天，如果我不能帶回佛羅若絲以證明我的清白，我就投案自首甘願被抓。為了遵守諾言，更為了得到二十四小時的自由，我向你獻上……」他頓了一下，擲地有聲地說：「一個王國！」

這是多大的口氣啊！這種話是多麼荒唐和愚蠢。說出這種話的，只有白癡和瘋子。可是瓦靈戈萊沒有這麼想，他很瞭解他。他知道，在如此重要的時候，亞森‧羅蘋是不會說笑的。所以，他不自覺就瞄了警察總監一眼，彷彿認為這種重大政治交易應該秘密進行，不應該有別人在場。

佩雷納說：「總監先生應當留下聽我的敘述。因為這份禮物的價值只有他才能準確地判斷出來。而且，我也認為總監先生不會分不清時候，惹我生氣。」

總理笑了起來：「你幫過他？」

「是的，先生。」

「哦？說來聽聽……」總監說道。

「好吧……四年前的一個晚上，帕西碼頭陡岸上在進行秘密的行動……那時你還是個小官。我曾承諾讓你做到警察總監的位子。後來，我遵守諾言，讓三位部長為你提名，你才能當上警察總監。你要我說他們是誰嗎？」

瓦靈戈萊哈哈大笑。他說：「不用說了，我相信你是萬能的。德斯瑪里歐，你就別擺出這副樣子了，能被亞森‧羅蘋看上也是很不容易的。我們繼續吧！」他轉向佩雷納。他不關心佩雷納的禮物有沒有實際價值，甚至不相信會有實際的價值。但他一直很好奇，只想知道這個勇士到底有多大本事。到底什麼奇妙有趣的事情，能讓他如此坦誠的進行交易。

佩雷納走到壁爐前，摘下牆上一幅西北非的小地圖，把它平整地鋪到桌子上，說：「總理先生，總監很困惑：亞森‧羅蘋究竟是如何度過了外籍軍團的三年時光。他還派人調查過我。」

「是我派他去的。」總理說。

「有結果嗎？」

「沒有。」

「是的。你們並不瞭解我在戰爭時期都做了什麼。」他想了一會兒，接著說：「讓我來告訴你們，特別是要告訴法國：她的兒子是最忠誠的，為她做的事情是最公正的。我不希望受到冤枉，不希望某天又被指責逃避戰爭，做了沒有意義的事情。我加入外籍軍團之前，內心經歷了恐怖的災難。我甚至想自殺。你知道的，總理先生。我以為與摩洛哥的戰爭能讓我光榮地死去。可是好像我命不該絕，怎麼都死不了。所以很多事情發生了。我又開始喜歡生活了，死神就漸漸離開了我。在建立了赫赫戰功之後，我的信心和我的激情又全部恢復了。我有了新的夢想，新的目標。外籍軍團這個溫馨的大家庭，英雄的集合體收容了我。我非常熱愛它，但它卻難以滿足我的行動需要。我需要的是更大的空間和更廣闊的天地，我擁有的是更獨立的個性和更自我的感覺。

一九一四年十一月，聽說歐洲爆發了戰爭，我就有了宏偉的目標，並向它靠近。雖然我還不能明確那個目標，但它的神秘引誘了我——我就想切實

地弄明白該如何更好地為祖國贏得利益。在西班牙宮廷裡，透過一些很有權勢的朋友，我得以參加馬德里與巴黎的談判。之後我被召回馬德里，接著又被派去巴黎完成秘密任務。

我做了幾件大事，比如透過尋找金法郎促成了義大利的參戰。但我並沒有看重這些，我要做更有意義的事。在我洞悉了可能會使法國地位低下的一些弱勢之後，我看到了一直以來尋求的目標。回到摩洛哥之後我又被派到南方。我完全可以跟柏柏爾人鬥爭，但我故意掉進他們的陷阱，被他們俘虜了。

從此就開始了我全部的經歷，我盼望已久的另一種生活就這樣展開了。我雖然被綁起來，但感覺更自由了。

只是，這次被俘差點搞砸了。抓住我的四十八個柏柏爾人是一支北方大部落的派出支隊。那個部落長年在阿特拉斯山脈中部一帶搶劫擄掠。支隊先回到營地。營地裡支了好多帳篷，住著頭領的妻子兒女。十幾個男人在周圍把守。支隊的人把搶劫的財物卸下之後，就又出發了。

一下走了八天。我被反綁著雙手，跟在騎馬的人後面走路，所以一路上十分艱辛。半路我們登上一個狹長的高原，上面怪石嶙峋，崖壁峭立。石間的空地上，散落著很多屍骨和法國人的槍支碎片。

他們找到一根柱子，開心地嚷嚷著把我綁在上面。我看到他們的表情就知道他們肯定是想殺了我。他們會依次割掉我的舌頭、鼻子、耳朵，接著就輪到頭了。他們沒著急，先坐在附近的井旁吃東西，並不管我，只是經常笑著給我講我面臨的種種好戲。

第二天早上很快就到了，他們最喜歡這個時候來折磨我。當時天剛微微亮，他們緊緊地圍在我身邊，嘶吼嚎叫，並在沙上劃了條線。當我的影子越過這條線的時候，他們安靜下來。一個負責執行的人走過來，喝令我伸出舌頭。我至今忘不了他眼裡的殘暴和嘲笑的快樂，那是一個頑劣的孩子折斷鳥兒翅膀時快活的眼神。我照做了。他用斗篷的一角墊著手，捏住我的舌頭，另一隻手拔出刀準備動手。

真遺憾，你們沒看見那個人拔出刀時傻愣的樣子。匕首在鞘裡只留下一

小截，非常短，根本對人無害。他大怒，叫罵著衝到同伴眼前，拔出他的匕首。又一柄斷刀。他又一次呆掉了。於是，他們嚎叫幾聲，紛紛拔出自己的匕首，氣得哇哇亂叫。結果，四五十個男人，四五十柄斷刀。

頭領認為是我造成了這神奇的現象，惡狠狠地向我撲來。這個老傢伙，瞎了一隻眼，模樣猙獰可怕，還有點駝背。他用槍頂著我的腦袋，樣子滑稽極了。我快活地笑起來。他扣動扳機。槍沒響。他又開了一槍，還是沒響。

那群強盜馬上就慌亂起來，推著嚷著，齊齊地圍在柱子邊上，用手裡的手槍、步槍、卡賓槍，西班牙式喇叭口火槍對準我，然後紛紛扣動扳機，可是沒一顆子彈飛向我。

真應該把他們的樣子拍下來！太可笑了！我可從來沒笑得那麼開心。、

他們終於反應過來。有人急忙跑回去裝子彈，換上火藥。可槍還是不響，他們根本傷不了我！

我笑得更加快活了！

他們四十多人沒有了槍，就用二十多種方法來折磨我。他們拿槍托搋我，用石子扔我，用手搯我，那就怎麼樣呢？

最後，老傢伙一臉痛恨地搬起一塊大石，在兩個手下的幫助下把大石舉到我頭頂，要砸死我。可是我瞬間脫掉繩子，跳到離老東西三步遠的地方。我拔出兩支左輪手槍，正是他們抓我那天從我身上卸下來的。那可憐的頭領看到這架勢，當場就呆立住了。不過他就愣了幾秒，隨即跟我之前一樣大笑起來，滿是諷刺。在那老糊塗看來，這兩支手槍肯定也是也打不響的。他撿起一塊大石頭，抬手就準備砸我。那兩個手下也跟著撿了石塊，其他人都照做了。

我大喝：『都放下，不然就殺了你！』老頭把石頭扔向我。我閃身躲過，同時連開三槍，殺死了頭領和他的兩個手下。面前還有四十二個人。

我用目光掃過他們的臉，又問：『你們誰還想嘗嘗？』

此時，我槍裡剩下十一發子彈。見他們都呆愣愣地著我，我就放好一把槍，從兜裡又摸出兩盒子彈。也就是一共五十發。之後，我從腰間抽出三把閃亮的尖刀。

剩下的人陸陸續續地走到我身後，表示服從。一共四分鐘，戰鬥結束了。」

七、亞森・羅蘋的帝國

佩雷納說完了。他站在那裡，還沉浸在這四分鐘的經歷裡，嘴微微張開，露出開心的微笑。

總理和總監也都是有著豐富經歷的人，對普通的行為和膽量都不會在意。可是聽完佩雷納的講述，他們什麼都沒有說，都在思索：「這是真的嗎？一個人真的能勇敢到這種程度嗎？太讓人不可思議了。」

只聽佩雷納問：「總理先生，你剛說，凶手乘坐的汽車從凡爾賽跑向南特了，是吧？」總理抬起頭，看他走到壁爐另一邊，正指著牆上的法國公路圖。「是的。我們已經在公路沿線、南特和他可能坐船的聖納澤爾部署好，隨時準備要逮捕他。」總理回答。

佩雷納的手指在地圖上沿著公路滑動，有時會停下來，貼上標記。這個人在一團混沌、讓人焦慮和費勁心思的事情面前，是如此地沉著冷靜，他的做法給人留下了深刻的印象。他的行為表現出了將軍的氣度，似乎是他在操控整個事件的發展。順著他的手指，總理感到歹徒就像被繫上一根隱形的線，而線的盡頭就在佩雷納手中握著。他只要一揮手，歹徒就會停下來。將軍退後一點，將整個地圖放進眼內。他看的，不僅僅是一張紙，而是一條條大路。路上有汽車在疾馳，去往的方向都是完全按照他的旨意。

佩雷納轉過頭說：「戰鬥只有一次。勝利者也只有一個。勝利的人可能永遠要承受各種方式的報復。那四十二個追隨我的人，親眼所見這無法言語的事實時只會想到，我用神奇的魔力征服了他們。他們也只會這麼想。我是伊斯蘭的隱士，是偉大的巫師，是神的化身。」

總理笑道：「他們這麼想也有些道理。因為你確實用了點神奇的法子。」

「你讀過《沙漠裡的愛情》嗎，總理先生？是巴爾扎克的一篇怪異的小說。」

「嗯，它怎麼了？」

「那個神奇的法子就在小說裡。」

「啊？我還真沒想到。可是你沒有被母老虎壓住吧？那四十二個柏柏爾人裡並沒有母老虎呀？」

「不在那裡面。整個支隊裡也有女人。」

「什麼意思？」

「哈哈！」佩雷納興奮地說，「我可不想把你嚇到，總理先生。可還是要跟你說，整個支隊裡也有女人。她們跟書中母老虎的角色很像，也是可能被馴服、被引誘的，她們也會聽話，進而成為幫手的母老虎。」

總理仍不明白，小聲地說：「是……可是……可這需要很多時間……」

「八天。」

「還需要能自由活動……」

「總理先生，這就不用了，只用眼睛就行。眼神可以激發很多情感，比如好奇、同情、關心，甚至愛慕，甚至想用其他部位探求對方。有了這個情感，只要一個偶然的機會……」

「你有機會？」

「是的。晚上離我不遠就是一個帳篷，我知道裡面住著頭領的愛妾。那些強盜都以為我被綁著，其實呢……我知道愛妾是自己睡的，就闖進去待了一個多小時才走。」

「這就征服了她們？」

「當然，跟小說裡寫的那樣，她們很溫順，盲目而完全地臣服在我腳下。」

「那可是五個人呀……」

「那又怎麼樣？其實我之前也很害怕她們勾心鬥角。可是，總理先生，

事情很順利，因為她們都沒有吃醋。她們就像我之前所說，完全聽我的話。在這之後我就有了五個潛藏的同伴，沒有人懷疑她們，而且她們都對我忠心不二。我準備在到達目的地前動手。動手前的晚上，我讓五個同盟收集了所有武器，她們把匕首插到地下，用力地折斷；把火藥淋濕，把手槍裡的子彈盜光。總之，做好了戰鬥的準備。」

總理點著頭：「好樣的！你真是個能人！就不說你在辦事過程中得到的柔媚了，至少你那五個女人的樣子都很美吧？」

「相當淫蕩呢！」佩雷納一臉的滿足，享受一般地闔上眼，爽快地說。總理與總監哈哈大笑。

佩雷納很想快些結束這無聊的談話，就接著說：「她們為我提供了巨大的幫助。所以無論她們是什麼樣的人，都是我的救命恩人……那四十二個柏柏爾人的武器在處處是陷阱的荒漠上沒什麼用，他們又都害怕一不留神就死掉了，所以緊緊地靠在我身邊，想我保護他們。等到我們與大部落重逢時，我就真正成為支隊的頭領。在大部落，我除掉了他們集體面臨的威脅，又指揮他們搶掠和戰鬥，我的隨從還揭發了幾項陰謀活動。結果不到三個月，全部落都推舉我做首領。你知道的，我不是有五個妻子嗎？所以我只能信仰他們的宗教，穿他們的服裝，講他們的語言，跟隨他們的習俗了。

取得了這個小勝利，我就很可能完成自己的目標。我派了一名隨從來到法國，要他給六十個人分別帶去六十封信。那個隨從是非常忠實能幹的，他把那六十個人的姓名和地址都牢記在心，亞森‧羅蘋曾經的同伴就是那六十個人。

羅蘋是在卡布里峭壁頂上跳海之前把他們解散的。他們各自帶著十萬法郎金子，去經營田莊或者做點生意。他們都改邪歸正了，一些人有了公共花園看守的活計，另一些人則被我贈與菸草店，還有些人在部裡局裡做點閒差。這樣他們就都變成老實的公民。無論是市鎮議員、名人、公務員，還是食品雜貨商、教堂聖器室管理人和田莊主，我給每個人寫了信，信的內容都是一樣的，提出了我的想法和意見。如果他們同意，就會按信裡說的去做。

我原來以為，六十個人裡有十幾個回應我就很好了。可是你們知道嗎？

在指定的日子、準確的時間裡，六十個都來了！全都來了！而且在見我之前，他們就把我的巡洋戰艦買回來，停在大西洋岸邊魯恩海岬和儒比海岬之間的瓦迪‧德拉拉河口；又僱了兩隻小艇，來來回回地運送戰爭需要的物品——機槍、大炮、彈藥、玻璃珠子、汽車、罐頭、各種商品、食品，還有一箱箱金子！這些物品裡有一些是我的朋友帶來的，有一些是我那些好兄弟非要變賣從前得到的好處，重新買來的。他們都希望把從我這拿到的全部錢財都貢獻給我的理想。

就是這樣的，總理先生，我要告訴你，在這六十個忠誠勇士的領導下，一支擁有幾萬摩洛哥人的大軍就形成了。大軍有著亞森‧羅蘋這樣英明的頭領，有著瘋狂的戰士，嚴明的紀律，精良的武器，還有什麼不能完成？事實證明，他得到的結果是空前絕後的。我們最早住在阿特拉斯山區，後來又到荒蕪貧瘠的撒哈拉平原上去戰鬥。我們遭受折磨，資源匱乏，沒有水喝，沒有食物，可是我們覺得異常快活。這才是真正的英雄去做的事情。我們會經歷失敗，有時又站在勝利的巔峰。我發誓，那十五個月的經歷是沒有任何史詩可以描繪的。

上帝！他們這些忠誠的人！我們在一起肆意經歷這種生活。我一想起他們，那些英雄！就會流出眼淚。總理先生，你不會想到的是，你瞭解他們，還和他們交過手。其中有瑪爾柯，他在克塞爾巴赫案件中獲得威望；有夏洛萊和他的幾個兒子，他們曾在朗巴爾女王的王冠事件中名聲在外。你曾經的接待室負責人也在裡面，總理先生，是奧古斯特；在水晶瓶塞案中獲得名聲的格洛尼亞爾和勒巴呂也在。還有血統比波旁王族的人還高貴的菲利普‧德‧昂特拉克。另外還有約賽維爾兄弟，我叫他們埃阿斯兄弟，以及紅頭髮特里斯丹、獨眼讓、彼得大帝、年輕人約瑟夫。」

「以及亞森‧羅蘋。」瓦靈戈萊被這種荷馬史詩般的敘述打動了，不禁高聲喊到。

「是的，還有亞森‧羅蘋。」佩雷納莊重地重複了一聲。他謙虛地微笑著，放低了聲調說：「總理先生，不說他了吧！就算我說了你也不會相信。因為他後來的經歷太過偉大，相比之下，在外籍軍團做的事情就像孩子們在

做遊戲。亞森・羅蘋在外籍軍團只是個小戰士，可是在摩洛哥南部，他就是領袖。亞森・羅蘋能施展抱負的地方就在那裡，連我自己都沒有想到能取得如此大的成就。總理先生，希望你理解，我說這樣的話並不是要炫耀自己。

在建國立業方面，傳說中的阿基爾也不過如此；想要治國安邦，他比漢尼拔和凱撒都強。亞森・羅蘋只用了十五個月就征服了一個比法國大一倍的王國。這還不夠厲害嗎？他讓那些桀驁不馴的人都臣服了：圖瓦雷格人，摩洛哥的柏柏爾人，居住在大西洋岸邊的摩爾人，塞內加爾的黑人以及阿爾及利亞南部的阿拉伯人。他還征服了太陽的故鄉，從地獄裡復活。想想吧，半個撒哈拉大沙漠以及被稱為古茅利塔尼亞的地方都被他征服了。我們都知道，那個地方多沼澤與沙漠，但它總歸還是一個王國，一個沙漠與沼澤的國度——有森林、綠洲、河流、泉源，有數不清的財富和眾多的人口，更有二十萬英勇的士兵。總理先生，這個王國，就是我獻給你的禮物。」

瓦靈戈萊徹底震驚了。他已經激動得發抖，手裡緊緊攥住非洲地圖，有些不能自已。他直直地盯著這個神一般勇敢的人，哆嗦著說：「說……說下去……」

佩雷納接著講：「總理先生，近幾年發生的事情你都很瞭解，我也不願舊事重提。摩洛哥人偏偏在法國發生戰爭的時候造反，致使法國面臨著巨大的危險。很多人都在宣揚聖戰的理論。你知道的，星星之火，可以燃遍整個阿爾及利亞、全部的非洲海岸和整個穆斯林生活的遼闊天地。敵人傾盡所有，策劃了種種陰謀，從未放棄地想引發戰爭。對此，政治家們都十分擔心，卻又無能為力。是我，亞森・羅蘋消除了危險。法國和摩洛哥北部發生戰爭的時候，我引誘叛亂的部落到達南部，進而打敗他們，讓他們沒有還手之力。我招募他們參加軍隊，使他們為我所用，並帶領他們征戰四方。

經歷了這些，我腦海裡揮之不去的宏偉藍圖已經變成了現實。我可以驕傲地說：法國拯救了人類。而亞森・羅蘋，拯救了法國。

憑藉他的霸主氣概，法國將丟失的舊省收復了。因為我的領導，摩洛哥與塞內加爾合二為一。最大的非洲法蘭西已經真實的豎立在那裡了。除了幾塊微不足道的土地，你可以看看，在我的指揮下，這個整體——那幾百萬平

方公里的土地和一條從突尼斯一直蔓延到剛果的海岸線緊密地團結在一起。總理先生，這就是我的成就。這就是我的戰爭禮物。知道了這份禮物，你還會認為我在金三角或者在三十具棺材島上的歷險，是值得驕傲的嗎？總理先生，你還認為我浪費了五年的時間嗎？」

「你這都是沒有成形的想法而已，要用二十年才能變成你說的那樣。你等著吧」瓦靈戈萊反駁道。

「這是真實的存在！」佩雷納激動起來，不可抑制的大喊道，「你難道還不明白嗎？我的王國不是一個正在構建的王國，而是已經成立的帝國，一個人民安居樂業的太平盛世！這不是想像中的，這是已經存在的帝國，是我一手創建的。我吃過各種苦，享過各種福，這一生都在冒險。說我富，我有世上所有的財富，比得上利底亞國王克羅索斯；說我窮，我把錢財都贈給別人，比得上約伯。我嘗到了所有快樂，體驗了所有愛好，經歷了任何感情。我滿足了所有的願望。儘管我不願做個不幸的人，但如此的幸運也讓我厭倦。

再說一次，總理先生，我曾有過一個偉大的目標。我只有一個希望——做一件令人無法想像的事情：統治！更令人無法想像的是，這個夢想竟然成真了！《一千零一夜》中蘇丹式的君主復活了，就是死去的亞森・羅蘋。亞森・羅蘋在南部威震八方，建立了強大的帝國，制訂嚴明的法律。我希望幾年後，反叛部落忽然又開始攻擊法國，耗費你們大量的時間和經歷。而在這期間，我的帝國正在被完美地建造。等到戰爭結束，我的帝國已經建造完畢，可以跟法國一樣強大了。我們兩個國家就是平等的鄰居。我就要坐在皇位上對著法國喊：『曾經的俠盜、小偷在這兒！我就是亞森・羅蘋！我現在是布拉克拉斯蘇丹、阿德拉爾蘇丹、阿爾—德魯夫蘇丹、伊吉迪蘇丹、圖瓦雷格蘇丹、弗雷宗蘇丹和阿烏阿布塔蘇丹，哈哈，我擁有至高無上的權力！我是先知的後代，阿拉的子孫！

現在，我將把我的王國贈予給法國。在這份和平契約上，在我的眾多官員、大臣和隱士的簽名之下，我要簽上一個輝煌的名字：莫利塔尼雅皇帝亞森一世！』」——這是合法擁有絕對權力的，憑藉強大意志和英勇鬥爭取得的

尊稱啊！」

佩雷納擲地有聲地喊出這段話，卻無半點炫耀。他知道自己做了多少事情，也知道這些事情多麼偉大，他難道不應該為此感到無比榮耀嗎？人們不會去評論他的話，他們只會像對瘋子一樣聳聳肩，或者沉默著回味其中重大的意義。

總監和總理沉默著，只是用眼神交流了內心的感受。他們不約而同地想：「這是一個怎樣的人啊！他做出了如此偉大的事情，帶領著神一般的軍隊，掌握了人類的神聖命運。」

「這是一個完美的結局，不是嗎，總理先生？」佩雷納接著說：「這就是我的作品和我的成就。威震四方的莫利塔尼雅的皇帝，拯救了法國的亞森一世就是我。亞森・羅蘋坐在至高無上的位置上，俯瞰大地蒼生。可是上天的神明嫉妒了我的榮耀，做出荒謬的決定，要把我這個國王放逐到平民百姓的舊世界裡。我只能成全他們了。安息吧，莫利塔尼雅死去的君主，你已經經歷過世事變換，經歷了人間的美好與殘酷。我很樂意簽訂這樣的合約，總理先生，我再次向你展示我的禮物。亞森一世已去，願法蘭西永在！

……現在勒瓦絲小姐處境危險，你深刻的明白只有我才能救她。我向你要求整整二十四小時來做成這件事。我要完全的自由。而我的整個帝國就是這次交易的成本。總理先生，你願意嗎？」

瓦靈戈萊滿臉笑容地回答：「你說呢，親愛的總監先生？我當然非常願意！這一切太不合天主教的教誨，可是又怎麼樣！巴黎應該慶賀，為獲得莫利塔尼雅這塊新鮮的血液而慶賀。」

佩雷納笑起來，那麼單純，彷彿得到了最偉大的勝利。他絲毫沒有考慮，自己已經失去了君主的皇冠；也沒有想過，他已經把自己編織的最神聖的世界送入地獄。

「你需要我的什麼做抵押，總理先生？我可以簽署條約，或者文件……」

「什麼都不用，先生。現在你自由了。快走吧！明天我們再詳談。」

佩雷納終於拿到了這張關鍵的許可證。他疾步向外走去，忽然又停下

來，說道：「還有件事，總理先生。我的一個兄弟，在投海之前我給他找了個活計，完全符合他的長處和特點。後來我沒有召他去非洲，因為我想說不定哪天他的工作能幫助我。他就是保安局隊長，瑪澤魯先生。」

「瑪澤魯隊長已經被揭發為亞森‧羅蘋的同謀。證據也被卡塞雷斯送來了。我們就把他一併投進了監獄。」

「瑪澤魯隊長他協助我，是因為我有臨時警務人員的身分，而這個身分是總監先生賦予我的，我幾乎都是由總監領導。瑪澤魯是個忠誠的警察，無論我做了什麼違法的事情，他都堅決地阻止我，甚至在接到命令後毫不猶豫的逮捕我。總理先生，我希望你放了他。在這個問題上，你的同意一定是非常正確的。因為我希望你能秘密任命他為殖民地總監，讓他去摩洛哥南部為你效勞。」

「那就這樣吧！」瓦靈戈萊笑得更開心了。

「總監先生，人一旦違法，就不認得路了。但要想達到目的，就必須不擇手段。我們都知道，那個歹徒現在只想把整件慘劇結束。而我在今晚就能辦好這件事。」

「我相信你。警察已經部署好了。」

「他們只是在跟蹤，總理先生。」佩雷納說，「他們每到一個地方都要向當地居民盤查線索，還要詢問汽車的路線。可這種方式是最浪費時間的。我就不會這麼做，捉拿凶手必須直截了當。」

「有什麼辦法？」

「這是秘密，總理先生。我只請求得到總監許可，給予我偵破案件的全部權力和自由。」

「好。你還要什麼？」

「這張法國地圖和兩支左輪手槍。」

「都會給你。你要多少錢？」

「謝謝你，總理先生。錢就不用了，我身上有。」

「我就跟你去一趟看守所。」總監說，「你的錢包應該被搜走了。」

佩雷納微笑起來：「不用，總監先生。那些不要緊的東西就不用帶了，

我的錢可沒被搜走。」他抬起左腿，雙手在鞋跟上轉了一下，只聽「咔嚓」一聲，一個藏在雙層鞋底之間的東西就彈了出來，像個抽屜。裡面放著兩疊鈔票，還有一些諸如錶的發條、幾枚藥丸、螺旋鑽的小東西。

「這些可是我生存、逃跑，甚至自殺的必需物品。後會有期啦，總理先生。」

佩雷納和總監走出來，總監先生吩咐那些警察不准再妨礙他。

佩雷納自由了！這件讓人難以置信的事就成功了！沒到一小時的談話，他贏得了發起最後戰鬥的權力。警車已經在外面等了。

上車後，佩雷納問：「總監先生，副局長維貝報告追蹤的線索了嗎？」

「他半夜的時候從凡爾賽打來電話，說歹徒上了一輛彗星公司出產的橘黃色汽車。司機坐在左邊，戴一頂灰布黑皮的鴨舌帽。」

「好！把車開到最快，我們去伊西萊穆利諾！」佩雷納喊道。

帕西……塞納河……汽車才用了十分鐘，就開到伊西萊穆利諾機場。風很大，所以飛機都在機庫裡停著。佩雷納直奔飛機庫。他看到門上寫著人名，就低聲叫著：「達瓦內！快出來。」

機庫門打開了。他看到一些機械師在整修一架單翼機，而另一邊，一個長著長臉的矮胖的男人在一旁抽菸，他的臉紅紅的，不知道是本能還是喝了酒。矮胖子就是達瓦內。

佩雷納把他拖到一旁。他從報紙上瞭解到達瓦內是非常有名的飛行員。佩雷納攤開法國地圖，直截了當地說道：「先生，有個匪徒正駕車向南特逃竄。他擄走了我的愛人，我要去救她。歹徒從半夜開始逃竄，……現在是上午九點。如果是普通的計程車，司機不急，只以中速行駛。算上停車的時間，差不多每小時跑三十公里。半天後就是中午，他已經走了三百六十公里，就會到達這裡，昂熱與南特中間的某地……」

「德里夫橋。」紅臉男人安靜地聽著，認可了他。

「好。那如果早上九點的時候，一架飛機從伊西萊穆利諾起飛，以每小時一百二十公里的速度經過三小時，中途不停。那麼中午十分，飛機也剛好也到達德里夫橋。到時就會與汽車相遇了，是嗎？」

「完全正確。」

「很好，我們達成一致就方便多了。你的飛機可以載我嗎？」

「可以。」

「馬上起飛。」

「不行。我沒有證件。」

「這位是警察總監先生，他跟總理一致同意你載我飛行。請你放心，他會負責的。還有什麼問題？」

「你是誰？我不是隨便人都載的。」

「亞森・羅蘋！」

「天哪！」達瓦內吃驚地叫道。

「正是在下。從報紙上你應該會瞭解事情的大部分經過。我說的愛人就是佛羅若絲・勒瓦絲。我要救她。開個價吧！」

「我不收錢。」

「那怎麼好意思……」

「沒什麼，只要是我感興趣的事……而且它為我做了廣告。」

「那好，可是你到明天都不可以講話。這裡有兩萬法郎，我買下你講話的權利。」

十分鐘後，佩雷納穿著完畢，坐在飛機裡。飛機開動了，為避開氣流，它升到八百公尺的高空。飛機在塞納河上空拐彎後，直直地衝向法國西部。凡爾賽……曼特農……沙特爾……

這是佩雷納第一次坐飛機。當法國飛機在空中戰鬥的時候，他正作為外籍軍團的戰士跟撒哈拉沙漠做鬥爭。他這樣的人，激動於任何新鮮的感受，可任何感覺都比不上乘坐飛機在藍天馳騁，那可是第一次離開地面時，神仙般的快活感覺。可是現在，他半點都沒感到興奮。他高度緊張，集中全身精力凝望大地。他想：「那輛汽車現在還沒露面，不著急，它一定會出現的。」

他的眼睛俯瞰遼闊的大地，在地面一片片挪動的東西和廣闊的天空中搜尋。在翅翼和馬達「隆隆」的喧鬧聲裡，他的耳朵專注地聆聽，希望聽到那

輛汽車的馬達聲。這真是正在捕獵的獵人那彪悍強勢的反應！他就像猛獸一樣瞄準獵物，他非常有信心抓住那害怕得四處奔逃的小羊！

諾讓—勒洛特魯……拉費爾泰—貝爾納……勒芒斯……兩人都沒說話。達瓦內在前面開飛機。佩雷納向前看時，正合適看到粗壯的脖子和寬闊的肩背。他微微低頭，看見腳下朵朵的白雲和白色帶子似的交錯的公路。現在他全部的精力都彙聚在公路上。公路在城市和城市之間連接，在村莊和村莊之間連接。有時，它扭著彎，還經常被教堂或者湖泊截斷；有時，它又像被拉伸一般筆直筆直的。

他想著，微微一笑：「那惡魔就劫持著佛羅若絲，在公路上奔馳，離他越來越近！橘黃色的汽車肯定加足了馬力，不斷堅持著向前行駛。他們越過山谷又經過平原，越過森林又駛過田野，經過一段路又一段路。接著，他們還要通過昂熱，跟他在德里夫橋相遇。在公路的一端，是沒人去過的目的地南特。輪船已經在聖納澤爾準備好，隨時可以出發……凶手將被抓獲……」

佩雷納笑得更開心了，彷彿已經看見了勝利——自己的，和別人的。這種勝利是飛行超越了步行、是鷹隼捕到了獵物。他太自信，自信到認為事實就在腦中；他的感覺那麼強烈，強烈到認為敵人不敢違背。他絲毫沒有想過惡魔可能在其他路上逃跑。在他腦中，汽車一定會以每小時三十公里的中速，行使在去南特的路上。而飛機是每小時一百二十公里的速度……他們一定會在中午準時相遇在確定的位置——德里夫橋。

目力所及，他發現已經到達了昂熱城——一座大城堡，一些尖頂，幾棟塔樓和一大片房屋。

佩雷納問：「幾點了？」

達瓦內回答：「十一點五十。」

飛機很快就飛過昂熱城。佩雷納的腳下又恢復了色彩華麗的原野。原野中穿過一條公路。一輛黃色小汽車行駛在公路上。

「黃汽車！魔鬼的坐騎！佛羅若絲在上面！」佩雷納開心地想，卻並不驚訝。他早就料到了這一點，不是嗎？

「就是它？」達瓦內回過頭喊道。

「對。現在俯衝。」

飛機劃過藍天，急速撲向汽車，很快就趕上了。達瓦內飛行在兩百公尺的空中，減低速度，與汽車保持了一點距離。汽車是彗星公司的產品，就是他們要追蹤的那輛。他們看清了車裡的狀況：司機坐在左邊的駕駛位上，頭頂戴著灰布黑沿鴨舌帽。他們一直保持著相同的距離飛了好遠。

佩雷納心想：「終於追上了！佛羅若絲和歹徒都在車裡吧！」

達瓦內在等佩雷納的指示，可是他品味著自己如此強大的能力，久久沒有反應。這種感覺格外強烈，裡面混雜著各種感情，有自尊，也有仇恨和殘忍。馬上就要抓到敵人了，他的手微微發抖，心情十分激動。他此時宛如犀利翱翔的鷹隼，從牢籠中逃脫出來，展翅高飛，終於要捕獲獵物啦！

他坐直身子，開始指揮：「不要太近，否則他一槍就會幹掉我們。」忽然，他發現一公里遠處有一個很寬闊的三叉路口。三條大路間，鋪著三角形的草坪。附近是茫茫的田野。

紅臉男人問：「要降落嗎？」

「快降！」佩雷納喊道。

飛機就像被某種巨大的力量使勁推了一把，如子彈般射向目標。它向汽車上方一百公尺的高空俯衝，又忽然穩住了自己。達瓦內瞄準地點，靈活地把飛機降落在草地上，十分平穩，沒有碰到任何樹木和莊稼。

黃色的汽車迎面開來。佩雷納跳下飛機，向汽車奔去。快相遇了，他叉腿站在路中間，雙手各持一槍，對準車子喊道：「停下，不然就殺了你！」汽車「吱」地一聲停下，司機大為驚恐。佩雷納立刻就跑到車門前，在看清車裡只有司機之後，他氣得朝玻璃開了一槍。

八、凶手的陷阱

佩雷納一想到勝利就在眼前，就難以抑制地亢奮和激動。他全身心地在戰鬥，已經顧不上什麼屈辱、暴怒了，焦慮和失望也影響不到他。他現在最需要的就是理清線索，弄明白狀況，然後馬上行動起來。其他的事不過是點小屏障，總會衝過去打破它的。

農民們被飛機的聲音吸引了，正慢慢聚攏過來。司機兩眼放空地望著他們，已經被佩雷納的舉動嚇呆了。佩雷納一把拽過司機的衣領，槍口對準他的太陽穴。

「你都知道什麼，快說！不然就殺了你！」

司機哆嗦著不斷地求饒。

佩雷納喝斥道：「你在看什麼？他們？就算來了也晚了！別求饒！沒人能救你，救你的就只有實話。快說，昨晚在凡爾賽，是不是有個男人下了巴黎過來的計程車，又坐到你車上？」

「對。」

「跟一個女人一起？」

「對。」

「他讓你去南特，但是半路又變卦，就下車了？」

「對。」

「他們在哪兒下的車？」

「還沒到芒斯他們就下車了。右邊是一條不太寬的路，往裡走，不到兩百公尺就能看見個棚子，應該是個車庫。」

「你去南特做什麼？」

「我沒事，他給我錢讓我從南特接一個人到巴黎。」

「給了多少錢？」

「兩千法郎。接到人以後，再給我三千。」

「你真信了？」

「當然不會當真呀。我知道他這麼做只是想迷惑跟蹤他的人，把那些人甩掉。不過反正有錢，開就開吧！」

「他們下車後，你就沒想過去看看他們到底在幹什麼？」

「沒有！」

「哼！快說！不說實話我就開槍了！」

「好吧好吧！我確實跟蹤他們，偷偷趴在一個有樹的土坡後面……我看見男人走進車庫，開出一輛小利穆齊納。女人不肯上車，他們就吵了起來。男人先哀求，後來就很凶的樣子……不過我確實沒聽見他們的話……女人看上去很累，男的看到那邊還有個水龍頭，就用杯子接了點水給她喝。後來……她就跟著男人上了車。他們就走了。」

「接水？你看見他往裡面放了什麼嗎？」佩雷納驚叫道。

司機對佩雷納的猜測有點吃驚，想了一會兒才說：「我覺得放了……我看見他從兜裡捏出點什麼……」

「那小姐不知道？」

「她怎麼會知道，她都沒注意。」

「那小姐是自己上的車？」

「是的，男人給她關上車門才回到座位。然後我就走了。」

佩雷納定了定神。不管怎樣，歹徒都不可能以那種方式草率地毒殺佛羅若絲。他沒必要這麼匆忙。那應該就是麻醉她，讓佛羅若絲辨不清方向，無法再抗拒而已。

他接著問：「他們去哪兒了？」

「我不知道。」

「這一路，那個小姐有沒有喊叫？他們有沒有感覺被跟蹤了？」

「她沒喊叫。不過那男的確實有點像害怕什麼，總是探著身子往後看。」

「你還能認出那個男人嗎？」

「肯定不能呀。昨天載他的時候在夜裡，今天早上他們又離我那麼遠，我只能看個大概。對啦，我昨晚看見他的時候，感覺他很壯實；可到了早上，像被切了半截似的，十分矮小。真是很奇怪，不知道是為什麼……」

佩雷納思索了片刻，覺得沒有什麼要問的了。

一輛馬車朝他們駛來，後面還有兩輛，往這邊聚攏的農民也快到了，他必須馬上離開。

「朋友，別出聲。你如果叫了就是在做傻事，今天的事你知道該怎麼說。說好了，這一千法郎都是你的了。你要是亂說話，我可就饒不了你……」

他走到達瓦內身邊，發現飛機停在那裡，快要擋住農民的路了，就問：「還能飛嗎？」

「請你指示。」

佩雷納坐到座位上，沒有再注意圍過來的人們。他看著地圖上密密麻麻的公路網，一想到歹徒可能帶佛羅若絲去到的各種藏身之處，心裡就十分著急。但他一會兒就冷靜下來，強迫自己不胡思亂想，甚至不想再思考了。他知道自己在關鍵時候總能爆發出的敏銳直覺，就不願依靠之前的追蹤和多餘的想法，只希望憑藉著這個直覺來忽然獲悉歹徒的動向。但他必須回答達瓦內——不僅要顧全顏面，還要讓達瓦內感覺逃犯的失蹤對他而言根本不是問題。

他凝視著地圖，用一隻手指著巴黎，另一隻手放在芒斯的位置。剛剛這麼做，真相就如閃電般劃過他的腦海。他甚至還沒去想為什麼歹徒會選擇巴黎——芒斯——昂熱的方向，就忽然有了結論。曾經的調查讓他即刻深入到案件的核心，他腦海裡出現了一個城市的名字：阿朗松！

他回答達瓦內：「我們現在去阿朗松。」

「好。那邊有田，請人幫忙推一下飛機吧，就更容易起飛了。」達瓦內

說著，檢查了一下馬達，一切正常。在佩雷納和幾個人的幫助下，飛機很快就準備好，隨時可以起飛。

這時，汽笛聲遠遠傳來，一輛大馬力的子彈形敞篷汽車如暴怒的猛獸般從遠處開來。汽車突地停了下來，三個人從車上跳下向黃色汽車的司機衝去。原來是副局長維貝和兩個警察，他們昨晚把他抓到看守所後，就直接被警察總監派來追擊歹徒。在盤問了司機之後，他們顯得很失望，就做著手勢要司機回答一些新問題；還一邊看著錶，查詢著地圖。

佩雷納認出了他們。他戴著飛行帽和飛行鏡向他們走去。因為臉被擋住了，維貝竟沒有認出他來。他故意變了聲調說話：「野獸跑了吧，維貝先生。」維貝驚訝地看了看他。

佩雷納嘲弄地說：「那混蛋就是一隻狡猾的老狐狸，又逃走了。你們應該查出他換了兩次車吧？也就知道他昨夜在凡爾賽換了這輛汽車以及汽車的特徵。可是你們不知道，他還沒到芒斯就又換了一次車……這次可就不知道去哪裡了。」

「這人太神通了。」維貝驚訝的瞪大了眼睛想到。他只在半夜兩點的時候給警署彙報了情況，這個人怎麼能知道？他問：「先生，你是……？」

「要跟警察談事情真是費勁呀，先生。你說我好不容易地跑來，你卻不知道我是誰。維貝，你真的不認識我了？你是故意的吧？我只能卸了妝讓你看看。」

他摘掉了眼鏡。

「你竟然是亞森・羅蘋！」

「哈哈！當然了！我費這麼大力氣，還不都是在替你幹活兒呢？拜拜！後會有期吧！」

怎麼可能！半天之前，是他親自押送亞森・羅蘋進了看守所。可是他怎麼能在這裡……現在……在自己面前晃著。這可是在距巴黎四百公里的地方呀！

佩雷納回到飛機上，很滿意地想：「終於給我機會反擊了。每句話我都說得那麼到位，最後還重擊了他一下，把他刺激到了。還要過三十秒他才反

應的過來呢，等著看吧！」

「東北方向。」佩雷納指揮道，「每小時一百五十公里。一萬法郎。」

幾分鐘後，飛機就升上天空。達瓦內說：「現在逆風。」

「再加五千！」他喊道。

錢不是問題，他現在唯一要做的事，就是趕往佛爾秘納。現在他洞悉了一切，連案件的起源都找到了。沒什麼事能阻止他，他也不容許這樣。他很奇怪，他是被什麼引導錯了方向？工程師的老朋友朗若拿極像是被謀殺的，可是他竟沒有想過去瞭解情況。更讓他奇怪的是，為什麼從沒想到倉庫的乾屍會與遺產謀殺案有關。這才是陰謀的關鍵。如果不是村民，不是村裡曾住過的人，究竟會是誰？誰會為了工程師的利益，去攔截寫給朗若拿的信件？

這樣一來就可以說通整個案件了。剛開始，歹徒殺死了朗若拿老爹，接著用同樣的手法殺害德戴旭納瑪那對夫妻。就像柯思莫先生、伏威爾工程師、瑪麗安娜和嘉斯冬‧索伏靈一樣，朗若拿被陰險地殺害了，德戴旭納瑪兩夫婦也不得不自殺，然後才被搬到倉庫。他都是在背地裡暗殺了他們，所以表面上根本看不出來。

凶手從佛爾秘納來到巴黎，與柯思莫‧穆寧敦和伏威爾工程師認識並策劃了陰謀，製造了一連串的慘案。現在他又要回去，而且肯定是回去了！

佩雷納這麼想是很有理由的：第一，他把佛羅若絲麻醉就是最可靠的證明，因為只有她昏迷，才無法辨認阿朗松和佛爾秘納的景色，才不能看出古堡——她和嘉斯冬‧索伏靈一塊兒在那裡調查過。第二，他假裝走芒斯—昂熱—南特這條路，只是為了給警方造成錯覺，因為他可以在半路自己開車回去。他轉個大彎，最多花上一兩個鐘頭就能從芒斯回去。第三個推斷的證據，就是凶徒把小利穆齊納裝滿汽油，停在城市郊外的車庫裡，隨時可以出發。這一切都顯示，凶徒多麼謹慎小心，不想被人看出他回老窩的意圖——在芒斯下車，接著開自己的車回到朗若拿先生遺棄的古堡。如此一來，他在上午十點就會帶著混混沌沌、不省人事的佛羅若絲‧勒瓦絲，到達佛爾秘納。

現在佩雷納面臨一個複雜卻又簡單的問題，一個讓他害怕的問題：佛羅

若絲・勒瓦絲會被如何處置？

「快點！再快點！」佩雷納大叫。自從他知道凶徒藏在哪裡之後，就清楚地看到了他的險惡用心，凶手發現自己正在被捉拿，已經無路可逃了。而曾經他能指望的佛羅若絲，在清楚地看到了真相後，是那麼痛恨和懼怕他。此時此刻，他除了殺人之外，已經沒有任何事可做了。

想到這裡，佩雷納憤怒了：「再快一點！快點！」佛羅若絲會死的！他可能還沒下手。對，他殺人也需要時間，所以應該還沒下手。他一定會對她進行誘導、威脅、恐嚇，甚至央求，上演一大堆難以描述的噁心戲碼。但佛羅若絲馬上就沒命了，他肯定要殺掉她的。因為佩雷納也愛她，所以他可以很敏銳地感到凶手的變態心理。那個愛她的男人將毫不猶豫地殺死佛羅若絲。那種愛情只會有折磨和鮮血的結局，不會幸福的。

薩布萊……西爾勒吉月莫……一座座城市、一片片房屋模糊得一閃而過，一塊塊土地被飛快地向後甩去。阿朗松到了。

他們降落在城市與佛爾秘納村之間的一塊草場上，一共沒用上一個半小時。佩雷納打聽到很多車都開向佛爾秘納，其中確實有輛小利穆齊納。一個男人把車開進了一條岔道——朗若拿先生莊園後的那片樹林就是這條岔道的盡頭。

最後的戰鬥開始了。

佩雷納跟達瓦內道了別，又幫他推動飛機離開。他十分自信，像他這樣的人，根本不需要飛機，不需要任何人的幫助。他沿著土路上的車輪痕跡跑去。他有些奇怪，這條路並沒有靠近倉庫後面的圍牆——幾個星期前他從上面跳下來過。樹林後面是一塊開闊的土地，已經荒蕪了。他在這裡轉了彎，發現前面就是莊園。原來這條路一直通向有兩扇門板的舊門前。為了使門更耐用，門上還安裝了很多鐵板鐵棍。

車輪印通向裡面。佩雷納打量了四周，圍牆很高，但只能從圍牆進去了。

他想了想：「為了不浪費時間，缺口或者靠牆的樹是必須的。不管怎麼樣，我要進去，要馬上進去。」他把達瓦內借給他的刀插在石縫裡，一點點

扒著粗糙不平的牆面爬上去，竟然很輕易地就翻了進去。真是個小奇蹟，他自己都說不清楚為什麼會這麼容易。

進到院裡，他根據車輪留下的痕跡，發現汽車向花園裡他沒探索過的區域開走了。那邊坑坑窪窪，大片大片的常春藤覆蓋在廢墟上；許多坍塌的建築物堆在那裡，還有一個個小土包。一排排月桂和黃楊生長在開著大朵大朵野花的茂密的植物叢中，在蕁麻和荊棘叢中，在當歸、纈草、洋地黃、毒芹、毒魚草叢中。整個花園都荒廢了，但這部分卻更加破敗。

忽然，佩雷納在一條林蔭小路的轉角發現了那輛小車，它被停在或者說是藏在一個不明顯的角落。車門大開，可以看到裡面亂七八糟的：一塊玻璃被打碎，一個坐墊掉到地上，地毯搭在踏板上。佩雷納猜測，那混蛋可能想趁佛羅若絲昏迷時把她綁住，然後把她拉出汽車。可是姑娘死死摳住能碰到的東西不放。是的，佛羅若絲曾拼命掙扎過。

他的猜測立刻被證實了，因為當他走在通向小山包小徑上時，他發現路的兩邊長滿了野草，而沿途的野草都有被磨過痕跡。「他竟然一路拖著她！這個魔鬼！太可惡了！」他想。

如果不夠理智，他現在就會不顧一切地去救佛羅若絲；可是他很清醒，知道自己應該幹什麼，不應該幹什麼。所以他忍住了，沒有莽撞行事。他深刻地明白，那隻野獸會察覺到一點點異常，那時他就會殺死佛羅若絲。

為了救出她，佩雷納必須趁其不備，突然出擊，徹底地打倒他。所以他穩住自己，十分謹慎地、悄無聲息地往山包上走。

很明顯，這裡是曾經封建城堡的舊址，現在的莊園沿用了古堡的名字。小徑穿過了在一堆堆石頭，一片片殘磚斷瓦以及一叢叢的灌木。灌木叢中生長著高大的櫟樹和山毛櫸。邪惡的魔鬼就在這快到山頂的地方做了個窩。但他沒在這停下，因為草上仍有被摩擦的痕跡。

佩雷納甚至在草叢裡發現了一枚戒指，他經常見到勒瓦絲小姐把它戴在手上。這枚小巧而簡單的戒指是一個小金箍，兩顆小珍珠鑲在上面。它在草上閃閃發亮。佩雷納的注意力馬上就被一點異常吸引了，他發現戒指上有一根草莖繞了三圈，就像一根絲線來回穿插一樣。他開始思考：「這是多麼明

顯的信號。佛羅若絲雖然被綁著，可是手指還能動。她就是用這個做為記號讓我尋找。很可能是歹徒在這裡停頓過。」

這讓他看到佛羅若絲仍然心存希望，還在等待救援。佩雷納心裡暖暖的，特別是想到，她心中的希望可能就是他自己的時候。

他繼續走，發現歹徒在往上不到五十公尺的地方又停了停。這說明歹徒有點體力不支了。

一朵西洋紅被撕碎了，地上有個用石頭畫的叉，泥土裡有五個指印。這些都是信號。有了這些信號，佩雷納很容易就能找到他們。

馬上就到山頂了。崩落的石頭一堆堆散落在路上，成為前行的障礙。山坡也更陡。左邊是一堵帶壁爐台的牆。右邊矗立著一座小教堂，教堂已經破敗，只殘留了兩座連著拱廊的哥德式尖頂。蔚藍的天空凸顯出它們峭立的側影。

佩雷納又往上走了二十步，聽到一陣響聲，就停下來仔細聽。聲音又響起來，竟是一陣笑聲。那笑聲如同從地獄傳來一般，淒厲刺耳，充滿邪惡，令人驚悚。這是瘋子的笑聲，喪心病狂的笑聲……笑聲過後就是一陣寂靜……不久，另一種聲音響起，「啪、啪、啪」像在用工具拍打土堆……又是寂靜……佩雷納估算出聲源在一百公尺以外。

三級台階在泥土坡上疊起來，他已經到了小路的盡頭。台階頂上是一塊同樣散落著殘磚斷瓦的大平台。平台中間，一排高大的月桂樹朝向台階圍成了半圓形。那排月桂樹排列緊密，從正面看是進不去的。通向月桂樹的草地上有幾行清晰的拖痕。佩雷納十分驚訝，卻仍然循著痕跡往前走。他發現這排樹本來是從中間被隔開，時間久了又沒人打理，樹枝就長成一個小屏障。歹徒就是從這裡進去的，他也要這麼過去。他輕易地分開了樹枝。這一切都指引著佩雷納：歹徒已經到達目的地，就在前面謀劃罪惡。

一聲冷笑傳來，彷彿那個人就在耳邊吹氣，佩雷納心裡緊了一下。難道是歹徒在嘲笑他的到來嗎？可怖的笑聲讓他想到了先前收到的恐嚇信，信上的紅墨水是那麼耀眼。信的內容在他腦中浮現，殺機重重，十分駭人：

你還來得及，亞森・羅蘋。趕快放棄戰鬥，否則你只有死路一條。你以為已經達到目的，你想要伸手抓我，你以為已經勝利的時候，就是你要落入深淵了。

陷阱準備就緒，死亡地點已經選好。亞森・羅蘋，小心點！

佩雷納心中一顫。可是他這種人，怎麼可能因為害怕而退縮呢？他雙手分開樹枝，悄無聲息地開出一條路。最後一層了。他俯下身，先撥開了幾片葉子，想觀望一番。

佛羅若絲！他心中十分欣慰，因為她還活著。佛羅若絲還沒死！他來了，那她就不會死了。這是絕對的事情，不可能被改變。佛羅若絲就絕不會死！

他開始觀察周圍的情況。只見眼前三十公尺遠的地方佛羅若絲被用繩子牢牢地綁住，一個人躺在那裡。上面，坍落的石頭和原本的峭岩胡亂地堆著搭著，被黏土塑著形，由環環相扣的根鬚連在一起，在眼前的深處形成一個淺淺的洞穴。光從縫隙中透過，很容易看出地面鋪了幾條石頭。佛羅若絲・勒瓦絲就躺在這洞穴裡。

後面，月桂樹牆向裡面彎曲，像古羅馬角鬥場似的繞了一圈。樑柱、柱頭、一段段拱圈和拱門倒在從前修剪成錐形的紫杉之間。這些東西堆放著，顯然是為了點綴城堡廢棄的主塔周圍曾經美麗的花園。花園中間，一塊圓盤連著兩條小路。其中一條上面留著踩踏過的痕跡，也就是佩雷納面前的這條。另一條通向灌木籬笆兩邊，中間被橫著的小路截斷。

整個場景看上去，彷彿有人把洞穴作為祭壇，準備在月桂樹影環抱的這座圓形檯子上舉行古老的儀式，而佛羅若絲・勒瓦絲就是準備好的祭品。

雖然隔得不近，但佩雷納還是看見她慘白的臉，看清了她身上的每一個細節。她的臉上因為恐懼和著急而發抖，卻依然充滿希望，努力地保持冷靜，等待著救援。她看來還在等待奇蹟的出現，並沒有絕望。她可能是想著喊叫是沒用的，還不如留點暗號有用。所以她的嘴雖然沒被堵上，卻沒有喊救命。她知道，一旦她叫了，就會馬上被堵住嘴巴。

佩雷納十分驚奇地感到，勒瓦絲的眼睛緊緊地盯著他現在的位置。難道她知道他會救她？難道她感覺到他已經在這裡了？他猛地拔出手槍，抬手瞄準。忽然，在離姑娘不遠處的灌木叢裡鑽出了一個人。灌木叢在兩座峭岩之間有個低矮的出口，他弓著腰，將兩條長長的手臂拖到地上，頭低著，走向佛羅若絲。這個人肯定就是凶手了。

果然，他嘲笑地說：「沒人來救你嗎？怎麼你還在這？你難道不知道，你就要死了嗎？趕快叫他呀！」他的聲音是那樣彆扭、刺耳，難聽極了，讓佩雷納渾身不舒服。

佩雷納緊緊盯著他，握緊了手槍，隨時準備殺了他。

「親愛的佛羅若絲，五分鐘後你就死定了。」劊子手繼續笑，「希望他快點來吧！你知道我幹活時很有規矩的吧？」

他彎下腰，從地上拾起一根木棍作為拐杖，用左臂拄著它，圍著祭台開始走。他似乎已經完全沒有了力氣，走路時彎起腰，停下來的時候連站著都費勁。可是他走了幾步，忽然就挺起腰變得高大，真不知是怎麼回事。如此一來，拐杖也變成了手杖。他邊走邊仔細地觀察。佩雷納盯著他，但沒看出他的意圖。不久，他又變矮小了。他的腿軟下來，好像支撐不住一樣，開始跌跌撞撞地走路。

佩雷納這下明白了，汽車司機見到的就是這兩副模樣，所以才說不出他體型到底是什麼樣的。

真讓人驚訝，凶手竟是個殘疾人。他很瘦弱，明顯的營養不良，還患有運動性障礙。佩雷納也看見了他的臉，就是一張患了肺結核的臉：面色慘白，額頭陷下去一塊，顴骨高高的，身上裸露出羊皮紙一樣的皮膚。

他觀察一圈後回到佛羅若絲身邊，拿出一條薄綢子，彎腰說道：「佛羅若絲，我要把你的嘴堵上。放心吧，不會疼的。我知道你很乖，不喊不鬧的。可是為防萬一，我們還是要提高警惕，你說是嗎？」

他用綢子包住她的嘴，俯在她耳邊說了些悄悄話，還夾雜著令人驚悚的奸笑聲。

佩雷納很擔心，歹徒會不會忽然動手把佛羅若絲毒死。他感到時候到

了，但他相信自己的反應速度，就舉起槍瞄準，還一邊觀望。他想：「那混蛋說了什麼話？提出了什麼卑鄙的要求？他想幹什麼？要怎樣才能讓他放了佛羅若絲呢？」

「你這個蠢女人，」凶手忽然往後一退，暴怒地吼道，「愚蠢地跟我回來，任我擺布，你還在期盼什麼？我已經沒有任何顧忌了，你還不明白你要死了嗎？難道你還認為我愛你嗎？難道你希望我改變主意？你錯了！哈哈！我對你就像扔一顆蘋果，根本就不會管你的死活！你對我而言沒有任何價值……你難道認為我殘疾了就沒有力氣殺你？佛羅若絲，我怎麼會殺人？我從不殺人。所以我也不會殺你！讓我殺人，我會害怕，會發抖的……我太膽小，也殺不了人。佛羅若絲，我不會碰你一下，不會。不久……你自己看看就會明白了，哈哈……我只是設置好它們而已……這種事我能做……而且做起來不會害怕呢，佛羅若絲。你看著吧……」他用兩手攀住樹的枝幹，爬到洞穴右邊的幾層石塊上跪下，用手裡的一把小鎬頭在第一堆石頭上砸了三下。石子瓦礫紛紛落下來，砸在佛羅若絲身上。

佩雷納一下看清了，那洞穴上的礫石麻石都是胡亂堆起來黏起來的，只要在最上面輕輕一敲，就會全砸下來。佛羅若絲會被砸死的。現在最重要的不是消滅凶手，而是趕快救出佛羅若絲。於是佩雷納大喊一聲，從樹後跳了出來，向佛羅若絲跑去。他只用了兩三秒，就跑到一半。忽然一個想法從他腦中閃過，他發現草地上腳印並沒有經過花園中間的圓盤，而是繞行的。「怎麼回事？」他戒備的本能提出了疑問，可是他卻來不及思考。佩雷納沒有理會痕跡，繼續直直地跑向心愛的女人。

突然，他感到身子懸了空，腳下帶草的地皮裂開了，土地崩塌了。一瞬間，他就垂直地往下落。他向洞裡墜落，那其實是一口井，井欄被拆除了，井口不到兩公尺寬。因為他跑得飛快，慣性把他帶到了對面的井壁，所以現在他拽住了一些植物，還可以用胳膊扒住井沿。在這種情況下，憑藉兩隻手腕，他也可能爬上來，因為他力氣很大。但是歹徒立刻轉身，沒有給他任何喘息的機會，就向他奔來。

在離他只有十步遠的地方歹徒停下來，舉槍對著他喊道：「別動，否則

就開槍了！」

　　他和歹徒對視了幾秒，看到歹徒的眼裡充滿瘋狂，十分病態。佩雷納一點辦法都沒有，只能聽話，不然就真得挨槍子了。

　　歹徒盯著佩雷納，怕他做一點動作；然後慢慢挪到井沿上蹲著，仍然用槍指著他。

　　「哈哈！你掉進去了！亞森・羅蘋！亞森・羅蘋！」忽然間，歹徒嘴裡再次爆發出猙獰的笑聲，「我已經跟你清楚地說過了！亞森・羅蘋！可是你怎麼會這麼蠢！還記得紅墨水的信嗎？『陷阱準備就緒，死亡地點已經選好。亞森・羅蘋，小心點！』你怎麼就是不聽呢？對啦，你怎麼沒在牢裡呢？真見鬼！又被你混過去了……多虧我早就把陷阱布置好，採取了預防措施。我就說，『所有警察都會來找我。可是真正能抓到我的就只有亞森・羅蘋。所以，我用身體在草上拖過的痕跡告訴他路線，指引他。還在這裡那裡都留了記號：先用草莖纏在賤人的戒指上，再撕碎些花瓣，然後畫上一個叉，之後按上五指印』……怎麼樣，我想得周全吧？我就是故意要把你直直地引到了井口，讓你掉下去的。你肯定覺得我十分愚蠢，竟讓佛羅若絲鑽了空子吧？這可是我為防萬一，上個月才鋪上的。

　　哈哈！我的喜好就在於用別人的意願和能力來甩掉別人，那意願會跟你好好合作的，就像好夥伴一樣。你想想吧，以我的方式，陷阱肯定準備得很完美……明白了吧？吊死或者注射毒藥……是他們自己下的手，不是我。除非他們願意跟亞森・羅蘋一樣死在井裡……哈哈，瞧你這倒楣樣！看看你自己吧，你已經落入了多麼悲慘的境地……佛羅若絲，快看看你愛人的臉吧！」

　　他看著佛羅若絲，用手指著佩雷納，突然大笑起來。整張臉都扭曲猙獰了，他伸直的手臂亂顫不已，兩條腿搖搖晃晃，像用線吊著的木偶。他對面的羅蘋已經明顯地沒有力氣了，他的手指原先是揪著草根的，現在則緊緊地摳著井壁的石頭。他的努力越來越無濟於事，也越來越沒有成功的可能。他的身子在一點點沒入井中。

　　凶手斷斷續續地說，激動得聲音都變了調：「哈哈！他要死啦！哈

哈……我很抑鬱，專門跟死神溝通，可是個從沒笑過的人，從沒笑過……但現在我發現，笑原來這麼美妙……哈哈！佛羅若絲，你見過我笑嗎？本來現在我也不笑的，可是太好笑了！亞森·羅蘋在井裡，在深淵上方拼命掙扎；佛羅若絲在洞裡，已經在石堆下殘喘。太動人了……你這個老實的大好人，現代的唐吉訶德，亞森·羅蘋，算了吧，為什麼要這樣白費力氣，苦苦掙扎？你還會害怕死亡？你只是沒留神掉進了深井……井已經乾了，我扔了石頭，只能聽見「彭」的聲音，要不你可以玩玩水……哈！別這樣，快掉下去吧……剛才我點燃一張紙往下扔，沒到一半就黑了……去死吧，不要怕，就一瞬間……我好冷啊！你快決定吧……嘿！羅蘋呀羅蘋，你也見過很多這種事了吧！可是你怎麼沒禮貌呢，連再見都不跟我說嗎？你竟然不感謝我，竟然還那麼愁眉苦臉的……你去死吧，亞森·羅蘋！」

　　說完這番話，歹徒興奮地等待著，等待死亡降臨到佩雷納頭上。他把整個事件都安排得非常精密，任何一個人的死亡都是他嚴格控制的，都在按照他的意志發展。

　　不一會兒，亞森·羅蘋的肩膀就落入井口，然後下巴也不見了，接著是他的嘴巴，那張臨死時抽搐著咧開的嘴。慢慢地，佩雷納無比驚恐的眼睛、寬大的額頭、頭髮都依次消失在井邊。整個頭也隨即沒入了井中。

　　此時只能看見一雙手還牢牢地扒著井口，努力堅持著不放。但很明顯這雙手已經精疲力盡了，它們也支撐不住了，一點點往下滑。開始時，手指堅持著，似乎還沒有死心，雖然下滑卻死死摳著尖石突兀的石壁，想要憑藉它們來復活已經落入井裡的身體，想要以一股超人的力量讓它們重返光明。可是漸漸地，它們也枯竭了。之後，再也看不見任何動作，聽不到任何聲響了。

　　凶手十分安靜地觀賞著這一切，心情十分激動，嘴邊露出了殘忍的微笑。他全身心地投入到佩雷納的死亡中，盡情享受這報仇的快意。

　　寂靜了幾秒鐘，歹徒忽然渾身一抖，卸下重擔般興奮地大喊：「撲通！彭！亞森·羅蘋就死了……哈哈！『彭』的一聲就完了……哈哈，我終於成功啦！」接著他又轉向佛羅若絲，上躥下跳地晃著大腿，醜惡而狂暴地扭起

來，就像抖著奇形怪狀的扇子。然後他走回井口，似乎還有點害怕，就只是遠遠地朝洞裡吐口水。接著他又開始唱歌跳舞，不知道是在罵人還是在為自己慶祝。

可是他並沒有因此而滿足，彷彿心中還有仇恨。他推動地上散落的一個頭像，滾到井邊推了下去。遠處有一些鏽跡斑斑的圓炮彈，五個、十個、十五個……他把它們也都推了下去。鐵陀接二連三地砸到井壁，轟隆地悶響，蕩出綿綿回音。

他身子站不穩，又覺得暈乎乎的，只能蹲下來。但他仍叫喊著：「亞森‧羅蘋，給你，都給你！這些都給你嘗嘗……你是傻子嗎？還真來抓我！你還敢阻攔我，想讓我得不到遺產……哼，你別怕餓，這保證你吃飽……再來一個……還要嗎？再來一個……哈哈，好好嘗嘗吧！」

說完這些，他已經快虛脫了，就跪在井邊。可是他仍用盡最後一絲力氣，斷斷續續地向著黑暗的井下大叫：「喂，等二十分鐘，那女人會去看你……朋友，不要馬上進地獄……你知道我很守時的……四點整，別忘了……四點鐘她就去跟你約會……哦！我忘了……遺產，你知道……哈哈！兩億法郎，都是我的了……我手續都已辦好了，你應該能猜到吧……稍等啊，你會知道，事情辦得有多妙……佛羅若絲會跟你解釋的……」

他無法再說下去了……他的頭髮裡和額頭上都鋪滿了汗水，最後幾個音符就是在喘息。他哀嚎著蜷在地上，病痛扭曲了他每一塊肌肉，他就像臨死的人在接受痛苦的折磨。他表情極為猙獰，把頭埋在手臂裡，身體顫慄不止，似乎每一根神經都失調了。他在地上躺了一陣。過了一會兒，他一隻手哆哆嗦嗦地摸著身上，好像被一種潛在的想法所控制。在哀嚎聲中，他總算從口袋裡掏出一瓶藥水，就慌忙放在唇上，灌下去兩三口。

似乎喝下去的就是精神和力量，他馬上就振作起來，嘴角泛起噁心的微笑，眼神也平靜了許多。他看著佛羅若絲，平靜地說：「現在我還死不了，肯定有空收拾你。親愛的，你別高興的太早了。我以後再也不用費盡心力去策劃，去鬥爭，再也沒煩惱了……哈哈，兩億呢，肯定會瀟灑地生活了！生活舒適輕鬆！日子平靜極了！是不是？當然是了，哈哈！哈哈！」

九、姑娘的心意

　　第二件慘案要發生了。這個凶殘的惡魔一點同情心都沒有，一個接一個地殺人，好像是在宰殺畜生。在殺死唐路易‧佩雷納後，他也要準備殺死佛羅若絲了。

　　他仍沒什麼力氣，慢吞吞地向佛羅若絲走去。

　　他點燃從金屬盒裡拿出的一根菸，面目猙獰地說：「這支菸燃盡了，你的死期就到了。佛羅若絲，這是你這輩子的最後幾分鐘了，你還能想些什麼？好好看著這支菸，幾分鐘後它們就灰飛煙滅了。你就死啦！你一定要知道，你馬上就死啦，哈哈！以往所有的園主，尤其是朗若拿，都認為用不了多久那堆突兀的礫石岩石就會塌掉了。我好幾年前就知道它會有用，所以堅持不懈地使它被雨水沖蝕，使它加速風化。可是它怎麼還沒坍呢，怎麼能這麼穩固呢，真讓我難以理解……不過，我還是知道為什麼的。剛才我砸的那幾下只是個警告，如果我找準了位置在別處挖挖，只要把兩大堆石頭中間卡住的一塊磚弄掉，整個洞頂就會飛瀉而下。聽著，就是那塊偶然嵌進去的磚頭保證了洞穴至今還很完整。如果我挖掉那塊磚，哈哈，你就死啦！被砸死的！」

　　他深深地吸了幾口氣，接著說：「石頭砸下來，要麼整個壓住你，只把你埋進去一部分——如果這樣，我就要把你身上的繩子弄斷，然後毀掉它；要麼叫別人見不到你的屍體——如果還能有人記著要到這兒來找你的話。你一定要明白你的結局是什麼，佛羅若絲。無論怎樣，警察所得到的結論都只能是一個：佛羅若絲在擺脫追捕時躲進了一個石洞，被砸死了。洞內的石

頭因為時間太久，風化嚴重。警察頂多為你這倒楣女人哀悼一下，就把你忘了。

而我呢……我的愛人死了，我的計畫都完成了。我要去扶起那些倒著的草，消除我來過這裡的所有痕跡，再收拾好行李趕緊走。我得假死一陣避避風頭。然後呢？然後我就……哈哈，我就要去繼承遺產啦。」

他抽著菸，奸笑著繼續講：「我為什麼能在你死後毫無疑問地繼承遺產，在亞森‧羅蘋來之前我已經解釋過。所以，你知道最棒的事是什麼？是我有權利去提要求，是我一定要把遺產拿到手！沒人認識我，所以人們不可能提出對我不利的任何證據，更別說還想控告我了。這個人看見的我是高個子，那個人說我是矮子。也許會有些跡象引發人們的懷疑和虛構的猜測，但這些只是人們說出來的，物證是絕不可能有的。

那些謀殺，不，應該是他們自殺……對，用自殺來解釋好一點……這一切的陰謀都是背地裡進行的。我跟你說，亞森‧羅蘋死了，佛羅若絲‧勒瓦絲死了，那些警察和法官都是廢物，再沒人可以證明我犯了罪。我會遇到點磨難，也許走在街上被人鄙視，遭人謾罵。就算他們把我抓起來，最後也只能放了我，不會怎麼樣的，可是我的錢到手了。

聽好了，亞森‧羅蘋和你都死了，這件事就結了。有這樣一大筆錢，很多上等人都等著跟我做朋友呢！除了夾在皮夾裡的幾份文件、小東西我還不捨得扔之外，什麼證據都沒了。不過在離開之前我也會把這些東西全部燒乾淨，連灰都扔到井裡去。否則，它們絕對會弄死我的。

我說了這麼多，佛羅若絲，你還在指望我會同情你，可憐你嗎？你還在期望有別人來救你嗎？別指望了，沒人知道我帶你來這，除了亞森‧羅蘋。可是他又死了。一切防備措施我都準備好了。佛羅若絲，你的死對我來說值兩億財產。現在輪到你決定了，我給你權力來決定事情的結局：要麼你願意義無反顧地去死——我會十分贊成的；要麼你接受我的愛……接受我……你只要用頭做個反應就行。告訴我，你接不接受。你若搖頭，就必死無疑；若點頭，我就放了你，帶你遠走高飛。一段時間之後，我會讓大家都承認你是清白的，然後我們就結婚。佛羅若絲，你覺得怎麼樣？」

殘疾人急切地想知道答案，所以壓制自己，沒有爆發出怒氣。他在石板上爬來爬去，又是威脅又是央求的，自己也十分矛盾。因為他的本性就是不斷殺人，所以他既希望佛羅若絲同意，又希望她拒絕自己。

「佛羅若絲，佛羅若絲……只要你一點頭，我就會相信你之前是一時的想不開。快同意吧！你願意的，佛羅若絲。快，回答我呀……你的回答是莊重可信的，因為你信守承諾……你快說啊！你究竟在想什麼……我憤怒起來會殺了你的……你看，佛羅若絲，菸已經燒完了，可是我扔了它……佛羅若絲，接受我吧，快回答呀！」

殘疾人已經等不及要聽到回答了，他彎下腰去推佛羅若絲。可突然他就發了瘋，大聲嚷嚷起來：「啊！你！賤女人！你竟然哭了……賤女人！你在哭什麼？你以為我不知道嗎？我都知道，我什麼都知道！你才不是因為怕死而哭的，你才不怕……你在為其他事情哭……你真以為我不知道？我不想說！不，不能說，不能！哼！佛羅若絲，你想死是嗎？賤女人！是你自己願意的……哭吧，哭吧！你這是找死……」

他邊嚷著邊開始準備工具，要砸死佛羅若絲。裝著證據的栗色皮夾掉到地上，他撿起來胡亂地塞到兜裡，然後又顫顫巍巍地把外套脫了扔到一邊。殘疾人緊握著鎬頭爬到石堆頂上，發瘋一般又開始嚷嚷：「佛羅若絲，如果你不死，我也拿不到錢……你不是想死嗎？那就去死吧……你根本不會接受我……哼！你就哭吧！別後悔，蠢女人！」

暴怒使他一下有了力氣，他很快就爬到洞穴的右上方，兩隻眼睛幾乎要滴出血來，模樣甚是恐怖。他爬到邊上，伸長了手，殘忍地把鎬尖插進那塊關鍵的磚頭下面，一下一下挖著。「彭」地一聲，磚頭彈了出去。

石堆轟然坍塌，整個洞穴被牢牢蓋住了。那殘廢雖然已經有所防備，可還是順著轟然塌下的石流滑倒，滾到了草地上。他十分驚恐地站了起來，大喊：「佛羅若絲！佛羅若絲！」

這場災難是他多麼精心而殘忍製造出來的，可對於結果他卻沒有任何心理準備。他彎著腰，張著惶恐不安的眼睛四處張望。他使勁看著石頭縫，卻看不見任何東西。他不顧一層厚厚的灰黏身上，在亂石堆周圍不斷爬行。

佛羅若絲跟他想的一樣，被完全埋在了亂石堆下面。

他眼神呆滯，慢慢地說：「看不見了……她死了……佛羅若絲死了！」他兩條腿慢慢彎下去，身子俯在地上，虛脫到無法動彈。這麼短的時間內他製造了塌方般的災難，連續殺了兩個人，又經歷了災難的可怕後果，現在他的愛和恨全都消失了。他已經被這一連串的事耗盡了所有能量。因為佛羅若絲死了，他不再愛了；也因為亞森·羅蘋死了，他也無人可恨。這個殘疾人彷彿已經失去了存活的目的。

他哆嗦著嘴唇兩次念出了佛羅若絲的名字。難道這個魔鬼也有了一絲良心？他是在懷念她嗎？還是在一連串殘忍殺戮要結束的時候，要用人名來表示每個階段？或者是在他感到了滋潤和享受，而發出滿足的聲音？但他流下了大顆的眼淚，再次呼喚著佛羅若絲。

他彷彿癱在地上一般動彈不得。好久之後他掏出藥瓶，猛吞幾口。恢復了力氣之後，他站起身開始進行離開前的工作。這時的他只是像機器人一樣活動，已經完全沒有了剛才的興奮勁兒，也喪失了殺人如遊戲一般刺激的感覺。

他撥開剛才藏身的灌木叢，鑽了回去。在灌木叢後面的兩株樹之間有一個破舊棚子，他進到裡面，來來回回地把裡面的工具搬到井邊。這些工具有鐵鍬、挫子、槍支等工具和武器，還有一捆捆鐵絲和繩索。他想等離開時把工具都扔下去。

然後他仔細地檢查每一塊石頭，以免剛才爬行的時候留下絲毫線索。這個也處理完畢，他又查看走過的草坪。他把擦過的草擺正，又小心地掃平踩上腳印的地面。通向井邊的小路還沒清理，因為那還有用。現在他的一切動作都是習慣——清楚該進行哪些步驟的犯罪習慣在起作用，而他本人已經完全沒有了意識。

這時一件小事似乎讓他清醒了點，就是他的腳邊忽然跌落了一隻受傷的小燕子。他一把撈起燕子，像搓廢紙一樣蹂躪著。看到雙手被鳥兒身上噴濺出來的鮮血染紅，他眼裡迸射出殘忍而痛快的光芒。他把鳥兒扔到荊棘叢上，忽的瞥見一縷金色的頭髮掛在上面。這讓他再次想起了佛羅若絲，就又

開始悲傷。

他折了兩根樹枝做成十字架，然後跪在塌陷的土堆前，把十字架插在一塊石頭前面。在他下跪時，一面小鏡子從口袋裡滑了出來，摔成幾瓣。他被這個現象嚇住了，似乎他感到有種無形的力量壓迫著他，開始全身發抖，驚恐地四處望著。他咕噥著：「我要走了……太可怕了！」

四點三十分。他穿好扔在灌木叢上的外衣。摸了下右邊的口袋，忽然露出震驚的表情。口袋裡藏著證據的栗色皮夾沒了。

「天哪！我就放在這裡，怎麼會沒了？」

他掏出上面和左邊的口袋，都沒有；然後又著急地把全身上下都摸了一遍，還是沒有。真是太詭異了。連之前裝在口袋裡的火柴盒、菸盒、記事本等其他東西也找不到了。

他嚇得臉上肌肉都扭曲在一起，一個恐怖的想法從腦子裡冒出來，他不停地嘀咕著：「這裡肯定還有別人，一定還有其他人！我肯定被他看見了……我殺了人，被他看見了……他就藏在這周圍，甚至就在這些破敗的建築裡面……天哪，他是不是聽見了我說的話，知道了我所有的計畫呢？是不是看見我殺了人，然後就偷走這些證據呢？」殘疾人知道，發現他犯罪的那個人一定在暗處盯著他，看到了別人都不知道的很多事情。他就如夜鳥被強光刺激到一般，他的臉上表現出了暗藏的陰謀家被人拆穿時的驚恐。

他不停地想：「這個人是偶然進到莊園裡的，還是為了抓捕他而跟蹤他的？這人在哪裡呢？是亞森‧羅蘋的同伴，警方的密探，還是佛羅若絲的朋友？這個敵人會不會只是要得到戰利品，而不是要攻擊他？」

突如其來的驚恐反而使他恢復了一些力氣。殘疾人凝神諦聽，注意著周圍的動靜，沒有再急於行動了。他感覺自己有很敏銳的注意力，一定能察覺到異常的情況。那些藏在亂石之間，月桂樹下面，或者灌木叢後的東西，哪怕是極模糊的影子，都逃不過他的眼睛。

左邊可能以前有堵牆，後來被填上了，現在牆頂就形成了一條磚鋪的小徑，蜿蜒在被彈出去的最遠的石塊和最前面的幾棵月桂樹之間。小徑直通放外衣的灌木叢，但上面沒有半點行走的痕跡。殘疾人沒有發現異常，就扶著

拐杖走上了小徑。拐杖頭可能黏著橡膠，所以落到地上一點聲音都沒有。他右手舉槍，食指放在扳機那裡，哪怕是本能的一點反應輕碰到扳機，子彈就會射殺敵人。

荊棘叢生，密密麻麻。他扒開月桂樹的最後幾根樹枝，繞著石堆的底層走了一段，又圍著巨石走了幾步。突然，他身子一震，差點向後仰去。手槍脫了手，拐杖摔在地上。

他看到的可能是生平最可怕的一幕。一個人站在對面不遠處，肩膀倚著一面峭岩，雙腳交叉，手斜插在兜裡……這個人已經死了，絕不可能復活。殘疾人十分肯定，它不是人！這是他的鬼魂現身，讓殘疾人感到十分恐怖。

凶徒頭腦發熱，不停地發抖，又要虛脫了。他心裡不停地禱告，充滿了恐懼；身體被震撼得連連後退。他瞪大眼睛看著這難以置信的一幕，多看一眼就多一份恐懼。可是他又沒辦法不去看他。這個死人。他的雙腿像被黏住似的無法反抗，竟不自覺地跪了下來。一小時前，他剛剛設計，用大石塊掩埋了他啊！

這分明就是亞森·羅蘋的鬼魂！如果是人，還可以開槍射擊，還能殺了他；可現在面對的是一個鬼魂，一個有著魔鬼力量的東西，平凡的人能怎麼辦呢？跟這種不存在的東西怎麼鬥爭？「它」根本就死不了呀！

他繼續看著這神奇的景象，一下子認出來「鬼魂」從兜裡拿出的菸盒，就是自己沒有找到的那個。「它」從裡面撿了支菸，又從火柴盒裡拿出火柴。凶手發現，那火柴盒也是自己的！剛才從衣服裡偷走東西的，肯定是這個鬼魂！

太可怕了！怎麼可能？火柴竟然被劃出了火花，菸頭上升起裊裊白煙，真正的煙。白煙緩緩飄來，凶手聞到了熟悉的味道。這真是可怕的折磨！他用手捂住臉，不想再看了。不管是自己的幻覺還是鬼魂、幻影，還是他的不安轉化出來的鏡像，他都不想再看見。

然後，他聽到了腳步聲，正向他走來。聲音越來越大……他感覺有什麼圍在他身邊，感到有一隻手伸過來緊緊地掐住了他的胳膊。緊接著，他竟然聽到了說話聲，那分明是亞森·羅蘋的真實嗓音！

「嘿，先生，你知道這是在哪裡嗎？我知道我忽然回來的確很奇怪，也不是時候。不過任何事情都是有限度的，有頭腦的人總會恰到好處地看待事物，會從它們的影響來推斷世界的命運，而不會從它們的結局來決定自己的命運。人類見過很多不可思議的事，比如約書亞拽住太陽，1755年的里斯本大地震……還有很多更令人震驚的災禍。所以，你的悲哀只是自己的事情，根本無法影響世界的狀態，這一點你必須明白。馬可奧雷爾的書上就是這麼說的，阿歇特版第八十四頁……」

的確，他不能再否認了：亞森・羅蘋沒有死！歹徒鼓足勇氣抬起頭，清楚地看到了事實。他設下圈套，讓他跌進深井，還像用鐵錘砸蟋蟀一樣扔下了石塊和鐵砧。但他竟然還活著！該如何解釋面前匪夷所思的現象？凶手一點都沒想過這個問題。對他而言，現在唯一想的就是亞森・羅蘋還活著！亞森・羅蘋跟活人一模一樣！他的嘴巴在說話，眼睛在轉。他在喘氣，在笑！天哪！亞森・羅蘋還活著！他竟然沒死！

的確，亞森・羅蘋真實的存在著。這個禽獸望著他，忽然燃起了對生活的巨大仇怨。他發了瘋，猛撲向地上，抓住了槍就扣動扳機。可還是遲了，佩雷納飛起一腳，槍打偏了；第二腳，槍被踢飛了出去。凶手氣得牙癢癢，馬上又在身上翻著口袋。

佩雷納拿出一支裡面裝滿了黃色液體的注射器對他說：「先生，你在找這個嗎？這可是致命的毒素。很抱歉我把它拿過來了，我這樣做只是怕你一不小心就打到自己身上了。真要那樣，我可不會原諒自己呢！」

凶徒不甘心地放下手。他見佩雷納沒有抓他的意思，就想趁機找點什麼砸佩雷納，就瞪著骨碌亂轉的小眼睛到處尋覓。忽然他彷彿想到了什麼，思考之後竟然高興起來，還發出了異常尖銳的笑聲。他大喊：「我知道你的弱點！哈哈！佛羅若絲！還有佛羅若絲！我沒有射中你，又沒能毒死你，可是我還有辦法來殺你，就是傷害你的心！佛羅若絲死了，也就等於你也快死了，不是嗎？沒有她你就會死，不是嗎？她一死，你就會上吊自殺，不是嗎？哈哈哈哈……

「是的，她如果死了，我也不會獨活。」佩雷納說。

歹徒聽後顯得十分興奮，跪在地上揮舞雙手，嘴裡還高興地喊：「她死了！我告訴你，她死了！聽見了嗎？那就是死亡！那比死亡還可怕呀！死了，至少還能有一陣完整的模樣。可她就太完美了，都沒留個全屍。整個石堆全壓在她身上！只有一灘骨渣肉泥！哈哈，該你了，快點發瘋吧！你看看！太悲慘了！哈哈！太可笑了。你要不要一捧石頭？亞森・羅蘋，我說過你們會在地獄門口遇見的。快去吧，你的愛人已經到了。你在猶豫？竟讓女人等你？你還講不講點古老的禮節了？亞森・羅蘋，佛羅若絲死了，快去吧！」

　　凶手在說的時候感到了真真正正地快樂著，彷彿對他而言只有死亡才是最美好的。

　　佩雷納十分平靜地點了點頭。他只說了一句：「太遺憾了。」

　　凶手驚呆了。無論是歡樂的笑聲，還是亢奮的動作都在一瞬間頓住了。他目瞪口呆地問：「什麼？你說什麼？」

　　佩雷納眨著眼睛，用很有禮貌又很恭敬的態度說：「親愛的先生，我從未見過比佛羅若絲還要神聖和令人尊敬的女士。她體態勻稱，又正值妙齡，十分優雅。你怎麼能這麼對她？她就是傑作，毀了她，是多麼可惜！所以，你要殺她，就是最大的錯事。」

　　凶手還是沒能理解為什麼佩雷納什麼事也沒有，繼續尖聲說道：「我再告訴你一次，佛羅若絲死了！她就死在那個洞裡，你聽清了嗎？她死了！」

　　佩雷納仍然沒有十分激動，他說：「我怎麼能相信？如果她死了，世界就會大變樣子。那時會烏雲漫天，哀傷遍地，大地披上喪衣，鳥兒停止歌唱。而現在一切如常，天空湛藍，鳥兒快活地蹦來跳去，殘廢人還是個殘廢。我這樣勇敢的人都死不了，佛羅若絲怎麼會死呢？」

　　長久的沉默蔓延開，兩個敵人面對面直視著對方的眼睛。佩雷納依然冷靜沉著，凶手卻十分慌張。雖然沒有說出真相，但殘疾人明白了，看清楚了事實。那就是：佛羅若絲・勒瓦絲沒死！無論從哪個角度去看這都是不可能的，可是佩雷納不也好好地復活了嗎？他不也是一點都沒受傷，連衣服都沒有被弄髒、撕破嗎？他現在不就活生生地站在這裡嗎？

凶手發現自己徹底失敗了。那個牢牢抓住自己的人本事強大，死神都被他擺脫了，鬥不過他；他竟然還從死神手裡搶回了心愛的人！凶手慢慢地挪動膝蓋，在磚砌的小路上向後退去。他從之前蓋住佛羅若絲的祭台前經過，卻不敢看一眼。他好像真的相信佛羅若絲還活著，從死神手裡爬了出來。佩雷納拿起一段繩子仔細地擺弄，並沒看他，好像一點也沒把他放在心上。

他繼續後退，繼續退。他盯著佩雷納，趁他沒注意，突然回身站起，邁動軟弱的雙腿跑向深井。

只有二十步遠，他跑過一半……馬上就到了……井口就在眼前。他縱身一躍，向井裡撲去。可神奇的是，他在地上滾了幾圈，竟猛地被向後拉住，兩隻手緊緊地綁在身上掙扎不開。

他沒死成。是佩雷納用套馬索一樣的繩子套住了他，把他拉回地上，捆了個結實。原來佩雷納一直暗暗地注意他，看他要跳井了就甩出了繩子。

凶手還在拼命掙扎，卻發現越動捆得越緊，而且皮膚火辣辣的。他終於放棄了掙扎。佩雷納扯著繩子走來，又綁上幾道。現在，歹徒嘴裡被堵著手巾，身上整個被捆住了。

一切都結束了。

佩雷納裝出十分禮貌的樣子說：「親愛的朋友，人總不認為對手比他們更有本事，總會輸在太過自信上。所以，當中了圈套以後，我用小臂扒著井沿，把身體和腳尖都貼在井壁上，怎麼可能會這麼輕易地就掉下去呢？我可是亞森・羅蘋，可是個偉大的冒險家呢！我必須救出佛羅若絲，也要救我自己。你離我那麼遠，讓我無法一步跨過去。當然，我也害怕你的手裡的槍。但你要知道，如果我稍微用點力氣還是能辦到的。我沒直接行動，只是因為後面有更棒的事要處理。

想聽嗎？你如果想知道，我就告訴你……告訴你吧，我的膝蓋和腳剛踢到井壁，它就碎了。我馬上就反應過來，這個地方是被一層薄土封住了的一條暗道口。我很走運吧？走運到可以扭轉局勢。我馬上就有了主意。我一面瞪大眼睛，齜牙咧嘴，表現得十分害怕，彷彿馬上就要掉下去了；一面又想辦法弄大暗道口，讓土塊悄無聲息地掉到井裡。當你看到我撐不住的臉在

你面前消失的時候，就是我藉著腰力和大膽，縱身跳到暗道的時候。我成功了！我不用死了！

暗道口正好開在跟你相反的方向，它本身黑乎乎的，沒有一點亮光，所以你也看不見我，你扔下的石頭鐵砣也根本碰不到我。之後我安靜地聽你喊叫和威脅，等待時機行動。就是你去對付佛羅若絲的時候，我正準備爬回地面，把你從背後撲倒……」

佩雷納像翻箱子一樣，把兇徒翻了個身，接著說：「在諾曼第，靠近塞納河的地方有一座古堡叫唐卡維爾。你有沒有去過？沒有吧？我告訴你！那裡廢棄的主塔外面有一口古井，當時很多井都有兩個口子，它也一樣。一個口在地上朝天開，一個口在下面的井壁上，通向塔裡的一個房間。在古堡中，第二個井口現在被柵門封閉了。而這口井，是用一層石灰土封死的。我記起那條通道，所以決定待在裡面。我沒有那麼著急出來，正是因為你好心地告訴我，在四點之前，佛羅若絲不會有事的。

我開始觀察這個暗道，之前的想法讓我很快發現，這是古建築的地下室。我想現在那房子倒塌了，廢墟變成花園，在地面上的那個方向應該就是洞穴的出口。我向前慢慢走著，果然是這樣。我遇到一截樓梯，從上方照進點點光亮。我走上去就聽到了你的話。」

佩雷納十分粗魯地把兇徒翻過來又轉回去。他接著說：「聽著，你這個魔鬼，就算一開始我就從地面攻擊你，也是這個結果。你給我記好了我剛才說的。

只是我仍然承認，我的運氣太好了。在這一連串事件中我常常被它捉弄，但這次我真沒什麼埋怨了它可幫了我大忙。我的運氣太好了，一知道有暗道我就放下心，毫不懷疑這好運氣會把我帶到出口的。事實就是這樣，我可以毫無阻礙地進到廢棄的塔樓，只要把塞在出口的幾塊磚輕輕拿出來。我潛行在石頭叢中，順著你聲音的方向來到洞穴裡面。

那裡躺著佛羅若絲。是不是很有意思？現在，你會感到自己說的那段話一定很可笑：『告訴我，行還是不行。只要用頭做個反應就決定了你的結局。你若搖頭，就必死無疑；若點頭，我就放開你……快回答，佛羅若絲。

接受我吧……」哈哈，特別在你爬到洞穴頂上還在說那種滑稽的話：『你找死，佛羅若絲！你自己想死。你就倒楣吧……』洞裡早就空了！我一到那裡就把佛羅若絲拉過去，安置在安全的地方。然後還聽你這麼說。親愛的先生，你不覺得這樣很滑稽嗎？你弄塌的石堆，也許只壓死了幾隻在石板上妄想的蒼蠅和蜘蛛。

現在一切都結束了。真是有意思呀！首先，亞森・羅蘋自救；其次，佛羅若絲・勒瓦絲得救；最後，魔鬼完蛋。」

佩雷納站起來，看著自己的作品，十分滿意。他喜歡隨意地開玩笑，跟敵人也是一樣：「你就像根香腸，先生。就像里昂賣給窮人家的紅腸！一根真正的，不太粗的香腸！我可不認為你能扭著腰肢打扮自己，更別說你現在也不比平時差。我覺得你很適合，也應該做做室內體操。哈哈……你別不愛聽，這只是我自己的想法。」

他抽出一支歹徒搬過來的步槍，又拉過一根大約十五公尺的繩子，一頭栓在歹徒背上的繩索，一頭綁在槍的中部。他扛著俘虜來到井邊，說：「一定不用害怕，我會注意的。你如果頭暈，就把眼睛閉上。好啦，我要放了。」

佩雷納慢慢拉住剛栓上的繩子，緩慢地一點一點地把凶手滑進井裡。放到十幾公尺深，步槍就橫著卡在井口了。於是凶手就懸著空被吊在又窄又黑的古井裡。佩雷納很仔細，並沒讓凶手接觸到井壁。他扔下幾張點燃的廢紙，看它們搖搖擺擺地飄落在井裡，陰暗暗的光照在井壁上。

最後，他也想在一切都結束前叫罵幾句，就學著凶手之前的樣子彎下腰，對著井裡嘲笑地大喊：「你還想怎麼樣？我很照顧你。把你吊在這裡是怕你被吹感冒了。我對佛羅若絲承諾不殺你，也答應法國政府，儘量交給他們一個活人。不過在明天上午之前，我又不能把你帶在身邊，就只能這樣做了。你會很欣慰吧？因為這很符合你的口味：你不過是自殺，而我完全沒有責任！你想想，步槍卡在井上，每邊搭在井沿上的都只有二三公分。你只要輕輕一晃，甚至使勁地呼吸一下，槍管或者搶托就會滑落了。那時候，你肯定就自己掉下去了。所以我勸你最好別動，先生。最後說一句，我很棒，是

吧？

　　從現在起，你就好好懺悔吧，面對著自己的靈魂和良心，保證沒人打擾你無聲的遺言。我這麼設計的好處，就是讓你臨死前先品嘗下黑夜的味道。我可真是個好人。就這樣吧，我走了。一定要記住，不能動，不能嘆氣，不能眨眼，不能激動，甚至不能笑！你一笑肯定就掉下去了。好好想想吧，你最需要做的事就是思考和等待。拜拜啦。」

　　佩雷納對自己的演講十分滿意。他一邊走著，一邊低語道：「我跟歐任・素不一樣，他才是那種人，要挖出罪無可赦的罪犯的眼睛。我只是讓他們驚懼、惶恐。這一點小處罰真是太合適了，很公平，對大家都有好處，而且一點也不違背道德。」佩雷納沿著磚砌的小徑離開了。他繞過那堆石頭，順著圍牆向一片樹林走去。佛羅若絲就在那裡等他。

　　經歷了痛苦的磨難之後，她的身體十分虛弱，但現在頭腦清醒了，也恢復了點精神。她似乎一點也不擔心佩雷納跟歹徒的搏鬥，正平靜地等著。

　　唐路易・佩雷納默默地看著她，說到：「結束了。明天就把他交給司法部門。」佛羅若絲身子一顫，但沒作聲。

　　發生了那麼多慘案之後，他們像不共戴天的仇人一樣站到對立面，成為敵人。他們現在是第一次和平的單獨相處。佩雷納心情十分激動，感到心頭湧上了無數愛戀，但說出來的只有些廢話：「沿著圍牆往左轉，就有汽車等在那裡……我們直接開到阿朗松，那裡有家很安靜的旅店，在中心廣場附近……你還能走這麼多路嗎？你在那兒休息下……不用很久你就會被證明是清白的，因為已經抓到了真正的凶手。」

　　佛羅若絲走在前面。她走起路來不很費力，身體隨著髖部有規律地搖動。

　　佩雷納在後面看著，發現她能走，就沒說要扶著她。他更欣賞和愛慕她，可是他總覺得在他憑藉著神力救出她的那一刻，她跟他的距離最遠。她還是跟最開始一樣神秘。對於他的救命之恩，她沒有任何感激的話，甚至看都不看他一眼。

　　他不知道她有怎樣的秘密，只是覺得以後兩人若想到了彼此，也一定是

滿腹的怒氣和反感。整個案子是那樣令人膽寒，暴風驟雨，雷電交加，可竟然沒有絲毫影響到她。她的心向著哪裡去？她怎麼想的？她想怎麼樣？這都是他不瞭解的，他也沒指望能瞭解。

當佛羅若絲坐到小利穆齊納車裡時，他暗想：「我們不能就這麼分開。不行呢，不行！我們之間……無論她是否願意，我都要讓她動容……我要說出所有想說的。」

汽車飛馳起來，不久就來到阿朗松的賓館。佩雷納幫佛羅若絲登記之後就讓她好好休息。一小時後，他決定了，就敲開她房間的門。但他還是不敢直截了當地去問她心裡的想法，而且他也希望能馬上弄清一些疑點。

「在把那混蛋繩之以法之前，佛羅若絲，我想知道你們究竟是什麼關係。」

她誠懇地回答：「他是我的朋友，一個可憐的人。以前我很同情他。現在，我不明白當初為什麼會同情一個魔鬼。幾年前我認識他的時候，他已經快要死了，身體十分虛弱、還有殘疾。所以我很同情他，愛護他。雖然他不怎麼出門，但有些方面還是讓我心動。有時他也會為我提供幫助。時間久了，潛移默化中，我相信他對我絕對忠誠，我受他的影響越來越大。

我現在才明白，第一宗謀殺發生時，他先操縱了我，又控制嘉斯冬・索伏靈。他令我們十分懷疑你，讓我們養成閉口不說他的習慣，所以索伏靈跟你見面時，絲毫不敢提到他。他逼我說謊、做戲，騙我相信他這麼做都是為了救瑪麗安娜。

我自己都沒意識到，怎麼會這麼不清醒。可事實就是這樣，所有的事都沒讓我明白過來。所有的事都沒讓我對他產生一點點懷疑。這個人殘疾軟弱，無法害人，一輩子有一半時間是在療養院和診所度過的。他試過了各種療法。他也曾對我表白過，卻沒有希望……」

佛羅若絲說到一半就與佩雷納目光相接，發現他並沒有在聽，只是直直地望著自己。對佩雷納來說，他並不想聽這些，他只想知道一件事：佛羅若絲究竟怎樣看他，無論是厭惡還是憎恨的看法。除此之外，關於案件的一切都沒有任何意義，說什麼都惹他厭惡。

他靠近美麗的姑娘，小聲問她：「佛羅若絲，你知道我對你的心意，是嗎？」聽到這話，她似乎十分意外，愣了一下就臉紅起來。但她還是看著他的眼睛，坦白地說：「是的，我知道。」

他大了點聲：「但是，你並不知道它有多濃烈。你更不知道，我活下去的目標只有你，沒有別的。」

「我都知道。」

「你不知道……我從最初就是你的朋友，用盡方法來保護你。可是一開始我就發現，你敵視我，不管是本能的，還是理性的。我只能得出一個結論：你因此而對我反感。從你眼裡，我只看到了疏遠、冷漠、輕視，甚至憎惡。你把我看作對手，看作不可信任而且會做出任何醜事的人。你認為我是人們想想就感到恐怖，都想避開的人。在危急時刻，哪怕你性命攸關都寧願以身涉險，不願被我救援。這種態度，只能用仇恨來說明；這樣的做法，不是仇視又是什麼呢？」

佛羅若絲有些猶豫，那張飽受折磨的臉上顯露出絲絲溫柔。過了一會兒，她說：「這種態度不是只能用仇視來說明的。」

他還沒完全明白佛羅若絲的意思，可是她說話時的神態卻讓他慌亂不已。佩雷納十分吃驚。現在的佛羅若絲，眼裡完全沒了以往的輕蔑和鄙視。她竟然對他微笑起來，這是她第一次對他微笑，是滿含著嫵媚的微笑。他開始口吃起來：「接著說……快說……啊……說吧！」

「我是說……我那些敵視、懷疑的表現，也可以表達另一種情感。逃走的原因，也會是因為害怕自己，覺得不好意思；是難以抗拒和擺脫。無論是見到一個人就想慌忙離開，還是十分害怕碰面，都不一定是因為怨恨……」她沒再說下去。

佩雷納熱情地伸出手，希望她接著告訴他，明確地告訴他心裡的想法。可是她搖了搖頭，不想再說下去。

佩雷納已經徹底明白她的心意，感受到她心底的秘密了——她愛他。他差點就要被這突如其來的愛意弄疼了。他享受般搖擺著，在幸福的海洋中徜徉。他現在認為，在莊園裡那個印象深刻的地方所發生的事情，並不是那樣

令人震驚。因為誰都想不到在這間如此普通的旅館房間裡，會突然綻放如此瑰麗的愛情花朵。他原本設想的是，在野外的遼闊天地，在森林、群山、月光以及夕陽西下彩雲的環繞中，幸福之花就開放了，開放在大自然的柔美與詩意之中，但現在他忽然就飛到了幸福的巔峰。

佛羅若絲的生活一頁頁從他眼前翻過：他們相逢時，那惡魔彎腰看她時，她哭泣時，惡魔暴怒著喊「她在哭！她竟然在哭！佛羅若絲，我知道你的秘密！你哭吧！你自己想死的！」那段話時。

原來是這樣。她從第一天起就藏著激動的感情和愛情的秘密。這個秘密使她在看見佩雷納時慌亂，害怕，甚至想逃避。對她而言，對佩雷納愛戀就是對瑪麗安娜和索伏靈的背棄。所以她最初是疏離，然後又接近這個勇敢正派的人。愛情令她煩躁擔憂，使她滿懷歉疚，陷入痛苦。所以她才稀裡糊塗、毫無察覺地被那垂涎她的禽獸控制了。

此時此刻，佩雷納不知道怎麼辦才好，怎麼辦才能把內心的激動都表達出來。要依著他的想法，最好是像孩子一樣抱住這美人，放縱地吻上一段。可是他不敢放肆，因為他把她當作聖女一般尊重。他眼睛裡含滿了熱淚，嘴唇抽動著，最終沒能忍住這滿心的激動，「撲通」一下跪在佛羅若絲面前。他要盡情地訴說這份綿綿不斷地愛意。

十、偉大的冒險家

第二天早上，總理家中，差幾分九點。

瓦靈戈萊在跟警察總監聊著天：「你同意我的看法了，德斯瑪里歐？他應該馬上就到了吧？」

「馬上呢，總理先生。按照整個案子如此精確的發展順序看，他一定會在九點整的那一刻，分秒不差地到來。這麼準時，就是為了炫耀自己。」

「哦？你真這麼想？不會吧？」

「會的，總理先生。我們也合作了好幾個月了。現在是關乎到佛羅若絲生死的時刻，他如果不能把敵人抓住並綁得牢牢的帶回來，那就意味著無論是佛羅若絲・勒瓦絲還是他亞森・羅蘋本人，都死了。」

瓦靈戈萊笑著回應道：「你說得很對，我非常同意。可是亞森・羅蘋不會死。如果九點整我們無敵的朋友還沒到，我會比任何人都驚訝的。順便問一句，你剛才說昨晚有人在昂熱向你彙報了情況？」

「是的。當時，我的人剛剛見過佩雷納，他坐著飛機趕到了他們的前面。之後，他們在芒斯又跟我彙報說發現一個廢棄的車庫，並搜索完畢。」

「佩雷納一定在他們之前已經搜過了。我們也馬上就會得到結果。」

九點的鐘聲響了。

與此同時，外面響起了馬達聲，門口停下一輛汽車。

緊接著有人按響了門鈴。僕人們已經得到吩咐立刻開門迎接。

書房門被打開，亞森・羅蘋站在門口。

總理和總監並不驚訝，因為他們早就料到他會準時到來。如果他沒來才

讓人意外。但是他們面對這異乎尋常的事情還是露出了震驚的神色。

總理急切地問道：「事情辦好了？抓到他了？」

「是的。一切順利，總理先生。」

「哇塞！你果然屬害！」總理低吼了一聲，又接著問，「那凶手肯定是個野蠻粗魯，不好馴服又非常強壯的人，是不是？」

「不是，總理先生。他是個殘疾人，身心都非常地殘缺，醫生將在他身上發現各種病症，像脊髓炎、心衰、肺結核，但他仍可為自己的所為承擔責任。」

「勒瓦絲小姐竟然愛這樣一個人？」

佩雷納一下提高聲調：「總理先生，請你注意，佛羅若絲從沒愛過那混蛋。一般人對瀕臨死亡的人都會同情，她對那個人也只有這種情感。這只是女人的同情心，總理先生。就是因為同情，她才給了他希望，讓他以為將來能跟她結婚。佛羅若絲對這人的心機一點都沒發覺。對她而言，他就是個忠厚老實的人，而且富有智慧，可以讓她在沒主意的時候去向他請教。也因為這樣，她在營救瑪麗安娜·伏威爾的活動中毫無知覺地被他控制了。」

「你相信她？」

「當然相信！我相信她做的所有事情都是因為這個。我對這一系列的案件都有證據來證明。」

他接著說道：「總理先生，凶手已經逮捕歸案。司法機關很容易掌握他犯罪的情況，哪怕是個很小的細節。現在如果你只想知道他與柯思莫遺產有關的一系列謀殺案，而暫時不管與此案無關的三起殺人案，我就給你描述一下這個魔鬼的經歷：

他是阿朗松人，叫讓·維諾科，由朗若拿先生撫養長大。他認識了德戴旭納瑪夫妻並洗劫了他們全部的財產。之後他趁他們還沒報警，就引誘他們來到佛爾秘納村的一個倉庫，並在夫妻倆傷心絕望的時候，誘使他們糊裡糊塗地吃了藥，讓他們上吊自殺了。

那個倉庫建在一個莊園裡。莊園名叫古堡，主人就是朗若拿先生——凶手的監護人。當時朗若拿生病就快要好的時候，一天他在擦槍的時候扣動了

扳機，鉛彈在小肚子上射出一個又粗又大的洞。他會扣動扳機是因為他以為槍裡沒有子彈。本來沒有的，可是被讓‧維諾科偷偷裝上了。事實證明，在前一天半夜他已經洗劫了養育人的所有錢財。之後他就來到巴黎隨意揮霍這些財產。

一個偶然的機會，讓‧維諾科的一個浪蕩朋友賣給他一些文件。這些文件是由那個浪蕩朋友從帶著佛羅若絲回國的老保姆那裡偷出來的，文件證明了佛羅若絲‧勒瓦絲的身世和她可以繼承羅素家族和威科多‧索伏靈遺產的權利。維諾科用盡各種辦法找到佛羅若絲的照片，接著又找到了真人。這時候，他還不知道能從這些文件和他們的關係上會獲得什麼利益，他只是屢屢向她表示衷心，又多次幫她解決問題，還發誓要獻給她整個生命。

事情彷彿在一夜之間發生了巨大的變化。他從公證人事務所的一個辦事員那裡得知，有一份珍貴的遺囑就放在勒裴迪爾先生的抽屜裡，於是用一千法郎賄賂了辦事員，偷偷看了遺囑。那恰好就是柯思莫‧穆寧敦立下的遺囑，並且遺囑恰好把那份巨額財產留給了羅素姐妹和威科多‧索伏靈的後代——佛羅若絲就是其中之一。辦事員收到錢之後就不知所蹤了。

兩億財產呢！讓‧維諾科彷彿已經看到了寶藏。為了能夠成為上等人；為了向世界名醫尋求治病和恢復健康的辦法，享盡榮華富貴；為了獨自一人吞掉這筆財產，他就一定要除掉擋在佛羅若絲與遺產之間的人，然後，讓佛羅若絲嫁給他。

因此讓‧維諾科策劃了陰謀。他從朗若拿先生——伊波利特‧伏威爾的好朋友的書信裡，瞭解到伏威爾夫妻的衝突，也知道了羅素家幾姐妹的很多事情。他發現，妨礙他拿到財產的一共才五個人：第一個當然是柯思莫‧穆寧敦。之後，按照繼承人的排序，依次是伊波利特‧伏威爾，他兒子艾德蒙，他妻子瑪麗安娜和他表弟嘉斯冬‧索伏靈。

首先，讓‧維諾科化妝成醫生進入柯思莫‧穆寧敦家，把毒藥注入一個安瓿，等柯思莫先生自己打針之後就死亡了。這還比較簡單。而要除掉伊波利特就相對困難些。以前朗若拿先生曾把他介紹給工程師，工程師很快就被他影響了。他得知他將不久於人世，又知道伏威爾對妻子心懷嫉恨，於是他

趁伏威爾從專家那裡看完病，失去生存信念的時候，給伏威爾恐懼和不甘的內心灌輸了陰險毒辣的計畫。那計畫完成得是多麼周密精巧，我們是看到了的。就像別人說的，他瞞住了伏威爾先生，沒動手，就連露面都沒有，就一箭雙鵰除掉了兩個繼承人；之後還把瑪麗安娜和索伏靈成功地設置成警方懷疑的對象，排除了他們。讓・維諾科這個幕後的真凶，卻不受到絲毫的懷疑和控訴。他實現了自己的陰謀。

但在實施計畫時，他遇到了一點小麻煩，就是維洛偵探的調查。所以他設計除掉了維洛。

於是這一切就只剩下一個危險——我，唐路易・佩雷納的參與。因為柯思莫・穆寧敦將我定位在遺囑執行人和潛在的繼承人，維諾科也許猜到了我會介入。他不希望有任何風險影響遺囑的繼承，所以就先讓我買下波旁宮廣場的公館，又把佛羅若絲安排在我身邊，之後挑唆嘉斯冬・索伏靈用各種機會殺掉我。

如上所說，整個案件的線頭都在他手裡攥著。他很快就會實現他的目的了，因為他憑藉強大的意志和多變的性格馴服了佛羅若絲和索伏靈，變成我家的實際控制人。這時，我的調查已經表露出瑪麗安娜和嘉斯冬・索伏靈是清白的。所以他下了狠心，把兩個人都謀害了。

警方下令追捕我和佛羅若絲，而他卻什麼事都沒有，也不會有任何人懷疑。對他而言，一切順利。

就在前天，繼承遺產的時間到了。讓・維諾科的計畫進行到關鍵一步。他以病人的身分住進了泰爾納大街的診所。在那裡，他憑藉從凡爾賽寄給院長夫人的信和勒瓦絲小姐對他的信任操控著事情的發展。院長夫人交給佛羅若絲相關的文件，派她參加警察總署召開的會議，卻並沒告知她事情的後果。事情辦完後讓・維諾科就離開了診所，回到聖路易島周圍租的房子等消息。最壞的打算，也是佛羅若絲被抓起來，而他是絕不會被牽連的。

後來的事情你都知道了，總理先生。佛羅若絲突然看到了讓・維諾科的真面目，看到自己在慘劇中不知不覺扮演的角色，感到十分震驚和恐懼。之後總監先生在我的請求下把她帶去診所詢問。但是她逃跑了，因為她只想著

找到讓・維諾科，親耳聽他說明白，說出她是清白的。而讓・維諾科就是用了『他有證據證明佛羅若絲清白』的藉口，才騙她跟他一起去拿證據的。

……這就是整件事情，總理先生。」

總理對這個驚心動魄的案件越聽越感興趣。真是個策劃陰謀的天才，他達到了犯罪的巔峰，讓人難以想像。或許是因為這故事從側面反映出正義戰勝邪惡的卓絕才華——那是集冷靜、機警、沉著和出自本能於一身的才華，瓦靈戈萊並沒有非常悲哀。

總理問：「你找到他們了？」

「昨天下午三點找到的。因為讓・維諾科設計害我掉到了井裡，還準備了一個石堆砸死佛羅若絲。所以可以說正趕上時候，或者說晚了一點點。」

「哦，天哪！你死了？」

「是的，又死了一次。」

「為什麼凶手要殺了勒瓦絲小姐呢？他可是要跟她結婚的呀！」

「那也要她同意才行，總理先生。她並不願意。」

「那怎麼繼承？」

「之前就在佛羅若絲一直憐惜讓・維諾科的時候，他曾給佛羅若絲寫過一封信，說要把他的一切都獻給她。佛羅若絲也寫了同樣的回信給他，但她並不知道這種行為的後果。如果佛羅若絲死了，這封信就真正成為無可厚非的贈送。佛羅若絲帶著能證實她就是柯思莫・穆寧敦的法定繼承人的文件出席了繼承人會議，如果她死了，她的權利就轉交給她的法定繼承人。那時讓・維諾科就會毫無疑問地繼承巨額遺產；而且就算警察抓住他也要放掉，因為沒有證據。

他將會安安靜靜地生活。雖然良心上有著那麼多人命的負擔，口袋裡卻裝著一大筆金錢。對他那種魔鬼，這足夠抵消了。」

總理繼續問：「你拿到證據了嗎？」

佩雷納掏出從歹徒衣服裡偷走的栗色皮夾說：「拿到了。凶手跟所有邪惡的人一樣，都有著保留某些痕跡的變態心理。這裡有一些書信和文件：這有告訴我波旁宮廣場的公館正要出售的通知原稿。這是他跟伏威爾之間的

信件，還有他與卡塞雷斯專員的通信。這有一份記錄，證明伏威爾與維諾科之間的談話被維洛偵探聽到，於是維洛偷走了佛羅若絲的相片。維諾科察覺後就派伏威爾去了結他。第二份是他去阿朗松的記錄，標明他要去截獲伏威爾給朗若拿先生的信。第三份記錄標明，《莎士比亞全集》第八卷那本書是讓·維諾科的，裡面夾著的紙頁的抄件。這份記錄可以證明他對伏威爾的陰謀非常瞭解。第四份記錄顯示了他是如何控制佛羅若絲的，並奇怪地記錄著這種應該被關注的心理……這裡還有正要寄給報館，揭露我和瑪澤魯的真實身分的信。

總理先生你還要繼續聽嗎？你掌握的資料是最完整最充分的。司法機關會發現，前天我在總監先生面前所作的指控沒有半點虛言，全部屬實。」

總理叫道：「可是那個混蛋現在在哪兒呢？」

「在外面他自己的車裡。」

總監很擔心他會跑掉，問道：「你通知警察了嗎？」

「放心吧，總監先生，已經通知了。他被我綁得嚴嚴實實，跑不了的。」

「你果然什麼都料到了，但還有一點我沒明白，就是蘋果和巧克力上的牙印，那個虎牙。雖然案子也結束了，但我想輿論並沒有忘掉這個。牙印確實是伏威爾夫人的，可她又沒有犯罪。這到底是為什麼？你肯定認為佩雷納知道答案的，是吧，德斯瑪里歐？」

佩雷納回答：「讓·維諾科的文件證實了我的猜測。我確實知道是為什麼。其實很簡單，齒痕是屬於伏威爾夫人，但她並沒咬那顆蘋果。」

「啊？什麼？」

「在伏威爾先生的供認信中，差不多說到了這件事。他雖然很瘋狂，但頭腦十分清醒。幾年前他們還在巴勒莫的時候，有一次伏威爾夫人跌倒了，牙齒磕在一座大理石底座上，磕鬆了好幾顆牙齒。為了製造固定牙齒的牙套（伏威爾太太戴過很久），在治療的時候牙醫就按照慣例製作了一副完全匹配的牙齒模型。這副模型被伏威爾先生留了下來。他自殺前，就用這副模型咬了蘋果。為了留下證據，維洛偵探可能曾偷出這個模型並把它印在一塊巧

克力上。」

　　事情簡單到令人驚訝。佩雷納解釋之後，屋裡一陣沉默。竟是這樣一個如此微妙的細節主導了整個案件，成為全部用來指控的罪證；並使瑪麗安娜絕望，然後導致了她和嘉斯冬·索伏靈先後死亡。千百個人日日關注著虎牙的齒痕，卻沒有一個人想到會是這樣一種情況。因為人們都承認，無論從理論還是實踐上，世界上不存在兩個有完全一樣齒痕的人，所以他們堅決地接受了一個表面上無法否認的推理，那就是：既然瑪麗安娜的牙齒和蘋果上的牙印完全吻合，那就一定是她咬的，那麼她就是罪犯。虎牙啊虎牙！這個推理太富有邏輯了！因為大家怎麼也沒想到，除了用牙咬以外，還有什麼辦法能留下牙印，所以就算人們已經知道瑪麗安娜是清白的，仍然沒有解決這個問題。

　　「這件事也必須要能想到才行，就像克里斯多福·哥倫布豎雞蛋。」總理笑道。

　　「人們根本就想不到這種情況，總理先生。還有一個例子，我希望能舊事重提一下。在亞森·羅蘋又叫雷若曼先生和博爾·塞尼內親王的時代，沒有人注意到博爾·塞尼內就是亞森·羅蘋幾個字母打亂順序重新組合起來的。同樣的道理，現在的唐路易·佩雷納也是同樣的字母這樣拼出來的。用同樣的字母組合出兩個不同的名字，剛剛合適。還是哥倫布的雞蛋。你必須能想到才行！雖然已經是舊把戲了，卻沒有人會想到把兩個名字對比著看看。」

　　瓦靈戈萊十分吃驚地聽他說出名字的來歷。這傢伙一定想要他這個總理疑惑到最後一刻，然後拿出最不可思議的細節來驚住他。不過，他確實是個奇妙的綜合體——既純真，又詭秘；既高貴，又低俗；可愛之中令人擔憂，嘲弄人時隨著善意。這細節倒是很真實地反映了他的這種個性。這個英雄經歷了一連串無法想像的冒險，建造了一個帝國；又喜歡把姓名的字母隨意編排著弄出花樣，好讓人們發現自己是多麼粗心大意！

　　談話快結束了，總理說：「先生，在本案中你做出許多重大貢獻，並恪守承諾將凶手捉拿歸案。所以我也履行承諾，放你自由。」

「太感謝你了！那瑪澤魯呢？」

「總監已經都安排好了，他上午就會被釋放。你們被捕的消息沒有走漏，所以你應該繼續用這個名字：唐路易‧佩雷納。」

「勒瓦絲小姐會被如何處置呢？」

「她也會擁有自由，不受到任何控訴甚至懷疑。但首先她會接受法庭的預審，只是不會被起訴罷了。她一定會是柯思莫‧穆寧敦的合法繼承人，繼承那筆巨額的遺產。」

「她不會留下那筆錢的，先生。她並不想要它。因為正是這筆錢誘發了一連串地謀殺。她憎惡這筆錢。」

「那……」

「柯思莫‧穆寧敦的巨額財產將全部用於摩洛哥南部、剛果北部的公路學校和公路的修建。」

「全部用於？你獻上的莫利塔尼雅帝國？我非常贊成，這真是高尚的行為。」總理很高興，「一個王國的收入呢！現在亞森‧羅蘋欠祖國的債，唐路易‧佩雷納已經全部還清了。」

唐路易‧佩雷納帶著佛羅若絲和瑪澤魯於八天後坐上送他來法國的遊艇，去往非洲。

出發前，有消息說讓‧維諾科死了——雖然採取嚴密的監控，但他還是服毒自盡。

回到非洲，亞森‧羅蘋這位莫利塔尼雅的帝王集齊從前的戰友，任命瑪澤魯為帝國大臣——跟他們地位相當。之後他一邊多次與法國軍隊司令秘密約見，商討摩洛哥的邊境問題，一邊準備法國接管帝國的退位事宜。同時，為了能讓他們較為輕鬆地征服摩洛哥，佩雷納制定了多種政策並逐步推行，如此也保障了帝國的前途。說不定哪天時機一到，在世人面前將展現出一個學校與法庭四處可見的，道路通達、建築整齊的，秩序井然、發展充分的，繁榮富強的帝國。

佩雷納一切都做好後進行了權力移交，之後回到法國定居。

這裡就不必詳述他與佛羅若絲‧勒瓦絲結婚而引發的熱議了。輿論又一

次分成兩派來報導，還有幾家報紙重新說到亞森‧羅蘋被捕的事。可是，就算亞森‧羅蘋和唐路易‧佩雷納都由同樣的字母組合，就算佩雷納的真實身分被人懷疑，就算公眾最終發現了些什麼，那又怎樣呢？亞森‧羅蘋的死亡已被確認，唐路易‧佩雷納仍然合法地活著。人們不可能復活亞森‧羅蘋，更不可能當唐路易‧佩雷納從沒有存在過。

如今他住在聖馬克盧村。村莊坐落於景色優美的山谷中，烏拉河從谷中穿過。他的小屋十分簡樸，被漆成了粉紅色，上面安裝著綠色的百葉窗，四周是鮮花怒放的花園。人們都知道他的家在那裡。星期天，大家去那裡遊玩，都希望能透過接骨木柵欄看到亞森‧羅蘋的身影，最好能在村裡的廣場上直接遇到他。

他在那裡住著，無論是面容還是行動，都依然年輕。佛羅若絲跟他住在一起，臉上總是掛滿快樂，再也看不到那可怕經歷的陰影。她的一頭金髮依然包圍著臉龐，身材依然很好。

莫里斯‧盧布朗

有時，一些前來向他請求幫助的遊人會來輕輕扣著那個小籬笆。他們中有的人被壓迫，有尋求支持的弱者，有的人成為某件事的犧牲品，有被熱情沖昏了頭腦而做出傻事的人。佩雷納關心他們的遭遇，幫他們分析問題，想辦法，對他們深表同情。必要時，他也跟他們分享自己的經歷，甚至給予他們力量，親自幫他們處理。警署的密使，或者某個下級警官也常常前來拜訪，講述他們碰到的困難。每當這時，佩雷納絲毫沒有吝嗇頭腦裡湧現出的種種主意和辦法。

不做這些事的時候，他還會讀一些有關道德和哲學方面的舊書。他對於這類書籍的獲得十分珍惜。

他非常喜歡培養花木，而且都培植地極好。這讓他十分高興並引以為榮。一次的園藝展覽，他送去一盆名叫「亞森康乃馨」的花。紅黃色的花交錯著開在三根枝條上。那盆花引發的人潮至今令人難忘。

到了夏季七八兩月的時候，他精心培植的花園碩果累累。菜園的花壇裡和花園裡大部分地方都開滿了花。一株株如旗桿般豎立的高大的莖，驕傲地開著一朵朵色彩斑斕的花，有黃色的、藍色的、紫色的、白色的、還有粉紅

色的，他將其命名為「羽扁豆（羽扁豆的發音和羅蘋一樣）花園」，真是合適極了。

這裡的羽扁豆樣式繁多，有清香襲人的、五顏六色的、克魯伊漢克斯的羽扁豆，還有他自己培育出的新式羽扁豆。

它們昂首挺胸，都想比別人更高大；它們密密地挨在一起，宛如一隊隊士兵；它們面對太陽舉起了串串粉嫩而無比嬌豔的花朵，蔚為壯觀。

花園門口的一面小旗上，有這樣一句話：

我的菜園裡種著許多羽扁豆。

這句話來自約瑟夫瑪利雅・德・阿蕾蒂亞的一首優美的十四行詩。

這不禁讓人想：他是在承認自己的身分嗎？一定是這樣的。

在最近一次的採訪中，佩雷納剛剛說過：「我沒想過要把他和古希臘的七賢相比，也不認為他就是未來幾代的模範。我對他很瞭解，他並不壞。所以我們評價他的時候要寬容一些。被他懲罰過的人就算不是他親自動手，也遲早會遭到報應，因為他們都是罪有應得的。他一邊搶劫著那些為富不仁的人，一邊又把錢財施捨給窮人。這種行為是多麼的高尚和善良！他是多麼的慷慨和無私！這樣一個人，有什麼榮譽是他不能擁有的？

詐騙，偷竊之類的事情他的確都幹過，這一點我並不打算否認。可這些事情之外呢？他還幹了很多其他的事。他的機智靈活，給人們提供了很多樂趣；他身上的其他品格，更加觸動人心。大家因為他巧妙的計謀而開心地笑，又十分欣賞和欽慕他的品格——勇氣、膽識和冒險的精神，冷靜、理性與開朗的性格，旺盛的精力，鄙夷危險的氣魄；以及在乘著飛機汽車奔騰時，在人類最積極的本能被發掘時，在大敵當前時他的各種閃閃發光的品格。」

記者問他：「你說的都是過去的事。我是不是可以理解成，你認為亞森・羅蘋的冒險已經結束了？」

「當然不會結束！亞森・羅蘋的靈魂就是冒險，他的生命就是在永無止境地冒險。他是一位卓越的冒險家，他曾經說過一句玩笑話：『希望在我死後，墓碑上刻著：亞森・羅蘋，一個冒險家在此長眠。』但這句玩笑也說出

了事實。

以前他冒險，經常是去偷東西。但他也去打仗。你應該看看他是怎樣奮不顧身、勇猛殺敵、不怕犧牲的。無畏戰鬥的和取得勝利的人透過戰場上的冒險來贏得榮譽。這種榮譽並不是隨便就能得到的。亞森·羅蘋的公爵頭銜就是這麼來的。哪怕他盜竊了預審法官的手錶，或者揍過警察局長，那也應當看在他是個英雄的份上不去計較……這類人能展示出人類力量，對他們，需要更大的包容心。」

最後，佩雷納點了點頭，說道：「你們需要明白最重要的一點是，有一種優秀的品格，不但不應當被蔑視，而且應當受到尊重，在這個壓抑的時代更是如此。亞森·羅蘋就有這個品格：保持微笑！」

海鴿文化出版圖書有限公司
Seadove Publishing Company Ltd.

探偵事務所 06

盧布朗的
亞森・羅蘋

作者	莫里斯・盧布朗
譯者	吳文華
美術構成	騾賴耙工作室
封面設計	斐類設計工作室
發行人	羅清維
企畫執行	張緯倫、林義傑
責任行政	陳淑貞

出版	海鴿文化出版圖書有限公司
出版登記	行政院新聞局局版北市業字第780號
發行部	台北市信義區林口街54-4號1樓
電話	02-27273008
傳真	02-27270603
e－mail	seadove.book@msa.hinet.net

總經銷	創智文化有限公司
住址	新北市土城區忠承路89號6樓
電話	02-22683489
傳真	02-22696560
網址	www.booknews.com.tw

香港總經銷	和平圖書有限公司
住址	香港柴灣嘉業街12號百樂門大廈17樓
電話	（852）2804-6687
傳真	（852）2804-6409

出版日期	2019年11月01日　一版一刷
特價	399元
郵政劃撥	18989626　戶名：海鴿文化出版圖書有限公司

國家圖書館出版品預行編目資料

盧布朗的亞森・羅蘋 ／ 莫里斯・盧布朗作；吳文華譯.
-- 一版. -- 臺北市 ： 海鴿文化，2019.11
面 ； 公分. -- （探偵事務所；6）
ISBN 978-986-392-286-5（平裝）

876.57 108010819